アポロンと5つの神託

THE TRIALS OF APOLLO

【傲《ごう》慢《まん》王の墓《はか》】

4

リック・リオーダン
金原瑞人／小林みき 訳

ほるぷ出版

ダイアン・マーティネズに
彼女《かのじょ》は多くの人の人生をよいほうへ変えてくれた

THE TRIALS OF APOLLO
THE TYRANT'S TOMB
BY RICK RIORDAN

JAPANESE LANGUAGE EDITION PUBLISHED BY
HOLP SHUPPAN PUBLICATIONS, LTD., TOKYO.
PRINTED IN JAPAN.

装画 ミキワカコ　装丁 城所潤

ギリシャ神話とローマ神話

ギリシャ神話には多くの神が登場するが、その中でも、最高神であるゼウスをはじめとする主だった十二人の神々は「オリンポス十二神」とよばれる。

オリンポス十二神は、ゼウスのきょうだいであるポセイドン、ヘラ、デメテルに、ゼウスの子であるアポロン、アルテミス、アレス、ヘルメス、アテナ、ヘパイストス、ディオニュソス、それにアフロディテの十二人。

紀元前三世紀ごろ、ギリシャ神話はローマへと伝わった。するとローマでは、ギリシャ神話のゼウスがローマ神話の最高神ユピテルと同一《どういつ》視《し》されるようになるなど、オリンポス十二神をはじめとするギリシャ神話の神々と、もともとのローマの神々とが関係づけられ、その多くが同一視《どういつし》されるようになっていった。

◆オリンポス十二神

ギリシャ神話	説明	ローマ神話
ゼウス	天空の王、オリンポスの支配者《しはいしゃ》	ユピテル
ヘラ	ゼウスの妻《つま》。結婚《けっこん》と出産の女神	ユノ
ポセイドン	海の神	ネプトゥヌス
デメテル	豊穣《ほうじょう》の女神	ケレス
アテナ	知恵《ちえ》と戦術《せんじゅつ》の女神	ミネルウァ
アルテミス	狩猟《しゅりょう》の女神	ディアナ
アポロン	予言と弓、医療《いりょう》、音楽の神	アポロ
ヘパイストス	火と鍛冶《かじ》の神	ウルカヌス
アフロディテ	愛と美の女神	ウェヌス
ヘルメス	旅人、盗人《ぬすびと》の神、神々の使者	メルクリウス
アレス	軍神、残忍《ざんにん》な戦いの神	マルス
ディオニュソス	ぶどうと酒の神	バッコス

ヘスティア	かまど、家庭の女神	ウェスタ

※ディオニュソスに、オリンポス十二神の席をゆずった。

ハデス	冥界《めいかい》の王	プルト

※ゼウスの兄だが、冥界に住むハデスは、オリンポス十二神に入っていない。

これまでのあらすじ

　オリンポス十二神《しん》のひとりであるアポロンは、父ゼウスの逆鱗《げきりん》にふれ、ニューヨークの路地裏《うら》につき落とされた。しかも、神としての力を奪《うば》われ、16歳《さい》のレスター・パパドプロスという、ふつうの少年として……。

　アポロンはハーフ訓練所の教頭ケイロンに「アポロン自らが、仇敵《きゅうてき》に奪《うば》われたデルポイの神託《しんたく》を奪還《だっかん》しなければ、神に戻《もど》れず、世界の混乱《こんらん》も終息しない」と指摘《してき》され、冒険《ぼうけん》の旅へ出る。そして、三頭《さんとう》政治《せいじ》ホールディングスという邪悪《じゃあく》な元皇帝《こうてい》3名が、古代の神託《しんたく》すべてを手中に収《おさ》め、世界を征服《せいふく》しようとしていること、また、その黒幕《くろまく》のひとりがアポロンの子孫である皇帝《こうてい》ネロだということを知る。

　トロポニオスの神託《しんたく》に与えられた闇《やみ》の予言にしたがい、アポロンとメグは案内役のグローバーとともにパームスプリングズへと向かう。しかし、その砂漠《さばく》のリゾートは、ローマ皇帝《こうてい》カリグラの策略《さくりゃく》により地下を走る炎《ほのお》のために焼け野原へと変わりつつあった。カリグラとの戦いの中、仲間を救おうとしたジェイソンが犠牲《ぎせい》となってしまう。アポロンたちは、パイパーと協力してエリュトライの神託者《しんたく》ヘロピレの居場所《いばしょ》をつきとめ、カリグラの手下である魔女《まじょ》メディアを倒《たお》し、予言を完成させる。

　翌朝《よくあさ》、アポロンとメグはジェイソンの棺《ひつぎ》をかかえ、予言に記されたベローナの娘《むすめ》、レイナに会うためユピテル訓練所へと向かった。

【登場人物紹介】

アポロン

オリンポス十二神《しん》のひとり。予言、弓、医療《いりょう》、音楽、詩の神。
父は天空の王ゼウス、母はレト。ふたごの妹は、月と狩猟《しゅりょう》の女神アルテミス。
父ゼウスの逆鱗《げきりん》にふれ、天上界からニューヨークの路地裏《うら》に落とされた。
現在《げんざい》は、16歳《さい》の少年レスター・パパドプロスとして生きている。

メグ・マキャフリー

12歳《さい》のハーフの少女。母親は豊穣《ほうじょう》の女神デメテル。
ニューヨークの路地裏《うら》で不良に絡《から》まれているアポロンを助けた。
アポロンの雇《やと》い主。

レイナ・アビラ・ラミレス・アレリャノ

ローマの女神、ベローナの娘《むすめ》。集団《しゅうだん》の力を増幅《ぞうふく》することができる。
ユピテル訓練所、第十二軍団《ぐんだん》プラエトル。

フランク・チャン

ローマの神、マルスの息子。動物に変身することができる。
ユピテル訓練所、第十二軍団《ぐんだん》プラエトル。

ヘイゼル・レベック

ローマの神、プルトの娘《むすめ》。貴金属《ききんぞく》や宝石《ほうせき》を呼《よ》び出せる。
ユピテル訓練所、五番コホルスの隊長。

ラビニア・アシモフ

舞踏《ぶとう》を司《つかさど》る女神、テルプシコラの娘《むすめ》。ローマ式のクロスボウを持つ。
ユピテル訓練所、五番コホルスの見習い生。

もくじ

1 食料なし　ぼくの棺《ひつぎ》から　どいてくれ　12

2 亡《な》き友を　亡者《もうじゃ》にくれて　やるものか　23

3 ガム噛《か》んで　棺《ひつぎ》をかつぐ　やれやれだ　35

4 ウクレレは　聴《き》いてもらえず　どうしよう　49

5 アカペラで　うたってやろう　失敗談　62

6 カクテルを　片手《かたて》に敵《てき》は　航行《こうこう》中　73

7 誕生日《たんじょうび》　迷惑《めいわく》すぎる　贈《おく》り物　87

8 ネコのいる　本屋で入れる　タトゥーかな　103

9 亡《な》き友を　送り出す日よ　ヘラ憎《にく》し　114

10 オオカミの女神の前でびくつくな 130
11 ラビニアのポケットのガム全員分 141
12 立てたのは計画立てる計画か 155
13 つき合って恋愛《れんあい》下手のこのぼくと 169
14 しゃべる矢にたずねて失敗やっぱりだ 183
15 怪獣《かいじゅう》の回転木馬誰《た》がために 195
16 傲慢《ごうまん》王骨《ほね》になっても傲慢《ごうまん》だ 207
17 飛び出すなメグは急に止まれない 217
18 ユニコーンの角を削《けず》って傷《きず》にまく 229
19 予言の書「運命」いかに「ウ」の項《こう》に 240
20 必殺の緑の砲《ほう》弾《だん》呪《のろ》われろ 251
21 洋弓《ようきゅう》の集中講座《こうざ》これでおしまい 268

22
ドリュアスと
ファウヌス集《つど》い
思案顔
279

23
軽トラに
犬と武器《ぶき》積み
出発だ
291

24
神ならぬ
身で口説くのは
命がけ
303

25
寒風《かんぷう》と
恐怖《きょうふ》に凍《こご》える
電波塔《とう》
315

26
ナツメロが
気に入ったなら
刺《さ》さないで
328

27
頭文字
Hで始まる
いやな神？
340

28
三人で
パワーアップだ
鎖《くさり》断《た》つ
354

29
「静けさが
耳をつらぬく」
実体験
364

30
声不要
カップル成立
史上《しじょう》初
374

31
ブラッドムーン
今回延期《えんき》
できないか
387

32
スーパーが
ターゲットとは
たーまげた
404

33
死にたいか
ようこそここへ
戦場へ
416

34 空欄《くうらん》を 埋《う》めた言葉で 神だのみ 431

35 一騎《いっき》打《う》ち 一対二でなく 二対二で 442

36 もういやだ ぜったいぜつめい 何文字だ？ 455

37 いきなりの 大爆発《ばくはつ》の 首謀者《しゅぼうしゃ》は？ 468

38 ユニコーン マルチツールの 角が武器《ぶき》 479

39 大火事で 服は焼けても パンツ無事 493

40 涙腺《るいせん》が 壊《こわ》れた、交換《こうかん》 よろしくね 509

41 殴《なぐ》られて しかたないけど 腹《はら》はよせ 520

42 誕生日《たんじょうび》 ケーキがあれば ハッピーだ 530

43 新しい 予言の行く先 地獄《じごく》とは 541

◆ 訳者あとがき 550

アポロンと5つの神託❹

傲慢《ごうまん》王の墓《はか》

1 食料なし　ぼくの棺《ひつぎ》から　どいてくれ

遺骸《いがい》はしかるべきところに返すべきだ。

当然の礼儀《れいぎ》だ。戦士《せんし》が死ぬ。そうしたら、なんとしても遺骸《いがい》を親族に送り届《とど》け、葬式《そうしき》をしてもらうべきだ。ぼくは頭が古いのかもしれない。（実際《じっさい》、もう四千歳《さい》を超《こ》えている）。しかし、遺骸《いがい》をきちんと扱《あつか》わないのは野蛮《やばん》だと思う。

たとえば、トロイア戦争のときのアキレウスは最低だった。トロイア側の勇士《ゆうし》ヘクトルの遺骸《いがい》を戦車で引きずって、城壁《じょうへき》のまわりを何日も走った。見かねたぼくは父ゼウスにたのみ、あのガキ大将《だいしょう》にいってもらった。ヘクトルの遺骸《いがい》を両親のもとに返し、ちゃんと埋葬《まいそう》させてやれと。あきれた話だ。自分が倒《たお》した勇士《ゆうし》には最低限《さいていげん》の敬意《けいい》を払《はら》うべきだ。

オリヴァ・クロムウェル［訳注：英国の政治家、軍人。１５５９〜１６５８年］の遺骸《いがい》だってそうだ。ぼくは彼《かれ》のファンではないが、それでも気の毒《どく》だった。イングランド人は最初、敬意《けいい》をもって彼《かれ》を埋《まい》葬《そう》した。ところがやっぱりあいつは悪いやつだったという話になり、墓《はか》を掘《ほ》り起こし、彼《かれ》の遺骸《いがい》を「処刑《しょけい》」した。首は槍《やり》の先に刺《さ》されて数十年さらされた後、やっとはずされたかと思ったら、約三百年も収集家《しゅうしゅうか》の手から手へ渡《わた》った。それも、こんなスノードーム、土産《みやげ》にもらったけどいらない、という感じで。一九六〇年、ぼくは影響力《えいきょうりょく》のある人物数人に耳打ちした。〈もうじゅうぶんだろう。神アポロンからの命令だ。埋葬《まいそう》してやれ。もう、うんざりだ〉

今回犠牲《ぎせい》になったぼくの友人で異母弟《いぼてい》のジェイソン・グレイスに関していえば、運にまかせる気はなかった。ユピテル訓練所まで彼《かれ》の棺《ひつぎ》につきそい、最大の敬意《けいい》を表しつつ彼《かれ》を見送るつもりだったのだ。

この判断《はんだん》はまちがっていなかった。死霊《グール》に襲《おそ》われたことなど、もろもろを考えると。

夕日に照らされたサンフランシスコ湾《わん》が大鍋《なべ》で溶《と》かした銅《どう》のように見える中、ぼくたちの自家用軽飛行機はオークランド空港に着陸した。「ぼくたちの」だ。今回の貸切《かしきり》のフライトは実際《じっさい》、ぼくたちの友人パイパー・マクリーンと彼女《かのじょ》の映画俳優《えいがはいゆう》の父親からの餞別《せんべつ》だった。(みんな、親が映画《えいが》俳優《はいゆう》の友人をひとりは持つべきだ)

滑走路《かっそうろ》の横でぼくたちを待っていたのは、マクリーン親子が用意したにちがいないもうひとつのサプライズ。ぴかぴかの黒い霊柩車《れいきゅうしゃ》だった。

メグ・マキャフリーとぼくが滑走路《かっそうろ》におりて脚《あし》をのばしているあいだに、地上係員がまじめな顔でジェイソンの棺《ひつぎ》を飛行機の貨物室から運び出した。磨《みが》きあげたマホガニーの棺《ひつぎ》が夕明かりの中で輝《かがや》いて見える。真鍮《しんちゅう》の金具も赤く光っている。いやになるほど美しい。死が美しくあってはならない。

係員が棺《ひつぎ》を霊柩車《れいきゅうしゃ》に運び、次にぼくたちの荷物を後部座席《ざせき》に移《うつ》した。荷物は多くない。メグとぼくそれぞれのバックパック、ぼくの弓と矢筒《やづつ》とウクレレ、スケッチブック二冊《さつ》、ジェイソンの形見となった手作りのジオラマだけだ。

ぼくは書類にサインし、係員から悔《く》やみの言葉をもらい、人のいい葬儀屋《そうぎや》と握手《あくしゅ》をした。葬儀屋《そうぎや》が霊柩車《れいきゅうしゃ》の鍵《かぎ》をぼくに手渡《てわた》し、去っていく。

ぼくは鍵《かぎ》を、そしてメグを見た。メグは赤い魚のグミの頭を歯でかじった。マクリーン氏の軽飛行機にはこのグミが六缶《かん》ストックしてあったが、今は在庫《ざいこ》ゼロ。メグはひとりで赤い魚の生態系《せいたいけい》を崩壊寸前《ほうかいすんぜん》にした。

「運転はぼく？　これはレンタ霊柩車《れいきゅうしゃ》か？　ぼくの持っているニューヨークの免許証《めんきょしょう》では無理だろう」

メグは肩《かた》をすくめた。フライト中、メグはソファがいいといって寝《ね》そべっていた。おかげで黒いおかっぱ頭の片側《かたがわ》がつぶれている。ラインストーンつきのキャッツアイ型《がた》メガネのとがった先が、金ぴかのサメのおもちゃのひれみたいにつき出ている。

服装《ふくそう》もだらしない。くたびれた赤いハイカットのスニーカー、すりきれた黄色のレギンス、パーシー・ジャクソンの母親からもらった愛用の緑の膝丈《ひざたけ》ワンピース。「愛用」というのはつまり、多くの戦いをくぐり抜《ぬ》け、何度も洗濯《せんたく》して、つくろわれ、今では服というより空気の抜《ぬ》けた熱気球同然、という意味だ。メグのおしゃれポイントは腰《こし》につけているガーデニングポーチ。デメテルの子が出かけるときの必需品《ひつじゅひん》だ。

「あたし、免許《めんきょ》ないから」メグがいった。そうなのだ。ぼくの命運は現在《げんざい》、十二歳《さい》の子に左右されている。「助手席で応援《おうえん》する」

霊柩車《れいきゅうしゃ》に応援《おうえん》がいるか？　しかし、メグは助手席側に駆《か》け寄《よ》り、車に乗りこんだ。運転はぼく。

まもなく黒いレンタ霊柩車《れいきゅうしゃ》は空港を出て、州間高速道路八八〇号線を北にむかった。

ベイエリア……ここには楽しい思い出がいろいろある。歪《ゆが》んだ鉢状《はちじょう》の巨大《きょだい》エリアにはおもしろい人間や場所がところせましと詰《つ》まっている。たとえば、緑と薄茶色《うすちゃいろ》の丘陵地《きゅうりょうち》、霧《きり》にかすむ海岸線、まぶしいレース細工のようにつながり合う橋、無計画に広がる住宅街《じゅうたくがい》。ブロックとブロックがラッシュアワーの地下鉄の乗客のように肩《かた》をぶつけ合っている。

一九五〇年代、フィルモアのバップシティーというジャズ・クラブでディジー・ガレスピー［訳注：1917～1993年。米国のジャズ・トランペット奏者《そうしゃ》］と共演《きょうえん》した。一九六七年夏のサマー・オブ・

ラブ［訳注：米国を中心に展開《てんかい》したヒッピー・ムーブメント］のときは、ゴールデンゲートパークでグレイトフル・デッド［訳注：米国のロックバンド。１９６５年にカリフォルニアで結成］と即興《そっきょう》のジャムセッションをやった。（ゆかいな連中だったが、ひとり十五分ずつのソロは本当に必要だったか？）一九八〇年代はスタンリー・カーク・バレル――あるいはＭＣハマー――とオークランドでぶらぶらしていたが、彼《かれ》はその時期にラップとダンスの融合《ゆうごう》を思いついた。音楽のセンスは彼《かれ》自身の才能《さいのう》でぼくは関係ないが、ファッションに関してはアドバイスをしてやった。例の金のラメのパラシュートパンツ？　ぼくの提案《ていあん》だ。おほめの言葉、ありがとう。

ベイエリアのどこを見てもたいがい、いい思い出がよみがえる。しかし、運転しながら目がつい北西を、マリン郡やタマルパイス山の暗い山頂《さんちょう》のほうを見てしまう。われわれオリンポスの神々《かみがみ》にとってあの山はオスリス山、タイタン族の本拠地《ほんきょち》だ。太古の敵《てき》は倒《たお》され、宮殿《きゅうでん》は破壊《はかい》されたが、今でも邪悪《じゃあく》な引力を感じる。磁石《じしゃく》が、人間になったぼくの血液《けつえき》から鉄分を抜《ぬ》きとろうとしているかのようだ。

だめだ、よけいなことを考えるな。もっとだいじな問題がある。それに、今はユピテル訓練所――サンフランシスコ湾《わん》のこちら側にある味方の本拠地《ほんきょち》――にむかっている。メグに応援《おうえん》されながら、霊柩車《れいきゅうしゃ》を運転している。なんの危険《きけん》もない。

ニミッツフリーウェイに乗り、イーストベイの平坦地《へいたんち》を縫《ぬ》うように走っていく。倉庫群《そうこぐん》、波止場《はとば》エリア、ショッピングモール、倒《たお》れかけたバンガローの並《なら》ぶエリアを抜《ぬ》けると、右手にオークランドのダウンタウンが見えてきた。小規模《きぼ》な高層《こうそう》ビル群《ぐん》が湾《わん》の対岸にあるおしゃれなサンフランシスコの街を正面から見ている。まるで、〈こっちはオークランド！　お忘《わす》れなく！〉とでもいうようだ。

メグは座席《ざせき》にもたれ、赤いスニーカーの両足をダッシュボードに乗せ、助手席側の窓《まど》を少し開けた。

「ここ、好き」メグはきっぱりといった。

「来たばかりじゃないか」ぼくはいった。「何が気に入った？　元倉庫か？　チキンアンドワッフルの店の看板《かんばん》か？」

「自然」

「コンクリートも自然の一部か？」

「木がある。花が咲《さ》いてて、空気はしっとりして、ユーカリの木のいいにおいがする。あそことは……」

最後までいう必要はない。南カリフォルニア滞在《たいざい》中は灼熱《しゃくねつ》の暑さ、異常《いじょう》な日照り、大規模《きぼ》な山火事で、さんざんな目にあった——すべてローマ皇帝《こうてい》カリグラと、恨《うら》みで頭が変になった親友の魔女《まじょ》メディアが作った炎《ほのお》の迷路《めいろ》のおかげだ。ベイエリアはそんな災害《さいがい》とは無縁《むえん》だ。とりあえず、今のところは。

ぼくたちはメディアを倒《たお》し、炎《ほのお》の迷路《めいろ》を消した。エリュトライの神託《しんたく》を解放《かいほう》し、南カリフォルニアの人間や枯《か》れかけていた森の精《ニンフ》ドリュアスに平穏《へいおん》をもたらした。

しかしカリグラはまだ元気だ。カリグラを始めとする三頭政治《さんとうせいじ》ホールディングスの元皇帝《こうてい》三人組は今もあらゆる予言の手段《しゅだん》を奪《うば》い、世界を乗っとり、未来を自分たちの描《えが》いた残虐《ざんぎゃく》なイメージどおりに書き換《か》えようとしている。現在《げんざい》、カリグラの邪悪《じゃあく》なラグジュアリーヨットの艦隊《かんたい》はサンフランシスコにむかって航行《こうこう》中。目的はユピテル訓練所襲撃《しゅうげき》だ。カリグラがオークランドとチキンアンドワッフルの店にどんな攻撃《こうげき》を計画しているのか、想像《そうぞう》するだけで恐《おそ》ろしい。

かりにぼくたちが三頭政治《さんとうせいじ》ホールディングスを打倒《だとう》できたとしても、もっとも重要な神託《しんたく》、デルポイの神託《しんたく》の問題は残る。デルポイの神託《しんたく》はぼくの仇敵《きゅうてき》、大蛇《だいじゃ》ピュトンに奪《うば》われたままだ。十六歳《さい》のヘタレ少年のぼくがどうすればピュトンを倒《たお》せるのか、まるでわからない。

いや、元気を出せ。それ以外はなんの問題もない。ユーカリの木のいいにおいがする。

車の速度は州間高速道路五八〇号線のインターチェンジで遅《おそ》くなった。カリフォルニアのドライバーには、霊柩車《れいきゅうしゃ》には敬意《けいい》を表して道をゆずるという習慣《しゅうかん》がないらしい。霊柩車《れいきゅうしゃ》の乗員の少なくとも一名はすでに死んでいる、いそがなくていい、と思われているのかもしれない。

メグはスイッチで窓《まど》を開けたり閉《し》めたりして遊んでいる。

「行き方知ってるの？　ユピテル訓練所の」

「もちろん」

「ハーフ訓練所のときもそういった」

「着いただろう！　結局は」

「凍《こご》えて死にかけた」

「ほら、訓練所の入り口はあのへんだ」オークランドヒルズのほうをあいまいに手でしめす。

「コールデコットトンネルに秘密《ひみつ》の通路か何かがある」

「何？」

「さあ、車で来たのは初めてだ。ふつうはアポロンの光り輝《かがや》く太陽の戦車で天から舞《ま》いおりるからな。しかし、コールデコットトンネルがメインエントランスなのは知っている。おそらく看板《かんばん》が出ている。『ハーフ限定《げんてい》』車線があるかもしれない」

メグはメガネの上からぼくを見た。「神様なのにすごいてきとう」最後まで窓《まど》を閉《し》める。シュー、ピタッ！　ギロチンの刃《は》みたいで気味が悪い。

北東方向の二四号線に入る。丘陵地《きゅうりょうち》が大きくせまるにつれ、渋滞《じゅうたい》が緩和《かんわ》してきた。高架《こうか》道路は住《じゅう》宅地《たくち》を駆《か》け抜《ぬ》けていく。曲がりくねった道や、背《せ》の高い針葉樹《しんようじゅ》、緑の谷間にしがみつくように建つ白い漆喰《しっくい》の家が現《あらわ》れてはうしろに流れていく。

看板《かんばん》が見えてきた。〈コールデコットトンネルまで三キロ〉。ほっとしていいはずだ。まもなくユピテル訓練所の境界《きょうかい》を越《こ》えて、ガードは厳重《げんじゅう》、魔法《まほう》でカモフラージュした谷に入る。ローマ軍団《ぐんだん》が一丸となって諸《しょ》問題からぼくを、少なくともしばらくは守ってくれるはずだ。

それなのに、なぜ首筋《くびすじ》が寒い？

何かおかしい。ふと思った。オークランドに着陸して以来感じる不安の原因《げんいん》は、海のむこうからせまってくるカリグラの艦隊《かんたい》でも、タマルパイス山にあったタイタン族の本拠地《ほんきょち》でもなく、もっと近いもの……敵意《てきい》を持った何かで、今それがせまってきているような気がする。

バックミラーを見た。うしろのレースのカーテン越《ご》しには車しか見えない。しかし、磨《みが》きあげたジェイソンの棺《ひつぎ》のふたに、黒い影《かげ》が映《うつ》って消えた——人の形をした何かがこの霊柩車《れいきゅうしゃ》すれすれに飛んだ。

「メグ？」ぼくはつとめて冷静にいった。「うしろに何か異変《いへん》はあるか？」

「異変《いへん》って？」

ガクン。

車が大きく揺《ゆ》れた。鉄くずを積んだトレーラーに引っかけられたかと思った。見るとルーフがへこみ、足形のようなものがふたつできている。

「何かルーフに乗ったみたい」メグがいった。

「さすがだ、シャーロック・マキャフリー！　追い払《はら》えるか？」

「あたしが？　どうやって？」

くやしいが、いい答えが見つからない。メグは両手の中指の指輪を必殺《ひっさつ》の金の剣《けん》に変えることができる。しかし、たとえばこの霊柩車《れいきゅうしゃ》のように狭《せま》い空間で剣《けん》を呼《よ》び出したら、結果はふたつ。うまくいっても、ふりまわすスペースがない。下手をすると、ぼくとメグ自身／ぼくかメグ自身をつき刺《さ》しておしまいだ。

ギシッ、ギシッ。足形がはっきりしてきた。人の車のルーフでサーフィンか。車をへこませるなんて相当、重いやつにちがいない。

今にも泣き声が出そうだ。ハンドルを握《にぎ》る手が震《ふる》える。後部座席《ざせき》に置いてある弓と矢筒《やづつ》がほしい。しかし、使えるはずがない。運転中は飛び道具の使用厳禁《げんきん》だ。

「たとえば」ぼくはメグにいった。「窓《まど》を開けて、顔を出し、声をかけたらどうだ。どいてちょうだい、とか」

「やだ」（メグはいやなものはいやだという）「ふり飛ばしたら？」

ハイウェイを時速八十キロで走行中にやるのは自殺行為《じさつこうい》だ、という前に、アルミ缶《かん》のプルトップを開けたときのような音がした。ルーフからかぎづめが一本つき出た。ドリルの先みたいな、汚《きたな》らしい白いかぎづめだ。と思ったら、また一本、さらに一本。合計十本のかぎづめが刺《さ》さった。巨大《きょだい》な手二本分のかぎづめだ。

「メグ」声がうわずる。「よかったら――」

どうつづければいいかわからない。〈ぼくを守ってくれないか？　そいつをやっつけてくれないか？　後部座席《ざせき》にぼくの下着の替《か》えがあるか見てくれないか？〉

無礼にもじゃまが入った。かぎづめがルーフの一部をはぎとった。誕生日《たんじょうび》プレゼントの箱みたいに。

ルーフにできたぎざぎざの穴《あな》からぼくを見おろしているのは、干《ひ》からびたグールの一種《いっしゅ》。皮膚《ひふ》はイエバエのように青黒い光沢《こうたく》を帯び、ふたつの白い眼球《がんきゅう》はにごり、歯をむきだし、よだれをしたたらせ、脂《あぶら》ぎった黒い羽根で作った薄《うす》い腰巻《こしまき》をつけている。放つ悪臭《あくしゅう》はゴミ箱も顔負け――ゴミ箱に飛びこんだことのある本人がいうのだから本当だ。

「クイモノ！」そいつが吠《ほ》えた。

「やっつけろ！」ぼくはメグに叫《さけ》んだ。

「ハンドル切って！」メグがいい返す。

貧弱《ひんじゃく》な人間の体に監禁《かんきん》されて迷惑《めいわく》なことのひとつ。ぼくはメグ・マキャフリーの召使《めしつかい》。命令には逆《さか》らえない。メグが「ハンドル切って」と叫《さけ》んだ瞬間《しゅんかん》、右に大きくハンドルを切った。霊柩車《れいきゅうしゃ》は見事に反応《はんのう》した。三車線分をななめにつっ切り、ガードレールを破《やぶ》り、眼下《がんか》の峡谷《きょうこく》にジャンプした。

2　亡《な》き友を亡者《もうじゃ》にくれてやるものか

空を飛ぶ車は大好きだ。ただし、できれば本当に空を飛べる車がいい。

霊柩車《れいきゅうしゃ》の重力がゼロになった瞬間《しゅんかん》、百万分の数秒、眼下《がんか》の景色が目に入った——小さな美しい湖だ。ユーカリの木と小道に囲《かこ》まれ、対岸には小さな砂浜《すなはま》があり、夕方のピクニックに来たグループが敷物《しきもの》の上でくつろいでいる。

〈よし〉ぼくは脳《のう》の奥《おく》のほうで思った。〈なんとか湖に着水できるかもしれない〉

そして、落ちた——湖にではなく、ユーカリの木立に。

『ドン・ジョバンニ』のアリアをうたうパバロッティ〔訳注：テノール歌手〕の高いドのような音が、ぼくの喉《のど》から飛び出した。両手はハンドルに糊付《のりづ》けだ。

ユーカリの木立につっこんだ瞬間《しゅんかん》、グールはルーフから消えた——木の枝《えだ》が協力してグールをはたき落としてくれた感じだ。霊柩車《れいきゅうしゃ》のまわりの枝《えだ》もしなって墜落《ついらく》のスピードを遅《おそ》くしてくれながら、ハッカの香《かお》りの青々《あおあお》とした大枝《おおえだ》から大枝《おおえだ》へ霊柩車《れいきゅうしゃ》を下に渡《わた》していく。そしてついに車は四本のタイヤを下にして、大きな衝撃音《しょうげきおん》とともに地面に落ちた。間髪《かんはつ》入れずエアバッグがふくらみ、頭がシートに押《お》しつけられた。

目の前を黄色のアメーバが踊《おど》っている。喉《のど》に血の味がして痛《いた》い。ドアのハンドルを手さぐりでさがし、エアバッグと座席《ざせき》のあいだからもがき出て、冷たくやわらかい芝《しば》の上に転がった。

「まいった」ぼくはいった。

メグがどこかそのへんで嘔吐《おうと》しているのが聞こえる。メグもまだ生きてはいるらしい。左三メートルくらい先で、湖岸に波が打ち寄《よ》せる音がする。真上を見てみた。いちばん大きなユーカリの木の上のほうで、さっきの青黒いグールがうなり、もがいている。枝《えだ》の檻《おり》に閉《と》じこめられている。

ぼくは手をついて体を起こした。鼻がずきずきする。副鼻腔《ふくびこう》にハッカのゴム栓《せん》をつっこまれたのかと思った。「メグ？」

メグが霊柩車《れいきゅうしゃ》の前をまわってふらふらやって来た。両目のまわりに青いあざができている。助手席のエアバッグが作動した証拠《しょうこ》だ。メガネは無事だが、歪《ゆが》んでいる。「ハンドル切るの下手」

「おいおい！」ぼくは反論《はんろん》した。「命令されたから——」脳《のう》がぐらつく。「待て。どうしてふたりとも助かった？　メグがユーカリの枝《えだ》に協力をたのんだのか？」

「さあ」メグが両手を軽くふると、金の三日月剣《けん》が二本現《あらわ》れた。メグは剣《けん》をスキーのストックみたいに使って体を支《ささ》えた。「あの化け物を捕《つか》まえておけるのはあと少し。したくして」

「え?」高い声が出た。「待て。いや、まだだめだ!」

ぼくは霊柩車《れいきゅうしゃ》の運転席側のドアにしがみついて立った。

湖の対岸でくつろいでいたピクニックのグループはすでに敷物《しきもの》から腰《こし》をあげている。空から霊柩《れいきゅう》車《しゃ》が落ちてきて驚《おどろ》いたのだろう。視界《しかい》がぼんやりしているが、あのグループがどこかふつうではないのはわかった。よろいかぶとをつけている者がいるし、脚《あし》がヤギの者もいる。

味方だとしても、手助けしてもらうには遠すぎる。

足を引きずって後部にまわり、ドアを開ける。ジェイソンの棺《ひつぎ》はきちんと固定されたまま、無事なようだ。弓と矢筒《やづつ》をつかむ。ウクレレは後部座席《ざせき》の下敷《したじ》きになったらしく、見えない。ウクレレなしでしのぐしかない。

頭上では枝《えだ》の檻《おり》に捕《つか》まったグールが吠《ほ》え、暴《あば》れている。

メグがよろけた。額《ひたい》に汗《あせ》をかいている。そのとき、グールが檻《おり》からもがき出て、まっさかさまに落ちてきた。ほんの数メートル先だ。衝撃《しょうげき》で両脚《りょうあし》が折れるよう願ったが、そうはいかなかった。グールが二、三歩歩き、芝生《しばふ》がへこんで濡《ぬ》れた足形が残った。と思ったら、体をまっすぐ起こし、うなった。とがった白い歯は杭垣《くいがき》そっくりだ。

「コロシテ、クウ!」グールが叫《さけ》んだ。

なんて素敵《すてき》な声だ。このグールはノルウェーのデスメタルバンドの曲だってうたえそうだ。

「待て！」ぼくのほうは金切り声だ。「し——知っているぞ」人差し指をふり、記憶《きおく》にエンジンをかける。反対の手に握《にぎ》った弓が震《ふる》え、矢筒《やづつ》の矢がカタカタ鳴っている。「ちょ、ちょっと待て、今思い出す！」

グールが立ち止まった。知覚のある生き物はたいてい、自分が何者か気づいてもらいたがるものだ。神でも、人間でも、ハゲワシの羽根で作った腰巻《こしまき》をつけてよだれをたらしたグールでも、同じだ。まわりに自分が何者か知ってほしいし、名前を呼《よ》んでほしいし、自分が存在《そんざい》していることを喜《よろこ》んでもらいたい。

もちろん、ぼくは時間稼《かせ》ぎをしているだけだ。メグよ、呼吸《こきゅう》を整え、剣《けん》を手に飛び出し、そのくさいグールを細切《こまぎ》れにしてくれ。しかし、今のメグは剣《けん》を松葉杖《まつばづえ》代わりにするのがやっとらしい。大木にいうことを聞かせるのはひと苦労かもしれないが、エネルギーが切れるのはハゲワシコシマキを退治《たいじ》した後にしてほしかった。

待て。ハゲワシコシマキ……もう一度グールを見てみた。不気味な青と黒のまだらの肌《はだ》、白くにごった目、大きすぎる口に、小さすぎる鼻の穴《あな》。腐肉《ふにく》のような悪臭《あくしゅう》を発し、死体をむさぼるハゲワシの羽根で作った腰巻《こしまき》をつけている……

「わかったぞ」ぼくはいった。「おまえはギリシャのグール、エウリュノモスだな」

ぜひこのセリフをいってみてほしい。できたら、顔に霊柩車《れいきゅうしゃ》のエアバッグでパンチを食らった直後、舌《した》が鉛《なまり》みたいになって、全身が恐怖《きょうふ》で震《ふる》えているときに。

グールのくちびるが歪《ゆが》んだ。銀色のよだれがあごをつたって落ちる。「ソウダ！　クイモノニ、ナマエ、ヨバレタ！」

「し、しかし、君が食うのは死体だ。君は冥界《めいかい》にいて、ハデスにつかえているはずだ！」

グールは首をかしげた。「冥界《めいかい》」や「ハデス」という言葉の意味を思い出そうとしているのかもしれない。「殺《ころ》す」や「食う」ほど好きな言葉ではないらしい。

「ハデス、シタイ、クレタ！」グールが叫《さけ》ぶ。「イマノシュジン、ナマニク、クレル！」

「今の？」

「シュジン！」

ハゲワシコシマキは叫《さけ》んでばかりでいやになる。見たところ耳はないから、ボリュームの調整が利《き》かないのだろう。あるいは、不潔《ふけつ》な唾《つば》をできるだけ広範囲《こうはんい》に飛び散らせたいだけかもしれない。

「主人というのがカリグラなら、きっとあらゆる約束をしたことだろうが、ぼくにはわかる。カリグラはけっして——」

「ハ！　バカメ！　カリグラ、シュジンデハナイ！」

「ちがうのか？」

「チガウ！」

「メグ！」ぼくは叫《さけ》んだ。しまった、自分もグールと同じじゃないか。

「何？」メグは息が苦しそうだ。戦う気まんまんの形相《ぎょうそう》で、剣《けん》を松葉杖《まつばづえ》にしてよたよた歩いてくる。

「ちょっと、待って」

メグが今回の戦いの司令官になれるはずがない。もしハゲワシコシマキを少しでもメグに近寄《ちかよ》らせたら、メグは殺《ころ》される。それは九十五パーセント容認《ようにん》できない。

「いいか、エウリュノモス」ぼくはいった。「主人がだれであれ、今日はだれも殺《ころ》したり食べたりしてはならない！」

ぼくは矢筒《やづつ》からさっと矢を一本とった。弓につがえ、ねらいを定める。文字どおりこれまで何百万回もやったとおりだ。しかし、堂々《どうどう》としているつもりが、手は震《ふる》え、膝《ひざ》はがくがくしている。なぜ人間は怖《こわ》いと震《ふる》える？　逆《ぎゃく》だ。ぼくが人間を創《つく》るとしたら、怖《こわ》いときこそ鋼鉄《こうてつ》のようにかたい意志《いし》と超人的《ちょうじんてき》な力を与《あた》えてやるのに。

グールが歯のすきまから、唾《つば》をまき散らした。

「ジキニ、シュジンノブタイ、フタタビメザメル！　シゴト、オワラセル！　クイモノ、ホネマデシャブル。クイモノ、ワレワレニ、クワワル！」

〈クイモノ、ワレワレニ、クワワル？〉胃《い》の中の気圧《きあつ》が一気にさがった。ハデスがエウリュノモスをひどく気に入っている理由を思い出した。人間がエウリュノモスのかぎづめでやられた場合、たとえほんの小さな切り傷《きず》しかできなかったとしても、どんどん体が弱っていく。被害者《ひがいしゃ》はやがて死に、そしてギリシャ人がブリコラカスと呼《よ》ぶ――テレビ用語でゾンビとなってよみがえる。

最悪なのはそれだけじゃない。エウリュノモスが死体を骨《ほね》までしゃぶりつくした場合、その骸骨《がいこつ》は冥界《めいかい》の戦士《せんし》の中でもとくに獰猛《どうもう》でタフな戦士《せんし》としてよみがえる。骸骨戦士《がいこつせんし》の多くはハデスの宮殿《きゅうでん》を守る優秀《ゆうしゅう》な護衛兵《ごえいへい》となる。ぼくはそんな仕事にはつきたくない。

「メグ？」矢はグールの胸《むね》にねらいをつけたままだ。「うしろにさがれ。こいつに引っかかれないように」

「でも――」

「たのむ、今回はぼくを信用してくれ」

ハゲワシコシマキがうなった。「クイモノ、シャベリスギ！　ハラヘッタ！」

グールが飛びかかってきた。

ぼくは矢を放った。

命中した――グールの胸《むね》のど真ん中だ。しかし、矢は金属《きんぞく》にあたったゴムハンマーみたいにはね返った。天上界の青銅製《せいどうせい》の矢で痛《いた》いことは痛《いた》かったにちがいない。グールは悲鳴をあげ、足を止めた。胸《むね》に開いた穴《あな》から湯気が出ている。しかし、それ以外はなんともない。同じ場所にあと二十発か三十発あてたら、大きなダメージを与《あた》えられるかもしれない。

震《ふる》える手でもう一本弓につがえる。「か、覚悟《かくご》しろ！」ぼくは、はったりをかませた。「次の一本でとどめだ！」

ハゲワシコシマキが喉《のど》の奥《おく》で苦しそうな声を出す。臨終《りんじゅう》の喉鳴《のど》りか？　いや、笑っているだけだ。

「アッチノ、クイモノ、サキカ？　オマエ、デザートニ、スルカ？」

グールが曲げていたかぎづめをのばし、霊柩車《れいきゅうしゃ》のほうをしめす。

意味がわからない。わかりたくない。エアバッグを食べたいのか？　それともルーフか？

ぼくより先にメグが理解《りかい》した。怒《おこ》って叫《さけ》ぶ。

グールは死体を食べる。ぼくたちは霊柩車《れいきゅうしゃ》に乗っていた。

「やめろ！」メグが叫《さけ》んだ。「さわるな！」

メグが剣《けん》をかまえ、ゆっくり足を踏《ふ》み出す。しかしグールと戦える状態《じょうたい》ではない。ぼくはメグを肩《かた》で押《お》しのけ、盾《たて》になって立ち、矢を次々《つぎつぎ》に放った。

矢が青黒い肌《はだ》にあたって火花を散らし、湯気が出ても、致命傷《ちめいしょう》になるどころか、穴《あな》が開くだけだ。ハゲワシコシマキがよろけながら近づいてくる。痛《いた》みにうなり、矢があたるたびに体を震《ふる》わせている。

一メートル半前まで来た。

あと五十センチ。ぼくの顔めがけてかぎづめが開く。

うしろのほうから女の声がした。「ちょっと！」

その声でハゲワシコシマキが一瞬《いっしゅん》ひるみ、ぼくは勇敢《ゆうかん》に尻餅《しりもち》をついた。あわててグールのかぎづめから逃《に》げる。

ハゲワシコシマキが目をぱちぱちさせる。観客が登場して混乱《こんらん》している。三メートルくらいむこうにファウヌスやドリュアスのグループがいた。合わせて十二、三人だ。全員が、やせ型《がた》で長身の少女のうしろに隠《かく》れようとしている。少女はピンクの髪《かみ》で、ローマの軍団《ぐんだん》兵のよろいをつけている。

少女は飛び道具らしきものをいじっている。おっと、クロスボウだ。しかも「マニュバリスタ」と呼《よ》ばれるローマ式のごついクロスボウだ。クロスボウはやっかいだ。準備《じゅんび》に時間がかかる。超強《ちょう》力だが、あてにならない武器《ぶき》として有名だ。太矢《ふとや》はセットしてある。少女がクランクをまわした。ぼくと同じで手が震《ふる》えている。

一方、メグはぼくの左で草むらに転がってうめいていたのだが、また立ちあがろうとしている。「なんで押《お》したの」とかいっている。きっと〈アポロン、ありがとう。おかげで命拾いした〉の意味だろう。

ピンクの髪《かみ》の少女がクロスボウをかまえた。ひょろ長く、安定感のない脚《あし》は、生まれたてのキリンみたいだ。「そ――そのふたりから離《はな》れなさい」少女がグールにいう。

ハゲワシコシマキは得意《とくい》の叫《さけ》び声と唾《つば》で返した。「マタ、クイモノ！　ミナ、オウノ、シタイブタイニ、クワワルガイイ！」

「おっと」ファウヌスのひとりが不安げな様子で、〈バークリー人民共和国〉と書かれたTシャツの下で腹《はら》をかいた。「それはまずい」

「まずい、まずい」仲間も声をそろえる。

「ローマノ、モノドモ、ツベコベ、イウナ！」グールがうなる。「オマエタチノ、ナカマノ、ナマニクノアジ、シッテイル！　ブラッドムーンノヒ、オマエタチモ、ナカマニ、クワワル――」

どすっ！

帝国《ていこく》の黄金の太矢《ふとや》が胸《むね》のど真ん中に命中した。グールが白くにごった目を見開く。少女本人も驚《おどろ》いている。

「嘘《うそ》、あたった」ファウヌスのひとりがいった。目をまるくしている。

グールの体がくずれ、ちりとハゲワシの羽根の山と化す。太矢《ふとや》が重い音を立てて地面に落ちた。

メグが足を引きずってぼくの横に来た。「見た？　あれが正しい退治法《たいじ》だよ」

「うるさい」小声で返す。

ぼくもメグも予期せぬ救《すく》い主のほうを見た。

ピンクの髪《かみ》の少女はちりの山を見て眉《まゆ》をひそめた。あごが震《ふる》え、今にも泣きだしそうだ。つぶやくようにいう。「やだっていったのに」

「ま、前にも戦ったことがあるのか？」ぼくはたずねた。

少女がぼくを見た。そんなばかなこと聞くなんてばかじゃないの、という顔だ。

ファウヌスのひとりが少女を肘《ひじ》でつついた。「ラビニア、このふたりがだれなのか聞いてよ」

「あ、そうね」ピンクの髪《かみ》の少女、ラビニアは咳払《せきばら》いした。「で、だれなの？」

ぼくはあわてて立ちあがり、落ち着こうとした。「ぼくはアポロン。こちらはメグ。助けてくれて礼をいう」

ラビニアが目を見開く。「アポロンって、あの――」

「話すと長くなる。ぼくたちは今、友人、ジェイソン・グレイスの遺骸《いがい》を運んでいる。ユピテル訓練所に送り届《とど》けて埋葬《まいそう》をしてもらうつもりだ。手を貸《か》してくれないか？」

ラビニアの口が開いたままになる。「ジェイソン・グレイスが……死んだ？」

ぼくが返事をする前に、高速道路二四号線のむこうのほうから、怒《いか》りと苦しみのわめき声が聞こえてきた。

「ねえ」ファウヌスのひとりがいった。「グールって、ふたりひと組みで狩《か》りをするんじゃなかった？」

ラビニアがはっとした。「そうだった。ふたりとも、訓練所に案内してあげる。そのあとで聞かせて」ためらいがちに霊柩車《れいきゅうしゃ》を手でしめす。「だれが亡《な》くなったか、あと、いきさつも」

3 ガム噛《か》んで棺《ひつぎ》をかつぐやれやれだ

棺《ひつぎ》一基《き》を運ぶのに何人の自然の精《せい》が必要か？

答えは不明。というのも、ドリュアスもファウヌスも仕事があるとわかったとたん、一名を残し、木立に駆《か》けこんで逃《に》げたからだ。残った一名のファウヌスも逃《に》げかけたがラビニアに手首をつかまれた。

「だめよ、ドン」

虹《にじ》色のサングラスの奥《おく》でドンの目はパニックを起こしている。ヤギひげがぴくぴくしている――

それを見てサテュロスのグローバーがなつかしくなった。

(念のためにいっておくと、ファウヌスとサテュロスは基本的《きほんてき》に同じ生き物をさす。ただ、ファウヌスはローマでの呼《よ》び名で、サテュロスとちがって、ほぼ……なんの役にも立たない)

「ぜひ手伝いたいんだけど」ドンがいう。「ちょっと約束があるのを思い出して――」

「ファウヌスは約束なんかしない」ラビニアがいう。

「車を二重駐車《ちゅうしゃ》してて――」

「車なんか持ってない」

「犬の餌《えさ》の時間――」

「ドン！」ラビニアがぴしゃりといった。「忘《わす》れたの？」

「わかったって」ドンはつかまれた手首をふりほどき、さすった。むっとしている。「たしかに、ウルシもピクニックに来るかも、とはいったけど、絶対《ぜったい》とはいってない」

ラビニアの顔がテラコッタみたいに赤くなる。「そのことじゃないわよ！　今まで千回かばってあげたでしょ。だから、手伝って」

ラビニアはぼくか霊柩車《れいきゅうしゃ》か、あるいは周辺をあいまいに指さした。ラビニアはユピテル訓練所に入ったばかりなのだろうか。軍団《ぐんだん》のよろいがなじんでいない。やたら肩《かた》をすくめたり、膝《ひざ》を曲げたり、ほっそりした首にかけた銀色のダビデの星のペンダントにさわったりしている。やさしい茶色の目とピンクの髪《かみ》を見ると、ぼくの彼女《かのじょ》に対する第一印象《いんしょう》がいよいよ強くなる――キリンの赤ん坊《ぼう》がよちよち歩きで母親から離《はな》れ、サバンナを見渡《みわた》して「どうして私《わたし》はここにいるの？」とか思っている。

メグがふらふらぼくの横に来た。バランスをとろうとして矢筒《やづつ》につかまり、ついでにストラップでぼくの首をしめる寸前《すんぜん》だ。「だれ、ウルシって？」

「メグ」ぼくは止めた。「よけいなお世話だ。しかし、おそらく、ウルシというのは、ここにいるラビニアが気になっているドリュアスのことだ。メグもパームスプリングズでジョシュアが気になっていただろう」

メグはすぐ返した。「気になってなんか――」

ラビニアも声をそろえた。「気になってなんか――」

どちらも黙《だま》り、眉《まゆ》をひそめておたがいを見る。

「けど」メグはいった。「ウルシって……さわるとかぶれるでしょ？」

ラビニアは両手を広げて天にむけた。またその質問《しつもん》、という顔だ。「ウルシって最高に素敵《すてき》なの！　ていっても、彼女《かのじょ》とぜひデートしたいわけじゃ――」

ドンが鼻を鳴らす。「おっと、それはどうだか」

ラビニアは太矢《ふとや》の先をドンにむけた。「でも、考えてあげてもいいかな――気が合いそうなら。だから見張《みは》りの仕事をさぼって今日のピクニックに参加したの。だって、ドンが――」

「それよりさ！」ドンはわざとらしい声で笑った。「このふたりを訓練所に案内するんじゃないっけ？　霊柩車《れいきゅうしゃ》はどうする？　まだ走れる？」

ファウヌスはなんの役にも立たない、という言葉は訂正《ていせい》。ドンは話題を変えるのがうまい。

調べてみると、霊柩車《れいきゅうしゃ》はかなり傷《いた》んでいた。ユーカリの香《かお》りのへこみや傷《きず》が無数にある以外にも、ガードレールにつっこんだせいでフロントの部分が思いきりつぶれていた。ぼくがフラコ・ヒメネスのアコーディオンを野球のバットで殴《なぐ》ったときそっくりだ。（フラコ、悪かった。しかし、君の演奏《えんそう》があまりにうまいので、嫉妬《しっと》してしまったんだ。君のアコーディオンを生かしておく気になれなかった）

「棺《ひつぎ》はかついでいこう」ラビニアがいった。「四人で」

また怒《いか》りの叫《さけ》びが夜の空気を切り裂《さ》いた。さっきより近い――ハイウェイのすぐ北のほうだ。

「無理だ。棺《ひつぎ》をかついで」ぼくはいった。「コールデコットトンネルまで坂道をあがるなんて」

「別のルートがあるの」ラビニアがいった。「訓練所の秘密《ひみつ》の入り口。そこから行けばかなり近道」

「近道、好き」メグがいう。

「問題は」ラビニアがいった。「あたし本当は今、見張《みは》りの仕事のさいちゅうで、シフトはあと少しで終わる。あたしがさぼっているのをパートナーの子がうまくごまかしきれるか、わからない。だから、訓練所に着いたら、あなたたちとどこでどう出会ったかの説明はあたしにさせて」

ドンが肩《かた》をすくめる。「ラビニアが見張《みは》りの仕事をまたさぼったのがばれたら――」

「また？」ぼくは聞いた。

「ドン、よけいなことといわない」ラビニアがいう。

ラビニアの問題は、その、死にそうになったりグールに食われそうになったりすることとくらべたら、たいしたことはないように思える。その一方で、ローマの軍団《ぐんだん》の罰《ばつ》は厳《きび》しいことも承知《しょうち》している。むち、チェーン、獰猛《どうもう》な動物などが使われることも多く、ヘヴィメタミュージシャンのオジー・オズボーンの一九八〇年頃《ごろ》のコンサートも顔負けだ。

「そのウルシのドリュアスがそこまで好きなのか」ぼくはいった。

ラビニアは言葉に詰《つ》まった。クロスボウの太矢《ふとや》を拾い、ぼくにむかって脅《おど》すようにふる。「協力してあげるから、協力して。それが条件《じょうけん》」

メグが代わりにこたえた。「取引成立。棺《ひつぎ》をかついで走れる？」

走れなかった。

霊柩車《れいきゅうしゃ》から残りの荷物も出し、ぼくとメグは棺《ひつぎ》のうしろ、ラビニアとドンは前を持つことになった。四人で棺《ひつぎ》をかついで湖岸をいそぐが、なかなか足がそろわない。ぼくはユーカリの木の上に目をやってばかりだ。空からまたグールがふってこないことを願う。

ラビニアは、秘密《ひみつ》の入り口はこの湖のすぐむこう側にあるといった。問題はむこう側、というところだ。つまり、棺《ひつぎ》をかついで泳ぐことはできないので、湖岸に沿《そ》って約四百メートル、棺《ひつぎ》を運んでいかなくてはならない。

「しかたありません」ラビニアはぼくがぼやくとこういった。「あっちの砂浜《すなはま》から走って助けにきたんです。いっしょに走って引き返すくらいしてください」

「わかっているが」ぼくはいった。「棺《ひつぎ》が重くて」

「同意見」ドンがうなずく。

ラビニアは鼻を鳴らした。「ふたりとも軍団《ぐんだん》のフル装備《そうび》で三十キロ行進してみたら?」

「いや、けっこう」ぼくは小さくつぶやいた。

メグは何もいわない。疲《つか》れきった表情《ひょうじょう》で、息も切れているが、文句《もんく》をいわずにうしろでぼくの反対側をかついでいる――おそらく、ぼくへのあてつけだろう。

ついにさっきラビニアたちがピクニックをしていた砂浜《すなはま》に着いた。砂浜《すなはま》の手前の看板《かんばん》にこう書いてある。

〈テメスカル湖

遊泳は各自の責任《せきにん》で行ってください〉

人間にありがちなことだ。溺《おぼ》れる危険《きけん》については警告《けいこく》するが、人肉を食うグールについては警告《けいこく》しない。

ラビニアはぼくたちを石造《いしづく》りの小さな建物に案内した。中はトイレと更衣室《こういしつ》。裏《うら》にまわると、ブラックベリーの茂《しげ》みに隠《かく》れるように、ごくふつうの金属製《きんぞくせい》のドアがあった。ラビニアが蹴《け》って開けると、ゆるやかにくだるコンクリートのトンネルが見えた。その先は真っ暗だ。

「人間はこんなものがあるとは知らないんだろう」ぼくはいった。

ドンがくすっと笑う。「もっちろん。発電室かなんかだと思ってる。軍団《ぐんだん》の訓練生もほとんど知らない。知っているのはラビニアみたいにクールな子だけ」

「ドン、仕事はここで終わりじゃないからね」ラビニアがいう。「いったん棺《ひつぎ》をおろそうか」

ぼくは心の中で感謝《かんしゃ》した。肩《かた》は痛《いた》いし、背中《せなか》は汗《あせ》だくだ。オリンポス山にあるヘラのリビングルームで、純金製《じゅんきんせい》の玉座《ぎょくざ》を右だ左だと運ばされたときのことを思い出した。ヘラは置き場にとことん迷《まよ》っていた。あきれた女神だ。

ラビニアがジーンズのポケットから風船ガムをとり出した。三枚《まい》口に入れ、ぼくとメグにもすすめた。

「いや、けっこう」とぼく。

「ありがと」とメグ。

「ありがとさん！」とドン。

ラビニアはドンにとられないよう、ガムを引っこめた。「ドンは体質《たいしつ》に合わないでしょ。前は何日もトイレにこもりっぱなしだったくせに」

ドンが口をとがらす。「だけど、うまくって」

ラビニアの目はトンネルをじっと見て、口はガムをくちゃくちゃ噛《か》んでいる。「四人で棺《ひつぎ》をかついで入るにはせますぎる。あたしが先導《せんどう》する。ドンと」ぼくを見て首をかしげる。本当に神様なのかな、という顔だ。「アポロン様で前とうしろを持って」

「ふたりだけで？」とぼく。

「無茶だ！」ドンもいう。

「ソファを運ぶのと同じ」ラビニアがいった。そういえばぼくが納得《なっとく》するとでも思っているのだろうか。「で、あなた――名前は、ペグだっけ？」

「メグ」メグがこたえる。

「置いていけるものはないの？」ラビニアが聞く。「たとえば……脇《わき》にはさんでいるそのボード――宿題か何か？」

メグは信じられないほど疲《つか》れているにちがいない。ラビニアをにらんだり、ぶったり、耳からゼラニウムを咲《さ》かせたりもしない。少し背中《せなか》をむけ、ジェイソンのジオラマをかばうようにした。

「ううん。これはだいじ」

「そう」ラビニアは指先で眉《まゆ》をかいた。眉《まゆ》も髪《かみ》と同じでピンクだ。「メグは最後から来て、うしろをガードして。ドアに鍵《かぎ》はついていない。だから――」

それが合図だったかのように、湖の対岸から今まで以上に騒々《そうぞう》しいわめき声が聞こえた。完全に怒《おこ》っている。さっき倒《たお》したグールのちりと腰巻《こしまき》の山を、パートナーのグールが見つけたのかもしれない。

「いそごう！」ラビニアがいった。

髪《かみ》がピンクの少女の第一印象《いんしょう》に修正《しゅうせい》が必要だ。落ち着きのないキリンの赤ん坊《ぼう》にしては、大変えらそうだ。

四人縦《たて》に一列でトンネルをくだっていく。ぼくは棺《ひつぎ》のうしろ、ドンは前をかついでいる。こもった空気にラビニアのガムのにおいが混《ま》じり、かびの生えた綿菓子《わたがし》のようなにおいがしてきた。ラビニアかメグがふくらませた風船を割《わ》るたび、ぼくはびくっとした。棺《ひつぎ》が重くてすぐに指が痛《いた》くなってきた。

「あとどのくらい？」ぼくはたずねた。

「今トンネルに入ったばかり」ラビニアがこたえる。

「ということは……もうすぐか？」

「四百メートルくらい」

男らしく、ぐっと言葉を飲みこもうとしたが、ついなさけないため息がもれてしまった。

「ねえ」うしろでメグがいった。「いそいだほうがいいよ」

「何かいる？」とドン。

「まだ」メグがいう。「でも、勘《かん》でわかる」

勘《かん》で？　勘《かん》は嫌《きら》いだ。

それぞれが持つ武器《ぶき》の明かりだけがたよりだ。ラビニアが背負《せお》っているクロスボウの金色の金具が反射《はんしゃ》して、ピンクの髪《かみ》に丸い輪ができている。メグの剣《けん》二本が放つ明かりで四人の影《かげ》が左右の壁《かべ》に長く映《うつ》り、亡霊《ぼうれい》の行列にはさまれて歩いている気がしてきた。ドンが肩越《かたご》しにうしろを見るたび、虹《にじ》色のレンズふたつが暗闇《くらやみ》を泳ぐ。水面を漂《ただよ》う油のようだ。

手と腕《うで》が燃《も》えるように痛《いた》い。しかし、ドンは平気らしい。ファウヌスより先に泣き言をいってたまるか。

トンネルが広がり、足下《あしもと》が平らになった。いい兆候だと思うことにしたが、メグもラビニアも棺《ひつぎ》をかつぐのを手伝うとはいわない。

ついに、手に力が入らなくなった。「止まってくれ」

ドンといっしょに棺《ひつぎ》を下におろす。もう一歩遅《おそ》かったら落としていたかもしれない。両手の指のあちこちが赤くへこみ、手のひらに水ぶくれができてきた。ジャズ・ギタリストのパット・メセニーと九時間ぶっつづけで三百キロの鉄製《てっせい》エレキギターを抱《かか》えてセッションしたのかと思うくらい疲《つか》れた。

「やれやれ」ぼくはつぶやいた。表現力豊《ひょうげんりょくゆた》かな元詩の神ならではのセリフだ。

「ほんの少し休むだけです」ラビニアは厳《きび》しい。「見張《みは》りのシフト時間はもう終わっているから、パートナーは、どこに行っちゃったのかしら、って思ってるだろうな」

ぼくは思わず笑いそうになった。そうだ、こっちの諸《しょ》問題だけでなく、ラビニアが仕事をさぼった心配もしなくてはならなかった。「パートナーはだれかに報告《ほうこく》しそう？」

ラビニアは暗闇《くらやみ》を見つめた。「自分からはしないと思います。うちのコホルスの隊長の女子なんですけど、気が利《き》くから」

「隊長がさぼるのを許可《きょか》したのか？」

「そういうわけじゃなくて」ラビニアはダビデの星のペンダントにさわった。「目をつぶることにした、って感じ。理解《りかい》があるから」

ドンがくすっとした。「ひと目ぼれに関して？」

「ちがう！」ラビニアがいう。「五時間じっと見張《みは》りをするってことに関して！　あたしは絶対《ぜったい》無理！　とくに、最近あんなことがあったばかりだもの」

そうか。ラビニアはやたらネックレスにさわったり、ガムをくちゃくちゃ噛《か》んだり、長い脚《あし》をたえずそわそわ動かしたりしている。ハーフの多くは注意欠陥多動性障害《ADHD》の傾向《けいこう》がある。つねに動いていて、戦いにすぐ対応《たいおう》できる。しかし、ラビニアは超《ちょう》ＡＤＨＤだ。

「最近あんなことがあったばかり、といったが……」ぼくがいい終わらないうちに、ドンが体をかたくした。鼻とヤギひげがぴくぴくしている。ラビュリントス内をグローバー・アンダーウッドとさまよったことがあるぼくには、その意味がわかる。

「なんのにおいだ？」ぼくはたずねた。

「なんだろう……」また鼻をひくつかせる。「近い。かびくさい」

「そうか」ぼくは赤くなった。「今朝シャワーを浴びたんだが、体力を使うと、この人間の体は汗《あせ》をかいて――」

「ちがう。耳をすまして！」

メグが後方をふり返った。二本の剣《けん》をかまえ、待つ。ラビニアはクロスボウを肩《かた》からはずし、前方の闇《やみ》を見つめた。

やがて、自分の大きな心臓《しんぞう》の音とは別に、金属《きんぞく》が鳴る音と、規則正《きそくただ》しい足音が聞こえてきた。だれかがこっちに走ってくる。

「大勢《おおぜい》来る」メグがいった。

「ちがう、待って」ラビニアがいう。「隊長かも！」

メグとラビニアは別々《べつべつ》のことをいっている気がする。しかし、どちらもいい知らせではなさそうだ。

「隊長？」ぼくは聞いた。

「大勢《おおぜい》？」ドンの声がうわずっている。

ラビニアは手をあげ、大きな声でいった。「あたしよ、ここ！」

「しーっ！」メグはまだ後方を見ている。「ラビニア、だめじゃん」

そのとき、ユピテル訓練所のほうから、ぼくたちの武器《ぶき》が放つ薄明《うすあ》かりの中に少女が駆《か》けこんできた。

歳《とし》はラビニアと同じ、十四、五だろう。肌《はだ》の色が濃《こ》く、目は琥珀色《こはくいろ》で、肩《かた》にかかる茶色の巻《ま》き毛の髪《かみ》。紫《むらさき》のTシャツとジーンズの上につけた軍団《ぐんだん》の胸当《むねあ》てやすね当てがきらきら光っている。胸《むね》当《あ》てについているのは隊長の印のバッジで、腰《こし》につけているのは長剣《スパタ》——騎兵《きへい》用の長剣《ちょうけん》だ。この子は……アルゴⅡ号の乗組員のひとりだ。

「ヘイゼル・レベックか」ぼくはいった。「ありがたい」

ヘイゼルは立ち止まり、きょとんとした。この人はだれ？　なぜわたしのこと知っているの？どうしてばかみたいに笑っているの？　ドン、メグ、棺《ひつぎ》へと目を移《うつ》す。「ラビニア、どうしたの？」

「みんな」メグが割《わ》りこんだ。「来たよ」

ヘイゼルのことではない。後方の、メグの剣《けん》が放つ明かりの端《はし》に黒い人影《ひとかげ》が立っていた。肌《はだ》が青黒く光り、歯をむきだし、口からよだれがたれている。そいつのうしろの暗がりからもうひとり、同じ外見のグールが出てきた。

やっぱり。エウリュノモスは「一体倒《たお》せば、二体無料で差しあげます」だ。

4

ウクレレは聴《き》いてもらえずどうしよう

「そっか」ドンが小さな声でいう。「こいつらのにおいだ」

「さっき、やつらはふたりひと組みで狩《か》りをする、といわなかったか」ぼくはいった。

「三人ひと組み」ドンは泣き声だ。「のこともある」

エウリュノモスがうなった。メグの剣《けん》がぎりぎり届《とど》かないところで身を低くしている。ぼくのうしろでラビニアがクロスボウのクランクをまわした。カチ、カチ、カチ。しかしクロスボウは時間がかかる。太矢《ふとや》を放てるのは来週の木曜日かもしれない。ヘイゼルが鞘《さや》から長剣《スパタ》を抜《ぬ》く鈍《にぶ》い音がした。長剣《スパタ》も近距離《きょり》で使うのに適《てき》した武器《ぶき》ではない。

メグは飛び出すべきか、じっとしているべきか、疲労《ひろう》で倒《たお》れるべきか決めかねている。強情《ごうじょう》な小さい心臓《しんぞう》は健在《けんざい》で、ジェイソンのジオラマは脇《わき》に抱《かか》えたままだ。ただし、戦いでは役に立たない。

ぼくも武器《ぶき》をさがし、ウクレレを見つけた。何か？　ここでは使えないという点では、長剣《スパタ》やクロスボウとそれほどちがいはない。

鼻は霊柩車《れいきゅうしゃ》のエアバッグでつぶれていたが、嗅覚《きゅうかく》には残念ながら影響《えいきょう》なかった。グールの悪臭《あくしゅう》と風船ガムのにおいが合わさり、鼻の穴《あな》が燃《も》え、目から涙《なみだ》が出てきた。

「クイモノ！」グール一がいった。

「クイモノ！」グール二がいった。

どちらも声がはずんでいる。長年おあずけだった大好物を見つけた、という感じだ。

ヘイゼルが口を開いた。冷静で落ち着いている。「みんな聞いて、この化け物は例の戦いの相手と同じ。かぎづめで引っかかれないように気をつけて」

〈例の戦い〉といえばあの悲惨《ひさん》な戦いのことだとわかるでしょう、とでもいいたげな口調だ。ふいにロサンゼルスでリオ・バルデスから聞いた話を思い出した——ユピテル訓練所はついこのあいだの新月の日の戦いで大打撃《だげき》を受け、善良《ぜんりょう》な者が大勢犠牲《おおぜいぎせい》になったらしい。被害《ひがい》の規模《きぼ》がだんだんわかってきた。

「引っかかれないように」ぼくはうなずいた。「メグ、グールをけん制《せい》しておいてくれ。ウクレレを弾《ひ》いてみる」

ぼくの作戦はシンプルだ。眠気《ねむけ》を誘《さそ》う曲を弾《ひ》き、グールをもうろうとさせてから、ゆっくりと、洗練《せんれん》された方法で始末する。

忘《わす》れていた。エウリュノモスはウクレレが大嫌《きら》いだった。ぼくが作戦を口にしたとたん、二体とも吠《ほ》え声をあげて、襲《おそ》いかかってきた。

後ずさったとたん、ぼくはジェイソンの棺《ひつぎ》に座《すわ》ってしまった。ドンが悲鳴をあげ、うずくまる。ラビニアはクロスボウのクランクをまわしつづけている。ヘイゼルが叫《さけ》んだ。「だれか！」ぼくは一瞬《いっしゅん》意味がわからなかった。

メグが反応《はんのう》した。一体の腕《うで》を切り落とし、もう一体の両脚《りょうあし》めがけて切りつける。しかし動きは遅《おそ》い。脇《わき》にジオラマを抱《かか》えているので、使える剣《けん》は片方《かたほう》だけだ。もしグールがメグを殺《ころ》そうと思ったら、メグに勝ち目はない。ところが、二体ともメグを押《お》しのけ、ぼくを止めにきた。ウクレレを弾《ひ》かれたくないらしい。

だれだって音楽に好き嫌《きら》いはある。

「クイモノ！」片腕《かたうで》になったグールが叫《さけ》び、残った五本のかぎづめをつき出してせまってくる。

ぼくは腹《はら》を引っこめようとした。本気で。

しかし、憎《にく》きぜい肉！　ぼくが神アポロンの体のままだったら、グールのかぎづめは腹《はら》に届《とど》かなかっただろう。鍛《きた》えあげたブロンズの腹筋《ふっきん》は、やれるもんならやってみろ、とあざ笑ったはずだ。

ところが、レスターの体はまたぼくを裏切《うらぎ》った。

エウリュノモスの手がぼくの腹《はら》をかすめた。ウクレレのすぐ下だ。中指のかぎづめの先が——かすかに、ほんのかすかに——肉をとらえた。ぼくのシャツを引き裂《さ》き、肌《はだ》を引っかいた。切れ味は最低だ。

ぼくは肩《かた》から棺《ひつぎ》に倒《たお》れこんだ。温かい血がウエストをつたう。

ヘイゼルが勇ましく叫《さけ》んだ。棺《ひつぎ》を飛び越《こ》え、ぼくに傷《きず》を負わせたエウリュノモスの鎖骨《さこつ》を長剣《スパタ》で刺《さ》す。世界初のグールの串刺《くしざ》しだ。

エウリュノモスが悲鳴をあげ、うしろによろめいた。ヘイゼルの手から剣《けん》が離《はな》れる。帝国《ていこく》の黄金の刃《やいば》で刺《さ》された場所から煙《けむり》が出ている。そして——気《き》の利いた表現《ひょうげん》は無理だ——グールははじけて煙《けむり》をあげ、灰《はい》になってくずれた。長剣《スパタ》が音を立てて石の床《ゆか》に落ちる。

グール二は足を止め、メグを見た。やっかいな十二歳《さい》の子に両腿《もも》を切られたら当然そうなるだろう。しかし、相棒《あいぼう》の悲鳴を聞いたとたん、ふり返ってこちらを見た。メグにはチャンスだ。しかしメグは攻撃《こうげき》せず、グールを押《お》しのけてぼくのもとに駆《か》けつけた。剣《けん》二本は指輪にもどっている。

「大丈夫《だいじょうぶ》？」とメグ。「げっ、血が出てる。引っかかれないように、っていった人が引っかかれた！」

メグに心配されて感動した気もするし、口調が気に入らない気もする。「わざとじゃない」

「みんな！」ラビニアが叫《さけ》んだ。

グールが前に出た。ヘイゼルと床《ゆか》に転がっている長剣《スパタ》の中間あたりだ。ドンは見事にうずくまったままで、ラビニアのクロスボウはまだ準備中《じゅんび》だ。ぼくとメグは棺《ひつぎ》のすぐそばにくっつき合って立っている。

つまり、エウリュノモスと五品のコース料理のあいだの障害物《しょうがいぶつ》は、素手《すで》のヘイゼルのみ。

エウリュノモスが歯のすきまから息をもらしながらいった。「おまえたちが勝てるはずがない」

声が変わった。トーンが低くなり、音量も適度《てきど》になった。「私《わたし》の墓《はか》にいるおまえたちの仲間に加わるがよい」

頭がずきずきして、腹《はら》の傷《きず》が痛《いた》くて、意味がわからない。しかし、ヘイゼルは理解《りかい》したようだ。

「何者なの?」ヘイゼルがいった。「グールの陰《かげ》に隠《かく》れているのはやめて、正体を見せなさい!」

エウリュノモスがまばたきした。白くにごっていた目が、ヨウ素《そ》の炎色反応《えんしょくはんのう》みたいに青紫《あおむらさき》に光りだす。「ヘイゼル・レベックか。おまえはだれより生と死の境界《きょうかい》のもろさを理解《りかい》しているはずだが、恐《おそ》れることはない。おまえには私《わたし》のそばに特別な場所を用意してやろう。おまえの最愛のフランクもいっしょだ。ふたりとも見事な骸骨《がいこつ》になるだろう」

ヘイゼルはこぶしを握《にぎ》った。ちらっとこちらをふり返ったが、グールに負けないほど恐《おそ》ろしい顔つきだ。「さがっていて」ぼくたちにいう。「できるだけ離《はな》れて」

メグに引きずられるようにして棺《ひつぎ》の前側に移動《いどう》した。腹《はら》の傷《きず》が熱で溶《と》けたファスナーで閉《と》じられている感じだ。ラビニアはドンのTシャツの襟元《えりもと》をつかみ、少しは安全にうずくまっていられる場所に引っ張《ぱ》っていく。

グールが笑った。「ヘイゼル、どうやって私《わたし》を倒《たお》す？　これでか？」自分のうしろにむかって長剣《スパタ》を蹴飛《けと》ばす。「呼《よ》び出した死体はまだ大勢《おおぜい》いる。じきにここに到着《とうちゃく》するぞ」

痛《いた》みをこらえ、ぼくはなんとか立ちあがった。ヘイゼルひとりでは無理だ。ところが、ラビニアに肩《かた》をおさえられた。

「だめ」ラビニアは小声でいった。「ここはヘイゼルにまかせて」

楽観的にもほどがある。しかし、恥《は》ずかしながら、ぼくはラビニアのいうとおりにした。温かい血が下着までしみてきた。せめて、血だと思いたい。

エウリュノモスはかぎづめの生えた指で口のよだれをぬぐった。「その美しい棺《ひつぎ》を置いて逃《に》げ出すか、降参《こうさん》するか、どちらにする？　地中はわれわれの本拠地《ほんきょち》だ。プルトの娘《むすめ》、おまえでもかなわぬ」

「そう？」ヘイゼルの声は落ち着いたまま、会話を楽しんでいるようにも聞こえる。「地中は本拠《ほんきょ》地《ち》。いいことを聞いたわ」

トンネルが震《ふる》えた。壁《かべ》にひびが入り、亀裂《きれつ》が広がっていく。グールの足下《あしもと》から先のとがった白い水晶《すいしょう》の柱が生えてきたかと思うと、グールの体をつらぬき、天井《てんじょう》につき刺《さ》さった。グールがはじけてハゲワシの羽根が紙ふぶきのように舞《ま》う。

ヘイゼルがこちらを見た。今何かあった？　という顔だ。「ドン、ラビニア、それを……」とまどいがちに棺《ひつぎ》に目をやる。「ここから運び出して。あなたは――」メグを指さす。「お友だちに手を貸《か》してあげて。訓練所に行けばグールにやられた傷《きず》を治せる人たちがいるから、治療《ちりょう》してもらって」

「待て！」ぼくはいった。「い、今何があった？　グールの声が――」

「たまに使う手よ」ヘイゼルは険《けわ》しい顔つきだ。「あとで説明します。今は、いそいでください。わたしもすぐあとから追いつきます」

反対しかけたぼくを、ヘイゼルは首をふって止めた。「自分の剣《けん》を拾って、またグールに追われないようにするだけです。さあ、早く！」

天井《てんじょう》にさらに亀裂《きれつ》が走り、石のかけらが落ちてきた。先に逃《に》げろというのは悪い提案《ていあん》ではなさそうだ。

メグに寄《よ》りかかりながら、ぼくはなんとかトンネルを先へ進んだ。ラビニアとドンはジェイソンの棺《ひつぎ》をかついでいる。ぼくは痛《いた》みがひどくて、ラビニアに「ソファだと思って運べ」という元気さえない。

十五メートルくらい行ったところで、うしろのトンネルが今まで以上に激《はげ》しく鳴りだした。ふり返った、と同時に、がれきの砂《すな》ぼこりにパンチされた。

「ヘイゼル？」ラビニアが渦《うず》を巻《ま》く砂《すな》ぼこりにむかって呼《よ》びかける。

一心拍《しんぱく》後、ヘイゼルが姿《すがた》を現《あらわ》した。頭からつま先まで水晶《すいしょう》の粉《こな》をかぶってきらきらしている。手に握《にぎ》った剣《けん》もだ。

「わたしは無事よ」ヘイゼルがいう。「だけれど、あちらへはもうだれもこっそり出て行けない。ところで――」棺《ひつぎ》を指さす。「教えて。そこに入っているのはだれなの？」

教えたくなかった。

ヘイゼルが敵《てき》を串刺《くしざ》しにするのを見てしまったから。

しかし……ジェイソンのためだ。ヘイゼルはジェイソンの仲間だ。

覚悟《かくご》を決め、口を開きかけ、しかしヘイゼルが先だった。

「ジェイソン？」ヘイゼルがいう。だれかに耳元で教えられたのだろうか。「嘘《うそ》でしょう」

棺《ひつぎ》に駆《か》け寄《よ》ると、ヘイゼルは両膝《りょうひざ》をつき、両手で棺《ひつぎ》を抱《だ》きしめた。一度だけ、大きくすすり泣く。

そして頭をさげ、無言で体を震《ふる》わせた。磨《みが》きあげた棺《ひつぎ》のふたに薄《うす》く積もった水晶《すいしょう》の粉《こな》にヘイゼルの髪《かみ》の先が触《ふ》れ、細い線を描《えが》く。地震計《じしんけい》のような、ぎざぎざの線だ。

顔をふせたまま、つぶやく。「悪い夢《ゆめ》を見たの。船、馬に乗った男、それから……槍《やり》。どうしてこんなことに？」

ぼくはできるかぎりくわしく話した。人間界に落とされ、メグと冒険《ぼうけん》の旅をして、カリグラの船に乗りこんで戦い、ジェイソンはぼくたちを助けようとして犠牲《ぎせい》になった、と。話すうちに、そのときの苦しみと恐怖《きょうふ》がよみがえってきた。メグとジェイソンを閉《と》じこめていた竜巻《たつまき》の刺《さ》すようなオゾン臭《しゅう》や、ぼくの手首に食いこむ手かせの感触《かんしょく》や、カリグラの冷酷《れいこく》で楽しげな大言《たいげん》もよみがえった。

〈生きて帰れると思うな！〉

すべてがおぞましく、もだえるほどの腹《はら》の傷《きず》の痛《いた》みも一瞬《いっしゅん》忘《わす》れた。

ラビニアは床《ゆか》を見つめ、メグはバックパックに入っていた着替《きが》え用のワンピースでぼくの傷《きず》の出血を止めようとし、ドンは天井《てんじょう》を見ている。頭のすぐ上でまたひび割《わ》れができてきた。

「じゃまして悪いけど」ドンがいう。「早く運び出したほうがよくない？」

ヘイゼルは棺《ひつぎ》をつかむ指に力をこめた。「本当はすごく怒《おこ》っているのよ。パイパーになんていうつもり？　わたしたちになんて謝《あやま》るつもり？　そばにいさせてほしかった。何を考えていたの？」

いや、ヘイゼルはぼくたちに話しているのではない。ジェイソンに話しかけている。

ヘイゼルがゆっくり立ちあがる。くちびるが震《ふる》えている。体を起こす。自分の内側に水晶《すいしょう》の柱を呼《よ》び出し、体の中心を支《ささ》えたかのようだ。

「わたしにも持たせて。ジェイソンをおうちに運びましょう」

黙《だま》ったまま、重い足取りで歩いた。これほどみじめな葬列《そうれつ》があるだろうか。全員砂《すな》ぼこりと、はじけた化け物の灰《はい》にまみれている。窮屈《きゅうくつ》そうなよろいをつけたラビニアは棺《ひつぎ》の前を持ち、ときどきヘイゼルのほうに目をやっている。ヘイゼルはまっすぐ前を見て歩いている。シャツの袖口《そでぐち》にハゲワシの羽根がくっついていて、一枚《まい》、二枚《まい》と落ちるのさえ気づかないらしい。

メグとドンは棺《ひつぎ》のうしろを持っている。メグは車が衝突《しょうとつ》したときにできた両目の青あざのせいで、無理やり人間の服を着せられたでっかいアライグマみたいだ。ドンは左に頭をかたむけてばかり。左肩《ひだりかた》のおしゃべりを聞きたいらしい。

ぼくは棺《ひつぎ》のあとからよろよろと、メグに借りた服で腹《はら》の傷《きず》をおさえて歩いている。出血は止まったようだが、傷口《きずぐち》はまだ杭《くい》で刺《さ》されたように熱い。訓練所にこの傷《きず》を治せる者がいる。ヘイゼルの言葉どおりであってほしい。『ウォーキング・デッド〔訳注：2010年から放送されている米国のテレビドラマ。ゾンビ集団《しゅうだん》がはびこる世界が舞台《ぶたい》〕』のエキストラにはなりたくない。

ヘイゼルが落ち着いているのが心配だ。ぼくにどなり、何かぶつけてほしいくらいだ。ヘイゼルの悲しみ方は山の冷たい引力に似《に》ている。その山のそばまで行って目を閉《と》じると、何も見えなくても、聞こえなくても、山がそこにあるのはわかる。言葉にできないほど重く、強く、悠久《ゆうきゅう》の昔から存在《そんざい》する大地の力だ。山の前では不死の神々《かみがみ》でさえ蚊《か》も同然だ。ヘイゼルの感情《かんじょう》が活火山みたいに噴火《ふんか》したら、ただではすまない。

ついに、開けた場所に出た。丘《おか》の中腹《ちゅうふく》、岩の崖《がけ》の上に立っていた。眼下《がんか》にニューローマの町が広がっている。夕方の薄明《うすあ》かりの中で山々《やまやま》は紫《むらさき》に染《そ》まっている。涼《すず》しく吹《ふ》く風は薪《まき》の煙《けむり》とライラックの香《かお》りだ。

「わお」メグが景色を見て声をあげた。

ぼくの記憶《きおく》どおり、小テベレ川は輝《かがや》きながら谷をGの字に流れ、この訓練所のへそにあたる青い湖にそそぐ。ニューローマ、古代ローマ帝国《ていこく》の首都のミニチュア版《ばん》はこの湖の北側にある。

新月の戦いについてのリオの話から、ニューローマは根こそぎ破壊《はかい》されたのだとばかり思っていた。しかし、この距離《きょり》で、薄暗《うすぐら》い中だと、何もかもふつうに見える。白く輝《かがや》く赤いタイル屋根の建物、ドーム屋根の議事堂《ぎじどう》、戦車競技場《きょうぎじょう》、コロセウムも無事ではないか。

湖の南の丘《おか》には神殿《しんでん》や記念碑《きねんひ》がごちゃごちゃ建っている。丘《おか》の頂上《ちょうじょう》で、ほかのどの神殿《しんでん》より大きく見えるのは、わが父の尊大《そんだい》さを形にしたようなユピテル神殿《しんでん》。あえていうなら、ローマ神ユピテルは元祖《がんそ》ギリシャ神ゼウスの何倍もしゃくにさわる。（そう、われわれ神には多様な神性《しんせい》がある。というのも、神々《かみがみ》に関する人間の見方がころころ変わるからだ。迷惑《めいわく》な話だ）

昔は神殿《しんでん》の丘《おか》を見るたび不満に思ったのは、ぼくの神殿《しんでん》より大きい神殿《しんでん》があることだった。なぜだと思っていた。しかし今は別の理由で不満だった。頭に浮《う》かぶのはメグが抱《かか》えているジオラマと、メグのバックパックに入っているスケッチブックのことだけ。それにはジェイソン・グレイスが理想とした神殿《しんでん》の丘《おか》の設計図《せっけいず》が描《か》いてある。ジェイソンがモノポリーのコマを神殿《しんでん》にしてボードにくっつけ、各神殿《しんでん》の名称《めいしょう》をラベルに書いて貼《は》ったジオラマとくらべると、現実《げんじつ》の神殿《しんでん》の丘《おか》には神々《かみがみ》に対する捧《ささ》げ物としての価値《かち》などないように思える。ジェイソンの気持ち、つまり、例外なくすべての神をたたえたいという強い要望に、まったくこたえていない。

ぼくは意地になって目をそむけた。

真下、この崖《がけ》から八百メートルほどのところにあるのがユピテル訓練所の要塞《ようさい》だ。杭垣《くいがき》のバリケード、監視塔《かんしとう》、塹壕《ざんごう》、二本の大通りに沿《そ》って並《なら》ぶ宿舎《しゅくしゃ》など、古代ローマの軍団《ぐんだん》の駐屯地《ちゅうとんち》そのものだ。いかなる場所でも、何世紀《せいき》にもわたる統治《とうち》期間のいかなるときでも、ローマ帝国《ていこく》の要塞《ようさい》の造《つく》りは——一夜の駐屯《ちゅうとん》用でも十年の駐屯《ちゅうとん》用でも——一貫《いっかん》している。駐屯地《ちゅうとんち》をひとつ見れば、すべて見たと同じだ。真夜中に目を覚まし、真っ暗な中を手さぐりで歩いても、配置はすべてわかる。もちろん、ぼくがローマの駐屯地《ちゅうとんち》を訪《おとず》れたときはたいてい、一日じゅう指揮官《しきかん》のテントで過《す》ごし、くつろいだり、コンモドゥスとしたみたいにブドウを食べたりしていたから……うっ！　思い出してもつらいだけだ。

「聞いて」ヘイゼルがぼくを現実《げんじつ》に引きもどした。「訓練所に着いたら、こう報告《ほうこく》しましょう。ラビニア、あなたがテメスカル湖に行ったのはわたしの指示《しじ》で、それは霊柩車《れいきゅうしゃ》がガードレールをつき破《やぶ》るのを見た、とあなたがいったから。わたしはシフトの交替《こうたい》が来るまで見張《みは》りの仕事をつづけ、その後あなたをさがしにいった。何か危険《きけん》が生じたなら救助《きゅうじょ》が必要だと思ったから。そして、ふたりでグールを倒《たお》し、この人たちを助けた。こんな感じ。いいわね？」

「それでさ……」ドンが割《わ》りこんだ。「みんな、ここからの行き方はわかるだろ？　なんかやっかいなことになりそうな予感がするんだ。そいじゃ、さよならする——」

ラビニアがドンをぎろっとにらむ。

「のはやめて、ついていくか」ドンはあわてていった。「わかった、協力するって」

ヘイゼルは棺《ひつぎ》の持ち方を変えた。「いい、わたしたちは儀仗兵《ぎじょうへい》よ。見た目は薄汚《うすぎたな》くても、任務《にんむ》がある。倒《たお》れた仲間をおうちに送り届《とど》けなくちゃ。わかる？」

「了解《りょうかい》です、隊長」ラビニアが一見おとなしくいう。「それと、ヘイゼル、ありがと」

ヘイゼルがぴくっとした。やさしいところを見せたのを後悔《こうかい》したかもしれない。「司令部に着いたら……」目がぼくを見る。「訪《たず》ねていらした神様から上層部《じょうそうぶ》に説明してください。ジェイソン・グレイスに何があったか」

5 アカペラでうたってやろう
失敗談

ユピテル訓練所の見張《みは》りは遠くからぼくたちを見つけた。さすがはローマ軍団《ぐんだん》の見張《みは》りだ。

葬列《そうれつ》が要塞《ようさい》のメインゲートに着くと、すでに訓練生が集まっていた。通りの両側にハーフが並《なら》び、好奇《こうき》の目で見守る中、われわれはジェイソンの棺《ひつぎ》をかついで中に入った。だれも何も質問《しつもん》しないし、止めようともしない。こちらを見る視線《しせん》が痛《いた》い。

ヘイゼルは本通りをまっすぐ進んだ。

宿舎《しゅくしゃ》のポーチからこちらを見ている訓練生もいる——よろいを磨《みが》く手やギターを弾《ひ》く手、トランプを持つ手が止まっている。軍団《ぐんだん》の守り神で紫《むらさき》に光る幽霊《ゆうれい》ラルが宙《ちゅう》を漂《ただよ》い、プライバシーなどそっちのけで壁《かべ》や人間をすり抜《ぬ》けている。頭上には巨大《きょだい》なワシが旋回《せんかい》し、餌《えさ》のネズミを見る目でこちらを見ている。

訓練生の数が減《へ》ったのがわかってきた。訓練所は……がらんとしているわけではないが、半分ほど空きがある。松葉杖《まつばづえ》をついている者も数人いるし、腕《うで》をギプスで固定している者もいる。宿舎《しゅくしゃ》や医務室《いむしつ》に行っている者、あるいは遠征《えんせい》中の者もいるのかもしれないが、こちらを見る訓練生の何かにとりつかれたような、悲しみに打ちひしがれた表情《ひょうじょう》が気になる。

テメスカル湖でエウリュノモスが満足げにいっていた言葉を思い出す。〈オマエタチノ、ナカマノ、ナマニクノアジ、シッテイル！　ブラッドムーンノヒ、オマエタチモ、ナカマニ、クワワル〉ブラッドムーンがなんのことかわからない。月は妹のアルテミスの専門《せんもん》だ。しかし、不吉《ふきつ》に聞こえた。血はもうたくさんだ。集まった訓練生の表情《ひょうじょう》も同感だといっている。

グールはほかにも、〈ミナ、オウノ、シタイブタイニ、クワワルガイイ〉とかいっていた。炎《ほのお》の迷路《めいろ》で受けとった予言の言葉を思い出し、頭に怖《こわ》い図が浮《う》かびあがってきた。いや、そんなはずがない。今日一日分の恐怖《きょうふ》はもう味わったはずだ。

要塞《ようさい》内で商売を許可《きょか》された店の前を通り過《す》ぎていく。といっても、戦車販売店《はんばいてん》、武器《ぶき》販売店《はんばいてん》、剣《けん》闘士《とうし》用具店、カフェなど、必要最低限《さいていげん》の店があるだけだ。カフェの前に立っている店主には頭がふたつあるが、四つの目でこちらをにらんでいる。緑のエプロンのあちこちにラテのミルクの泡《あわ》がついている。

ようやく司令部のあるT字路までやって来た。司令部の輝《かがや》く白い建物の正面階段《かいだん》で軍団《ぐんだん》の司令官《プラエトル》二名が待っていた。

しばらくして、片方《かたほう》がフランク・チャンだと気がついた。最初に会ったのはぼくがまだ神で、彼《かれ》が訓練所の新入りだったときだ。フランクはベビーフェイスで黒い髪《かみ》は角刈《かくが》り。がたいがよく、弓矢に興味津々《きょうみしんしん》の愛すべき少年だった。ぼくが自分の父親かもしれないと思い、つねにぼくに祈《いの》りを捧《ささ》げていた。正直、じつにかわいく、養子に迎《むか》えたいくらいだったが、残念ながらフランクは軍神マルスの子だった。

二度目はフランクがアルゴII号の乗組員として冒険《ぼうけん》しているさいちゅうに会った。急成長したのか、魔法《まほう》の男性《だんせい》ホルモンでも投与《とうよ》したのか、背《せ》がのび、たくましくなり、堂々《どうどう》としていた——といっても、愛すべきハイイログマのぬいぐるみの雰囲気《ふんいき》は同じだった。

しかし今日のフランクは、成長期の若者《わかもの》にありがちなことだが、のびた身長に体重が追いつきはじめたと見える。フランクはまた太って腹《はら》が出て、ほっぺたもつまみたくなるくらいぷくぷくしている。まあ、最初に会ったときより全体に大きくなり、筋肉《きんにく》がついただけだ。ついさっきベッドから転げ落ち、あわててぼくたちを迎《むか》えにきたらしい。しかし、まだ夕方だ。髪《かみ》は寝《ね》ぐせで立ってさざ波みたいだし、ジーンズの片側《かたがわ》の裾《すそ》は靴下《くつした》につっこんでいる。上はシルクの黄色のパジャマで、ワシとクマのイラストつき——プラエトルの紫《むらさき》のマントで必死に隠《かく》そうとしている。

変わらないのは——少しぎこちない立ち方と、かすかにとまどった表情《ひょうじょう》。つねに〈ここが本当におれの立ち位置？〉と思っている感じだ。

その気持ちはよくわかる。フランクは見習い生から隊長、隊長からプラエトルへと記録的スピードで昇進《しょうしん》した。ユリウス・カエサルがあるローマ士官《しかん》を一気に、はなばなしく昇進《しょうしん》させて以来だ。といっても、フランクにこのたとえは使いたくない。ぼくの友人ユリウスのその後は有名だ。

フランクのとなりにいる若《わか》い女は……プラエトルのレイナ・アビラ・ラミレス・アレリャノ……あの子だ。

胸《むね》にボウリングのボールくらいのパニックの塊《かたまり》ができ、内臓《ないぞう》に転がっていく。ジェイソンの棺《ひつぎ》をかついでいなくてよかった。落としていたところだ。

どう説明したらいいだろう？

こんな経験《けいけん》はあるだろうか。ものすごくつらいこと、あるいは恥《は》ずかしいことが起きた。つらすぎて、恥《は》ずかしすぎて、文字どおりそれが起きたことを忘《わす》れてしまった。心が「いやだ、いやだ」と叫《さけ》んでその出来事から離《はな》れて、走り去り、思い出すのを拒否《きょひ》する。

それがぼくとレイナ・アビラ・ラミレス・アレリャノのあいだに起きたことだ。

そう、ぼくはレイナが何者か知っている。名前も評判《ひょうばん》も知っている。ユピテル訓練所で彼女《かのじょ》と出会う運命なのは百も承知《しょうち》だった。炎《ほのお》の迷路《めいろ》で受けとった予言もそういっていた。

しかし、ぼくの鈍《にぶ》い人間の脳《のう》はいちばん重要な人物をすっかり忘《わす》れていた。このレイナ＝あのレイナ。はるか昔、はた迷惑《めいわく》な愛の女神に画像《がぞう》を見せられた、あのレイナだ。

〈あの子だ！〉脳《のう》がぼくに叫《さけ》んでいる。ぼくはたるんだ体ににきび顔の輝《かがや》かしい姿《すがた》で、血まみれの服で腹《はら》をおさえて彼女《かのじょ》の前に立っている。〈本当に美人だ！〉

〈彼女《かのじょ》だと気づいたのか？〉ぼくは心の中で叫《さけ》びかえす。〈彼女《かのじょ》について話したいって？　たのむ、もう一度忘《わす》れてくれ〉

〈だが、ほら、ウェヌスがなんといったか覚えているか？〉脳《のう》はしつこい。〈レイナには近づくな。でないと――〉

〈忘《わす》れるものか！　黙《だま》れ！〉

だれでも自分の脳《のう》とこんな会話をしたことがあると思う。よくあることだろう？

レイナはじつに美しく、堂々《どうどう》としている。帝国《ていこく》の黄金のよろいの上に、紫《むらさき》のマントをはおっている。胸《むね》につけた勲章《くんしょう》が光っている。肩《かた》まである黒髪《くろかみ》のポニーテールは馬のむちのようにしなり、黒曜石色の目は頭上を旋回《せんかい》するワシの目くらい鋭《するど》い。

ぼくはなんとかレイナから目をそらした。恥《は》ずかしくて顔が真っ赤だ。ぼくに対するウェヌスの言葉を聞いて笑う神々《かみがみ》の声がよみがえる。ウェヌスは不吉《ふきつ》な警告《けいこく》をした。もしぼくが――

カチッ！　ラビニアのクロスボウのクランクが絶妙《ぜつみょう》のタイミングで勝手に半回転した。ありがたいことに、全員の目がラビニアを見た。

「あの、えっと」ラビニアが口ごもりながらしゃべりだす。「見張《みは》りの仕事してたら、霊柩車《れいきゅうしゃ》が、ガードレールを突破《とっぱ》して――」

レイナが手をあげて止めた。

「レベック隊長」レイナの口ぶりは慎重《しんちょう》で、疲《つか》れている。みじめな葬列《そうれつ》が訓練所に棺《ひつぎ》を運んできたのは今回が初めてではないのかもしれない。「報告《ほうこく》を」

ヘイゼルがこちらを見た。三人がゆっくり棺《ひつぎ》を下におろす。

「報告《ほうこく》します」ヘイゼルがいった。「わたしとラビニアは訓練所の境界《きょうかい》付近を歩いていた二名を保《ほ》護《ご》しました。こちらはメグ」

「ども」メグがいった。「トイレある？　おしっこ」

ヘイゼルは少しあわてた。「やだ、メグ、少し待って。そしてこちらは……」一瞬《いっしゅん》ちゅうちょした。本当にそう紹介《しょうかい》していいのか迷《まよ》っている。「こちらはアポロン様」

訓練生たちが不安げにつぶやきだす。こんな言葉が聞こえた。

「今、なんて――？」

「まさか――」

「嘘《うそ》、そんなはず――」

「名前が同じなだけ――？」

「ありえない――」

「みんな、静かに」フランクが紫《むらさき》のマントの前をかき合わせ、パジャマを隠《かく》しながらいった。ぼくを見て、おそらく証拠《しょうこ》をさがしている。これが本当にアポロンなのか、自分がずっと尊敬《そんけい》しつづけてきた神なのか？　目をしばたたく。脳《のう》がショートしてしまったらしい。

「ヘイゼル、どういうことか……説明してくれないか？　あと、棺《ひつぎ》のことも」

ヘイゼルが金色の目でぼくを見た。無言の指示《しじ》だ。〈自分で話して〉

どこから始めればいいかわからない。

ぼくはユリウスやキケロのように演説《えんぜつ》はうまくない。ヘルメスのようなほら吹《ふ》きでもない。〈そう、ヘルメスは作り話が得意《とくい》だ〉。どう説明すればいい？　この数ヵ月、恐《おそ》ろしい経験《けいけん》ばかりで、しまいにはメグといっしょに友である英雄《えいゆう》の遺骸《いがい》を運び、ここに来ることになりました？

ぼくはうつむき、ウクレレを見た。

ふと、カリグラの船の上でのパイパー・マクリーンのこと思い出した。強そうな傭兵集団《ようへいしゅうだん》の真ん中でいきなり『ライフ・オブ・イリュージョン』をうたいだし、哀愁《あいしゅう》と後悔《こうかい》の思いをこめた歌詞《かし》で彼《かれ》らをうっとりさせ、手も足も出なくさせた。

ぼくはパイパーのような話術《わじゅつ》の使い手ではない。だが、音楽の神として、ジェイソンに捧《ささ》げる歌を一曲くらい作るべきだ。

エウリュノモスのことがあった後なのでウクレレを弾《ひ》くのは気が引け、アカペラでうたいだす。

最初の数小節は声が震《ふる》えた。自分が何をしているのかわからない。歌詞《かし》が体の奥《おく》から自然にわいてくる。ヘイゼルがトンネルをくずしたときにわき起こった砂《すな》ぼこりのように。

オリンポス山から落とされたことをうたう。ニューヨークに墜落《ついらく》し、メグ・マキャフリーにつかえることになり、ハーフ訓練所に行き、そこで三頭政治《さんとうせいじ》ホールディングスが五つの神託《しんたく》を、さらには世界の未来を乗っとろうと企《たくら》んでいることを知った。メグの悲惨《ひさん》な幼少期《ようしょうき》もうたう。皇帝《こうてい》ネロに引きとられ、数年間、精神的虐待《せいしんてきぎゃくたい》を受けつづけたが、ついにぼくとともにドドナの林からネロを追い出した。ぼくたちはインディアナポリスのシェルターステーションでコンモドゥスと戦い、苦難《くなん》の旅の末にカリグラの炎《ほのお》の迷路《めいろ》を見つけ、エリュトライの神託《しんたく》を解放《かいほう》した。

歌詞《かし》がひと区切り終わるごとに、ジェイソンのエピソードをリフレインでうたう。カリグラの船での最期《さいご》。ぼくたちが生きのび、冒険《ぼうけん》の旅をつづけられるよう、ジェイソンは命がけで勇敢《ゆうかん》に挑《いど》んだ。ここまで来られたのはすべてジェイソンの犠牲《ぎせい》があってこそ。これから先、もしぼくたちが運よく三頭政治《さんとうせいじ》ホールディングスとデルポイのピュトンを倒《たお》すことができたら、それはすべてジェイソンのおかげといっていいだろう。

このアカペラの歌詞《かし》のほとんどはぼくに関することではない。(そう、自分でも信じがたい)。タイトルは『ジェイソン・グレイスの最期《さいご》』。しめくくりはジェイソンが夢見《ゆめみ》ていた神殿《しんでん》の丘《おか》だ。ジェイソンはすべての神々《かみがみ》をまつる神殿《しんでん》を建てるつもりだった。無名の神も女神も全員、きちんとあがめられるよう願っていた。

メグからジオラマを受けとり、高くかかげて集まった訓練生たちに見せる。そして、棺《ひつぎ》にかける旗の代わりにジェイソンの棺《ひつぎ》に載《の》せた。

どのくらいうたっていたかわからない。うたい終わる頃《ころ》には空は真っ暗だった。喉《のど》が弾《たま》を撃《う》ちつくした薬莢《やっきょう》のように熱く、かわいている。

巨大《きょだい》なワシが近くの屋根の上に集まり、尊敬《そんけい》するような目でぼくを見ている。

訓練生たちは涙《なみだ》を流して泣いている。鼻をすすったり、ふいたりしている者もいれば、抱《だ》き合って静かに泣いている者もいる。

ジェイソンの死を悲しんでいるだけではない。ぼくのアカペラは先日の戦いがもたらした訓練所全員の悲しみを解《と》き放った。今日の訓練所の人員の少なさからして、大勢《おおぜい》が犠牲《ぎせい》になったにちがいない。ジェイソンの歌は彼《かれ》らの歌になった。ジェイソンをたたえることで、ぼくたちは訓練所の犠《ぎ》牲者《せいしゃ》全員をたたえた。

司令部の階段《かいだん》の上のプラエトル二名が、それぞれの悲しみから現実《げんじつ》に返った。レイナが大きく、長く息をつき、フランクと顔を見合わせる。フランクは下くちびるが震《ふる》えるのをおさえきれない。

ふたりは無言で意見が一致《いっち》したらしい。

「全員で葬儀《そうぎ》を行い、見送りましょう」レイナがいった。

「そして、ジェイソンの夢《ゆめ》をかなえよう」フランクがつづける。「神々《かみがみ》をまつる神殿《しんでん》も、ジェ――」

そこで言葉につまる。立ち直るのに五秒かかった。「ジェイソンが思い描《えが》いていたすべてを実現《じつげん》させる。この週末までに完成させよう」

訓練生たちのムードが変わった。嵐《あらし》から晴天に急変した。悲しみは強い決意に姿《すがた》を変えた。ただ「うん」とうなずいている者もいれば、ラテン語で「アヴェ！」と叫《さけ》んだ者も数人いた。それにならって全員が同じ言葉を唱えだす。槍《やり》で盾《たて》をたたく音が響《ひび》く。

数日で神殿《しんでん》の丘《おか》を再建《さいけん》する提案《ていあん》にひるむ者はいない。そんな計画は世界一優秀《ゆうしゅう》な企業集団《きぎょうしゅうだん》でも無理に思えるが、彼《かれ》らはローマの軍団《ぐんだん》だ。

「アポロン様とメグはユピテル訓練所のゲストとして迎《むか》えます」レイナがいった。「あとで宿泊《しゅくはく》場所を用意して――」

「トイレつき？」メグがいった。脚《あし》をぎゅっと閉《と》じてもじもじしている。

レイナは引きつった笑みを浮《う》かべた。「もちろんよ。みんな、まずはジェイソンの死をいたみ、功績《こうせき》をたたえましょう。その後、戦いの作戦を立てます」

訓練生たちが歓声《かんせい》をあげ、盾《たて》をたたく。

ぼくは口を開き、何かいおうとした。レイナとフランクの心遣《こころづか》いに感謝《かんしゃ》を伝えたかった。

しかし、残っていた体力はアカペラで使い果たしてしまった。腹《はら》の傷《きず》が熱い。頭が回転木馬みたいにまわっている。
ぼくはうつぶせに倒《たお》れ、土をかじった。

6 カクテルを片手《かたて》に敵《てき》は航行中《こうこうちゅう》

やっぱり夢《ゆめ》を見た。

またあの不ゆかいな予言的悪夢《あくむ》の話か、といわれそうだが、実際《じっさい》に見ている本人の気持ちも考えてほしい。デルポイの神託者《しんたく》からの間違《まちが》い電話がひと晩《ばん》じゅうかかりっぱなしの感じだ。たのみもしていない、聞きたくもない予言がえんえんつづく。

夢《ゆめ》の中、ラグジュアリーヨット五十隻《せき》がくさび形に並《なら》んで、月明かりに照らされたカリフォルニア沿岸《えんがん》の波間《なみま》を航行《こうこう》していた。各船のへさきのライトが光り、照明のついたアンテナ塔《とう》にかかげた紫《むらさき》の三角旗が風にはためいている。甲板《かんぱん》でうごめいているのは各種の怪物《かいぶつ》――ひとつ目巨人族《きょじん》のキュクロプス、荒《あら》くれ者のケンタウロス、でか耳パンダイ、胸《むね》に顔があるブレムミュエス人だ。各船の船尾《せんび》に怪物《かいぶつ》が集まって何か造《つく》っている。小屋か……いや、攻城《こうじょう》兵器だ。

夢《ゆめ》が先頭の船の船橋《ブリッジ》にズームした。乗組員が忙《いそが》しくモニターをチェックしたり、計器を操作《そうさ》したりしている。そのむこうで、そろいの金色のリクライニングチェアでくつろいでいるのは、ぼくが世界一好《この》まない人物二名だ。

左の椅子《いす》には皇帝《こうてい》コンモドゥス。パステルブルーのショートパンツをはいて完璧《かんぺき》に日焼けしたふくらはぎと、爪《つめ》にペディキュアを塗《ぬ》ったつま先を見せびらかしている。素肌《すはだ》にはおった灰色《はいいろ》のインディアナポリス・コルツのパーカーの前は開け、見事に割《わ》れた腹筋《ふっきん》を見せている。コルツのウェアを着るとは、度胸《どきょう》があるというか図太いというか。コルツのホーム・スタジアムでほんの数週間前、ぼくたちに恥《はじ》をかかされたばかりだというのに。（もちろん、ぼくたち自身も恥《はじ》をかかされたが、その件《けん》は忘《わす》れたい）

コンモドゥスの顔はほぼ記憶《きおく》どおり——迷惑《めいわく》なくらいハンサムだ。彫《ほ》りの深い高慢《こうまん》な顔に、額《ひたい》を囲《かこ》む金色の巻《ま》き毛。しかし目のまわりの皮膚《ひふ》はサンドブラストでこすられたかのようで、目はくもっている。インディアナポリスの対決で、ぼくは神の光を突発的《とっぱつてき》に放ち、彼《かれ》の目を見えなくさせた。視力《しりょく》は回復《かいふく》していないようだ。またコンモドゥスの姿《すがた》を見てうれしいのはそれだけだ。

もう片方《かたほう》のリクライニングチェアに座《すわ》っているのは、ガイウス・ユリウス・カエサル・アウグストゥス・ゲルマニクス、通称《つうしょう》カリグラだ。

怒《いか》りで夢《ゆめ》が薄《うす》い血の色に染《そ》まった。よくそんなふざけた船長ウェアでくつろいでいられるものだ。白いスラックスにデッキシューズ、ストライプの襟《えり》なしシャツに紺色《こんいろ》のブレザーをはおり、クルミ色の巻《ま》き毛に船長の帽子《ぼうし》をななめにかぶって気取っている。ほんの数日前にジェイソン・グレイスの命を奪《うば》った張本人《ちょうほんにん》だ。よく冷えたカクテル、しかも赤いマラスキーノチェリー三つつき（三頭政治《さんとうせいじ》の「三」だ）のやつをすすり、満足げにほほ笑んでいる。

カリグラはじゅうぶん人間ぽく見えるが、いかなる思いやりも禁物《きんもつ》だ。あの首をしめてやりたい。しかし、今はいらだたしい思いで見ているだけだ。

「操縦係《そうじゅう》」カリグラがおっくうそうに呼《よ》ぶ。「航行《こうこう》速度は？」

「五ノットです」軍服姿《ぐんぷくすがた》の人間の傭兵《ようへい》がこたえた。「速度をあげますか？」

「いや」カリグラはチェリーをひとつつまみ、口にほうりこんだ。しばらく噛《か》み、にやっと笑う。歯が赤く染《そ》まっている。「四ノットにさげろ。この航海《こうかい》も楽しみの半分だ！」

「了解《りょうかい》です！」

コンモドゥスが顔をしかめた。自分のカクテルの氷をかき混《ま》ぜる。コンモドゥスのカクテルは透《とう》明《めい》な炭酸《たんさん》で、下に赤いシロップがたまっている。こちらのマラスキーノチェリーはふたつ。カリグラは何に関してもコンモドゥスより上でいたいのだろう。

「速度が遅《おそ》すぎないですか」コンモドゥスがぼやく。「最速で行けば今頃《いまごろ》目的地に到着《とうちゃく》しているはずなのに」

カリグラはおかしそうに笑った。「友よ、タイミングが肝要《かんよう》なのだ。われわれと同盟《どうめい》した亡者《もうじゃ》に攻撃《こうげき》の絶好《ぜっこう》のタイミングを与《あた》えねばならない」

コンモドゥスは身震《みぶる》いした。「あいつはどうも気に食わない。本気でいうことを聞かせられると思って――」

「すでに話し合ったじゃないか」カリグラは気楽で、陽気で、冗談《じょうだん》めかして脅《おど》している口調だ。〈また同じ質問《しつもん》をしたら、おまえのカクテルに青酸《せいさん》カリを入れて、いうことを聞かせてやるぞ〉と。「コンモドゥス、私《わたし》を信用しろ。おまえのピンチにだれが手を差しのべてやったか忘《わす》れるな」

「それは感謝《かんしゃ》しています」コンモドゥスがいう。「とはいえ、私《わたし》が悪かったのではない。アポロンにまだ神の光が残っているなど予想外でした」痛《いた》みに顔を引きつらせてまばたきする。「アポロンはあなたも――あなたの馬も出し抜《ぬ》いた」

カリグラの顔を暗い影《かげ》がよぎる。「だが、じきに事を正してみせる。おまえと私《わたし》の軍がひとつになれば、満身創痍《まんしんそうい》の第十二軍団《ぐんだん》を打ちのめすなど朝飯前だ。かりに頑固《がんこ》に抵抗《ていこう》したとしても、つねに作戦Bがある」肩越《かたご》しに呼《よ》ぶ。「おい、ブースター？」

パンダイ一名が船尾《せんび》のほうから走ってきた。毛の生えた巨大《きょだい》な耳がドアマットのようにひらひらしている。折りたたんだ大きな紙を両手で持っている。地図か説明書のようだ。「な、何かご用でしょうか、閣下《かっか》」

「進捗状況《しんちょくじょうきょう》は」

「はい」ブースターの黒い毛におおわれた顔がぴくっとした。「順調、順調です！　あと一週間ほどです」

「一週間だと？」カリグラがいう。

「それが、説明書が……」紙を上下ひっくり返し、しかめっ面でのぞきこむ。「今『部品七』の『差しこみ口A』をさがしているところです。あと、送られてきた大型《おおがた》ナットが足りなくてですね。それと、必要なバッテリーが標準《ひょうじゅん》サイズではないので——」

「一週間？」カリグラがくり返す。また冗談《じょうだん》めかした口調だ。「だが、ブラッドムーンまであと……」

ブースターがぴくっとする。「五日？」

「なので、あと五日で完成させられます、といいたいのか？　すばらしい！　作業にもどれ」

ブースターは言葉を飲みこみ、毛むくじゃらの足で走れる最速で走り去った。

カリグラは相棒《あいぼう》にほほ笑んだ。「わかったか、コンモドゥス？　ユピテル訓練所はじきにわれわれのものだ。うまく行けば、シビラの書もわれわれの手に落ちる。そうなれば、取引にじゅうぶんな力が得《え》られる。ピュトンと対面し、領地《りょうち》を山分けするときが来たら、ぜひ思い出すことだ。だれがおまえに力を貸《か》し……だれが貸《か》さなかったか」

「もちろんです。ネロのまぬけめ」コンモドゥスはカクテルの氷を指でつついた。「このカクテルの名前はなんでしたっけ？　シャーリー・テンプル？」

「いや、そちらはロイ・ロジャース」カリグラはいった。「こっちがシャーリー・テンプルだ」

「本当に現代《げんだい》の戦士《せんし》は戦い前にこんなドリンクを飲むのですか？」

「もちろん」カリグラがこたえる。「しばらく航海《こうかい》を楽しむといい。丸五日あれば日焼けはじゅうぶん、目も治せる。その後、ベイエリアで大虐殺《ぎゃくさつ》を堪能《たんのう》しようではないか！」

夢《ゆめ》の映像《えいぞう》が消え、ぼくは冷たい暗闇《くらやみ》に落ちた。

次は薄明《うすあか》るい石造《いしづく》りの小部屋にいた。よみがえって足を引きずり、悪臭《あくしゅう》を放ち、うめき声をあげる死体がうじゃうじゃいる。エジプトのミイラのように干《ひ》からびた死体もいれば、死因《しいん》となった恐《おそ》ろしい傷《きず》以外はほぼ生きていたときのままの死体もいる。部屋の奥《おく》、粗削《あらけず》りの二本の柱のあいだに腰《こし》かけているのは……幽霊《ゆうれい》だ。赤紫《あかむらさき》のもやがまとわりついている。幽霊《ゆうれい》の頭蓋骨《ずがいこつ》がこっちをむき、紫《むらさき》に燃《も》える目——トンネルでグールに乗り移《うつ》り、ぼくを見つめた者の目——でこちらを見て、笑いだした。

ぼくの腹《はら》の傷《きず》に一気に火がつく。

悲鳴をあげて目が覚めた。見たことのない部屋で身を震《ふる》わせ、汗《あせ》をぐっしょりかいている。

「やっぱり？」メグの声だ。

メグはぼくのベッドの横に立ち、窓《まど》の外に置いてあるプランターの土を掘《ほ》っている。腰《こし》につけたガーデニングポーチのポケットには球根、パッケージ入りの植物の種、道具などがぱんぱんに入っている。泥《どろ》まみれの手で移植《いしょく》ごてを握《にぎ》っている。デメテルの子。どこかに連れ出せばかならず土をいじりだす。

「な、何があった？」そういって体を起こそうとしたのが、間違《まちが》いだった。

腹《はら》の傷《きず》に本当に火がついたかと思った。見ると、包帯が巻《ま》いてあった。薬草と軟膏《なんこう》のにおいがする。この訓練所の医療《いりょう》係が治療《ちりょう》してくれたなら、なぜまだこんなに痛《いた》む？

「ここは？」ぼくはかすれた声で聞いた。

「カフェ」

おかしな返事が得意《とくい》なメグでも、その返事はおかしすぎる。

この部屋にはカウンターもエスプレッソマシンもなければ、店員もいないし、焼き菓子《がし》もない。シンプルな白の壁《かべ》に、左右の壁際《かべぎわ》には簡易《かんい》ベッドが一台ずつ。ベッドのあいだに開け放した窓《まど》がひとつと、むこうの床《ゆか》のすみに跳《は》ね上げ戸がある。つまりここは二階か。刑務所《けいむしょ》かもしれないが、窓《まど》に鉄格子《てつごうし》ははまっていないし、刑務所《けいむしょ》のベッドにしては寝心地《ねごこち》が悪い。（本当だ。ジョニー・キャッシュ［訳注：1932～2003年。米国のシンガーソングライター］と州立フォルサム刑務所《けいむしょ》のリサーチをしたことがあるんだが、その話はまた今度）

「一階がボンビロのカフェ」メグが説明した。「ここはお店の空き部屋」

あの頭がふたつある、緑のエプロンの男か。本通りでこっちをにらんでいた。なぜ親切に部屋を提供《ていきょう》してくれたのだろう。しかも、ほかにも候補《こうほ》はあっただろうに、なぜユピテル訓練所はここを選んだのか。「いったいなぜ——？」

「レムリアパウダー」メグがいった。「ボンビロのとこにあった。医療班《いりょうはん》が治療《ちりょう》するのに必要だった」

メグは肩《かた》をすくめた。〈そんなので治る？〉といいたそうな顔だ。そしてまたアイリスの球根を植える作業にもどった。

ぼくは包帯のにおいをかいだ。いろいろなにおいがするが、たしかにレムリアパウダーの香《かお》りもする。レムリアパウダーは死者を追い払《はら》う効果《こうか》がある。といっても死者祭祀《さいし》であるレムリア祭が行われるのは六月。今はまだ四月になったばかり……カフェの世話になって当然だ。売る側の都合でレムリアシーズンの始まりがどんどん早くなっている。レムリアパウダー入りのラテに、レムリアパウダー入りのマフィン。ほんのりライ豆&墓土《はかつち》風味のスイーツで邪悪《じゃあく》な霊《れい》をはらい清めるレムリア祭が、待ちきれないらしい。

薬はほかになんのにおいがしている？　クロッカス、没薬《ミルラ》、ユニコーンの角を削《けず》ったもの？　ローマの医療班《いりょうはん》はさすがだ。それなのに、なぜよくならない？

「あんまり移動《いどう》させないほうがいい、って」メグがいう。「で、この部屋になった。けっこういいよ。

トイレは下。コーヒーはただ」

「メグはコーヒーは飲まないだろう」

「今は飲む」

ぼくは肩《かた》をすくめた。「カフェイン入りのメグか。願ってもない。ぼくはどのくらい寝《ね》ていた？」

「一日半」

「え？」

「寝不足《ねぶそく》だったから。それに、起きてると問題ばっかり」

訂正《ていせい》する気力がない。目やにをこすり、痛《いた》みと吐《は》き気をこらえて体を起こす。

メグは心配そうに見守っている。つまり、ぼくは自分が思っているより具合が悪いのだ。

「痛《いた》い？」メグが聞く。

「大丈夫《だいじょうぶ》だ」ぼくは嘘《うそ》をいった。「さっきのはどういう意味だ？『やっぱり』といっただろ」

メグは顔に分厚《ぶあつ》いシャッターをおろしたようになった。「悪い夢《ゆめ》。あたしも悲鳴をあげて何度か起きた。そっちはぜんぜん平気で寝《ね》てたけど……」移植《いしょく》ごてについた土を指先でとる。「ここに来たら思い出したんだ……いろいろ」

しまった、もっと早く気づいてやるべきだった。メグは皇帝《こうてい》ネロの家で、ラテン語を話す使用人、ローマのよろいをつけた衛兵《えいへい》、紫《むらさき》の旗、古代ローマ帝国《ていこく》の象徴《しょうちょう》各種に囲《かこ》まれて育った——ユピテル訓練所に来て思い出したくない記憶《きおく》を呼《よ》び起こされて当然だ。

「そうか」ぼくはいった。「メグの夢《ゆめ》は……どんな夢《ゆめ》だったか聞いてもいいか？」

「いつもと同じ」口ぶりから、話したくないのは明らかだ。「そっちは？」

ぼくの夢《ゆめ》。皇帝《こうてい》二名がユピテル訓練所にむかってのんびり航海《こうかい》をつづけ、赤いチェリーを飾《かざ》ったノンアルコールカクテルをすする一方、大勢《おおぜい》の手下がＩＫＥＡから取り寄《よ》せた秘密《ひみつ》兵器を大いそぎで組み立てていた。

〈同盟《どうめい》した亡者《もうじゃ》〉〈作戦Ｂ〉〈あと五日〉

よみがえった死体でいっぱいの部屋で紫《むらさき》に光っていたふたつの目。〈オウノ、シタイブタイ〉

「いつもと同じだ」ぼくもいう。「立つのに手を貸《か》してくれないか？」

立とうとすると体が痛《いた》んだ。だが一日半寝《ね》たきりだったなら、全身の筋肉《きんにく》がタピオカみたいになる前に体を動かしたい。それに、腹《はら》が減《へ》って、喉《のど》もかわいている気がしてきたし、メグ流にいえば「おしっこ」もしたい。人間の体はやはり面倒《めんどう》だ。

窓《まど》の下枠《わく》につかまり、外を見る。訓練生のハーフが本通りを右へ左へといそいでいる——いろんなものを運んだり、任務《にんむ》のシフトにむかったり、宿舎《しゅくしゃ》と食堂《しょくどう》を行き来したりしている。衝撃《しょうげき》と悲しみがもたらした暗い雰囲気《ふんいき》は消え去ったようだ。今は全員仕事に追われ、決意に満ちている。首をのばして南に目をやると、神殿《しんでん》の丘《おか》も活気に満ちていた。攻城《こうじょう》兵器はクレーンやブルドーザーと入れ替《か》わり、十数ヵ所に足場が造《つく》られた。ハンマーの音や石を切る音が谷じゅうに響《ひび》いている。目に見える範囲《はんい》だけでも、ぼくたちが到着《とうちゃく》した日にはなかった小さな聖堂《せいどう》が十棟《とう》、大きな神殿《しんでん》二棟《とう》が新《しん》築《ちく》された。さらに建設《けんせつ》中のものもある。

「わお」ぼくはつぶやいた。「ローマのハーフは勤勉《きんべん》だ」

「今日の夜ジェイソンのお葬式《そうしき》」メグがいった。「それまでに終わらせるんだって」

太陽の角度から見て、今は午後二時頃《ごろ》だろう。このペースで行けば、夕食までに神殿《しんでん》の丘《おか》を完成させ、さらにスポーツスタジアムのひとつかふたつは造《つく》れそうだ。

ジェイソンは誇《ほこ》りに思っただろう。彼《かれ》の夢《ゆめ》が実現《じつげん》する現場《げんば》をぜひ本人に見せたかった。

目の前がちらちらし、暗くなってきた。また気を失うのか。いや、大きく、黒いものが本当に飛んできてぼくの顔をかすめ、窓《まど》から中に入ってきた。

ふり返ると、一羽のカラスがぼくのベッドにいた。黒光りする羽を立て、きらきら輝《かがや》く黒い目でぼくを見る。カー！

「メグ」ぼくはいった。「メグにも見えているか？」

「うん」メグはアイリスの球根から目をあげもしない。「いらっしゃい、フランク。何？」

カラスの体がふくらみ、大柄《おおがら》の人間に変身していく。羽は溶《と》けて服になり、ベッドにフランク・チャンが座《すわ》っていた。髪《かみ》はちゃんと洗《あら》って櫛《くし》でとかし、シルクのパジャマは紫《むらさき》のユピテル訓練所のTシャツに着替《きが》えている。

「やあ、メグ」話をしながら変身するくらいぜんぜんふつう、という感じだ。「全部、予定どおり。アポロン様が目を覚ましたか見にきただけ……覚ましたみたい」ぎこちなくぼくに手をふる。「というか、起きましたね。だって、おれがベッドに座《すわ》っちゃってますもん。失礼しました」

フランクは立ちあがり、Tシャツの裾《すそ》を直したが、その手で次に何をすればいいかわからないらしい。昔のぼくなら目の前の人間がこんなふうにもじもじしても慣《な》れっこだったが、今日は気づくのに時間がかかった。フランクはいまだにぼくを恐《おそ》れている。おそらく、変身術《へんしんじゅつ》の使い手のフランクにはほかの者よりも、よくわかっているのだ。ぼくは外見は魅力《みりょく》ゼロの人間だが、中身は弓矢の神のままだと。

やっぱり、いいやつなのだ。

「とにかく」フランクはつづけた。「メグと話をしたんです。昨日、あなたが気を失って――いや、回復《かいふく》にむかって――眠《ねむ》っているあいだに。いえ、いいんです。あなたには睡眠《すいみん》が必要だった。よくなっているといいんですけど」

絶不調《ぜっふちょう》だったが、ほほ笑まずにいられなかった。「プラエトル・チャン、ぼくにもメグにもいろいろ親切にしてくれて、ありがとう」

「いえ、当然です。だって、その、すごく光栄です。神様が……いえ、元神様が――」

「ねえ、フランク」メグはプランターから顔をあげ、こちらをむいた。「この人、レスターって人だから。そんなえらい人じゃないから」

「おい、メグ」ぼくはいった。「フランクはぼくをえらい人だと思いたいんだから――」

「フランク、ほら、あの話」

フランクはぼくたちふたりを順番に見た。メグ&アポロンショーが一段落《いちだんらく》したのを確認《かくにん》する。

「メグから聞きました。あなたが炎《ほのお》の迷路《めいろ》で受けとった予言のこと。〈アポロンはタルクイニウスの墓《はか》で死に直面する。ただし、音のない神への出入り口がベローナの娘《むすめ》によって開かれれば別〉ですよね?」

ぼくは身震《みぶる》いした。炎《ほのお》の迷路《めいろ》の予言は、とくに今までの夢《ゆめ》のこともあり、思い出したくなかった。自分がまもなく死に直面するという予告《よこく》も不要だ。すでにあそこで、あんなことになり、腹《はら》に負傷《ふしょう》した。

「そうだ」ぼくは一応《いちおう》聞いてみた。「もしかして、予言の解読《かいどく》は終え、必要な冒険《ぼうけん》の旅は開始ずみ?」

「いえ、まだ」フランクがいう。「ですが、その予言のおかげで少し謎《なぞ》が解《と》けてきました……この周辺で何が起きているか。エラとタイソンもそれを聞いて、いいヒントが得《え》られたといっていました。糸口を見つけたかも、とのことです」

「エラとタイソン……」ぼくはかすんだ人間の脳《のう》をふるいにかけた。「ハルピュイアとキュクロプスだね。シビラの書を復元《ふくげん》中の」

「そうです」フランクがうなずく。「もし大丈夫《だいじょうぶ》そうだったら、ニューローマを散歩してみましょうか」

7 誕生日《たんじょうび》 迷惑《めいわく》すぎる 贈《おく》り物

大丈夫《だいじょうぶ》そうではなかった。

腹《はら》の傷《きず》はずきずきするし、脚《あし》も体を支《ささ》えているのがやっと。トイレに行き、顔を洗《あら》って服を着、不愛想な店主ボンビロの店のレムリアパウダー入りラテとマフィン一個《こ》をテイクアウトしたものの、ニューローマまで約二キロメートルを歩ける気がしない。

炎《ほのお》の迷路《めいろ》の予言についてもっと知りたいとは思わない。これ以上無理な挑戦《ちょうせん》はしたくない。夢《ゆめ》に出てきた墓《はか》で「あれ」を見た後だからなおさらだ。人間でいるのさえいやだ。しかし、はあ、しかたない。

人間はこういうときどういうんだっけ――気合いだ？　はい、入れました。

メグは訓練所に残ることにした。一時間後にラビニアと、ユニコーンに餌《えさ》をやる約束があって、散歩とかしてて遅《おく》れたら困《こま》る、とのこと。ラビニアは無断《むだん》外出が得意《とくい》らしいから、メグが心配して当然だろう。

ぼくはフランクといっしょにメインゲートから外に出た。見張《みは》りがすかさず気をつけの姿勢《しせい》をとる。全員しばらくその姿勢《しせい》を保《たも》つことになった。ぼくはスローモーションでしか動けなかったからだ。見張《みは》りは心配そうに見守っている——ぼくがまた悲痛《ひつう》な歌をうたいだすんじゃないかとどきどきしている、あるいは、歩くのがやっとのヘタレ少年が元神アポロンだとはまだ信じられないのかもしれない。

今日の午後はカリフォルニアのイメージそのものだ。空はターコイズブルー。丘《おか》の斜面《しゃめん》で金色の草がさざ波を立て、暖《あたた》かなそよ風にユーカリとシダーの葉がカサカサ鳴っている。ここにいれば暗いトンネルとグールのことなんて頭から吹《ふ》き飛びそうだが、鼻の奥《おく》にまだ墓土《はかつち》のにおいが残っている気がする。レムリアパウダー入りラテを飲んでも消えなかった。

フランクはぼくのペースに合わせ、ぼくが倒《たお》れそうになったら寄《よ》りかかれるようにすぐ横を歩いているが、自分から手を貸《か》そうとはしない。

「ところで」しばらくしてフランクが口を開いた。「あなたとレイナの関係は？」

ぼくは思わずつまずきそうになった。腹《はら》にまた激痛《げきつう》が走る。「え？　何も。なぜ？」

フランクが手で、マントについていたカラスの羽根を払《はら》った。いったいどういう仕組みなのだろう——変身後もさっきまでの生き物の名残《なごり》がくっついているなんて。服についていた羽根一枚《まい》を捨《す》てた後で、〈しまった、あれは自分の小指だった〉とならないのか？　噂《うわさ》によるとフランクはハチの大群《たいぐん》にも変身できるらしい。ぼくでさえ、変幻自在《へんげんじざい》の元神でさえ、ハチの大群《たいぐん》は無理だ。

「いえ、なんとなく……あなたがレイナを見たときに」フランクがいう。「かたまった気がして……借金とかしたのかなと」

ぼくは苦笑いしそうになった。レイナとの関係がそんな単純《たんじゅん》なものならよかった。

あのときのことがガラスの破片《はへん》のように鋭《するど》くよみがえった。ウェヌスはとことんぼくをけなし、脅《おど》し、禁《きん》じた。〈その見苦しい、なんの取柄《とりえ》もない神の顔を彼女《かのじょ》の前につき出してはいけません、さもないとステュクス川の呪《のろ》いを――〉

ウェヌスはもちろんこれを謁見室《えっけんしつ》で、オリンポスの神々《かみがみ》全員が集《つど》った場でいった。みんな他人事《ひとごと》だとおもしろがって騒《さわ》ぎ、「おおっ！」とか叫《さけ》んでいた。父上も交じっていた。そう、父上は最初から最後まで喜《よろこ》んでいた。

ぼくは身震《みぶる》いした。

「レイナとはなんの関係もない」ぼくは正直にいった。「あいさつ程度《ていど》の言葉を交わしたことがあるだけだ」

フランクはぼくの表情《ひょうじょう》をうかがっている。ぼくが何か隠《かく》しているると気づいているはずだが、追及《ついきゅう》はしない。「そうですか。とにかく、今日の夜の葬儀《そうぎ》にはレイナも来ます。今は仮眠《かみん》中です」

なぜこんな昼間に寝《ね》る、とたずねそうになって、思い出した。フランクもパジャマ姿《すがた》で夕食をとりにきた……あれは本当に二日前のことだったか？

「交替制《こうたいせい》か」ぼくはいった。「つまり、プラエトル二名のうちどちらかはつねに起きて任務《にんむ》にあたっている」

「それしか方法がないんです。訓練所は今、超警戒態勢《ちょうけいかいたいせい》。みんな緊張《きんちょう》しています。例の戦い以来、仕事が多すぎて……」

〈例の戦い〉そういったフランクの口調はヘイゼルと同じ。歴史《れきし》上、類のない最悪の転換《てんかん》点だった、とでもいいたげだ。

ぼくとメグがこれまでの冒険《ぼうけん》の旅で受けとったすべての予言同様、闇《やみ》の予言が語ったユピテル訓練所に関する悪夢《あくむ》のような四行は今も、ぼくの頭に焼きついて離《はな》れない。

記憶《きおく》のつむいだ言葉、炎《ほのお》に包まれる
新月が悪魔《あくま》の山からのぼる前
取替子《とりかえこ》のリーダーは恐《おそ》ろしい難題《なんだい》に直面する
テベレに無数の死体、満ちるまで

これを聞いた後、リオ・バルデスは青銅《せいどう》のドラゴンに乗って東海岸から西海岸に飛んだ。ユピテル訓練所に警告《けいこく》するためだ。リオはぎりぎり間に合ったが、それでも恐《おそ》ろしい数の犠牲者《ぎせいしゃ》が出た。

フランクはぼくのつらい表情《ひょうじょう》を読みとったにちがいない。

「被害《ひがい》はもっと大きくなっていたかもしれません。あなたのおかげです」フランクはそういったが、ぼくはよけいに自分を責《せ》めたくなっただけだ。「ユピテル訓練所に知らせにいけ、とリオを送り出してくれたおかげです。ある日、空からいきなりリオが飛びこんできました」

「驚《おどろ》いただろう。リオは死んだと思っていたんだから」

フランクの黒い目が、まだカラスのままみたいに光った。「ええ、おれたちをあんなに心配させたくせに、と怒《おこ》ってやりました。全員行列を作って順番にリオを引っぱたきました」

「ハーフ訓練所でも同じだった。ギリシャ側も考えることは同じだ」

「そうですね」フランクは地平線に目をやった。「約二十四時間、準備《じゅんび》の時間があったので、助かりました。けど、じゅうぶんではなかった。敵《てき》はあっちから来ました」

北のバークリーヒルズのほうを指さす。「波のように押《お》し寄《よ》せてきました。それ以外に表現《ひょうげん》がありません。よみがえった死体と戦ったことは前にもあったんですけど、今回は……」首をふる。

「ヘイゼルはゾンビと呼《よ》んでいました。うちの祖母《そぼ》にいわせたらキョンシーかな。ローマ人はいろんな呼《よ》び方で呼《よ》びます。不死者、ラミア、ヌンティウス」

「使者」最後のヌンティウスを訳《やく》すとこうなる。いつ聞いても変な呼《よ》び方だ。だれからの使者？ハデスではない。ハデスは死体が人間界を歩きまわるのを嫌《きら》う。冥界《めいかい》の監視《かんし》の仕事をさぼっていると思われるからだ。

「ギリシャ人はよみがえった死体をブリコラカスと呼《よ》ぶ。ふつうはひとり出てくるのだってめずらしい」

「何百もいました。ほかにも、エウリュノモスっていうグールが何十体も、番人としてついてきました。おれたちはやつらを切り倒《たお》しました。でもまた立ちあがるだけです。火を吐《は》くドラゴンがいたのに勝てなかったのか、と思うかもしれませんが、フェスタスは火を吐《は》くのがせいぜい。よみがえった死体はご想像《そうぞう》どおり、不燃性《ふねんせい》なんです」

以前ハデスから聞いたことがある。彼《かれ》はささいな世間話に「不要な情報《じょうほう》」を盛《も》りこもうとする悪い癖《くせ》があるので有名だが、これもそのひとつ。よみがえった死体に火は効《き》かない。よみがえった死体はどんなに干《ひ》からびていても、平気で火をすり抜《ぬ》ける。だからハデスは火の川、プレゲトン川を、自分の王国の境界《きょうかい》として使わない。しかし、流れる水、とりわけステュクス川の黒い魔法《まほう》の水、となると話は別だ……

ぼくは小テベレ川の輝《かがや》く流れを見つめた。突然《とつぜん》、闇《やみ》の予言の一行の意味がわかった。「〈テベレに無数の死体満ちるまで〉君たちは小テベレ川で敵《てき》を阻止《そし》したんだな」

フランクがうなずく。「よみがえった死体は真水が苦手ですから。小テベレ川で戦況《せんきょう》が変わりました。けど、〈無数の死体〉？　あなたが考えている意味とはちがいます」

「というと――？」

「止まりなさい！」目の前で叫《さけ》ばれた。

フランクの話に夢中《むちゅう》になりすぎ、ニューローマの町の手前まで来ていたことに気づかなかった。道端《みちばた》に立つその像《ぞう》も、叫《さけ》ばれなかったら前を素通《すどお》りしていたはずだ。

境界《きょうかい》の神テルミヌスは、ぼくが覚えているとおり。腰《こし》から上は精巧《せいこう》な男の彫像《ちょうぞう》。鼻が大きく、髪《かみ》は巻《ま》き毛で、表情《ひょうじょう》は不満げ（腕《うで》を作ってもらえなかったからだろう）。腰《こし》から下は白い大理石の台《だい》座《ざ》。前にからかってやったことがある。スキニージーンズを試してみろよ、脚《あし》が細く見えるから、と。あんな目でにらんでいるということは、まだ根に持っているのだろう。

「これはこれは」テルミヌスがいう。「どちら様で？」

ぼくはため息をついた。「テルミヌス、それ、省略《しょうりゃく》できないか？」

「だめです！」テルミヌスは大声でいった。「省略《しょうりゃく》できません。身分証明書《みぶんしょうめいしょ》を」

フランクが咳払《せきばら》いした。「テルミヌス……」胸当《むねあ》てについているプラエトルの印を指でつつく。

「そう、プラエトルのフランク・チャンだ。君は入っていい。だが、そこにいる君の『友人』は――」

「テルミヌス」ぼくはあわてていった。「知らないはずがない。ぼくがだれか」

「身分証明書《みぶんしょうめいしょ》！」

レムリアの香《かお》りの包帯を巻《ま》いた腹《はら》から、冷たくぬるぬるした感覚が広がってきた。「おい、まさかぼくに――」

「早く」

こんなに無用で不当な扱《あつか》いがあるか？　しかし、官僚《かんりょう》、交通巡査《じゅんさ》、境界《きょうかい》の神と議論《ぎろん》してもむだだ。つべこべいってもかえって長引くだけだ。

あきらめて肩《かた》を落とし、ポケットから財布《さいふ》を出す。人間界に落とされたときにゼウスが持たせてくれた運転免許証《めんきょしょう》をとり出す。名前：レスター・パパドプロス。年齢《ねんれい》：十六歳《さい》。住所：ニューヨーク州。写真：百パーセント不機嫌《ふきげん》顔。

「こちらに渡《わた》して」テルミヌスがいう。

「といわれても――」思わず、手がないくせに、といいそうになった。テルミヌスは頑《がん》として自分には透明《とうめい》な腕《うで》二本があると錯覚《さっかく》している。ぼくはテルミヌスの顔の前で免許証《めんきょしょう》をふって見せた。フランクも見たがって首をのばしてきたが、ぼくににらまれて引きさがる。

「いいでしょう、レスター君」テルミヌスは得意《とくい》げに声をあげて笑った。「通常《つうじょう》であれば人間の訪《ほう》問者《もんしゃ》を――どこからどう見ても人間の訪問者《ほうもんしゃ》を――われわれの町に入れることはないのですが、今回は許可《きょか》します。新しいトーガの買い物？　いや、スキニージーンズかな？」

ぼくはくやしさを飲みこんだ。一流の神相手にいばる特権《とっけん》を与《あた》えられた二流の神ほど手に負えないやつはいない。

「入っていいか？」ぼくはたずねた。

「申告《しんこく》する武器《ぶき》は？」

元気があれば、「この必殺の魅力《みりょく》だけ」とこたえただろう。ところが、今はそんな気の利《き》いたことをいえる余裕《よゆう》がない。そういえば、ぼくのウクレレ、弓、矢筒《やづつ》はどうなっただろう？　カフェの二階のベッドの下に押《お》しこんである？　もしローマのハーフがあの矢筒《やづつ》を、予言めいたものをしゃべるドドナの矢ごと紛失《ふんしつ》してしまったなら、お礼の品を買いにいく必要がある。

「武器《ぶき》はない」ぼくは小さくこたえた。

「いいでしょう」テルミヌスがうなずく。「入場を許可《きょか》します。それと、レスター君、近々《ちかぢか》の誕生《たんじょう》日《び》おめでとう」

「え……なんだって？」

「入って入って！　次！」

うしろにはだれもいない。しかしテルミヌスはぼくたちを中にせかし、いるはずのない訪問者《ほうもんしゃ》の列にむかって叫《さけ》んでいる。押《お》し合わず、縦一列《たていちれつ》に並《なら》べ、と。

「誕生日《たんじょうび》、近いんですか？」歩きながらフランクがぼくにたずねる。「おめでとうございます！」

「嘘《うそ》だ」ぼくは運転免許証《めんきょしょう》を見つめた。「四月八日と書いてある。そんなはずがない。ぼくが生まれたのは第七の月の第七の日。もちろん、当時は月の呼《よ》び方が今とちがっていた。たしか、ガメーリオンの月、だったか？　しかし、それは冬のはず——」

「それより、神々《かみがみ》はどんなお祝いをするんです？」フランクは考えながら聞いた。「十七歳《さい》になるんですか？　それとも、四千十七歳《さい》？　ケーキは食べます？」

最後の質問《しつもん》には期待がこもっている。イメージしているとすれば、金箔《きんぱく》で飾《かざ》りつけした豪華《ごうか》な巨《きょ》大《だい》ケーキ。上にローマ花火が十七本立っている。

ぼくは自分の誕生日《たんじょうび》が現代《げんだい》の暦《こよみ》でいつになるか考えた。頭ががんがんしてきた。神としての記憶《きおく》力《りょく》があったときでさえ、暦《こよみ》は苦手だった。太陰暦《たいいんれき》、ユリウス暦《れき》、グレゴリオ暦《れき》、うるう年、サマータイム。うんざりだ。どの日も「アポロンの日」と呼《よ》び、それでおしまいでよくないか？

だが、ゼウスは間違《まちが》いなくぼくに新たな誕生日《たんじょうび》を用意した。四月八日。なぜ？　七はぼくの神聖《しんせい》な数字。ニューバースデーに七は入っていない。四＋八は七の倍数でもない。なぜ父上はレスターの誕生日《たんじょうび》を今から四日後にした？

足がぴたっと止まった。ぼくまで下半身が大理石の台座《だいざ》になったかと思った。夢《ゆめ》の中でカリグラは手下のパンダイに指示《しじ》していた。五日後のブラッドムーンまでに作業を終えろ、と。あれが昨日の夜だったとすると今日から四日後の四月八日、つまりぼくの誕生日《たんじょうび》が運命の日だ。

「どうかしましたか？」フランクがたずねた。「顔色が悪いですけど」

「ち――父上はぼくに警告《けいこく》をくれていたらしい。いや、凶兆《きょうちょう》か？　それを教えてくれたのはテルミヌスだ」

「新しい誕生日《たんじょうび》が凶《きょう》なんですか？」

「ぼくは今は人間だ。誕生日《たんじょうび》はつねに凶《きょう》だ」不安の波を押《お》し返す。うしろをむいて逃《に》げ出したいが、行く場所がない――ニューローマを前進し、さしせまったわが運命に関するうれしくない情報《じょうほう》を収《しゅう》集《しゅう》するしかない。

「フランク・チャン、案内をたのむ」気乗りはしないが、運転免許証《めんきょしょう》を財布《さいふ》にもどしながらそういう。「タイソンとエラが何か教えてくれるかもしれない」

ニューローマ……オリンポスの神々《かみがみ》が変身して人間界に潜伏《せんぷく》しているとすれば、この町の可能性《かのうせい》がいちばん高い。（二位は僅差《きんさ》でニューヨーク、三位は春休み期間のコスメル［訳注：メキシコのユカタン半島の東にある島］。いや、われわれはなまけているわけではないのだ）
ぼくが神だったときは透明《とうめい》になって赤のタイル屋根の上を飛んだり、人間の姿《すがた》で通りを歩いたりしながら、オリンポスの神々《かみがみ》の全盛期《ぜんせいき》の景色、音、においを楽しんだものだ。

もちろん、ニューローマは古代ローマとはちがう。さまざまな改善《かいぜん》をした。たとえば奴隷制《どれいせい》はなくし、個人衛生《こじんえいせい》を向上させた。暗黒街――火事に弱い安アパートのひしめく貧民街《ひんみんがい》――も消えた。また、ニューローマはラスベガスのど真ん中にあるエッフェル塔《とう》のような、悲しいテーマパークではない。ニューローマは現代《げんだい》と古代が自由にミックスした活気ある町だ。公共広場《フォーラム》を歩けば、ラテン語をふくむ十数ヵ国の言葉が聞こえてくるし、ミュージシャンは竪琴《たてごと》、ギター、洗濯板《せんたくいた》でジャムセッションしている。子どもは噴水池《ふんすいち》で遊び、大人はその横にあるブドウ棚《だな》の下に座《すわ》っている。宙《ちゅう》を漂《ただよ》うラルは、午後の影《かげ》が長くなるにつれて姿《すがた》がはっきりしてくる。あらゆる人種が混《ま》ざり、おしゃべりしている。頭がひとつの者もふたつの者もいれば、頭が犬の犬頭族もいる。犬頭族はにやっと笑ったり、あえいだり、いいたいことがあると吠《ほ》えたりする。

ここは小作りで、親切で、改良の進んだローマ――われわれ神がつねに、人間に達成してほしいと思っていたが実現《じつげん》しなかった「あの」ローマだ。そして、もちろん、われわれ神は郷愁《きょうしゅう》の思いでニューローマを訪《おとず》れる。ここに来ればあのすばらしい数百年がよみがえるのだ。そう、ローマ帝国《ていこく》各地で人間が自由に神々《かみがみ》を崇拝《すうはい》し、捧《ささ》げ物のごちそうを燃《も》やして香《かお》りをふりまいていた時代が。

哀《あわ》れに聞こえるかもしれない。ひと昔前に消えたが、年配のファンの期待にこたえて復活《ふっかつ》したバンドのコンサートツアーみたいなものなのだから。しかし、なんというか、昔をなつかしむのは不死の存在《そんざい》でも治せない病気のひとつだ。

議事堂《ぎじどう》に近づくにつれ、先日の戦いの痕跡《こんせき》が見えてきた。ドームのひび割《わ》れは銀色の接着剤《せっちゃくざい》で直してある。壁《かべ》の漆喰《しっくい》をいそいで塗《ぬ》りなおした建物も目につく。町中はぼくが記憶《きおく》しているより人通りが少ない。そして時折——犬頭族が吠《ほ》えたり、鍛冶職人《かじしょくにん》が製作《せいさく》中のよろいをハンマーで打ったりすると——そばにいる者はびくっとし、隠《かく》れる場所をさがす目になる。

ニューローマの町は深い傷《きず》を負った。そして今、必死で立ち直ろうとしている。ぼくが夢《ゆめ》で見た内容《ないよう》からすると、ニューローマはわずか数日後にまた深い傷《きず》を負うことになる。

「犠牲者《ぎせいしゃ》は何人だった？」ぼくはフランクにたずねた。

聞くのは怖《こわ》かったが、知る必要があると思った。

フランクは素早《すばや》くまわりを見て、ほかにだれも聞いていないかたしかめた。ぼくたちふたりは複《ふく》雑《ざつ》につながりあう、曲がりくねった丸石の道を歩き、住宅《じゅうたく》エリアにむかっている。

「難《むずか》しいです」フランクがこたえる。「訓練生は少なくとも二十五人。これは登録簿《とうろくぼ》にあったうち、消息がわからなくなった人数です。訓練所の総《そう》人員数は……二百五十人でした。実際《じっさい》に全員が訓練所にそろったことはありませんが、登録者数は二百五十です。例の戦いはローマの十分の一刑《けい》みたいでした」

ラルがぼくの体を通り抜《ぬ》けたかと思った。十分の一刑《けい》は、罪人《ざいにん》を出した軍団《ぐんだん》に対して行われる残《ざん》酷《こく》な処罰《しょばつ》だ。罪《つみ》を犯《おか》した張本人《ちょうほんにん》であろうとなかろうと、十人にひとりの軍団《ぐんだん》兵が処刑《しょけい》される。

「フランク、心から残念に思う。ぼくがいれば……」

つづきがわからない。ぼくがいれば、何？　今のぼくは神ではない。以前のように指を鳴らすだけで何千キロも遠くからゾンビをはじけさせる、なんて不可能《ふかのう》だ。昔はそんな単純《たんじゅん》な遊びは自慢《じまん》にも思わなかった。

フランクはマントの襟元《えりもと》をぎゅっと合わせた。「一般《いっぱん》住人にもかなり犠牲者《ぎせいしゃ》が出ました。元訓練生も大勢《おおぜい》、ニューローマから応援《おうえん》に来てくれました。彼《かれ》らはつねに予備軍《よびぐん》として待機しているんです。とにかく、あなたが教えてくれた予言のあの一行、〈テベレに無数の死体、満ちるまで〉でしたっけ？　例の戦いで大勢《おおぜい》が遺体《いたい》になったという意味じゃありません。犠牲者《ぎせいしゃ》の数を数えることができなかった、って意味です。というのも、みんな消えてしまったから」

腹《はら》の傷《きず》に焼きごてを押《お》しつけられたような気がした。「消えた？」

「何人かは、よみがえった死体が退却《たいきゃく》するときに、いっしょに引きずられていきました。おれたちは奪《うば》い返そうとしたんですが」フランクは両手を広げた。「数名が地面に飲まれました。ヘイゼルにも説明できない現象《げんしょう》でした。犠牲者《ぎせいしゃ》の大部分は戦いのさいちゅうに小テベレ川に流されました。川の精《ニンフ》のナイアスたちにさがしてもらいましたが、遺体《いたい》はひとつも見つかりませんでした」

フランクは本当に恐《おそ》ろしいことは口にしようとしない。だが、フランクが何を考えているのか、想像《そうぞう》はつく。訓練所側の犠牲者《ぎせいしゃ》は消えただけじゃない。もどってくる——敵《てき》として。

フランクは足下《あしもと》の丸石の道を見つめたままだ。「くよくよ考えないようにしています。おれの仕事はみんなを引っ張《ぱ》り、堂々《どうどう》としていることだから。けど、今日みたいに、テルミヌスが出てくるときは……いつもならジュリアっていう名前の小さな女の子がいて、テルミヌスの助手をしているはずなんです。七歳《さい》くらいの、かわいらしい子です」

「今日はいなかった」

「ええ」フランクがうなずく。「里親のところにいます。本当の父親と母親は例の戦いで犠牲《ぎせい》に」

もうたくさんだ。手を横の壁《かべ》につく。また無邪気《むじゃき》な少女が苦しみを味わされた。メグ・マキャフリーもネロに父親を殺《ころ》され……ジョージナもインディアナポリスで育ての母親二名から引き離《はな》された。邪悪《じゃあく》なローマ皇帝《こうてい》三人組はあまりにも多くの日常《にちじょう》を打ちくだいた。絶対《ぜったい》止めてみせる。

フランクがやさしくぼくの腕《うで》をとる。「ゆっくり一歩ずつ。今はそれしかありません」

ぼくはここにローマのハーフを支《ささ》えにきた。それなのに、このローマのハーフにぼくは支《ささ》えられている。

カフェや店の前を歩いていく。ぼくは前向きなことに集中しようとした。ブドウ棚《だな》のブドウが芽《め》吹《ぶ》き、噴水《ふんすい》池には水が流れているし、このエリアの建物はどれも無傷《むきず》だ。

「少なくとも——少なくとも、ニューローマの町は燃《も》えなかった」ぼくはいってみた。

フランクは眉《まゆ》をひそめた。それがどうかしましたか、という顔だ。「どういう意味です?」

「予言はこういっている。〈記憶《きおく》のつむいだ言葉、炎《ほのお》に包《つつ》まれる〉これはエラとタイソンが復元《ふくげん》中のシビラの書のことだろう？　シビラの書は無事にちがいない。ニューローマの町は燃《も》えなかったんだから」

「あ」フランクは咳《せき》とも笑い声ともつかない声を出した。「そのことですか。それなら……」

フランクは古くて趣《おもむき》のある本屋の前で足を止めた。緑の日よけには、〈ＬＩＢＲＩ〉とだけ書いてある。店先にはハードカバーの古本を並《なら》べた本棚《ほんだな》が出してあり、気軽に見られるようになっている。窓《まど》の内側に山積みされた辞書の上で、赤茶色の大きなネコがひなたぼっこをしている。

「予言はかならずしもこちらの解釈《かいしゃく》と一致《いっち》するわけではありません」フランクはドアをノックした。大きめに三回、ゆっくり二回、短く二回、ドアをたたく。

するとすぐ、ドアが中に開いた。戸口に立っていたのは、上半身裸《はだか》でうれしそうに笑っているキュクロプスだ。

「入って！」タイソンがいった。「今、タトゥーしてた！」

8 ネコのいる本屋で入れるタトゥーかな

ぼくからのアドバイス。キュクロプスがタトゥー中の現場《げんば》に入るべからず。このにおいは一生忘《わす》れられない。大鍋《なべ》にインクを沸《わ》かして革《かわ》の財布《さいふ》を煮《に》ている感じ。キュクロプスの皮膚《ひふ》は人間よりはるかに硬《かた》いため、タトゥーを入れるには超《ちょう》高温の針《はり》を使う。だから、焦《こ》げたいやなにおいがする。

そんなことどうして知っているかって？　キュクロプスとは長く、不ゆかいな歴史《れきし》があるのだ。数千年前、ぼくは父上のお気に入りのキュクロプス四名を退治《たいじ》した。彼《かれ》らの作った雷撃《ライトニングボルト》で、ぼくの息子であるアスクレピオスが殺《ころ》されたからだ。（そして、実際《じっさい》に手を下した張本人《ちょうほんにん》である父上を殺《ころ》すことはできなかったからだ）。その結果、ぼくは人間に変えられて人間界に追放された。これが一回目だった。キュクロプスの焦《こ》げるにおいで、そのときの素敵《すてき》な思い出がよみがえった。

それ以外にも、過去《かこ》にキュクロプスと出くわしたことは数えきれないほどある。第一次タイタン族との戦いのときは（つねに洗濯《せんたく》ばさみで鼻をつまんで）ともに戦ったし、距離《きょり》感覚のない彼《かれ》らに弓の作り方を教えようとしたこともある。メグ、グローバーと迷宮《めいきゅう》ラビュリントスを歩いている途《と》中《ちゅう》で、トイレにいたキュクロプスを驚《おどろ》かせてしまったこともある。そのとき目にしたことは一生忘《わす》れられないだろう。

いっておくが、タイソンにはなんの問題もない。タイソンはパーシー・ジャクソンも公《おおやけ》にしているとおり、パーシーのきょうだいだ。前回のクロノスとの戦いの後、ゼウスはタイソンを大将《たいしょう》に任命《にんめい》し、「最高級の棒《ぼう》」も授《さず》けた。

キュクロプスとはいえ、タイソンは許容範囲《きょようはんい》だ。でかいといったところで、人間でもこの程度《ていど》のサイズはいなくはない。ぼくの好きなだれかがタイソン作の雷撃《らいげき》で命を奪《うば》われたこともない。大きなやさしい茶色の目に満面の笑みを浮《う》かべたタイソンは、フランクと同じくらいかわいらしい。何よりも、タイソンはハルピュイアのエラといっしょに、失われたシビラの書を復元《ふくげん》してくれている。失われた予言書の復元《ふくげん》は、予言の神の心を動かす方法としてはつねに正解《せいかい》だ。

にもかかわらず、タイソンがこちらに背《せ》をむけて中に案内しようとしたとたん、ぼくはぎょっとして悲鳴をあげそうになった。タイソンの背中《せなか》はチャールズ・ディケンズの全作品を刻《きざ》んだのかと思うほどだ。首から背中《せなか》の半分あたりまで、紫《むらさき》のタトゥーで細かい文字が横に何行も、白い傷跡《きずあと》だけは避《さ》けてびっしり書いてある。

ぼくの横でフランクがささやいた。「だめです」

ぼくは目がうるうるしていた。どんなに痛《いた》かったことだろう。びっしりタトゥーを入れられたうえに、こんなに傷跡《きずあと》があるなんて、この気の毒《どく》なキュクロプスは過去《かこ》にどんな虐待《ぎゃくたい》を受けたのだろう。ぼくは「かわいそうに！」とすすり泣き、上半身裸《はだか》のキュクロプスをハグしたくなったくらいだ。（ぼくとしては前代未聞《ぜんだいみもん》だ）。フランクはぼくに、タイソンの背中《せなか》を見て大騒《さわ》ぎしちゃだめです、といいたいらしい。

ぼくは涙《なみだ》をふき、気をとり直した。

店の真ん中まで行ったところでタイソンが足を止め、こちらを見た。誇《ほこ》らしげに両手を広げ、にっと笑う。「ね？　本、本、本だよ！」

嘘《うそ》ではない。会計兼《けん》インフォメーションデスクを中心に、本棚《ほんだな》の列が放射状《ほうしゃじょう》に何本ものびている。どの本棚《ほんだな》もいろいろな大きさや形の書物でいっぱいだ。上には手すり付きのバルコニーがあり、二カ所に梯子《はしご》がかかっているが、ここも壁《かべ》じゅう本が並《なら》んでいる。あちこちのすみにひとり掛《が》けのソファがあり、大きな窓《まど》からは町の水道橋《すいどうきょう》、そのむこうには山々《やまやま》が見えている。温かいハチミツのような日差しが入る店内は居心地《いごこち》がよく、眠気《ねむけ》をそそる。

椅子《いす》に腰《こし》かけ、癒《いや》し系《けい》の小説のページをめくるのに最適《さいてき》の場所、といいたいところだが、油で革《かわ》を煮《に》ているような悪臭《あくしゅう》がじゃまだ。タトゥースタジオにありがちな設備《せつび》は見当たらないが、うしろの壁《かべ》に〈スペシャルコレクション〉という看板《かんばん》があり、その下に厚《あつ》いベルベットのカーテンがかかっている。奥《おく》にもう一室あるらしい。

「うれしい」ぼくは語尾《ごび》をあげず、質問《しつもん》に聞こえないようにいった。

「本、本、本！」タイソンがくり返す。「ここ、本屋！」

「もちろん」ぼくは大きくうなずいた。「ここは、その、君の本屋かい？」

タイソンはくちびるをとがらせた。「ううん。いや、そうかも。本屋の人、死んだ。戦いで。悲しかった」

「そうか」どう返せばいいかわからない。「いずれにしても、タイソン、また君に会えてよかった。今はこんな姿《すがた》だからわからないかもしれないが――」

「アポロン！」タイソンは声に出して笑った。「今日、ちょっと変」

フランクは口に手をあて、咳払《せきばら》いした。笑いをこらえているにちがいない。「タイソン、エラは？　君たちふたりがこれまでに見つけたこと、聞かせてあげてくれないか」

「エラ、奥《おく》の部屋。今、おれにタトゥーしてた！」タイソンはぼくに顔を近づけ、声をひそめた。「エラ、かわいい。だけど、内緒《ないしょ》。かわいいかわいい、いうといやがる。エラ、恥《は》ずかしい。おれも、恥《は》ずかしい」

「内緒《ないしょ》にしておくよ」ぼくは約束した。「タイソン大将《たいしょう》、案内をたのむ」

「大将《たいしょう》」タイソンはまた笑った。「そう、大将《たいしょう》。戦いで敵《てき》の頭、ガンガン殴《なぐ》った！」

タイソンはベルベットのカーテンの奥《おく》に駆《か》けこんだ。棒《ぼう》に馬の頭をくっつけたおもちゃにまたがっているような足取りだ。

ちょっと思った。回れ右して逃《に》げ出し、フランクとまたコーヒーでも飲みたい。あのカーテンのむこうを見るのが怖《こわ》い。

そのとき、足下《あしもと》で声がした。ニャーオ。

ネコがいた。巨大《きょだい》な赤茶色の縞《しま》ネコだ。この本屋にいた看板《かんばん》ネコを全部食って、ここまで太ったにちがいない。それがぼくの脚《あし》に頭を押《お》しつけてきた。

「くっつくな」ぼくは文句《もんく》をいった。

「そのネコ、アリストファネスっていいます」フランクはほほ笑んだ。「悪さはしませんから大丈夫《だいじょうぶ》。それに、ローマ人のネコに対する考え方はごぞんじですよね」

「ああ、いわれなくても」ぼくはネコが得意《とくい》ではない。ネコは自分本位で、すまし屋で、世界は自分のものだと思っている。つまり、ぼくとそっくり。ネコと争う気はない。

しかし、ローマ人にとってネコは自由と独立《どくりつ》のシンボル。行きたいところはどこでも、神殿《しんでん》の中さえ歩くことを許《ゆる》されていた。過去《かこ》に何度かぼくの祭壇《さいだん》に雄《おす》ネコがマーキングしたっぽいにおいがしたことがあった。

ニャーオ。アリストファネスがまた鳴いた。眠《ねむ》そうなライムグリーンの目が「あんたはもうおれのもん。あとでマーキングしちゃおっかな」といっているような気がする。

「そんな暇《ひま》はない」ぼくはネコにいった。「フランク・チャン、ハルピュイアに会うとしよう」


思ったとおり、スペシャルコレクションルームはタトゥースタジオに改装《かいそう》されていた。

革表紙《かわびょうし》の本、巻物《まきもの》の入った木の筒《つつ》、くさび形文字の刻《きざ》まれた粘土《ねんど》板が山積みの移動式本棚《いどうしきほんだな》は横に寄《よ》せられている。部屋の真ん中にどんと置かれているのは、可動《かどう》式の肘掛《ひじかけ》がついた黒い革《かわ》のリクライニングチェア。上からルーペ付きのLEDランプで照らされ、横にはタトゥーを入れるための装《そう》置《ち》がある。タトゥーインクの入ったチューブの先で針《はり》が四本ブンブン音を立てている。ぼくは一度もタトゥーを入れたことがない。神だったときは、入れたければ念じるだけで入れることができた。しかし、この装置《そうち》を見て、ヘパイストスが使いたがるかも――たぶん、神専用《せんよう》歯科医の危険《きけん》きわまりない器具として――と思った。

奥《おく》のすみに梯子《はしご》があり、上にバルコニーがある。さっきのバルコニーと似《に》ているが、こちらには寝場所《ねばしょ》がふたつ作ってある。ひとつは藁《わら》、布切《ぬのき》れ、細く切った紙で作ったハルピュイア用の巣。もうひとつは電気製品《せいひん》が入っていた段《だん》ボール箱で囲《かこ》ったベッド。だれ用か聞くまでもない。

タトゥー用の椅子《いす》のむこうを行ったり来たりしているのがエラだ。自問自答するように何かつぶやいている。

ぼくたちについてきたアリストファネスが、エラにつきまといだした。エラのニワトリの脚《あし》を頭でつついている。つつくたびにほぼ毎回赤い羽根が一枚抜《まいぬ》け、アリストファネスが飛びついてそれを捕《つか》まえる。エラはアリストファネスを完全に無視《むし》している。ここが死後の楽園エリュシオンだったら最強コンビかもしれない。
「火……」エラがつぶやく。「火、つける……なんとかかんとか……なんとか、橋。二倍、なんとかかんとか……ふむ」
エラは興奮《こうふん》しているようだが、おそらくいつもこうなのだろう。あまりよくは知らないが、パーシー、ヘイゼル、フランクの三人がオレゴン州ポートランドでエラを発見した。エラは図書館で残飯をあさり、廃棄《はいき》本で作った巣で暮《く》らしていた。なぜかあるとき偶然《ぐうぜん》、ローマ帝国《ていこく》末期に焼失したとされるシビラの書三巻《かん》を見つけた。(シビラの書は一巻《かん》見つけるのだって、ベシー・スミスの未発表の音源《おんげん》を見つけたり、『バットマン』第一巻《かん》の一九四〇年の初版《しょはん》の新品を見つけたりするよりもっと……神業《かみわざ》だ)
抜群《ばつぐん》とはいえ、つながりのあいまいな記憶力《きおくりょく》を持つエラが、今やこの由緒《ゆいしょ》ある予言書、シビラの書の唯一《ゆいいつ》の権威《けんい》だ。パーシー、ヘイゼル、フランクはエラをユピテル訓練所に連れてきた。ユピテル訓練所ならエラは安全に暮《く》らし、愛情《あいじょう》あふれるボーイフレンド(キュクロプフレンド？　異種《いしゅ》パートナー？)の協力のもとシビラの書を復元《ふくげん》してくれるかも、と考えたからだ。

それをのぞけば、エラは赤い羽にぼろきれをまとった謎《なぞ》の生き物だ。

「ノー、ノー、ノー」エラは片方《かたほう》の手で豊《ゆた》かな赤い巻《ま》き毛をかきむしった。頭皮に傷《きず》をつけてしまいそうなくらい激《はげ》しく。「言葉、足りない。言葉、言葉、言葉。『ハムレット』、第二幕《まく》、第二場」

元ホームレスのハルピュイアにしては健康そうだ。首についている人間の顔は骨《ほね》ばっているが、やせこけているわけではない。翼《つばさ》もきちんと羽づくろいしてある。体もニワトリの体型《たいけい》としてちょうどいいくらいだ。鳥の餌《えさ》かタコス、あるいはハルピュイアの好物か何かをじゅうぶん食べているにちがいない。足の先はかぎづめなので、エラが歩いたところはカーペットがすり切れて筋《すじ》がついている。

「エラ、見て！」タイソンがいった。「友だち！」

エラは顔をしかめた。視線《しせん》がフランク、ぼくの上をすべる。ちょっと気になった――壁《かべ》にかかっている絵の額《がく》が少し曲がっている――という感じだ。

「ノー」エラは短く返した。長い爪《つめ》をカチカチ鳴らす。「タイソン、タトゥー、もっと」

「オッケー！」タイソンは素敵《すてき》な知らせでも聞いたような顔だ。リクライニングチェアがあるところまで跳《と》んでいく。

「待ってくれ」ぼくはいった。タトゥーのにおいをかぐと思うだけでぞっとする。入れているところを見たら、胃《い》の中身を全部アリストファネスの上にぶちまけてしまうかもしれない。「エラ、その前に、今の状況《ホワッツ・ゴーイン・オン》を説明してくれないか?」

「『ホワッツ・ゴーイン・オン』。マーヴィン・ゲイ。一九七一年」

「そうだ、その曲なら知っている。ぼくも曲作りに協力した」

「ノー」エラは首をふった。「作詞《さくし》・作曲はレナルド・ベンソン、アル・クリーヴランド、マーヴィン・ゲイの三人。警察《けいさつ》の横暴《おうぼう》による事件《じけん》に触発《しょくはつ》されて作った」

フランクが苦笑いしてぼくを見る。「エラには何をいってもむだです」

「イエス」エラがうなずく。「むだ」

エラがささっとぼくの前に来て、今度はじっと見た。包帯を巻《ま》いた腹《はら》のにおいをかぎ、胸《むね》をつつく。赤い羽が雨に濡《ぬ》れた鉄さびのように光っている。「アポロン。けれど、全部、ちがう。体、ちがう。『ボディ・スナッチャー/恐怖《きょうふ》の街』ドナルド・シーゲル監督《かんとく》。一九五六年」

白黒のホラー映画《えいが》にたとえられて気に食わなかったが、ハルピュイアには何をいってもむだ、と教えられたばかりだ。

一方、タイソンはリクライニングチェアの背《せ》を倒《たお》し、うつぶせに寝《ね》た。筋肉《きんにく》のついた傷跡《きずあと》だらけの背中《せなか》には、つい最近入れたばかりの紫《むらさき》の細かな文字が何行も連なっている。

「準備《じゅんび》オッケー!」タイソンがいった。

ようやく意味がわかった。

「〈記憶《きおく》のつむいだ言葉、炎《ほのお》に包まれる〉」ぼくは暗唱した。「エラは熱い針《はり》でタイソンにシビラの書を写しとっている。予言はそれをいっているんだ」

「イエス」エラはぼくの腹《はら》のぜい肉をつつき、予言を書くのに使えるかたしかめた。「ふむ。ノー。ぷよぷよしすぎ」

「それはどうも」ぼくはあいまいにいった。

フランクが足を踏《ふ》み替《か》えた。自分の腹《はら》ならどうか、突然《とつぜん》気になったらしい。「エラによると、予言の言葉を正しい順序《じゅんじょ》で記録する方法はひとつしかなくて、それが生身の皮膚《ひふ》に刻《きざ》むことなんだそうです」

驚《おどろ》くことはない。この数ヵ月間で予言を入手したのは、林の支離滅裂《しりめつれつ》な声を聞くか、暗い洞穴《ほらあな》で幻覚《げんかく》を見るか、熱いクロスワードパズルの上を走るかによってだった。それとくらべたら、キュクロプスの背中《せなか》にまとめて記入するというやり方はじつに文明的だ。

「しかし……今、どこまで書けた?」ぼくはたずねた。

「腰《こし》の上、まで」エラがこたえる。

ジョークをいったつもりはないらしい。

拷問《ごうもん》ベッドにうつぶせたタイソンが、うれしそうに足をばたつかせる。「準備《じゅんび》オッケー! やばいよ! タトゥー、くすぐったい!」

「エラ」ぼくはあらためて聞いた。「質問《しつもん》をくり返す。何か役立つ情報《じょうほう》は見つけたか？　その――四日後にせまった脅威《きょうい》に関して。フランクは、エラが糸口を見つけた、といっていたが？」

「イエス。墓《はか》、見つけた」エラはまたぼくの腹《はら》をつついた。「死、死、死。死、たくさん」

9

亡《な》き友を送り出す日よ ヘラ憎《にく》し

「死、死、死」といわれるより不吉《ふきつ》なことがあるとすれば、自分のぜい肉をつつかれながらそういわれることだ。

「もう少し具体的にいってもらえるか？」

本当はこうたずねたかった。〈もう、何もかもほうり出して、ぼくをつつくのもやめてくれないか？〉しかし、どちらもかないそうにない。

「相互《そうご》参照」エラがいう。

「なんて？」

「タルクイニウスの墓《はか》。炎《ほのお》の迷路《めいろ》の予言。フランク、教えてくれた。〈アポロンはタルクイニウスの墓《はか》で死に直面する。ただし、音のない神への出入り口がベローナの娘《むすめ》によって開かれれば別〉」

「知っているとも」ぼくはいった。「わざわざ聞くまでもない。いったい何を意味して――」

「タルクイニウス、ベローナ、音のない神、相互参照《そうご》。タイソンの索引《さくいん》で」ぼくはフランクを見た。この部屋で言葉が通じそうなのはフランクだけだ。「タイソンには索引《さくいん》があるのか?」

フランクは肩《かた》をすくめた。「参考書ならふつう、索引《さくいん》はついていますよね」

「腿《もも》の裏《うら》!」タイソンが声を張《は》りあげた。まだうれしそうに足をばたつかせ、赤く熱した針《はり》で刻《きざ》まれるのを待っている。「見たい?」

「いや! やめておく。だが君は相互《そうご》参照して——」

「イエス、イエス」エラがいう。「ベローナ、なし。音のない神、なし。ふむ」頭の両側をつつく。

「どちらも、情報《じょうほう》不足。けれど、タルクイニウスの墓《はか》。イエス。一行あった」

エラは足早にリクライニングチェアに近づいた。アリストファネスもエラの翼《つばさ》をはたくようなしぐさをしながら後をついていく。エラがタイソンの肩甲骨《けんこうこつ》の片方《かたほう》を指先でつついた。「ここ」

タイソンがくすぐったがって笑う。

「ワイルドキャットのそばに回転する光」エラが声に出して読む。「タルクイニウスの墓《はか》を守る光の馬。入り口を開ける鍵《かぎ》、2−5−4」

ニャーオ。アリストファネスが鳴く。

「アリストファネス、ノー」エラがいった。口調はやさしい。「アリストファネス、野生《ワイルドキャット》ネコではない」

アリストファネスは喉《のど》を鳴らした。チェーンソーの音そっくりだ。

ぼくは予言のつづきを待った。シビラの書の内容《ないよう》の大部分は『楽しいクッキング』と似《に》た感じで、大惨事《さんじ》が起きた際《さい》に神々《かみがみ》をしずめるための捧《ささ》げ物レシピが書かれている。イナゴが大発生？　おすすめはケレス・スフレ。ケレスの祭壇《さいだん》の上でハチミツたっぷりのふわふわスフレを三日間かけて焼きましょう。地震《じしん》で町が崩壊《ほうかい》？　今夜ネプトゥヌスが帰宅《きたく》したら、黒い牡牛《おうし》三頭でもてなしましょう。牡牛《おうし》は神聖《しんせい》な油を塗《ぬ》って、ローズマリーの小枝《こえだ》をそえて焼きましょう！

しかし、エラが今いった予言につづきはないらしい。

「フランク」ぼくはいった。「君は意味がわかったか？」

フランクは眉《まゆ》をひそめた。「いえ、わかるとしたらそちらでしょう」

みんな早く気づいてくれ。予言の神＝予言が理解《りかい》できる、ではない。ぼくは詩の神でもあるが、T・S・エリオットの『荒地《あれち》』の比喩《ひゆ》なんて、まったく理解《りかい》できない。

「エラ」ぼくはいった。「今の予言は場所のことか？」

「イエス、イエス。たぶん、この近く。けれど、入るだけ。様子見るだけ。正しいこと見つけ、立ち去る。タルクイニウス・スペルブスの命、奪《うば》うべからず。ノー。完全なる亡者《もうじゃ》、殺《ころ》せない。そのためには、ふむ……情報《じょうほう》不足」

　フランクは胸元《むなもと》の城壁冠《じょうへきかん》の勲章《くんしょう》［訳注：最初に敵《てき》の壁《かべ》を突破《とっぱ》した者に与《あた》えられる勲章《くんしょう》］に指でさわった。「タルクイニウス・スペルブス。王政《おうせい》ローマの最後の王。ローマ帝国《ていこく》の時代でさえ神話と考えられていた。タルクイニウスの墓《はか》は現在《げんざい》にいたるまで発見されていない。まさか、こんな……」手でまわりをしめす。

「近所にいるなんてありえない、か？」ぼくはフランクの言葉を引き継《つ》いだ。「おそらく、オリンポス山がニューヨークの上空に浮《う》かんでいるのと同じ理由、あるいは、ユピテル訓練所がベイエリアにあるのと同じ理由だ」

「たしかに。ありえます」フランクはうなずいた。「それにしても、もしローマの王の墓《はか》がユピテル訓練所の近くにあるなら、どうして今までわからなかったんです？　どうしてよみがえった死体が攻撃《こうげき》してきたんです？」

　ぼくは即答《そくとう》できなかった。カリグラとコンモドゥスのことで手一杯《ていっぱい》で、タルクイニウス・スペルブスのことを考える余裕《よゆう》はなかった。タルクイニウスも邪悪《じゃあく》ではあるが、邪悪《じゃあく》な皇帝《こうてい》三人組とくらべたら二軍レベルだ。伝説同然の、野蛮《やばん》な、よみがえったと思われるローマの王が三頭政治《さんとうせいじ》ホールディングスと同盟《どうめい》した理由も謎《なぞ》だ。

　頭の奥《おく》にある遠い記憶《きおく》がぴくぴくっとした……偶然《ぐうぜん》ではないだろう。タルクイニウスが出しゃばってきたのは、エラとタイソンがシビラの書を復元《ふくげん》しはじめたからだ。

紫《むらさき》の目の幽霊《ゆうれい》が出てきた夢《ゆめ》を、そして、トンネルでエウリュノモスにとりついた者が発した低い声を思い出した。〈おまえはだれより生と死の境界《きょうかい》のもろさを理解《りかい》しているはず〉

腹《はら》の傷《きず》がうずきだした。今回だけはいつもとちがって、本物の死体だらけの墓所《ぼしょ》に出くわしたくなった。

「エラ、つまりは」ぼくがいった。「タルクイニウスの墓《はか》を見つけろ、というんだな」

「イエス。タルクイニウスの墓《はか》に入る。『トゥームレイダー』、一九九六年、プレイステーション版《ばん》およびセガサターン版《ばん》。アーシュラ・K・ル＝グウィン作『こわれた腕環《うでわ》』、一九七一年、アセニアム・プレス社」

今回のおまけ情報《じょうほう》はほぼ耳に入らなかった。これ以上ここにいたら自分までエラ調でしゃべりだし、一文ごとにウィキペディアの内容《ないよう》をてきとうにくっつけてしまうかもしれない。そうなる前にここを出なくては。

「しかし、中に入って様子を見るだけ」ぼくはいった。「そして見つける――」

「正しいこと。イエス、イエス」

「そして?」

「生きて、帰る。『生きつづける《ステイン・アライヴ》』。ビージーズ。映画《えいが》『サタデー・ナイト・フィーバー』のサウンドトラックから二枚《まい》目のシングル、一九七七年発売」

「なるほど。で……タイソンの索引《さくいん》にある情報《じょうほう》はそれだけ？　その、何か本当に役に立ちそうな情《じょう》報《ほう》は？」

「ふむ」エラはフランクを見つめたかと思うと足早に近づき、顔のにおいをかいだ。「たきぎ。何か。ノー。また次回」

フランクは追い詰《つ》められた獲物《えもの》の顔そのものだ。変身するまでもない。「あのさ、エラ？　たきぎは関係ない」

そうだ、ぼくがフランク・チャンを好きな理由がもうひとつある。フランクも「ヘラ大嫌《きら》い」クラブの一員だからだ。ヘラはフランクの生命力をなぜか小さなたきぎと結びつけた。噂《うわさ》ではフランクはそれをつねに持ち歩いているとか。そのたきぎが燃《も》えあがったら、フランクも燃《も》えあがる。いかにもヘラがやりそうな操縦法《そうじゅうほう》だ。〈あなたは私《わたし》のお気に入り、私《わたし》の特別な英雄《えいゆう》。ここに棒《ぼう》がありますこれが燃《も》えたらあなたも死にます。おかしくて笑っちゃうわ〉ヘラなんか大嫌《きら》いだ。

エラが羽を逆立《さかだ》て、アリストファネスが喜《よろこ》んで何度も飛びつく。「火、つける……なんとか、なんとか、橋……二倍、なんとかかんとか……ふむ、ノー。また次回。情報《じょうほう》不足。タイソン、タトゥー入れる」

「やった！」タイソンがいう。「レインボーのイラストもできる？　レインボー、おれの友だち！レインボー、魚ポニー！」

「レインボー、虹《にじ》は白色光」エラがいった。「大気中の水滴《すいてき》に光が分散」

「魚ポニーだよ！」タイソンがいう。

「むむ」とエラ。

おや、これは貴重《きちょう》だ。ハルピュイアとキュクロプスが口論《こうろん》の寸前《すんぜん》になるところを目撃《もくげき》した。

「二名、行きなさい」エラはぼくとフランクを手で払《はら》うしぐさをした。「明日、もどってくる。あるいは、三日かかる。『エイト・デイズ・ア・ウィーク［訳注：ビートルズの1964年イギリス盤《ばん》オリジナルアルバムに収録《しゅうろく》されている曲］』。日数は未定」

ぼくは思わずいい返しそうになった。あと四日でカリグラの艦隊《かんたい》が到着《とうちゃく》し、ユピテル訓練所はふたたび猛攻撃《もうこうげき》に苦しめられる、と。しかしフランクはぼくの腕《うで》に手を置き、何もいわせなかった。

「帰りましょう。エラは仕事のつづきがありますし、こっちもそろそろ夕方の集合の時間です」

たきぎの話になったせいだ。フランクはファウヌスレベルの下手な口実を使ってでも本屋から出たいだろう。

スペシャルコレクションルームを出る前にもう一度見てみた。エラはタトゥーマシンでタイソンの背中《せなか》に文字を刻《きざ》んでいる。背中《せなか》から煙《けむり》があがっているというのに、タイソンは「くすぐったい！」と笑っている。アリストファネスはエラの革《かわ》のように硬《かた》い脚《あし》で爪《つめ》を研いでいる。

タイソンのタトゥーと同じように、一度脳《のう》に焼きついたら永久《えいきゅう》に消えない記憶《きおく》もある。

フランクにせかされ、ぼくは腹《はら》の傷《きず》をかばいつつ、急ぎ足で訓練所にもどった。

エラのいったことに関して聞きたいことがあったのだが、フランクは話しかけづらい雰囲気《ふんいき》だった。フランクは腰《こし》のベルトにさわってばかりだ。見ると剣《けん》の鞘《さや》の内側に布製《ぬのせい》の巾着袋《きんちゃくぶくろ》がはさんである。今まで気づかなかったが、この中に「フランクの運命を終わらせる、ヘラの呪《のろ》いの土産物《みやげ》」が入っているのだろう。

あるいは、フランクは夕方の集合で何をするかわかっているから無口になっているのかもしれない。

軍団《ぐんだん》が集合し、葬列《そうれつ》を作っていた。

葬列《そうれつ》の先頭は軍団《ぐんだん》のゾウ、ハンニバルだ。防弾《ぼうだん》ベストと黒い花をつけ、四輪車を引いている。四輪車に載《の》せられているのは、紫《むらさき》と金の布《ぬの》をかけたジェイソンの棺《ひつぎ》。そのうしろに四コホルスが縦《たて》に並《なら》び、そのあいだを紫《むらさき》の幽霊《ゆうれい》ラルが行ったり来たりしている。ジェイソンが所属《しょぞく》していた五番コホルスは四輪車の両側で儀仗兵《ぎじょうへい》とたいまつ係をつとめている。彼《かれ》らに交じり、ヘイゼルとラビニアのあいだに立っているのはメグだ。ぼくに気づいてむっとし、口だけ動かして「遅刻《ちこく》」といった。

フランクは走ってレイナのとなりに行った。レイナはハンニバルの横で待っていた。先輩《せんぱい》プラエトルは疲《つか》れて元気がない。ついさっきまで数時間ひとりで泣いていたが、今はまた必死に気を張《は》っているという感じだ。レイナのとなりで軍団《ぐんだん》の旗手が第十二軍団《ぐんだん》のワシの旗印をかかげている。

ワシの旗印のそばまで来たら、ぼくの髪《かみ》の毛が立った。金色のワシはユピテルの力を発散している。周辺の空気がそのエネルギーでパチパチ鳴っている。

「アポロン様」レイナの口調はかたく、目は枯《か》れた井戸《いど》のようだ。「準備《じゅんび》はいいですか？」

「なんの？」いいかけて言葉に詰《つ》まる。

全員、期待のこもった目でぼくを見ている。また歌をうたってほしいのか？

いや、ちがうにきまっている。軍団《ぐんだん》には祭司長も大神官もいない。ぼくの子孫で前の占官《アウグル》であったオクタビアヌスはガイアとの戦いで命を落とした。（素直《すなお》に悲しめない出来事だったが、それはまた別の話だ）。オクタビアヌスの後任《こうにん》はふつうに考えればジェイソンのはずだが、彼《かれ》は今回の葬《そう》儀《ぎ》の主賓《しゅひん》だ。つまり、ジェイソンの葬儀《そうぎ》をとり行うなら元神のぼくなのだろう。

ローマ人はとにかくしきたりを重んじる。辞退《じたい》すれば、悪い兆《きざ》しと思われてしまう。それに、ぼくが今元気なのはジェイソンのおかげだ。たとえそれが悲しいレスター・パパドプロス版《ばん》の元気だったとしても。

ぼくは正しいローマの祈《いの》りの言葉を思い出そうとした。

「親愛なるみなさん」これは牧師《ぼくし》のセリフ。

「なぜ今夜はいつもとちがう？」これはユダヤ教の過越《すぎこ》しの祭りのセリフ。

そうそう。

「さあ、わが友よ」ぼくはいった。「我《われ》らがきょうだいを最後の宴《うたげ》に案内しよう」

正解《せいかい》だったらしい。だれも驚《おどろ》いた顔はしていない。ぼくは前をむき、黙《だま》ったままの軍団《ぐんだん》を引き連れ、要塞《ようさい》から出た。

神殿《しんでん》の丘《おか》にむかって歩きながら、少しパニックになった。もしまちがった方向に歩いていたらどうしよう？　たどり着いた先がオークランドの街中にあるスーパーマーケットの駐車場《ちゅうしゃじょう》だったら？　なめうしろからぼくを見おろす第十二軍団《ぐんだん》の金色のワシが、オゾン臭《しゅう》を発散している。パチパチ、ブンブンいう音が、短波放送ラジオでしゃべる父上の声に聞こえる。〈おまえのせいだ。罰《ばつ》を与《あた》える〉

人間界に落とされた一月だったら、あんまりだ、ひどすぎる、と思っただろう。しかしジェイソン・グレイスを最後の安らぎの場所に案内している今なら、信じられる。起きたことの多くはぼくのせい。その大半は修正《しゅうせい》できない。

ジェイソンはぼくに約束させた。〈また神にもどれたら、思い出してください。人間でいたときのことを〉

彼《かれ》との約束は、自分がそこまで生きられたら、守るつもりだ。しかし今、ジェイソンに敬意《けいい》を表したいならいそいですべきことがある。それは、ユピテル訓練所を守り、三頭政治《さんとうせいじ》ホールディングスを倒《たお》し、そしてエラの言葉によれば、よみがえった王の墓《はか》を見つけにいくことだ。

エラの言葉が頭の中で響《ひび》く。〈ワイルドキャットのそばに回転する光。タルクイニウスの墓《はか》を守る光の馬。入り口を開ける鍵《かぎ》、２－５－４〉

予言は元来あいまいなものだが、これはでたらめにしか聞こえない。

クマエの神託《しんたく》の語り手であるシビラは昔からいうことがあやふやで、まわりくどかった。編集者《へんしゅうしゃ》のアドバイスには耳を貸《か》そうとせず、全九巻《かん》を書いたわけだが、正直、九巻《かん》も必要だったか？　結局ぼくの懸念《けねん》したとおりになった。ローマ人になかなか買ってもらえず、シビラはどんどんけずって最後には三巻《かん》にした。九巻《かん》中六巻《かん》は火に投げこまれたのだ。というのも……。

足が止まった。

うしろで四輪車に急ブレーキがかかり、訓練生が前につんのめりながら止まる。

「アポロン様？」レイナが耳元でささやく。

止まってはいけない。ぼくはジェイソンの葬儀《そうぎ》の祭司だ。しゃがみこみ、うずくまって泣くことはできない。絶対《ぜったい》だめだ。しかし、まいった、なぜぼくの脳《のう》はこんな都合の悪いときに重要な事柄《ことがら》を思い出したがる？

そうなのだ。タルクイニウスはシビラの書と関連がある。だからこのタイミングで姿《すがた》を現《あらわ》し、よみがえった死体部隊をユピテル訓練所に送りこんだ。そして、クマエのシビラ本人は……そんなことがありうるか？

「アポロン様」レイナがまた呼《よ》んだ。さっきよりいい方がきつい。

「大丈夫《だいじょうぶ》だ」嘘《うそ》をつく。

問題は一度にひとつ。今はジェイソン・グレイスのことに集中すべきだ。ぼくは渦巻《うずま》く考えをおさえ、歩きつづけた。

神殿《しんでん》の丘《おか》に着いたら、めざす場所はすぐにわかった。ユピテル神殿《しんでん》のすぐ下にていねいに積まれた火葬《かそう》用の薪《まき》の山があった。四すみに儀仗兵《ぎじょうへい》が立ち、燃《も》えるたいまつを持っている。ジェイソンの遺骸《いがい》はぼくたちの父親の神殿《しんでん》の足下《あしもと》で火葬《かそう》される。くやしいが当然だろう。

一～四番コホルスが薪《まき》の山を半円に囲《かこ》み、ラルたちがその上を漂《ただよ》っている。まるで誕生日《たんじょうび》ケーキのろうそくのようだ。五番コホルスがジェイソンの棺《ひつぎ》をおろし、台の上に置く。ハンニバルと四輪車は少し離《はな》れたところに移動《いどう》した。

訓練生たちのうしろ、たいまつの明かりが届《とど》くぎりぎりをそよ風の精《ニンフ》アウラが飛び交い、折りたたみテーブルを出したり、黒いテーブルクロスをかけたりしている。飲み物の入ったピッチャーや取り皿、食べ物の入ったバスケットを運んでいるアウラもいる。ローマ式の葬儀《そうぎ》には旅立つ者への最後の食事がつきものだ。ローマの慣習《かんしゅう》によれば、葬儀《そうぎ》の参列者も料理を食べ、それによりジェイソンの魂《たましい》は無事――地上をさまよう幽霊《ゆうれい》やゾンビになるという不名誉《ふめいよ》は逃《のが》れ――冥界《めいかい》に旅立つ。

訓練生たちが落ち着き、レイナとフランクもぼくと並《なら》んで薪《まき》の山の前に立った。

「さっきは心配しました」レイナがいう。「まだ傷《きず》が痛《いた》むんですか？」

「いや、治ってきている」しかし、自分にいい聞かせる感じだ。それにしても、火に照らされたレイナの顔がここまで美しく見える必要があるか？

「あとでまた医療《いりょう》係に診《み》てもらいましょう」フランクがいう。「さっきなぜ途中《とちゅう》で止まったんです？」

「いや……ちょっと思い出しただけだ。あとで話す。それより、ジェイソンの家族には知らせたのか？　タレイアに連絡《れんらく》できたか？」

ふたりとも顔を見合わせて首をふる。

「連絡《れんらく》をとろうとはしました」レイナがいう。「ジェイソンの家族はタレイアだけですから。でも、まだ連絡手段《れんらくしゅだん》に不具合が……」

やっぱり。驚《おどろ》くことではない。三頭政治《さんとうせいじ》ホールディングスによる迷惑行為《めいわくこうい》のひとつとして、ハーフが使うあらゆる魔法《まほう》の連絡手段《れんらくしゅだん》の妨害《ぼうがい》があげられる。虹《にじ》の女神のイリスメッセージは使えず、風の精《ニンフ》が手紙を送っても届《とど》かない。現代《げんだい》の人間界の連絡《れんらく》ツールは、ハーフが使えば怪物《かいぶつ》を引きつけてしまうので基本的《きほんてき》に使わないのだが、今は完全に使えない。皇帝《こうてい》三人組がどんな手で妨害《ぼうがい》しているかは不明だ。

「タレイアが来るのを待ちたいが」ぼくはいった。棺《ひつぎ》を運んでいた五番コホルスの訓練生の最後のひとりが薪《まき》の山からおりてくるところだ。

「私《わたし》もです」レイナがうなずく。「でも――」

「わかっている」ぼくはいった。

ローマの葬儀《そうぎ》はできるだけ迅速《じんそく》に行うのがよいとされている。火葬《かそう》してジェイソンの魂《たましい》を送り出す。これによって軍団《ぐんだん》はジェイソンの死を悲しみ、癒《いや》され……少なくとも次なる脅威《きょうい》に集中できる。

「始めよう」ぼくはいった。

レイナとフランクも前に来た。

ぼくは唱えはじめた。ラテン語のセリフが自然に口からわいてくる。わき出るままに、意味はほとんどわからないままに唱える。ジェイソンの功績《こうせき》はすでに歌でたたえた。あの歌はぼく個人《こじん》の感《かん》情《じょう》だった。今回は儀式《ぎしき》に必要なセリフだけだ。

頭のどこかで思った。人間がぼくに対して祈《いの》りを捧《ささ》げているときもこんな感じだったのかもしれない。口が覚えているとおり、機械的に祈《いの》りの言葉をつぶやいているだけ。心はぼくの栄光に興味《きょうみ》などなく、別のところをさまよっている。奇妙《きみょう》だとは思うが……理解《りかい》できる。人間になった今、ぼくも神々《かみがみ》に対し非暴力的抵抗《ひぼうりょくてきていこう》をしてかまわないだろう。

祈《いの》りの言葉を終えた。

アウラに合図して食べ物を配るようにいう。まずジェイソンの棺《ひつぎ》の上。ジェイソンも人間界できょうだいといっしょに最後の食事をとるのだ。全員で食事をし、薪《まき》の山が燃《も》えはじめると、ジェイソンの魂《たましい》はステュクス川を渡《わた》る。それがローマの伝統的《でんとうてき》考え方だ。

薪《まき》の山に火がつけられる直前、遠くのほうからもの悲しい遠吠《とおぼ》えが聞こえてきた。もう一回、今度はもっと近い。訓練生が小さくどよめく。怖《こわ》がっているふうではないが、驚《おどろ》いてはいる。ほかに弔問客《ちょうもんきゃく》がいたっけ、という顔だ。ハンニバルが低くうなり、足を踏《ふ》み鳴らす。

たいまつの明かりの届《とど》かない暗がりから、灰色《はいいろ》のオオカミたちが姿《すがた》を現《あらわ》した——大きなオオカミが十数頭いる。群《む》れの一員であるジェイソンの死をいたみにきたのだ。

薪《まき》の山の真うしろ、ユピテル神殿《しんでん》への階段《かいだん》の上に、ひときわ大きなオオカミが現《あらわ》れた。毛がたいまつの明かりで銀色に光っている。

軍団《ぐんだん》がいっせいに息を飲んだ。だれもひざまずかない。オオカミの女神であり、ローマの守り神でもあるルパの前でひざまずいたり、弱みを見せたりしてはいけない。うやうやしく微動《びどう》だにせず立つぼくたちのまわりで、オオカミの群《む》れが低くうなっている。

しばらくしてルパが黄色い目でぼくを見た。くちびるの端《はし》をあげ、そのしぐさでぼくに指示《しじ》する。

〈来なさい〉

そして背《せ》をむけ、真っ暗なユピテル神殿《しんでん》に入っていった。

レイナがぼくのそばに来た。

「オオカミの女神はあなたとふたりきりで話がしたいみたいです」レイナは心配そうな顔だ。「先に宴《うたげ》を始めています。行ってきてください。ルパが怒《おこ》っていないことを祈《いの》っています。そして、空《くう》腹《ふく》でないことも」

10
オオカミの女神の前でびくつくな

その両方だった。オオカミの女神は怒《おこ》って腹《はら》を空かせていた。

オオカミ語は得意《とくい》とはいえないが、妹のオオカミの群《む》れにはなじみがあるので、基本的《きほんてき》なことは理解《りかい》できる。感情《かんじょう》がいちばん読みとりやすい。ルパもオオカミの例にもれず、目線、うなり声、耳の細かな動き、姿勢《しせい》、フェロモンを組み合わせて語る。言語としてはかなりエレガントだが、韻《いん》を踏《ふ》む詩にはむかない。やってみようとした本人がいうのだから間違《まちが》いない。「ウーッ」と韻《いん》を踏《ふ》む語などない。

ルパはジェイソンの死に怒《いか》り、体を震《ふる》わせていた。口から酸《す》っぱいにおいがしているのは、ここ数日何も食べていないからだ。怒《いか》りが空腹《くうふく》を呼《よ》び、空腹《くうふく》が怒《いか》りを呼《よ》ぶ。鼻がひくつき、もっとも手近で便利な人間のブロック肉はぼくだと教えている。

にもかかわらず、ぼくはルパの後からユピテルの巨大神殿《きょだいしんでん》に入った。ほかにどうしようもなかった。

この大神殿《しんでん》に壁《かべ》はなく、環状《かんじょう》に立つセコイアの大木並《な》みの円柱が、金色に塗《ぬ》ったドームの天井《てんじょう》を支《ささ》えている。床《ゆか》はラテン語が刻《きざ》まれた色とりどりのモザイク。予言や年代記、〈ユピテルを敬《うやま》わない者は雷《かみなり》に打たれる〉といった脅《おど》し文句《もんく》が刻《きざ》まれている。この神殿《しんでん》の中央、大理石の祭壇《さいだん》のうしろに立つ巨大《きょだい》な金色の像《ぞう》が父上。つまりユピテル・オプティムス・マクシムスだ。船の帆《ほ》にできそうな大判《おおばん》の紫《むらさき》のシルクのトーガをまとっている。表情《ひょうじょう》は厳《きび》しく、賢《かしこ》く、父性《ふせい》にあふれているが、実際《じっさい》の父上はそのうちのひとつしかそなえていない。

雷撃《ライトニングボルト》を高くあげ、そびえ立つユピテル像《ぞう》を前に、ぼくは縮《ちぢ》みあがって許《ゆる》しをこいたい衝動《しょうどう》をこらえた。ただの像《ぞう》なのはわかっている。しかし、だれかにトラウマを負わされた経験《けいけん》のある者ならわかるだろう。ちょっとしたことが過去《かこ》の恐怖《きょうふ》を呼《よ》び覚ます。見たことや聞いたこと、似《に》たような状況《じょうきょう》が引き金になることもあれば、厳格《げんかく》な父親の高さ十五メートルの像《ぞう》が引き金になることもある。

ルパは祭壇《さいだん》の前に立った。気化した水銀のような霧《きり》が毛にまとわりついている。

〈あなたのときが来た〉ルパがいった。

というか、たぶん、そういいたいんだと思う。ルパの全身から何かを待っている感じ、いそいでいる感じが伝わってきた。ぼくに何かするよう求めている。ルパが発するにおいから、ぼくにそれを実行できるか疑《うたが》っているのがわかる。

ぼくは生唾《なまつば》を飲みこんだ。これはオオカミ語で「怖《こわ》い」の意味だ。ルパはすでにぼくの恐怖心《きょうふしん》をかぎとっているにちがいない。オオカミ語で嘘《うそ》をつくことはできない。脅《おど》したり、いばったり、おだてたり……はできる。しかし、見えすいた嘘をつくことはできない。

「ぼくのときが来たって」ぼくはいった。「なんの？」

ルパがいらいらと宙《ちゅう》を噛《か》む。〈アポロンになるときが来た。群《む》れはあなたを必要としている〉

ぼくは叫《さけ》びたいくらいだった。〈なれるものならとっくになっている！　できないから困《こま》っているんだ！〉

しかし、ボディーランゲージで伝わってしまわないよう、こらえた。

神と面とむかって話すのは、相手がだれであっても要注意。ぼくには久《ひさ》しぶりの経験《けいけん》だ。つい最近インディアナポリスで網《あみ》の女神ブリトマルティスに会いはしたが、彼女《かのじょ》は例外。ぼくを苦しめるのが好きすぎて、殺《ころ》す気などない。ところがルパは……油断《ゆだん》は禁物《きんもつ》だ。

ぼくが神だったときでさえ、ローマの守り神でもあるこのオオカミの母の考えは読みとりにくかった。ルパはオリンポスの神々《かみがみ》とはつき合いがない。農神祭の家族ディナーにも来ない。毎月の読書会だって一度も来たことがない。映画《えいが》『ダンス・ウィズ・ウルブズ』の原作本が課題のときも欠席だった。

「わかった」しかたない。「君のいいたいことはわかっている。闇《やみ》の予言の最後の一行、ぼくは生きてテベレにたどり着く、とかなんとか。今ここで〈ジャイブ〉しろというんだろう。踊《おど》ったり、指を鳴らしたりするだけじゃ足りないんだろう?」

ルパの腹《はら》が鳴った。しゃべればしゃべるほど、ぼくはおいしいにおいを発するらしい。〈群《む》れは弱気になっている〉ルパは薪《まき》の山のほうに目をむけた。〈大勢《おおぜい》が犠牲《ぎせい》になった。ここが敵《てき》に包囲《ほうい》されたそのとき、あなたは強さをしめさねばならない、助けを呼《よ》ばねばならない〉

ぼくはオオカミ的にいらだちを表現《ひょうげん》しそうになるのをこらえた。ルパは女神だ。ここはルパの町、ルパの訓練所だ。ルパには命令どおりに動く超《ちょう》自然のオオカミの群《む》れがいる。なぜルパが助けてくれない?

だがもちろん、答えはわかっている。オオカミは前線に立つ戦士《せんし》ではない。自分たちの数が敵《てき》の数を上回るときにだけ攻撃《こうげき》をしかけるハンターだ。ルパはローマのハーフたちが自分で問題を解決《かいけつ》するよう期待している。自分たちでなんとかしろ、さもなくば死。ルパは助言は与《あた》える。教えたり、導《みちび》いたり、警告《けいこく》したりはする。しかし、彼《かれ》らの、ぼくらの戦いには参戦しない。

じゃあ、なぜルパは助けを呼《よ》べ、といっている? どんな助けだ?

ぼくの表情《ひょうじょう》とボディーランゲージで伝わったにちがいない。

ルパの両耳がぴくっと動いた。〈北へ。墓《はか》を偵察《ていさつ》。答えを見つける。それが第一歩だ〉

神殿《しんでん》の下のほうから薪《まき》の山がパチパチ鳴り、燃《も》えあがる音がした。煙《けむり》がドームの天井《てんじょう》を支《ささ》える柱のあいだから入って来て、ユピテル像《ぞう》を包みこむ。オリンポス山のどこかにいる父上本人の副鼻腔《ふくびこう》も苦しんでいますように。

「タルクイニウス・スペルブス」ぼくはいった。「よみがえった死体を送りこんだ張本人《ちょうほんにん》だ。ブラッドムーンの日にまた攻撃《こうげき》してくる」

ルパの鼻がぴくっとした。イエスのサインだ。〈王の悪臭《あくしゅう》があなたにしみついている。彼《かれ》の墓《はか》では用心を。皇帝《こうてい》どもはおろかにもあの男を呼《よ》び出した〉

「皇帝《こうてい》」はオオカミ語では表現《ひょうげん》しにくい。オオカミ語の「コウテイ」にあたる言葉は「力の強いオオカミ」や「群《む》れのリーダー」の意味だったり、「頸動脈《けいどうみゃく》を食いちぎられたくないなら降参《こうさん》しろ」の意味だったりする。今ルパの使った言葉は「皇帝《こうてい》」と解釈《かいしゃく》していいだろう。ルパのフェロモンがいっている。〈危険《きけん》、嫌気《いやけ》、懸念《けねん》、激怒《げきど》、さらなる危険《きけん》〉

ぼくは包帯を巻《ま》いた腹《はら》に手をあてた。よくなってきて……ないか？　マストドンゾンビを殺《ころ》せるほどの大量のレムリアパウダーとユニコーンの角を削《けず》った薬を塗《ぬ》ってある。しかし、ルパの心配そうな表情《ひょうじょう》が気になる。というか、だれかの悪臭《あくしゅう》がしみついている、なんていわれて気になる。しかも、よみがえった王の悪臭《あくしゅう》だ。

「その墓《はか》を探検《たんけん》し、生還《せいかん》する……それで？」

〈方法が明らかになるであろう。偉大《いだい》なる沈黙《ちんもく》を打ち負かすための方法が。そして助けを呼《よ》ぶ。助

けが得《え》られなければ、群《む》れは息絶《た》えるであろう〉

今度はもっと意味がわからない。「沈黙《ちんもく》を打ち負かす。音のない神のこと？　レイナが開けることになっているドアのこと？」

ルパの反応《はんのう》はもどかしいほどあいまいだ。「イエスでもノーでもある」かもしれないし、「そんな感じだ」かもしれないし、「なぜそう鈍《にぶ》い？」かもしれない。

ぼくは巨大《きょだい》な金色父上像《ぞう》を見あげた。

父上は問題の渦《うず》の真ん中にぼくを放りこんだ。神としての力を奪《うば》ったうえで地上に蹴落《けお》とし、古代の神託《しんたく》五つを解放《かいほう》して皇帝《こうてい》三人組を倒《たお》せといい、そして――いや、待て！　よみがえった王と音のない神のおまけつきだ！　この像《ぞう》が薪《まき》のすすだらけになってしまえばいい。像《ぞう》の脚《あし》をよじのぼり、胸《むね》に「要洗浄《せんじょう》！」と指で書いてやりたい。

目を閉《と》じた。おそらく、巨大《きょだい》オオカミの前でとるべき反応《はんのう》ではない。しかし、頭の中であまたの中途半端《ちゅうとはんぱ》な考えが渦巻《うずま》いている。シビラの書について思い出す。シビラの書には災難《さいなん》を追い払《はら》うための処方《しょほう》がいろいろ書いてある。ルパのいった〈偉大《いだい》なる沈黙《ちんもく》〉とはどういう意味だ？　助けを呼《よ》ぶ、とは？

ぱちっと目を開ける。「助け。神の助けだ。つまり、もしぼくが墓《はか》から生還《せいかん》し、そして――音のないなんとかを倒《たお》したら、『神の』助けを呼《よ》べるかもしれない、という意味だな？」

ルパは胸《むね》の奥《おく》で低くうなった。〈ようやく理解《りかい》した。それは序《じょ》の口。自身の群《む》れへの復帰《ふっき》の第一歩〉

心臓《しんぞう》が大きく鳴った。心臓《しんぞう》が階段《かいだん》を転げ落ちたのかと思った。ルパの言葉がうれしすぎて、信じられない。オリンポスの神々《かみがみ》連中と連絡《れんらく》がとれるかもしれない。ぼくが人間でいるあいだは連絡禁止《れんらくきんし》という父上の服務規程《ふくむきてい》も関係ない。神々《かみがみ》の助けを借りてユピテル訓練所を救《すく》うことだってできるかもしれない。突然《とつぜん》、本気で元気になってきた。腹《はら》の傷《きず》の痛《いた》みは消えた。体じゅうの神経《しんけい》がぞくぞくしてきた。なんだろう、この久《ひさ》しぶりの感覚は。そうか、希望だ。

〈用心を〉ルパの低いうなりで現実《げんじつ》に引きもどされた。〈道のりは困難《こんなん》。さらなる犠牲《ぎせい》、死、血を見るであろう〉

「いや」ルパの目を見つめる――これは挑戦《ちょうせん》を表す危険《きけん》な信号だ。ルパも驚《おどろ》いたが、ぼくも驚《おどろ》いた。「いや、成功させてみせる。これ以上の犠牲《ぎせい》を出してたまるか。何か方法があるはずだ」

なんとか約三秒アイコンタクトをつづけ、そして目をそらした。

ルパが鼻を鳴らした――これは通常《つうじょう》〈やはりこちらが勝った〉の意味だが、〈まあ、そういうことにしておこう〉の意味にもとれた。そう、ルパはぼくの空威張《からいば》りと決意に感心した。ただ、内心ではぼくが言葉どおり実行できるとは思っていない。いや、思っていないからこそ感心したんだろう。

〈宴《うたげ》の席にもどり〉ルパがいう。〈仲間に、自分はルパの祝福を受けた、と伝えるのだ。引きつづき勇気ある行動を。そこから始まる〉

　モザイクの床《ゆか》に刻《きざ》まれた古い予言の言葉に目をやる。大勢《おおぜい》の仲間が三頭政治《さんとうせいじ》ホールディングスの犠牲《ぎせい》になった。ぼくも苦しんだ。しかし、ルパも苦しんだのだ。ルパのローマの子の十分の一が命を奪《うば》われた。ルパはその全員の死を嘆《なげ》いている。それでも強くあらねばならない。たとえ自らの群《む》れが絶滅《ぜつめつ》の危機《きき》にあっても。

　オオカミ語で嘘《うそ》をつくことはできない。しかし、はったりをかますことはできる。はったりをかまして悲しみにくれる群《む》れを団結《だんけつ》させなくてはならないこともある。人間界ではどういうんだっけ？　成功するまで成功しているふりを、か？　これぞオオカミ的哲学《てつがく》だ。

「ありがとう」目をあげたときには、ルパの姿《すがた》は消えていた。銀色のもやにジェイソンの薪《まき》の山から立った煙《けむり》が混《ま》ざりあって漂《ただよ》うだけだった。

　レイナとフランクにごく手短に説明した。オオカミの女神の祝福を受けた、また明日話す、ルパが何をいいたかったのか、考える時間がほしいんだ、以上。訓練所はしばらく、アポロンがルパからアドバイスをもらった、という噂《うわさ》でもちきりになるだろう。今はそれでじゅうぶんだろう。ローマ側のハーフは藁《わら》にもすがりたい気持ちだ。

薪《まき》の山が燃《も》えるあいだ、フランクとヘイゼルは手をつないで立ち、ジェイソンの最後の旅立ちを見守っていた。ぼくはメグといっしょに敷物《しきもの》に座《すわ》った。メグは手当たりしだい食べ、ラビニアといっしょにユニコーンの世話をした楽しい午後についてしゃべりつづけている。ユニコーンの小屋の掃除《そうじ》までさせてもらっちゃった、と自慢《じまん》している。

「ラビニアは人の使い方がうまいな」ぼくはいった。

メグは顔をしかめた。口いっぱいハンバーガーをほおばっている。「どうゆー意味？」

「何も。どうだった、ユニコーンの糞《ふん》は？」

ぼくも食事をしようとしたが、空腹《くうふく》なのに土の味しかしない。

薪《まき》の山の火が消え、そよ風の精《ニンフ》が食事の後片《あとかた》づけを終えると、ぼくとメグも訓練生といっしょに訓練所にもどった。

ボンビロの店の二階の部屋でベッドに横たわり、天井《てんじょう》のひび割《わ》れを見つめ、これはタイソンの背《せ》中《なか》に刻《きざ》まれた予言のタトゥーだ、と想像《そうぞう》する。じっとながめていたら、意味がわかってくるかもしれない。少なくとも索引《さくいん》くらいは見つかるかもしれない。

メグが靴《くつ》を片方《かたほう》投げてきた。「寝《ね》たほうがいいよ。明日、議会だから」

ぼくは胸《むね》から赤いハイカットのスニーカーをどかした。「自分だってまだ寝《ね》ていないだろう」

「うん。でも、そっちは明日話すでしょ。みんな計画を聞きたがってる」

「ぼくの?」

「そう、演説《えんぜつ》して、やる気になることいったり、こうすれば大丈夫《だいじょうぶ》、とか話す。で、みんなで賛成《さんせい》か反対か決めたりする」

「ユニコーン小屋で手伝いをしました。そしたらローマの議会の進行に超《ちょう》くわしくなりました、か」

「ラビニアから教わった」自慢《じまん》げで気取った口ぶりだ。ベッドに寝《ね》て、もう片方《かたほう》のスニーカーをほうりあげてはキャッチして遊んでいる。メガネなしでよくできるものだ。

ラインストーンつきキャッツアイ型《がた》メガネなしのメグの顔はいつもより年上に、目もいつもより濃《こ》い色で、深刻《しんこく》に見える。大人びて見える、といいたいところだが、ユニコーンの世話を手伝ったときの〈ユニコーン帝国《ていこく》〉と書かれた緑のラメのTシャツを着たままなのでやめておこう。

「計画がなかったら、どうする?」

手元のスニーカーを投げてくるかと思ったが、メグはこう返した。「ある」

「そうなのか?」

「うん。まだまとまってないけど、明日にはまとまる」

命令しているのか、ぼくを信じているといいたいのか、待ち受ける危険《きけん》を完全にみくびっているだけなのか、わからない。

「わかった」ほかに返事のしようがない。「では、まず第一に、ぼくの考えによれば、われわれは〈引きつづき勇気ある行動を〉ルパはそういった。〈そこから始まる〉――」

「まだだめ！　明日。ネタバレ禁止《きんし》」

来たか。これぞいつものわがままメグだ。

「なぜネタバレはだめなんだ？」

「嫌《きら》いなの」

「ぼくはただメグと戦略《せんりゃく》を練ろうと――」

「やだ」

「ぼくの考えを全部話して――」

「やだ」メグは遊んでいたスニーカーをほうり投げると、枕《まくら》をかぶり、くぐもった声で命令した。

「就寝《しゅうしん》！」

命令には逆《さか》らえない。疲《つか》れがどっとやって来て、まぶたが閉《と》じた。

11 ラビニアのポケットのガム全員分

悪夢《あくむ》と夢《ゆめ》のちがいは？

本が燃《も》えているシーンは、たぶん悪夢《あくむ》だ。

夢《ゆめ》の中でぼくはローマの謁見室《えっけんしつ》の中にいた――といってもかの有名なローマ共和国やローマ帝国《ていこく》の豪華《ごうか》な謁見室《えっけんしつ》ではなく、ローマ王国時代の古い謁見室《えっけんしつ》だ。泥《どろ》レンガの壁《かべ》は白と赤でざつに塗《ぬ》ってあるだけで、汚《きたな》らしい床《ゆか》には藁《わら》が敷《し》いてある。鉄製《てっせい》の火桶《ひおけ》から出る煙《けむり》とすすで漆喰《しっくい》の天井《てんじょう》は黒ずんでいる。

上等な大理石などない。異国《いこく》のシルクも、帝国《ていこく》を象徴《しょうちょう》する高貴《こうき》な紫《むらさき》も使われていない。これは古い時代の、洗練《せんれん》にはほど遠いローマだ。だれもが飢《う》え、堕落《だらく》していた時代の姿《すがた》だ。王の護衛《ごえい》は汗《あせ》のしみたチュニックの上に革《かわ》のよろいをつけ、手に持った黒い鉄の槍《やり》は鍛《きた》え方があまくて先が鈍《にぶ》く、かぶとはオオカミの皮をはぎあわせたものだ。玉座《ぎょくざ》の足下《あしもと》に奴隷《どれい》の女が数人ひざまずいているが、この玉座《ぎょくざ》も石を粗削《あらけず》りして台を作り、毛皮をかけただけ。部屋の両側には粗末《そまつ》な木の長椅子《ながいす》がしつらえてある――この議員席に座《すわ》っている議員たちは力のある政治家《せいじか》というよりは囚人《しゅうじん》か見物人のようだ。この時代の議員たちが有していた力はひとつだけ。王が死去したときに次期王を承認《しょうにん》する投《とう》票権《ひょうけん》。それ以外は王に忖度《そんたく》して拍手《はくしゅ》をするかしないかだ。

玉座《ぎょくざ》に腰《こし》かけているのはルキウス・タルクイニウス・スペルブス――ローマの七代目の王、殺戮《さつりく》者、陰謀《いんぼう》家、奴隷監督《どれいかんとく》、その他に長《た》けた男だ。顔は水で濡《ぬ》らした磁器《じき》をステーキ用ナイフで彫刻《ちょうこく》したかのようで――てらてら光る大きい口は片側《かたがわ》が引きつり、頬骨《ほおぼね》は高すぎ、鼻は骨折《こっせつ》したせいでごつごつ曲がっている。まぶたが広く、さぐるような目つきだ。長くのばした髪《かみ》は汚《きたな》らしく、粘土《ねんど》のようだ。

わずか数年前、王位についた当時のタルクイニウスは男らしい容貌《ようぼう》と肉体的たくましさで評判《ひょうばん》だった。言葉や物で釣《つ》って元老院議員たちを味方につけ、義理《ぎり》の父親の玉座《ぎょくざ》に座《すわ》り、元老院をまるめこんで新王としての承認《しょうにん》を得《え》た。

前王はあわてた。謁見室《えっけんしつ》に駆《か》けこみ、自分はまだこんなに元気だ、と主張《しゅちょう》した。タルクイニウスは前王を作物の入った袋《ふくろ》みたいにつまみあげ、運び出して道にほうり投げた。すると、前王の娘《むすめ》でもあるタルクイニウスの妻《つま》が馬車でやって来て、この不運な父親をひいた。車輪は血まみれになった。

楽しい治世の楽しい幕開《まくあ》けだ。

しかし、その後のタルクイニウスは年々《ねんねん》、体が衰《おとろ》える一方だった。どんどん太って背中《せなか》は曲がった。これまで部下にやらせていた建築《けんちく》計画がすべて、まさしく自分ひとりの肩《かた》にのしかかってきた、そんな感じだ。オオカミの皮で作ったマントをはおり、ローブはくすんだピンクのまだら模様《もよう》。もともと赤いローブが部分的に色あせた、あるいは、もともと白いローブに血が飛び散ったのかもしれない。

護衛兵《ごえいへい》以外で室内に立っているのは、老いた女がひとりだけだ。玉座《ぎょくざ》のほうをむいて立っている。バラ色のフードつきマントをはおり、太った体で前かがみなので、ふざけてタルクイニウス王のまねをしているのかと思うほどだ。片側《かたがわ》に革表紙《かわびょうし》の本を六巻抱《かんかか》えている。どれもたたんだワイシャツくらいの大きさで、くたっとしている。

タルクイニウスは眉《まゆ》をひそめて老女を見た。「また来たのか。理由は?」

「このあいだと同じ取引をしに」

女の声はかすれている。叫《さけ》びすぎたせいかもしれない。フードをうしろに押《お》しやり、汚《きたな》らしい白髪《しらが》とげっそりした顔を見せる。ますますタルクイニウスの双子《ふたご》かと思える。しかし、そうではない。

この女はクマエのシビラだ。

シビラの姿《すがた》をひさびさに見て、胸《むね》が痛《いた》んだ。シビラはかつては若々《わかわか》しく美しかった――頭がよく、意志《いし》が強く、神託《しんたく》の仕事に夢中《むちゅう》だった。世界を変えることを夢見《ゆめみ》ていた。ところが、ぼくとの関係がまずくなり……ぼくが彼女《かのじょ》を変えることになった。

この夢《ゆめ》でのシビラの外見は、ぼくが彼女《かのじょ》に与《あた》えた呪《のろ》いの始まりにすぎない。百年、二百年とたつうちに、みにくさを増《ま》していく。なぜぼくはシビラのことを忘《わす》れていた？　残酷《ざんこく》にもほどがある。自分のしたことに対する罪《つみ》の意識《いしき》が、グールのかぎづめでやられた以上の痛《いた》みをもたらす。

タルクイニウスが玉座《ぎょくざ》で座《すわ》りなおした。大声で笑ったが、威嚇《いかく》して吠《ほ》えたようにしか聞こえない。「正気か？　前回おまえがつけた値段《ねだん》はわが王国の全財産《ぜんざいさん》に等しい。ただし、前回は九巻《かん》分の値段《ねだん》だった。今回は三巻《かん》を焼き、持って来たのは六巻《かん》だけ。それが前回と同じ法外な値段《ねだん》か？」

シビラは革表紙《かわびょうし》の六巻《かん》分を前にさし出した。誓《ちか》いをするときのように片手《かたて》を上に乗せている。「ローマの王様、知識《ちしき》は高くつきます。少なければそれだけ価値《かち》が増《ま》す。お喜《よろこ》びください。私《わたし》が値段《だん》を倍にしなくて」

「なるほど！　では、感謝《かんしゃ》するか」タルクイニウスは囚人《しゅうじん》同然の議員たちをうながすように見た。大声で笑い、女をやじれ、という合図だ。全員、無反応《むはんのう》だった。王よりもシビラが怖《こわ》いらしい。

「あなたのような方の感謝《かんしゃ》などいりません」シビラはかすれた声でいった。「ですが、ぜひとも自らの利益《りえき》、自らの王国の利益《りえき》のための判断《はんだん》を。おゆずりするのは未来の知恵《ちえ》……この書にはいかに災害《さいがい》を逃《のが》れ、神々《かみがみ》の助けを呼《よ》び、ローマを偉大《いだい》な帝国《ていこく》にするかなど、ありとあらゆる知恵《ちえ》が書かれています。今……残っているのは六巻《かん》です」

「ふざけるな！」タルクイニウスがいう。「こんな無礼なやつは死刑《しけい》にしておくべきだった！」

「はたしてできたでしょうか」シビラの声は北極の朝くらい厳《きび》しく、穏《おだ》やかだ。「では、私《わたし》の申し出を断《ことわ》ると？」

「王は司祭長でもある！」タルクイニウスが叫《さけ》んだ。「どう神々《かみがみ》の怒《いか》りをしずめるか、決められるのは私《わたし》だけだ！　書などなくても――」

シビラは上の三巻《かん》分を手にとり、そのまま近くにあった火桶《ひおけ》にほうりこんだ。三巻《かん》ともすぐ燃《も》えあがった。藁紙《わらがみ》に灯油で文字が書いてあったのかと思うほどだ。ごうっと炎《ほのお》があがり、三巻《かん》が消えた。

護衛兵《ごえいへい》が槍《やり》を握《にぎ》りしめた。議員たちが口々《くちぐち》につぶやき、落ち着きをなくす。おそらく彼《かれ》らもぼくと同じものを感じた――宇宙《うちゅう》の苦悩《くのう》のため息、運命の吐息《といき》。知恵《ちえ》をもたらす予言の書が三巻《かん》分この世界から消え、未来に影《かげ》を落とし、現代《げんだい》および未来の世代を暗闇《くらやみ》に投げこんだ。

どうして？　シビラはなぜそんなことをした？

ぼくに対する彼女《かのじょ》なりの復讐《ふくしゅう》かもしれない。ぼくは以前、小言をいったことがあった。シビラが本ばかり書いて、しかもぼくには見せようとしなかったからだ。しかし彼女《かのじょ》が知恵《ちえ》の書を書くその前から、ぼくは別の理由でシビラに腹《はら》を立てていた。彼女《かのじょ》に対するぼくの呪《のろ》いはすでにかかっていた。ぼくたちふたりの関係は修復不能《しゅうふくふのう》だった。シビラは自らが記した書を焼くことにより、ぼくの小言に、ぼくから与《あた》えられた予言の力に、ぼくの神託《しんたく》の語り手になるために払《はら》った高すぎる代償《だいしょう》に唾《つば》を吐《は》いたのだ。

いや、恨《うら》み以外の何かにつき動かされたのかもしれない。このようにタルクイニウスに挑《いど》み、頑《がん》固《こ》な王に高い罰金《ばっきん》を科す理由が、ほかにあるのかもしれない。

「これが最後です」シビラがタルクイニウスにいう。「これまでと同じ値段《ねだん》で予言の書三巻《かん》をおゆずりします」

「同じ値段《ねだん》だと――」王は怒《いか》りでその先がいえない。

タルクイニウスがどれほど断《ことわ》りたいかはわかる。下品な言葉をシビラに投げつけ、護衛兵《ごえいへい》に即刻《そっこく》槍《やり》で刺《さ》し殺《ころ》せ、と命じたいところだろう。

しかし、議員たちはそわそわし、不安げにささやきあっている。護衛兵《ごえいへい》は全員恐怖《きょうふ》で青ざめ、奴《ど》隷《れい》の女たちは必死で台座《だいざ》の陰《かげ》に隠《かく》れている。

ローマ人は迷信《めいしん》深い。

タルクイニウスはそれを知っている。

司祭長として、神々《かみがみ》の仲介役《ちゅうかいやく》として、彼《かれ》には人民を守る責任《せきにん》がある。どんな状況《じょうきょう》でも神々《かみがみ》を怒《おこ》らせてはならない。この老女は彼《かれ》に、彼《かれ》の王国を救《すく》うために予言の知恵《ちえ》をゆずるといっている。この部屋にいる全員がシビラの力を、また、シビラと神々《かみがみ》のつながりを感じとっている。

もしタルクイニウスがシビラに残りの三巻《かん》も焼かせてしまったら、この取引をふいにしてしまったら……護衛兵《ごえいへい》が刺《さ》し殺《ころ》す相手はシビラではないかもしれない。

「どうします？」シビラがせっつく。残った三巻《かん》を火桶《ひおけ》の上にかざして持つ。

タルクイニウスは怒《いか》りを飲みこんだ。歯を食いしばり、言葉をしぼり出す。「その値段《ねだん》で買いとる」

「いいでしょう」シビラはほっとしたのか、がっかりしたのか、顔にはなんの表情《ひょうじょう》も浮《う》かんでいない。「支払《しはら》いの場所はポメリアンライン。支払《しはら》いがすんだら、この三巻《かん》をお渡《わた》しします」

シビラの姿《すがた》が青く光って消え、ぼくの夢《ゆめ》も消えた。

「シーツ、着て」メグがトーガをぼくの顔面に投げてきた。だれかを起こす方法としては少々乱暴《しょうしょうらんぼう》だ。

ぼくは目をしばたたいた。まだ頭がふらふらする。煙《けむり》のにおい、かびた藁《わら》のにおい、ローマ兵の汗《あせ》のにおいが鼻に残っている。「シーツではなくトーガだろう？　だがぼくは元老院議員ではない」

「名誉《めいよ》議員。前は神ちゃまだった」メグはくちびるをとがらせた。「あたしはシーツなんか着なくていいんだって」

メグが信号機カラーのトーガを着て、ひだのあちこちから花の種をふりまいて歩くところを想像《そうぞう》して、ぞっとした。緑のラメのユニコーンTシャツでがまんしてもらおう。

ボンビロに今日も〈おはよう〉とにらまれながら、階段《かいだん》をおり、カフェのトイレを拝借《はいしゃく》する。顔を洗《あら》い、医療《いりょう》係が親切に置いていったセットを借りて包帯を交換《こうかん》する。グールにやられた傷《きず》は悪くなってはいないが、傷跡《きずあと》が引きつり、炎症《えんしょう》を起こしている。まだひりひりする。これが正常《せいじょう》、だろ？　そうだと自分にいい聞かせようとした。噂《うわさ》どおり、医術《いじゅつ》の神は最低の患者《かんじゃ》だ。

トーガの着方を思い出しながら着替《きが》え、そして、夢《ゆめ》から学んだことを整理してみる。その一、自分は大勢《おおぜい》を破滅《はめつ》に追いやったひどいやつだ。その二、過去《かこ》約四千年のあいだにいろいろなひどいことをしてきたが、そのどれが舞《ま》いもどってきて、ぼくの尻《しり》に噛《か》みついてもおかしくない。そうなって当然だと思えてきた。

クマエのシビラだってそうだ。アポロンよ、あのときおまえは何を考えていたのだ？

そう、自分が何を考えていたかは知っている――かわいい子だ、仲良くなりたいと思った。神託《しんたく》の語り手に手を出すなんてありえないのに。ところが、彼女《かのじょ》はうまいことといって断《ことわ》った。ふられたぼくは機嫌《きげん》を損《そこ》ね、彼女《かのじょ》に呪《のろ》いをかけた。

おかげで今、その代償《だいしょう》を支払《しはら》わされている。つまり、彼女《かのじょ》がかつてシビラの書を売りつけた邪悪《じゃあく》なローマ王を捜索《そうさく》している。もしタルクイニウスが今もみにくい死体のまましつこく生きているとしたら、クマエのシビラもどこかで生きているということか？　寒気がした。あれから何世紀《せいき》もたったシビラはどんな姿《すがた》になっているだろう。ぼくに対する恨《うら》みはどれほどふくれあがっただろう。最初にすべきことを最初にしよう。事を正し、われわれ全員を救《すく》うためにぼくが考えた驚《おどろ》くべき計画について、議会で話す。そんな計画あったっけ？　意外なことに、あるかも。というか、驚《おどろ》くべき計画のイントロくらいなら。驚《おどろ》くべき計画の驚《おどろ》くべき索引《さくいん》だ。

カフェから外に出る前に、メグもぼくもレムリアパウダー入りラテとブルーベリーマフィンをテイクアウトし——メグはどう見ても糖分《とうぶん》とカフェインが必要だったから——そして、ハーフの流れに加わって町にむかった。

議事堂《ぎじどう》に着くと、みんなもう着席していた。プラエトルのレイナとフランクは演壇《えんだん》の両側に、上等な金と紫《むらさき》の正装《せいそう》で立っている。長椅子《ながいす》の階段席《かいだん》の最前列に座《すわ》っているのは訓練所の議員十名——それぞれ紫《むらさき》の縁取《ふちど》りのある白いトーガ姿《すがた》——と、古参の元訓練生、補助《ほじょ》の必要な負傷者《ふしょうしゃ》、そしてエラとタイソンだ。エラはそわそわしている。左どなりの議員と肩《かた》がくっつかないよう必死だ。タイソンは右どなりのラルをおもしろがり、透明《とうめい》なあばら骨《ぼね》に手をつっこんだりしている。

二列目以降《いこう》の半円の階段席《かいだん》はどこも訓練生、ラル、元訓練生、そのほかのニューローマの住人でぎゅうぎゅう詰《づ》めだ。講堂《こうどう》がこんなに満員なんて、チャールズ・ディケンズが一八六七年にアメリカを再訪《さいほう》して講演《こうえん》したとき以来だ。（すばらしい講演《こうえん》だった。彼《かれ》のサイン入りTシャツは額《がく》に入れ

て太陽の宮殿《きゅうでん》の自室に飾《かざ》ってある)

ぼくもシーツトーガ着用の名誉《めいよ》議員として最前列に座《すわ》るべきかと思ったのだが、空いている席がない。見るとラビニアが(ピンクの髪《かみ》のおかげだ)うしろのほうの席からぼくたちに手をふっていた。自分が座《すわ》っている横を手でたたき、席をとっておいた、と教えている。よく気が利《き》く。いや、何か用があるのかもしれない。

メグとぼくが右と左に腰《こし》をおろすと、ラビニアは極秘《ごくひ》のユニコーン掃除《そうじ》仲間であるメグとこぶしを合わせ、それからぼくのほうを見て肘《ひじ》でつついてきた。「やっぱり、本当にアポロン様だったんだ! うちのお母さん、知ってますよね」

「え——だれ?」

ラビニアの眉《まゆ》が今日はさらに気になる。根元から黒い毛が生えてきて、ピンクの眉《まゆ》が左右に飛んでいきそうに見える。

「お母さん」ラビニアは風船ガムをパンッと割《わ》った。「テルプシコラ?」

「ああ——踊《おど》りのムーサのことか。質問《しつもん》はどっちだろう。テルプシコラはあたしの母親ですか? それとも、テルプシコラを知っていますか?」

「もちろん、あたしの母親です」

「もちろん、知っているさ」

「やったあ！」ラビニアは指で膝《ひざ》をリズミカルにたたいた。見た目はきゃしゃだけどダンスは得意《とくい》なの、といいたげだ。「くわしく聞きたい！」

「くわしく？」

「会ったことないんです」

「そうか、そうだなあ」この何千年のあいだ何度ハーフにせがまれ、その子の放任主義《ほうにんしゅぎ》の神（親）について話してやっただろう。ほとんどが気まずく終わった。今もテルプシコラの姿《すがた》を思い起こそうとしたが、オリンポス山での記憶《きおく》は日に日にぼやけていく。テルプシコラがオリンポス山にある公園のひとつで楽しく踊《おど》っているところはなんとなく思い出した。バラの花びらをふりまきながら、くるくるまわったり、バレエのピルエットみたいにつま先で回転したりしていた。正直、テルプシコラは九人のムーサの中でぼくのお気に入りランキングの上位ではなかった。ぼくにあたるはずのスポットライトを横取りされることが多かったからだ。

「君と同じ髪《かみ》の色だった」ぼくはいった。

「ピンク？」

「いや……黒のほうだ。ぜんぜん落ち着きがないところも似《に》ている。ごきげんなのは、動いているときだけ。しかし……」

声がとぎれた。もっといいことをいったらどうだ？　テルプシコラは上品で、足が地についていて、赤ちゃんキリンにはほど遠かった。ラビニア、君は自分の親を勘違《かんちが》いしていないか？　あのテルプシコラと君が親子なんて信じられない、とかなんとか。

「しかし？」ラビニアがせかした。

「いや。よく覚えていない」

演壇《えんだん》でレイナが議会を始めようとしている。「みなさん、席についてください！　これから議会を始めます。ダコタ、少し席をずれて横の人を――ありがとう」

ラビニアは疑《うたが》わしげな目でぼくを見た。「つまんないの。お母さんの話がとくにないなら、次はこれ聞きたいです。あなたとあそこにいるプラエトル嬢《じょう》の関係」

思わず座《すわ》りなおしてしまった。椅子《いす》がきゅうに何倍も硬《かた》くなった気がした。「話すことなど何もない」

「嘘《うそ》です。訓練所に来たときからずっと、レイナのこと、ちらちら見てばかりじゃないですか。気づいてましたよ。あたしも、メグも」

「うん」メグがいう。

「フランク・チャンもです」ラビニアは両手を広げた。全員知っているという究極の証拠《しょうこ》でしょ、というジェスチャーだ。

レイナが議会を始めた。「議員および列席のみなさん、今回この緊急《きんきゅう》議会を開くことにしたのは

――」

「正直」ぼくは小声でラビニアにいった。「話しづらい話なんだ。話してもわかってもらえないだろう」

ラビニアが鼻を鳴らす。「話しにくい、っていうのは、ラビ〔訳注：ユダヤ教の宗教的指導者《しゅうきょうてきしどうしゃ》〕に有名ファッションブロガーのダニエラ・バーンシュタイン同伴《どうはん》で成人式のパーティーに行く、って話すとか、父親に自分がやりたいのはタップダンスだけだからアシモフ家の伝統《でんとう》を受け継《つ》ぐのは無理、って話すとか、そういうことですよ」

レイナがつづけた。「ジェイソン・グレイスの究極の犠牲《ぎせい》に、また、先日のよみがえった死体との戦いにかんがみて、私《わたし》たちは今回の脅威《きょうい》を重く受け止める必要が――」

「待て」ぼくはまた小声でいった。気づいたのだ。「君の父親はセルゲイ・アシモフなのか？　ダンサーの？　例の――」超《ちょう》ホットなロシアのバレエダンサー、といいかけてやめた。ラビニアのあきれ顔からすると、ぼくが何をいおうとしたかは知っている。

「そうです、そうです」ラビニアはいった。「話題を変えようとしてませんか。ごまかそうと――」

「ラビニア・アシモフ！」演壇《えんだん》のレイナが声を張《は》りあげた。「何か発言したいことが？」

全員の目がこちらを見た。くすくす笑っている訓練生も何人かいる。ラビニアが議会のさいちゅうに名指しされるのは初めてではないようだ。

ラビニアは右に、左に目をやり、それから自身を指さした。ラビニア・アシモフってあたしのことですか、という顔だ。「いいえ、議長様。とくには」

レイナは「議長様」と呼《よ》ばれてうれしそうではない。「ガムも噛《か》んでいるようですね。ここにいる全員分用意してきましたか？」

「えっと、どうかな……」ラビニアはパッケージ入りのガムをごっそりポケットから出した。会場を見渡《みわた》し、素早《すばや》く計算する。「あるかも」

レイナが天をあおぐ。神にたずねたい気分だろう。〈どうして私《わたし》がこの議会をしきらなくてはならないんですか？〉

「どうやら」レイナがいう。「あなたは自分のとなりに座《すわ》っているゲストに注目してもらいたかっただけのようですね。重要な情報《じょうほう》を持っていらしたその方です。レスター・パパドプロス君、前に来てお話しください！」

12　立てたのは計画立てる計画か

ふつうぼくが何かパフォーマンスをするときは、最初はステージ裏《うら》で待っている。名前が呼《よ》ばれ、観客の興奮《こうふん》が最高潮《さいこうちょう》に達したところで、ぼくがステージの袖《そで》から飛び出し、スポットライトがあたり、ジャジャーン！　神様のご登場！

レイナが紹介《しょうかい》しても歓声《かんせい》など起きない。「レスター・パパドプロス君、前に来てお話しください」といっても、期待度は「今日は副詞《ふくし》についてお勉強しましょう」といったときと同じだ。

ぼくが席を立って通路に出ようとすると、ラビニアに足をかけられた。にらみ返してもラビニアは知らん顔。たまたまそこに足があっただけ、という表情《ひょうじょう》だ。脚《あし》の長さからして、そうかもしれない。

全員が見つめる中、ぼくはトーガの裾《すそ》を踏《ふ》まないよう気をつけて、椅子《いす》に座《すわ》る人々《ひとびと》のあいだを進んだ。

「すまない。ちょっとごめん。すまない」

ぼくが演壇《えんだん》にたどり着くまでに、全員の退屈《たいくつ》といらいらは最高潮《さいこうちょう》に達していた。こういう場合、携帯《けいたい》電話でもチェックしたいところかもしれないが、ハーフがスマホを使えば怪物《かいぶつ》に襲《おそ》われる危険《きけん》性《せい》が高い。だから全員ぼくをにらむ以外にない。数日前にジェイソン・グレイスをたたえるすばらしいパフォーマンスでみんなを感心させたばかりだが、その後のぼくは？　おとなしくじっとしているのはラルだけだ。ラルなら永久《えいきゅう》に硬《かた》い長椅子《ながいす》に座《すわ》っていられる。

うしろの席からメグがぼくに手をふった。「大丈夫《だいじょうぶ》、がんばって」というより、「早くしなよ」という顔だ。最前列のタイソンに目をむけると、こっちを見てにやにや笑っていた。大勢《おおぜい》の中でよりによってキュクロプスに心の支《ささ》えを求めてしまうとは。むだにきまっている。

「その……どうも」

出だしはＯＫ。ジェイソンをたたえる歌のつづきがひらめくのを待つ。何も起きない。ウクレレは部屋に置いてきてしまった。ニューローマの町に持ちこもうとしたらテルミヌスに武器《ぶき》として没収《ぼっしゅう》されただろう。

「悪い知らせがいくつか」ぼくはいった。「そして、さらにいくつか悪い知らせがある。どれを先に聞きたい？」

全員心配そうに顔を見合わせる。

ラビニアが叫《さけ》んだ。「悪い知らせから。それが正しい順番」

「こら」フランクがたしなめる。「静粛《せいしゅく》に」

議会が厳粛《げんしゅく》さをとりもどしたのを確認《かくにん》し、フランクは手でぼくに話をつづけるよういった。

「皇帝《こうてい》コンモドゥスと皇帝《こうてい》カリグラは連合軍を作った」ぼくは夢《ゆめ》で見たことを話した。「現在《げんざい》、五十隻《せき》の艦隊《かんたい》を率《ひき》いて航行《こうこう》中だ。五十隻《せき》とも恐《おそ》ろしい新兵器をそなえている。ブラッドムーンまでにここに到着《とうちゃく》する。ぼくの理解《りかい》によると、今日から三日後の四月八日だ。その日は偶然《ぐうぜん》にもレスター・パパドプロスの誕生日《たんじょうび》でもある」

「誕生日《たんじょうび》おめでとう！」タイソンがいった。

「ありがとう。ただ、ブラッドムーンがなんなのかはわからない」

二列目の席で手があがった。

「どうぞ、アイダ」レイナがいい、ついでに説明してくれた。「二番コホルスの隊長で、月の女神ルナの子孫です」

「本当に？」疑《うたが》い深いと思われたくはないが、もともと月を司《つかさど》っていたタイタン族のルナは、ぼくの妹のアルテミスに仕事をとられた。ぼくの知るかぎりルナは何千年も前に姿《すがた》を消したはずだ。とはいえ、太陽を司《つかさど》っていたタイタン族のヘリオスもとっくに消えたと思っていたら、メディアが残っていたヘリオスの細切れの意識《いしき》をかき集め、炎《ほのお》の迷路《めいろ》の燃料《ねんりょう》にしていた。タイタン族はぼくのにきびそっくりだ。消えたと思ったら出てくる。

アイダがしかめっ面で立ちあがる。「はい。ブラッドムーンは皆既月食《かいきげっしょく》のとき、血のように赤く見える満月のことです。ブラッドムーンの日によみがえった死体と戦うのは避《さ》けるべきです。よみがえった死体はブラッドムーンの夜、力が最大になるんです」

「正確《せいかく》には……」エラが立ちあがった。かぎづめの先をかんでいる。「正確《せいかく》には、赤い色は日の出と日の入りの地球から反射《はんしゃ》する光の分散によって生じる。ユダヤ教のブラッドムーン、すなわち赤い月は四連続する皆既月食《かいきげっしょく》のことをさす。次回のブラッドムーンは四月八日。『農事暦《のうじれき》　補足《ほそく》　月相』」

エラはドスンと座《すわ》った。全員ぎょっとしている。超《ちょう》自然の生き物から科学の説明を受け、超《ちょう》とまどっている。

「アイダ、エラ、ありがとう」レイナがいった。「レスター君、まだ何か話すことはありますか？」なくてもぜんぜん大丈夫《だいじょうぶ》、という口調だ。さっきの情報《じょうほう》でユピテル訓練所はすでにパニック状態《じょうたい》だ。

「残念だが、ある」ぼくはいった。「皇帝《こうてい》連中は傲慢《ごうまん》王タルクイニウスと同盟《どうめい》を組んだ」

出席していたラルの姿《すがた》が揺《ゆ》れて、消えそうになる。

「ありえない！」ひとりが叫《さけ》ぶ。

「恐《おそ》ろしい！」ふたり目が叫《さけ》ぶ。

「全員、死んでしまう！」三人目が叫《さけ》ぶ。自分はすでに死んでいることは忘《わす》れている。

「みんな、静かに」フランクがいった。「アポロン様に話のつづきを」

フランクのプラエトルとしての態度《たいど》はレイナよりカジュアルだが、同じくらいの尊敬《そんけい》は集めている。全員落ち着きをとりもどし、ぼくがつづけるのを待つ。

「タルクイニウスも今やよみがえった死体の一員だ。彼《かれ》の墓《はか》はこの近くにある。新月の日にこの訓練所が撃退《げきたい》した敵《てき》は、彼《かれ》が送りこんだ部隊で――」

「新月の日もよみがえった死体と戦うのは避《さ》けるべきです」アイダがいう。

「ブラッドムーンの日にふたたび攻撃《こうげき》をしかけようとしている。皇帝《こうてい》ふたり組の襲撃《しゅうげき》と同時に」

夢《ゆめ》で見た内容《ないよう》、そしてぼくとフランクがエラと話した内容《ないよう》についても、かいつまんで話した。フランクの呪《のろ》いのたきぎには言及《げんきゅう》しない――ぼくにはよくわかっていないし、フランクがテディベアみたいな目で訴《うった》えているからだ。

「最初にシビラの書を買いとったのはタルクイニウスだ」ぼくはまとめた。「だから、タルクイニウスがこのタイミングで復活《ふっかつ》したがるのもわからなくない。ユピテル訓練所は今、シビラの書を復《ふく》元《げん》しようとしている。タルクイニウスは……エラの作業によって『呼《よ》び出された』のかもしれない」

「憤慨《ふんがい》」エラがいう。「激怒《げきど》。殺意《さつい》」

エラを見て、クマエのシビラのことを、ぼくが彼女《かのじょ》にかけたひどい呪《のろ》いのことを思った。エラも、予言書復元《ふくげん》作業を強《し》いられただけで、かなり苦しんでいるのかもしれない。ルパはぼくにこういった。〈さらなる犠牲《ぎせい》、死、血を見るであろう〉

いや、よけいなことは考えるな。「とにかく、タルクイニウスは生前も非道《ひどう》だった。ローマ人はタルクイニウスを嫌悪《けんお》し、君主制《くんしゅせい》をやめた。その後も長いあいだ、ローマ皇帝《こうてい》は自らを王と呼《よ》ばなかった。タルクイニウスは追放され、そして亡《な》くなった。墓《はか》のありかは不明だった」

「それが今、この近辺にあることがわかった」レイナがいった。

レイナは質問《しつもん》したのではない。古代ローマの墓《はか》が、なんの関連もない北カリフォルニアに突如現《とつじょあらわ》れたことを認《みと》めたのだ。神々《かみがみ》は移動《いどう》し、ハーフの訓練所も移動《いどう》した。何かのめぐりあわせで、よみがえった邪悪《じゃあく》な死体のねじろが近所に移動《いどう》してくることもある。厳《きび》しい神話的境界規制《きょうかいきせい》が切《せつ》に望まれる。

最前列でヘイゼルのとなりに座《すわ》っていた議員が発言しようと立ちあがった。髪《かみ》は黒い巻《ま》き毛で、青い目は離《はな》れぎみで、鼻の下に赤い汁《しる》がついている。「つまり、まとめると、三日後にせまる脅威《きょうい》というのは邪悪《じゃあく》な皇帝《こうてい》二名とその軍隊、謎《なぞ》の武器《ぶき》をそなえた船五十隻《せき》、さらにはよみがえった死体の大波。前回その死体集団《しゅうだん》に襲《おそ》われたときは、こちら側には今より戦力があったというのに完敗寸《すん》前《ぜん》だった。これが悪い知らせだとしたら、残りの悪い知らせは？」

「ダコタ、それはこれから」レイナはぼくを見た。「ですよね、レスター君？」

「もうひとつ悪い知らせがある。ぼくには計画があるのだが、それは非常《ひじょう》に難《むずか》しく、ことによると不可能《ふかのう》かもしれない、ということだ。また、この計画の一部は、実際《じっさい》のところ……まだ計画とも呼《よ》べない」

ダコタが両手をこすり合わせる。「いいぞ。聞こう、聞こう！」

ダコタはまた腰《こし》かけ、トーガの中から水筒《すいとう》を引っ張《ぱ》り出すと、中身をすすった。ダコタはバッコスの息子らしい。議事堂《ぎじどう》に広がったにおいからして、ダコタに選ばれし飲料は炭酸《たんさん》ジュースだ。

ぼくは深く息を吸《す》った。「それでは。シビラの書は基本的《きほんてき》には緊急時対処法《きんきゅうじたいしょほう》のようなもの、だろう？　いけにえとか、儀式《ぎしき》の祈《いの》りの言葉とか。祈《いの》りの言葉の中には神々《かみがみ》の怒《いか》りをしずめるためのものや、敵《てき》が来たときに神々《かみがみ》の助けを呼《よ》ぶためのものもある。おそらく……きっと……今回のピンチに最適《さいてき》の対処法《たいしょほう》を見つけ、それにしたがえば、ぼくはオリンポスの神々《かみがみ》の助けを呼《よ》べるかもしれない」

だれも笑ったり、「頭が変なんじゃないですか」といったりしない。神々《かみがみ》がハーフの問題に干渉《かんしょう》することはほとんどないが、ごくまれにある。ないわけではないのだ。一方、ぼくにそれを実践《じっせん》できるかどうかについては全員、疑問《ぎもん》に思っているらしい。

別の議員が手をあげた。「えと、議員のラリーといいます。三番コホルスの一員で、メルクリウスの息子です。今、『助け』といいましたが、それは……神々《かみがみ》の大隊が二輪戦車で駆《か》けつける、って意味ですか。それとも、神々《かみがみ》が祝福の言葉をくれる、って意味ですか。『君たち、がんばりたまえ！』とか」

昔の自己弁護癖《じこべんごへき》が頭をもたげ、否定《ひてい》したくなった。われわれ神は、絶望《ぜつぼう》におちいった信奉者《しんぽうしゃ》にそんな中途半端《ちゅうとはんぱ》な援助《えんじょ》はしない、と。しかし、実際《じっさい》はそうなのだ。つねに。

「ラリー君、いい質問《しつもん》だ」ぼくはいった。「その中間かもしれない。しかし、なんらかの救《すく》いの手をさしのべてくれ、それによって流れを変えることができると信じている。それがニューローマを救《すく》う唯一《ゆいいつ》の方法なのかもしれない。また、こう信じたい。ゼウスが――ユピテルが――レスターの誕生日《たんじょうび》を四月八日にしたのには理由がある。その日が重大な転機で、ぼくがついに……」

声がかすれた。別の可能性《かのうせい》については口にできない。四月八日はぼくが神々《かみがみ》に復帰《ふっき》する価値《かち》があると証明《しょうめい》するきっかけになるかもしれないし、最後の誕生日《たんじょうび》になるのかもしれない。その日に燃《も》えあがっておしまい、とか。

列席者がまた口々《くちぐち》につぶやきだした。みんな深刻《しんこく》な表情《ひょうじょう》だ。しかし、パニックは起こっていない。ラルでさえ、「全員死ぬことになる！」と騒《さわ》いだりしない。ここに集まったハーフたちは結局のところローマ人だ。究極の窮地《きゅうち》、不利な戦い、強敵《きょうてき》に直面するのは慣《な》れっこだ。

「わかりました」ヘイゼル・レベックが初めて発言した。「どうすれば正しい対処法《たいしょほう》を見つけられますか？　どこから始めればいいですか？」

なんと自信に満ちた口調だ。そんなのまるで簡単《かんたん》――食料品を運ぶとか、先のとがった水晶《すいしょう》でグールを刺《さ》すのと同じ――と思っているのだろうか。

「最初のステップは」ぼくはいった。「タルクイニウスの墓《はか》を見つけ、探検《たんけん》する――」

「――そしてタルクイニウスを殺《ころ》す！」ラルのひとりが叫《さけ》んだ。

「待て、マルクス・アプリウス！」別のラルがいった。「タルクイニウスはわれわれ同様、すでに死んでいる！」

「では、どうする？」マルクス・アプリウスは不満げだ。「われわれのことはほうっておいてくれとたのむか？　傲慢王《ごうまんおう》タルクイニウスの話をしているのだぞ！　やつは狂人《きょうじん》だ！」

「最初のステップは」ぼくはいった。「タルクイニウスの墓所《ぼしょ》を探検《たんけん》し、その、エラのいったとおり、正しいことを見つけるだけだ」

「イエス」エラがうなずく。「エラ、そういった」

「こう考えたい」ぼくはつづけた。「もしそれに成功し、生還《せいかん》できたら、次はどうするべきかがわかる。今のぼくに確実《かくじつ》にいえるのは、第二のステップには音のない神を見つけることがふくまれている、ということ。ただし、それが何をさすかはわからない」

フランクがプラエトルの椅子《いす》から身を乗り出した。「けど、神々《かみがみ》は全員ごぞんじなんでしょう？ご自分も神ですし。というか、少し前までは神だった。その中に沈黙《ちんもく》の神はいますか？」

ため息が出た。「フランク、ぼくにはわが一族の神々《かみがみ》だって全員は把握《はあく》しきれない。無名の神なら何百人もいる。沈黙《ちんもく》の神なんて覚えていない。だが、いたとしても、仲良くなったとは思えない。ぼくは音楽の神だから」

フランクはしょんぼりしている。悪いことをした。いらいらをぶつけるつもりはなかった。ぼくのことをまだ皮肉を交えず「アポロン」と呼《よ》ぶなんて、フランクと数人だけだし。

「とり組むのは一度にひとつにしましょう」レイナがいった。「まずはタルクイニウスの墓《はか》。ありかについては手がかりがある。そうでしょ、エラ？」

「イエス、イエス」エラが目を閉《と》じ、復唱《ふくしょう》する。「ワイルドキャットのそばに回転する光。タルクイニウスの墓《はか》を守る光の馬。入り口を開ける鍵《かぎ》、２－５－４」

「予言だよ！」タイソンがいう。「背中《せなか》、書いてある！」立ちあがり、すぐさまシャツを脱《ぬ》ぐ。このときをずっと待っていたにちがいない。「ほら」

まわりは全員身を乗り出したが、近くで見てもタトゥーの文字は読めそうにない。

「魚ポニーもいる。腎臓《じんぞう》のとこ」誇《ほこ》らしげにいう。「かわいくない？」

ヘイゼルは目をそらした。恥《は》ずかしくて気絶《きぜつ》しそう、という顔だ。「タイソン、悪いんだけど

——魚ポニーはかわいいんだけど——シャツを着てくれない？　だれか、今の予言の意味がわかる人はいるかしら」

ローマ人は全予言の象徴《しょうちょう》である意味不明に対し、黙《もく》とうを捧《ささ》げた。

ラビニアが鼻を鳴らす。「本当に？　だれもわからないの？」

「ラビニア」レイナがいった。声が緊張《きんちょう》している。「まさか、あなた——」

「墓《はか》のありかを知っているなんていわないでしょうね、って？」ラビニアは両手を広げた。「ワイルドキャットのそばに回転する光、タルクイニウスの墓《はか》を守る光の馬、でしょ。ティルデンパークにワイルドキャットっていう山道がある。山をいくつか越《こ》えた先」北を指さす。「あと、タルクイニウスの墓《はか》を守る光の馬。ティルデンパークにある回転木馬のことじゃない？」

「おー」数人のラルが大きくうなずく。暇《ひま》なときはいつも回転木馬で遊んでいるのかもしれない。

フランクが座《すわ》りなおした。「つまり、邪悪《じゃあく》なローマ王の墓所《ぼしょ》は回転木馬の下にあるってこと？」

「あたしがその予言を書いたわけじゃないんだけど」ラビニアがいう。「けど、あたしたちが直面してきた予言の中ではわかりやすいほうでしょ」

だれも反論《はんろん》しない。ハーフは朝も昼も夜も不可解《ふかかい》を食べる。

「わかりました」レイナがいった。「目的地は決《き》まり。冒険《ぼうけん》の旅を決行します。といっても短い旅です。時間はかぎられています。旅に送る英雄《えいゆう》の指名、そして、議会による承認《しょうにん》が必要です」

「あたしたち」メグが立ちあがる。「レスターとあたし」

ぼくはごくりと唾《つば》を飲んだ。「そのとおり」ぼくの今日いちばんの英雄的行為《えいゆうてきこうい》といえる発言だ。

「今回の冒険《ぼうけん》も、ぼくが神々《かみがみ》に復帰《ふっき》するための重要な冒険《ぼうけん》の旅の一部だ。君たちの訓練所に今回の問題を持ってきてしまったのはぼくだ。事を正す必要がある。たのむ、だれも止めないでくれ」

願うような気持ちで待ったが、だめだった。だれも止めようとしない。

ヘイゼルが立ちあがる。「わたしも行きます。冒険《ぼうけん》の旅の先頭に立つ隊長が必要です。目的地は地下、だとしたら、わたしの得意《とくい》分野です」

貸《か》しもあるし、ともいいたげだ。

ありがたい。ただ、ヘイゼルが訓練所への秘密《ひみつ》のトンネルをくずしたことは記憶《きおく》に新しい。きゅうに寒気がした。メリーゴーラウンドの下敷《したじ》きになったらどうしよう。

「これで計三名」レイナがいった。「冒険《ぼうけん》の旅に最適《さいてき》の人数です。それでは――」

「二名半」メグがいった。

レイナは顔をしかめた。「え?」

「レスターはあたしの召使《めしつかい》。ふたりでひと組み。冒険《ぼうけん》の旅のメンバーのひとり分にはならない」

「おい!」ぼくはいった。

「だから、もうひとり連れてける」メグがいう。

フランクが背筋《せすじ》をのばした。「なら、おれが――」

「行きたいところだけど、プラエトルの仕事があるから無理」レイナがつづけた。〈私《わたし》ひとりに仕事を押《お》しつけないで〉という目でフランクを見ている。「冒険《ぼうけん》の旅のメンバーを送り出した後、残った私《わたし》たちはこの谷の防御《ぼうぎょ》をかためなくてはならない。仕事が山ほどある」

「わかった」フランクはがっかりだ。「じゃ、ほかにだれか――?」

パンッ!

あまりの大音響《おんきょう》に、ラルの半数がびっくりして姿《すがた》を消した。議員の何人かは椅子《いす》の下に隠《かく》れた。後方の席のラビニアの顔一面、割《わ》れたピンクの風船ガムがへばりついている。ラビニアは素早《すばや》くはがし、また口につっこんだ。

「ラビニア」レイナがいった。「願ってもないわ。立候補《りっこうほ》ありがとう」

「あたし――でも――」

「採決《さいけつ》を行います!」レイナがいった。「ヘイゼル、レスター君、メグ、ラビニアを、タルクイニウスの墓《はか》をさがす冒険《ぼうけん》の旅に送り出しますか?」

議案は満場一致《まんじょういっち》で可決《かけつ》。

われわれは全議会の承認《しょうにん》をえて、回転木馬の下にある墓《はか》をさがし、ローマ史上《しじょう》最悪の王と対面することになった。その王はよみがえったゾンビ王でもある。

ぼくの運は右肩《みぎかた》あがりだ。

13

つき合って恋愛《れんあい》下手のこのぼくと

「ガム噛《か》んだって犯罪《はんざい》じゃないし」ラビニアは自分のサンドイッチの切れ端《はし》を屋根からほうり投げた。カモメがすぐに来てさらっていく。

ランチは外で食べよう。ラビニアはそういって、ぼく、ヘイゼル、メグの三人を自分が考え事をするときのお気に入りの場所に誘《さそ》った。そこはニューローマ大学の、鐘《かね》がある塔《とう》の屋根の上。のぼるルートもラビニアが自分で見つけた。ここにのぼることはとくに奨励《しょうれい》されてはいないが、絶対禁《ぜったいきん》止《し》というわけでもない。いかにもラビニアが拠点《きょてん》にしそうな場所だ。

ラビニアがここを好きなのは、ファウヌスの庭園の真上にあるから、とのこと。ファウヌスの庭園はレイナが考え事をするときのお気に入りの場所だ。レイナがそこにいればラビニアは三十メートル上からプラエトルを見おろし、優越感《ゆうえつかん》にひたれる。〈見て、あたしのお気に入りの場所のほうがずーっと高いとこにあるんだから〉

今、ぼくは傾斜《けいしゃ》のきつい赤いレンガ屋根に座《すわ》り、食べかけのフォカッチャを膝《ひざ》に載《の》せ、眼下《がんか》に広がる町と谷の全体図を見ている——このすべてがせまりくる襲撃《しゅうげき》によって失われようとしている。谷のむこうに見えるのは、オークランドの広大な平地とサンフランシスコ湾《わん》だ。わずか数日後、この湾《わん》はカリグラの豪華戦艦《ごうかせんかん》五十隻《せき》に埋《う》めつくされる。

「正直なところ」ラビニアはチーズの焦《こ》げた部分をまたカモメにほうった。「ユピテル訓練所の訓練生もたまには『ハイキングなんか』すればいいのに。だからワイルドキャット山道《さんどう》のことも知らないのよ」

ぼくはうなずいた。しかし、訓練生の大半は重いよろいをつけて長時間行動することが多い。ハイキングなど楽しいと思わないだろう。ところがラビニアはユピテル訓練所から三十キロ圏内《けんない》にある裏道《うらみち》や山道、秘密《ひみつ》のトンネルもすべて知っているらしい——おそらく、いつドクニンジンやベラドンナといった猛毒《もうどく》の植物のドリュアスとこっそりデートすることになるかわからないからだ。

ヘイゼルはラビニアとは反対側のぼくのとなりで、ベジタブルラップサンドを持ったまま、何かつぶやいている。「信じられない。フランクが……立候補《りっこうほ》するなんて……例の戦いであんな危《あぶ》ないこと、やってのけたばかりなのに……」

メグはすでにランチはたいらげ、消化のために少し離《はな》れたところで側転を始めた。タイルがすぐにゆるみそうな屋根にメグが不安定に足をつくたび、ぼくの心臓《しんぞう》がじりじり喉《のど》めがけてフリークライミングしてくる。

「メグ、できたら、それ、よしてくれないか?」ぼくは聞いた。

「楽しいよ」メグは地平線を見すえ、「ユニコーン、ほしい」といい、また側転した。

ラビニアがだれにともなくつぶやく。「風船ガムがパンッ――ぜひ冒険《ぼうけん》の旅のメンバーに!」

「どうして死の願望ありの男子を好きになっちゃったのかしら?」ヘイゼルは考えこんでいる。

「メグ」ぼくはまたいった。「今に落ちるぞ」

「ちっちゃいユニコーンでいいんだ」メグがいう。「ずるい。ここにこんなにいっぱいいるのに、あたしにはいない」

四人で不協和音をつづけていると、空から巨大《きょだい》なワシが舞《ま》いおりてきて、ラビニアの手から食べかけのグリルチーズサンドをかすめとり、飛び去った。さっきからねらっていたカモメの群《む》れが怒《おこ》っている。

「いつもこう」ラビニアはパンツで指をふいた。「サンドイッチも食べられない」

ぼくは残りのフォカッチャを口に押《お》しこんだ。いつまたワシがもどってくるかわからない。

「だけれど」ヘイゼルはため息をついた。「少なくとも午後は休んで計画を立てられる」ベジタブルラップサンドを半分、ラビニアにさし出す。

ラビニアは目をぱちくりした。こういう親切にどう反応《はんのう》すべきか知らないらしい。「え――ありがと。でもさ、計画なんて立てる必要ある？　回転木馬があるところに行って、墓《はか》を見つけて、死なないようにがんばるだけでしょ」

ぼくは最後のひと口を飲みこんだ。これで心臓《しんぞう》がもとの場所にもどるといいのだが。「おそらく、『死なない』に集中するのがいいだろう。たとえば、なぜ今晩《こんばん》まで待つ？　明るいうちに出発したほうが安全じゃないか？」

「地下はしじゅう暗いんです」ヘイゼルがいった。「それに、昼間だと回転木馬には子どもがたくさんいるはずです。子たちがけがをしたら困《こま》ります。夜ならだれもいません」

メグがとなりに来てドスンと座《すわ》った。髪《かみ》がのび放題のニワトコの茂《しげ》みのようだ。「ヘイゼルって、ほかにも地下で使えるすごい力あるの？　だれかがいってた、ダイヤモンドとかルビーとか呼《よ》び出せるって」

ヘイゼルは顔をしかめた。「だれか？」

「ラビニアとか」

「やだ！」ラビニアがいう。「メグ、ありがたすぎ！」

ヘイゼルは空を見つめた。巨大《きょだい》ワシが来て、わたしをさらってくれないかしら、という表情《ひょうじょう》だ。

「そう、貴金属《ききんぞく》とか宝石《ほうせき》を呼《よ》び出せる。地球の宝《たから》を。プルトの力。だけれど、呼《よ》び出したものを使うことはできないの」

ぼくは屋根にもたれた。「呪《のろ》いがかかっているから？　少し思い出した、呪《のろ》いのことを――といっても、ラビニアから話を聞いたせいじゃない」あわてて補足《ほそく》する。

ヘイゼルはベジタブルラップサンドを少しかじった。「今は『呪《のろ》い』というほどではありません。昔はコントロールできませんでした。ダイヤモンドとか金貨とか、わたしの不安に反応《はんのう》して地面から勝手に飛び出してきていたんです」

「すごい」メグがいう。

「ううん、ぜんぜん」ヘイゼルはきっぱりいった。「だれかがそれを拾って、使おうとすると……恐《おそ》ろしいことが起きた」

「へえ」メグがいう。「今は？」

「フランクに出会ってから……」ヘイゼルはためらった。「ずっと前にプルトにいわれたの。ポセイドンの子孫がわたしの呪《のろ》いを洗《あら》い流すだろう、って。少し複雑《ふくざつ》なんだけど、フランクのお母さんはポセイドンの血を引いているの。わたしがフランクとおつき合いを始めたら……フランクってとにかく『いい人』でしょ？　別に、わたし自身の問題を解決《かいけつ》するのに彼氏《かれし》が必要だった、といっているわけじゃ――」

「彼氏《かれし》？」メグが聞きかえす。

ヘイゼルの右目がぴくっとした。「ごめんなさい。一九三〇年代に育ったから、昔のいい方が出ちゃうことがあるの。自分自身の問題を解決《かいけつ》するのに『彼《かれ》』が必要だったといっているわけじゃないの。ただ、フランクもやっかいな呪《のろ》いの問題を抱《かか》えていたから、わたしのことも理解《りかい》してくれた。落ちこんでいるときもおたがいに助けあった――ふたりで話をしたり、気分転換《てんかん》したりして。フランクといると、わたし、ふと思っちゃうの――」

「愛されているかも、って？」ぼくはいった。

ラビニアがぼくの目を見て、声は出さずにいう。〈かわいいのかも、って〉

ヘイゼルは横座《よこずわ》りした。「どうしてこんな話をしているのかしら。だけれど、そう。今はだいぶコントロールできている。不安になっても宝石《ほうせき》が勝手に飛び出したりはしない。だけれど、やっぱり使うことはできない。たぶん……直感だけど、プルトが反対しているんだと思う。だれかが使おうとしたら何が起きるか、わたしも知りたくない」

メグは口をとがらせた。「ちっちゃいダイヤモンドでいいから、あたしにくれない？　宝物《たからもの》にしてとっておくから」

「メグ」ぼくはたしなめた。

「ルビーでもいいよ」

「メグ」

「なんでもいいけど」メグはしかめっ面で自分のユニコーンTシャツを見た。何百万ドルもする宝《ほう》石《せき》をいっぱいくっつけたら、すごくいい感じになるのに、という顔だ。「戦いたくて、うずうずする」

「たぶん、そのうちかなうわ」ヘイゼルがいった。「だけれど、忘《わす》れないで、今晩《こんばん》の目的は探検《たんけん》と情報収集《じょうほうしゅうしゅう》。しのび足で行動しなくちゃ」

「そうだぞ、メグ」ぼくはいった。「だって、思い出してごらん。〈アポロンはタルクイニウスの墓《はか》で死に直面する〉だ。ぼくが死に直面するとしたら、暗がりに隠《かく》れているときがいい。死に気づかれる前に、しのび足で逃《に》げ出したい」

メグはむくれている。隠《かく》れんぼうにそんなルールはないけどね、という顔だ。「わかった。しのび足で行動する」

「お願いね」ヘイゼルはいった。「それと、ラビニア、ガムはだめよ」

「もう少し信用してよ。しのび足は大得意《とくい》なんだから」足の先を動かす。「テルプシコラの娘《むすめ》だし」

「どうかな」ヘイゼルがいう。「まあ、いいでしょう。各自荷造りをして、少し休みましょう。集合は日没《にちぼつ》、マルスの野で」

休むなど課題としては簡単《かんたん》なはずだった。

メグは訓練所を探検《たんけん》しに(=またユニコーンに会いに)いったので、ぼくはカフェの二階の部屋にひとりだった。ベッドに横になり、静けさを楽しみ、メグが植えた窓《まど》のプランターのアイリスに目をやる。もう満開だ。しかし、眠《ねむ》れない。

腹《はら》の傷《きず》がずきずきする。頭がざわざわする。

ヘイゼル・レベックの言葉を思い出した。フランクに呪《のろ》いを洗《あら》い流してもらったといっていた。人は何かに呪《のろ》われていても、だれかに愛情《あいじょう》をそそがれることで呪《のろ》いから解放《かいほう》されることがある。しかし、ぼくはその運命にない。最高の恋愛《れんあい》でさえ、とり除《のぞ》いた以上の呪《のろ》いをもたらした。

ダプネ。ヒュアキントス。

その後、そう、クマエのシビラだ。

あの日のことはよく覚えている。ふたりでいっしょに砂浜《すなはま》に座《すわ》っていた。目の前に広がる地中海は青いガラス板のようで、うしろの丘《おか》の斜面《しゃめん》にはシビラの洞穴《ほらあな》がある。オリーブの木立に熱がこもり、セミが鳴いている。南イタリアの夏は暑い。遠くにベスビオ山が紫《むらさき》にかすんで見える。

シビラの姿《すがた》を思い出すには少し時間がかかった――タルクイニウスの謁見《えっけん》室にいた、背中《せなか》を丸めた白髪《しらが》の老女ではなく、あの日砂浜《すなはま》にいた若《わか》く美しい女の姿《すがた》だ。はるか昔、クマエがまだギリシャの植民地だった頃《ころ》のことだ。

ぼくはシビラのすべてを愛した――太陽の光を浴びた赤褐色《せきかっしょく》の髪《かみ》、茶目っ気のある目の輝《かがや》き、親しげなほほ笑み。シビラはぼくが神かどうかなど関係ないようだった。ちなみに、彼女《かのじょ》はすべてを捨《す》ててぼくの神託《しんたく》になった。家族も、未来も、名前さえも捨《す》てた。ぼくにつかえることを誓《ちか》った彼《かの》女《じょ》は、「アポロンの神託《しんたく》の語り手」を意味する「シビラ」としか呼《よ》ばれなくなった。

しかし、それだけでは足りなかった。ぼくは彼女《かのじょ》に夢中《むちゅう》だった。これは愛だ――この真実の愛により、自分の過去《かこ》のあやまちがすべて洗《あら》い流されると信じた。クマエのシビラに、ぼくの生涯《しょうがい》のパートナーになってほしかった。かたむく日差しの下、ぼくはプロポーズを始めた。

「ぼくの神託《しんたく》者以上の存在《そんざい》になってほしい」ぼくは熱っぽくいった。「結婚《けっこん》してくれ！」

シビラはおかしそうに笑った。「本気じゃないですよね」

「本気だ！　ほしいものがあればいってくれ。すぐにかなえる」

シビラは赤褐色《せきかっしょく》の髪《かみ》を指に巻《ま》きつけた。「私《わたし》の望みはシビラになること、この土地の人々《ひとびと》をよりよい未来に導《みちび》くことでした。すでにそれはかなえていただきました。それでおしまい。冗談《じょうだん》はけっこうです」

「しかし――君には一度きりの命しかない！　不死の存在《そんざい》になれたら、永遠《えいえん》に人々《ひとびと》をよりよい未来に導《みちび》ける、ぼくのとなりで！」

シビラは横目でぼくを見た。「やめてください。一週間もたたないうちに私《わたし》にあきてしまいますよ」

「絶対《ぜったい》ない！」

「でしたら……」シビラは両手で砂《すな》をすくいあげた。「ここにある砂粒《すなつぶ》と同じ数の年を望んだら、かなえてくれますか」

「かなえた！」そういったとたん、自分の力の一部がシビラの生命力に流れこむのを感じた。「さて、愛しい妻《つま》よ――」

「やめてください！」シビラが砂《すな》を捨《す》てて立ちあがり、あわてて後ずさる。ぼくからきゅうに放射《ほうしゃ》線《せん》が出たか何かのように。「ちょっといってみただけです！　私《わたし》はあなたの妻《つま》になることを承知《しょうち》したわけでは――」

「もうとり消すことはできない！」ぼくは立ちあがった。「願い事をとりさげることはできない。君にも約束を守ってもらう」

シビラの目が不安そうに泳ぐ。「む――無理です。いやです！」

ぼくは大声で笑った。シビラは臆病《おくびょう》になっているだけだ。ぼくは両手を広げた。「怖《こわ》がらなくていい」

「怖《こわ》がって当然です！」また後ずさる。「あなたの恋人《こいびと》は不幸な目にあってばかり！　私《わたし》はあなたの神託《しんたく》の語り手になりたかっただけ。それなのに、あなたはすべて狂《くる》わせてしまった！」

ぼくのほほ笑みがくずれた。情熱《じょうねつ》が冷め、嵐《あらし》に変わっていく。「ぼくを怒《おこ》らせるな。全世界が自分のものになるんだぞ。君にはすでに不死に近い命を与《あた》えた。支払《しはら》いなしではすまされない」

「支払《しはら》い？」シビラは両手を握《にぎ》りしめた。「結婚《けっこん》は取引なんですか？」

困《こま》った。プロポーズは予定どおりに運びそうにない。「そういうつもりでは――もちろん、そんなことは――」

「アポロン様」シビラはすごく怒《おこ》っている。「これが取引なら、支払《しはら》いはあなたのほうの約束が完了《かんりょう》してからです。『不死に近い命』とおっしゃいましたね。私《わたし》は砂粒《すなつぶ》の数と同じ年数まで生きるんですね？　最後のひと粒《つぶ》のときにまた私《わたし》に会いにきてください。まだ気持ちが変わっていなければ、私《わたし》はあなたのものです」

ぼくは両手を落とした。突然《とつぜん》、これまで愛したシビラのすべてがにくらしくなった。強情《ごうじょう》な態度《たいど》も、ぼくを恐《おそ》れないことも、ぼくのものになろうとしないことも、腹立《はらだ》たしいほどの美しさも。なぜこうも美しい。

「よくわかった」声が太陽の神にありえないくらい冷たい。「取引の内容《ないよう》を確認《かくにん》しておきたいか？ぼくは君に不死に近い命をやると約束したが、若《わか》さは約束していない。君は何千年も生きる。ぼくの神託《しんたく》でありつづける。このふたつは約束した以上、とり消せない。だが、君は老いる。衰《おとろ》えていく。死ぬことはできない」

「望むところです！」言葉は強気だが、声は怖《こわ》くて震《ふる》えている。

「いいな！」ぼくは声を張《は》りあげた。

「いいです！」シビラもいい返す。

ぼくは火柱になって消えた。事を完全に狂《くる》わせてしまった。

長い年月を経《へ》て、シビラの体は衰《おとろ》えた。ぼくが警告《けいこく》したとおりだ。肉体はふつうの人間よりはるかに長く持ちこたえたが、ぼくが与《あた》えた苦しみ、消えることなくつづく苦痛《くつう》は……たとえ軽率《けいそつ》に呪《のろ》いをかけてしまったことをぼくが後悔《こうかい》していたとしても、とり消すことはできない。シビラが自分の願望をとり消せないのと同じことだ。そしてついにローマ帝国《ていこく》の末期、ぼくは噂《うわさ》を耳にした。シビラの体は朽《く》ち果てた。しかし死ぬことはできなかった。つきそっていた世話係はシビラの生命力、つまり、残されたささやく小声をガラスのびんに入れた、と。

そのガラスびんはその後行方不明になったと思っていた。シビラの命を数える砂粒《すなつぶ》はついにつきたと思っていた。しかし、それが間違《まちが》いだったら？　かりにまだ生きているとして、インターネットなどで親アポロン的メッセージを小声でささやいてはいないだろう。

シビラに恨《うら》まれて当然だ。今ならわかる。

ジェイソン・グレイスよ……ぼくは君に約束した。人間でいたときのことを思い出すようにすると。しかし、なぜ人間の羞恥心《しゅうちしん》はこれほどの痛《いた》みをもたらす？　ＯＦＦスイッチはないのか？

シビラのことを考えたら、呪《のろ》いを受けたもうひとりの若《わか》い女のことも考えずにいられなくなった。レイナ・アビラ・ラミレス・アレリャノのことだ。

あの日、ぼくは完全に不意をつかれた。オリンポス山の謁見室《えっけんしつ》での会議にいつもどおり、かっこよく遅刻《ちこく》してのんびり入っていくと、ウェヌスが手のひらに若《わか》い女の半透明《とうめい》の画像《がぞう》を浮《う》かべ、じっと見つめていた。ウェヌスの表情《ひょうじょう》は疲《つか》れ、心配そうだ……こんなことはめずらしい。

「その子、だれ？」まぬけなぼくは声をかけてしまった。「美人だね」

ウェヌスの怒《いか》りの引き金を引くにはそれでじゅうぶんだった。ウェヌスはぼくにレイナの運命を教えた。〈どんなハーフもレイナの心を癒《いや》すことはできないでしょう〉と。しかし、ぼくがレイナの問題を解決《かいけつ》する鍵《かぎ》だという意味ではなかった。まったく逆《ぎゃく》だ。集まった神々《かみがみ》全員の前でウェヌスはいい放った。ぼくにはなんの取柄《とりえ》もない。ぼくはだめなやつだ。どんな相手とつき合ってもだめにする。だから、〈レイナに神としての顔を見せてはいけません〉そむいたらウェヌスの呪《のろ》いが待っている。ぼく史上《しじょう》最悪の恋愛運《れんあいうん》という呪《のろ》いだ。

ほかの神々《かみがみ》の嘲笑《ちょうしょう》が今も耳の奥《おく》で響《ひび》いている。

ウェヌスの手のひらに浮《う》かぶ画像《がぞう》を見ていなかったら、レイナが存在《そんざい》することは知らなかったかもしれない。もともとレイナに下心など抱《いだ》いていなかった。しかし、手に入らないとほしくなるものだ。ウェヌスからレイナ禁止《きんし》をいい渡《わた》されたとたん、レイナに恋《こい》をしてしまった。

なぜウェヌスはあんなに念を押《お》した？　レイナの運命の具体的内容《ないよう》は？

今、わかった気がする。レスター・パパドプロスとしてのぼくに神としての顔はない。ぼくは人間でも、神でも、ハーフでもない。いつかこうなることをウェヌスが知っていたとしたら？　ぼくが夢中《むちゅう》になると承知《しょうち》のうえでウェヌスがレイナの画像《がぞう》を見せ、レイナ禁止《きんし》を宣言《せんげん》したとしたら？

ウェヌスはずる賢《がしこ》い女神だ。重層《じゅうそう》のゲームを楽しむ。ぼくがレイナの真の恋人《こいびと》になる、つまり、フランクがヘイゼルにしたように、ぼくがレイナの呪《のろ》いを洗《あら》い流してやる運命にあるとする。ウェヌスはそれを許《ゆる》すだろうか？

しかし、考えてみれば、ぼくは恋愛失格者《れんあいしっかくしゃ》だ。どんな相手との関係もだめにし、愛した若《わか》い男や女に破滅《はめつ》と不幸しかもたらさない。ぼくが現《げん》プラエトルに何かしてやれるはずがない。

ベッドに横たわり、日が暮《く》れるまでそんなことばかり考えていた。しまいには休息をとるのはあきらめた。矢筒《やづつ》と弓、ウクレレとバックパックなど、荷物をまとめ、外に出た。助言がほしかった。たよる相手はただひとりだ。

14 しゃべる矢にたずねて失敗やっぱりだ

マルスの野はひとり占《じ》めだった。

今日の夕方は戦争ゲームが予定されていなかったので、心ゆくまで荒地《あれち》をぶらつくことができた。戦車の残骸《ざんがい》、こわれた胸壁《きょうへき》、まだくすぶって煙《けむり》が出ている穴《あな》、忍《しの》び返しをつけた塹壕《ざんごう》など、おもしろいものだらけだ。ロマンチックな夕暮《ゆうぐ》れ散歩にはならなかった。となりを歩く相手がいないからだ。

古い攻城塔《こうじょうとう》［訳注：敵《てき》の防壁《ぼうへき》を乗り越《こ》えるための移動式櫓《いどうしきやぐら》］にのぼり、北の丘陵地《きゅうりょうち》にむいて座《すわ》る。深く息を吸《す》い、矢筒《やづつ》に手をのばし、ドドナの矢を引っ張《ぱ》り出した。この数日、このやっかいで遠目のきく飛び道具に話しかけずにきたのは勝利といえる。しかし、今は嘆《なげ》かわしいことに、ほかにたよる相手がいない。

「助言がほしい」ぼくは矢に話しかけた。

矢は黙《だま》ったままだ。ぼくに呼《よ》び出され、びっくりしているのか。あるいは、こちらがとり出す矢をまちがえ、ふつうの矢に話しかけているのか。

少しして、矢がマナーモードで鳴りだした。矢の声がぼくの頭の中で音叉《おんさ》のように響《ひび》く。〈その言葉、本心であろう。しかるに、その本意は？〉

いつもほどばかにした口調ではない。ちょっと怖《こわ》い。

「ぼくは……今、強さをしめさなくてはならない。ルパによると、ぼくはなんとしてでも、この窮《きゅう》地《ち》を乗り越《こ》えなくてはならない。でないとあそこのみんなは——ニューローマは——死ぬ。しかし、どうやって切り抜《ぬ》ける？」

ぼくは矢に、この数日の出来事をすべて話した。エウリュノモスに出くわしたこと、皇帝《こうてい》二名やタルクイニウスが出てくる夢《ゆめ》を見たこと、ルパと話をしたこと、そして、ローマ議会から冒険《ぼうけん》の旅のメンバーに選ばれたこと。意外にも自分が抱《かか》えている問題を吐《は》き出し、気がらくになった。矢は耳がないくせに、聞き手として優《すぐ》れていた。あきたり、たまげたり、うんざりしたりといった表情《ひょうじょう》はまったく見せない。顔がないからだ。

「ぼくは生きてテベレ川を渡《わた》った」まとめに入る。「予言がいったとおりだ。次はどうやって〈ジャイブしだす〉？　この人間の体にはリセットスイッチがついているのか？」

矢が震《ふる》えた。〈よくよく考えておく〉

「それだけか？　助言は？　いやみなコメントは？」

〈考える時間をくだされ。レスターは気が短すぎる〉

「だが、時間がないんだ！　タルクイニウスの墓《はか》さがしの出発時刻《じこく》は」――西に目をやった。太陽が山のむこうに沈《しず》もうとしている――「つまり、今だ！」

〈墓《はか》への旅はそなたの最後の挑戦《ちょうせん》にあらず。ただし、いたましい失敗に終われば、そのかぎりではない〉

「ぼくを元気づけたつもりか？」

〈王と戦わぬこと〉矢がいう。〈肝要《かんよう》なことに耳をかたむけ、ゼロ目散に逃《に》げよ〉

「一目散、でなく？」

〈矢がわかりやすく知恵《ちえ》を授《さず》けようとしているときに、文句《もんく》で返すか〉

「役立つ知恵《ちえ》なら人並《ひとなみ》にほしい。だが、ぼくは今回の冒険《ぼうけん》の旅に貢献《こうけん》する気なんだ。びくびく縮《ちぢ》こまっているつもりはない。だから、知る必要がある――」声がかすれる。「どうしたらふたたび『ぼく』になれるか」

ドドナの矢のバイブが、ネコが喉《のど》を鳴らす音に聞こえてきた。機嫌《きげん》の悪い人間をなだめようとするときの、あれだ。〈ほんに、それが望みか？〉

「どういう意味だ？　あたり前じゃないか！　ぼくがやっている何もかも――」

「矢と話しているんですか?」下のほうから声がした。

攻城塔《こうじょうとう》の下にフランク・チャンが立っていた。となりにいるのはゾウのハンニバルだ。じれったそうに足で土を引っかいている。

矢との会話に気をとられ、ゾウに機先をせいされた。

「やあ」声が裏返《うらがえ》った。矢に声を荒《あら》らげた余波《よは》だ。「そうではなく、ただ……この矢は予言的アドバイスをくれる。しゃべるんだ。ぼくの頭の中で」

さすがだ、フランクはポーカーフェイスをたもった。「そうですか。おじゃまみたいですね――」

「いや、大丈夫《だいじょうぶ》」ぼくはドドナの矢を矢筒《やづつ》にもどした。「考えをまとめる時間がほしいらしい。君はなぜここに?」

「このゾウの散歩です」フランクはハンニバルを指さした。といってもほかにゾウはいない。「ハンニバルは戦争ゲームをしないと気が変になってしまうんです。前はボビーっていうゾウの世話係がいたんですが……」

フランクは目をふせて肩《かた》をすくめた。いいたいことはわかった。ボビーも例の戦いで犠牲《ぎせい》になった。殺《ころ》された……あるいは、もっと悪いことになった。

ハンニバルが胸《むね》の奥《おく》のほうでうなった。こわれた破城槌《はじょうつち》に鼻を巻《ま》きつけて持ちあげ、地面を打った。ハンマーみたいにして何度も打つ。

ふと、ゾウフレンドのリヴィアのことを思い出した。今はインディアナポリスのシェルターステーションで暮《く》らしている。リヴィアもかつてコンモドゥスの残酷《ざんこく》な見世物でパートナーをなくし、悲しみに打ちひしがれていた。来たる今回の戦いを切り抜《ぬ》けたら、リヴィアとハンニバルを引き合わせてみるか。お似合《にあ》いのカップルになりそうだ。

心の中で自分を引っぱたいた。何を考えている？　ぼくには心配事が山ほどある。ゾウの仲人《なこうど》をしている場合じゃない。

ぼくは腹《はら》の包帯をおさえつつ、ゆっくり下におりた。

フランクはじっと見守っている。おそらくぼくのぎこちない動きが心配なのだろう。

「冒険《ぼうけん》の旅の準備《じゅんび》は万全ですか？」フランクが聞いた。

「その質問《しつもん》に対する答えはつねに『イエス』だろう？」

「正解《せいかい》です」

「君たちはどうする？　ぼくたちが出発した後」

フランクは角刈《かくが》りの頭に手をやった。「できることはすべてやります。この谷の防御《ぼうぎょ》を強化し、エラとタイソンにはシビラの書の復元《ふくげん》をつづけてもらい、ワシを湾《わん》の偵察《ていさつ》にむかわせます。軍団《ぐんだん》はいつもどおり訓練です。そうすればせまる敵《てき》のことを不安に思う余裕《よゆう》はなくなりますから。でもふつうは心配になりますよね？　これがプラエトルの仕事です。何もかも大丈夫《だいじょうぶ》と安心させてやるんです」

つまり、「嘘《うそ》をつく」ということだ。しかし、それを指摘《してき》するのは意地悪で不親切だ。

ハンニバルは破城槌《はじょうつち》を大きな水たまりにつき立てた。古い丸太でできた破城槌《はじょうつち》を鼻で軽くたたく。

〈じゃあな。またそこに根を張《は》りな〉とでもいいたげだ。

ゾウさえ救《すく》いようがないほど楽観的だ。

「どうしたらそんなふうになれるのか」ぼくはいった。「あんなことがあった後も前向きでいられるなんて」

フランクは足下《あしもと》の石を蹴《け》った。「ほかにどうすればいいですか？」

「激《はげ》しく落ちこむとか？　逃《に》げ出すとか？　ぼくは人間になったばかりだからよくわからない」

「そうですね。おれもその選択肢《せんたくし》が頭をよぎったことは正直、ありました。けど、許《ゆる》されないんです、プラエトルには」顔をしかめる。「ただ、レイナのことは心配しています。レイナはおれよりずっと前から重荷を背負《せお》っている。何年も前からです。その緊張感《きんちょうかん》といったら……想像《そうぞう》もつきません。もっと力になれたらと思うだけです」

ウェヌスの警告《けいこく》を思い出す。〈その見苦しい、なんの取柄《とりえ》もない神の顔を彼女《かのじょ》の前につき出してはいけません〉怖《こわ》くて考えたくないのは次のどちらだろう。ぼくがレイナの人生を下向きにする可《か》能性《のうせい》か、レイナの人生を上向きにする責任《せきにん》がある可《か》能性《のうせい》か。

フランクは明らかにぼくの心配そうな表情《ひょうじょう》をとりちがえた。「大丈夫《だいじょうぶ》ですって。ヘイゼルがいれば安全です。ヘイゼルは力のあるハーフです」

ぼくはうなずき、口の中の苦い味を飲みこもうとした。まわりの者に守ってもらうのはあきた。ドドナの矢に相談したのは、どうしたらまわりの者を守る存在《そんざい》にもどれるか、それを知るためだった。神としての力を持っていたとき、そんなのはとても簡単《かんたん》だった。

〈いや、本当にそうか？〉脳《のう》のどこかから声が響《ひび》く。〈シビラを守ったか？ ヒュアキントスやダプネは？ 自分の息子のアスクレピオスは？ もっと例をあげるか？〉

〈黙《だま》れ、自分〉頭の中でいい返す。

「ヘイゼルはフランクのほうを心配していたようだった」ぼくはいった。「例の戦いで危《あぶ》ないことをやってのけたそうじゃないか」

フランクは体をもじもじさせた。シャツのどこかに氷の塊《かたまり》でも入っていて、ふり落とそうとするかのようだ。「たいしたことじゃありません。すべきことをしただけです」

「例のたきぎは？」ぼくはフランクのベルトにぶらさがっている巾着袋《きんちゃくぶくろ》を指さした。「エラにいわれたことが心配じゃないのか……火とか橋とかいっていただろう？」

フランクは軽く笑った。「心配、おれが？」

そして、巾着袋《きんちゃくぶくろ》に手を入れ、運命のたきぎを出した。テレビのリモコンくらいの大きさの、黒く焦《こ》げた木の棒《ぼう》だ。ぽんと上にほうり、キャッチする。ぼくはあわてた。動いている自分の心臓《しんぞう》をとり出し、ジャグリングしたようなものだ。

ハンニバルでさえ落ち着きをなくした。足を踏《ふ》み替《か》え、大きな頭をふる。

「司令部の金庫にしまっておいたほうがいいんじゃないか?」ぼくはいった。「あるいは、せめて、魔《ま》法《ほう》の難燃剤《なんねんざい》でコーティングしておくとか」

「この巾着袋《きんちゃくぶくろ》は耐火性《たいかせい》です」フランクがいった。「リオがプレゼントしてくれました。しばらくヘイゼルに預《あず》けていたこともありました。安全に保管《ほかん》するためにほかに方法がないか、相談もしました。けど、おれ、なんか危険《きけん》を受け入れられるようになってきたんです。できたらこのたきぎは自分で持っていたいんです。予言がどういうものかは知っていますよね。避《さ》ければ避《さ》けようとするほど、ひどい目にあう」

まったく同感だ。しかし、運命を受け入れることと、運命を試すことのあいだには明確《めいかく》な線がある。「ヘイゼルは思っているだろう。フランクは無謀《むぼう》すぎると」

「それについての議論《ぎろん》は継続《けいぞく》中です」フランクはたきぎをまた巾着袋《きんちゃくぶくろ》にすべりこませた。「ここではっきりいっておきます。おれには死の願望なんかありません。ただ……怖《こわ》いからって尻《しり》ごみするつもりはありません。軍団《ぐんだん》を率《ひき》いて戦いにのぞむたび、おれはすべてを賭《か》けます。戦いに百パーセントを捧《ささ》げます。それは全員同じです。でないと勝てません」

「まさに軍神マルスのいいそうなことだ。マルスには賛成《さんせい》できないこと多いが、今のはほめ言葉だ」

フランクはうなずいた。「知っていますか、おれ、ちょうどここに立っていたんです。去年マルスがマルスの野に姿《すがた》を現《あらわ》して、フランクはおれの息子だ、って宣言《せんげん》したときに。ずっと昔の気がする」素早《すばや》くぼくを上から下まで見る。「自分でも不思議なんです。なんであんなこと考えたんだろう――」

「ぼくが君の父親かも、って？　しかし、ぼくたちはよく似《に》ている」

フランクは声をあげて笑った。「とにかく、お気をつけて。アポロン様がいない世界なんて、おれには考えられません」

フランクの偽《いつわ》りのない言葉に、ぼくは涙《なみだ》が出た。自分にもわかってきたのだ。アポロンがもどってこなくてもみんな――神々《かみがみ》連中も、ハーフも、ぼくのしゃべる矢でさえも――かまわないのだと。しかし、フランク・チャンはまだぼくを信じている。

何か恥《は》ずかしいことを――フランクをハグするとか、泣くとか、ぼくは価値《かち》ある存在《そんざい》なのだと自信を持ちはじめるとか――してしまいそうになった、そのとき、冒険《ぼうけん》の旅のメンバー三人がこちらにゆっくり歩いてくるのが見えた。

ラビニアはユピテル訓練所の紫《むらさき》のTシャツと汚《よご》れたジーンズで、下は銀色のレオタード。スニーカーには髪《かみ》とおそろいのピンクのラメのひもを通してある。しのび足には問題ない。肩《かた》に背《せ》負《お》ったクロスボウが音を立てている。

ヘイゼルのほうが少しだけニンジャっぽい。黒いジーンズと前がファスナーの黒いカーディガンで、腰《こし》のベルトに騎《き》兵《へい》用の長剣《スパタ》をつけている。そう、ヘイゼルが長剣《スパタ》を好《この》んで使うのは、不死の馬アリオンに乗って戦うことがあるからだ。ただ、ヘイゼルは今日の冒険《ぼうけん》の旅にアリオンは呼《よ》ばないだろう。魔法《まほう》の馬は地下の墓《はか》でのしのび足の行動にはむかない。

メグはやっぱりメグスタイル。赤いハイカットのスニーカーと黄色いレギンス、それに入手したてのユニコーンTシャツという奇抜《きばつ》なコーディネートだ。Tシャツはすりきれてぼろぼろになるまで着るつもりらしい。左右の目の下に絆創膏《ばんそうこう》を貼《は》ってある。戦士《せんし》かアメフト選手のまねだ。「勇ましく」見せる演出《えんしゅつ》かもしれないが、絆創膏《ばんそうこう》はテレビアニメの『ドーラといっしょに大冒険《ぼうけん》』のイラストつきだ。

「それはなんだ？」ぼくは聞いた。

「目がまぶしくないように」

「じきに夜になる。行く先は地下だ」

「こうすると、怖《こわ》そうに見えるでしょ」

「ちっとも」

「黙《だま》ってて」メグが命令し、もちろん、ぼくはしたがった。

ヘイゼルがフランクの肘《ひじ》に手を置いた。「話があるの、少しいい？」

純粋《じゅんすい》な質問《しつもん》ではない。ヘイゼルはぼくたちに聞かれないところにフランクと移動《いどう》した。ハンニバルもついていく。ふたりのプライベートな会話にはゾウがつきものだと判断《はんだん》したらしい。

「あらら」ラビニアはメグとぼくのほうを見た。「少しここで待機。あのふたりがおたがいのことを心配しだすと……ほんと、巨大《きょだい》ピーナツ型《がた》発泡《はっぽう》スチロールケースに相手を閉《と》じこめておけるなら、そうしているかも」

批判《ひはん》しているようでもあり、うらやましそうでもある。あたしにもそんな過保護《かほご》なガールフレンドがいたらな、と思っているのかもしれない。大賛成《さんせい》だ。

ヘイゼルとフランクは心配そうに見つめあっている。話している内容《ないよう》は聞こえないが、こんな感じだろう。

〈心配〉

〈それはこっちのセリフ〉

〈心配のレベルがちがう〉

〈それはこっちのセリフ〉

ハンニバルのほうは足を踏《ふ》み鳴らしたり、うなったり、楽しそうだ。

最後にヘイゼルがフランクの腕《うで》にそっと手を置いた。煙《けむり》になって消えてしまわないか、確認《かくにん》したのかもしれない。そして、しっかりした足取りでもどってきた。

「大丈夫《だいじょうぶ》」ヘイゼルの表情《ひょうじょう》は厳《きび》しい。「タルクイニウスの墓《はか》をさがしにいきましょう。わたしが心変わりする前に」

15

怪獣《かいじゅう》の
回転木馬
誰《た》がために

「ハイキングにぴったりの夜」ラビニアがいった。

ラビニアが本気でそう思っているのが悲しい。

その時点で、ぼくたちがバークリーヒルズをトレッキングしはじめてから一時間以上たっていた。涼《すず》しいのにぼくは汗《あせ》をかき、息が切れていた。なぜ丘《おか》の頂上《ちょうじょう》は丘《おか》の上になくてはならない？　ラビニアも低地におさまっているタイプではない。まいった。ラビニアは頂上《ちょうじょう》を見ればとにかく征服《せいふく》したがる。ぼくたちはばかみたいにラビニアについていった。

ユピテル訓練所の境界《きょうかい》を越《こ》えるのは問題なかった。テルミヌスがポンッと現《あらわ》れ、パスポートをチェックすることさえなかった。これまでのところ、グールも物乞《ものご》いのファウヌスも声をかけてこない。

景色はかなりいい。くねくねの山道を歩いていると甘《あま》いセージやローリエの香《かお》りがしてくる。左に見えるサンフランシスコ湾《わん》は銀色に光る霧《きり》におおわれ、行く手の丘《おか》のひとつひとつが明るい夜景の海に浮《う》かぶ黒い島のようだ。このエリアは広域《こういき》公園と自然保護《ほご》区《く》のおかげで自然の大半が保《たも》たれている、ラビニアはそう解説《かいせつ》した。

「とにかくピューマには気をつけて」ラビニアはいった。「この丘陵地《きゅうりょうち》のあちこちにいるから」

「よみがえった死体に会いにいく途中《とちゅう》だ」ぼくはいった。「それなのに、ピューマに気をつけろだと？」

ラビニアが「だから」という目で返す。

そう、ラビニアのいうとおりだ。ぼくのことだ。怪物《かいぶつ》や邪悪《じゃあく》な皇帝《こうてい》と戦ってここまで来たあげく、巨大《きょだい》なネコちゃんに命を奪《うば》われるかもしれない。

「あとどのくらいだ？」ぼくはたずねた。

「またその質問《しつもん》ですか」ラビニアがこたえる。「今回は棺《ひつぎ》を運んでいるわけじゃないのに。半分くらい来たとこです」

「まだ半分。だったら車とか、巨大《きょだい》ワシとか、ゾウとか使えばよかった」

ヘイゼルがぼくの肩《かた》に手を置いた。「アポロン様、そうかりかりしないでください。しのび足で歩くほうが目立たずにすみます。それに、今回の冒険《ぼうけん》の旅はらくなほうです。わたしがこれまでしてきた冒険《ぼうけん》の旅のほとんどは、『アラスカにむかい、その途中《とちゅう》で出くわす、文字どおり、すべてと戦う』とか、『世界を船で半周し、数ヵ月間船酔《ふなよ》いする』とか。今回は『あの丘《おか》を越《こ》えて、メリーゴーラウンドを調査《ちょうさ》する』、それだけです」

「ゾンビだらけのメリーゴーラウンド、だ」ぼくはいい直した。「それにもう丘《おか》はいくつも越《こ》えた」

ヘイゼルがメグを見た。「いつもこんなに文句《もんく》ばっかり?」

「いつもはもっとうるさい」

ヘイゼルが軽く口笛を吹《ふ》く。

「だよね」メグがうなずく。「でっかい赤ちゃん」

「なんだと!」ぼくはいった。

「しーっ」ラビニアはピンクの風船ガムを割《わ》った。「しのび足で、忘《わす》れた?」

ぼくたちはまたさらに一時間ほど山道を歩いた。丘《おか》のあいだにたたずむ銀色の湖の横を過《す》ぎる。ぼくの妹の好きそうな場所だ。この瞬間《しゅんかん》、妹がハンター隊を連れて登場してくれたらいいのに!似《に》ていないことだらけの双子《ふたご》だが、アルテミスはぼくを理解《りかい》している。というか、アルテミスはぼくに寛容《かんよう》だ。ほとんどの場合。いや、ときどき。アルテミスの美しく、迷惑《めいわく》そうな顔がまた見たい。つまり、今のぼくはかなり孤独《こどく》で感傷的《かんしょうてき》になっている。

メグはぼくの数メートル先をラビニアと並《なら》んで歩き、いっしょにガムを噛《か》んだり、ユニコーンについておしゃべりしたりしている。ヘイゼルはぼくの横を歩いているが、おそらく、ぼくが倒《たお》れたときにそなえてだろう。

「あまり気分がよくなさそうですけど」ヘイゼルがいった。

「なぜわかった？　冷や汗《あせ》をかいているから？　息が切れているから？」

暗闇《くらやみ》の中でヘイゼルの金色の目はフクロウの目を思わせる。警戒《けいかい》は万全で、必要ならすぐ飛び立ったり、飛びかかったりできる。「おなかの傷《きず》はどうですか？」

「よくなってきている」そういったが、自分でもしだいにそう思えなくなってきた。

ヘイゼルはポニーテールを結びなおしたが、たいして変わらない。ヘイゼルの髪《かみ》は長くて、くせ毛で、量も多いので、シュシュで束ねてもすぐに乱《みだ》れてしまう。「とにかく、これ以上けがをしないように気をつけてくださいね。タルクイニウスについて、何かほかに情報《じょうほう》はありますか？　弱点とか、盲点《もうてん》とか、不満に思っていることとか」

「訓練所でローマ史《し》は教えないのか？　訓練の一環《いっかん》として」

「教わります。わたしが授業《じゅぎょう》を聞いてなかっただけかもしれません。一九三〇年代にニューオリンズにあるカトリック系《けい》の学校に通っていたので、先生の話を聞かないようにすること、多かったんです」

「ふむ、わかる。ソクラテスはひじょうに頭が切れた。しかし、ソクラテスの問答は……それほどおもしろくはなかった」

「タルクイニウスも」

「そう。タルクイニウスは権力狂《けんりょくきょう》で、傲慢《ごうまん》で、暴力的《ぼうりょくてき》だった。じゃま者は片《かた》っぱしから殺《ころ》そうとした」

「邪悪《じゃあく》な皇帝《こうてい》といっしょですね」

「しかし、彼《かれ》らのように洗練《せんれん》されていなかった。タルクイニウスは建物の建造《けんぞう》にも執着《しゅうちゃく》していた。ユピテル神殿《しんでん》の建造《けんぞう》を始め、また、ローマのおもな下水道設備《せつび》も整えた」

「ほめていいことですよね」

「国民は税《ぜい》や強制《きょうせい》労働に嫌気《いやけ》がさし、反乱《はんらん》を起こした」

「下水道を掘《ほ》るのがいやだったんですか？　理由がわからない」

ようやく気づいた。ヘイゼルはぼくの話を聞きたいわけじゃない。ぼくが心配しすぎないよう、気を紛《まぎ》らわせようとしているだけだ。心遣《こころづか》いはうれしいが、ヘイゼルにほほ笑み返そうとして顔が引きつる。トンネルでグールに乗り移《うつ》ってしゃべったタルクイニウスの声が耳を離《はな》れない。ヘイゼルの名を知っていた。〈私《わたし》のそばに特別な場所を用意してやろう〉とヘイゼルにいった。

「タルクイニウスはずる賢《がしこ》い。重度の精神病質《せいしんびょうしつ》の例にもれず、つねに他者を操作《そうさ》することに長《た》けている。弱点など聞いたことがない。あるとすれば、片意地《かたいじ》なところかな。ローマから追放された後も、しつこく王位を奪《うば》い返そうとした。新たな味方を集めては、くり返しローマの街に攻撃《こうげき》をしか

けた。明らかに自分の力では勝てないとわかっていても
「まだあきらめていないみたいですね」ヘイゼルは目の前のユーカリの木の枝《えだ》を手でよけた。「とにかく、最初の計画にしたがいましょう。そっとしのびこみ、調べ、立ち去る。少なくとも、フランクは訓練所で安全です」

「彼《かれ》の命のほうがわれわれの命よりだいじ、そういうことか?」

「ちがいます。ただ……」

「ちがいます、で終わりじゃないのか」

ヘイゼルは肩《かた》をすくめた。「フランクはこのところ、自分から危険《きけん》なことをさがしているように思えるんです。フランクから聞いていますよね、新月の戦いで何をしたか」

「小テベレ川で戦局が変わった、といっていた。ゾンビは流れる水が苦手だ」

「フランクが、ほとんどひとりで、戦いの流れを変えたんです。フランクのまわりで大勢《おおぜい》のハーフが倒《たお》れていきました。フランクは戦いつづけました――巨大《きょだい》なヘビ、ドラゴン、カバ、と次々《つぎつぎ》に変身して」身を震《ふる》わせる。「すごく恐《おそ》ろしいカバに変身できるんです。レイナとわたしがようやく援《えん》軍《ぐん》を連れて応援《おうえん》に駆《か》けつけたとき、敵《てき》はすでに後退《こうたい》していました。フランクはぜんぜん怖《こわ》がっていませんでした。ただ……」声が緊張《きんちょう》する。「フランクを失いたくないんです。ジェイソンにあんなことがあった後なので、とくに」

少し意外だった。無敵《むてき》の殺戮《さつりく》カバマシン、フランク・チャン。ワシとクマ柄《がら》の黄色いシルクのパジャマで眠《ねむ》る、のんきで、大きなぬいぐるみのようなプエトルのイメージとは正反対だ。ついさっき、フランクは平気な顔でたきぎの燃《も》えさしをほうり投げて遊んでいた。自分には死の願望などないといっていた。考えてみれば、ジェイソンもそうだった。

「ぼくだってこれ以上だれも失いたくない」

約束するのは思いとどまった。

ステュクス川の女神に、ぼくは約束を破《やぶ》ってばかりだ、としかられた。ぼくの罪《つみ》の代償《だいしょう》はぼくのまわりの者が支払《しはら》うことになる、といわれた。ルパも〈さらなる血〉、〈犠牲《ぎせい》〉を予言した。そのぼくがヘイゼルに、ぼくたち全員安全だ、と断言《だんげん》できるか？

ラビニアとメグが突然《とつぜん》立ち止まり、ぼくはぶつかりそうになった。

「ほら」ラビニアが木立のすきまを指さす。「あともう少し」

すぐ下に見える谷に駐車場《ちゅうしゃじょう》とピクニックエリアがあった。車は一台もなく、まわりはセコイアの木に囲《かこ》まれている。奥《おく》のほうに、止まったままの回転木馬がある。照明はこうこうとついている。

「なぜ電気がついている？」ぼくは首をかしげた。

「だれかが住んでいるのかも」ヘイゼルがいう。

「メリーゴーラウンド大好き」メグは下にむかって走りだした。

回転木馬の屋根は巨大《きょだい》サファリヘルメットを思わせる茶色のドームだ。回転木馬全体は青緑と黄色に塗《ぬ》った金属《きんぞく》の柵《さく》で囲《かこ》われ、数百個《こ》もの電球が光っている。芝《しば》に長く、歪《ゆが》んだ木馬の影《かげ》が落ちている。馬は目をひんむき、前足を高くあげ、驚《おどろ》いてかたまってしまったかのようだし、シマウマも苦しそうに頭をのけぞらせている。巨大《きょだい》なオンドリは赤いとさかを立て、かぎづめを出している。タイソンの友だちのレインボーと同じ海馬《かいば》もいるが、こちらは歯をむきだしている。わが子をこんな悪夢《あくむ》みたいなメリーゴーラウンドに乗せたがる親がいるか？　いるかも。ゼウスだ。

四人で用心しつつ近づいた。しかし何も、生き物も死体も出てこない。完全に無人らしい。ただ、なぜか照明がついている。

メグの二本の剣《けん》が足下《あしもと》の芝《しば》をちらちら照らす。ラビニアはクロスボウのクランクをまわし、発射《はっしゃ》の準備《じゅんび》は万全だ。髪《かみ》はピンクで手足がひょろ長いので、ラビニアならうまくしのびこんで遊具に化けることもできそうだが、それは口にしない。クロスボウで撃《う》ってきたら困《こま》る。ヘイゼルは剣《けん》を鞘《さや》におさめたままだ。武器《ぶき》などなくても四人の中でいちばん危険《きけん》な雰囲気《ふんいき》をかもし出している。

ぼくも弓を出すべきか？　ふと視線《しせん》を落とし、反射的《はんしゃてき》に戦闘《せんとう》用ウクレレをかまえていたのに気づく。そうだ。戦うことになったら楽しい演奏《えんそう》で加わろう。それも英雄的《えいゆうてき》といえないか？

「何かおかしい」ラビニアがつぶやく。

「やっぱり？」メグがしゃがんだ。片方《かたほう》の剣《けん》を下に置き、指先で芝《しば》にさわる。触《ふ》れたところから芝《しば》にさざ波が立つ。水面に石を落としたときのように。

「地面がなんか変」メグがいう。「根っこが下にのびるのをいやがってる」

ヘイゼルがおやっという顔をした。「植物と話ができるのね」

「話してない」メグがいう。「でも、そんな感じ。木もここは好きじゃない、って。なるべく早く回転木馬と反対方向にのびようとしてる」

「しょせんは木だ」ぼくはいった。「早く、とはいかない」

ヘイゼルはあたりを見渡《みわた》した。「ちょっと調べてみます」

ヘイゼルは回転木馬の横にあがって膝《ひざ》をつき、コンクリートの床《ゆか》に手をあてた。コンクリートのどこかが盛《も》りあがることもなく、音がしたり揺《ゆ》れたりもしない。しかし、三秒後、ヘイゼルが手をさっと引っこめた。うしろによろけ、あやうくラビニアにぶつかりそうになる。

「嘘《うそ》でしょ」ヘイゼルは身震《みぶる》いしている。「この下に……巨大《きょだい》なトンネル網《もう》がある」

ぼくは口の中がからからになった。「迷宮《めいきゅう》ラビュリントスの一部か?」

「いいえ。ちがうと思います。独立《どくりつ》したトンネル網《もう》です。構造《こうぞう》自体は大昔のものだけど――昔からここにあったわけじゃない。矛盾《むじゅん》しているのは自分でもわかっています」

「ありうる」ぼくはいった。「墓《はか》はどこかから移動《いどう》してきた」

「再生《さいせい》したのかも」メグがいう。「挿《さ》し木とか、飛んできたかびみたいに」

「気持ちわる」とラビニア。

ヘイゼルは自分の体を抱《だ》きしめた。「この地下は死者でいっぱい。というか、わたしはプルトの娘《むすめ》。冥界《めいかい》に行ったことならある。だけれど、ここは冥界《めいかい》より不気味」

「いやだな」ラビニアがつぶやく。

ぼくは手元のウクレレを見た。しまった。隠《かく》れるのにちょうどいいサイズの楽器にすべきだった。コントラバスとか。「どうやって中に入る？」

こういう答えを期待した。〈残念ですが、無理です〉

「あそこ」ヘイゼルは床《ゆか》の一ヵ所を指さした。見た目はほかと変わらない。

四人でヘイゼルを先頭にそこまで行く。ヘイゼルが指先で暗い床《ゆか》に線を引いた。跡《あと》がくぼんで銀色に光り、棺《ひつぎ》のふたと同じサイズの長方形の輪郭《りんかく》ができた。うわ、なぜそんなたとえを持ち出した？

ヘイゼルの片手《かたて》が長方形の真ん中あたりに浮《う》いたまま、迷《まよ》っている。「ここに何か書けばいい気がする。パスワード、とか」

「入り口を開ける鍵《かぎ》は」ラビニアがそこで思い出した。「２５４」

「待て！」ぼくは気が動転しそうになるのをこらえた。「書き方はいくつか考えられる」

ヘイゼルがうなずく。「ローマ数字とか？」

「そうだ。だが、ローマ数字でⅡⅤⅣと書いても、二百五十四にはならない」

「どっち？」メグが聞く。

ぼくは考えてみた。「タルクイニウスは理由があってその数字を選んだはずだ。自分にちなんで選んだのかもしれない」

ラビニアは人目をしのんで小さくふくらませたピンクの風船ガムを破裂《はれつ》させた。「あなたが自分の誕生日《たんじょうび》をパスワードにしたみたいに？」

「そのとおり」ぼくはいった。「しかし、タルクイニウスは自分の誕生日《たんじょうび》を自分の墓《はか》のパスワードにはしないだろう。では、死んだ日付か？　それもありえない。タルクイニウスがいつ死んだかだれも知らない。彼《かれ》は追放され、こっそり葬《ほうむ》られた。ただし、紀元《きげん》前四九五年頃《ごろ》だったことはわかっている。二五四年ではない」

「年号の数え方ちがう」メグがいった。

ほかの三人がメグを見た。

「何？」とメグ。「小さいとき、邪悪《じゃあく》な皇帝《こうてい》の宮殿《きゅうでん》に住んでた。そこではローマ市建設《けんせつ》の年が紀元《きげん》元年。知らない？」

「すごいぞ、メグ」ぼくはいった。「よく気づいた。ローマ紀元《きげん》二五四年は……紀元《きげん》前五〇〇年。四九五年と近い」

ヘイゼルの手はまだ長方形の上で迷《まよ》っている。「思いきってやってみます?」

「ああ」ぼくはいった。自分の中に眠《ねむ》るフランク・チャン的な自信の助けを借りて。「ローマ数字でこう書くんだ。CCLⅣ」

ヘイゼルが指先で床《ゆか》にそのとおりに書くと、文字が銀色に浮《う》かびあがった。長方形の内側のコンクリートの床《ゆか》が煙《けむり》になって消え、暗がりにおりていく階段《かいだん》が現《あらわ》れた。

「ひとまずOK」ヘイゼルがいった。「だけれど、次の段階《だんかい》はもっと大変そう。あとをついてきて。わたしと同じところだけ歩いてね。それと、音は絶対《ぜったい》立てないで」

16

傲慢王《ごうまん》 骨《ほね》になっても傲慢《ごうまん》だ

つまり……ウクレレで楽しい演奏《えんそう》は無理か。

しかたない。

ぼくは黙《だま》ってヘイゼルの後からメリーゴー・ハカへの階段《かいだん》をおりた。

おりながら思った。なぜタルクイニウスは回転木馬の下に住みつくことにした？　タルクイニウスは妻《つま》が実父を戦車でひくのを見ていた。それもあって、馬や怪物《かいぶつ》が輪を作り、怖《こわ》い顔をしてまわりつづける場所の真下を安住の地にすれば、ずっと守ってもらえると思ったのかもしれない。馬や怪物《かいぶつ》の乗り手の多くが人間の子どもでもかまわない。(子どももある意味、怖《こわ》い)。タルクイニウスは残酷《ざんこく》なユーモアのセンスの持ち主だ。家族をばらばらにし、家族の幸せを苦しみに変えて喜《よろこ》んでいた。子どもでも平気で盾《たて》として利用する。色鮮《あざ》やかな子ども用アトラクションの下に墓《はか》があったらおもしろい、と思ったにちがいない。

ぞっとして足下《あしもと》がふらついた。そうなのだ。この殺戮《さつりく》者のねじろにおりていこうとしているのには理由があるのだ。今のところ具体的には思い出せないが、理由はある。間違《まちが》いない。

階段《かいだん》をくだりきると、長いトンネルになっていた。石灰岩《せっかいがん》の壁《かべ》には石膏《せっこう》のデスマスクがずらりと並《なら》んでいる。最初はとくに変だと思わなかった。裕福《ゆうふく》なローマ人の大半は先祖《せんぞ》への敬意《けいい》の表れとしてデスマスクを収集《しゅうしゅう》していた。だが、デスマスクの表情《ひょうじょう》が気になった。回転木馬の生き物同様、デスマスクの顔は驚愕《きょうがく》、苦痛《くつう》、怒《いか》り、恐怖《きょうふ》の表情《ひょうじょう》でかたまっている。先祖《せんぞ》のデスマスクではない。戦利品だ。

ちらっとふり返り、メグとラビニアを見た。メグは階段《かいだん》をおりてすぐのところに立ち、だれも後退《こうたい》できなくしている。Tシャツのラメのユニコーンの笑顔が不気味だ。

ラビニアがぼくに目でいった。〈ほんと、超怖《ちょうこわ》いマスクだらけ。いいから先に進もう〉

ぼくたちはヘイゼルを先頭に廊下《ろうか》を進んだ。だれかの武器《ぶき》が金属音《きんぞくおん》や、こすれた音を立てるたび、半円筒形《えんとうけい》の天井《てんじょう》にその音がこだまする。ここから何キロか離《はな》れたところにあるバークリー地震《じしん》研究所の地震計《じしんけい》が今にもぼくの心臓《しんぞう》の音を感知して、地震予報《じしんよほう》を出しそうだ。

トンネルは何度も枝分《えだわ》かれしたが、ヘイゼルはつねにどちらに進むべきかわかっているようだった。ときどき立ち止まり、ふり返ったかと思うと足下《あしもと》の床《ゆか》を指さす。同じところを歩いて、という意味だ。ちがうところを歩いたらどうなるのか知らないが、タルクイニウスのデスマスクコレクションに加わるのはごめんだ。

何時間もたった気がした、そのとき、前のほうから水のしたたり落ちる音が聞こえてきた。トンネルから巨大《きょだい》な円形の貯水槽《ちょすいそう》みたいなスペースに出た。深そうな暗い貯水《ちょすい》の上には幅《はば》の狭《せま》い石の通路が一本のびているだけだ。奥《おく》の壁《かべ》に枝《えだ》で編《あ》んだかごが六つ引っかけてある。ロブスターを捕《と》る道具に似《に》ているが、底に丸い穴《あな》が開いている。穴《あな》のサイズは……まさか。どのかごも人間の頭が入るのにぴったりの大きさだ。

ぼくの口からなさけない声が出た。

ヘイゼルがふり返り、口だけ動かして聞いた。〈なんですか?〉

うろ覚えの話がどろどろの脳《のう》から浮《う》かびあがってきた。タルクイニウスはその昔、捕虜《ほりょ》を処刑《しょけい》する際《さい》、神聖《しんせい》な水に沈《しず》めるという方法を使った——捕虜《ほりょ》の両手をしばり、頭に枝《えだ》で編《あ》んだかごを載《の》せ、その中にひとつ、またひとつと石を入れていく。捕虜《ほりょ》の頭が水中に沈《しず》むまで。

タルクイニウスは今もそれを見世物として楽しんでいるらしい。

ぼくは頭をふった。〈教えないほうが君のためだ〉

ヘイゼルは賢《かしこ》い。そのとおりに受けとり、また先に進んだ。

次の部屋の手前でヘイゼルが〈待って〉と手をあげた。全員止まる。ヘイゼルの視線《しせん》を追うと、この部屋の奥《おく》に骸骨《がいこつ》の番兵が二名いるのが見えた。凝《こ》った彫《ほ》り物のある石のアーチの両側に立っている。番兵はフルフェイスのかぶとをかぶり、むき合っている。そのせいでまだぼくたち四人に気づかないのだろう。こちらが少しでも音を立てたら、あるいはむこうがふとこちらを気にしたら、見つかってしまう。

番兵との距離《きょり》は約二十メートル。部屋の床《ゆか》には人骨《じんこつ》がちらばっている。しのび足で近づくのは無理だ。むこうは骸骨戦士《がいこつせんし》、よみがえった死体の世界の特殊《とくしゅ》部隊だ。彼《かれ》らと戦う意欲《いよく》はゼロ。ぞっとした。エウリュノモスに骨《ほね》までしゃぶられる前はだれだったか、考えたくない。

ヘイゼルと目を合わせ、来た道を指さす。〈後退《こうたい》するか?〉

ヘイゼルが首をふる。〈待ってください〉

そして、目を閉《と》じて集中した。顔の横を汗《あせ》がひと筋《すじ》つたう。

番兵二名が姿勢《しせい》を正した。こちらに背《せ》をむけ、アーチから出ていく。ぴったり並《なら》び、確実《かくじつ》な足取りで暗がりに消えていった。

ラビニアが噛《か》んでいたガムを落としそうになった。「どうやったの?」小声でささやく。

ヘイゼルは人差し指を口にあて、ジェスチャーでぼくたちについてくるようにいった。

部屋の中は無人で、床《ゆか》に人骨《じんこつ》がちらばっているだけだ。さっきの骸骨戦士《がいこつせんし》二名は予備《よび》の骨《ほね》をとりにきていたのかもしれない。アーチの上には長いバルコニーがあり、両側から階段《かいだん》であがれるようになっている。バルコニーの手すりは人骨《じんこつ》を絡《から》みあわせて作ってあるが、ぼくはぜんぜん怖《こわ》くない。

バルコニーには出入り口がふたつある。先ほどの骸骨戦士《がいこつせんし》二名が出ていったアーチ以外、この部屋から出るにはこのふたつを使うしかないようだ。

ヘイゼルにならい、ぼくたち三人も左の階段《かいだん》をあがった。すると、本人だけにわかる理由でヘイゼルはバルコニーを進み、右の出入り口を選んだ。ヘイゼル、ぼくたちの順番でそこから出る。

五、六メートルの短い通路を進むと、火明かりに照らされた次のバルコニーに出た。こちらの手すりも人骨製《じんこつせい》で、先ほどのバルコニーとそっくりだ。下の部屋の様子はほとんど見えないが、だれかいるのは間違《まちが》いない。室内に低い声が響《ひび》きわたっている——聞き覚えのある声だ。

メグが手首を返し、二本の剣《けん》を指輪にもどす——危険《きけん》を脱《だっ》したからではなく、ほんのわずかな明かりでも相手にこちらの居場所《いばしょ》を知らせてしまうからだ。ラビニアがうしろのポケットに入っていた油布《ゆふ》を出し、クロスボウにかけた。ヘイゼルが目でぼくに、だめですよ、という。不要な心配だ。

ここで何が行われているかは知っている。傲慢《ごうまん》王タルクイニウスの会議だ。

バルコニーの人骨製《じんこつせい》の手すりの陰《かげ》に隠《かく》れ、下の謁見室《えっけんしつ》の様子をうかがう。なかば祈《いの》るような気持ちだ。よみがえった死体のだれかが顔をあげ、ぼくたちに、あるいはぼくたちのにおいに気づいたりしませんように。人間の体臭《たいしゅう》はやっかいだ。なぜ数時間のハイキング後にここまで汗《あせ》くさくなる必要がある。

奥《おく》の壁《かべ》の手前、巨大《きょだい》な石柱二本のあいだに石棺《せっかん》が置かれている。怪物《かいぶつ》や野生の動物の姿《すがた》が彫《ほ》ってあるが、どれもティルデンパークの回転木馬にいそうだ。棺《ひつぎ》のふたに脚《あし》を投げ出して座《すわ》っているのは、かつて傲慢《ごうまん》王タルクイニウスであった物体。ローブは何千年も洗濯《せんたく》されず、ずたずたの状態《じょうたい》で体にぶらさがっている。肉体は干《ひ》からび、黒ずんだ骸骨《がいこつ》になった。あご骨《ぼね》と頭蓋骨《ずがいこつ》のところどころに生えたかびが、ひげや髪《かみ》に見えて不気味だ。あばら骨《ぼね》のあいだから紫《むらさき》に光るガスが何本にも分かれて、ヘビのように骨《ほね》を這《は》い、首に巻《ま》きついたり、頭蓋《ずがい》に入りこんだりしている。目の穴《あな》が紫《むらさき》に光っている。

紫《むらさき》の光の正体はわからないが、このおかげでタルクイニウスは朽《く》ち果てずにすんでいるようだ。おそらく、魂《たましい》ではないだろう。生前のタルクイニウスに魂《たましい》があったとは思えない。だとすれば、あれはタルクイニウスの純然《じゅんぜん》たる野望と憎悪《ぞうお》、つまり、死後何年たとうと絶対《ぜったい》にあきらめない意地だ。

タルクイニウスは骸骨《がいこつ》番兵二名をしかっているさいちゅうらしい。先ほどヘイゼルが追い払《はら》った二名だ。

「私《わたし》が呼《よ》んだと？」タルクイニウスが詰問《きつもん》する。「いや、呼《よ》ばない。では、なぜここに来た」

番兵二名が顔を見あわせる。なぜでしょう、という感じだ。

「持ち場にもどれ！」タルクイニウスが叫《さけ》ぶ。

二名ともすぐに、来た道を引き返した。

番兵がいなくなり、この部屋を動きまわっているのはエウリュノモス三体と、ゾンビ六体だけになったが、バルコニーの真下にも大勢《おおぜい》いそうだ。さらに悪いことに、ここにいるゾンビ――ギリシャ語でブリコラカス――は元ローマ軍団兵《ぐんだんへい》だ。六体のほとんどが今も戦闘《せんとう》仕様。すり切れた衣服にへこみだらけのよろいを着けているが、肌《はだ》はむくみ、くちびるは青く、胸《むね》や手足は生傷《なまきず》だらけだ。腹《はら》の傷《きず》が耐《た》えきれないほど痛《いた》みだした。炎《ほのお》の迷路《めいろ》の予言の言葉が頭の中でくり返される。〈アポロンは死に直面する〉〈アポロンは死に直面する〉

となりでラビニアが震《ふる》え、涙《なみだ》を浮《う》かべている。目はよみがえった軍団兵《ぐんだんへい》のひとりに釘《くぎ》づけになっている。茶色いロングヘアの青年で、顔の左側に大きなやけどを負っている。元ユピテル訓練所の訓練生らしい。ヘイゼルがラビニアの肩《かた》に手を置いた――落ち着かせるためかもしれないし、静かに、といいたいのかもしれない。メグもぼくのとなり、ラビニアと反対側で膝《ひざ》をついているが、メガネがきらきら光っている。どこかに油性《ゆせい》の黒の太ペンはないか。メガネについているラインストーンを塗《ぬ》りつぶしたい。

メグはおそらく敵《てき》の数を数え、何分で全員倒《たお》せるか計算している。メグの剣《けん》の腕前《うでまえ》はかなり信用しているが、今回はユーカリの木を操《あやつ》った疲《つか》れが残っている。それに、敵《てき》の数が多すぎるし、手強すぎる。

ぼくはメグの膝《ひざ》に触《ふ》れ、こちらをむかせた。首をふり、指先で耳をつつく。忘《わす》れるな、ここには偵察《ていさつ》に来た、戦うためじゃない、と。

メグは舌《した》を出した。

やっぱりぼくたちはいいコンビだ。

下でタルクイニウスが、まったくどいつもこいつも、とぼやいた。「だれか、カイリウスを見たか？　どこにいる？　カイリウス？」

まもなく、エウリュノモス一体が横のトンネルから足を引きずって入ってきた。タルクイニウスの前で膝《ひざ》をつき、叫《さけ》ぶ。「ナマニク、クウ！　イマスグ！」

タルクイニウスがむっとする。「カイリウス、前にも話したはずだ。ちゃんとしゃべれ！」

カイリウスが自分の顔を引っぱたく。「はい、王様」まともなしゃべり方になる。「大変申し訳《わけ》ございません。艦隊《かんたい》は予定どおりです。到着《とうちゃく》予定は三日後。ブラッドムーンの月の出とほぼ同時です」

「よろしい。で、わが部隊は？」

「ナマニク、クウ！」カイリウスはまた顔を引っぱたいた。「申し訳《わけ》ございません。はい、準備《じゅんび》は万全です。ローマ側はまったく気づいておりません。海から来る皇帝《こうてい》の軍勢《ぐんぜい》を迎《むか》え撃《う》とうとしているところに、われわれが攻撃《こうげき》をしかけます！」

「よかろう。ともかくまずはニューローマの町を手に入れる。皇帝《こうてい》どもが到着《とうちゃく》するまでに、征服《せいふく》してしまいたい！　皇帝《こうてい》どもがベイエリアを焼き払《はら》いたいなら好きにするがいい。だが、町は私《わたし》のものだ」

メグがこぶしを握《にぎ》りしめると、骸骨《がいこつ》の手すりと同じ色になった。南カリフォルニアでドリュアスが灼熱《しゃくねつ》の暑さに苦しむのを目の当たりにしたせいだ。メグは、邪悪《じゃあく》な誇大妄想《こだいもうそう》者がどこかに火をつけると脅《おど》すたびに、神経《しんけい》が過敏《かびん》になる。

ぼくは〈落ち着け〉と怖《こわ》い顔でメグをにらんだ。しかしメグはこちらを見ようとしない。

下でタルクイニウスがしゃべっている。「で、沈黙《ちんもく》の神は？」

「厳重《げんじゅう》に見張《みは》っています」カイリウスがこたえる。

「ふむ」タルクイニウスは考えこんだ。「群《む》れを倍にしろ。念には念だ」

「ですが、王様、ローマ側が知っているはずがありません。スートロに――」

「黙《だま》れ！」タルクイニウスが止めた。

カイリウスは泣き声だ。「はい、王様。申し訳《わけ》ありません、王様。ナマニク、ナマニク、クウ！」

タルクイニウスが紫《むらさき》に光る頭をあげ、ぼくたちのいるバルコニーのほうをむいた。ぼくは祈《いの》った。ぼくたちに気づいたからではありませんように。ラビニアはガムを噛《か》むのをやめ、ヘイゼルはけんめいに何か念じている。おそらく、よみがえった王が目をそらしますように、だ。

十秒がたち、タルクイニウスがくすくす笑いだした。「カイリウス、ナマニクにありつけそうだぞ。私《わたし》が思っていた以上に早く」

「といいますと？」

「侵入者《しんにゅうしゃ》だ」タルクイニウスが声を張《は》りあげる。「おりてこい、四人とも！　新王と面会だ！」

17 飛び出すな メグは急に止まれない

たのむ、バルコニーのどこかにぼくたち以外の侵入者《しんにゅうしゃ》四人が隠《かく》れていてくれ。タルクイニウスはぼくたちではなく、彼《かれ》らを呼《よ》んでいるにきまっている。

ヘイゼルが出口にむかって親指をつき出す。「ずらかろうぜ！」という世界共通言語だ。ラビニアは手と膝《ひざ》で這《は》って実行に移《うつ》した。ぼくもついていこうとした、そのとき、メグがすべて台無しにした。

メグが高々《たかだか》と（メグの身長だから限界《げんかい》はある）立ちあがり、二本の剣《けん》を呼《よ》び出し、手すりを飛び越《こ》えたのだ。

「メグ―――！」ぼくは叫《さけ》んだ。半分は〈行くぞ！〉で、半分は〈いったい何をしている〉だ。

頭で考えるより先に、ぼくも立っていた。弓を握《にぎ》り、矢をつがえては放つ。ヘイゼルは一九三〇年代の淑女《しゅくじょ》が知るはずもない悪態《あくたい》をつき、騎兵《きへい》用の長剣《スパタ》を抜《ぬ》き、渦《か》中に飛びこんだ。メグをひとりで戦わせるわけにはいかない。ラビニアも立ちあがり、クロスボウを出そうと必死だが、油布《ゆふ》が引っかかってとれない。

バルコニーの下から大勢《おおぜい》の死体が出てきた。二本の剣《けん》が弧《こ》を描《えが》き、きらめき、ゾンビの手足、首を切り落とす。切られたゾンビがはじけ散る。ヘイゼルがカイリウスの首をはね、そして次のエウリュノモス二体のほうをむいた。

顔にやけどを負った元軍団兵《ぐんだんへい》の死体が、うしろからヘイゼルを刺《さ》そうとしたが、ラビニアのクロスボウにはばまれた。金の太矢《ふとや》が肩甲骨《けんこうこつ》のあいだに命中してゾンビははじけ、ちりと、よろいかぶとと、服の山ができた。

「ボビー、ごめん！」ラビニアがすすり泣く。

ぼくは頭にメモした。元世話係がいかなる最期《さいご》をとげたか、ゾウのハンニバルには内緒《ないしょ》だ。

ぼくは矢を撃《う》ちつづけ、矢筒《やづつ》の残りはドドナの矢だけになった。気づけば約三十秒のうちに矢を十二本放ち、そのすべてが敵《てき》に命中した。指が文字どおり湯気を立てている。こんな連射《れんしゃ》は神だったとき以来だ。

大喜《おおよろこ》びしそうになった。しかし、達成感はタルクイニウスの笑い声にかき消された。ヘイゼルとメグが最後に残った手下を切り倒《たお》した瞬間《しゅんかん》、タルクイニウスが棺《ひつぎ》ソファから立ち、拍手《はくしゅ》をした。最高に不吉《ふきつ》な響《ひび》きだ。骸骨《がいこつ》の手がゆっくり心にもない拍手《はくしゅ》をしている。

「すばらしい！」タルクイニウスはいった。「じつに見事！　四人ともわが部隊に加われば大活躍《かつやく》してくれそうだ！」

メグが飛び出した。

タルクイニウスはメグに指一本触《ふ》れなかった。手の甲《こう》を返しただけだ。メグが目に見えない力にはじき飛ばされ、うしろの壁《かべ》に激突《げきとつ》する。剣《けん》が二本とも音を立てて床《ゆか》に落ちた。

ぼくは思わず喉《のど》の奥《おく》でうなった。手すりを飛び越《こ》え、着地したのは先ほど撃《う》った矢の上（あらゆる点でバナナの皮と同じくらい危険《きけん》だ）。足がすべり、思いきり尻《しり》をつく。英雄的《えいゆうてき》登場にはほど遠い。一方、ヘイゼルもタルクイニウスに飛びかかろうとしたが、やはり目に見えない力にはじかれた。

タルクイニウスの楽しげな笑い声が室内に響《ひび》きわたる。棺《ひつぎ》の左右にあるトンネルの奥《おく》から足を引きずる音、よろいかぶとの鳴る音が聞こえてきた。どんどん近づいてくる。ぼくの頭上のバルコニーではラビニアが必死にクロスボウのクランクをまわしている。あと二十分くらい時間稼《かせ》ぎをしてやれたら、二発目が撃《う》てるかもしれない。

「さて、アポロン」タルクイニウスがいった。紫《むらさき》のガスがヘビみたいに目の穴《あな》から出て、口に入っていく。気持ち悪い。「どちらも年のとり方が下手だな、ちがうか？」

心臓《しんぞう》がどきっとした。使える矢はないか手さぐりでさがしたが、また折れた矢を見つけただけだ。

ドドナの矢を撃《う》ちたい気もするが、タルクイニウスに予言的知識《ちしき》のある武器《ぶき》をプレゼントする危険《きけん》を冒《おか》すことはできない。しゃべる矢を拷問《ごうもん》にかけることはできるのか？　知りたくない。

メグがよろけながら立ちあがる。けがはないようだが、むっとしている。壁《かべ》に激突《げきとつ》させられるとたいていはこうなる。おそらくメグは今、ぼくと同じことを考えている。これはおなじみの状況《じょうきょう》。メグとジェイソンがカリグラの船で嵐《あらし》の精《せい》ウェンティの檻《おり》に閉《と》じこめられたときとそっくりだ。ぼくとしてはまたあの展開《てんかい》になるのは避《さ》けたい。邪悪《じゃあく》な君主にぬいぐるみみたいにふりまわされるのは、もうあきた。

ヘイゼルは頭からつま先までゾンビのちりをかぶっている。呼吸器官《こきゅう》に支障《ししょう》をきたすかもしれない。頭の奥《おく》のほうで思った。正義《せいぎ》の女神ユースティティアに、ぼくたちを代表して集団訴訟《しゅうだんそしょう》を起こすようたのめないだろうか。タルクイニウスの有害な墓環境《はかかんきょう》を告訴《こくそ》したい。

「みんな」ヘイゼルがいった。「さがっていて」

ユピテル訓練所に通じる秘密《ひみつ》のトンネルのときと同じだ。ヘイゼルはそういった直後、エウリュノモスを天井画《てんじょうが》に変えたのだ。

タルクイニウスは一笑《いっしょう》しただけ。「ヘイゼル・レベック、おまえの岩を使う器用な技《わざ》もここでは無用だ。ここは私《わたし》の力の台座《だいざ》！　今すぐ援軍《えんぐん》が駆《か》けつける。死に逆《さか》らわぬほうがらくだ。聞くところによると、そのほうが苦しみは少ない、らしいぞ」

ぼくの頭上でラビニアはまだクロスボウのクランクをまわしている。

メグが二本の剣《けん》を拾いあげた。「四人で戦う？　逃《に》げる？」

タルクイニウスをにらむ目つきから、メグの中で答えは決まっている。

「おい、そこの娘《むすめ》」タルクイニウスがいう。「逃《に》げてみたらどうだ。だがじきに私《わたし》と並《なら》んで戦うことになる。その優《すぐ》れた剣《けん》を手に。アポロンのほうは……逃《に》げようがない」

タルクイニウスが指を曲げた。ぼくのそばに来たわけではないのに、腹《はら》の傷《きず》が激《はげ》しくうずいた。熱い焼き串《ぐし》が何本も、肋骨《ろっこつ》と下腹《したはら》につき刺《さ》さる。ぼくは悲鳴をあげた。目に涙《なみだ》があふれる。

「やめて！」ラビニアが叫《さけ》んだ。バルコニーから転げ落ち、ぼくのすぐ横に着地する。「あんた、この人にいったい何してるの？」

メグがまたタルクイニウスに飛びかかった。不意をつこうとしたのだろう。タルクイニウスはメグには視線《しせん》もくれず、また見えない力ではねのけた。ヘイゼルは石灰岩《せっかいがん》の柱のように立ちつくしたまま、目はタルクイニウスのうしろの壁《かべ》を見つめている。石の壁《かべ》に小さな亀裂《きれつ》が広がりだした。

「教えてやろうか、ラビニア」タルクイニウスがいった。「アポロンをわが家に招《まね》いているのだ！」

そして、にやっとした。作れる表情《ひょうじょう》はこれだけだ。顔には骨《ほね》しかない。「哀《あわ》れむべきレスターはゆくゆく私《わたし》をさがしにくることになっていた。毒《どく》が脳《のう》にまわるのを待つだけだった。だが、こう早くやって来るとは――格別《かくべつ》の喜《よろこ》びだ！」

タルクイニウスが握《にぎ》っていた骸骨《がいこつ》のこぶしに力をこめる。ぼくの痛《いた》みが三倍になった。うめき、大声で泣く。視界《しかい》が真っ赤になって揺《ゆ》れる。ありえない。こんなに痛《いた》かったら死んでいるはずだ。

「その人に手出ししないで！」メグが叫《さけ》んだ。

棺《ひつぎ》の左右のトンネルから、ゾンビが部屋になだれこんできた。

「逃《に》げろ」ぼくは息も絶《た》え絶《だ》えだ。「ここから」

今頃《いまごろ》、炎《ほのお》の迷路《めいろ》の予言の意味がわかった。ぼくはタルクイニウスの墓《はか》で死に直面する。あるいは、死より恐《おそ》ろしい運命に直面する。しかし、仲間を道連れにしてたまるか。

ぼく以外の三人は頑固《がんこ》に、迷惑《めいわく》なことに、逃《に》げようとしない。

「アポロンは今やわが召使《めしつかい》」タルクイニウスがいう。「メグ・マキャフリー、嘆《なげ》くにはおよばない。アポロンは愛した者にひどい仕打ちをする。シビラにたずねてみるがいい」

タルクイニウスの目がぼくを見た。ぼくはコルクボードに留《と》め針《ばり》で刺《さ》された虫のようにもがいている。「シビラが今なお生きていれば、ぜひこの謙虚《けんきょ》な姿《すがた》を見せてやりたい。見たらシビラもついに事切れよう。また、くだんのぶざまな皇帝《こうてい》どもが到着《とうちゃく》したら、ローマ王の真の怖《こわ》さを思い知らせてやる！」

ヘイゼルが吠《ほ》えた。棺《ひつぎ》のうしろの壁《かべ》がくずれ、天井《てんじょう》の半分が落ちてくる。タルクイニウスもその部隊も、戦車サイズの岩のなだれの下敷《したじ》きになった。

死にそうな痛《いた》みがずきずき痛《いた》むだけのレベルにさがる。ラビニアとメグが引っ張《ば》って立たせてくれた。両腕《りょうで》に毒々《どくどく》しい紫《むらさき》の筋《すじ》が何本も絡《から》みついている。いやな予感がする。

ヘイゼルがよろよろこちらに来た。角膜《かくまく》が病的な灰色《はいいろ》をおびている。「すぐに移動《いどう》しなくては」

ラビニアはがれきの山を横目で見た。「でも、あいつは――」

「死んでいない」ヘイゼルはくちびるをかんだ。「感じるの。がれきの下でもがいて、出てこようと……」身震《みぶる》いする。「そんなことはいいわ。よみがえった死体がまたやって来る。さあ、いそいで！」

いうはやすく、行うはかたし。

ヘイゼルは足を引きずり、息を切らしながら、帰る道をガイドした。選ぶのは来たときとちがうトンネルばかりだ。メグはガードにまわる。前にゾンビが転がり出てくれば切り倒《たお》す。ラビニアはぼくのほぼ全体重を支《ささ》えなくてはならなかったが、見かけによらず機敏《きびん》なのと同様、見かけによらずたくましい。死体同然のぼくを軽々《かるがる》とかつぎ、墓《はか》のトンネルを進んでいく。

ぼくは頭がぼうっとして、まわりの様子は半分くらいしかわからない。弓がウクレレにぶつかっては耳障《みみざわ》りなオープンコードを鳴らす。脳《のう》の中身がカタカタいう音と見事にハモッている。

何が起きた？

神らしい弓の腕前《うでまえ》を披露《ひろう》した、あのほれぼれするようなひとときの後、猛烈《もうれつ》な、おそらくは末期の、腹《はら》の傷《きず》のぶり返しに苦しんだ。今は認《みと》めざるをえない。回復にむかってはいない。タルクイニウスは、毒《どく》がぼくの脳《のう》にまわるのを待つ、とかいっていた。ユピテル訓練所の医療班《いりょうはん》は精一杯《せいいっぱい》治療《ちりょう》してくれたが、ぼくは変身しはじめている。タルクイニウスの死体部隊の一員になりはじめている。

タルクイニウスと対面したことで、明らかに進行が早まった。

ふつうなら恐《おそ》れおののくはずだ。自分がこんなに冷静に受け止めていること自体も心配だ。脳《のう》が医学的見地から、ぼくをショック状態《じょうたい》におちいらせることにした。あるいは、ただ死にむかわせることにしたのか。

ヘイゼルが二本のトンネルの交差点で足を止めた。「わ——わからない」

「どういう意味？」メグが聞く。

ヘイゼルの角膜《かくまく》は濡《ぬ》れた粘土《ねんど》色のままだ。「道が読めない。ここに出口があるはず。もう地上に近い。だけれど……ごめんなさい、わからない」

メグは指輪を剣《けん》に変えた。「大丈夫《だいじょうぶ》。まわり見張《みは》ってて」

「何するつもり？」ラビニアが聞く。

メグはすぐ横の壁《かべ》にさわった。天井《てんじょう》が小さく揺《ゆ》れ、ひびが入る。タルクイニウスみたいに数トンの岩の下敷《したじ》きになるのか——今の精神状態《せいしんじょうたい》で、それも死に方としては楽しそうだ。と思ったら、割《わ》れ目のあちこちから木の根が何十本もくねくねくね出てきた。どんどん太くなり、石のすきまを広げていく。魔法《まほう》には慣《な》れっこの元神もうっとりだ。木の根は巻《ま》きつき、絡《から》みあって天井《てんじょう》を押《お》しわけていく。月の薄明《うすあ》かりが入ってきた。気づくと、ぼくたち四人は救助袋《きゅうじょぶくろ》みたいな長い穴《あな》の下に立っていた。根が作ってくれた救助穴《きゅうじょあな》だ。のぼるときに手や足を引っかける場所もついている。

メグが地上のにおいをかぐ。「においは安全。行こう」

ヘイゼルがガード役になり、メグとラビニアがふたりがかりでぼくを救助穴《きゅうじょあな》から出すことになった。メグが引っ張《ぱ》り、ラビニアが押《お》す。威厳《いげん》も何もあったものではないが、ラビニアの発射準備《はっしゃじゅんび》中のクロスボウにこの繊細《せんさい》な尻《しり》をつつかれたら、と思うと、自然と体が動いた。

救助穴《きゅうじょあな》から出た先は、森の中にあるセコイアの木の根元だった。回転木馬はどこにも見えない。メグがヘイゼルに手をあげて合図し、それからセコイアの幹《みき》に手をあてた。救助穴《きゅうじょあな》が渦《うず》を巻《ま》いて閉《と》じ、草地の下に潜《もぐ》っていく。

ヘイゼルは体が前後に揺《ゆ》れている。「ここはどこ?」

「こっち」ラビニアがいった。

ラビニアはぼくに肩《かた》を貸《か》してくれている。本人がもう大丈夫《だいじょうぶ》だと断《ことわ》ったにもかかわらず、だ。ぼくは本当にほんの少し死にそうなだけだ。四人でセコイアの巨木《きょぼく》の森の道をふらふら進む。星は見えず、目印になるものも見当たらない。どの方向にむかっているのかぼくにはわからない。しかし、ラビニアはへっちゃらなようだ。

「ここがどこなのか、なぜわかる？」ぼくはたずねた。

「いいましたよね」ラビニアがいう。「ハイキング、好きなんです」

〈本当に好きなのはウルシだろう〉またしても思った。いや、ひょっとしたらラビニアは訓練所より、自然の中にいるほうがのびのびできるだけなのかもしれない。ラビニアはぼくの妹と気が合いそうだ。

「だれもけがはしていないか？」ぼくは聞いた。「グールに引っかかれなかったか？」

女子三人とも首をふる。

「そっちは？」メグが眉《まゆ》をひそめ、ぼくの腹《はら》を指さす。「よくなってると思ってた」

「楽観的すぎたらしい」本当はしかってやりたかった。メグが戦いに飛びこんだおかげで、全員死にそうになったんだぞ、と。しかし、その気力はない。それに、今は怒《おこ》っているメグの顔がいつくずれて大泣きしだすかわからない。タルクイニウスの墓《はか》の天井《てんじょう》がくずれ落ちたときより突発的《とっぱつてき》に。

ヘイゼルがまじまじとぼくを見た。「回復《かいふく》していたはずなのに。どういうことかしら」

「ラビニア、ガムをもらえるか？」

「本気ですか？」ラビニアがポケットをさぐり、ぼくにひとつ手渡《てわた》す。

「悪い癖《くせ》がうつった」鉛《なまり》のような指でなんとか包みをはがし、ガムを口に入れる。気持ちが悪くなりそうなくらい甘《あま》い。ピンクの味がする。しかし、喉《のど》をせりあがってくるグールの毒《どく》の酸《す》っぱい味よりましだ。ガムを噛《か》む。集中することができてうれしい。タルクイニウスが骸骨《がいこつ》の指を曲げ、ぼくの内臓《ないぞう》に炎《ほのお》の大鎌《がま》を送りこんできたことを思い出さずにすむ。それと、タルクイニウスはシビラに関してなんといって……いや、今は考えたくない。

数百メートルの拷問《ごうもん》のようなハイキングの後、小さな川に出た。

「あと少し」ラビニアがいった。

ヘイゼルがちらっとうしろをふり返る。「感じる。たぶん十数体がうしろにいる。どんどん近づいてくる」

ぼくには何も見えないし、聞こえないが、ヘイゼルがいうなら本当だ。「先に行ってくれ。ぼくがいないほうが早く動ける」

「まさか」メグがいう。

「交替《こうたい》、よろしく」ラビニアは買い物袋《ぶくろ》みたいにぼくをメグにさし出した。「三人はこの川を渡《わた》って。あの丘《おか》をのぼった先がユピテル訓練所だから」

メグはすすけたメガネをかけ直した。「ラビニアは？」

「敵《てき》の注意を引きつける」ラビニアはクロスボウを軽くたたいた。

「無茶だ」ぼくはいった。

「得意《とくい》なんです」ラビニアがいう。

〈敵《てき》の注意を引きつける〉と〈無茶〉のどちらが得意《とくい》なのかは不明だ。

「そうしましょう」ヘイゼルがいった。「ラビニア、気をつけてね。訓練所で会いましょう」

ラビニアがうなずき、森に駆《か》けこんでいく。

「いいのか？　その判断《はんだん》で」ぼくはヘイゼルに聞いた。

「わかりません。だけれど、ラビニアは何をしても、つねに無傷《むきず》で帰ってくるらしいです。さあ、いっしょにおうちに帰りましょう」

18 ユニコーンの角を削《けず》って傷《きず》にまく

〈おうち〉。じつに素敵《すてき》な言葉だ。

意味はわからないが、いい響《ひび》きだ。

訓練所にもどる山道のどこかで、意識《いしき》が体から分離《ぶんり》したにちがいない。気を失ったのは覚えていない。谷に着いたのも覚えていない。しかし、ある時点で、意識《いしき》が逃亡《とうぼう》した風船みたいに飛んでいった。

〈おうち〉の夢《ゆめ》を見た。ぼくに〈おうち〉なんてあったっけ?

ぼくはデロス島で生まれたが、それは妊娠《にんしん》中の母レトがヘラの怒《いか》りを逃《のが》れるために避難《ひなん》したからにすぎない。デロス島はぼくと妹の緊急聖域《きんきゅうせいいき》にもなったが、〈おうち〉と思ったことは一度もない。

病院にむかうタクシーの後部座席《ざせき》で生まれた子にとって、そこが〈おうち〉にならないのと同じだ。

オリンポス山? オリンポス山にはぼくの宮殿《きゅうでん》がある。休日にはよく訪《おとず》れる。しかし、オリンポス山はぼくの父が義母《ぎぼ》と暮《く》らしている場所という印象《いんしょう》が強い。

太陽の宮殿《きゅうでん》？　あそこはヘリオスが昔使っていた小屋。ぼくは改装《かいそう》しただけだ。

ぼくのもっとも重要な神託所《しんたくしょ》があるデルポイでさえ、もとは大蛇《だいじゃ》ピュトンのねじろだった。どんなにがんばっても、火山岩の洞窟《どうくつ》に残るヘビ皮のにおいは消えない。

口にするのも悲しいが、四千＋数年の生涯《しょうがい》の中で、〈おうち〉にいるという実感はすべてこの数ヵ月に味わった。たとえば、ハーフ訓練所でハーフのわが子たちと同じコテージで生活したときや、シェルターステーションでエミー、ジョー、ジョージナ、リオ、カリュプソといっしょにダイニングテーブルを囲《かこ》んで座《すわ》り、菜園からとってきた野菜を切って料理をしていたとき。また、パームスプリングズのオアシスにメグ、グローバー、メリー、グリースン・ヘッジ、サボテン各種のドリュアスと集《つど》っていたとき。そして今回はこのユピテル訓練所だ。ローマのハーフたちは不安と悲しみに襲《おそ》われ、すでに多くの問題を抱《かか》えている。それなのに、どこに行っても悲しみや災難《さいなん》をもたらすこのぼくを、丁重に迎《むか》え入れてくれた。カフェの二階の部屋をあてがい、素敵《すてき》なトーガ用シーツもくれた。

こういう場所こそが〈おうち〉だ。ぼくがその一員に値《あたい》するかどうかは——別《べつ》の問題だが。

この数ヵ月の思い出にひたっていたかった。もしかしたら死にかけているのかも——今、昏睡状《こんすいじょう》態《たい》で森に横たわっているうちに、血管にグールの毒《どく》がまわっているのかもしれない。最後に頭に浮《う》かぶのは楽しいことにしたい。しかし脳《のう》の意見はちがった。

気づいたらデルポイの洞窟《どうくつ》の中にいた。

すぐそばの暗闇《くらやみ》に何かが這《は》い出してきた。オレンジと黄色の煙《けむり》に包まれている。ぼくが知りすぎるほど知っている、ピュトンの影《かげ》だ。世界最大の、最悪にくさいヘビだ。圧倒《あっとう》されるほど酸《す》っぱいにおいを発する——本当に肺《はい》がしめつけられ、副鼻腔《ふくびこう》が悲鳴をあげている。ピュトンの目がヘッドライトのように硫黄臭《いおうしゅう》の煙《けむり》をつらぬく。

「意味のあることをしたつもりらしいが」ピュトンの轟《とどろ》くような声に、ぼくの歯が震《ふる》える。「とりあえず相手を封《ふう》じただけだ。なんの役にも立たない」

ぼくは何もいえない。まだ風船ガムを噛《か》んでいるような気がする。気持ちが悪くなるくらい甘《あま》い味でうれしい——現実《げんじつ》世界がこの恐怖《きょうふ》の洞窟《どうくつ》の外に存在《そんざい》することを思い出させてくれる。

ピュトンがうろこの音をさせて前に出てきた。弓をつかみたいが腕《うで》が動かない。

「むだ骨《ぼね》だった」ピュトンがいう。「おまえのもたらした死は——おまえがこの先もたらす死は——無意味だ。いくら小競《こぜ》り合いに勝っても、今回の決戦には勝てない。いつものことだが、おまえは事の本質《ほんしつ》を理解《りかい》していない。おれと戦え、そして死ぬがいい」

ピュトンが巨大《きょだい》な口を開けた。よだれのしたたる口の中に並《なら》ぶ歯が光る。

「うわっ！」両目がぱっと開いた。手足をばたばたさせている。

「よかった」声がいった。「起きた」

ぼくは床《ゆか》に寝《ね》ていた。木の建物の中のようだが――そうか、馬小屋だ。干《ほ》し草と馬の糞《ふん》のにおいが鼻に充満《じゅうまん》している。硬《かた》い敷物《しきもの》が背中《せなか》にちくちくする。上からぼくをのぞきこんでいるのは知らない顔ふたつ。片方《かたほう》はハンサムな青年。つややかな黒い髪《かみ》を立たせ、セピア色の広い額《ひたい》を見せている。もう片方《かたほう》はユニコーンだ。鼻面《はなづら》が鼻汁《はなじる》で光っている。驚《おどろ》いたように青い目を大きく開け、まばたきもせずぼくを見ている。好物のオート麦が入った袋《ふくろ》か何かと勘違《かんちが》いしている。ユニコーンの角の先に引っかかっているのは、ハンドルをまわすタイプのチーズ削《けず》り器だ。

「うわっ！」また声が出た。

「落ち着いて」メグがいった。左のほうにいるらしい。「味方だから大丈夫《だいじょうぶ》」

メグは見えない。視界《しかい》の外側のほうはまだぼやけ、ピンク色だ。

ぼくは弱々《よわよわ》しくユニコーンを指さした。「チーズ削《けず》り器」

「ええ」美男子がこたえた。「これがいちばん手っ取り早い方法だったので。角を削《けず》った薬を傷口《きずぐち》に直接《ちょくせつ》かけました。バスターもそれでかまわないと。だろ、バスター？」

ユニコーンのバスターはまだぼくをじっと見ている。本当に生きているのか？　それとも張《は》り子のユニコーン？

「ぼくはプランジャルといいます」美男子がいう。「軍団《ぐんだん》の医療班《いりょうはん》の班長《はんちょう》です。あなたが最初に来たときも治療《ちりょう》してあげましたが、ごあいさつはまだでした。そのときは、その、意識《いしき》がありませんでしたので。ぼくはアスクレピオスの息子です。あなたはぼくのおじいさん、ということになります」

ぼくはうめいた。「おじいさん、なんて呼《よ》ばないでくれ。それでなくても落ちこむことばかりだ。それより——ほかのみんなは無事か？　ラビニアは？　ヘイゼルは？」

メグがぬっと前に出てきた。メガネはきれいだ。髪《かみ》も洗《あら》い、服も着替《きが》えた。つまり、ぼくは相当長く気を失っていたにちがいない。「全員元気。ラビニアも後からすぐもどってきた。でも、アポロンは死ぬ寸前《すんぜん》だった」メグはむっとした口調だ。ぼくが死んだらものすごく不便らしい。「教えてくれたらよかったのに。傷《きず》が痛《いた》いって」

「治ると……たぶん治るだろうと思っていた」

プランジャルが眉間《みけん》にしわを寄《よ》せる。「ええ、というか、治っているはずでした。自分でいうのもなんですが、できるかぎりの治療《ちりょう》をしました。グールの毒《どく》についての知識《ちしき》はあります。ふつうは治療《ちりょう》が可能《かのう》です。二十四時間以内に手当てをすれば」

「でも」メグは怖《こわ》い顔でぼくを見た。「治療《ちりょう》、効《き》かない」

「ぼくのせいじゃない！」

「元神であることが影響《えいきょう》しているのかもしれません」プランジャルはふっと考えこんだ。「元神の患者《かんじゃ》を診《み》たのは初めてなんです。元神にはハーフの治療《ちりょう》が効《き》かないのか、あるいは、元神はよみがえった死体に傷《きず》をつけられるとダメージが大きいのか。とにかくわかりません」

ぼくは肘《ひじ》をついて体を起こした。上半身裸《はだか》でまた包帯を巻《ま》いてあるため、傷《きず》の具合はわからない。しかし、痛《いた》みは鈍痛程度《どんつうていど》におさまった。ヘビみたいな紫《むらさき》の筋《すじ》はまだ腹部《ふくぶ》から胸《むね》、腕《うで》にかけて這《は》っているが、色は薄《うす》いラベンダー色だ。

「治療《ちりょう》の効果《こうか》が少しはあったらしい」ぼくはいった。

「様子を見ましょう」プランジャルが眉《まゆ》をひそめたのが心配だ。「特別な調合薬を使ってみました。広域《こういき》スペクトラムの抗生物質《こうせいぶっしつ》と同じ働きをする魔法《まほう》の薬です。調合にはステラリア・メディアの特別品種、つまり魔法《まほう》のハコベが必要だったんですが、それは北カリフォルニアには生えていません」

「そのへんに生えてるよ、今は」メグがいった。

「うん」プランジャルはほほ笑んだ。「メグにずっと手伝ってほしいくらいだ。たのめばすぐ薬になる植物を育ててくれる」

メグは赤くなった。

バスターはまだ動きも、まばたきもしない。プランジャルはときどきバスターの鼻の下にスプーンを持っていって、呼吸《こきゅう》をしているか見てやればいいのに。

「いずれにしても」プランジャルはつづけた。「ぼくが使った軟膏《なんこう》は特効薬《とっこうやく》ではありません。遅《おく》らせるだけです……症状《しょうじょう》の進行を」

〈症状《しょうじょう》の進行〉なんて素敵《すてき》な婉曲表現《えんきょくひょうげん》だ。事実は、歩きまわる死体への変身、だ。

「特効薬《とっこうやく》がほしいとしたら？」ぼくはいった。「じつは、そうなのだが」

「そこまでハイレベルな治療《ちりょう》の力はぼくにはありません」プランジャルがいう。「神レベルの治療《ちりょう》の力でないと」

ぼくは泣きたい気分になった。プランジャルは薬の種類をもっと充実《じゅうじつ》させるべきだ。たとえば、神の処方箋《しょほうせん》なしで買える奇跡的《きせきてき》な一般薬《いっぱんやく》をもっととりそろえるとか。

「角、もっと削《けず》ってみようか」メグがいった。「おもしろいから、じゃなくて、効《き》くかもしれないから」

メグはチーズ削《けず》り器を使いたそうだし、バスターは飢《う》えたような目でじっと見ている。ぼくは自分がパスタか何かになった気がしてきた。「ひょっとして、あてはあるのか。治療《ちりょう》の神の」

「あります」プランジャルがいった。「もし大丈夫《だいじょうぶ》そうなら、服を着て、メグにつきそってもらって司令部に行ってみてください。レイナとフランクがあなたから話を聞きたがっています」

メグはぼくに気をつかった。

司令部に行く前にいったんボンビロのカフェにもどり、ぼくに洗顔《せんがん》と着替《きが》えをさせた。次に、訓練所の食堂《しょくどう》に寄《よ》って食事をとった。太陽の角度と、食堂《しょくどう》にほとんど人がいないことから考えると、時刻《じこく》は昼食と夕食のあいだの時間帯だろう。つまり、ぼくはほぼ丸一日眠《ねむ》ったままだったらしい。となると、あさっては四月八日――ブラッドムーンの日で、レスター・パパドプロスの誕生日《たんじょうび》で、邪悪《じゃあく》な皇帝《こうてい》二名とよみがえった王がユピテル訓練所を襲撃《しゅうげき》する日だ。いいこともある。食堂《しょくどう》のメニューには白身魚のフライがあった。

ぼくの食事がすむと(ここで味付けのみょうを発見した。ケチャップをつけるとフライドポテトと白身魚のフライのうまさが倍増《ばいぞう》する)、またメグに付きそわれて本通りから司令部にむかった。訓練生の多くは午後の日課を休んでいるらしい。ふつうなら行進とか塹壕《ざんごう》掘《ほ》りとか、筋肉体操《きんにくたいそう》なんかをやっているはずだ。こちらに気づいた訓練生数人がぼくを目で追い、会話を中断《ちゅうだん》することもあった。おそらく、ぼくのタルクイニウスの墓《はか》への冒険《ぼうけん》が噂《うわさ》になっているのだろう。ちょっとしたゾンビ変身問題を抱《かか》えていることが噂《うわさ》になっていて、ぼくが奇声《きせい》を発するのを待っているのかもしれない。

それを考えたらぞっとした。今のところ腹《はら》の傷《きず》はだいぶよくなったように思える。前かがみにならずに歩ける。太陽はさんさんと輝《かがや》き、食事もおいしく食べた。毒《どく》は抜《ぬ》けたんじゃないか?否定《ひてい》は力をもたらす。

残念ながら、プランジャルのいったとおりの気がする。毒《どく》がまわるのを遅《おそ》くしただけだ。今回の症状《しょうじょう》はハーフの医療《いりょう》係には手に負えない。ギリシャ側でもローマ側でも同じことだ。神の助けがいる——が、父上は、ぼくに力を貸《か》すことをまわりの神々《かみがみ》にはっきりと禁《きん》じている。

プエトル専用宿舎《せんようしゅくしゃ》の番兵はすぐにぼくとメグを中に入らせてくれた。レイナとフランクは長テーブルのむこうに座《すわ》っていた。テーブルの上には地図、本、短剣《たんけん》、ゼリービーンズの入った大きなガラスびんなどが置かれ、奥《おく》の壁《かべ》にかけられた紫《むらさき》のカーテンの前には第十二軍団《ぐんだん》の黄金のワシの旗印が立っている。ワシが発するエネルギーで空気が振動《しんどう》している。近くにいすぎてぼくは腕《うで》に鳥肌《とりはだ》が立った。プラエトルのふたりはあんなものが真うしろにあってよく仕事ができるものだ。医学雑誌《ざっし》の記事は読まなかったのか？　ローマの旗印の電磁波《でんじは》に長期間さらされるとどんな影響《えいきょう》が出るか知らないのか？

フランクはすでに戦闘《せんとう》用のフル装備《そうび》だ。今日はレイナのほうがたった今起きたばかりのような感じだ。〈プエルトリコ　最強〉とロゴの入ったぶかぶかのTシャツの上に、紫《むらさき》のマントを引っかけている。このTシャツがパジャマか——いや、それはどうでもいい。黒い髪《かみ》の左側に寝《ね》ぐせがついてチャーミングだ。左を下にして寝《ね》ていたのか——いや、それもどうでもいい。

レイナの足下《あしもと》のカーペットの上に、見たことのないロボットが二体いる——グレイハウンドのロボット犬で、片方《かたほう》は金色でもう片方《かたほう》は銀色だ。二頭ともぼくとメグに気づいて頭をあげ、においをかぎ、うなった。〈ママ、あいつゾンビのにおいがしますぜ。退治《たいじ》しちゃいます?〉といいたげだ。

レイナは二頭を静かにさせた。ガラスびんからゼリービーンズをいくつかとり、二頭に投げて与《あた》える。犬のロボットがスイーツをほしがるはずがない。しかし二頭ともぱくっと食べ、またおとなしくカーペットに頭をつけた。

「いや、利口な犬だ」ぼくはいった。「こんな犬がいるとは知らなかった」

「オーラムとアージェンタムは捜索《そうさく》に行かせていました」レイナがいう。それ以上の質問《しつもん》はさせない口調だ。「けがの具合はいかがです?」

「けがは元気だが、ぼくのほうはそうでもない」

「前よりよくなってる」メグが横からいった。「ユニコーンの角削《けず》って傷《きず》にかけてあげた。楽しかった」

「プランジャルも手当てをしてくれた」ぼくはいった。

フランクが手で来客用の椅子《いす》を二脚《きゃく》しめす。「どうぞ足を休ませてください」

うまい表現《ひょうげん》だ。三本脚《あし》の折りたたみ式スツールはプラエトルの椅子《いす》みたいにやわらかそうではない。しかも、デルポイの神託《しんたく》の三本脚《あし》の椅子《いす》を連想させる。ついでに、ハーフ訓練所のレイチェル・エリザベス・デアのことが気になってきた。レイチェルはぼくが彼女《かのじょ》に予言の力を復活《ふっかつ》させるのを今か今かと待っている。ついでに、デルポイの洞窟《どうくつ》のこと、ピュトンのことも、しまいには悪《あく》夢《む》のことも気になり、死ぬのは怖《こわ》いなと思った。これだから意識《いしき》の流れは困《こま》る。

ぼくとメグがスツールに腰《こし》をかけると、レイナはテーブルに羊皮紙の巻物《まきもの》を広げた。「昨日からエラとタイソンに協力してもらって、さらに予言の解読《かいどく》を進めているところです」

「またいろいろわかってきました」フランクがつけ足す。「たぶんですけど、あなたが議会で話していた対処法《たいしょほう》——訓練所を救《すく》うための神の助けを呼《よ》ぶ儀式《ぎしき》の手順がわかりました」

「すごくない？」メグはゼリービーンズのびんに手をのばし、すぐに引っこめた。オーラムとアージェンタムがうなりだしたからだ。

「そうならいいのだけど」レイナは心配げな顔でフランクと目を合わせた。「というのも、もし解《かい》釈《しゃく》が正しいとすれば……その儀式《ぎしき》には命を捧《ささ》げる必要があるんです」

ぼくの胃《い》の中で白身魚のフライとフライドポテトがフライングした。

「そんなはずがない」ぼくはいった。「われわれ神は絶対《ぜったい》、人間に死んで捧《ささ》げ物になれなんて要求しない。そんなの何世紀《せいき》も前にやめた！　いや、何千年か前だったかな。とにかく、いっさいやめた！」

フランクが椅子《いす》の肘《ひじ》をつかむ。「ええ、そのとおりです。死ぬのは人間じゃないんです」

「そう」レイナがぼくの目を見た。「その儀式《ぎしき》には神の命が必要らしいんです」

19

予言の書「運命」いかに「ウ」の項《こう》に

なぜ全員ぼくを見ている？

自分でも自分を見てしまう。この部屋で（元）神はぼくだけだ。

レイナは広げた巻物《まきもの》の上に身を乗り出し、羊皮紙の文字を指で追った。「フランクがタイソンの背中《せなか》のタトゥーを写しとってくれました。たぶんおわかりだと思いますけど、予言というよりは説明を書いたマニュアルに近くて……」

ぼくはぞっとした。レイナから巻物《まきもの》を奪《うば》いとって、悪い知らせは自分で読みたい。ぼくの名が書いてあったのか？　ぼくが死んで捧《ささ》げ物になって神々《かみがみ》が喜《よろこ》ぶはずがないだろう？　われわれオリンポスの神々《かみがみ》がおたがいを捧《ささ》げ物にしだしたら、最悪の先例になってしまう。

メグはゼリービーンズのびんを見つめ、ロボット犬二頭はメグを見つめている。「死ぬの、どの神ちゃま？」

「えっと、それに書いてあったのは……」レイナは目をこらして、それからフランクのほうに羊皮紙を少し移動《いどう》させた。「これ、なんて書いてあるの？」

フランクは恥《は》ずかしそうな顔をした。「〈粉々《こなごな》になった〉。読みづらかった？　ごめん、いそいで書いたから」

「ううん、ぜんぜん。フランクのほうが私《わたし》よりじょうず」

「そんなことはいいから、なんと書いてある？」ぼくはいった。

「そうですね、すみません」レイナがいう。「それが、詩というよりは、アポロン様がインディアナポリスで受けとったソネット調の――」

「レイナ！」

「わかりました。こうです。〈すべては緊迫《きんぱく》した日に行われるべし。燔祭《はんさい》六型《がた》の材料をすべて集める（付録Bを参照のこと）〉――」

「おしまいだ」ぼくは泣きそうになった。「集められるはずがない……何を集めるかは知らないが」

「それなら簡単《かんたん》です」フランクがぼくにいう。「エラが材料のリストを持っています。どれもそのへんにあるものだそうです」レイナにつづけるよう手でうながす。

「〈物いわぬ神の魂《たましい》が切り離《はな》されたなら、その最後の息を粉々《こなごな》になったガラスとともに加える〉」レイナが声に出して読む。「〈そして、神一名を召喚《しょうかん》する祈《いの》りの言葉（付録Cを参照のこと）を虹《にじ》を用いて唱える〉」息をつく。「この祈《いの》りの言葉の文面はまだ見つかっていません。でも、エラはきっぱりいいました。決戦の火ぶたが切られるまでには写しとれる。付録Cに書かれていることはわかっているのだそうです」

フランクがちらりとぼくの反応《はんのう》をうかがう。「それ以外の部分、意味わかりますか？」

ぼくはほっとしすぎ、三本脚《あし》のスツールからずり落ちそうになった。「いや、あせったよ。てっきり……いや、ぼくはいろいろな神と呼《よ》ばれているが、〈物いわぬ神〉と呼《よ》ばれたことはない。どうやら、さがすべきは音のない神。炎《ほのお》の予言に出てきたやつだ。で――」

「切り殺《ころ》す？」レイナがいう。「どこかの神を殺《ころ》して、オリンポスの神々《かみがみ》が喜《よろこ》ぶんですか？」

ぼくにはわからない。いつもそうだが、予言は完結するまでは非論理的《ひろんりてき》に思えるものだ。ふり返って初めて、なるほどそういうことだったのか、とわかる。

「おそらく、それがどの神かわかれば……」こぶしで膝《ひざ》をとんとん打つ。「知っている気がするんだが、深く埋《う》もれている。記憶《きおく》がぼやけている。ひょっとして、もう図書室の本で調べるとか、グーグル検索《けんさく》するとか、何かしたかい？」

「もちろんです」フランクがいう。「ローマ神リストにもギリシャ神リストにも、沈黙《ちんもく》の神はいません」

ローマ神にも、ギリシャ神にも。ぼくは絶対《ぜったい》何か忘《わす》れ物をしている。たとえば、脳《のう》の一部とか。

〈最後の息〉〈魂《たましい》が切り離《はな》され〉明らかに捧《ささ》げ物のレシピだ。

「それについては少し考える時間がほしい」ぼくはいった。「それ以外の部分だが、〈粉々《こなごな》になったガラス〉とはみょうな材料だ。しかし、簡単《かんたん》に手に入りそうだ」

「そのゼリービーンズのびん、割《わ》っちゃおうか」メグがいう。

レイナとフランクは丁重に無視《むし》。

「〈神一名を召喚《しょうかん》〉というのは」フランクがいう。「神々《かみがみ》の大軍が戦車で駆《か》けおりてくることはない、ということなんでしょうね」

「おそらく」ぼくはうなずいた。

しかし、心臓《しんぞう》がどきどきしだした。たとえ一名だとしても、久《ひさ》しぶりにオリンポスの神仲間と話ができる——正真正銘《しょうめい》の特A級、超《ちょう》強力、開放型《がた》、地元調達の神の助けを呼《よ》ぶことができるかもしれない……わくわくする、と同時に怖《こわ》い。どの神を呼《よ》び出すかぼくが選べるのか？　それとも、祈《いの》りの言葉にすでに書かれているのか？「だが、神一名でも大きなちがいをもたらしうる」

メグは肩《かた》をすくめた。「神様による」

「ひと言よけいだ」ぼくはいった。

「最後の行だけど」レイナがいった。「祈《いの》りの言葉は〈虹《にじ》を用いて唱える〉」

「イリスメッセージ」うれしい。少なくともひとつはこたえられた。「ギリシャ側の連絡手段《れんらくしゅだん》だ。

虹《にじ》の神イリスにたのんでメッセージを――今回はオリンポス山に祈《いの》りの言葉を届《とど》けてもらう。やり方はじつにシンプルだ」

「けど……」フランクは顔をしかめた。「パーシーから聞いたんですけど、イリスメッセージは今は使えないんですよね？　ハーフのあらゆる伝達手段《しゅだん》が使用不可《ふか》です」

〈伝達手段《しゅだん》〉〈使えない〉〈音のない神〉

極寒のプールの深みにはまってしまった気がした。「しまった、ぼくはばかだ」

メグはくすっと笑ったがコメントはこらえている。本当は何種類もの皮肉なコメントが頭に浮《う》かんでいるはずだ。

お返しに、ぼくもメグをスツールからつき落としたい衝動《しょうどう》はこらえる。「音のない神、何者かは知らないが……その神のせいでハーフの伝達手段《しゅだん》が使えなくなっているとしたら？　三頭政治《さんとうせいじ》ホールディングスがなんらかの方法でその神の力を悪用し、ハーフが連絡《れんらく》をとり合えないようにしているとしたら？　ハーフが神々《かみがみ》の助けを求められないようにしているとしたら？」

レイナが腕《うで》を組んだ。Tシャツの〈プエルトリコ　最強〉のロゴが隠《かく》れる。「つまり、こういうことですか？　音のない神は三頭政治《さんとうせいじ》ホールディングスと共謀《きょうぼう》している。音のない神を倒《たお》せば、ハーフの伝達手段《しゅだん》は復旧《ふっきゅう》する。そのうえでイリスメッセージを送り、儀式《ぎしき》を行い、神の助けを呼《よ》ぶ。私《わたし》としてはやっぱり〈神の魂《たましい》が切り離《はな》され〉の部分が気になってしまいます」

エリュトライの神託者《しんたくしゃ》のことが頭に浮《う》かんだ。炎《ほのお》の迷路《めいろ》に囚《とら》われていたところをわれわれが救出《きゅうしゅつ》した。「おそらく、音のない神も進んで協力したわけではない。罠《わな》にはめられたのか、あるいは……強制的《きょうせいてき》に協力させられているのだろう」

「で、殺《ころ》して解放《かいほう》するんですか？」フランクがいった。「レイナと同意見です。乱暴《らんぼう》すぎます」

「たしかめる方法はひとつ」メグがいう。「そのストロなんとかっていうとこに行く。ワンちゃんにおやつあげていい？」

メグは返事を待たずにゼリービーンズのびんをつかみ、ふたを開けた。

オーラムとアージェンタムは「おやつ」、「ワンちゃん」という魔法《まほう》の言葉が聞こえたので、うなりもせず、メグを引き裂《さ》きもしなかった。立ちあがり、メグの横に行き、お座《すわ》りでメグを見る。宝石《ほうせき》のような目で〈ちょうだい、ちょうだい〉と訴《うった》えている。

メグはそれぞれにひとつずつ与《あた》え、それから自分もふたつ食べた。二頭に二個《こ》、自分に二個《こ》。メグはロボット犬との関係を飛躍的《ひやくてき》に発展《はってん》させた。

「メグのいうとおりだ。ストロに、とかタルクイニウスの手下はいっていた」ぼくは思い出していった。「おそらく、音のない神はそこにいる」

「ストロ山のこと？」レイナがいった。「それとも、ストロタワーのこと？　どっちかしら」

フランクが片方《かたほう》の眉《まゆ》をあげた。「どっちも同じじゃない？　おれはいつもまとめてストロエリアって呼《よ》んでいる」

「実際《じっさい》はいちばん高い山がストロ山で」レイナがいった。「電波塔《とう》はそのとなりにある山に立っている。それがストロタワー。オーラムとアージェンタムがそこに散歩に行くのが好きだから知っているんだけど」

グレイハウンドのロボット犬は「散歩」と聞いてぴくっとふり返ったが、すぐにメグが持っているゼリービーンズのびんに視線《しせん》をもどした。ぼくは想像《そうぞう》してみた。レイナが犬を連れてハイキングをする。ひょっとしたらラビニアはレイナがそれを息抜《いきぬ》きにしているのを知っていて、ライバル心を燃《も》やしてハイキングに打ちこんでいるのだろうか。考え事をする場所をレイナの考える場所の真上に選んだように。

いや、よそう。ピンクの髪《かみ》、タップダンサー、クロスボウ使いの友人の精神分析《せいしんぶんせき》をしても成果はなさそうだ。

「ストロなんとか、近い？」メグは緑のゼリービーンズばかり慎重《しんちょう》に選んで消費《しょうひ》している。今日は草いじりをしていないのに手が緑だ。

「サンフランシスコ湾《わん》のむこう側」レイナがいった。「ストロタワーはすごく高いの。ベイエリアのどこからでも見えるわ」

「だれかを捕《とら》えておく場所としてはみょうだ」フランクがいう。「けど、回転木馬の下ほどみょうじゃないかな」

記憶《きおく》をさぐった。スートロタワー、あるいはその近辺のスートロという名称《めいしょう》をふくむ場所にぼくは行ったことがあるだろうか。何も思い浮《う》かばない。しかし、シビラの書に書いてあった指示《しじ》がやたら気になる。神の最後の息を食料貯蔵庫《ちょぞうこ》にストックしている古代のローマの神殿《しんでん》などめったにない。神の魂《たましい》を切り離《はな》すことだって、ローマ人がやろうとするなら大人の監督《かんとく》が必要だ。

音のない神が三頭政治《さんとうせいじ》ホールディングスが世界を支配《しはい》する企《たくら》みの一部だとしたら、なぜタルクイニウスは音のない神に近づける？　音のない神の見張《みは》りの「群《む》れを倍に」とタルクイニウスはいっていたが、どういう意味だ？　また、タルクイニウスがシビラに関していっていたこと――〈シビラが今なお生きていれば、ぜひこの謙虚《けんきょ》な姿《すがた》を見せてやりたい。見たらシビラもついに事切れよう〉――あれはぼくを混乱《こんらん》させようとしただけか？　もしクマエのシビラがまだ本当に生きていて、タルクイニウスに囚《とら》われているなら、助けないわけにはいかない。

〈助ける〉心の皮肉な部分が反応《はんのう》した。〈以前助けてやったように？〉

「音のない神がどこにいるにしろ」ぼくはいった。「見張《みは》りは、とくに現在《げんざい》は厳重《げんじゅう》だ。タルクイニウスはお見通しだ。ぼくたちが音のない神の隠《かく》し場所をさがしにくるのは」

「しかも、四月八日に」レイナがいう。「〈緊迫《きんぱく》した日〉に実行しなくてはならない」

フランクがうなった。「よかった。その日はほかに何も予定されていない。たとえば、二方向から攻《せ》め入られる、とか」

「メグ、もうそのくらいにして」レイナがいった。「食べすぎはよくないわ。オーラムとアージェンタムも歯車に糖分《とうぶん》が詰《つ》まってしまう」

「わかった」メグはゼリービーンズのびんをテーブルに置いた。もちろん、最後にもう一回、自分とワンちゃん用にごっそりつかんでからだ。「じゃ、あさってまで待つの？ それまで何してる？」

「することだらけだ」フランクがいった。「作戦を立て、防御《ぼうぎょ》をかため、明日は一日じゅう決戦のシミュレーション。軍団《ぐんだん》にありとあらゆるシナリオを予習させる。あと……」

フランクは口ごもった。自分の頭にとどめておくべきことをいいそうになったのだろう。片手《かたて》が運命のたきぎ入りの巾着袋《きんちゃくぶくろ》にのびかけた。

フランクはエラとタイソンからほかにも何か――橋や、火や、なんとかかんとかについて、支離《しり》滅裂《めつれつ》なことをいわれたのだろうか。そうだとしてもフランクは話す気はないらしい。

「あと」フランクはつづけた。「おふたりは冒険《ぼうけん》の旅にむけて体を休めておくべきです。スートロ行きの出発はレスター君の誕生日《たんじょうび》の早朝ですから」

「たのむからそのいい方はやめてくれないか？」ぼくはいった。

「それより、おふたりっていったけど」レイナが聞いた。「新たな議会の承認《しょうにん》が必要でしょう。今回の冒険《ぼうけん》の旅のメンバーを決めるには」

「いや」とフランク。「ていうか、議会で検討《けんとう》してもいいけど、だれが見たって今回も前回のミッションの延長《えんちょう》、だろ？　あと、戦時はレイナとおれにすべての執行権《しっこうけん》がある」

レイナはフランクをまじまじと見ている。「驚《おどろ》いたわ、フランク。プラエトルの手引書でも読んだの？」

「少しだけ」フランクは咳払《せきばら》いした。「とにかく、メンバーは決まっている。アポロン様と、メグと、レイナ。音のない神への出入り口はベローナの娘《むすめ》が開けなくてはならない、だろ？」

「でも……」レイナの目が三人の顔を行き来する。「私《わたし》は決戦の当日にここを不在《ふざい》にすることはできないわ。ベローナの力は集団《しゅうだん》の力を増幅《ぞうふく》させることが第一なんだから。私《わたし》は軍団《ぐんだん》の先頭に立たなくては」

「立てる」フランクがいった。「サンフランシスコからもどりしだい。それまでおれが要塞《ようさい》を守る。まかせてくれ」

レイナは迷《まよ》っている。しかし目がきらっと光ったように見えた。「フランク、本気でいっている？　いえ、もちろんフランクならできる。それはわかっているけど――」

「おれは大丈夫《だいじょうぶ》」フランクはにっこりほほ笑んだ。「今回のアポロン様とメグの冒険《ぼうけん》の旅にはレイナが必要だ。行ってきてくれ」

なぜレイナはそんなにうれしそうなんだ？　長年プラエトルの仕事という重荷を背負《せお》わされ、相当まいっているにちがいない。だからこそサンフランシスコ湾《わん》の対岸にいる神殺《ごろ》しの冒険《ぼうけん》に胸《むね》を躍《おど》らせているんだろう。

「そのほうがいい？」レイナは口ではまだ迷《まよ》っているふりだ。

「これで決まった」フランクはぼくとメグを見た。「おふたりとも体を休めてください。明日は大切な日です。決戦のシミュレーションには協力してください。それぞれに特別な仕事を考えてあります」

20

必殺の緑の砲弾《ほうだん》 呪《のろ》われろ

特別な仕事だって！

わくわくして死にそうだ。あるいは、血管に毒《どく》がまわっているだけか。

カフェの二階の部屋に帰ったとたん、ベッドに倒《たお》れこむ。

メグにしかられた。「まだ外明るい。寝《ね》てばっかじゃん」

「ゾンビに変身しないようにするのは難業《なんぎょう》なんだ」

「知ってる」メグがぴしゃりという。「ごめん！」

ぼくは顔をあげた。メグのいい方にびっくりしたのだ。メグは転がっていた紙コップのゴミを蹴《け》飛《と》ばした。どすんとベッドに座《すわ》り、床《ゆか》をにらむ。

「メグ？」

窓《まど》のプランターのアイリスが一気に育って花を咲《さ》かせ、開きすぎてポップコーンみたいになっている。ほんの数分前までメグは楽しそうにぼくの揚《あ》げ足をとったり、ゼリービーンズをほおばったりしていた。それが今……泣いている？

「メグ」ぼくは痛《いた》みをこらえて体を起こした。「ぼくがけがをしたのは、メグのせいではない」

メグは右手の指輪を、次に左手の指輪の位置を少しずらした。なんかきつくなった、という感じだ。「思っただけ……退治《たいじ》できたらよかった……」鼻をふく。「お話だと、ボスを退治《たいじ》すれば、そいつに変身させられた人は自由になる」

何をいっているかわかるのに、少し時間がかかった。メグがいった理屈《りくつ》は吸血鬼《きゅうけつき》にはあてはまるが、ゾンビにはあてはまらない。しかし、いいたいことはわかった。

「タルクイニウスのことだな。メグが謁見《えっけん》室に飛びおりたのは……ぼくを助けたかったからだったのか？」

「さあ」メグはつぶやいたが、むっとしてはいない。

包帯を巻《ま》いた自分の腹《はら》に手をあてる。ついさっきまでは地下の墓《はか》であんな無茶をしたメグに腹《はら》を立てていた。メグはタルクイニウスがベイエリアを焼きつくそうと企《たくら》んでいることを知り、衝動的《しょうどうてき》に行動しただけだと思っていた。しかし、メグが敵《てき》の中に飛びこんだのはぼくのため——タルクイニウスを殺《ころ》せば、ぼくにかかった呪《のろ》いを消せると考えたのだ。しかも、そのときのぼくはまだ事の深刻《しんこく》さに気づいていなかった。メグは表情《ひょうじょう》や態度《たいど》に出ている以上に心配したり、何か感じとったりしているにちがいない。

ぼくがそんなメグを、のんきにしかれるはずがない。「メグ」頭をふる。「あんな離《はな》れ業《わざ》をするとは、とんでもないし、ばかとしか思えない。そんなメグが大好きだ。だが、自分を責《せ》めることはない。プランジャルの治療《ちりょう》で少し時間に余裕《よゆう》ができた。もちろん、メグのチーズ削《けず》りの腕前《うでまえ》と魔法《まほう》のハコベのおかげでもある。メグはできることを全部してくれた。神の助けを呼《よ》ぶときに、完全に治療《ちりょう》してくれ、とたのんでみる。きっと新品みたいに元気になる。レスターの新品止まりかもしれないが」

メグは首をかしげた。曲がっていたメガネがほぼ水平になる。「本気でそう思ってる？　その神様が三つのお願いをかなえてくれる？」

考えてみた。ぼくが信者に呼《よ》ばれ、姿《すがた》を現《あらわ》して三つのお願いをかなえてやったことがあったか？

「いいえ（笑）」ひとつくらいはかなえたかもしれない。ちょうど今それをやろうとしていた、とかいう理由で。また、シビラの書に書かれていた儀式《ぎしき》で、神を一名しか呼《よ》べないとしたら、だれにする？　それも選択権《せんたくけん》があったとしての話だ。息子のアスクレピオスなら治療《ちりょう》してくれるかもしれないが、ローマ皇帝《こうてい》の連合軍やよみがえった死体部隊との戦いにはむかない。マルスなら戦場での勝利は保証《ほしょう》つきかもしれないが、ぼくの傷《きず》を見ても、「お、ひどい目にあったな。立派《りっぱ》に死ねよな！」とかいうくらいだろう。

今、両腕《りょううで》に紫《むらさき》の筋《すじ》が這《は》っているぼくがメグに、心配するな、といっても説得力《せっとくりょく》はないだろう。

「正直、ぼくにもわからない。メグのいうとおりだ。何もかも大丈夫《だいじょうぶ》なんていえない。だが、これは約束できる。ぼくはあきらめない。ぼくたちはここまでの長い道のりをやって来た。腹《はら》を引っかかれたくらいなんてことない。三頭政治《さんとうせいじ》ホールディングスを倒《たお》してみせる」

メグは鼻水が出っぱなしだ。ユニコーンのバスターが見たら大笑いだろう。メグが鼻をすすり、手の甲《こう》で鼻の下をふく。「もうだれも死んじゃいやだ」

頭の歯車の回転がちょっと遅《おそ》くなっていたので、意味をくみとるのに少し時間がかかった。「だれも」の「だれ」は、ぼくだ。

ぼくの頭にメグの幼《おさな》い頃《ころ》の記憶《きおく》がよみがえってきた。夢《ゆめ》で見たあの場面だ。グランドセントラル駅の階段《かいだん》に横たわる父親の遺体《いたい》を見させられている。父親を殺《ころ》した張本人《ちょうほんにん》であるネロはメグを抱《だ》きしめ、さとすように何かいっている。

ほかにも思い出した。メグはドドナの林でネロに味方し、ぼくを裏切《うらぎ》った。ネロの別人格《べつじんかく》、暴君《ぼうくん》が怖《こわ》かったからだ。その後、インディアナポリスで再会《さいかい》したとき、メグはすごく自分を責《せ》めていた。そして行き場のない怒《いか》り、罪《つみ》の意識《いしき》、いらだちのすべてをひっくるめ、カリグラにぶつけた。(正直、的として最適《さいてき》だった)。ネロに食ってかかることができないメグは、カリグラを倒《たお》したくてしかたなかった。ところが、犠牲《ぎせい》になったのはジェイソン。メグには大打撃《だげき》だった。

今、ユピテル訓練所に残るさまざまなローマ的要素《ようそ》が引き金となったのか、メグはつらい記憶《きおく》を次々《つぎつぎ》に思い出した。そこに、ぼくを失う可能性《かのうせい》が出てきた。ちょっと驚《おどろ》いた。目を覚ましたら真正面にユニコーンの顔があったときくらいに。メグはぼくに災難《さいなん》をもたらしてばかりで、えらそうに命令してばかりだけど、ぼくをだいじに思っている。この三ヵ月間、ぼくはメグの変わらない友人のひとりだった。メグがぼくにとってそうだったように。

メグにとって変わらない友人といえる者がもうひとりいるとすれば、それはピーチだ。ピーチはモモの精《せい》で、メグの子分だが、インディアナポリス以来出てこない。最初はこう思っていた。ピーチがいつ姿《すがた》を現《あらわ》すかは気分しだい。超《ちょう》自然の生き物はだいたいそうだ。しかし、もしピーチが本当はパームスプリングズまでぼくたちを追い駆《か》けてきていたとしたら？　パームスプリングズではサボテンさえ生き抜《ぬ》くのに必死だ……パームスプリングズでモモの木が生き抜《ぬ》く確率《かくりつ》は計算したくない。炎《ほのお》の迷路《めいろ》ではなおさらだ。

メグはラビュリントスの冒険《ぼうけん》以来一度もぼくにピーチの話をしない。今わかった。ピーチが出てこないことが、あまたの心配事と合わさってメグに重くのしかかっているにちがいない。

ぜんぜんわかっていなかった。友だちとして失格《しっかく》だ。

「おいで」ぼくは両手を広げた。「ほら」

メグは一瞬《いっしゅん》ちゅうちょした。まだ鼻をすすりながらベッドから立ち、ためらいがちにこちらに来る。ぼくの胸《むね》に飛びこんできたが、ぼくはマットレスじゃない。思わず「うっ」と声が出た。メグが意外とがっしりして、重くて驚《おどろ》いた。リンゴの皮と土のにおいがしたが、かまわない。メグの鼻水と涙《なみだ》で肩《かた》がびしょ濡《ぬ》れになるのもかまわなかった。

昔から思っていた。妹がいたらどんな感じだろうと。双子《ふたご》のアルテミスはぼくより数分遅《おく》れて生まれたから妹扱《あつか》いすることもあるが、半分はアルテミスがいやがるのがおもしろくてそうしている。メグといると、本当に妹ができたような気がする。この妹はぼくにたより、ぼくを必要としている。おたがいにいらいらの原因《げんいん》になることは多いけど。ヘイゼルはフランクに会い、呪《のろ》いが洗《あら》い流された、といっていた。愛情《あいじょう》により呪《のろ》いが消える、といってもいろいろな形がありそうだ。

「ありがと」メグがぼくの胸《むね》に手をついて離《はな》れ、両目の下をごしごしこする。「もういい。寝《ね》て。あたし――夜ごはん食べたりしてくる」

メグが出ていった後しばらく、ぼくはベッドに横たわり、天井《てんじょう》を見つめていた。

下のカフェから音楽が聞こえる。ホレス・シルヴァーの心を癒《いや》すピアノのサウンドにエスプレッソマシーンの蒸気《じょうき》の音がアクセントを添《そ》え、ボンビロもふたつの頭でハモってうたっている。この数日間このサウンドを聞きつづけ、癒《いや》され、〈おうち〉にいる気分にさえなってきた。眠《ねむ》りに落ちながら、ほのぼのした温かい夢《ゆめ》が見たいと思った。メグとふたり、太陽のふりそそぐ野原で、ゾウ、ユニコーン、グレイハウンドのロボット犬とスキップしているとか。

ところが、また皇帝《こうてい》連中の夢《ゆめ》だった。

訪《おとず》れたくない場所ランキングで、カリグラのラグジュアリーヨットは上位に入る。僅差《きんさ》で並《なら》ぶのはタルクイニウスの墓《はか》、カオスの永遠《えいえん》の奈落《ならく》、ベルギーのリエージュにあるリンブルガーチーズの工房《こうぼう》。くさいスポーツソックスが優越感《ゆうえつかん》にひたりにくる工房《こうぼう》だ。

コンモドゥスはデッキチェアでくつろいでいる。首のまわりにつけた特製《とくせい》のアルミ板に午後の日差しが反射《はんしゃ》し、顔にあたっている。光を奪《うば》われた目はサングラスで保護《ほご》している。身に着けているのはピンクの海パンとピンクのクロックスだけ。日焼け用オイルで輝《かがや》いているボディービルダーのような体と、ブロンズの肌《はだ》は見ないことにする。

その横に立つカリグラは船長の身なりだ。白の上着と濃《こ》い色のスラックスに、ストライプのシャツ。どれもパリッとアイロン掛《が》けしてある。極悪人の顔が天使じみて見えるのは、目の前の奇妙《きみょう》な機械に驚嘆《きょうたん》しているせいだ。今や船尾《せんび》のデッキをすっかり占領《せんりょう》している臼砲《きゅうほう》はデッキによくあるプールより大きい。枠《わく》は厚《あつ》さ六十センチの黒い鉄製《てっせい》で、直径は車が走行できるくらい。砲身《ほうしん》にこめられた巨大《きょだい》な緑の弾《たま》は巨大《きょだい》な放射性《ほうしゃせい》ハムスターボール［訳注：ハムスターなどの小型《こがた》のペット用の透明《とうめい》なプラスチックのボール。運動のため、中に入れて走らせる］みたいに光っている。

でか耳パンダイがデッキのあちこちで忙《いそが》しそうにしている。バスタオルみたいな耳をばたばたさせ、毛むくじゃらの手を尋常《じんじょう》でないスピードで動かして、臼砲《きゅうほう》の下のほうにケーブルを差しこんだり、油を塗《ぬ》った歯車をはめこんだりしている。中にはまだ毛が白い、若《わか》いパンダイもいる。彼《かれ》らの姿《すがた》にクレストとのつかの間の友情《ゆうじょう》を思い出し、胸《むね》が痛《いた》んだ。クレストはミュージシャンを夢見《ゆめみ》る若《わか》いパンダイだったが、炎《ほのお》の迷路《めいろ》で命を落とした。

「すばらしい！」カリグラは臼砲《きゅうほう》のまわりを歩きながらご満悦《まんえつ》だ。「テスト発射《はっしゃ》できる状態《じょうたい》か？」

「もちろんです！」パンダイのブースターがこたえる。「もちろん、ギリシャ火薬の弾《たま》は一個《こ》当たりかなり高額《こうがく》です。ですので――」

「やれ！」カリグラが叫《さけ》ぶ。

ブースターが短い悲鳴をあげ、制御盤《せいぎょばん》の前まで飛んでいく。

ギリシャ火薬。太陽の戦車を運転するぼくでもギリシャ火薬は大嫌《きら》いだ。ねばねばした緑の物質《ぶっしつ》で、絶対《ぜったい》に消せない。とにかくたちが悪い。コップ一杯《いっぱい》分でビル一棟《とう》を燃《も》やせる。臼砲《きゅうほう》用の弾《たま》一個《こ》分のギリシャ火薬なんて今まで見たことがない。

「コンモドゥス？」カリグラが呼《よ》んだ。「これがどんなものか、目以外の感覚で把握《はあく》しておけ」

「ご心配なく」コンモドゥスがそういい、もっとよく日があたるよう顔の位置を直す。

カリグラがため息をつく。「ブースター、発射準備《はっしゃじゅんび》」

ブースターは声を張《は》りあげ、パンダイ語で指示《しじ》した。部下のパンダイがクランクをまわし、つまみをまわす。臼砲《きゅうほう》がゆっくり回転し、海のほうをむく。ブースターは制御盤《せいぎょばん》の計器の数字を二度確《かく》認《にん》し、そして叫《さけ》んだ。「一《ウヌス》、二《ドゥオ》、三《トレス》！」

すさまじい音がして、砲弾《ほうだん》が発射《はっしゃ》された。反動で船全体が震《ふる》える。巨大《きょだい》ハムスターボールはロケットのように空を飛び、やがて緑のビー玉サイズになり、そして西の水平線に飛びこんだ。空がエメラルド色に光る。その一瞬《いっしゅん》後、熱風が船を襲《おそ》った。船が焼き塩と焼き魚のにおいに包《つつ》まれる。水平線の海が沸騰《ふっとう》し、緑の炎《ほのお》の間欠泉《かんけつせん》が噴《ふ》きあがっている。

「見事だ」カリグラがブースターにほほ笑む。「各船に一門ずつ、だな？」

「はい。ご指示《しじ》どおりです」

「射程《しゃてい》は？」

「海軍基地《きち》のトレジャーアイランドを通過《つうか》してしまえば、全臼砲《きゅうほう》の照準《しょうじゅん》をユピテル訓練所に合わせることができます。いかなる魔法《まほう》の防御《ぼうぎょ》もこの砲弾《ほうだん》の前では無力です。全壊間違《ぜんかいまちが》いなしです！」

「よかろう」カリグラがいう。「私《わたし》の好《この》みどおりだ」

「しかし、忘《わす》れないでください」コンモドゥスがデッキチェアからいった。顔の位置は先ほどの爆《ばく》発《はっ》とちがう方向をむいたままだ。「まずは地上戦です。敵《てき》もばかではない。すぐに降服《こうふく》するでしょう！　われわれとしてはニューローマは無傷《むきず》で、ハルピュイアとキュクロプスは殺《ころ》さず手に入れたい。もし可能《かのう》なら、ですが」

「承知《しょうち》している」カリグラがいう。「もし可能《かのう》なら、な」

美しい嘘《うそ》の味わいを楽しむかのような顔つきだ。緑に染《そ》まった空が両目に映《うつ》っている。「いずれにしろ、おもしろいことになる」


目が覚めた。ひとりきりだ。顔に太陽の光があたっている。一瞬《いっしゅん》、思った。ぼくも首に日焼け用のアルミ板をつけ、コンモドゥスと並《なら》んでデッキチェアに座《すわ》っているのか。まさか。コンモドゥスとぼくがつるんでいたのは遠い昔だ。

体を起こす。頭がふらふらして、状況《じょうきょう》が把握《はあく》できないし、脱水状態《だっすいじょうたい》だ。なぜ外はまだ明るい？

そこで気づいた。部屋に入る日差しの角度からすると、正午近くにちがいない。今回も夜から昼まで寝《ね》つづけてしまった。まだ体が疲《つか》れている。

腹《はら》の包帯にそっと手をあてる。恐《おそ》ろしいことにさわるとまた痛《いた》い。紫《むらさき》の筋《すじ》の色が濃《こ》くなっている。その意味はただひとつ。長袖《ながそで》がいる。この先二十四時間に何が起ころうと、メグの心配事を増《ふ》やしてなるものか。倒《たお》れる瞬間《しゅんかん》まで耐《た》えてみせる。

わお。ぼくはいったいだれだ？

ぼくが服を着替《きが》え、ボンビロのカフェから足を引きずって出るまでに、訓練生の大半はもう食堂《しょくどう》に昼食を食べにきていた。食堂《しょくどう》はいつもどおり活気に満ちている。ハーフはコホルスごとに集まり、低いテーブルのまわりに置かれた長椅子《ながいす》に座《すわ》っている。その頭上をそよ風の精《ニンフ》アウラが食べ物の載《の》った大皿や飲み物の入ったピッチャーを手に飛びまわっている。屋根のシダー材の垂木《たるき》からつりさげられた戦争ゲームのペナントや各コホルスの旗が、アウラにあおられて小さく揺《ゆ》れる。食事がすんだ訓練生たちはまわりに気をつけて立ち、背中《せなか》をまるめて出ていく。ハムやチーズの載《の》った空飛ぶ皿で首が飛んだりしたら大変だ。もちろん、ラルは例外だ。半透明《はんとうめい》の体をかみそりが横切ったってへっちゃらだ。

フランクはほかのテーブルで、ヘイゼルや各コホルスの隊長たちと話しこんでいる。レイナの姿《すがた》はない――おそらく、昼寝《ひるね》をしているか、午後の決戦シミュレーションの準備《じゅんび》をしているかだ。明日はいよいよその日だというのに、フランクはやたら落ち着いている。隊長たちと言葉を交《か》わしながら笑みさえ見せている。つられてまわりもリラックスしている感じだ。

あんな根拠《こんきょ》のない自信、いとも簡単《かんたん》につぶせる。夢《ゆめ》で見た臼砲搭載《きゅうほうとうさい》の大艦隊《かんたい》のことを教えてやろう。いや、まだだ。食事くらいゆっくりさせてやろう。

「ねえ、レスター君！」むこうのほうからラビニアの声がした。ウェイターを呼《よ》ぶときみたいに手《て》招《まね》きしている。

ぼくもラビニアとメグのいる五番コホルスのテーブルに参加した。アウラが水の入ったゴブレットをぼくの手に持たせ、テーブルの上に水のおかわり用の大きなピッチャーを置いていく。ぼくが脱水状態《だっすいじょうたい》なのはばればれだ。

ラビニアが身を乗り出した。眉《まゆ》をあげる。ピンクと栗色《くりいろ》の虹《にじ》がふたつできる。「で、本当なの？」

ぼくは顔をしかめてメグを見た。ぼくにまつわるいろんな恥《はじ》かき話の中で、どれをばらした？

メグはずらりと並《なら》べたホットドッグを食べるのに夢中《むちゅう》で、ぼくなど眼中《がんちゅう》にない。

「何が？」ぼくはたずねた。

「靴《くつ》」

「靴《くつ》？」

ラビニアはあきれたように両手を広げた。「テルプシコラのダンス靴《ぐつ》！　今メグからカリグラの船であったこと、聞いていたところなんです。あなたとパイパーって子がテルプシコラの靴《くつ》を見つけた、って！」

「そう」靴《くつ》のことも、それについてメグに話したこともすっかり忘《わす》れていた。変に思われるかもしれないが、カリグラの船で起きたそれ以外のこと——捕《つか》まって、目の前でジェイソンを殺《ころ》され、命からがら逃《に》げ出したこと——ばかりが記憶《きおく》に鮮明《せんめい》で、カリグラの靴《くつ》コレクションは陰《かげ》に追いやられていた。

「メグ」ぼくはいった。「選ぶならほかにいろいろあっただろうに、あえてその話か？」

「あたしからじゃない」メグはさすがだ。ホットドッグ二分の一をほおばったまま、しゃべっている。「ラビニア、靴《くつ》が好きだから」

「で、次の質問《しつもん》はなんだと思いました？」ラビニアがいった。「その皇帝《こうてい》は靴専用船《くつせんようせん》を持っていたんでしょ。なら当然、こう思う。ダンス靴《ぐつ》はあったかな。あったんでしょ、レスター君？」

「それは……あった。一足——」

「驚《おどろ》き」ラビニアは椅子《いす》にもたれ、腕組《うでぐ》みし、ぼくをにらんだ。「驚《おどろ》き、としかいえない。なんで今まで黙《だま》ってたんですか？　テルプシコラのダンス靴《ぐつ》、どのくらいレアか知ってます？　ものすごく貴重《きちょう》で……」憤慨《ふんがい》のあまり言葉に詰《つ》まったようだ。「驚《おどろ》き」

五番コホルスのハーフの反応《はんのう》はいろいろだ。あきれた表情《ひょうじょう》を見せている者、にやにや笑っている者もいれば、ふつうに食べつづけている者もいる。今さらラビニアが何をしたって驚《おどろ》かないらしい。

茶色いぼさぼさ頭の年長そうな少年がぼくの弁護《べんご》を買って出た。「ラビニア、アポロン様はそんなことにかまっている場合じゃないんだ」

「ちょっと、黙《だま》ってて！」ラビニアがいい返す。「トーマスにわかるわけないよね！　いっつもそのブーツだもんね！」

トーマスは標準仕様《ひょうじゅんしよう》の戦闘《せんとう》ブーツを見て首をかしげた。「何が？　インソールのフィット感完璧《かんぺき》だし」

「へー」ラビニアはメグを見た。「なんとかその船に乗りこんで、テルプシコラの靴《くつ》を救出《きゅうしゅつ》しなくちゃ」

「無理」メグは親指についていたピクルスのかけらをなめた。「危険《きけん》すぎ」

「でも――」

「ラビニア」ぼくは横からいった。「君には無理だ」

ラビニアは、ぼくが本気で心配し、止めているのがわかったにちがいない。数日前に初めて会ったときから、ぼくはなぜかじょじょにラビニアに好感を持つようになっていた。ラビニアが殺《ころ》し合いに飛びこむところなんて見たくない。ギリシャ火薬を詰《つ》めた臼砲《きゅうほう》の夢《ゆめ》を見た後だからなおさらだ。

ラビニアはダビデの星のペンダントをチェーンの右にずらしたり、左にずらしたりした。「新しい情報《じょうほう》あります？　おいしいのがいいんですけど」

返事をする前に、食べ物の載《の》った皿がぼくの両手に置かれた。アウラは、この人にはチキンナゲットとフライドポテト、と判断《はんだん》した。しかも山盛《やまも》りだ。いや、ラビニアの「おいしいの」を、オーダーと勘違《かんちが》いしたのかも。

少しして、ヘイゼルと五番コホルスの隊長がぼくたちのテーブルに来た。濃《こ》い色の髪《かみ》で、口のまわりが赤い汁《しる》だらけの少年。そう、ダコタ、バッコスの息子だ。

「何、何？」ダコタが聞く。

「レスター君がニュースがあるって」ラビニアは期待のこもった目でぼくを見た。テルプシコラの

魔法《まほう》のチュチュのありか、内緒《ないしょ》にしていないでしょうね、という顔だ。(ちなみに、何百年も見ていない)

ぼくは深呼吸《しんこきゅう》した。今ここでさっきの夢《ゆめ》について話していいのだろうか。先にプラエトルに報告《ほうこく》すべきではないだろうか。しかし、ヘイゼルはぼくを見てうなずいた。〈どうぞ〉と。それでじゅうぶんだ。

ぼくは見たまま話した――IKEAの中で最高価格《かかく》の大口径臼砲《きゅうほう》の組み立てが完成し、死を呼《よ》ぶ緑の巨大《きょだい》ハムスターボールがテスト発射《はっしゃ》され、太平洋が燃《も》えあがった。さらにつづけた。皇帝《こうてい》たちはこの臼砲《きゅうほう》を一隻《いっせき》に一門、計五十門用意し、発射《はっしゃ》の準備《じゅんび》を整えた。艦隊《かんたい》がサンフランシスコ湾《わん》に入港したとたん、ユピテル訓練所は吹《ふ》き飛ぶ。

ダコタの顔が口のまわりと同じ赤い色になる。「炭酸《たんさん》のおかわり」

ダコタの手にゴブレットは飛びこんでこない。アウラは反対している。

ラビニアは母親のバレエシューズで顔を引っぱたかれたかのようだ。メグはホットドッグを食べつづけている。これが食べおさめになるかも、という感じだ。

ヘイゼルは下くちびるをかんで集中している。おそらく、ぼくが今話した内容《ないよう》のいい面をさがそうとしているんだろうが、そんなことは地面からダイヤモンドを呼《よ》び出すより大変とわかったらしい。

「皇帝《こうてい》たちが秘密《ひみつ》の武器《ぶき》を組み立てていることは前からわかっていたわ。少なくとも今、その武器《ぶき》がどんなものかわかった。これについてはわたしからプラエトルに報告《ほうこく》する。だけれど、何も変わらない。今朝の訓練は全員すごくがんばった」ヘイゼルはここで迷《まよ》ったが、広い心の持ち主なので〈アポロン様はぐっすり眠《ねむ》っていらっしゃいましたけど〉とはいわない。「そして今日の午後の戦争ゲームは、敵《てき》の船に乗りこむ演習《えんしゅう》の予定。実戦にそなえましょう」

テーブルを囲《かこ》むメンバーの表情《ひょうじょう》から、五番コホルスの不安は消えていないのがわかる。ローマ人は昔から海戦が苦手だ。前回ぼくがチェックしたとき、ユピテル訓練所「海軍」には古い三段《だん》オールのガレー船数隻《せき》と、アラメダに手こぎ舟《ぶね》が一隻《いっせき》あるだけだった。しかもガレー船はコロセウムでの模擬《もぎ》海戦専用《せんよう》だ。敵《てき》の船に乗りこむ演習《えんしゅう》といっても、実戦にそなえるというより、訓練生を忙《いそが》しくさせておくためだろう。そうすればさしせまった運命について考えずにすむ。

トーマスが額《ひたい》をこすった。「こんな人生いやだ」

「落ち着いて」ヘイゼルがいった。「だからこそわたしたちはこの訓練所にいる。ローマの遺産《いさん》を守るため」

「しかもローマ皇帝《こうてい》から」トーマスがうなだれる。

「こういってはなんだが」ぼくは割《わ》りこんだ。「ローマ帝国《ていこく》の最大の脅威《きょうい》は多くの場合、ローマ皇《こう》帝《てい》だった」

だれも反論《はんろん》しない。

上官のテーブルにいるフランク・チャンが立ちあがった。部屋を飛び交《か》うピッチャーや皿の動きが止まる。宙《ちゅう》に浮《う》いたまま、礼儀《れいぎ》正しく待っている。

「諸君《しょくん》！」フランクはどうにか自信に満ちた笑みを浮《う》かべている。「二十分後にマルスの野でリレー訓練を再開《さいかい》する！　命がけで演習《えんしゅう》を行ってほしい。実戦も命がけだ！」

21

洋弓《ようきゅう》の集中講座《こうざ》これでおしまい

「けがの具合はいかがですか?」ヘイゼルが聞いた。

親切でいっているのはわかるが、その質問《しつもん》にはほとほとあきた。傷《きず》自体にはなおさらだ。

ヘイゼルと並《なら》んでメインゲートから出て、マルスの野にむかう。メグもすぐ前で側転しながらこちらにむかっているが、どうすれば胃《い》の中のホットドッグ四つを逆流《ぎゃくりゅう》させずにそんなことができるのか不明だ。

「ごらんのとおり」ぼくは陽気に返したつもりだが、たぶんばれている。「もろもろから判断《はんだん》して、元気だ」

神だったときのぼくなら笑っただろう。〈元気? 冗談《じょうだん》だろう?〉

この数ヵ月間、ぼくは自身への期待度を徹底的《てっていてき》にレベルダウンさせた。現《げん》時点で「元気」は「まだ歩くこと、呼吸《こきゅう》することはできる」の意味だ。

「もっと早く気づくべきでした」ヘイゼルがいった。「あなたの死のオーラは一時間ごとに強くなって――」

「死のオーラの話はよさないか？」

「すみません。ただ……ニコがここにいたらな、と。ニコなら治療法《ちりょうほう》がわかるかも」

ヘイゼルの異母《いぼ》きょうだいに会うのはかまわない。ハデスの息子、ニコ・ディ・アンジェロは、ハーフ訓練所でのネロとの戦いで大活躍《だいかつやく》してくれた。それに、ニコのボーイフレンドでぼくの息子、ウィル・ソラスも治療《ちりょう》の腕《うで》はたしかだ。しかし、あのふたりでもプランジャル以上の助けにはならないだろう。ウィルとニコがここにいたとしても、ぼくには気を遣《つか》う相手がふたり増《ふ》えるだけだ――さらにふたり、しかもカップルのふたりが心配げな顔でぼくを見守り、ぼくが完全なるゾンビに変身するときを待つのだ。

「心遣《こころづか》いに感謝《かんしゃ》する」ぼくはいった。「ところで……ラビニアはあそこで何をしている？」

百メートルくらい先にラビニアとファウヌスのドンがいた。小テベレ川にかかる橋の上に――マルスの野とはずいぶん離《はな》れたところにある――立ち、何かいい合いをしている。おそらく、ヘイゼルには黙《だま》っておけばよかった。それにしてもラビニアは、だれにも気づかれたくないなら髪《かみ》は別の色に染《そ》めるべきだし――たとえば迷彩色《めいさいしょく》とか――腕《うで》もあんなにふりまわすべきではない。

「さあ」ヘイゼルの表情《ひょうじょう》はどこかの母親のうんざり顔そっくり。うちの子が柵《さく》をよじのぼってサルの檻《おり》に入りたがるのはこれで何度目かしら、という顔だ。「ラビニア！」

ラビニアがこちらを見た。〈ちょっと待ってて〉と手で合図し、またドンとのいい合いにもどる。

「まだそんな年じゃないけど、胃《い》に穴《あな》が開いちゃいそう」ヘイゼルがいった。

現状《げんじょう》を考えれば冗談《じょうだん》につき合っている場合ではないのだが、ぼくは思わず笑った。

マルスの野に近づくにつれ、訓練生がコホルスごとに分かれ、それぞれの訓練を開始したのが見えてきた。塹壕《ざんごう》を掘《ほ》っているコホルスもいれば、昨日まではなかった人工湖の岸に集合し、おもちゃのような船二隻《せき》に乗りこもうと待ちかまえているコホルスもいる。カリグラの船とは大違《ちが》いだ。三つ目のコホルスは盾《たて》をそりにして茶色い丘《おか》をすべりおりている。

ヘイゼルはため息だ。「あの子たち、わたしのコホルスの不良グループだと思います。悪いんですが、ちょっと行ってグールの退治《たいじ》の仕方を教えてきます」

ヘイゼルがいなくなり、ぼくは側転好きの相棒《あいぼう》とふたりきりになった。

「で、ぼくたちはどこに行く？」メグに聞く。「フランクは、特別な仕事、とかいっていたが」

「うん」メグはマルスの野のいちばん奥《おく》を指さした。五番コホルスが弓場《ゆば》に集まっている。「弓矢の先生」

思わずメグを見つめる。「なんの先生だって？」

「午前のクラスはフランクが教えてた。アポロンは『くったり』寝《ね》てたから。午後は先生交替《こうたい》」

「しかし――レスターには、しかもこの状態《じょうたい》では無理だ！　それに、ローマ人は戦いで弓は使わない。飛び道具など用いるにおよばず、と思っている！」

「考え方を変えなくちゃ。皇帝《こうてい》を倒《たお》したい人は」メグがいう。「あたしみたいに。あたしの新兵器はユニコーン」

「あたしの――え？――なんだって？」

「後で」メグはスキップで大きな馬場にむかって走りだした。馬場では一番コホルスとユニコーンの群《む》れが、おたがい疑《うたが》わしげな目つきで見合っている。いったいメグはどうやってあの非暴力的《ひぼうりょくてき》生物を武器《ぶき》に仕立てあげるつもりなのか、だれが許可《きょか》したのか、想像《そうぞう》もつかない。と思ったらきゅうに恐《おそ》ろしい場面が目の前に浮《う》かんだ。ローマ人とユニコーンが大きなチーズ削《けず》り器を手におたがいに攻《せ》めかかる。いや、自分の仕事に集中しよう。

ため息まじりに弓場《ゆば》のほうをむき、新しい生徒に会いにいった。

弓が下手なのも怖《こわ》いが、突然《とつぜん》また得意《とくい》になるのはもっと怖《こわ》い。そんなの問題ないと思われるかもしれないが、ぼくは人間になってから何度か、突発的《とっぱってき》に神としての力がもどったことがあった。その力は毎回すぐに消え去り、ぼくはさらに落ちこみ、幻滅《げんめつ》させられた。

たしかにタルクイニウスの墓《はか》では矢筒《やづつ》にあった矢、すべてを命中させたが、また同じことができる保証《ほしょう》はない。ハーフが並《なら》んで見ている前で弓の腕前《うでまえ》を披露《ひろう》しようとして、メグのユニコーンの尻《しり》に矢を撃《う》ちこむ結果になったら、恥《は》ずかしくて死んでしまいそうだ。ゾンビの毒《どく》にやられるのを待つまでもない。

「よし、みんな」ぼくはいった。「始めよう」

ダコタはしめっぽい矢筒《やづつ》をさぐり、曲がっていない矢をさがそうとしている。どうやら弓矢の道具のしまい場所はサウナがいちばんと思っているようだ。トーマスともうひとりの訓練生（マーカスだっけ？）は弓をふりまわして剣《けん》の練習をしている。軍団《ぐんだん》の旗手のジェイコブは弓につがえた矢を目の高さで引いている。なるほど。だから午前の訓練から左目に眼帯《がんたい》をしているのか。今度は両目とも完全に見えなくなりたいらしい。

「みんな、来て！」ラビニアがいった。遅《おく》れて来たことはばれずにしのびこみ（彼女《かのじょ》のスーパー能《のう》力《りょく》のひとつだ）、ちゃっかりぼくの助手みたいな顔で指示《しじ》している。「アポロン様がインストラクターのまねして教えてくれるって！」

これでぼくが今、底値《そこね》になったのがわかった。人間からもらえる最高のほめ言葉、それが「インストラクターのまね」だ。

ぼくは咳払《せきばら》いした。今までもっと大勢《おおぜい》の前に立ったことがある。なぜこんなに緊張《きんちょう》する？　いや、当然だ。今は百パーセント無能《むのう》の十六歳《さい》だから。

「では……標的にねらいをつけるやり方を教えよう」声がかすれる。あたり前だ。「足を広げ、弓を思いきり引く。そして利《き》き目で標的を見る。あるいはジェイコブなら、眼帯《がんたい》をしていないほうの目だ。照準器《しょうじゅんき》でねらいを定める。あればだが」

「ないです」マーカスがいう。

「そこについている小さいわっか」ラビニアが教えた。

「ありました」マーカスがいう。

「そして、撃《う》つ」ぼくはいった。「このように」

ぼくは的を撃《う》った。いちばん近い的、その次は遠い的、また次の的――とりつかれたかのようにどんどん撃《う》つ。

二十射《しゃ》目で初めて、すべて的の中心に命中していたことに気づく。各的二本ずつ、いちばん遠い的は約二百メートル離《はな》れている。アポロンには子どもの遊びだが、レスターには奇跡《きせき》だ。

訓練生たちは口をぽかんと開けてぼくを見ている。

「おれたちにもやれって？」ダコタが聞く。

ラビニアはぼくの前腕《ぜんわん》にパンチした。「みんな、見た？　いったでしょ。アポロン様はそこまでヘタレていないって！」

ラビニアに同意せざるをえない。不思議とヘタレ少年でなくなった気がする。

弓の腕前《うでまえ》を披露《ひろう》しても体は疲労《ひろう》していない。前みたいに突発的《とっぱってき》に神の力がよみがえったときの感覚もない。ついもうひとつ矢筒《やづつ》をもらい、腕前《うでまえ》が維持《いじ》できているかたしかめたい気もしたが、運を試すのも怖《こわ》い。

「さて……」ぼくは少し口ごもった。「まあ、その、君たちには難《むずか》しいだろう。今すぐあそこまでやるのは。ぼくはただ、練習を積《つ》めばどこまで上達するか見せたかっただけだ。さあ、やってみようか？」

自分のことを考えずにすんでほっとした。全員を横一列に並《なら》ばせ、ひとりひとり見てアドバイスをしていく。ダコタは矢が曲がっていてもそう下手ではなく、何度か本当に的にあてた。ジェイコブも右目にけがをせずにすんでいる。トーマスとマーカスの撃《う》つ矢のほとんどは地面をすべり、岩にあたってはね返ったり、塹壕《ざんごう》に飛びこんだりして、そのたびに「おい、やめてくれよ！」と塹壕《ざんごう》掘《ほ》り中の四番コホルスから文句《もんく》が飛んだ。

一時間練習してもうまくならないラビニアは、ふつうの弓矢をあきらめ、クロスボウを出した。太矢《ふとや》の一発目が五十メートル先の的を倒《たお》す。

「なぜそんなのんきな飛び道具を使いたがる？」ぼくはラビニアにたずねた。「超《ちょう》ＡＤＨＤなら、ふつうの弓のほうが即時《そくじ》に満足感を得《え》られるだろう」

ラビニアは肩《かた》をすくめた。「そうかも。でも、クロスボウには主張《しゅちょう》があるんですよ。そういえば

「……」ぼくに顔を近づける。表情《ひょうじょう》が真剣《しんけん》になる。「話したいことがあるんです」

「いやな予感がする」

「そうなんです。あたし――」

遠くで角笛が鳴った。

「おい、みんな！」ダコタが呼《よ》んだ。「訓練交替《こうたい》の時間だ！　みんな、お疲《つか》れさん！」

ラビニアはまたぼくの腕《うで》にパンチした。「レスター君、また後で」

五番コホルスは弓矢をほうり出し、次の訓練に走っていった。拾うのはぼくの役だ。まったく。

午後は夕方まで弓場《ゆば》にとどまり、交替《こうたい》でやって来るコホルスに教えた。時間がたつにつれ、撃《う》つ恐怖心《きょうふしん》も教える恐怖心《きょうふしん》も薄《うす》れていった。最後の一番コホルスが終わる頃《ころ》には確信《かくしん》していた。よみがえった弓矢の腕前《うでまえ》は持続している。

理由はわからない。まだ神だったときのレベルではないが、平均的《へいきんてき》なハーフの射手《しゃしゅ》やオリンピック金メダル選手より上なのは、間違《まちが》いない。ぼくは〈ジャイブ〉しはじめた。ドドナの矢を引っ張《ぱ》り出し、「ぼくの実力を見たか？」といってやりたいくらいだ。しかし、この幸運を台無しにしたくない。しかも、決戦の前に自分がゾンビの毒《どく》で死にかけなのは知っているので、的の中心に命中させる腕前《うでまえ》をとりもどした高揚感《こうようかん》も半減《はんげん》だ。

訓練生たちの感動はそれなりだ。中には、たとえば目をつぶさずに射《い》るとか、となりの仲間を殺《ころ》さずに射《い》るとか、少し学んだ者もいた。しかし、ほかの訓練のほうが楽しかったのは明らかだ。いろんなコホルスの子がユニコーンやヘイゼルの極秘《ごくひ》グール退治術《たいじじゅつ》について小声で話しているのが、何度も耳に入ってきた。三番コホルスのラリーは船に乗りこむ演習《えんしゅう》がよほど楽しかったようで、大人になったら海賊《かいぞく》になりたい、といい出した。おそらく、塹壕《ざんごう》掘《ほ》りでさえ、大半の訓練生にとってはぼくのクラスより楽しかっただろう。

夕闇《ゆうやみ》せまる頃《ころ》、終了《しゅうりょう》を知らせる角笛が鳴り、全コホルスはどたどた歩いて訓練所にもどった。ぼくもおなかが空《す》いて、ぐったり疲《つか》れていた。人間の教師《きょうし》が朝からぶっ通しで授業《じゅぎょう》をするとこんな感じになるのだろうか。もしそうなら、どう乗り切っているんだろう。彼《かれ》らがじゅうぶんな報酬《ほうしゅう》として黄金、ダイヤモンド、希少スパイスなどを受けとっているよう願う。

少なくとも、どのコホルスの雰囲気《ふんいき》も明るかった。プラエトル二名の目標が訓練生に不安を忘《わす》れさせ、決戦の前日に士気《しき》を高めることだったなら、午後の演習《えんしゅう》は大成功だった。しかし、敵撃退法《てきげきたいほう》を完璧《かんぺき》にマスターすることだったなら……期待はできない。また今日一日、明日の襲撃《しゅうげき》における最悪の要素《ようそ》についてはだれもが意図的に話題にするのを避《さ》けていた。ローマのハーフは元同志《どうし》と対面することになる。かつての同志《どうし》がタルクイニウスの支配《しはい》するゾンビとしてもどってくるのだ。タルクイニウスの墓《はか》でラビニアは、胸《むね》の引き裂《さ》かれる思いでボビーをクロスボウで倒《たお》した。あのときの五十倍、六十倍の倫理的《りんりてき》ジレンマに立たされることになった場合、軍団《ぐんだん》は士気《しき》をたもてるだろうか。

中通りへの角を曲がり、食堂《しょくどう》にむかおうとしたところで声がした。「ねえ」

ボンビロのカフェと戦車修理店《しゅうりてん》のあいだの小道に潜《ひそ》んでいたのは、ラビニアとドン。ドンはしぼり染《ぞ》めのTシャツの上に元祖《がんそ》トレンチコートを着ている。これなら目立ちにくいと思ったのかもしれない。ラビニアはピンクの髪《かみ》に黒のキャップをかぶっている。

「ちょっと来て！」ラビニアはひそひそ声だ。

「しかし、夕食が――」

「急用です」

「ふたりでかつあげに来たか？」

ラビニアがつかつかやって来てぼくの腕《うで》をつかみ、暗がりに引っ張《ぱ》りこむ。

「ドンウォリー」ドンがぼくにいう。「かつあげじゃないって！　だけど、もし小銭《こぜに》があまってるなら――」

「ドン、黙《だま》って」ラビニアがいう。

「はいよ」とドン。

「レスター君、いっしょに来て」

「ラビニア、ぼくは疲《つか》れている。おなかもぺこぺこだ。小銭《こぜに》もない。すまないが、少し待って
――」

「だめです。明日全員死ぬかもしれないんですよ。だいじなことなんです。しのび足で行きましょう」

「しのび足で？」

「そう」ドンがいう。「人目をしのんで、外出するときは」

「なぜ？」

「行けばわかります」ラビニアの口ぶりは不吉《ふきつ》だ。ぼくの棺《ひつぎ》がどんな形をしているか説明できないから、自分でたしかめろということか。

「捕《つか》まったら？」

「はい！」ドンはしゃんと背筋《せすじ》をのばした。「知ってます！　初犯《しょはん》の場合、一カ月のトイレ掃除《そうじ》！だけど、ほら、明日全員死んだら、無罪放免《むざいほうめん》！」

そんなうれしい知らせとともに、ラビニアとドンはぼくの手をつかみ、暗い道の奥《おく》へと引っ張《ぱ》っていった。

22

ドリュアスとファウヌス集《つど》い

思案顔

ローマの軍事訓練所からしのび足で外出するのがこんなに簡単《かんたん》だったとは。

無事フェンスの穴《あな》をくぐり抜《ぬ》け、塹壕《ざんごう》を進み、トンネルを抜《ぬ》け、見張《みは》りの横を通過《つうか》し、訓練所の監視塔《かんしとう》が見えなくなると、ドンは得意《とくい》げに説明した。すべて彼《かれ》が前もって準備《じゅんび》していたのだ。「ほら、訓練所は敵《てき》を入れないための設計《せっけい》。中に訓練生を閉《と》じこめる設計《せっけい》とか、たまたま入りこもうとしたファウヌスを入れない設計《せっけい》にはなってない。こっちだって悪気はなくて、温かい食べ物さがしにくるだけだし。見張《みは》りのスケジュール知ってて、出入りのポイントをいつも変えれば、簡単《かんたん》」

「ファウヌスにしては勉強熱心だな」ぼくはいった。

ドンがにっと笑う。「まあね。だらだらするのも仕事としちゃハードなんだな」

「けっこう歩くことになるから」ラビニアがいう。「休んでいる暇《ひま》ないわよ」

ぼくは文句《もんく》をいいそうになるのをこらえた。ラビニアとまた夜のハイキングなんて、ぼくの今晩《こんばん》の予定表にはなかった。しかし、正直、興味《きょうみ》はあった。ラビニアはドンとさっき何をもめていた？　弓の練習中から、なぜぼくと話をしたがっている？　これからどこに行く？　黒のキャップをかぶったラビニアは、嵐《あらし》のような目をしている。不安そうだが、心に決めたことがあるように見える。不器用なキリンというより、緊張《きんちょう》したガゼルという感じだ。以前ラビニアの父親のセルゲイ・アシモフがモスクワバレエ団《だん》で踊《おど》るのを見たことがある。グランジュテに挑《いど》む直前の彼《かれ》は、今のラビニアとそっくりの表情《ひょうじょう》だった。

ラビニアに聞きたい。何がどうなっている？　しかし、ラビニアは体全体で、話しかけないでといっている。というか、今はまだ話せない、といっている。三人とも黙《だま》ったまま、谷を出て、バークリーの街中に入っていく。

真夜中近く、ピープルズパークに着いた。

ここに来たのは一九六九年以来だ。いかしたヒッピーミュージックとフラワームーブメント［訳注：愛と平和を唱えたヒッピーの理念・文化］を体感しに立ち寄《よ》ったのだが、気づいたら学生運動に巻《ま》きこまれていた。警察《けいさつ》の催涙《さいるい》ガス、散弾銃《さんだんじゅう》、警棒《けいぼう》は「いかす」どころではなかった。ぼくは自分の持てる神の力を総《そう》動員し、神の実体を現《あらわ》さないようがんばった。そんなことになったら十キロ圏内《けんない》にいる全員が吹《ふ》き飛び、灰《はい》になってしまうからだ。

それから数十年たった今、このみすぼらしい公園はまだその余波《よは》を受けている感じだ。枯《か》れた茶色い芝生《しばふ》のあちこちに捨《す》てられた服の山や厚紙《あつがみ》が放置されている。厚紙《あつがみ》には〈ここは憩《いこ》いの場です。野宿の場所ではありません〉とか〈公園を大切に〉とか手書きで書いてある。切り株《かぶ》のいくつかは鉢《はち》植《う》えの植物やビーズのネックレスで飾《かざ》られている。犠牲者《ぎせいしゃ》の慰霊碑《いれいひ》かもしれない。ゴミ箱には空き缶《かん》があふれ、ホームレスはベンチで寝《ね》たり、各自の財産《ざいさん》らしきものを詰《つ》めこんだショッピングカートをのぞき合ったりしている。

公園のいちばん奥《おく》にあるベニヤ板のステージに座《すわ》りこんでいるのは、ぼくも見たことがないくらい大勢《おおぜい》のドリュアスとファウヌス。ファウヌスがピープルズパークに住み着きたがるのはよくわかる。だらだらしたり、物乞《ものご》いをしたり、ゴミ箱の残飯をあさったりできるし、だれにもとがめられない。ドリュアスが来ているのは、少し驚《おどろ》きだ。ざっと二十人以上はいる。地元のユーカリの木のドリュアスや、セコイアのドリュアスも何人かいるようだが、それ以外の大半は病的な外見からして、この公園で細々《ほそぼそ》と生き残ってきた灌木《かんぼく》、芝生《しばふ》、雑草《ざっそう》（雑草《ざっそう》のドリュアスをけなしているわけではない。メヒシバの美人ドリュアスを何人か知っている）のドリュアスにちがいない。

ファウヌスとドリュアスは大きな輪になって座《すわ》っている。透明《とうめい》なキャンプファイアを囲《かこ》んで合唱でも始めるのだろうか。いや、彼《かれ》らはぼくたちが――ぼくが――音楽を始めるのを待っているにちがいない。

ぼくはすでにじゅうぶん緊張《きんちょう》していた。そのとき、よく知っている顔が目にとまり、ゾンビ毒《どく》におかされた皮膚《ひふ》から体が飛び出しそうになった。「ピーチ?」

メグの赤ん坊《ぼう》モモの精《せい》が歯をむきだし、こたえた。「ピーチ!」

木の枝《えだ》でできた翼《つばさ》は葉が少し落ち、緑の巻《ま》き毛は先端《せんたん》が枯《か》れて茶色くなり、ランプのような目は以前ほど輝《かがや》いていない。北カリフォルニアまでぼくたちを追うのに相当苦労したにちがいない。しかし、うなり声は今も迫力《はくりょく》じゅうぶんで、ぼくは膀胱《ぼうこう》が勝手に反応《はんのう》しないか心配になった。

「どこにいた?」ぼくはたずねた。

「ピーチ!」

たずねたこちらがばかだった。ピーチの居場所《いばしょ》はピーチにきまっている。たぶん、どんなときもピーチだから。「メグは君がここにいると知っているのか? 君はどうやって——」

ラビニアがぼくの肩《かた》をつかんだ。「アポロン様、時間がありません。ピーチは自分が南カリフォルニアで見たこと、あたしたちにいろいろ教えてくれました。助けにいったけど間に合わなかったんですって。大いそぎでここに駆《か》けつけて翼《つばさ》はぼろぼろ。南カリフォルニアで何があったか、アポロン様から直接《ちょくせつ》このグループに話してほしいって」

ぼくは大集団《しゅうだん》の顔を見渡《みわた》した。ドリュアスは怯《おび》え、不安、怒《いか》りの混《ま》じった表情《ひょうじょう》だ——が、ほぼ全員が怒《おこ》ることに疲《つか》れてしまったように見える。今、人間文明の後期に生きるドリュアスにありがちな表情《ひょうじょう》だ。どこも汚染《おせん》だらけでふつうの植物はかろうじて呼吸《こきゅう》したり、水を飲んだりするだけ。しまいに自分が宿る植物の枝《えだ》に絡《から》まって、あらゆる希望を失いはじめる。

今ラビニアはぼくに、彼《かれ》らを絶望《ぜつぼう》のどん底につき落とせ、といっている。ロサンゼルスのドリュアス仲間に起きたことと、火攻《ひぜ》めによる破滅《はめつ》が明日にせまっていることを教えればそうなる。つまり、ラビニアはぼくが怒《おこ》った植物集団《しゅうだん》に殺《ころ》されてもへっちゃらなのだ。

ぼくは唾《つば》を飲んだ。「えっと……」

「そうだ。これ役に立つかも」ラビニアは肩《かた》からバックパックをおろした。例によってバックパックは相当ふくらんでいる。ラビニアはいつもいろんな道具を持ちまわっているからだ。バックパックを開け、ラビニアは思いがけない品を引っ張《ぱ》り出した。ぼくのウクレレだ――きれいに磨《みが》きなおし、弦《げん》も張《は》り替《か》えてある。

「どうやって……?」ぼくはたずねた。ラビニアがぼくの手にウクレレを持たせる。

「カフェの二階の部屋から盗《ぬす》みました」友だち同士《どうし》ならあたり前、とでもいいたげだ。「ぐったり眠《ねむ》っていたから。で、楽器の修理《しゅうり》ができる友だちのとこに持っていったんです――マリリンっていう、エウテルペの娘《むすめ》。知っていますよね、音楽のムーサのエウテルペ」

「し――知っている。もちろん。エウテルペの得意《とくい》な楽器はフルートで、ウクレレではない。しかし、フレットボードの状態《じょうたい》は完璧《かんぺき》だ。マリリンはきっと……いや、本当に……」しどろもどろだ。

「ありがとう」

ラビニアはにらむようにぼくを見た。努力をむだにしないでください、と目でいう。それからうしろにさがり、ファウヌス、ドリュアスの輪に加わった。

演奏《えんそう》を始めた。ラビニアのいうとおりだ。ウクレレが役に立った。うしろに隠《かく》れるためではない──ウクレレのうしろに隠《かく》れることができないのはこの身で実験ずみだ。しかし、ウクレレはぼくの声に自信をくれた。悲しげなマイナーコードをいくつか鳴らした後、うたいはじめる。ユピテル訓練所に到着《とうちゃく》したときにうたった『ジェイソン・グレイスの最期《さいご》』だ。しかし歌詞《かし》はとっさに変えた。優《すぐ》れたパフォーマーはだれでもそうだが、ぼくも観客に合わせてアレンジを加えた。

南カリフォルニアを焦《こ》がした山火事と日照りをうたう。パームスプリングズのオアシスで暮《く》らしていた、勇敢《ゆうかん》なサボテンのドリュアスとサテュロスをうたう。全員が灼熱《しゃくねつ》の暑さの源《みなもと》をさがし出そうともがき、戦っていた。アガベとカネノナルキをうたう。ふたりとも炎《ほのお》の迷路《めいろ》で重傷《じゅうしょう》を負い、カネノナルキはアロエの腕《うで》の中で息絶《た》えた。希望ある歌詞《かし》も少し加えた。メグとトネリコの戦士《せんし》ドリュアスの復活《ふっかつ》を──そして、ぼくたちが炎《ほのお》の迷路《めいろ》を破壊《はかい》し、南カリフォルニアの自然環境《かんきょう》に少なくとも回復《かいふく》のために戦うチャンスは与《あた》えたことをうたう。しかし、われわれが直面している危険《きけん》を隠《かく》すことはできない。自分が夢《ゆめ》で見たことを伝える。五十隻《せき》の艦隊《かんたい》が威力絶大《いりょくぜつだい》な臼砲《きゅうほう》を搭載《とうさい》してこちらにむかっている、ベイエリア一帯を蹂躙《じゅうりん》して生き地獄《じごく》に変えるつもりだと。

最後のコードを弾《ひ》き、顔をあげた。ドリュアスの目に緑の涙《なみだ》が光っている。ファウヌスはおいおい泣いている。

ピーチがみんなのほうをむき、うなる。「ピーチ！」

今回ははっきりと意味がわかった。〈ね？　いったとおりだったでしょ！〉

ドンが鼻をすすり、目をふく。落ちていたブリトーの包み紙らしきもので。「本当なんだ。本当にそうなる。元祖《がんそ》ファウヌス、森林の神よ、われわれを守りたまえ……」

ラビニアも指で涙《なみだ》を払《はら》う。「アポロン様、ありがと」

ラビニアのためにやったわけではない。では、なぜぼくは今、ドリュアスひとりひとりの主根を蹴飛《けと》ばしまわったような気がしている？　これまでニューローマやユピテル訓練所の運命について、古代の神託《しんたく》、友人、そして自分について、長いこと心配を重ねてきた。しかし、ここにいるハックベリーやメヒシバも生きるに値《あたい》するのは同じだ。彼《かれ》らも死に直面している。怖《こわ》がっている。もし皇《こう》帝《てい》連中が臼砲《きゅうほう》を発射《はっしゃ》したら、彼《かれ》らは手も足も出ない。ピープルズパークでショッピングカートを押《お》すホームレスも、訓練生といっしょに燃《も》えるだろう。どちらも命の重さにちがいはない。

人間は今回の大災害《さいがい》を正しく把握《はあく》できないかもしれない。山火事の延焼《えんしょう》、あるいは人間の脳《のう》が理《り》解《かい》しうる範囲《はんい》の原因《げんいん》によるものと考えるかもしれない。しかし、ぼくは真実を知っている。この広大で、突飛《とっぴ》で、美しいカリフォルニア沿岸《えんがん》地方が燃《も》えたら、それはぼくが敵《てき》を阻止《そし》することに失敗したせいだ。

「みんな」少し間をとって気持ちを落ち着け、ラビニアがつづけた。「聞いたでしょ。皇帝《こうてい》たちは明日の夕方までにはここに来る」

「でも、それじゃ時間がない」セコイアのドリュアスがいった。「ベイエリアもロサンゼルスと同じ目にあうとしたら……」

不安が冷たい風となって集団《しゅうだん》にさざ波を起こす。

「けどユピテル訓練所は戦うんだろう？」ファウヌスがおそるおそるいった。「なら、勝てるかも」

「やめて、レジナルド」ドリュアスがしかった。「人間に守ってもらうつもり？　それが今までうまくいったこと、ある？」

まわりは全員うなずいている。

「念のためにいうと」ラビニアが割《わ》りこんだ。「フランクとレイナががんばってるとこ。少人数のコマンド部隊を送りこんで、艦隊《かんたい》を食い止めようとしてる。マイク・カハレとか、厳選《げんせん》したハーフが何人か。でも、期待できない」

「初耳だ」ぼくはいった。「どこで知った？」

ラビニアはピンクの眉《まゆ》をあげた。〈そんなこと聞かないで〉だ。「それと、もちろん、ここにいるレスター君もがんばってくれるみたい。極秘《ごくひ》の儀式《ぎしき》で神の助けを呼《よ》ぶんだって。でも……」

その先は必要ない。それも期待できない。

「で、君たちはどうする？」ぼくは聞いた。「何ができる？」

意地悪をいったつもりはない。彼《かれ》らに打つ手があるとは思えないだけだ。ファウヌスたちの顔に浮《う》かんだパニックの表情《ひょうじょう》から、彼《かれ》らの作戦は想像《そうぞう》がつく。今すぐオレゴン州ポートランド行きのバスチケット購入《こうにゅう》。しかし、ドリュアスには無理だろう。ドリュアスは文字どおり生まれた土地に根を張《は》っている。おそらく南カリフォルニアのドリュアスと同じように深い休眠状態《きゅうみんじょうたい》に入ることはできる。しかし、それで大火事をしのぐことはできるだろうか？　ある地域《ちいき》を襲《おそ》った壊滅的《かいめつてき》火事のあと生長し、大きく育った植物があったという話は何度か聞いたことがあるが、ごくまれな例だろう。

正直、ドリュアスのライフサイクルについても、気候による災害《さいがい》からドリュアスがどう身を守っているかもよく知らない。昔から追い駆《か》けてばかりいないで、もっとドリュアスと話す時間を作っていたら……

わお。以前のぼくならそんなこと思いもしなかった。

「相談することがいろいろあるわ」ドリュアスのひとりがいった。

「ピーチ」ピーチがうなずき、そして目ではっきりぼくに伝えた。〈早くどっか行って〉

ピーチに聞きたいことだらけだ。なぜずっと姿《すがた》を消したままだった？　なぜここにいて、メグといっしょにいない？

今晩《こんばん》はひとつも答えはもらえないだろう。もらえるとしたら、うなったり、かんだり、「ピーチ」だけだろう。さっきドリュアスのひとりはこういった。人間に自然の精《せい》の問題を解決《かいけつ》してもらうつもりはない。明らかに、「人間」にはぼくもふくまれている。ぼくは自分のメッセージを伝えた。もうすることはない。

ぼくの心はすでに重く、メグの精神状態《せいしんじょうたい》はよくない……メグにこのニュースをどう伝えればいいだろう。おむつをつけたメグの赤ん坊《ぼう》モモの精《せい》はホームレスフルーツになっていた。

「訓練所にもどりましょ」ラビニアがぼくにいった。「明日は決戦の日ですよ」

ドンは置いていくことにした。仲間と危機対策《ききたいさく》についての話し合いが始まっていたからだ。ぼくとラビニアはテレグラフアベニューから、来た道を引き返した。

数ブロック歩いたところで、思いきって聞いてみた。「彼《かれ》らはどうするつもりだ?」

ラビニアはびくっとした。ぼくがいることを忘《わす》れていたらしい。「あたしたち、ってことですよね。あたしも彼《かれ》らの一員だし」

喉《のど》に何かつかえた。「ラビニア、びっくりさせないでくれ。何を企《たくら》んでいる?」

「内緒《ないしょ》にしとくつもりだったのに」ラビニアがつぶやく。街灯の明かりで、キャップからはみ出したピンクの髪《かみ》が綿菓子《わたがし》みたいだ。頭のまわりでふわふわしている。「タルクイニウスの墓《はか》であれを――ボビーとかほかの仲間を見て、さらにさっきの歌で明日何が待ち受けてるか聞いて――」

「ラビニア、まさか――」

「できない、勇敢《ゆうかん》な戦士《せんし》のふりして前線に立つなんて。あたしが盾《たて》をかまえてみんなといっしょに死に直進？　そんなことしたってだれも助けられない」

「しかし――」

「お願い、何も聞かないで」低い声はピーチのうなり声くらい脅《おど》しが効《き》いている。「絶対《ぜったい》お願い。今晩《こんばん》のことについて何も、だれにも話さないで。さ、行きましょ」

その後の帰り道ずっと、ラビニアはぼくの質問《しつもん》を無視《むし》した。頭に風船ガムのにおいつき黒雲をかぶっているのかと思うほどだ。だれにも見つからずに監視塔《かんしとう》の横を通過《つうか》し、壁《かべ》をくぐり、ぼくをカフェに送り届《とど》け、さよならもいわずに暗闇《くらやみ》に溶《と》けこんだ。

たぶん、引き止めるべきだった。アラームを鳴らし、ラビニアを逮捕《たいほ》してもらうべきだった。しかし、それがなんの役に立つ？　おそらく、ユピテル訓練所がラビニアにとって居心地《いごこち》のいい場所だったことは一度もないのだろう。ラビニアはいつも秘密《ひみつ》の出入り口をさがしたり、谷から出る秘《ひ》密《みつ》の山道をさがしたりしている。今、ついにポキンと折れた。

残念だけど、ラビニアには二度と会えない気がした。ラビニアは次のポートランド行きのバスに、数十人のファウヌスとともに乗りこむ。ぼくは怒《おこ》りたいはずなのに、悲しく思うだけだ。自分がラビニアだったら、ちがう行動をとったか？

カフェの二階の部屋にもどると、メグはいびきをかいて寝《ね》ていた。メガネは指先にぶらさがり、ベッドのシーツは足側にまるまっている。メグを起こさないよう毛布《もうふ》をかけ直す。何か悪い夢《ゆめ》でも見ているのだろうか。もしかして、ほんの数キロ離《はな》れたところで地元のドリュアスと作戦を練っているさいちゅうのピーチの夢《ゆめ》だろうか。メグにどう話すか決めるのは明日にしよう。今晩《こんばん》は寝《ね》かせてやろう。

ぼくも自分のベッドに潜《もぐ》りこむ。きっと朝まで寝《ね》がえりを打ってばかりだろう。ところが、すぐに眠《ねむ》りに落ちた。

目が覚めると、早朝の日差しが顔にあたっていた。メグのベッドは空っぽだ。ぼくは死んだように眠《ねむ》った。夢《ゆめ》も、なんの画像《がぞう》も見なかった。安心はできない。悪夢《あくむ》が沈黙《ちんもく》した。その意味は、何かほかのものがせまっているということだ。おそらく、悪夢《あくむ》より悪いものが。

服を着て、荷物をまとめる。本当は疲《つか》れているし、傷《きず》が痛《いた》いが、考えないようにする。そしてボンビロのカフェでマフィンとコーヒーをテイクアウトし、待ち合わせの場所に行った。どちらに転ぶにしろ、今日、ニューローマの運命が決まる。

23

軽トラに犬と武器《ぶき》積み出発だ

レイナとメグは要塞《ようさい》のメインゲートでぼくを待っていたのだが、レイナのほうはすぐにわからなかった。プラエトルの衣装《いしょう》ではなく、銅《あかがね》色の長袖《ながそで》Tシャツとスキニージーンズに紫《むらさき》のカーディガンをはおり、青のスニーカーというかっこうだったからだ。髪《かみ》はブレイドにしてうしろでひとつにまとめ、軽く化粧《けしょう》をしている。何千人もいるベイエリアの大学生に交じったとしても、違和感《いわかん》はなさそうだ。おそらくそれがねらいだろう。

「何か？」レイナがぼくにいった。

おっと、じっと見てしまっていた。「なんでもない」

メグが鼻を鳴らす。メグはいつもの緑のワンピースと黄色のレギンスに、赤いハイカットのスニーカー。何千人もいるベイエリアの小学一年生に溶《と》けこめるかもしれない。ただし、十二歳《さい》の身長と、腰《こし》のガーデニングポーチと、襟《えり》のピンクのバッジをのぞけばだ。バッジはユニコーンの頭の下に二本の骨《ほね》が「×」の形に組んである。ニューローマのギフトショップで買ったのか、特注で作ってもらったのか。どちらにしてもぞっとする。

レイナが両手を広げた。「一般人《いっぱんじん》の服装《ふくそう》をすることにしたんです。現実《げんじつ》をちがったものに見せるミストの助けがあったとしても、軍団《ぐんだん》のよろいかぶとでサンフランシスコを歩いたら、変な目で見られるでしょうから」

「いや、うん。いいよ。似合《にあ》っている」なぜぼくの手は汗《あせ》をかいている？「それより、出発するか？」

レイナは口に指を二本入れ、タクシーを呼《よ》ぶときの口笛を鳴らした。かん高い音にぼくの耳管《じかん》が開く。要塞《ようさい》の中からグレイハウンドのロボット犬二頭が走り出てきた。銃《じゅう》の連射《れんしゃ》みたいな吠《ほ》え声だ。

「よかった」ぼくはパニックを起こして逃《に》げ出したい衝動《しょうどう》をこらえた。「君の愛犬も来るのか」

レイナは思わずほほ笑んだ。「だって、大騒《さわ》ぎしますよ。私《わたし》がこの子たちを置いて車でサンフランシスコに行ってしまったら」

「車？」どの車？　といいそうになった、そのとき、ニューローマの町のほうからクラクションが聞こえた。ふだんは訓練生やゾウの通行専用《せんよう》の道に低い音を響《ひび》かせて走ってきたのは、真っ赤な古いシボレーのピックアップトラックだ。

運転はヘイゼル・レベックで、助手席にフランク・チャンが乗っている。

車はぼくたちのすぐ横で止まった。まだ完全に止まる前に、オーラムとアージェンタムが荷台に飛び乗る。二頭とも金属《きんぞく》の舌《した》を出し、尾《お》をふっている。

ヘイゼルが運転席からおりてきた。「プラエトル、ガソリンは満タンです」

「隊長、ありがとう」レイナがほほ笑む。「運転教習はうまくいっている？」

「もちろん！　今回はテルミヌスにぶつかることもなかったわ」

「上達したわね」レイナがうなずく。

フランクも助手席からおりてこっちに来た。「うん、ヘイゼルはあともうちょっとで一般道《いっぱんどう》も走れるようになると思う」

ぼくには質問《しつもん》したいことがいろいろあった。このトラックはいつもどこに置いてある？　ニューローマにガソリンスタンドはあるのか？　あんなにハイキングばかりしなくたって、車があるんじゃないか。

メグの現実的《げんじつてき》な質問《しつもん》で我《われ》に返る。「あたしもワンちゃんといっしょに荷台？」

「いいえ」レイナがいった。「ちゃんと席に座《すわ》ってシートベルトを締《し》めて」

「えー」メグは走って二頭をなでにいった。

フランクがレイナにベアハグ（クマに変身することなく）する。「くれぐれも気をつけて、わかっているよね？」

レイナはこういう親密《しんみつ》な態度《たいど》にどう対応《たいおう》したらいいかわからないらしい。腕《うで》が棒《ぼう》になっている。と思ったら、ぎこちなく相棒《あいぼう》のプラエトルの背中《せなか》をポンポンたたいた。

「フランクも」レイナがいう。「コマンド部隊はその後どう？」

「夜明け前に出発した」フランクがいう。「カハレは大丈夫《だいじょうぶ》だといっていたけど……」肩《かた》をすくめる。彼《かれ》らの対艦隊突撃《かんたいとつげき》ミッションは今や神の手にゆだねられた。元神としては、不安でしょうがない。

レイナはヘイゼルを見た。「ゾンビ撃退《げきたい》用の杭垣《くいがき》は？」

「万全」ヘイゼルがいう。「もしタルクイニウスの部隊が前回と同じ方向から来たら、かなり驚《おどろ》くはず。ニューローマへのアプローチルート数ヵ所にも罠《わな》をしかけておいたから。できれば直接《ちょくせつ》対決圏内《けんない》になる前に阻止《そし》したい。そうすれば……」

そこでいいよどむ。最後までいいたくないのだろう。わかった気がした。〈相手の顔を見なくてすむ〉訓練生が一度死んでよみがえった仲間たちと対決することになるなら、遠くから攻撃《こうげき》するほうがはるかにいい。元仲間を見て心を痛《いた》めずにすむ。

「できるなら……」ヘイゼルは首をふった。「とにかく、まだ心配。タルクイニウスはほかにも何か企《たくら》んでいそう。具体的にわかればいいんだけど……」額《ひたい》を指でつつく。脳《のう》をリセットしようとしているのだろう。気持ちはわかる。

「ヘイゼルはよくやってくれた」フランクが励《はげ》ます。「もしむこうが不意打ちをしてきても、対応《たいおう》できる」

レイナがうなずく。「そうね、じゃあ、行ってくるわ。投石機の準備《じゅんび》、忘《わす》れないで」

「了解《りょうかい》」とフランク。

「炎《ほのお》バリケードについても補給係《ほきゅう》のリーダーとダブルチェックを」

「了解《りょうかい》」

「それから……」レイナははっとした。「フランクは全部ちゃんとわかっているわね。ごめんなさい」

フランクはにこっとした。「そちらの任務《にんむ》は神の助けを呼《よ》ぶのに必要な材料を持って帰ること。無事もどるまで、訓練所はしっかり守る」

ヘイゼルは心配そうにレイナの服装《ふくそう》を見た。「レイナの剣《けん》はトラックの中。盾《たて》とか持っていかなくていいの？」

「いいの。このマントがあるから。ほとんどの武器《ぶき》は防《ふせ》げる」レイナはカーディガンの襟元《えりもと》をさっとなでた。一瞬《いっしゅん》にしていつもの紫《むらさき》のマントに変わる。

フランクの顔から笑みが消えた。「おれのマントでも、それできる？」

「じゃ、行ってきます！」レイナが運転席に乗りこむ。

「待って、おれのマントも、武器《ぶき》を防《ふせ》げる?」フランクはまだうしろでいっている。「おれのもカーディガンに変身する?」

走りだした車のバックミラーに、自分のマントの縫《ぬ》い目をたしかめるフランク・チャンの姿《すがた》が映《うつ》っていた。

今朝の最初の課題。ベイブリッジでの合流。

ユピテル訓練所から出るのは問題なかった。舗装《ほそう》していない秘密《ひみつ》の道路を走って谷から丘陵地《きゅうりょうち》にむかい、しばらく走るとイーストオークランドの住宅地《じゅうたくち》に出た。そこからハイウェイ二四号線に乗り、州間高速道路五八〇号線に合流する。お楽しみはここからだ。

朝の通勤《つうきん》ドライバーたちは、ぼくたちが大都市圏《けん》を救《すく》うための超《ちょう》重要なミッションをまかされている、という話は聞いていないらしい。ちっとも道をゆずろうとしない。これなら公共交通手段《しゅだん》を使ったほうがよかった。しかし、殺人《さつじん》兵器のロボット犬は電車に乗せてもらえないだろう。

レイナは指先でハンドルをたたいてリズムをとりながら鼻歌をうたっている。古いCDプレーヤーから流れているのはテゴ・カルデロンだ。ぼくは近縁《きんえん》のギリシャ神に負けないくらいレゲトン［訳注：米国のヒップホップの影響《えいきょう》を受け、プエルトリコ人が生み出した音楽のジャンル］が好きだが、冒険《ぼうけん》の旅の朝の神経《しんけい》をしずめるのには選ばない。戦い前の不安な気持ちで聴《き》くには少し元気がよすぎる。

レイナとぼくにはさまれ、メグはガーデニングポーチをごそごそやっている。タルクイニウスの墓《はか》で戦っているさいちゅう、いろんな種の袋《ふくろ》が開いて中身が混《ま》ざってしまったとかで、ひと粒《つぶ》ずつたしかめては袋《ふくろ》にもどしている。ときどき指先でつまんだ種を見つめすぎ、それが一気に生長する――タンポポ、トマト、ナス、ヒマワリ。まもなく車内はホームセンターの園芸コーナーみたいなにおいになった。

メグにピーチのことは話していない。どう切り出せばいいかもわからない。〈知ってた？　君のモモの精《せい》がファウヌスやメヒシバと、ピープルズパークで秘密《ひみつ》の会合を開いていたぜ〉後になればなるほど話すのが難《むずか》しくなる。自分にいい聞かせる。重要な冒険《ぼうけん》の旅のさいちゅうにメグの気持ちをそらすのはよくない。ラビニアにいわれた「何も、だれにも話さない」を尊重《そんちょう》しよう。ラビニアは今朝ぼくたちが出発したときも本当に姿《すがた》を見せなかったが、ラビニアの頭にあるのは、ぼくが思っているほどヤバい計画ではないのかもしれない。ひょっとしたら、オレゴンにむかっている途中《とちゅう》ではないかもしれない。

事実、ぼくが話さないのは臆病《おくびょう》だからだ。できれば車内の危険《きけん》な女子ふたりを怒《おこ》らせたくない。片方《かたほう》はグレイハウンドのロボット犬を使ってぼくを引き裂《さ》くことができるし、もう片方《かたほう》はぼくの鼻の穴《あな》にキャベツを植えることができる。

のろのろベイブリッジを渡《わた》る。レイナはハンドルを握《にぎ》っている指で『エル・ケ・サベ・サベ』のリズムをたたいている。訳《やく》すと〈知ってる人は知ってる〉だ。七十五パーセントの確率《かくりつ》で、レイナの曲の選択《せんたく》に隠《かく》された意味はないと確信《かくしん》している。

「目的地に着いたら」レイナがいった。「丘《おか》の下に駐車《ちゅうしゃ》して、そこから歩いてのぼります。スートロタワー周辺は立ち入り禁止《きんし》です」

「つまり、タワーが標的？」ぼくはいった。「そのうしろにあるスートロ山ではなく？」

「もちろん、断言《だんげん》はできません。でも、タレイアの危険《きけん》予想区域《くいき》リストを再確認《さいかくにん》しました。スートロタワーも入っていました」

ぼくは補足《ほそく》を待った。「タレイアの、何？」

レイナが目をしばたたく。「話しませんでした？　ごぞんじないですか。タレイアとアルテミスのハンター隊は怪物《かいぶつ》の異常《いじょう》な行動とか、説明できない現象《げんしょう》を目撃《もくげき》した場所の一覧表《いちらんひょう》を作っているんです。スートロタワーもそのひとつです。タレイアはベイエリア周辺の危険《きけん》予想区域《くいき》リストを送ってくれました。ユピテル訓練所もリストにあがった場所を警戒《けいかい》するように、と」

「いくつある？」メグが聞いた。「全部、行ける？」

レイナは冗談《じょうだん》っぽくメグを肘《ひじ》で押《お》した。「剣《けん》の達人さん、その心意気は好きだけど、サンフランシスコだけで何十もある。私《わたし》たちも――ローマ側ハーフのことよ――全部を警戒《けいかい》しているつもりだけど、数が多すぎる。とくに、最近は……」

〈例の戦いで、大勢《おおぜい》が犠牲《ぎせい》になったばかりだから〉

レイナが少しためらったのが気になった。「私たち《わたし》」といって、「ローマ側ハーフ」と具体的にいい直した。レイナ・アビラ・ラミレス・アレリャノが属《ぞく》する「私たち《わたし》」はほかにもあるのだろうか。

たしかに、一般人《いっぱんじん》の服装《ふくそう》も、おんぼろのピックアップトラックの運転も、グレイハウンドのロボット犬を連れてのハイキングも、想定外だった。さらにはタレイア・グレイスと連絡《れんらく》をとっている。タレイアはアルテミスのハンター隊のリーダーで、アルテミスの副官だ。

嫉妬《しっと》している自分がいやだ。

「タレイアとどこで知り合った？」さりげなく聞いたつもりだ。メグが寄《よ》り目して見せたことから判断《はんだん》して、大失敗。

レイナは気づいていないようだ。車線を変え、少しでも先に進もうとしている。荷台でオーラムとアージェンタムがうれしそうに吠《ほ》えた。冒険《ぼうけん》にはしゃいでいる。

「プエルトリコでタレイアと、オリオンを相手に戦ったんです」レイナがいった。「アマゾン族もハンター隊も優秀《ゆうしゅう》な女子を大勢《おおぜい》失いました。それで……同じ経験《けいけん》をした者として……とにかく、そう、連絡《れんらく》をとっています」

「どうやって？　伝達手段《しゅだん》はすべて閉《と》ざされている」

「手紙です」レイナがいう。

「手紙……」そんなものがあった気がする。羊皮紙と封蝋《ふうろう》の時代に。「ということは紙に書き、封《ふう》筒《とう》に入れ、切手を貼《は》って――」

「ポストに入れる。正解《せいかい》です。だから、やりとりに数週間、数ヵ月かかることもありますが、タレイアは最高のペンパルです」

脳《のう》みそに聞いてみた。タレイア・グレイスをいい表すいろいろな言葉を思いつくが、「ペンパル」はない。

「あて先は？　ハンター隊はつねに移動《いどう》している」

「私書箱《ししょばこ》がワイオミングにあって――なぜこんな話をしているのかしら？」

メグが指で種をひとつつまんだ。ゼラニウムの花が咲《さ》く。「ワンちゃんたち、そこに行ってた？　タレイアをさがしに？」

それとこれは関係ないだろと思ったが、レイナはうなずいた。

「ふたりがユピテル訓練所に来た後」レイナがいった。「タレイアに手紙を書きました……ジェイソンのことを知らせようと思って。届《とど》くのに時間がかかるのは知っていたので、オーラムとアージェンタムもさがしにいかせました。ハンター隊がその周辺にいるかもと思って。でも、いませんでした」

タレイアがその手紙を受けとった後を想像《そうぞう》してみた。ハンター隊を引き連れてユピテル訓練所に駆《か》けこんできて、皇帝《こうてい》連中とタルクイニウスのよみがえった死体部隊との戦いに味方してくれる？　それとも、怒《いか》りをぼくにぶつけてくる？　タレイアは一度、インディアナポリスでぼくを窮地《きゅうち》から救《すく》ってくれて、ぼくはそのお返しにサンタバーバラでタレイアの弟、ジェイソン・グレイスを死なせてしまった。戦いのさいちゅうにたまたまハンター隊の矢がぼくに命中しても、だれもとがめないだろう。ぞっとした。米国郵便《ゆうびん》公社の配達が遅《おそ》いのはありがたい。

トレジャーアイランドを通過《つうか》する。トレジャーアイランドはオークランドとサンフランシスコをつなぐベイブリッジの途中《とちゅう》にある人工島だ。カリグラの艦隊《かんたい》は、今夜遅《おそ》くこの島の横を通過《つうか》し、大勢《おお》の兵士《へいし》を送りこみ、そして必要なら臼砲《きゅうほう》からギリシャ火薬の弾《たま》五十発を撃《う》ちこむ。何も知らないベイエリア東側に。米国郵便《ゆうびん》公社の配達が遅《おそ》いから、こんなことになってしまった。

「で」ふたたびさりげなく聞いてみる。「レイナとタレイアは、その……」

レイナが眉《まゆ》をあげる。「恋愛《れんあい》関係なのか、ですか？」

「いや、じゃなくて……というか……うん」

〈さすがはアポロン、雄弁《ゆうべん》だ〉ぼくがかつて詩の神だったことは話したっけ？

レイナはあきれ顔だ。「その質問《しつもん》をもらうたびに一デナリウスほしいくらい。タレイアはハンター隊で、一生おとめでいると誓《ちか》いを立てたことは別として……どうして固い友情《ゆうじょう》はつねに恋愛《れんあい》に発展《はってん》しなくちゃいけないんですか？　タレイアは大切な友人です。私《わたし》があえてその関係をこわすと思います？」

「いや――」

「反語です」レイナがいう。「返事はいりません」

「『反語』の意味は知っている」頭にメモする。今度ギリシャに行ったらソクラテスに『反語』の意味を確認《かくにん》すること。いや、ソクラテスはとっくに死んでいる。「ちょっと思っただけだ――」

「この歌好き！」メグが横からいった。「音大きくして！」

メグはテゴ・カルデロンにこれっぽっちの興味《きょうみ》もないはずだ。しかし、今のひと言でぼくは救《すく》われたようだ。レイナがボリュームをあげ、さりげない会話によるぼくの危機《きき》は終わった。

街に入るまで三人とも黙《だま》ったまま。ＢＧＭはテゴ・カルデロンの『プント・イ・アパルテ』と、グレイハウンドのロボット犬の喜《よろこ》びに満ちた吠《ほ》え声。大晦日《おおみそか》に発射《はっしゃ》された半自動ライフルの音そっくりだ。

24

神ならぬ身で口説くのは命がけ

　サンフランシスコは人口密集地域《みっしゅうちいき》のわりに、驚《おどろ》くほど自然のエリアが多い。道路はタワーのある丘《おか》のふもとで行き止まりになっていて、ぼくたちはそこで車を停《と》めた。右手の岩と雑草《ざっそう》だらけの広場からは数百万ドルの夜景が見渡《みわた》せる。左手の斜面《しゃめん》はうっそうとした樹林《じゅりん》で、のぼるならユーカリの木を足がかりにするしかなさそうだ。

　この丘《おか》のてっぺん、おそらく四百メートルほど上に、スートロタワーが先端《せんたん》を霧《きり》につき刺《さ》してそびえ立っている。赤と白に塗《ぬ》られた横桁《よこげた》が数本あるだけの巨大《きょだい》な三本脚《あし》の塔《とう》が、デルポイの神託《しんたく》の椅子《いす》を連想させ、不安になってくる。火葬《かそう》の薪《まき》の山の足場にも見える。

「タワーの下に放送中継基地《ちゅうけいきち》があります」レイナがそちらを指さす。「たぶん、人間のガードマン、フェンス、有刺《ゆうし》鉄線とかに対処《たいしょ》しなくてはならないと思います。それプラス、タルクイニウスが私《わたし》たちにそなえて用意していそうなものも」

「いいね」メグがいった。「行こ！」

グレイハウンドのロボット犬に指示《しじ》はいらない。下生《したば》えを踏《ふ》み分け、駆《か》けあがっていく。メグも後をついていく。服をできるだけ多くのイバラやとげでずたずたにされる決意に満ちている。

レイナは斜面《しゃめん》をうらめしげに見ているぼくに気づいたにちがいない。

「心配ありません」ぼくにいう。「ゆっくり行きましょう。オーラムとアージェンタムは先に着いてもちゃんと待っていますから」

「しかしメグは？」頭に浮《う》かんだ。若《わか》き友人がひとりで放送中継基地《ちゅうけいきち》に飛びこんでいく。中はガードマンやゾンビなどのサプライズでいっぱいだ。

「たしかに」レイナがいう。「ではふつうのペースで」

ぼくは最善《さいぜん》をつくした。つまり、ぜいぜい息を切らし、汗《あせ》を流し、ときどき木にもたれて休みながらのぼった。弓の腕前《うでまえ》はあがったかもしれない。音楽はうまくなったかもしれない。しかし、スタミナは百パーセント、レスターのままだ。

少なくとも、レイナはぼくの傷《きず》の状態《じょうたい》については聞かない。答えは「最悪の南側」だ。

今朝服を着たときは腹《はら》のほうは見ないようにしていたが、ずきずき痛《いた》んだり、濃《こ》い紫《むらさき》の筋《すじ》の範《はん》囲《い》が広がったりしているのはいやでもわかった。紫《むらさき》の筋《すじ》は手首や首まで這《は》い、長袖《ながそで》のパーカーでも隠《かく》せない。ときどき、視界《しかい》がぼやけ、世界が病的なナス色に染《そ》まる。頭の遠くのほうでささやく声が聞こえる……タルクイニウスの声だ。墓《はか》にもどってこいと呼《よ》んでいる。これまでのところ、声は雑音程度《ざつおんていど》だが、たぶん、そのうちもっと大きくなって無視《むし》できなくなり……したがってしまうかもしれない。

それもこれも今晩《こんばん》までのしんぼうだ。そうすれば神の助けを呼《よ》び、治してもらえる。あるいは、戦いで命を落とすか。現《げん》時点ではどちらも、よみがえった死体の世界につらい思いをしながら引きずりこまれることよりはましだ。

レイナはぼくと並《なら》び、剣《けん》をおさめた鞘《さや》を使って地面をつつきながらのぼっていく。地雷《じらい》でもさがしている感じだ。前方の深い林に目をこらしてもメグとロボット犬の姿《すがた》は見えないが、葉がこすれて鳴る音や、小枝《こえだ》が踏《ふ》まれて立てる音は聞こえる。もしてっぺんで見張《みは》りが待っているなら、不意打ちは無理だ。

「ところで」レイナがいった。メグには声が聞かれないところにいるので切り出すことにしたらしい。「話してくれますか?」

鼓動《こどう》が速くなり、パレードの行進にぴったりのテンポで鳴りだす。「何を?」

レイナが眉《まゆ》をあげる。〈しらばっくれないで〉だ。「ユピテル訓練所に到着《とうちゃく》したときから、変に緊《きん》張《ちょう》していますす。私《わたし》のことを見つめて、私《わたし》のほうが毒《どく》におかされているみたいな目をしたかと思ったら、私《わたし》と目を合わせようとしない。口ごもる。そわそわする。全部気づいていますす」

「なるほど」

ぼくはまた数歩のぼった。のぼることに集中すれば、レイナはこの話を終わりにするかもしれない。

「いいですか」レイナがいった。「私《わたし》は噛《か》みついたりしません。何があるのか知りませんが、戦いのさいちゅうによけいなことは考えてほしくないし、私《わたし》も考えたくないんです」

ぼくは唾《つば》を飲んだ。ラビニアの風船ガムがあればよかった。そうしたら毒《どく》の味も不安の味も消せた。

レイナのいうとおりだ。今日死のうが、ゾンビに変身しようが、万が一、生きのびようが、心のやましさを清算したうえで、なんの秘密《ひみつ》もなく自分の運命とむき合いたい。まずはピーチと会ったことをメグに話すべきだ。また、自分がメグを嫌《きら》ってはいないことも伝えるべきだ。じつはメグがけっこう好きだ。いや、大好きだ。ぼくにとって初めての生意気な妹だ。

レイナに関しては――自分がレイナの運命の鍵《かぎ》を握《にぎ》っているのか、いないのかわからない。ウェヌスはぼくにレイナと親しくすることを禁《きん》じたが、なぜぼくが困《こま》っているかはレイナに話すべきだ。これが最後のチャンスかもしれない。

「ウェヌスが関係している」ぼくはいった。

レイナの顔がこわばる。今度はレイナの番だ。斜面《しゃめん》を見つめ、会話が立ち消えになることを願う。

「やっぱり」

「ウェヌスにいわれた――」

「ウェヌスから予言をもらいました」レイナは食べられない種を吐《は》き出すようにいった。「どんなハーフも私《わたし》の心を癒《いや》すことはできないと」

「詮索《せんさく》するつもりはない。ただ――」

「ええ、わかっています。ウェヌスはゴシップが大好きです。私《わたし》がチャールストンでウェヌスに何をいわれたか知らない人は、たぶん、ユピテル訓練所にはいないと思います」

「そ、そうなのか？」

レイナは低木《ていぼく》の枯《か》れた枝《えだ》を折り、はじいて下生《したば》えに捨《す》てた。「ジェイソンと冒険《ぼうけん》の旅をしていた、二年よりもっと前だったかしら。ウェヌスはひと目私《わたし》を見て、決めた……よくわかりません。私《わたし》は傷《きず》ついている、恋《こい》とか愛で癒《いや》される必要がある、そんな感じです。丸一日訓練所にもどらずにいたら、ひそひそ話が始まっていました。みんな知らないふりをしていましたけど、知っていました。顔がいっていました。〈かわいそうなレイナ〉と。みんな悪気はないけれど私《わたし》のデートの相手をほのめかしていました」

レイナの口ぶりは怒《おこ》ってはいない。むしろ気がめいり、疲《つか》れている感じだ。フランクが心配していたことを思い出した。レイナはプラエトルの重荷を長年背負《せお》ってきた、もっと力になりたいといっていた。ぼくの見たかぎり、訓練生の多くがレイナに力を貸《か》したがっている。そのすべてがありがたく、役に立っていたわけではなかったらしい。

「私《わたし》」レイナがつづけた。「傷《きず》ついてなんかいません」

「もちろんだ」

「ではなぜ私《わたし》の前で緊張《きんちょう》しているんです？　それとウェヌスがどう関係しているんです？　同情《どうじょう》からだ、なんていうのはやめてください」

「い、いや。それはちがう」

前方の茂《しげ》みから、メグがはしゃぎまわっているのが聞こえる。ときおり「こんにちは、調子どう？」とだれかに話しかけている。道で知り合いを見かけたときみたいな感じだが、地元のドリュアスだろうか。あるいは、われわれが警戒《けいかい》している見張《みは》りがメグに見つかってしまったか。

「その……」ぼくは言葉をさがした。「ぼくが神だったとき、ウェヌスから警告《けいこく》をもらった。レイナのことで」

オーラムとアージェンタムが茂《しげ》みから飛び出し、飼《か》い主ママをチェックしにきた。歯を見せて笑っているが、その口は磨《みが》きたてのトラばさみを思わせる。よかった。観客ができた。

レイナが形だけオーラムの頭をなでる。「つづけて、レスター君」

「だから……」血流中のマーチングバンドのテンポが倍速になった。「えっと、ある日謁見《えっけん》室に入っていったら、ウェヌスがレイナのホログラムを見つめていた。で、ぼくは聞いてみた――本当になんの気なしに――『その子、だれ？』と。そうしたら、ウェヌスが教えてくれた。レイナの……その、運命を。レイナの心を癒《いや》すのは、ってやつだ。そして……ぼくに釘《くぎ》を刺《さ》した。レイナに近づいてはいけません。レイナに求愛しようとしたら、永遠《えいえん》の呪《のろ》いをかけますよ、と。そんなのまったく必要なかったのに。恥《は》ずかしい思いをさせられた」

レイナの表情《ひょうじょう》は大理石のように平らで、硬《かた》いまま。「求愛？　それ、今のいい方ですか？　今、求愛する人なんていいます？」

「さあ――どうだろう。しかし、ぼくはレイナに近づかなかった。実際《じっさい》そうだっただろう。ウェヌスの警告《けいこく》がなかったとしても同じだ。レイナがどこのだれかさえ知らなかった」

レイナは倒《たお》れていた丸太を乗り越《こ》え、ぼくに片手《かたて》をさし出した。しかしぼくは断《ことわ》った。グレイハウンドのロボット犬がこちらを見てにやにやしているのが気になる。

「つまり、いい方を変えると」レイナがいった。「こうですか？　あなたは、私《わたし》の個人的《こじんてき》な領域《りょういき》に踏《ふ》みこんだらウェヌスに殺《ころ》されると心配している。レスター君、私《わたし》はそんなの本当に心配していません。あなたは今は神ではない。私《わたし》に求愛しようとするはずがないでしょう。私《わたし》たちは冒険《ぼうけん》の旅の仲間同士《どうし》だから」

レイナは痛《いた》いところをついた――図星だ。

「そのとおり」ぼくはいった。「だが、思ったんだ……」

なぜ今回はこう難《むずか》しい？　女性《じょせい》に愛を告《つ》げたことなら何度もある。それどころか、男、神々《かみがみ》、ニンフに告《つ》げたこともあるし、ときには魅力的《みりょくてき》な彫像《ちょうぞう》に語りはじめ、途中《とちゅう》で相手が彫像《ちょうぞう》だと気づいたこともあった。ではなぜ今、首の血管が破《やぶ》れそうになっている？

「思ったんだ――助けになれるかもと」ぼくはつづけた。「ひょっとしたらこれは運命かもしれない……だから、ほら、ぼくは今は神ではない。ところがウェヌスは具体的にこういった。レイナに神としての顔を見せてはいけません。で、ウェヌスは……というか、ウェヌスの計画はいつもひねりだらけ。いわば、逆心理《ぎゃくしんり》を利用しているのかもしれない。そういうことなら……その、ぼくはレイナを助けられるかもしれない」

レイナの足が止まる。ロボット犬二頭がレイナのほうに首をむけた。おそらくご主人様の顔色をうかがっている。と思ったら、宝石《ほうせき》の目でぼくを見た。冷たく、なじるような目つきだ。

「レスター君」レイナがため息をつく。「いったい何がいいたいんですか？　謎《なぞ》かけにつき合う気はありません」

「ぼくが鍵《かぎ》なのかも」いってしまった。「レイナの心を癒《いや》す鍵《かぎ》なのかもしれない。レイナの……ほら、ボーイフレンドになれるかもしれない。レスターとして。レイナがその気なら。レイナとぼく、ほら、だから……うん」

間違《まちが》いない。オリンポス山では今、神々《かみがみ》が全員スマホをとり出し、ぼくの動画をとってエウテルペチューブに投稿《とうこう》しようとしている。

レイナはぼくを見つめている。ぼくの循環系《じゅんかんけい》のマーチングバンドが『あなたは星条旗《せいじょうき》』をフルバージョンで演奏《えんそう》する時間がたっぷりあった。レイナの目は険《けわ》しく、危険《きけん》だ。表情《ひょうじょう》は読めない。爆発物《ばくはつぶつ》の外側と同じだ。

レイナはぼくを死刑《しけい》にするつもりだ。

いや、ロボット犬二頭に命じる。メグが助けに駆《か》けつけても時すでに遅《おそ》し。あるいは――メグはレイナがぼくの遺骸《いがい》を埋《う》める手伝いをするかもしれない。どれが正解《せいかい》だ？

訓練所にもどったレイナとメグに、訓練生はたずねるだろう。〈アポロン様はどうした？〉〈え、だれ？〉とレイナ。〈ああ、あの人？　知らない、途中《とちゅう》ではぐれたわ〉〈そっか！〉訓練生たちがそう返して、それでおしまい。

レイナの口元がきゅっとしまり、歪《ゆが》む。体を折り、両膝《りょうひざ》をつかむ。全身が震《ふる》えだした。いったいぼくが何をしたという？

両手で抱《だ》きしめ、なぐさめたほうがいいのか。命からがら逃《に》げ出したほうがいいのか。なぜぼくはこんなに恋《こい》の駆《か》け引きが下手なんだ？

レイナは細い悲鳴みたいな声を出したかと思うと、声をおさえて泣きつづけた。ぼくは本当にレイナを傷《きず》つけてしまった！

　レイナが体を起こした。涙《なみだ》を流しながら、爆笑《ばくしょう》した。長年干《ひ》あがったままだった川底に一気に水が流れた、みたいないきおいだ。レイナは一度笑いだしたら止まらなくなったらしい。体を折ったかと思うと起こし、木にもたれ、ロボット犬二頭を見る。笑うしかないでしょ、といいたげだ。

「もう……やだ……ほんとに」といいつつ、なんとか笑いをこらえて涙《なみだ》でいっぱいの目をしばたたき、ぼくをさがす。本当にぼくがここにいて、あんなことをいったのか確認《かくにん》したいのだろう。「あなたと、私《わたし》が？　あははは！」

　オーラムとアージェンタムもぼくと同じで混乱《こんらん》しているらしい。おたがいに顔を見合わせ、そしてぼくを見る。〈うちのママに何をした？　ママを傷《きず》つけたら、命がないと思え〉

　レイナの笑い声が丘《おか》の斜面《しゃめん》を転がって広がる。

　最初のショックから立ち直り、ぼくは耳が熱くなってきた。この数ヵ月間、何度も恥《は》ずかしい経験《けいけん》をした。しかし、大声で笑われるとは……しかも面とむかって……ふざけたつもりはないのに……底値更新《そこねこうしん》だ。

「ぼくには理由がまるで――」

「あははは！」

「ぼくはそういうつもりでいったのでは――」

「あははは！　止めて、お願い。私《わたし》を殺《ころ》すつもりですか」

「今の言葉だが、あれはレイナが大げさにいっただけだ！」念のために二頭にむかって叫《さけ》ぶ。

「あなたは本気で……」レイナはどこを指させばいいのかわからないらしい――ぼくか、自分自身か、空か。「冗談《じょうだん》でしょう？　待って。嘘《うそ》だったら二頭ともあなたに飛びかかっているはず。やだ、信じられない。あははは！」

「つまり、答えは『ノー』だ」ぼくはむっとした。「よし、わかった。君ももう笑うのはやめ――」

笑い声がぜいぜいした声になり、レイナが目をぬぐう。「アポロン様、あなたが神だったとき……」息を整える。「だって、神としての力があって、かっこよくて――」

「そこまで。そのときだったら当然――」

「それでも完全に、絶対《ぜったい》に、何があっても『ノー』です」

ぼくはあぜんとした。「嘘《うそ》だろう！」

「そして、レスター君としては……チャーミングで、『いい子だな』と思うこともあります」

「いい子？　こともある？」

「でも、だめ。やっぱり何があっても『ノー』。あははは！」

もっと気弱な人間だったらこの場でくずれてちりになっただろう。自尊心《じそんしん》の爆発《ばくはつ》で。

ぼくを完全に拒否《きょひ》した今ほど、レイナが美しく見え、手に入れたくなったことはない。不思議な現象《げんしょう》だ。

メグがハックベリーの茂《しげ》みから出てきた。「ね、上にはだれもいないけど――」そこでかたまる。雰囲気《ふんいき》を感じとり、ロボット犬二頭に目で説明を求める。

〈聞かないで〉二頭の顔がいっている。〈ママにしかられる〉

「何がそんなにおかしいの？」メグも口元が笑いかける。自分も笑いに加わろうとしている。ターゲットはもちろん、ぼくだ。

「何も」レイナは一瞬《いっしゅん》息を止め、やはりまたばか笑いしだした。レイナ・アビラ・ラミレス・アレリャノ、ベローナの娘《むすめ》、みんなが恐《おそ》れる第十二軍団《ぐんだん》のプラエトルが、ばか笑いだ。ようやく少し自制心《じせいしん》をとりもどしたらしい。目が楽しそうに輝《かがや》き、頬《ほお》は真っ赤。ほほ笑む顔は別人のよう――明るい別人だ。

「ありがとう、レスター君」レイナがいう。「こんなに笑ったのは久《ひさ》しぶり。さあ、音のない神を見つけにいきましょうか？」

レイナは先頭に立って斜面《しゃめん》をのぼりだした。笑いすぎて痛《いた》いのか、わき腹《ばら》をおさえている。

決めた。また神にもどれたら、復讐《ふくしゅう》リストを書き換《か》える。ウェヌスは上位に浮上《ふじょう》だ。

25

寒風《かんぷう》と恐怖《きょうふ》に凍《こご》える電波塔《とう》

人間のセキュリティーは問題ではなかった。

そんなものはなかった。

放送中継基地《ちゅうけいきち》は、岩と雑草《ざっそう》だらけの平らな敷地《しきち》の奥《おく》に立つストロタワーの三本脚《あし》の下に、ちょこんとあった。角ばった茶色い建物の屋根のあちこちに、白いパラボラアンテナが数基《き》ずつついている。にわか雨のあとの毒《どく》キノコのようだ。ドアは大きく開き、どの窓《まど》も暗い。正面の駐車場《ちゅうしゃじょう》は空っぽだ。

「変だわ」レイナがつぶやく。「タルクイニウスは見張《みは》りを倍に、といっていなかった?」

「群《む》れを倍に、だった」メグがなおす。「でも、ヒツジも何もいない」

ぼくは寒気がした。この数千年、守護《しゅご》ヒツジの群《む》れには何度も遭遇《そうぐう》した。守護《しゅご》ヒツジの群《む》れは有《ゆう》毒《どく》か肉食、その両方のこともあり、かびの生えたセーターのにおいがする。

「アポロン様のご意見は？」レイナが聞いた。

少なくともレイナがぼくを見て爆笑《ばくしょう》することはなくなった。しかし、話す勇気はない。うつむいて首をふる。これだけは得意《とくい》だ。

「まちがったとこに来た、とか？」メグがいう。

レイナは下くちびるをかんだ。「ここは絶対《ぜったい》何かおかしい。中継基地《ちゅうけいきち》の中を見てきます。オーラムとアージェンタムにざっと偵察《ていさつ》させます。もし人に会ったら、ハイキングをしていて迷《まよ》った、といいます。おふたりはここで待っていて、私《わたし》が出てくるまでガードをお願いします。犬の吠《ほ》える声が聞こえたら、問題発生の意味です」

レイナはオーラムとアージェンタムを連れて敷地《しきち》を走り、タワーの下にある建物の中に入っていった。

メグがキャッツアイ型《がた》メガネ越《ご》しにぼくを見る。「なんでレイナを爆笑《ばくしょう》させたの？」

「ねらったわけじゃない。それに、だれかを爆笑《ばくしょう》させたって違法《いほう》ではない」

「レイナに告白《こくはく》したでしょ？」

「え——何？　いや。そうかな。そうだ」

「おばか」

なんたる屈辱《くつじょく》。ユニコーンどくろのバッジをつけた十二歳《さい》の子に、恋愛《れんあい》体験を批評《ひひょう》された。「メグにわかってもらわなくてけっこう」

メグが鼻で笑う。

今日のぼくはみんなの笑いのネタらしい。

目の前にそびえるタワーをながめる。三本脚《あし》のうち、こちらからいちばん近い脚《あし》には梯子《はしご》がついていて、まわりは巨大《きょだい》なばねみたいな金属《きんぞく》で囲《かこ》ってある。このトンネル状《じょう》の梯子《はしご》をのぼっていけば――そんな無鉄砲《むてっぽう》なことをする気があればだが――一本目の横桁《よこげた》にあがれる。この横桁《よこげた》にもパラボラアンテナの毒《どく》キノコがにょきにょき生えている。梯子《はしご》はさらに上にのびているが、タワーの上半分は低くたれこめた霧《きり》の中だ。白い霧《きり》のむこうにぼんやり黒いV字形の影《かげ》が現《あらわ》れたり、消えたりしている――たぶん鳥だ。

ぞっとした。炎《ほのお》の迷路《めいろ》でぼくたちを襲《おそ》った怪鳥《かいちょう》ストリクスか？　いや、ストリクスは夜行性《やこうせい》だ。あの黒い影《かげ》はほかの何か、タカがネズミをさがしているのかもしれない。確率《かくりつ》の法則《ほうそく》にしたがえば、ときにはぼくを獲物《えもの》にする気のない生き物に出くわすこともあるはずだろう？

にもかかわらず、見え隠《かく》れする影《かげ》を見て恐怖《きょうふ》でいっぱいになった。メグといっしょに何度も臨死《りんし》体験をしたことや、さらにはメグに正直に話すと心に誓《ちか》ったことを思い出したのだ。といっても誓《ちか》ったのは十分前の古き良き時代、レイナに自尊心《じそんしん》をたたきつぶされる前の話だ。

「メグ」ぼくはいった。「昨晩《さくばん》――」

「ピーチに会った。知ってる」

メグは天気の話でもするような口調だ。目は中継基地《ちゅうけいきち》の入り口を見たまま。

「知ってるのか」ぼくはくり返した。

「二日前からいる」

「会ったのか？」

「感覚でわかる。なんかの理由であたしのとこには来ない。ローマ人が好きじゃないのかも。地元の自然の精《せい》を助ける計画を実行中」

「で……その計画が彼《かれ》らを逃《に》がすことだとしたら？」

厚《あつ》い霧《きり》の層《そう》で拡散《かくさん》した灰色《はいいろ》の明かりの中、メグのメガネも小さなパラボラアンテナのように見える。「それはピーチがしたいこと？　それとも、自然の精《せい》がしたいこと？」

ピープルズパークにいたファウヌスたちの怯《おび》えた表情《ひょうじょう》や、ドリュアスたちの怒《おこ》ることに疲《つか》れた表《ひょう》情《じょう》を思い出す。「わからない。しかしラビニアは――」

「うん。ラビニアもいっしょにいる」メグは肩《かた》をすくめた。「隊長たちは今朝の点呼《てんこ》のときにラビニアがいないのに気づいた。けど、見ないふりしようとしてる。みんなのやる気のじゃまになるから」

ぼくは若《わか》き同志《どうし》を見つめてしまった。メグはどうやらラビニアから上級訓練所ゴシップのレッスンを受けたらしい。「レイナは知っているのか？」

「ラビニアがいないこと？　うん。ラビニアがどこに行ったか？　ううん。あたしもよく知らない。ラビニアとピーチとみんなが何をするつもりか知らないけど、今はほうっておくしかない。あたしたちにも心配事あるし」

ぼくは腕組《うでぐ》みした。「とにかく、話ができてよかった。メグがすでに知っていると聞いて、肩《かた》の荷がおりた。あとこれもいおうと思っていた。メグはぼくにとって大切な存在《そんざい》で、妹のように愛情《あいじょう》を感じるようにさえなってきたんだが――」

「それも知ってた」メグは歪《ゆが》んだ笑みを浮《う》かべた。ほら、見ろ。ネロはメグを引きとったときに歯科矯正《きょうせい》を受けさせるべきだった。「いいよ。アポロンも前よりちゃんとしてきた」

「ふん」

「あ、レイナだ」

ぼくたちの温かい家族のひとときは、プラエトルが放送中継基地《ちゅうけいきち》から出てきたことで終わった。レイナの表情《ひょうじょう》は複雑《ふくざつ》だ。グレイハウンドのロボット犬二頭はレイナの足下《あしもと》を走りまわっている。ゼリービーンズのさいそくらしい。

「中は無人でした」レイナがいう。「みんなあわてて出ていった感じ。何かあって一気にいなくなった――爆破予告《ばくはよこく》があった、そんな感じです」

ぼくは眉《まゆ》をひそめた。「だったら緊急《きんきゅう》車両がここに来ているはずだろう？」

「ミストかも」メグがいった。「みんなに幻覚《げんかく》を見せて、逃《に》げさせたのかも。ここを無人にして、それから……」

それから、何？　思わず聞きそうになった。しかし、答えは聞きたくない。

もちろん、メグのいうとおりだ。ミストは不思議な魔法《まほう》だ。超《ちょう》自然現象《げんしょう》が発生した後に被害対策《ひがいたいさく》として人間の心を操作《そうさ》することもあれば、大災害《だいさいがい》に先んじ、巻《ま》きぞえを食わないよう人間を退去《たいきょ》させることもある——これは近所の池にドラゴンが足を一歩踏《ふ》み入れたとたん、波紋《はもん》が広がって警告《けいこく》を発するのに似《に》ている。

「とにかく、それが本当なら来た場所は合っている、ということです。思いあたる探検《たんけん》先はあとひとつ」レイナの視線《しせん》が下から鉄塔《てっとう》をたどり、霧《きり》の中に消えた。「先頭でのぼりたい人は？」

「のぼりたい」かどうかは関係なかった。ぼくが勝手に選ばれた。

表向きの理由は、ぼくが梯子《はしご》の途中《とちゅう》で震《ふる》えだした場合、レイナがサポートできるように。本当の理由はおそらく、ぼくが怖《お》じ気《け》づいてもUターンできないように。メグはしんがりだ。これはおそらく、メグが敵《てき》にぶつけるのに最適《さいてき》な種を選ぶ時間確保《かくほ》のため。それまでぼくは敵《てき》に顔をぶん殴《なぐ》られ、レイナは下からぐいぐい押《お》して待つ。

オーラムとアージェンタムは梯子《はしご》をのぼることができないので、ぼくたちが撤退《てったい》するまで二軍選手みたいに地上で待機。ぼくたち三人の攻撃《こうげき》が死のダイブに終わり、目の前に落ちてきたら二頭はワンワン吠《ほ》えて喜《よろこ》ぶだろう。そう思ったら大安心だ。

梯子《はしご》はすべりやすく、冷たい。超巨大《ちょうきょだい》ばねの中を這《は》いあがっているような気がしてきた。安全のために金属《きんぞく》で囲《かこ》ってあるのだと思うが、ぼくとしては安心どころではない。足を踏《ふ》みはずしたら、落下の途中《とちゅう》でぶつかる障害物《しょうがいぶつ》が増《ふ》えて痛《いた》いだけだ。

二、三分たったところで手足が震《ふる》えだした。指先も細かく震《ふる》えている。一本目の横桁《よこげた》がぜんぜん近づいていないように思える。下を見たが、中継基地《ちゅうけいきち》の屋根についているパラボラアンテナよりかろうじて高いくらいだ。

囲《かこ》いの中は寒風《かんぷう》が吹《ふ》き荒《あ》れている。パーカーがはためき、矢筒《やづつ》の中で矢がカタカタ鳴っている。タルクイニウスの見張《みは》りが何者であれ、梯子《はしご》の途中《とちゅう》で捕《つか》まったら弓もウクレレも役に立たない。少なくとも、殺人《さつじん》ヒツジの群《む》れは梯子《はしご》をのぼれない。

一方、はるか頭上の霧《きり》の中を旋回《せんかい》する黒い影《かげ》が増《ふ》えてきた——間違《まちが》いなく鳥だ。大丈夫《だいじょうぶ》、ストリクスのはずがない。それでも危険《きけん》な予感に胃《い》がむかむかしてきた。

どうする？　もし——

〈よけいなことを考えるな〉自分をしかる。〈今はのぼりつづけるしかない〉

すべりやすい危険《きけん》な一段一段《いちだんいちだん》に集中する。靴底《くつぞこ》がスチールの梯子《はしご》にこすれていやな音を立てる。下からメグが聞いた。「においしない？　バラの」

メグはぼくを笑わせようとしているのだと思った。「バラ？　いったい全体なぜここでバラのにおいがする？」

レイナがいった。「しているのはレスター君の靴《くつ》のにおいだけ。何か踏《ふ》んだんじゃないかしら」

「恥《はじ》という大きな水たまりだ」ぼくはぼやいた。

「バラのにおい」メグがまたいった。「ま、いいや。どんどんのぼって」

そのとおりにした。ほかに選択肢《せんたくし》がない。

ようやく最初の横桁《よこげた》に到着《とうちゃく》した。横桁《よこげた》にもうけられた足場に立ち、数分休憩《きゅうけい》する。中継基地《ちゅうけいきち》からたった二十メートルくらいだが、もっと高く感じる。眼下《がんか》に縦横《たてよこ》に仕切られた街が際限《さいげん》なく広がっている。必要に応《おう》じて幅《はば》をせばめたり、よじれたりしながら丘陵地《きゅうりょうち》をおおっている。縦横《たてよこ》に走る道路の描《えが》くデザインはタイ文字に似《に》ている。（昔、スパイシーなタイヌードルを食べながら、タイの女神ナン・クワックがぼくにタイ語を教えようとしたことがあったが、ぜんぜん覚えられなかった）

駐車場《ちゅうしゃじょう》のオーラムとアージェンタムはこちらを見あげ、しっぽをふっている。ぼくたち三人が何かするのを見守っているらしい。ぼくの意地悪な部分がとなりの丘《おか》のてっぺんに矢を一本撃《う》ちこみ、

「とってこい！」と叫《さけ》びたがっている。しかしレイナはいい顔をしないだろう。

「ここ、楽しい」メグがいい、側転した。ぼくの心臓《しんぞう》の動きを活発にさせるのが大好きなのだ。

三角形に作られた足場を見渡《みわた》す。ケーブル、配電盤《はいでんばん》、衛星《えいせい》通信装置《そうち》のほかに何かないだろうか。〈このボタンを押《お》してください。そうすれば冒険《ぼうけん》の旅は終了《しゅうりょう》、報酬《ほうしゅう》が受けとれます〉というラベルのついているものがあるとうれしい。

〈ありえない〉頭の中でぼやく。〈タルクイニウスはそこまで親切なやつじゃない。ぼくたちが目的としているものを最下段《さいかだん》に置くはずがない〉

「音のない神はここにはいませんね」レイナがいう。

「見ればわかる」

レイナはほほ笑んだ。明らかにまだ、ついさっき恥《はじ》の水たまりを踏《ふ》んだぼくをおもしろがっている。「ドアもありません。予言によると、私《わたし》はドアを開けることになっているんですよね？」

「比喩《ひゆ》かもしれない」ぼくはいった。「しかし、そのとおり。ここに目的のものはない」

メグが下から二段《だん》目の横桁《よこげた》を指さす――ここからさらに二十メートルくらい上だが、厚《あつ》い霧《きり》の層《そう》の下からようやく見えるだけだ。「バラのにおい、上からしてる。どんどんのぼろう」

ぼくも鼻をくんくんさせてみたが、かぎとれたのは下の林から来るユーカリのかすかなにおい、自分の乾《かわ》いた汗《あせ》のにおい、包帯を巻《ま》いた腹《はら》からもわっとしてくる消毒剤《しょうどくざい》と毒《どく》の合わさった酸《す》っぱいにおいくらいだ。

「ありがたい」ぼくはいった。「またのぼるんだ」

今度はレイナが先頭だ。二段目《だんめ》までのぼる梯子《はしご》に囲《かこ》いはない――タワーの脚《あし》に沿《そ》って金属《きんぞく》の梯子《はしご》がむきだしだ。設計者《せっけいしゃ》はこう思ったのかもしれない。〈いやいや、こんなところまでのぼってくるとは、頭がどうかしているにちがいない。安全のための装備《そうび》はもういらないだろう！〉金属《きんぞく》の囲《かこ》いがなくなって初めて、あれが精神的支《せいしんてきささ》えになっていたことがわかった。少なくとも自分は安全な構《こう》造物《ぞうぶつ》の中にいるのであって、巨大《きょだい》タワーをフリークライミングしている頭のおかしいやつではない、と自分をだますことができた。

理解《りかい》に苦しむ。なぜタルクイニウスは自分にとって大切なもの、つまりは沈黙《ちんもく》の神を電波塔《とう》の上に隠《かく》した？　そもそもなぜ皇帝《こうてい》三人組と同盟《どうめい》を組んだ？　なぜバラのにおいが目的地に近づいていている信号なんだ？　なぜ何羽もの鳥の影《かげ》が頭上の霧《きり》の中を旋回《せんかい》している？　あの鳥たちは寒くないのか？　ほかにすることはないのか？

謎《なぞ》だらけだが、これだけはいえる。ぼくたち三人はこの巨大《きょだい》三本脚《あし》タワーにのぼることになっている。それは正解《せいかい》だ。怖《こわ》くてまちがっているけど正解《せいかい》、という意味だ。何もかももう少しで明らかになる予感がする。そして、そのどれもぼくには好《この》ましくない予感がする。

暗闇《くらやみ》に立ち、遠くにちらちらしている小さな光の点を見つめ、あれはなんだろうと考えているような感じだ。〈おっと、大型《おおがた》トラックのヘッドライトだ。どんどんこっちに来る！〉気づいたときには遅《おそ》い。

二段《だん》目の横桁《よこげた》まであと半分のところで、霧《きり》の中からすごいいきおいで影《かげ》が飛び出し、ぼくの肩《かた》すれすれに飛んでいった。翼《つばさ》の風にあおられ、梯子《はしご》から落ちそうになる。

「危《あぶ》ない！」メグがぼくの左足の足首をつかんだ。が、ぼくはバランスをくずしたままだ。「あれ、何？」

今の鳥がまた霧《きり》に飛びこむ直前、ちらっと姿《すがた》が見えた。光沢《こうたく》のある黒い翼《つばさ》、黒いくちばし、黒い目。

泣き声がもれそうになった。先述《せんじゅつ》のトラックのヘッドライトの正体がわかったときと同じだ。

「カラスだ」

「カラス？」レイナが上から眉《まゆ》をひそめてぼくを見た。「もっと大きかったです！」

たしかに、今ぼくをからかいにきた鳥は翼《つばさ》を広げると六メートルはあった。しかし、霧《きり》のどこから聞こえてくる怒《おこ》った声はカラスの声だ。

「一羽じゃない」ぼくはいった。「巨大《きょだい》カラスが何羽もいる」

五、六羽がらせん降下《こうか》で姿《すがた》を現《あらわ》した。飢《う》えた黒い目がレーザーポインターのようにぼくたちの体を泳ぎ、やわらかくておいしく、ねらいやすい場所をさがしている。

「カラスの群《む》れ」メグは信じられない気持ちと、感心している気持ち半分だ。「カラスの見張《みは》り？かわいい」

ぼくはうめいた。こんなところじゃなく、ほかのところ――ベッドの中で、暖《あたた》かい防弾《ぼうだん》キルトを何枚《まい》もかぶっているとか――にいたかった。メグにいってやりたかった。カラス集団《しゅうだん》は「不親切」とか「陰謀《いんぼう》好き」とか形容《けいよう》されるのがふつうだ、タルクイニウスの見張《みは》りに「かわいい」はないだろうと。しかし、タルクイニウスはそういう細かいことにはこだわらない。カラス自身もこだわらない。メグがどんなに「かわいい」と思おうと、どのみちぼくたち三人の命を奪《うば》うだろう。それに、カラスを不親切とか陰謀《いんぼう》好きとか呼《よ》んだって、呼《よ》ぶだけむだだ。

「コロニスの恨《うら》みをはらしに来たか」がっくりうなだれる。「ぼくのせいだ」

「コロニスって？」レイナが聞く。

「話すと長い」ぼくはカラスにむかって叫《さけ》んだ。「おい、今まで何千回も謝《あやま》っただろう！」

カラスの群《む》れが怒《おこ》った鳴き声を返す。さらに十数羽が霧《きり》の中から次々《つぎつぎ》と出てきて、頭上で旋回《せんかい》を始めた。

「そのうち引き裂《さ》かれる」ぼくはいった。「後退《こうたい》だ――一段《だん》目の横桁《よこげた》に」

「二段《だん》目までのほうが近いです」レイナがいった。「このままのぼりましょう！」

「たぶんチェックしにきただけ」メグがいう。「たぶん襲《おそ》いかかってこない」

そんなことをいっちゃだめだ。

カラスはへそ曲がりだ。知っている——カラスをこんな形にしたのは、このぼくだ。メグが「たぶん襲《おそ》いかかってこない」という期待を口にしたとたん、襲《おそ》いかかってきた。

26

ナツメロが気に入ったなら刺《さ》さないで

今にして思えば、カラスのくちばしはスポンジに――つき刺《さ》すことなどできない、キッチン用の水をふくんだやわらかいスポンジにしておけばよかった。かぎづめもゴム製《せい》にするべきだった。しかし、まちがった。ぎざぎざのナイフのようなくちばしと、鉄の鉤《かぎ》みたいなかぎづめを与《あた》えてしまった。考えられない。

メグが悲鳴をあげた。一羽が急降下《きゅうこうか》してきて、メグの腕《うで》を引っかいていったのだ。別の一羽がレイナの脚《あし》めがけて飛んできた。レイナは蹴飛《けと》ばそうとしたがカラスにはあたらず、ぼくの鼻に命中した。

「痛《いた》いって！」ぼくは叫《さけ》んだ。顔面が悲鳴をあげている。

「失礼！」レイナはのぼろうとしているが、カラスはぼくたちのまわりを飛び、くちばしやかぎづめで攻撃《こうげき》し、服のあちこちを引き裂《さ》いていく。このカラスの狂乱《きょうらん》ぶりに、紀元《きげん》前二三五年のテサロニケでぼくが行ったお別れコンサートを思い出した。（ぼくは約十年ごとにお別れコンサートツアーをするのが好きだった。ファンに忘《わす》れられないようにするのが目的だ）。ディオニュソスが土産《みやげ》物めあてのマイナスを全員引き連れて来た。いい思い出ではない。

「レスター君、コロニスって？」レイナが大声でいいながら剣《けん》を抜《ぬ》く。「どうしてカラスに謝《あやま》りつづけていたんですか？」

「カラスはぼくが作った！」鼻がはれてシロップでうがいしているみたいな声だ。

カラスが怒《おこ》ってカアカア鳴いた。上から襲《おそ》いかかってきた一羽のかぎづめであやうく左目をやられそうになる。レイナは剣《けん》をふりまわし、カラスを近づけまいとしている。

「ねえ、作らなかったことにできない？」メグがいった。

カラスの気に入らないコメントだったらしく、一羽がメグにつっこんできた。メグはそいつにむかって種をひと粒《つぶ》ほうった――すると、カラスは習性《しゅうせい》上、パクっと食べた。カボチャが一瞬《いっしゅん》にしてくちばしの中で育つ。カラスは口の中にハロウィンのカボチャが実《みの》り、頭から落ちていく。

「いいかい、正確《せいかく》には『作った』のではない」ぼくはいった。「今の姿《すがた》に作り替《か》えただけだ。答えはノー。したことはとり消せない」

群《む》れがまた怒《おこ》った声で鳴いた。しかし今度は襲《おそ》ってこない。剣《けん》を使う少女と、急生長するおいしい種を使う少女を警戒《けいかい》している。

タルクイニウスはぼくを自分の沈黙《ちんもく》の神に近づかせないために最適《さいてき》の見張《みは》りを選んだ。カラスはぼくを恨《うら》んでいる。ただで仕事を請《う》け負ったのだろう。健康保険《ほけん》などなくても、ぼくをたたきのめす機会をもらえればじゅうぶんだ。

ぼくたち三人がまだ生きている唯一《ゆいいつ》の理由。カラスたちはだれが殺《ころ》すかをめぐってもめている。騒々《そうぞう》しい鳴き声はどれも、ぼくのおいしい各部位を要求する声だ。〈おれはやつの肝臓《かんぞう》をいただく！〉

〈いや、肝臓《かんぞう》はおれのものだ！〉

〈じゃあおれは腎臓《じんぞう》をいただく！〉

カラスはへそ曲がりなうえに、食い意地が張《は》っている。言い争っているのも今だけだ。妥当《だとう》なつつき合い《ペッキング》の順位《オーダー》が決まりしだい、ぼくたちは終わりだ。（ペッキングオーダーは人間社会にもある。いわゆる「序列《じょれつ》」というやつだ）

攻《せ》めこんできた一羽をレイナが剣《けん》をふって追い払《はら》った。頭上の横桁《よこげた》の足場をちらっと見る。剣《けん》を鞘《さや》におさめて一気にのぼれるかどうか計算しているのだろう。難《むずか》しい表情《ひょうじょう》のまま、つまり答えはノーだ。

「レスター君、情報《じょうほう》を求めます」レイナがいった。「この敵《てき》の退治《たいじ》法を教えてください」

「知るか！」ぼくはわめいた。「いいか、その昔、カラスはおとなしく、白かった。ハトがいるだろ、あんな感じだったんだ。しかしカラスはむだ話の天才だった。ぼくがコロニスという名の女の子とつき合っているとき、カラスたちは彼女《かのじょ》が浮気《うわき》していることを知り、ぼくに告《つ》げ口した。怒《おこ》ったぼくはアルテミスにたのんでコロニスを殺《ころ》させた。そしてぼくは告《つ》げ口の罰《ばつ》としてカラスを真っ黒にした」

レイナはぼくをじっと見ている。また鼻にキックする気かもしれない。「その話はいろいろなレベルでまちがっています」

「最悪」メグもうなずく。「浮気《うわき》した女子を自分の妹に殺《ころ》させる？」

「いや、ぼくは――」

「そして告《つ》げ口したカラスに罰《ばつ》を与《あた》えるつもりで」レイナがいう。「黒に作り替《か》えたんですか？黒が悪で、白は善《ぜん》というんですか？」

「そうまとめてしまえば、差別にしか聞こえない。しかし実際《じっさい》は、ぼくの呪《のろ》いでカラスが黒焦《くろこ》げになっただけだ。ついでに、やたら怒《おこ》りっぽい肉食カラスになった」

「わざと黒にしたんじゃないんですね」レイナがいう。

「カラスに、アポロンをどうぞ、っていったら」メグがいう。「レイナとあたしのことは食べない？」

「ぼくを――なんだって？」ジョークではないのかも、と不安になった。メグの顔は〈ジョークだよ〉とはいっていない。〈本気だよ〉だ。「いいか、ぼくは怒《おこ》っていたんだ！　そう、あのときはカラスのせいにしたが、数百年後、冷静になった。カラスに謝《あやま》った。しかし遅《おそ》かった。カラスは卑劣《ひれつ》な肉食なのも悪くないという感じになっていた。コロニスはといえば——だから、アルテミスに命を奪《うば》われはしたが、おなかにいた赤ん坊《ぼう》の命は助けてやった。その赤ん坊《ぼう》がアスクレピオス、医術《いじゅつ》の神だ！」

「ガールフレンドのおなかには赤ん坊《ぼう》がいた？　そのガールフレンドを殺《ころ》させた？」レイナがぼくの顔に二発目のキックをしてきた。なんとかかわした。小さくなる訓練は積んでいる。しかし今回はちょっとショックだった。レイナは襲《おそ》いかかってきたカラスをねらったのではなかった。そう、ぼくの歯をねらっていた。

「最低」メグがうなずく。

「この話はまた今度」ぼくはいった。「あるいはこれで終わりにしないか？　当時のぼくは神だった！　自分が何をしているか、わかっていなかったんだ！」

数ヵ月前ならこんな言い訳《わけ》は理解《りかい》できなかっただろう。しかし今は正直な気持ちだ。たとえていうなら、メグからラインストーンつきの分厚《ぶあつ》いレンズのメガネをもらい、かけてびっくり視力抜群《しりょくばつぐん》、という感じ。魔法《まほう》のメグメガネで見たくないところまで完璧《かんぺき》に見えるようになると、何もかもちっぽけで、安っぽく、つまらなく思えていやになる。何よりもいやなのはこんな自分——現在《げんざい》のレスターだけでなく、その前はアポロンと呼《よ》ばれていた神も——だ。

レイナがメグとたがいに目くばせした。ふたりは無言で合意したらしい。今いちばん現実的《げんじつてき》な行動はカラスを撃退《げきたい》すること。そして後からふたりでぼくを始末すればいい。

「ここにいたら命はありません」レイナはまた襲《おそ》いかかってきた熱心な肉食カラスめがけ、剣《けん》をふった。「防御《ぼうぎょ》しながら同時にのぼることはできません。何かアイデアは?」

カラスにはアイデアがひとつあった。総攻撃《そうこうげき》だ。

群《む》れが一気に襲《おそ》いかかってきた——つつき、引っかき、怒《いか》りの声をあげている。

「悪かった!」悲鳴をあげつつ、手ではたこうとするがカラスにはあたらない。「悪かったって!」

カラスはぼくの謝罪《しゃざい》を受け入れない。かぎづめが次々《つぎつぎ》にズボンを引き裂《さ》く。一羽のくちばしが矢筒《やづつ》をしっかりくわえ、ぼくも梯子《はしご》から引きはがされそうになる。一瞬《いっしゅん》両足が浮《う》き、危《あぶ》ないところだった。

レイナは剣《けん》でかわしつづけている。メグはカラスに悪口をいいながら種をまいている。パレードの車みたいだが、投げるプレゼントは最悪だ。巨大《きょだい》なカラスがラッパズイセンにくるまれ、方向を見失ってぐるぐる飛んでいくかと思えば、別の一羽は石みたいに墜落《ついらく》していく。腹《はら》がバターナッツカボチャの形にふくらんでいる。

梯子《はしご》を握《にぎ》る手に力が入らなくなってきた。鼻血がぽたぽたたれている。しかし、ふく暇《ひま》はない。

レイナのいうとおりだ。動かなければ死ぬ。でも動けない。

頭上の横桁《よこげた》を見てみる。あそこに着きさえすれば、立って両手を使うことができる。戦うチャンスはできる……勝ち目はなくても。

足場のいちばん端《はし》、タワーの脚《あし》と交わるところに大きな長方形の箱がある。貨物コンテナのようだ。今まで気づかなかったのが不思議だが、タワー全体の大きさとくらべると、このコンテナは小さく、目立たない。色もタワーと同じ赤だし、遠目だとそこだけ一部出っ張《ぱ》っているようにしか見えない。なぜこんなところにコンテナがあるのかわからない（メンテナンス小屋？　物品倉庫？）が、中に入る方法がわかれば、避難《ひなん》できるかもしれない。

「あそこに行こう！」ぼくは叫《さけ》んだ。

レイナがぼくの視線《しせん》を追う。「あそこまで行ければ……時間稼《かせ》ぎが必要ですね。アポロン様、カラスを撃退《げきたい》するにはどうしたらいいですか？　カラスが嫌《きら》いなものは？」

「ぼくよりも？」

「ラッパズイセン、あんまり好きじゃないよ」メグがいった。花飾《かざ》りに包まれたカラスがまた一羽、スピンしながら垂直降下《すいちょくこうか》していく。

「群《む》れ全体を追い払《はら》いたいの」レイナがそういいながら、また剣《けん》をふる。「アポロン様以上に嫌《きら》いなものはないかしら」目が輝《かがや》く。「アポロン様、何かうたってください！」

また顔にキックを食らった気がした。「ぼくの声はそこまでひどくない！」

「でも、あなたは音楽の神で……昔は音楽の神だったんですよね？　歌で人々《ひとびと》をうっとりさせることができるなら、追い払《はら》うこともできるはずです。カラスが嫌《きら》いそうな歌を選んでください！」

なるほど。レイナはぼくを笑い飛ばし、鼻をキックしただけでなく、カラスよけにしようというのだ。

しかし……「昔は」神「だった」というレイナの言葉には感動した。ばかにしたいい方ではなかった。レイナは一歩ゆずって、ぼくがどんなにひどい神か知ったうえで期待していることが伝わってきた。ぼくがもっといい、もっと役立つ、場合によっては許《ゆる》す価値《かち》さえある者になれるかもしれないと。

「わかった」ぼくはいった。「少し考えさせてくれ」

カラスの群《む》れの返事はノーだ。カアカア鳴き、黒い羽と鋭《するど》いかぎづめの一団《いちだん》となって襲《おそ》ってきた。

レイナとメグは必死で追い払《はら》おうとしているが、ぼくを完全にガードすることはできない。一羽のくちばしがぼくの首をついた。頸動脈《けいどうみゃく》すれすれだ。かぎづめが頬《ほお》を引っかく。新たにレーシングコースみたいな生傷《なまきず》ができたはずだ。

痛《いた》いとかいっている場合じゃない。

レイナのためにうたいたい。自分が本当に変わったことを証明《しょうめい》したい。自分はもうコロニスを殺《ころ》させ、黒いカラスを作った神ではない。クマエの神託者《しんたく》に呪《のろ》いをかけた神でも、デザートのアンブロシアのトッピングを選ぶ感覚で好き勝手していた神でもない。

今こそ役に立つときだ。仲間ふたりのために撃退《げきたい》力を見せつけたい!

過去《かこ》数千回のパフォーマンスの記憶《きおく》を引っかきまわし、まったく受けなかったナンバーをさがす。ない。まったく思いあたらない。そのうえ、カラスの攻撃《こうげき》はやまない……

〈鳥の攻撃《こうげき》〉……

頭蓋骨《ずがいこつ》の奥《おく》でアイデアがひらめいた。

わが子のオースティンとケイラから聞いた話を思い出したのだ。ハーフ訓練所で、キャンプファイアを囲《かこ》んで座《すわ》っていたとき、ふたりは冗談《じょうだん》まじりにこんな話をしていた。ケイロンは音楽の趣味《しゅみ》が悪い。数年前にパーシー・ジャクソンが怪鳥《かいちょう》ステュムパーロスの群《む》れを撃退《げきたい》したことがあったが、そのときはケイロンのCDコレクションから一枚《まい》かけたら、あっというまにいなくなったとか。

そのとき選んだのは? ケイロンのお気に入りは?

「ボラーレ!」ぼくは叫《さけ》んだ。

メグがぼくを見あげた。髪《かみ》からゼラニウムがひとつ咲《さ》いている。「だれ?」

「ディーン・マーティンがカバーした曲だ」ぼくはいった。「ひょっとしたら――カラスにはがまんならないかもしれないが、確信《かくしん》はない」

「ないじゃ困《こま》ります！」レイナが叫《さけ》ぶ。カラスにマントを激《はげ》しく引っかかれたり、つつかれたりしている。魔法《まほう》の布《ぬの》は引き裂《さ》けないが、マントでおおえない部分は無防備《むぼうび》だ。レイナが剣《けん》をふるたびにカラスが飛びこんできて、胸元《むなもと》や腕《うで》をくちばしでつつく。レイナの長袖《ながそで》Tシャツはまたたくまに半袖《はんそで》Tシャツになった。

ぼくは最悪のキング・オブ・クールを決めこんだ。ラスベガスのステージに立つ自分を想像《そうぞう》する。うしろのピアノの上には空になったマティーニのグラスが並《なら》んでいる。衣装《いしょう》はベルベットのタキシード。タバコをひと箱全部吸《す》いおわったところだ。観客席は満席。うっとりした表情《ひょうじょう》の、音楽なんてわからないファンばかりだ。

「ボーー、ラーー、レーー！」ふつうの三倍の長さに引きのばし、大声でうたう。「オーー、オーー！」

カラスは即反応《そくはんのう》した。ぎょっとひるむ。肉たっぷりの前菜が突然《とつぜん》ベジタリアンむけになっちまった、という感じだ。横桁《よこげた》にぶつかるカラスもいて、タワー全体が揺《ゆ》れている。

「つづけて！」メグが叫《さけ》んだ。

命令なので、したがわざるをえない。作曲者のドメニコ・モドゥーニョには申し訳《わけ》ないが、完全ディーン・マーティンバージョンでうたう。

『ボラーレ』はもとはそのへんのマイナーな曲だった。原題は『青く塗《ぬ》られた青の中で』。いかにもダサいタイトルだ。なぜこんなタイトルにしたかわからない。ついでにいうと、ザ・ウォールフラワーズの『ワン・ヘッドライト』だって『おれとシンデレラ』にすべきだったし、エド・シーランの『Aチーム』だって絶対《ぜったい》に『寒すぎて天使は飛べない』にすべきだった。みんな、強調するところをまちがっている。

それはともかく、『青く塗《ぬ》られた青の中で』が葬《ほうむ》り去られなかったのは、ディーン・マーティンのおかげだ。彼《かれ》は『青く塗《ぬ》られた青の中で』を発掘《はっくつ》し、『ボラーレ』とタイトルを変え、バンドとバックコーラスをつけ、キャバレーのシンガーがうたう定番に作り替《か》えた。

今日のぼくにバックコーラスはいない。あるのは自分の声だけだが、めいっぱい下手にうたう。以前、神として何語でも話せたときでさえ、イタリア語でうたうのは苦手だった。ラテン語とごちゃ混《ま》ぜになり、鼻風邪《はなかぜ》をひいたユリウス・カエサルがうたっている感じになる。今日は鼻がはれているので輪をかけてひどい。

声を張《は》りあげ、震《ふる》わせてうたう。目をつぶり、梯子《はしご》にしがみついてうたうぼくのまわりを、カラスが飛んでいる。ぼくの下手な偽物《にせもの》パフォーマンスに驚愕《きょうがく》してカアカア鳴いている。はるか下の地面でレイナのロボット犬二頭も、長く低く吠《ほ》えている。ママ、どこ行ったの、と。

『ボラーレ』をひどくうたうのに夢中《むちゅう》になりすぎ、メグに大声でいわれるまでカラスが完全に静かになったのに気づかなかった。「アポロン、もういいよ!」

ぼくはコーラスの途中《とちゅう》で歌をやめた。目を開けると、カラスは一羽もいなかった。霧《きり》のどこかでカラスの怒《いか》りの声がどんどん小さくなっていく。おそらく、おとなしくて下手なパフォーマンスなどしない獲物《えもの》をさがしにいったのだろう。

「耳が」レイナがこぼす。「一生耳がおかしいままかも」

「カラスの群《む》れはもどってくるかもしれない」ぼくはいった。喉《のど》がミキサー車のシュートみたいだ。「あの連中はカラス用ノイズキャンセリングヘッドホンを購入《こうにゅう》できたらすぐに、また来るかもしれない。さあ、のぼるぞ！　ディーン・マーティンの歌は品切れだ」

27 頭文字Hで始まるいやな神？

　足場に着いたとたん、ぼくは手すりにつかまった。自分の足がふらついているのか、タワー全体が揺《ゆ》れているのかわからない。ポセイドンのレジャー用三段《だん》オールのガレー船に乗っているような感じ――船を引くのはシロナガスクジラ。ポセイドンは最初にこういった。〈心配ない、ぜんぜん揺《ゆ》れない。楽しいにきまっている〉

　眼下《がんか》にサンフランシスコの街がある。緑と灰色《はいいろ》のキルトをくしゃくしゃにして広げた模様《もよう》で、端《はし》のほうは霧《きり》にかすんでフリンジがついているようにも見える。太陽の戦車に乗っていた日々《ひび》がよみがえり、胸《むね》がきゅんとなった。サンフランシスコ！　あの美しい街を上空から見ては、その日一日の仕事の終わりが近いことを知った。ようやく太陽の宮殿《きゅうでん》に戦車を停《と》め、夜のあいだは体を休め、夜と昼を司《つかさど》る自分以外の神にバトンを渡《わた》せるのだ。（ハワイよ、申し訳《わけ》ない。君のことは大好きだが、残業してまで君に日の出をもたらす気はない）

カラスの群《む》れは見えない。といってもなんの意味もない。タワーの上のほうは霧《きり》に潜《もぐ》ったままだ。カラスの群《む》れがいつ飛び出してくるかわからない。いまいましいことに、翼《つばさ》の幅《はば》六メートルの鳥のくせにしのび寄《よ》るのがうまい。

足場のいちばん端《はし》に例のコンテナがある。バラのにおいはもうかなり強烈《きょうれつ》で、ぼくでもわかる。コンテナから出ているようだ。近づこうと一歩踏《ふ》みだしたとたんによろけた。

「気をつけて」レイナがぼくの腕《うで》をつかむ。

全身に電気が走り、両脚《りょうあし》に力が入った。そんな気がしただけ？　いや、驚《おどろ》いただけかもしれない。レイナがぼくにボディータッチした。しかも、ブーツでぼくの顔にキックしたわけじゃなかった。

「大丈夫《だいじょうぶ》だ」神の得意技《とくいわざ》のひとつはまだ健在《けんざい》だ。嘘《うそ》はつける。

「手当てが必要です」レイナがいう。「顔がホラー映画《えいが》です」

「ありがとう」

「備品《びひん》、あるよ」

メグがそういってガーデニングポーチをさぐりだした。まずい、ブーゲンビリアの花を顔にべたべた貼《は》られるかもしれない。しかしちがった。メグがとり出したのはテープ、ガーゼ、消毒綿《めん》だ。プランジャルの手伝いをして、チーズ削《けず》り器の使い方のほかにも学習したらしい。

メグはせかせかとぼくの顔の手当てをし、ほかにも心配な切り傷《きず》や刺《さ》し傷《きず》はないか、ぼくとレイナをチェックした。いっぱいあった。まもなく、三人ともペンシルヴェニア州バリーフォージュにあったジョージ・ワシントンの軍隊の冬期野営地《やえいち》から出ていく負傷兵《ふしょうへい》みたいになった。夕方までずっとおたがいの傷《きず》の手当てをして過《す》ごすこともできそうだったが、そんな余裕《よゆう》はない。

メグが首を曲げ、コンテナを見た。髪《かみ》にまだゼラニウムがしつこく咲《さ》いている。ずたずたになったワンピースが海草みたいにはためいている。

「あれ、何？」メグがいう。「なんのため？　なんでバラのにおい？」

いい質問《しつもん》だ。

タワーの上で大きさと距離《きょり》を測《はか》るのは難《むずか》しい。横桁《よこげた》のすみに押《お》しこまれたコンテナは小さくかわいらしく見える。しかし、ここからはゆうに一区画分離《はな》れている。本当は『ゴッドファーザー』のマーロン・ブランドが住んでいる超豪華《ちょうごうか》トレーラーハウスより大きいのかもしれない。（わお、どこからそんな記憶《きおく》が出てきた？　タイミングがおかしい）。スートロタワーにあんなに巨大《きょだい》な赤い箱をすえつけるなんて至難《しなん》の業だ。いや、三頭政治《さんとうせいじ》ホールディングスは現金《げんきん》で五十隻《せき》のラグジュアリーヨットを購入《こうにゅう》できる。運搬《うんぱん》用ヘリコプターも二、三機所有しているかもしれない。

さらなる疑問《ぎもん》は、なぜ？

コンテナの外側の数ヵ所からヘビのようにのびている銅《どう》や金のケーブルが、ほのかに光りながら接地線《アース》のようにタワーの脚《あし》や横桁《よこげた》をつたい、パラボラアンテナや線状《せんじょう》アンテナ、配電盤《はいでんばん》につながっている。あのコンテナは管理室か何か？　世界一豪華《ごうか》なバラの温室？　いや、ケーブルテレビの有料チャンネルを盗《ぬす》み見するための世界一手のこんだ基地《きち》かもしれない。

コンテナのこちら側の面に両開きの扉《とびら》がついている。両側の縦《たて》のバーはロックされ、太い鎖《くさり》を巻《ま》きつけてある。中からは何も、だれも出られない。

「どうしましょうか？」レイナが聞いた。

「あのコンテナの中に入ってみる」ぼくはいった。「考えただけでぞっとするが、ほかに思いつかない」

「そうですね」レイナは頭上の霧《きり》を見渡《みわた》した。「やりましょう。カラスの群《む》れがアンコールを要求してもどってくる前に」

メグは指輪を剣《けん》に変えた。先頭に立って足場を歩きだしたが、五、六メートル進んだところで突《とつ》然《ぜん》止まった。見えない壁《かべ》にあたったかのようだ。

ふりむいてレイナとぼくを見る。「ねえ、あた……変……ない？」

ぼくはさっき顔にキックをされて脳《のう》がショートしたのかと思った。「メグ、今なんて？」

「だか……んか変……寒気し……」

ぼくはレイナをちらっと見た。「聞こえた？」

「半分しか聞こえません。どうして私《わたし》たちふたりの声は問題ないのかしら？」

メグはぼくたちふたりより少し先にいる。頭の中に不穏《ふおん》な疑《うたが》いがわいてきた。「メグ、こっちに一歩さがってきてくれないか？」

「なんで……あた……」

「たのむ」

メグはいうとおりにした。「じゃ、ふたりも変な感じしてる？　なんか寒気する？」顔をしかめる。「待って……治った」

「言葉が飛び飛びだったわ」レイナがいう。

「そうなの？」

ふたりともぼくを見て、説明を待っている。悲しいことに、ひとつあるかもしれない――少なくとも、ひとつ、頭の中で完成しつつある。ヘッドライトみたいなものをつけたトラックみたいなものが、ぼくをひき殺《ころ》そうとするみたいにせまってきている。

「ふたりはここで少し待っていてくれ」ぼくはいった。「試したいことがある」

コンテナに少し近づく。さっきメグが立っていたところまで行くと、変な感じがした――冷凍《れいとう》倉庫に足を踏《ふ》み入れた、そんな感じだ。

さらに三メートルほど進むと、音が消えた。風の音も、ケーブルがタワーにぶつかる金属音《きんぞくおん》も、耳の奥《おく》で血管がどくどく鳴る音も聞こえない。指を鳴らしてみる。聞こえない。

パニックがこみあげてきた。完全な静寂《せいじゃく》――音楽の神には最悪の悪夢《あくむ》だ。

レイナとメグに顔をむける。叫《さけ》ぼうとした。「ぼくの声が聞こえるか?」

しーん。声帯は震《ふる》えているのに、音波は口から出る前に消えてしまうらしい。

メグが何かいった。ぼくには聞こえない。レイナが両手を広げた。

ふたりに手で、待て、と合図する。そして大きく息を吸《す》い、思いきってまたコンテナにむかって進む。手をのばせば扉《とびら》に届《とど》くところで止まる。

バラのブーケのにおいは間違《まちが》いなくこの中からしている。バーに巻《ま》きつけてある鎖《くさり》は重い帝国《ていこく》の黄金製《せい》だ――希少な魔法《まほう》の金属《きんぞく》がこれだけあれば、オリンポス山に立派《りっぱ》な宮殿《きゅうでん》がひとつ買える。今は人間の体のぼくでもコンテナの中から放出されるパワーが――重い静寂《せいじゃく》、そして金属《きんぞく》の扉《とびら》と壁《かべ》にかけられた監禁《かんきん》の呪《のろ》いの冷たくつき刺《さ》すようなパワーが感じられる。外からだれも入らせないため、また、中の者を閉《と》じこめておくためのパワーだ。

左側の扉《とびら》に白いステンシルでアラビア語の単語がひとつ書いてある。

الإسكندرية

ぼくのアラビア語はディーン・マーティンのイタリア語よりはるかにさびついているが、これはある町の名前だ。アレクサンドリア。エジプトのアレクサンドリアだ。

膝《ひざ》から力が抜《ぬ》けそうになった。視界《しかい》がぐるぐるまわる。声をあげて泣いたかもしれないが、声は聞こえない。

ゆっくりと、手すりにつかまって一歩一歩ゆっくりと、仲間のところにもどる。沈黙圏《ちんもくけん》を出たとわかったのは、自分がつぶやく声が聞こえたからだ。「嘘《うそ》だ、嘘《うそ》だ」

倒《たお》れそうになったぼくを、メグが支《ささ》える。「大丈夫《だいじょうぶ》？　何があった？」

「正体がわかった」ぼくはいった。「音のない神の」

「だれです？」レイナが聞く。

「知らない」

レイナがまばたきする。「でも、今――」

「『正体』がわかった。名前は――まだ思い出せない。音のない神はおそらく、プトレマイオス朝時代の神だ。当時エジプトはギリシャに支配《しはい》されていた」

メグはぼくのうしろにあるコンテナを見た。「箱入りの神様」

ぼくは身震《みぶる》いした。ヘルメスが昔オリンポス山で始めたファストフードチェーン店、『箱入りの神様《ゴッド・イン・ザ・ボックス》』を思い出してしまったのだ。ありがたいことにその店はぜんぜんはやらなかった。

「正解《せいかい》だ、メグ。非常《ひじょう》にマイナーなエジプトとギリシャのハイブリッドの神。おそらく、だからユピテル訓練所の蔵書《ぞうしょ》では見つけられなかった」

「そんなにマイナーなら」レイナがいう。「どうしてどんなに怯《おび》えているんです？」

元オリンポスの神としてのなけなしの高慢《こうまん》さが全身を駆《か》け抜《ぬ》ける。〈これだから人間は〉人間に理解《りかい》できるはずがない。

「プトレマイオス朝の神々《かみがみ》はたちが悪い」ぼくはいった。「気まぐれで、気分屋で、危《あぶ》なっかしくて、心配性《しんぱいしょう》で――」

「そのへんの神様とそっくり」メグがいう。

「いやな子だ」

「あたしのこと大好きっていったくせに」

「いやだけど好きということもありうる。バラはこの神のシンボルだ。理由は――思い出せない。ウェヌスと関係があるのかな。この神は秘密《ひみつ》を担当《たんとう》している。昔は指導者《しどうしゃ》が会議室の天井《てんじょう》にバラを一輪つりさげていたら、その場にいる者は全員秘密《ひみつ》を誓《ちか》ったことになっていた。いわゆる『バラの下《サブロザ》』という習慣《しゅうかん》だ」

「そういうことは全部思い出せたのに」レイナがいう。「名前は思い出せないんですか？」

「いや――名前は――」出そうで出ない。「思い出しかけた。思い出せるはずだ。しかし、この神のことは何千年も忘《わす》れていた。ほぼ記憶《きおく》から消えていた。ルネサンス期にバックコーラスをたのんだだれかの名を思い出せ、といわれたようなものだ。おそらく、レイナに頭をキックされたせいで――」

「コロニスの話の後だったでしょう?」レイナがいう。「当然です」

「うん」メグがうなずく。

ため息が出た。「ふたりともおたがいに悪い影響《えいきょう》だ」

ぼくからは目を離《はな》さずにレイナとメグが無言でハイタッチする。

「しかたない。ドドナの矢を呼《よ》び出して、記憶《きおく》にエンジンをかける手伝いをしてもらうか。なんの役に立たなくても、ややこしいシェイクスピア調の言葉でぼくをからかうくらいはするだろう」

ぼくは矢筒《やづつ》からドドナの矢を抜《ぬ》いた。「予言の矢よ、アドバイスをたのむ!」

返事がない。

ドドナの矢までコンテナをとり巻《ま》く魔法《まほう》の催眠術《さいみんじゅつ》にかかったか? いや、理由はもっと単純《たんじゅん》だった。今出した矢をしまい、別の矢を抜《ぬ》く。

「矢をまちがえたんでしょ?」メグがいう。

「まさか!」ぼくはいった。「メグには理解《りかい》できない複雑《ふくざつ》な手順があるんだ。さて、また沈黙圏《ちんもくけん》に行ってみる」

「でも――」

何かいいかけたメグを無視《むし》して歩きだす。

また冷たい沈黙《ちんもく》にとり巻《ま》かれ、そこで初めて気づいた。声が出なければ矢と会話できないかもしれない。

かまわない。後退《こうたい》したらプライドにかかわる。ドドナの矢とぼくがテレパシーで会話できないなら、知的な会話をしているふりをすればいい。レイナとメグが見ている。

「予言の矢よ！」また呼《よ》びかける。声帯は震《ふる》えているが声は出ない——不安な感覚だ。たとえるなら溺《おぼ》れるときと同じ、としかいいようがない。「アドバイスをたのむ！」

〈おめでとうございます〉ドドナの矢がいった。矢の声がぼくの頭の中に反響《はんきょう》し——聴覚《ちょうかく》より触覚《しょっかく》に訴《うった》える——目玉が振動《しんどう》している。

「ありがとう」ぼくはいった。「待て。何が？」

〈そなたは自分の型《かた》を見つけた。少なくとも、自分の型《かた》の始まりを。おそらく、時の経過《けいか》とともに完成するであろう。おめでとうございます〉

「なるほど」矢の先を見つめ、〈しかしながら〉というセリフを待つ。出てこない。驚《おどろ》きすぎて、しどろもどろになる。「ど、どうも」

〈いや、どういたしまして〉

「他人行儀《ぎょうぎ》なあいさつはこれで終わりか？」

〈はい〉矢は考えこんだ。〈じつにやっかいであった。ところで、「手順」とは？　先ほどあそこの娘《むすめ》ふたりにいったであろう。「しくじる」以上の手順があるか？〉

「やっぱりだ」ぼくはぼやいた。「たのむ、ぼくの記憶《きおく》にエンジンをかけてくれ。音のない神は……エジプト出身の彼《かれ》だろう？」

〈おお、よく考え抜《ぬ》いたのう〉矢がいう。〈エジプトの彼《かれ》全員にまでしぼれたか〉

「わかるだろう、ぼくが何をいいたいか。あいつ——あのプトレマイオス朝の神のことだ。ちょっと変わったやつだった。沈黙《ちんもく》と秘密《ひみつ》の神。だが厳密《げんみつ》にはそうではなかった。名前だけ教えてくれたら、それ以外で記憶《きおく》していることもするする出てきそうだ」

〈わが知恵《ちえ》はそんなに安く買えるのか？　沈黙《ちんもく》の神の名、骨折《ほねお》りなく勝ちとれると思っておるか？〉

「スートロタワーにのぼったことはどうだ？　カラスにずたずたにされ、顔にキックを食らい、ディーン・マーティンの歌をうたわされたことは？」

〈ゆかいであった〉

厳選《げんせん》した言葉をふたつか三つ叫《さけ》んだ気がするが、沈黙圏《ちんもくけん》に削除《さくじょ》された。したがって、ご想像《そうぞう》におまかせしよう。

「わかった。せめてヒントをくれないか？」

〈じつを申せば、その名の最初はH〉

「ヘパイストス……ヘルメス……ヘラ……Hで始まる神は大勢《おおぜい》いる！」

〈ヘラ？　しかと考えているか？〉

「わけがわからない。H、えっと……」

〈気に入っている医者を思い出すがよい〉

「ぼく。待て。息子のアスクレピオス」

矢のため息でぼくの全身の骨《ほね》が振動《しんどう》する。〈気に入っている人間の医者だ〉

「ドクター・キルデア。ドクター・ドゥーム。ドクター・ハウス。ドクター――わかった！　ヒポクラテスだ。だが彼《かれ》はプトレマイオス朝の神ではない」

〈骨折《ほねお》り損《ぞん》のくたびれもうけ〉矢がぼやく。〈ヒポクラテスはヒントなり。それと似《に》た名が正解《せいかい》。最初を少し変えてみよ〉

「何文字だ？」いらいらしてもしかたないが、クイズは昔から、炎《ほのお》の迷路《めいろ》で恐《おそ》ろしい経験《けいけん》をする前から嫌《きら》いだ。

〈これが最後のヒント。気に入っているマルクス兄弟を思い出すがよい〉

「マルクス・ブラザーズのことか？　いったいどこで知った？　彼《かれ》らは一九三〇年代のコメディグループだぞ！　いや、そう、もちろん、大好きだ。彼《かれ》らは退屈《たいくつ》だったあの三〇年代に明るさをもたらした、しかし……待て。ハープを弾《ひ》けるのがいた、ハーポだ。当時から思っていた。彼《かれ》の音楽は甘《あま》く、悲しく……」

ぼくをとり巻《ま》く沈黙《ちんもく》がさらに冷たく、重くなる。

〈ハーポ〉ぼくは頭の中で考えた。〈ヒポクラテス。このふたつの名前を組みあわせると……〉

「ハルポクラテス……答えはハルポクラテスだ」ぼくはいった。「矢君、たのむ、不正解《ふせいかい》だといってくれ。コンテナの中で待っているのは彼《かれ》ではないといってくれ」

ドドナの矢は返事をしない。もっとも恐《おそ》れていたことが確定《かくてい》した。

シェイクスピア調の友を矢筒《やづつ》にもどし、重い足取りでレイナとメグのところに帰る。

メグが眉《まゆ》をひそめた。「気になる。顔が暗い」

「本当」レイナがいう。「何がわかったんです？」

霧《きり》を見る。相手が肉食の巨大《きょだい》カラスみたいに簡単《かんたん》なやつだったらよかった。思ったとおり、沈黙《ちんもく》の神の名がわかって記憶《きおく》がほどけた——不ゆかいで、思い出したくなかった記憶《きおく》が。

「対面する神がわかった」ぼくはいった。「いい知らせがある。彼《かれ》は神ではあるがたいした力はない。ほぼ無名といっていい。いわゆるランク外のDクラスだ」

レイナが腕《うで》を組む。「悪い知らせは？」

「ああ……そっちか」咳払《せきばら》いする。「ハルポクラテスはぼくとは気が合わなかった。みょうなことをいっていた……いつか絶対《ぜったい》ぼくが蒸発《じょうはつ》するところを見てやる、とか」

28 三人でパワーアップだ 鎖《くさり》断《た》つ

「蒸発《じょうはつ》する?」レイナがいった。

「そう」

「その人に何したの?」メグが聞いた。

心外だという顔をしようとした。「何も! ちょっとからかったかもしれないが、ハルポクラテスは非常《ひじょう》にマイナーな神だ。どちらかといえば見た目もこっけいだ。オリンポスの神々《かみがみ》の前で、彼《かれ》をだしにして冗談《じょうだん》をいったこともあったかな」

レイナは眉《まゆ》をひそめた。「つまり、弱い者いじめですね」

「ちがう! いや……たしかに、彼《かれ》のトーガの背中《せなか》に〈ぼくを消して〉と蛍光《けいこう》の文字で書いたことはあった。あと、少しやりすぎたこともあったような気もする。たとえば、彼《かれ》をしばりあげて、ぼくの炎《ほのお》の馬と同じ馬小屋にひと晩閉《ばんと》じこめて——」

「ひどい！」メグがいった。「ひどすぎ！」

ぼくは自己弁護《じこべんご》したい衝動《しょうどう》をこらえた。本当は叫《さけ》びたかった。〈いや、少なくとも殺《ころ》しはしなかった。おなかに赤ん坊《ぼう》のいたガールフレンドのコロニスのときとはちがう！〉しかしコロニスのときも逮捕《たいほ》はされなかった。

ハルポクラテスとの出会いをふり返ってみると、ぼくは本当にひどかったと思う。ぼく、つまりレスターが、あのときのプトレマイオス朝のDクラス神と同じいじめを受けたとしたら、穴《あな》にもぐりこんで死にたいと思ったかもしれない。正直にいうと、ぼくも神だったときにいじめられた経験《けいけん》はあるから——ただし、いじめっ子は父上だったが——いじめられる者の痛《いた》みはわかっているはずだった。

ハルポクラテスのことは長年忘《わす》れたままだった。彼《かれ》をいじめたことなど騒《さわ》ぐほどのことではないと思っていた。おそらくそれで状況《じょうきょう》がさらに悪化したのだ。ぼくは彼《かれ》との出会いを避《さ》けた。むこうはそうではなかった。

コロニスのカラス……ハルポクラテス……

両者がサトゥルナリア祭の幽霊《ゆうれい》みたいに今日、ぼくの前に出現《しゅつげん》したのは偶然《ぐうぜん》ではない。タルクイニウスはぼくを念頭に置いてすべてを調整した。強引にぼくを最悪の関係にある相手と対面させようとしている。かりにタルクイニウスの挑戦《ちょうせん》をなんとかしたとしても、レイナやメグはぼくがどんなにひどいやつか知ることになる。そうなったら恥《は》ずかしさで押《お》しつぶされ、立ち直れなくなる——タルクイニウスが昔、捕虜《ほりょ》の頭にかぶせたかごに石をひとつ、またひとつと載《の》せたのと同じだ。そのうち重みに耐《た》えられなくなる。捕虜《ほりょ》は力つき、浅い水の底に沈《しず》む。タルクイニウスはこういえばいい。〈殺《ころ》したわけではない。そいつが弱虫だっただけだ〉

大きく息を吸《す》う。「わかった、ぼくは弱い者いじめをした。今わかった。今からあのコンテナの中に堂々《どうどう》と入って、謝罪《しゃざい》する。あとは願うだけだ。ハルポクラテスがぼくを蒸発《じょうはつ》させないことを」

レイナは大賛成《さんせい》ではないらしい。片方《かたほう》の袖《そで》をまくり、シンプルな黒の腕時計《うでどけい》で時間をたしかめる。ぼくが蒸発《じょうはつ》するのを見届《みとど》け、訓練所にもどるまでどのくらいかかるか計算しているのか？

「あの扉《とびら》から中に入れたとして」レイナがいう。「その後どうなります？　ハルポクラテスについて教えてください」

ぼくはハルポクラテスの姿《すがた》を思い浮《う》かべようとした。「外見は子どもの姿《すがた》のことが多い。十歳《さい》くらいかな？」

「十歳《さい》の子をいじめたんだ」メグがつぶやく。

「外見はだ。十歳《さい》だったとはいっていない。髪《かみ》は横に一ヵ所細いポニーテールを作って、あとは剃《そ》ってあった」

「それ、エジプトスタイルですか？」レイナが聞く。

「そう、子どもの髪型《かみがた》だ。ハルポクラテスはもともとホルス神の化身《けしん》――『子どものホルス』だった。とにかく、アレクサンドロス大王がエジプトを征服《せいふく》したとき、ギリシャ人はハルポクラテスの像《ぞう》をいくつも見つけたが、どういう神なのかはわからなかった。ハルポクラテスの像《ぞう》は口に指をあてていることが多かった」ぼくは実際《じっさい》やってみた。

「静かに、だね」メグがいう。

「ギリシャ人もそう思った。実際《じっさい》にはこのポーズは『静かに』の意味ではなく、『子ども』を表すヒエログリフに由来していた。ところが、ギリシャ人はこの像《ぞう》は沈黙《ちんもく》と秘密《ひみつ》の神にちがいないと思った。ハルポクラテスという名を与《あた》え、神殿《しんでん》を造《つく》り、崇拝《すうはい》しはじめ、こうしてなんと、ギリシャとエジプトのハーフの神が誕生《たんじょう》した」

メグは鼻を鳴らした。「そんな簡単《かんたん》に新しい神様、作れないよ」

「いや、人間の力を見くびっちゃいけない。何千もの人間が全員同じことを信じ、現実《げんじつ》を作り変えてしまうこともある。ときに良いほうに、ときに悪いほうに」

レイナはコンテナの扉《とびら》に目をこらした。「ハルポクラテスは今あの中にいる。ハーフの伝達手段《しゅだん》をすべて遮《さえぎ》るほどの力があります？」

「ないだろうな。いったいどうやってそんな――」

「あそこから出てるケーブル」メグが指さした。「コンテナとタワーをつないでる。ケーブルで沈《ちん》黙《もく》の力を増幅《ぞうふく》してるんじゃない？　だからタワーの上に閉《と》じこめられてるのかも」

レイナが感心したようにうなずく。「今度ゲーム機をつなぐときはメグにお願いしようかしら。じゃあケーブルを切ればいいだけで、コンテナは開けなくていいかもしれない」

いいアイデアだ。ぼくがそう思うということは、うまく行かない可能性《かのうせい》が高い。

「それで終わりではない」ぼくはいった。「ベローナの娘《むすめ》は音のない神への出入り口を開けなくてはならない、だろ？　それに、神の助けを呼《よ》ぶ儀式《ぎしき》には神の最後の息が必要だ。その……魂《たましい》を切り離《はな》した後に」

シビラの書に書かれていた対処法《たいしょほう》について、安全なプラエトルの部屋で話すのと、スートロタワーで音のない神の赤いコンテナを前にして話すのは、まったく別だ。

腹《はら》の底から不安になった。寒いからではない。沈黙圏《ちんもくけん》のすぐそばにいるからでも、ゾンビの毒《どく》が血管内をめぐっているからでもない。自分はついさっきハルポクラテスをいじめたことを認《みと》め謝罪《しゃざい》することに決めた。ではなぜ？　予言のためにハルポクラテスの命を奪《うば》う？　頭にかぶせられた透明《とうめい》なかごにまた石がひとつ載《の》った。

メグも同じ感想にちがいない。思いきり〈あたしはやだ〉と顔をしかめ、すりきれたワンピースを気にしだした。「そこまでしなくても……ねえ、いいよね？　だってハルポって人が皇帝《こうてい》三人と手を組んだからって……」

「手は組んでいないと思う」レイナは鎖《くさり》が巻《ま》かれたバーをあごでさした。「おそらくハルポクラテスは閉《と》じこめられている。囚《とら》われの身なの」

「もっと悪い」メグがいう。

今立っているところからわかるのは、コンテナの扉《とびら》に「アレクサンドリア」の意味のアラビア語が白いステンシルで書かれていることだけ。おそらく、三頭政治《さんとうせいじ》ホールディングスはエジプトの砂《さ》漠《ばく》のどこかに埋《う》もれていた神殿《しんでん》からハルポクラテスを掘《ほ》り出し、あのコンテナに押《お》しこみ、三等貨物扱《あつか》いでアメリカに送った。皇帝《こうてい》三人組はハルポクラテスを危険《きけん》でゆかいなおもちゃと勘違《かんちが》いしているのかもしれない。自分たちが調教した怪物《かいぶつ》や人間もどきの手下といっしょにしている。

それならなぜタルクイニウス王をハルポクラテスの守衛《しゅえい》にしない？　皇帝《こうてい》三人組はタルクイニウスに少しの間でも手伝ってもらえば、もう少し簡単《かんたん》にユピテル訓練所を襲撃《しゅうげき》できるはずだ。ぼくを捕《つか》まえる残酷《ざんこく》な罠《わな》はタルクイニウスに用意させればいい。ぼくがハルポクラテスの命を奪《うば》おうが、その逆《ぎゃく》だろうが、結局のところ三頭政治《さんとうせいじ》ホールディングスにとって大問題ではないはずだ。どちらも余興《よきょう》としておもしろいだけ――新たな剣闘《けんとう》試合により、単調な不死生活にアクセントが加わるだけだ。

カラスにつつかれた首の傷《きず》から痛《いた》みが広がってきた。怒《いか》りで歯を食いしばりすぎた。

「何かほかに方法があるはずだ」ぼくはいった。「予言が『ハルポクラテスを殺《ころ》せ』のはずがない。

彼《かれ》と話をしてみよう。なんとかしよう」

「どうやって？」レイナが聞く。「沈黙《ちんもく》のオーラを発しているのに」

「それは……いい質問《しつもん》だ」ぼくはいった。「やるべきことからやる。まずはあの扉《とびら》を開けなくてはならない。君たちふたり、鎖《くさり》を切れるか」

メグはえっという顔だ。「あたしの剣《けん》で？」

「ああ、歯より剣《けん》のほうが鋭《するど》いと思ったが、ちがったか」

「帝国《ていこく》の黄金の刃《は》で帝国《ていこく》の黄金の鎖《くさり》が切れます？　切れるかもしれませんが、夕暮《ゆうぐ》れまでかかります。そんな時間はありません。別のアイデアがあります。神様の力です」

レイナはぼくを見た。

「そんなものひとつもない！」ぼくはいった。

「弓矢の腕前《うでまえ》はもどってきた」レイナがいう。「音楽の才能《さいのう》はもどってきた」

「ヘターレの歌は下手だったけどね」メグがいう。

「『ボラーレ』だ」ぼくは訂正《ていせい》した。

「とにかく」レイナがつづけた。「私《わたし》はアポロン様の力を増幅《ぞうふく》させることができるかもしれません。そのためにここにいるのかもしれません」

そういえばさっきレイナに腕《うで》をさわられたとき、びびっとなった。ボディータッチされたせいではなかったし、ウェヌスからの警報《けいほう》ブザーでもなかった。訓練所を出発する前にレイナがフランクに話していたことを思い出す。「ベローナの力は、集団《しゅうだん》の力と関係している?」

レイナはうなずいた。「ほかの人の能力《のうりょく》を増幅《ぞうふく》させることができます。数が多ければ多いほどうまく行くんですが、三人でも……足りるかも。あなたの力を増幅《ぞうふく》して、コンテナの扉《とびら》をこじ開けられるかもしれません」

「それでオッケー?」メグが聞く。「だって、レイナが自分で開けなかったら、予言にずるしたことにならない?」

レイナは肩《かた》をすくめた。「予言はかならずしもこちらの解釈《かいしゃく》と一致《いっち》するわけではない、でしょ? アポロン様が私《わたし》の協力で扉《とびら》を開けることができれば、私《わたし》がかかわっていることになる。ちがう?」

「それに……」ぼくは地平線を指さした。日暮《ひぐ》れまでまだ数時間あるが、満月がのぼってきた。マリン郡の丘陵地《きゅうりょうち》の上に大きく、白く浮《う》かんでいるが、まもなく血のように赤くなる――そして、考えたくないが、ユピテル訓練所の仲間も大勢《おおぜい》血に染《そ》まるかもしれない。「時間がない。ずるができるなら、しよう」

最後の言葉としては聞こえが悪い。にもかかわらず、レイナとメグもぼくといっしょに冷たい沈《ちん》黙圏《もくけん》に入った。

扉《とびら》の前まで行くと、レイナはメグと手をつないだ。ぼくを見る。〈いいですか?〉そして、反対の手をぼくの肩《かた》に置いた。

全身に力がみなぎった。うれしくて声にならない声を出して笑う。ハーフ訓練所の森でネロのボディーガードを地球の低軌道《きどう》にほうりこんだときくらいパワーを感じる。レイナの力はすばらしい！　人間でいるあいだずっとレイナを同伴《どうはん》したいくらいだ。レイナが先頭で二、三十人のハーフと手をつなぎ、ぼくの肩《かた》に手を置いてくれたら、怖《こわ》いものなしだ！

いちばん上の鎖《くさり》をつかみ、クレープペーパーみたいに引きちぎる。次も、また次も。帝国《ていこく》の黄金がちぎれ、ぼくの手の中で音もなくくずれる。鋼鉄《こうてつ》のバーもウレタン棒《ぼう》みたいに簡単《かんたん》に留《と》め具から抜《ぬ》けた。

あとはドアを開けるだけだ。

増幅《ぞうふく》した力は頭にも広がっていたのかもしれない。自己《じこ》満足の笑顔でレイナとメグをふり返る。声にならないほめ言葉を期待した。

ところがだ。ふたりとも体をふたつに折って苦しんでいる。

メグは体がふらついて顔が真っ青。レイナは目のまわりが震《ふる》え、こめかみの血管が稲妻《いなずま》みたいに浮《う》きあがっている。ぼくの力を増幅《ぞうふく》させた反動だ。

〈早く終わらせて〉レイナの口がいい、目が訴《うった》えている。〈私《わたし》もメグも気絶《きぜつ》してしまいそう〉

恥《は》ずかしく申し訳《わけ》なく思いながらハンドルをつかむ。ふたりはここまでぼくを来させてくれた。

ハルポクラテスが本当にこのコンテナの中で待っているなら、彼《かれ》の怒《いか》りはぼくがひとりで引き受けてみせる。レイナとメグは関係ない。

ぼくはドアを引き開け、中に踏《ふ》みこんだ。

29

「静けさが耳をつらぬく」実体験

そのとたん、くずれるように手と膝《ひざ》をついた。ハルポクラテスの力の重みに負けた。沈黙《ちんもく》が液体《えきたい》チタンのようにぼくを包む。甘《あま》ったるいバラのにおいに圧倒《あっとう》される。

ハルポクラテスとのやりとりの仕方を忘《わす》れていた――テレパシーで画像《がぞう》を送りつけてくる。一方的で、音はない。神だったときはうっとうしいだけだった。しかし人間となった今は脳《のう》がどろどろに溶《と》けそうだ。ハルポクラテスはさっきから同じメッセージを送りつづけている。〈君か？　大っ嫌《きら》いだ！〉

ぼくのうしろでレイナも膝《ひざ》をつき、両手で耳をふさいで声にならない悲鳴をあげている。メグは横ざまに転がって体を丸め、足をばたばたさせている。重い毛布《もうふ》をどかそうとしているようにも見える。

ついさっき金属《きんぞく》を紙みたいに引きちぎったぼくも、頭をあげてハルポクラテスの目を見るのがやっとだ。

ハルポクラテスは足を組んでコンテナの奥《おく》に浮《う》いている。体の大きさは今も十歳《さい》の子どものまま。こっけいなトーガに、ボウリングのピンに似《に》たファラオの白い王冠《おうかん》も昔のままだ。プトレマイオス朝の神々《かみがみ》は自身がエジプト神かギリシャ・ローマ神か決めかね、迷《まよ》ったあげくこのかっこうを選ぶことが多かった。ハルポクラテスは剃《そ》りあげた頭の片側《かたがわ》に細く編《あ》んだポニーテールを一本たらしている。そして、もちろん、相変わらず指を一本口にあてている。まるで世界一ストレスがたまり、疲《つか》れきった図書館員だ。〈静かに！〉

これ以外のポーズはとれない。ハルポクラテスが口から指を離《はな》すには全身全霊《ぜんれい》の力を必要とする。集中力が切れたとたん、手がすぐもとのポーズにもどる。昔はゆかいだと思ったが、今はそうでもない。

年月は彼《かれ》にやさしくなかった。皮膚《ひふ》はしわが寄《よ》り、たるんでいる。かつてブロンズ色だった肌《はだ》は不健康に青白い。くぼんだ目に怒《いか》りと自己憐憫《じこれんびん》をたぎらせている。

はめられた帝国《ていこく》の黄金の手かせと足かせには無数の鎖《くさり》、コード、ケーブルがつながっている——複雑《ふくざつ》な制御盤《せいぎょばん》に接続《せつぞく》されているものもあれば、コンテナの壁《かべ》に開けられた穴《あな》を通ってタワー本体に接続《せつぞく》されているものもある。この装置《そうち》を使ってハルポクラテスの力を吸《す》いあげ、増幅《ぞうふく》させ——そして、魔法《まほう》の沈黙《ちんもく》を世界じゅうに配信しているのだろう。これがわれわれの全伝達手段《しゅだん》が阻害《そがい》されている原因《げんいん》――たった一名の悲しく、怒《いか》りに満ち、忘《わす》れられた無名の神が原因《げんいん》だった。

一瞬《いっしゅん》理解《りかい》に苦しんだ。なぜハルポクラテスは囚《とら》われの身のままなんだ？　力を吸《す》いあげられていても、いちおう神なら鎖《くさり》の二、三本は切れるはずだ。ハルポクラテスはコンテナ内にひとりだし、見張《みは》りもいない。

そこで気づいた。ハルポクラテスの両側に何か浮《う》かんでいる。鎖《くさり》が絡《から》まり、まわりの器械やケーブルがじゃまで見えにくいが、左右にあるのは儀式《ぎしき》用の斧《おの》だ。数百年ぶりに見た。どちらも長さは一メートル二十センチくらい。斧《おの》の柄《え》のまわりに木の枝《えだ》の束を巻《ま》きつけて太くしてある。ファスケス。古代ローマの権威《けんい》の標章だ。

ハルポクラテスの左右に浮《う》かぶファスケスを見て、ぼくは肋骨《ろっこつ》が蝶結《ちょうむす》びになった。その昔、ローマの高官が外出するときはかならず、「リクトル」と呼《よ》ばれるボディーガードが列になって随行《ずいこう》した。それぞれがファスケスを一本持ち、一般《いっぱん》市民に重要人物のお出ましを知らせた。ファスケスの数が多ければ多いほど、高官の位が高かった。

二十世紀《せいき》、イタリアの独裁者《どくさいしゃ》となったベニート・ムッソリーニは標章ファスケスを復活《ふっかつ》させた。彼《かれ》の政治哲学《せいじてつがく》はファスケスにちなみ、「ファシズム」と名づけられた。

しかし今ぼくの目の前にあるのはふつうのファスケスではない。斧《おの》の刃《は》は帝国《ていこく》の黄金製《せい》。柄《え》をくるむ枝《えだ》の束に巻《ま》かれているのは、持ち主の名が刺繍《ししゅう》されたシルクの旗だ。少し見えにくいが、なんと書いてあるかはわかる。左は〈カエサル・マルクス・アウレリウス・コンモドゥス・アントニヌス・アウグストゥス〉略《りゃく》してコンモドゥス。右は〈ガイウス・ユリウス・カエサル・アウグストゥス・ゲルマニクス〉別名カリグラだ。

この二本は皇帝《こうてい》二名のプライベートトファスケス。ハルポクラテスの力を吸《す》いあげ、ハルポクラテスを囚《とら》われの身にしておくためのものだ。

ハルポクラテスはぼくをにらみ、心につき刺《さ》さる画像《がぞう》を送りこんでくる。ぼくがハルポクラテスの頭をオリンポス山のトイレの便器につっこんでやったときのこと、彼《かれ》の手足をしばり、炎《ほのお》を吐《は》くぼくの馬と同じ馬小屋に閉《と》じこめたときのこと、そのほかすっかり忘《わす》れていた場面の連続だ。どの場面においてもぼくは金色に輝《かがや》き、ハンサムで、力にあふれている。三頭政治《さんとうせいじ》ホールディングスの皇帝《こうてい》三人組そっくりだ——残酷《ざんこく》なところまで。

ハルポクラテスの猛攻撃《もうこうげき》で頭蓋《ずがい》がずきずきする。蹴《け》られた鼻、額《ひたい》、耳の毛細血管が破裂《はれつ》している。うしろでレイナとメグも苦しそうにもがいている。レイナと目が合った。鼻血を出し、目でこういっている。〈それで、天才さん？　次はどうします？〉

ぼくは這《は》ってハルポクラテスに近づいた。

おずおずと、ひとつづきの画像《がぞう》を使い、ぼくはテレパシーでたずねた。〈どうやってここに来た？〉

ぼくの頭の中の画像《がぞう》はこうだ。カリグラとコンモドゥスがハルポクラテスを押《お》さえつけ、手足をしばり、いうとおりにしろと脅《おど》す。ハルポクラテスはこの暗いコンテナの中で何ヵ月も、何年も、ひとり宙《ちゅう》に浮《う》いたまま。ファスケスの力から自由になることができず、沈黙《ちんもく》の力を吸《す》いとられて弱る一方だ。三頭政治《さんとうせいじ》ホールディングスは沈黙《ちんもく》の力を悪用してハーフ訓練所とユピテル訓練所の連絡《れんらく》をとれなくさせ、孤立《こりつ》させておいて、二手に分かれて両方を攻《せ》め落とそうとしている。

ハルポクラテスは三頭政治《さんとうせいじ》ホールディングスの捕虜《ほりょ》だ。同志《どうし》ではない。

そうだろう？

ハルポクラテスは返事として、恨《うら》みの塊《かたまり》みたいな突風《とっぷう》を起こした。

〈そのとおり〉と〈アポロンのばか〉、両方の意味だ。

ハルポクラテスはまた画像《がぞう》を送信してきた。コンモドゥスとカリグラが今ぼくの立っている場所に立ち、残酷《ざんこく》な笑みを浮《う》かべてハルポクラテスをからかっている。

〈われわれの仲間になれ〉カリグラがテレパシーでハルポクラテスにいう。〈われわれに協力したいはずだ！〉

ハルポクラテスは拒否《きょひ》した。この皇帝《こうてい》二名を押《お》さえつけることはできなくても、残る全霊《ぜんれい》で対抗《たいこう》するつもりだった。だから今、こんなにやつれてしまった。

ぼくは彼《かれ》に同情《どうじょう》と後悔《こうかい》の波動を送った。ハルポクラテスが一笑《いっしょう》して吹《ふ》き飛ばす。

おたがいに三頭政治《さんとうせいじ》ホールディングスを憎《にく》んでいる、それだけでは友にはなれない。ハルポクラテスはぼくの残酷《ざんこく》ないじめをけっして忘《わす》れない。ファスケスの束縛《そくばく》がなかったら、ぼくたち三人はとっくに吹《ふ》き飛ばされ、原子のミストになっている。

ハルポクラテスはその画像《がぞう》を鮮《あざ》やかなカラーで見せてくれた。考えるだけでゆかい、そんな表情《ひょうじょう》だ。

メグがテレパシー大会に参加してきた。最初に送信できたのは苦痛《くつう》と困惑《こんわく》が入り混《ま》じった感情《かんじょう》だけ。ところがだんだん焦点《しょうてん》が合ってきた。ぼくの頭の中にメグの父親がメグを見おろし、笑顔でバラを一輪手渡《てわた》す画像《がぞう》が映《うつ》った。メグにとってこのバラは愛の象徴《しょうちょう》。秘密《ひみつ》の象徴《しょうちょう》ではない。次の画像《がぞう》はネロに殺《ころ》され、グランドセントラル駅の階段《かいだん》に横たわる父親の姿《すがた》。メグは痛《いた》ましいスナップショットを使い、自分の物語をハルポクラテスに送信している。メグは怪物《かいぶつ》の実体を知っている。メグは暴君《ぼうくん》に育てられた。ハルポクラテスがどんなにぼくを恨《うら》んでいるとしても——メグ自身、ぼくがときに大ばかなのは承知《しょうち》している——協力し合って三頭政治《さんとうせいじ》ホールディングスを阻止《そし》しなくてはならない。

ハルポクラテスが激怒《げきど》してメグのメッセージを引き裂《さ》く。おまえにぼくの苦しみがわかるはずがない！　とでもいうように。

レイナは別のアプローチを試みた。前回タルクイニウスがユピテル訓練所を襲撃《しゅうげき》したときの記憶《きおく》を送信する。大勢《おおぜい》が負傷《ふしょう》し、犠牲《ぎせい》になった。グールが犠牲者《ぎせいしゃ》の体を引きずっていく。ブリコラカスとしてよみがえらせるためだ。レイナは自分がいちばん恐《おそ》れていることをハルポクラテスに伝えた。数々《かずかず》の戦いをくぐり抜《ぬ》け、何世紀《せいき》にもわたりローマの最上の伝統《でんとう》を守りつづけてきた第十二軍団《ぐんだん》が、今晩《こんばん》終わりを迎《むか》えるかもしれない。

ハルポクラテスは動じない。全霊《ぜんれい》をぼくにむけ、憎悪《ぞうお》の感情《かんじょう》に埋《う》もれさせる。

〈もうわかった！〉ぼくはいった。〈必要ならぼくを殺《ころ》せ。だが、残念だ！　ぼくは変わった！〉

人間になって以来、とりわけ最低で恥《は》ずかしい失敗例をまとめて送信する。シェルターステーションでグリュプスのエロイーズの亡骸《なきがら》を前に悲しむぼく、炎《ほのお》の迷路《めいろ》で死にゆくパンダイのクレストを抱《だ》きしめているぼく、そしてもちろん、ジェイソンがカリグラに殺《ころ》されるのを見ているだけのぼく。

ほんの一瞬《いっしゅん》、ハルポクラテスの怒《いか》りが揺《ゆ》らぐ。

せめて、ハルポクラテスの不意をつくことはできた。ぼくが後悔《こうかい》したり、恥《は》じたりするのは意外だったはずだ。たしかに、どちらもぼくのトレードマーク的感情《かんじょう》ではない。

〈そのファスケス二本を破壊《はかい》させてくれ。そうしたら君は自由だ。皇帝《こうてい》二名も痛《いた》い思いをする。どうだい？〉

ハルポクラテスに画像《がぞう》を送る。レイナとメグがそれぞれ剣《けん》でファスケスをすぱっと切る。ファスケスが破裂《はれつ》する場面だ。

〈うん〉ハルポクラテスが返事した。ぼくの頭の中が一瞬《いっしゅん》真っ赤に染《そ》まる。

ぼくは彼自身《かれ》が望んでいたことを申し出た。

レイナが割《わ》りこんできた。コンモドゥスとカリグラが膝《ひざ》をつき、苦しみの声をあげている画像《がぞう》を送信してきた。ファスケスはあの皇帝《こうてい》二名とつながっている。ふたりとも大きな危険《きけん》を承知《しょうち》でファスケスをここに残した。ファスケスが破壊《はかい》されたら、両者とも決戦の前に体も抵抗力《ていこうりょく》も弱ってしまうかもしれない。

〈うん〉ハルポクラテスがこたえる。沈黙《ちんもく》の圧力《あつりょく》がゆるんだ。呼吸《こきゅう》もほぼ苦しまずにできるようになった。レイナがふらつきながら立ちあがる。メグとぼくもレイナの手を借りて立つ。

残念ながら危険《きけん》を脱《だつ》したわけではない。解放《かいほう》されたハルポクラテスがしてきそうな意地悪なら山ほど思いつく。テレパシーで会話をしている今、ぼくの心配事はみんなに筒抜《つつぬ》けだった。

ハルポクラテスの怖《こわ》い顔が不安をあおる。

皇帝《こうてい》たちはこれを予想していたにちがいない。彼《かれ》らは頭の回転が速く、人をあざ笑うのが好きで、恐《おそ》ろしく論理的《ろんりてき》だ。だから知っている。ぼくがハルポクラテスを解放《かいほう》したら、まずはぼくを殺《ころ》そうとするだろう。皇帝《こうてい》たちにとっては、たとえファスケスを失うことになっても、ぼくを倒《たお》すことができれば……あるいは、ぼくが自ら命を絶《た》ったと知って大喜《おおよろこ》びできれば……じゅうぶんだろう。

レイナの手が肩《かた》に置かれ、ぼくは思わずびくっとした。レイナもメグもとっくに剣《けん》を抜《ぬ》いている。ふたりともぼくの決断《けつだん》を待っている。ぼくは本気でそんな危険《きけん》を冒《おか》したいのか？

音のない神を見つめる。

〈ぼくのことは好きなようにしていい〉メッセージを伝える。〈だが、このふたりには手を出すな。たのむ〉

ハルポクラテスの目は敵意《てきい》に燃《も》えているが、少しおもしろがってもいる。彼《かれ》はぼくが何か気づくのを待っていたらしい。いつのまにかぼくのバックパックに〈ぼくを消して〉といたずら書きしたのかもしれない。

そのとき、ハルポクラテスの膝《ひざ》に何か載《の》っているのが見えた。さっきまで手と膝《ひざ》をついていたので気づかなかったが、立ったらすぐわかった。ガラスびんだ。中は空っぽで、金属《きんぞく》のふたがしてある。

はっとした。タルクイニウスがぼくの頭のかごにとどめの石を落としたのかと思った。カリグラとコンモドゥスは今頃《いまごろ》ラグジュアリーヨットのデッキで大笑いして喜《よろこ》んでいるにちがいない。

何世紀《せいき》も前の噂話《うわさばなし》が頭を渦巻《うずま》く。〈シビラの体は朽《く》ち果てた……死ぬことはできなかった……つきそっていた世話係はシビラの生命力……残されたささやく小声をガラスのびんに入れた〉

ハルポクラテスが抱《かか》えているのはクマエの神託者《しんたくしゃ》シビラの名残《なごり》――シビラもまたぼくを恨《うら》んで当

然の人物だ。皇帝《こうてい》連中もタルクイニウスも、ぼくが彼女《かのじょ》を助けずにいられないと知っている。

彼《かれ》らはぼくに明々白々《めいめいはくはく》な選択肢《せんたくし》をつきつけた。今すぐ逃《に》げ出し、三頭政治《さんとうせいじ》ホールディングスに勝たせ、人間界の仲間たちが破滅《はめつ》するのを見る。あるいは、自分に敵意《てきい》を抱《いだ》く相手二名を解放《かいほう》し、ジェイソン・グレイスと同じ運命を迎《むか》える。

答えは簡単《かんたん》だ。

レイナとメグをふり返り、できるだけ明確《めいかく》に伝える。〈ファスケスをこわせ。ハルポクラテスを自由にしろ〉

30

声不要
カップル成立
史《し》上《じょう》初

いいアイデアではなかった。

レイナとメグは用心しつつ動いた——追い詰《つ》められた生き物や怒《おこ》った神に近づくときの決まりだ。ハルポクラテスの両側に立ち、ファスケスの真上に剣《けん》をふりかざし、口の動きでタイミングを合わせる。〈一、二の三！〉

まるでファスケス自体が爆発《ばくはつ》するのを待っていたかのようだった。さっきレイナは、帝国《ていこく》の黄金の刃《は》で帝国《ていこく》の黄金の鎖《くさり》を断《た》ち切ろうと思ったらいつまでかかるか、といったが、レイナの剣《けん》もメグの剣《けん》もコードやケーブルを簡単《かんたん》に切っていく。全部幻影《げんえい》でできているのかと思うほどだ。

ふたりの剣《けん》がファスケスをとらえ、粉々《こなごな》にした——木の束がこっぱみじんになり、斧《おの》の柄《え》が折れ、黄金の刃《は》が床《ゆか》に落ちる。

レイナとメグは後ずさった。あっけなく成功して驚《おどろ》いている。

ハルポクラテスがぼくを見てふっと、残酷《ざんこく》なほほ笑みを浮《う》かべる。

音もなく手かせ足かせにひびが入り、ばらばらになって落ちた。春の氷のようだ。まだつながっていたケーブルや鎖《くさり》も縮《ちぢ》んで黒くなり、壁《かべ》に吸《す》いこまれていく。ハルポクラテスが自由な手――〈静かに、今殺《ころ》してあげる〉と口に指をあてていないほうの手――を前にのばした。するとになったファスケスの黄金の刃《は》二枚《まい》がその手の中に飛んできた。五本の指が白く燃《も》える。粉々《こなごな》が溶《と》け、指のあいだから金の滴《しずく》が落ちてハルポクラテスの足下《あしもと》に金の水たまりができる。二枚《まい》の刃《は》

小さな、怯《おび》えた声がぼくの頭の中でいう。〈なんかすごいことになりそう〉

ハルポクラテスが膝《ひざ》の上のガラスびんを手のひらですくいあげた。水晶玉《すいしょうだま》か何かみたいに指先に乗せる。一瞬《いっしゅん》、黄金の斧《おの》と同じように、シビラの名残《なごり》を溶《と》かしてしまうのかと思った。ぼくをいじめるためだけに。

ところが、ハルポクラテスは新たな画像《がぞう》で攻撃《こうげき》してきた。

エウリュノモスがハルポクラテスの囚《とら》われているコンテナに飛びこんでくる場面だ。小脇《こわき》にガラスびんを抱《かか》えている。グールはよだれをたらし、目は紫《むらさき》に燃《も》えている。

ハルポクラテスが鎖《くさり》につながれたままもがく。囚《とら》われの身となってからまだ時間がたっていない頃《ころ》の出来事のようだ。ハルポクラテスはエウリュノモスを沈黙《ちんもく》で押《お》しつぶしてしまいたいが、相手は平気らしい。グールの体は別の魂《たましい》に支配《しはい》されている。その居場所《いばしょ》は地下深くにあるタルクイニ

ウスの墓《はか》だ。

テレパシーで聞いても声の主がタルクイニウスなのは明らかだ――人をひき殺《ころ》した戦車の車輪のように重く、残酷《ざんこく》な声だ。

〈おまえに友を連れてきてやった〉タルクイニウスがいう。〈くれぐれもその女をこわさぬよう〉タルクイニウスがほうり投げてきたガラスびんを、何も知らないハルポクラテスが受けとる。タルクイニウスが乗り移《うつ》ったグールは足を引きずり、意地悪くふくみ笑いをしながら扉《とびら》から出て、鎖《くさり》をかけた。

ひとり暗闇《くらやみ》に残されたハルポクラテスは最初、このびんをこわしてしまおうと思った。タルクイニウスがよこしたなら罠《わな》か、毒《どく》か、それより害があるものにきまっている。しかし気になった。〈友〉？　今まで友だちがいたことなんて一度もない。友だちってどんなもの？

びんの中に生命が感じられる。か弱く、悲しげで、今にも消えそうだが、まだ息をしている。おそらく、ハルポクラテスより長く生きている。ふたを開ける。聞こえるか聞こえないかの声が話しかけてきた。ハルポクラテスの沈黙《ちんもく》など存在《そんざい》しないかのようにまっすぐに。

この数千年間、だれからも見向きもされなかった沈黙《ちんもく》の神ハルポクラテスは、「声」をほぼ忘《わす》れかけていた。喜《よろこ》びの涙《なみだ》が流れる。ハルポクラテスとシビラの会話が始まった。

ふたりとも自分たちがゲームのコマだと、囚《とら》われの身だと知っている。ふたりがここにいるのは、皇帝《こうてい》三人組と彼《かれ》らの新同志《どうし》タルクイニウスにとってなんらかの用途《ようと》があるからだ。ハルポクラテス同様、シビラも皇帝《こうてい》側に協力することは拒《こば》んだ。未来についていっさい教えようとしなかった。なぜ教える必要がある？　シビラは心身ともに苦しみ果てた。文字どおり失うものは何もなく、望むのは死だけだ。

ハルポクラテスにはその気持ちがよくわかった。何千年もかけてじわじわ衰《おとろ》えるなんてうんざりだ。正体がぼやけ、全人類から忘《わす》れられ、完全に存在《そんざい》が消えるのを待つなんてうんざりだ。ハルポクラテスの生涯《しょうがい》はつねにつらかった——失望し、いじめられ、からかわれる終わりなきパレード。もう眠《ねむ》りたい。存在《そんざい》を消した神として永遠《えいえん》の眠《ねむ》りにつきたい。

ふたりの物語は似《に》ている。ぼくに対する恨《うら》みでつながっている。ハルポクラテスもシビラも、タルクイニウスがこの展開《てんかい》を期待していたことに気づいた。タルクイニウスはふたりを仲良くさせるつもりでいっしょに閉《と》じこめた。そうすればふたりを梃子《てこ》として利用できる。しかし、ふたりの気持ちにストップをかけることはできなかった。

〈待て〉ぼくはハルポクラテスの語りをさえぎった。〈君たちふたりは……両想いなのか？〉たずねるべきではなかった。こんなおろかな質問《しつもん》を送信するつもりはなかった。沈黙《ちんもく》の神がガラスびんの中の声に恋《こい》をするはずがない。

ハルポクラテスの怒《いか》りに上から押《お》さえつけられ、膝《ひざ》ががくがくだ。気圧《きあつ》がいきなり増《ま》した。空中を急降下《きゅうこうか》したかと思った。気を失いそうだ。しかし、ハルポクラテスがそうさせないだろう。ぼくの意識《いしき》ははっきりさせておきたい。でないと苦しめてやれない。

ハルポクラテスの恨《うら》みと憎《にく》しみが押《お》し寄《よ》せてきた。全身の関節がばらばらになり、声帯が溶《と》けていく。ハルポクラテスは死ぬ覚悟《かくご》だったかもしれない。しかしそこに、その前にぼくを殺《ころ》さない、の意味はふくまれない。やってしまえばハルポクラテスは大満足だろう。

ぼくは頭をさげ、避《さ》けられぬ成り行きに歯を食いしばった。

〈いいだろう〉ぼくはいった。〈ぼくはこうなって当然だ。ただし仲間のふたりは助けてくれ。たのむ〉

重かった気圧《きあつ》がさがった。

視線《しせん》をあげる。苦痛《くつう》で視界《しかい》がかすんでいる。

目の前にレイナとメグが肩《かた》を並《なら》べて立ち、ハルポクラテスをにらんで威圧《いあつ》している。

ふたりはそれぞれハルポクラテスに複数《ふくすう》の画像《がぞう》をまとめて送信した。レイナのほうは、ぼくがユピテル訓練所のハーフに『ジェイソン・グレイスの最期《さいご》』をうたって聞かせている場面、ぼくが目に涙《なみだ》をためてジェイソンの火葬《かそう》をとり行っている場面、ぼくがばかみたいな顔をして、どうしたらいいかわからずまごついている場面。レイナに告白《こくはく》し、数年ぶりに爆笑《ばくしょう》でスカッとさせてやった、あの場面だ。（レイナ、ありがとう）

メグのほうは、ハーフ訓練所でミュルメクスの巣から救出《きゅうしゅつ》された場面。あのとき、ぼくは自分の恋愛《れんあい》失敗談を正直にうたいあげて巨大《きょだい》アリをうつ状態《じょうたい》におちいらせ、動けなくした。また、ゾウのリヴィア、パンダイのクレスト、とりわけメグに対するぼくのやさしさを伝える画像《がぞう》も送る。ぼくがカフェの二階の部屋でメグを抱《だ》きしめた場面、「ぼくはあきらめない」といった場面だ。

どの過去《かこ》の画像《がぞう》においても、ぼくは人間的だ……いい人に見える場面ばかりだ。レイナもメグも言葉なしでハルポクラテスにたずねている。これでもまだそんなに憎《にく》い？

ハルポクラテスが眉《まゆ》をひそめ、少女二名をまじまじと見る。

そのとき、小さな声がしゃべった——本当にしゃべった——ふたをしたガラスびんの中から。

「もうじゅうぶんです」

こんなにかすかで、くぐもった声はふつうなら聞こえるはずがない。コンテナ内が完全に無音だったからこそ聞きとれたのだが、ハルポクラテスの沈黙圏《ちんもくけん》をどう通過《つうか》したかはわからない。間違《まちが》いなくシビラの声だ。ふてぶてしい口ぶりは数世紀《せいき》前、砂粒《すなつぶ》がすべてなくなるまでぼくを愛することはない、といいきったときのままだ。〈最後のひと粒《つぶ》のときにまた私《わたし》に会いにきてください。まだ気持ちが変わっていなければ、私《わたし》はあなたのものです〉

そして今、ぼくたちは長い長い年月を経《へ》て、こんなところでまた会ってしまった。どちらもおたがいに相手を選ぶにふさわしい姿《すがた》ではない。

ハルポクラテスはガラスびんを見ている。悲しげで、泣きそうな表情《ひょうじょう》だ。〈本気？〉といいたげだ。

「私《わたし》の予見したとおりになりました」シビラがささやく。「ようやく、休めます」

新たな画像《がぞう》がぼくの頭に浮《う》かんできた――シビラの書の一節だ。白い肌《はだ》に紫《むらさき》の文字。まぶしくて薄目《うすめ》になる。ハルピュイアのタトゥースタジオで肌《はだ》に刻《きざ》まれたばかりなのか、煙《けむり》があがっている。

〈物いわぬ神の魂《たましい》が切り離《はな》されたなら、その最後の息を粉々《こなごな》になったガラスとともに加える〉

ハルポクラテスにもこの一節が見えたにちがいない。一瞬《いっしゅん》びくっとした。ぼくは彼《かれ》が意味を理解《りかい》し、また怒《おこ》り、決めるのを待った。だれかの魂《たましい》が切り離《はな》されるとしたら、ぼくにきまっている。

神だったときは時間の流れなどほとんど気にしなかった。ここやあそこで二、三百年、それがどうした？　しかし今、シビラはどのくらい昔にこの一節を記したのだろう、と考える。もとはシビラの書の原本に、ローマがまだ小さな王国だった時代に刻《きざ》まれた。シビラは当時から意味を知っていたのか？　自分が最後にはガラスびんの中の声だけになってしまうとわかっていたのか？　この暗いコンテナの中に、においはバラで、トーガに、ボウリングのピンそっくりの王冠《おうかん》をかぶったしわだらけの十歳《さい》のボーイフレンドといっしょに閉《と》じこめられるとわかっていたのか？　もしそうなら、ハルポクラテス以上に強くぼくを殺《ころ》したいと思っているはずではないか？

ハルポクラテスがガラスびんをのぞきこんだ。いとしいシビラとテレパシーで内緒話《ないしょばなし》をしているのかもしれない。

レイナとメグが少し動いた。ぼくがハルポクラテスの視界《しかい》に入らないようにしている。ふたりともこう思っているのだろうか。視界《しかい》に入らなければハルポクラテスはぼくがいることを忘《わす》れるかもしれない、と。ふたりの脚《あし》のあいだからむこうをのぞいているぼくの姿《すがた》はぶざまだが、体はくたくたで頭はぼうっとして、立てそうにない。

ハルポクラテスからいろんな画像《がぞう》を見せられた。彼《かれ》が自分の生涯《しょうがい》に完全に疲《つか》れていることもわかった。しかし簡単《かんたん》に降参《こうさん》するとは思えない。〈そう、君の予言とかのためにぼくを殺《ころ》さなくちゃいけないって？　わかった、いいよ！　今すぐ刺《さ》し殺《ころ》してくれ！〉

絶対《ぜったい》ありえない。シビラのガラスびんをこちらに渡《わた》し、召喚《しょうかん》の儀式《ぎしき》のために割《わ》らせてくれるはずがない。ふたりは愛を見つけた。なぜ進んで死にたがる？

ようやくハルポクラテスがうなずいた。シビラと意見が一致《いっち》したらしい。ハルポクラテスは眉間《みけん》にしわを寄《よ》せて集中し、口から人差し指をどかした。そしてガラスびんを口に近づけ、そっとキスをした。ふつうなら男がガラスびんに愛情《あいじょう》をしめしたって感動などしないぼくだが、ハルポクラテスの悲しく、心のこもったしぐさに涙《なみだ》がこみあげてきた。

ハルポクラテスがびんのふたをひねる。

「アポロン様、お別れです」シビラの声がいった。さっきよりはっきり聞こえる。「あなたを許《ゆる》します。許《ゆる》すに値《あたい》するからではありません。あなたのためなどではありません。憎《にく》しみはいらない。愛をたずさえて忘却《ぼうきゃく》のかなたに消え去りたいのです」

たとえしゃべれたとしても、何をいうべきかわからなかっただろう。衝撃《しょうげき》を受けた。シビラは返事も謝罪《しゃざい》も求めていない。ぼくから何も必要としていないし、ほしいと思っていない。消去されるのはぼくだと勘違《かんちが》いしそうだ。

ハルポクラテスと視線《しせん》が合った。彼《かれ》の目にはまだ敵意《てきい》がくすぶっているが、その感情《かんじょう》をふり捨《す》てようとしているのはわかる。ただし、口から指を離《はな》す何倍もの意志《いし》がいりそうだ。

無意識《むいしき》に聞いていた。〈なぜそうする？　なぜ死ねといわれて素直《すなお》にうなずける？〉

ぼくのためにきまっている。でも理解《りかい》できない。ハルポクラテスはともに「生きる」魂《たましい》を見つけた。それに、あまりにも多くの者がすでにぼくの冒険《ぼうけん》の旅のために犠牲《ぎせい》になった。

今、初めて納得《なっとく》した。死が必要なときもある。自分も人間としてほんの数分前、仲間を救《すく》うために同じ選択《せんたく》をした。しかし「神」が自分の存在《そんざい》を消すことにうなずくか？　しかもやっと解放《かいほう》され、愛を見つけた神がだ。いや、ぼくには理解《りかい》できない。

ハルポクラテスがふっと冷たく笑った。ぼくの混乱《こんらん》ぶり、今にも頭をかきむしりだしそうな様子が背中《せなか》を押《お》したにちがいない。ついにぼくへの怒《いか》りを断《た》ち切った。ぼくと彼《かれ》では彼《かれ》のほうが神として賢《かしこ》かった。ぼくが理解《りかい》していない何かを理解《りかい》した。しかしぼくにその内容《ないよう》を教える気はない。

音のない神から最後の画像《がぞう》が送られた。ぼくが祭壇《さいだん》で、天に捧《ささ》げ物をしている場面だ。これは命令なのだろう。〈今回のことをむだにするな。しくじるな〉

そして、ハルポクラテスは大きく息を吐《は》いた。ぼくたち三人があぜんと見つめる前で、ハルポクラテスがくずれはじめた。顔がひび割《わ》れ、王冠《おうかん》が砂《すな》の城《しろ》のように倒《たお》れる。最後の息が、消えゆく生命力の銀色のきらめきが、シビラの待つガラスびんの中に渦《うず》を巻《ま》いて入っていく。ハルポクラテスがふたをひねって閉《し》めた、と同時に、腕《うで》と胸《むね》もぼろぼろにくずれた。そして、ハルポクラテスは消えた。

レイナが前に飛び出し、床《ゆか》に落ちる前にガラスびんを受け止める。

「危《あぶ》ないところでした」レイナがいった。そのひと言でハルポクラテスの沈黙《ちんもく》が解《と》けたのを知った。すべて大音響《おんきょう》に聞こえる。自分の呼吸《こきゅう》も、切れた電線が火花を散らす音も、コンテナの壁《かべ》が風できしむ音も。

メグはまだ顔色が青いままだ。レイナの手の中のガラスびんを見つめる。いつ爆発《ばくはつ》するか心配している感じだ。「あのふたりって……」

「おそらく――」言葉がつかえた。顔に手をやると頬《ほお》が濡《ぬ》れていた。「ふたりとも消えた。永遠《えいえん》に。今びんの中に残っているのは、ハルポクラテスの最後の息だけだ」

レイナがガラスびんの中身に目をこらす。「でも、シビラは……?」ぼくのほうをむき、あやうくびんを落としそうになる。「大変、アポロン様、ひどい顔」

「ホラー映画《えいが》か。さっきもいわれた」

「いいえ。もっと怖《こわ》い。紫《むらさき》の筋《すじ》です。いったいいつから？」

メグもぼくを見て顔をしかめた。「げっ。手当てしなくちゃ、今すぐ」

鏡もスマホも持っていなくてよかった。実際《じっさい》どうなっているか見たくない。おそらく紫《むらさき》の筋《すじ》は首から顔まであがってきて、両頬《ほお》に変な模様《もよう》を描《えが》いているのだろう。ゾンビっぽくなった気はしない。腹《はら》の傷《きず》は悪化はしていない。神経系《しんけいけい》がシャットダウンしているだけだろう。

「立ちたい、手を貸《か》してくれ」ぼくはいった。

ふたりがかりだった。自分でも床《ゆか》に片手《かたて》をつき、体を支《ささ》える。粉々《こなごな》になったファスケスの上に手をついたため、破片《はへん》が刺《さ》さった。あたり前だ。

ふらつくスポンジの脚《あし》二本で、レイナとメグの助けを借りながら、立ち方を思い出そうとする。見たくないのに、ついガラスびんを見てしまった。中にハルポクラテスの銀色の生命力が入っている気配はない。彼《かれ》の最後の息はまだ中にあると信じるだけだ。ないとしたら、神を呼《よ》ぶ儀式《ぎしき》を行おうとしたそのとき、ハルポクラテスは最後に最悪のいたずらをしたと知るだけだ。

シビラはといえば、まったく存在《そんざい》が感じられない。シビラの生命の砂粒《すなつぶ》の最後のひとつがこぼれ落ちたにちがいない。シビラはハルポクラテスとともに宇宙《うちゅう》から去ることを選んだ——意外なカップルの最後のデートだ。

ガラスびんの外側にはがした紙のラベルが少し残っている。商品名がなんとか読めた。〈グレープゼリージャム〉タルクイニウスも皇帝《こうてい》連中も紫《むらさき》に縁《えん》がある。

「あのふたりはどうやって……」レイナは身震《みぶる》いした。「神様にはできるんですか？　自分の意志《いし》で……存在《そんざい》をやめることができるんですか？」

〈神にはなんだってできる〉そう返したかったが、正直なところ、ぼくにもわからない。それより大きな疑問《ぎもん》がある。そもそも神がそんなこと試してみたいと思うか？

ハルポクラテスが最後にふっと笑ったのは、いつの日かぼくにもわかるかもしれない、という意味だったのか？　いつの日かオリンポスの神々《かみがみ》でさえ忘《わす》れ去られた遺物《いぶつ》となり、存在《そんざい》を消したいと願うかもしれないと？

手のひらに刺《さ》さった破片《はへん》を爪《つめ》でつまんで抜《ぬ》く。血が出た——人間の赤い血だ。生命線をつたっていく。吉兆《きっちょう》とはいえない。さいわいなことにぼくはそういうことを信じるタイプでは……

「もどりましょう」レイナがいった。「動けます——」

「しっ」メグが横からいい、口に人差し指をあてた。

このタイミングでハルポクラテスの物まねなんてありえない。いや、メグは大真面目だ。新たに敏感《びんかん》になったぼくの耳も、メグと同じ音をとらえた——遠くのほうからかすかに鳥の怒《おこ》った声が聞こえる。カラスの群《む》れがもどって来た。

31

ブラッドムーン今回延期《えんき》できないか

三人でコンテナから出た瞬間《しゅんかん》、急降下爆撃《きゅうこうかばくげき》が始まった。

一羽がレイナのすぐ横をかすめ、くちばしで髪《かみ》を一部引っこ抜《ぬ》いていった。

「痛《いた》い！」レイナは叫《さけ》んだ。「わかった、そういうつもりね。これ、お願いします」

ガラスびんをぼくの手に押《お》しつけ、剣《けん》をかまえる。

二羽目のカラスが飛んできた。レイナが宙《ちゅう》で切って落とす。メグの剣《けん》二本がフードプロセッサーみたいに回転し、次の一羽を黒い雲に変える。残りはたったの三十羽か四十羽だ。血に飢《う》えた殺人《さつじん》ハンググライダーがタワーにたかっている。

怒《いか》りがこみあげてきた。カラスの恨《うら》みはもうたくさんだ。ぼくを憎《にく》む正当な理由がある者なら大勢《おおぜい》いる。ハルポクラテスに、クマエのシビラに、ダプネに……たぶんあと数十人はいる。訂正《ていせい》、数百人だ。しかし、カラスの集団《しゅうだん》は？ずいぶん増《ふ》えた！巨大《きょだい》化した！人間を殺《ころ》して食う新しい仕事を愛している。もうぼくを恨《うら》む必要はないだろう。

ガラスびんをバックパックにだいじにしまう。そして、肩《かた》から弓をはずした。

「逃《に》げるか死ぬか、選べ！」カラスに大声で叫《さけ》ぶ。「警告《けいこく》は一度きりだ！」

カラスたちはうるさく鳴いてあざけった。一羽がぼくにつっこんできたが、両目のあいだに矢を食らった。羽根をまき散らし、きりきり舞《ま》いしながら落ちていく。

二羽目にねらいをつけ、射落《いお》とす。三羽目、四羽目。

カラスの鳴き声が警戒《けいかい》の叫《さけ》びに変わった。旋回《せんかい》する輪が大きくなる。射程範囲《しゃていはんい》から離《はな》れたつもりか。そうはいかない。十羽連続で射落《いお》とす。次は十二羽連続だ。

「今日は余分《よぶん》に矢を持ってきたぞ！」ぼくは叫《さけ》んだ。「次はだれだ？」

ついにカラス集団《しゅうだん》はメッセージを受けとった。お別れに二、三回けたたましく叫《さけ》ぶと――おそらく、印刷には適《てき》さない、ぼくの出自に関するコメントだ――襲撃《しゅうげき》を終了《しゅうりょう》し、マリン郡のある北に飛んでいった。

「すごい」メグがぼくにいい、剣《けん》二本を指輪にもどす。

こちらはうなずき、ぜいぜいいうのがやっと。額《ひたい》の汗《あせ》が冷たく、両脚《りょうあし》は水をかぶったフライドポテトのよう。とても梯子《はしご》をおりられそうにないし、まして走るなんて無理だ。神の召喚《しょうかん》、命がけの決戦、場合によってはゾンビになるなど、楽しみ満載《まんさい》の夕方が待っているのに。

「嘘《うそ》でしょ」レイナはカラス集団《しゅうだん》が逃《に》げた方向を見ている。手はカラスに髪《かみ》を引っこ抜《ぬ》かれたところをさわっている。

「また生えてくるさ」ぼくはいった。

「え？　ちがいます、髪《かみ》じゃありません。あれです！」

レイナはゴールデンゲートブリッジのほうを指さした。

コンテナに思ったより長居《ながい》したにちがいない。太陽は西の空の下のほうにいる。昼の満月はすでにタマルパイス山の上にある。午後の暑さで霧《きり》が焼き払《はら》われ、白い艦隊《かんたい》がよく見える。ラグジュアリーヨット五十隻《せき》がくさび形のフォーメーションを作り、マリン・ヘッドランズの先端《せんたん》にあるポイントボニータ灯台の横をゆっくり航行《こうこう》し、ゴールデンゲートブリッジにむかっている。あの橋を通《つう》過《か》すれば、あとはそのままサンフランシスコ湾《わん》に入るだけだ。

口の中にはじけた神のちりの味がした。「あとどのくらいだ？」

レイナが腕時計《うでどけい》を見る。「腐《くさ》ったワイン連中はわざとゆっくり航行《こうこう》しています。でも、あの航行《こうこう》速度でも日没《にちぼつ》時までにはユピテル訓練所攻撃《こうげき》の準備《じゅんび》を終えていると思います。あと二時間くらいでしょうか」

状況《じょうきょう》がちがえば、レイナの「腐《くさ》ったワイン」という表現《ひょうげん》に拍手《はくしゅ》したかもしれない。だれかが敵《てき》をそう呼《よ》ぶのを聞いたのは久《ひさ》しぶりだ。現代語《げんだいご》だといちばん近いのは「ゴミみたいなやつら」だ。

「どのくらいかかる？　訓練所にもどるのに」ぼくは聞いた。

「金曜日の帰宅《きたく》ラッシュの時間ですよね？」レイナは計算した。「二時間ちょっとでしょうか」

メグがガーデニングポーチのポケットに手を入れ、片手一杯《かたていっぱい》分の種を出した。「じゃあ、いそいだほうがいいね」


『ジャックと豆の木』はよく知らない。

ギリシャ神話ではないらしい。

メグから『ジャックと豆の木』作戦でおりよう、といわれても意味がわからなかった。見ていると、メグはとり出した種をいちばん近いタワーの脚《あし》にふりまいた。種が一気に育って花が咲《さ》き、緑の蔓《つる》や葉が絡《から》みあって地面まで届《とど》くネットのようなものができた。

「おりて」メグが命令した。

「しかし――」

「梯子《はしご》は無理でしょ」メグがいう。「このほうが速い。転げ落ちるだけ。植物を信じて」

かなり不安だ。

レイナは肩《かた》をすくめただけ。「しかたないわ」

レイナは片足《かたあし》を手すりにかけ、飛び出した。緑のネットがレイナを受け止め、一回に一メートルくらい、バケツリレーの要領《ようりょう》で下へ下へと渡《わた》していく。レイナは最初はきゃあきゃあわめき、手をふりまわしていたが、地面まで半分くらいのところで、こちらにむかって大声でいった。「意外と――悪く――ないわ！」

次はぼくだ。悪くないだと？　ぼくは悲鳴をあげた。さかさまになった。必死でつかまるものをさがしたが、完全に葉と蔓《つる》のなすがままだ。超高層《ちょうこうそう》ビルサイズの植物製《せい》シュートの中を自由落下している感じだ。ただし、この植物はとても青々《あおあお》としていて、大のスキンシップ好きだ。下に着くと、緑のネットはぼくをそっと芝《しば》の上におろした。レイナのとなりだ。レイナはすっかり汚《よご》れ、あちこちに花がついている。メグもすぐ横に着地した、と思ったらぼくの胸《むね》に倒《たお》れこんだ。

「いっぱい育てた」

メグはつぶやくようにそういうと、白目をむき、いびきをかきだした。おそらく今日は『ジャックと豆の木』の続編《ぞくへん》はないだろう。

オーラムとアージェンタムが跳《と》んで来た。尾《お》をふり、けたたましく吠《ほ》えている。駐車場《ちゅうしゃじょう》には黒い羽根が何百枚《まい》も飛び散っている。ロボット犬二頭はぼくが射落《いお》としたカラスで楽しんでいたにちがいない。

ぼくは歩ける状態《じょうたい》ではなかったし、メグを運ぶなんてとうてい無理に思えたが、レイナとふたりで両側からメグを支《ささ》え、なんとかふらつく足で斜面《しゃめん》をおりてトラックまでもどることができた。おそらくレイナが驚異《きょうい》のベローナパワーでぼくに力を貸《か》してくれたのだと思うが、レイナも力を使い果たす寸前《すんぜん》だったはずだ。

トラックまでもどると、レイナは口笛を鳴らした。ロボット犬二頭が荷台に飛び乗る。ぼくとレイナで意識《いしき》を失った豆の木使いをシートの真ん中に押《お》しこみ、ぼくも倒《たお》れるように乗りこむ。レイナがエンジンをかけ、トラックは一気に丘《おか》を駆《か》けおりた。

約九十秒間、車は順調に進んだ。その後カストロ地区に入り、四方八方からハイウェイに入ろうとする金曜日の渋滞《じゅうたい》につかまった。思わず植物のバケツリレーをリクエストしそうになった。そうしたらオークランドまであっというまにもどれる。

ハルポクラテスの沈黙圏《ちんもくけん》を経験《けいけん》した後なので、何もかもいやらしい大音響《おんきょう》に聞こえる。トラックのエンジンも、通行人のおしゃべりも、まわりの車のサブウーファ［訳注：超《ちょう》低音域《いき》のみを再生《さいせい》するスピーカー］の単調な低音もだ。バックパックを抱《だ》きしめ、ガラスびんが無事だったことに安心を見出そうとする。目的のものは手に入れた。ただ、シビラとハルポクラテスが消えてしまったことはまだ信じられない。

精神的《せいしんてき》ショックと悲しみに対処《たいしょ》するのは後だ。そのときまで命があれば、ふたりの旅立ちを丁重にたたえる方法を考えなくてはならない。沈黙《ちんもく》の神の死をどのように追悼《ついとう》する？　黙《もく》とうはよけいな気がする。黙《もく》とうの代わりに奇声《きせい》をあげるか？

すべきことが先だ。今夜の決戦を生きのびる。黙《もく》とう代わりの奇声《きせい》はその後だ。

レイナはぼくが難《むずか》しい顔をしているのに気がついた。

「上では大活躍《かつやく》でした。一歩前進しましたね」

レイナは心からいっている。しかし、ほめられても今まで以上に恥《は》ずかしいだけだ。

「ぼくは今、自分がいじめた神の最後の息を抱《かか》えている」目をふせる。「このガラスびんの中にぼくが呪《のろ》いをかけたシビラといっしょにいる。ふたりを見張《みは》っていたのはぼくが殺人《さつじん》兵器に変えた鳥集団《しゅうだん》。鳥集団《しゅうだん》はガールフレンドの浮気《うわき》をぼくに告《つ》げ口した。その後ぼくはガールフレンドを殺《ころ》させた」

「すべて本当ですが」レイナがいった。「いちばんだいじなのは、あなたが今すべて認《みと》めたということです」

「落ちこんでいる」

レイナが薄《うす》く笑った。「それがかんじんなのかも。悪いことをする、反省する、同じあやまちをくり返さない。そうやって少しずつ良心を向上させていくんです」

人間の良心を創《つく》ったのはどの神だっけ？　神が創《つく》ったのか？　それとも、人間が自分たちでつちかっただけか？　人間に良識《りょうしき》を与《あた》えました。そんなことを神がプロフィールに自慢《じまん》げに書くとは思えない。

「そ――そういってもらえると助かる」ぼくはつかえながらいった。「しかし、ぼくの過去《かこ》のあやまちのせいでレイナもメグも殺《ころ》される寸前《すんぜん》だった。ぼくを守ろうとして君たちふたりがハルポクラテスにやられていたら……」

その先は怖《こわ》すぎて考えられない。きらきらの新良心が手投げ弾《だん》みたいに爆発《ばくはつ》してしまいそうだ。

レイナが軽くぼくの肩《かた》をたたく。「私《わたし》たちはハルポクラテスに見せただけです。あなたがどれだけ変わったか。ハルポクラテスはそれを認《みと》めた。あなたは自分の過去《かこ》の悪事をすべて完全につぐないましたか？　いいえ。でも、『いい行い』リストは増《ふ》えつづけています。だれだってそれ以上のことはできません」

〈『いい行い』リストは増《ふ》えつづけている〉レイナはぼくが本当にそんな勝物《すぐれもの》を持っていると思っているのか。

「ありがとう」

レイナはぼくの顔を見て眉《まゆ》をひそめている。紫《むらさき》の筋《すじ》はもう顔じゅう這《は》っているのだろうか。「お礼はいいですから命を大切にしてください。あなたがいないと召喚《しょうかん》の儀式《ぎしき》ができません」

入り口のランプをあがって州間高速道路八〇号線に乗るトラックの中から、ダウンタウンのビルのむこうにサンフランシスコ湾《わん》がちらっと見えた。五十隻《せき》の艦隊《かんたい》はたった今ゴールデンゲートブリッジの下を通過《つうか》したところだ。どうやらハルポクラテスにつながれたケーブルを切り、ファスケスをたたきこわしても皇帝《こうてい》連中の足止めはできなかったらしい。
艦隊《かんたい》の前方に幾筋《いくすじ》も残る銀色の航跡《こうせき》は、イーストベイの海岸線をめざして進む数十隻《せき》の小型船《こがた》の
ものだ。おそらく、上陸部隊だろう。皇帝《こうてい》側の小型《こがた》船のスピードはこのトラックよりはるかに速い。
タマルパイス山の上に満月がのぼってきた。白からじょじょにダコタの赤い炭酸《たんさん》ジュースの色に
変わっていく。
一方、オーラムとアージェンタムはトラックの荷台でうれしそうに吠《ほ》えている。レイナは指でハ
ンドルをたたきながら「バモノス、バモノス」と鼻歌をうたっている。メグはぼくにもたれ、いび
きをかき、ぼくのシャツによだれをたらしている。それほどぼくのことが大好きなのだ。
じわじわ進み、ベイブリッジまであと少しというところでレイナがついに口を開いた。「信じら
れない。艦隊《かんたい》はどうしてゴールデンゲートブリッジを通過《つうか》できたの」
「どういう意味だ？」ぼくは聞いた。
「ダッシュボードの小物入れを開けてください。中に巻物《まきもの》が入っているはずです」
ぼくはためらった。プラエトルのトラックのダッシュボードの小物入れにどんな危険《きけん》が潜《ひそ》んでい
るか、わかったものじゃない。注意深く中身をよけてさがす。保険《ほけん》の書類、ポケットティッシュ、
袋《ふくろ》入《い》りの犬のおやつ……
「これか？」ぼくはよれよれの羊皮紙の巻物《まきもの》を出して見せた。

「ええ。開いて、使えるかどうか見てください」

「連絡《れんらく》ツールなのか？」

レイナはうなずいた。「自分で見たいところなんですが、運転しながら開くのは危《あぶ》ないので」

「なるほど」ぼくは膝《ひざ》の上で巻物《まきもの》を開いた。

中は真っ白だ。何も起きない。

どうしよう。魔法《まほう》の言葉をいったり、クレジットカード番号か何か教えたりすればいいのか？

そのときだ。巻物《まきもの》の上で光の玉が小さくまたたいたかと思うと、じょじょにふくらみ、ミニサイズのフランク・チャンがホログラムで現《あらわ》れた。

「わっ！」ミニフランクがミニよろいから飛び出しそうになる。「アポロン様ですか？」

「やあ」そう返し、つづけてレイナにいう。「使えた」

「わかっています」レイナがいう。「フランク、私《わたし》の声が聞こえる？」

フランクは目をこらそうとしている。フランクにもぼくとレイナはミニサイズで、ぼやけているにちがいない。「今しゃべったのは……あまりよく聞こえな……レイナ？」

「そうよ！」レイナがいう。「今そちらに帰る途中《とちゅう》。艦隊《かんたい》がもうそこまで来ているの！」

「知っている……偵察《ていさつ》の報告《ほうこく》によると……」フランクの声が切れ切れになる。大きな洞窟《どうくつ》か何かの中にいるらしい。うしろで訓練生がせっせと穴《あな》を掘《ほ》ったり、壺《つぼ》のようなものを運んだりしている。

「何をしているの？」レイナが聞いた。「そこはどこ？」

「コールデコット……」フランクがいう。「ちょっと……防御《ぼうぎょ》の下準備《したじゅんび》」

空電雑音《ざつおん》で声が聞きとりづらいのか、本人が言葉をにごしたのかはわからない。フランクの表情《ひょうじょう》からすると、悪いタイミングで連絡《れんらく》をとってしまった感じだ。

「何かメッセージ……マイクからあった？」フランクが聞いた。（明らかに話題を変えようとしている）「今頃《いまごろ》……はずだけど」

「え？」レイナが聞き返す。その声に反応《はんのう》してメグが、寝《ね》たまま鼻でため息をつく。「いいえ、そちらが何か聞いていないかたずねようと思っていたところ。コマンド部隊はゴールデンゲートブリッジで艦隊《かんたい》を食い止めるはずだった。艦隊《かんたい》が通過《つうか》したということは……」その先はいえない。

マイク・カハレ率《ひき》いるコマンド部隊が皇帝《こうてい》側の艦隊《かんたい》を阻止《そし》できなかった理由はいくつも考えられる。そのどれもが楽観できないし、そのどれもがこの次の展開《てんかい》を止められない。今ユピテル訓練所が臼砲《きゅうほう》による全滅《ぜんめつ》をまぬがれているのは、皇帝《こうてい》たちがプライドにこだわっているからだ。彼《かれ》らのプライドが地上戦が先だといっている。いや、もうひとつある。グレープゼリージャムの空きびんだ。これがあれば神の助けが呼《よ》べる、かもしれない。

「まだ切らないで！」レイナがいった。「エラに伝えて！　召喚《しょうかん》の儀式《ぎしき》の準備《じゅんび》をしておいてって」

「よく聞こえな……なんて？」フランクの顔がじょじょに溶《と》け、輪郭《りんかく》がぼやけていく。砂利《じゃり》を入れたアルミ缶《かん》をふっているような声だ。「おれ……ヘイゼルに……てもらおうと――」

巻物《まきもの》が燃《も》えあがった。ぼくのズボンには想定外の展開《てんかい》だ。

ぼくがズボンから燃《も》えがらを払《はら》っていると、メグが目を覚ました。あくびをして、目をしばたたく。

「何したの？」メグが聞く。

「何も！　巻物《まきもの》が自爆《じばく》するとは知らなかった！」

「接続《せつぞく》が悪いみたい」レイナがいった。「ハルポクラテスの沈黙《ちんもく》の力が解《と》けるには少し時間がかかる――たぶん、ストロタワーの中心から外にむかって順番に解《と》けていくんでしょう。巻物《まきもの》をオーバーヒートさせてしまったわ」

「そのようだ」ぼくは最後の燃《も》えがらを足で踏《ふ》んで消した。「イリスメッセージを試してみよう。訓練所に着いたら」

「着けたら、です」レイナは浮《う》かない顔だ。「この渋滞《じゅうたい》……あら」

レイナは前方で点滅《てんめつ》している案内標示《ひょうじ》を指さした。〈ハイウェイ二四号線東行き　コールデコットトンネルで緊急《きんきゅう》工事のため通行止め。迂回《うかい》してください〉

「緊急《きんきゅう》工事？」メグがいった。「またミスト？　人間は立ち入り禁止《きんし》？」

「たぶん」レイナは前につながる車の列をにらんだ。「それでこんなに渋滞《じゅうたい》しているのね。フランクはコールデコットトンネルの中で何をしているの？　事前になんの相談もなく……」眉《まゆ》をひそめる。いやな予感がしたらしい。「訓練所にもどらなくちゃ。一刻《いっこく》も早く」

「皇帝《こうてい》たちが地上攻撃《こうげき》の準備《じゅんび》を整えるにはもうしばらく時間がかかるだろう」ぼくはいった。「五十門の臼砲《きゅうほう》を使う前に、まずはユピテル訓練所を無傷《むきず》で制圧《せいあつ》しようとする。ひょっとしたら……彼《かれ》らも渋滞《じゅうたい》に巻《ま》きこまれ、迂回《うかい》ルートをさがすはめになるかもしれない」

「むこうは船だよ、おばか」メグがいった。

たしかに。いったん地上部隊が上陸したら、車でなく徒歩でやって来る。しかし、想像《そうぞう》するのはゆかいだった。皇帝《こうてい》たち率《ひき》いる軍隊がコールデコットトンネルのそばまで来て、点滅標示《てんめつひょうじ》やオレンジ色の三角コーンだらけなのを見ていう。〈しかたない。また明日来るか〉

「トラックをわきに停《と》めましょうか」レイナが思いついたようにいう。しかし、ぼくとメグにちらっと目をやり、思い直した。ふたりともベイブリッジの真ん中からユピテル訓練所までハーフマラソンできる状態《じょうたい》ではない。

レイナがくやしそうに何かつぶやく。「こうなったら……あっ！」

すぐ前を工事トラックが徐行《じょこう》している。作業員がトラックの荷台から手をのばし、なぜか左側の車線をふさいでいた三角コーンを順々《じゅんじゅん》に回収《かいしゅう》している。よくあることだ。金曜日のラッシュアワー時、コールデコットトンネルが閉鎖《へいさ》されている状況《じょうきょう》で、このエリアでもっとも混雑《こんざつ》する橋の車線をあえて一レーン通行不可《ふか》にしていた。しかし、ということは、工事トラックの前はがらすき。乗り入れ厳禁《げんきん》の車線が、ヘタレレスターの見るかぎりずっとのびている。

「しっかりつかまってください」レイナがいった。工事トラックを追い越《こ》した瞬間《しゅんかん》、三角コーン五、六本を蹴散《けち》らして前にまわりこむ。そしてアクセルを踏《ふ》みこんだ。

工事トラックがクラクションを鳴らし、ヘッドライトを光らせた。レイナのロボット犬が吠《ほ》え、尾《お》をふる。〈またね！〉の返事だ。

橋のむこう側でカリフォルニア・ハイウェイパトロールの車両が待機していて、追跡《ついせき》されるかもしれない。しかし、さしあたり猛《もう》スピードでつっ走る。ぼくの太陽の戦車も目を見張《みは》りそうなスピードだ。

オークランド側に着いた。まだ追ってくる気配はない。レイナはハンドルを切って五八〇号線に乗った。オレンジのポストコーンをはね飛ばし、ハイウェイ二四号線にむかうランプを爆走《ばくそう》する。ヘルメットをかぶった作業員数名はていねいに無視《むし》だ。うしろで〈危険《きけん》〉と書いたオレンジの標示《ひょうじ》をふって何か叫《さけ》んでいる。

ぼくたちは迂回《うかい》ルートを見つけた。通行禁止《きんし》の通常《つうじょう》ルートだ。

うしろをちらっと見てみた。警察《けいさつ》はいない。海を航行《こうこう》中の艦隊《かんたい》はすでにトレジャーアイランドを通過《つうか》し、のんびり準備《じゅんび》を整えている。つまり、湾《わん》いっぱいに十億ドルの豪華《ごうか》な殺人《さつじん》兵器のネックレスを広げている。小型船《こがた》の航跡《こうせき》は見えない、ということは海岸に着いているのか。まずい。楽観的に考えれば、ぼくたちは予定より早く着きそうだ。高架道《こうかどう》を単独《たんどく》で疾走《しっそう》している。目的地まであとほんの数キロだ。

「間に合いそうだ」ぼくはいって後悔《こうかい》した。

またパーシー・ジャクソンの第一原則《げんそく》を破《やぶ》ってしまった。成功しそう、と口に出していうな。いったとたん、台無しになる。

ガシャン！

頭の真上、トラックのルーフに足形のへこみができた。重みでトラックがかたむく。デジャブならぬデジャグールだ。

オーラムとアージェンタムがワンワン吠《ほ》えた。

「エウリュノモスだ！」メグが叫《さけ》ぶ。

「いったいどこから来た？」ぼくはぼやいた。「朝からずっとハイウェイの標識《ひょうしき》にしがみついて、落ちるタイミングを待っていたのか？」

かぎづめがルーフの内張《うちば》りにつき刺《さ》さる。となれば次は、ルーフに穴《あな》が開く。

レイナが叫《さけ》んだ。「アポロン様、ハンドルをお願いします！　メグ、アクセルをお願い！」

一心拍間《しんぱくかん》、祈《いの》りの言葉かと思った。その昔、個人的悩《こじんてきなや》みを抱《かか》えた信奉者《しんぽうしゃ》はぼくにこう祈《いの》ることが多かった。〈アポロン様、舵《かじ》とりをお願いします〉私《わたし》を導《みちび》いて問題を乗り越《こ》えさせてください、という意味だ。しかしほとんどの場合は文字どおりの意味ではなかったし、ぼくは助手席に座《すわ》っていなかったし、メグとアクセルに関するおまけのコメントもなかった。

レイナはぼくに考える余裕《よゆう》を与《あた》えなかった。ハンドルから手を離《はな》し、座席《ざせき》のうしろに手をのばし、武器《ぶき》をさがす。ぼくはあわててハンドルを握《にぎ》った。メグが足をアクセルペダルに乗せる。

トラックのキャビンは剣《けん》を使うにはせますぎる。しかし、レイナには短剣《たんけん》がある。鞘《さや》から抜《ぬ》き、工事中のルーフをにらみ、つぶやく。「私《わたし》のトラックをこわさないでよ」

次の数秒は内容《ないよう》が濃《こ》かった。

ルーフが裂《さ》け、ハエ色のエウリュノモスが現《あらわ》れた。相変わらず気持ちが悪い。白目をひんむき、牙《きば》からよだれをしたたらせ、ハゲワシの羽根で作った腰巻《こしまき》が風にはためいている。

腐肉《ふにく》のにおいがトラックに入ってきて、胃《い》が裏返《うらがえ》りそうだ。体内のゾンビの毒《どく》すべてが一気に発火した感じだ。

エウリュノモスが金切り声で叫《さけ》んだ。「クイモノ――」

鬨《とき》の声はそこでとぎれた。レイナがルーフから身を乗り出し、真下から短剣《たんけん》をハゲワシの腰巻《こしまき》につき刺《さ》した。

レイナはグールの弱点について調べたのだろう。成果はあった、エウリュノモスはトラックから転げ落ちた。大喜《おおよろこ》びしたいところだが、ぼくまで腰巻《こしまき》を刺《さ》されたかと思った。

「うげ」

ハンドルから手がすべった。メグが驚《おどろ》いてアクセルを踏《ふ》んだ。レイナはルーフから上半身を出したまま、ロボット犬二頭は激《はげ》しく遠吠《とおぼ》えしている中、トラックはランプをななめに走り、ガードレールを破《やぶ》って飛び出した。ラッキー。ぼくはまたも飛び立った。イーストベイのハイウェイから、空を飛べない車で。

32

スーパーがターゲットとはたーまげた

息子のアスクレピオスが昔、ショック状態《じょうたい》の効用《こうよう》について説明してくれた。彼《かれ》によると、それは精神的外傷《せいしんてきがいしょう》に対処《たいしょ》するための安全機能《きのう》らしい。人間の脳《のう》は何か強烈《きょうれつ》で怖《こわ》い体験をし、これは処理《しょり》しきれないと思うと、そこで記録するのをやめる。数分、数時間、ときには数日が体験者の記憶《きおく》の中で真っ白になる。

おそらく、トラックが衝突《しょうとつ》したことをまったく覚えていないのもこの類《たぐ》いだろう。ガードレールを突破《とっぱ》したと思ったら、次の瞬間《しゅんかん》、大型《おおがた》スーパー「ターゲット」の駐車場《ちゅうしゃじょう》をふらふら歩きまわっていた。メグを乗せた三輪のショッピングカートを押《お》して、『ドック・オブ・ベイ［訳注：米国のシンガーソングライター、オーティス・レディングのシングル。彼《かれ》が飛行機事故《じこ》で亡《な》くなった四週間後にリリースされた］』の歌詞《かし》をつぶやいていた。メグのほうは半分ぼうっとしたまま、てきとうに手をふって指揮《しき》をしている。

カートが煙《けむり》をあげるひしゃげた金属《きんぞく》の塊《かたまり》にぶつかった。赤いシボレーのトラックだ。タイヤは全部パンクし、フロントガラスは割《わ》れ、エアバッグはふくらんでいる。どこかの脳天気《のうてんき》なドライバーが空からスーパーのカート置き場に墜落《ついらく》。十数台のカートがトラックの下敷《したじ》きになった。

だれだ、こんなことをしたのは？

待て……

うめき声がした。車数台分離《はな》れた先にグレイハウンドのロボット犬二頭が立っている。けがをした主人を数人の見物人からガードしている。紫《むらさき》と金色の若《わか》い女（そう、あの子だ！　ぼくを笑い飛ばした子だ！）が両肘《りょうひじ》をついて体を起こし、痛《いた》みに顔をしかめている。相当痛《いた》そうだ。左脚《ひだりあし》が不自然な方向に曲がっている。顔がアスファルト色だ。

「レイナ！」メグ入りカートをトラックにくっつけて停《と》め、プラエトルの救助《きゅうじょ》に駆《か》けつける。オーラムとアージェンタムがガードを解《と》いた。

「大変だ、大変だ」ほかに言葉が見つからないらしい。こんなとき何をすべきか知っているはずだ。ぼくは医術《いじゅつ》の神だ。しかし脚《あし》の骨折《こっせつ》——困《こま》った。

「命に別条《べつじょう》ありません」レイナが歯を食いしばっていう。「メグは？」

「指揮《しき》している」ぼくはいった。

ターゲットの買い物客がひとり、猛犬《もうけん》ロボットをものともせず前に出てきた。「電話で救急車《きゅうきゅうしゃ》を呼《よ》んだわ。何かほかにできることは？」

「大丈夫《だいじょうぶ》だ！」声がうわずった。「ありがとう！　ぼくは——医者？」

救急車《きゅうきゅうしゃ》を呼《よ》んだという人間の女が目をしばたたく。「私《わたし》に聞いています？」

「いや。ぼくは医者だ！」

「あの」ふたり目の買い物客がいった。「もうひとりのお友だち、転がっていくけど」

「おっと！」ぼくはメグを追い駆《か》けた。メグは赤いカートの中で元気をとりもどし、「わーい」とかつぶやいている。ぼくはカートのハンドルをつかみ、メグを連れてレイナのそばにもどった。

レイナは動こうとし、痛《いた》みで息が詰《つ》まった。「なんだか……気を失いそう」

「どうしよう、どうしよう」〈考えろ、アポロン、考えろ〉人間の救急隊《きゅうきゅうたい》を待つか？　彼《かれ》らがアンブロシアやネクタルのことを知っているか？　メグのガーデニングポーチにまだ救急《きゅうきゅう》セットが入っているか見てみるか？

駐車場《ちゅうしゃじょう》のむこうから聞いたことのある声が響《ひび》いてきた。「はい、みなさん、ご苦労様！　あとはわれわれにまかせてください！」

ラビニア・アシモフがこちらに走ってきた。十数人のドリュアスとファウヌスもいっしょだが、その大半はピープルズパークで見た顔だ。ほとんどが迷彩服姿《めいさいふくすがた》で、あちこちに蔓《つる》植物や木の枝《えだ》をくっつけている。豆の木をつたって来たのかと思うほどだ。ラビニアはピンクの迷彩柄《めいさいがら》のパンツに、緑のタンクトップ。肩《かた》にかけたクロスボウがカタカタ鳴っている。ピンクのつんつんヘアにピンクの眉《まゆ》で、ガムをくちゃくちゃ噛《か》み、当局の人間になりきろうとしている。

「これから現場検証《げんばけんしょう》をします！」見物人たちにいう。「ターゲットのお客のみなさん、ご苦労様！　はい、どいてどいて！」

ラビニアの口ぶりのせいか、グレイハウンドのロボット犬が吠《ほ》えたせいか、見物人たちはようやく立ち去った。とはいえ、遠くのほうでサイレンが鳴っている。じきに救急隊《きゅうきゅう》かハイウェイパトロール、あるいはその両方に囲《かこ》まれてしまうだろう。人間は高架《こうか》ハイウェイから高速で飛び出す車にはあまりなじみがない。ぼくとはちがう。

ぼくはピンク髪《がみ》の友人をにらんだ。「ラビニア、こんなところで何をしている？」

「秘密《ひみつ》のミッション」ラビニアがいう。

「またそんなことを」レイナがぼやく。「任務《にんむ》をさぼったわね。大問題よ」

ラビニアの仲間の自然の精《せい》たちはぎょっとした。今にも逃《に》げ出しそうだ。しかしピンク髪《がみ》のリーダーに横目でにらまれて思い直した。レイナのグレイハウンドのロボット犬はうなったり、襲《おそ》いかかったりしない。つまり、ラビニアは嘘《うそ》をついていないと判断《はんだん》したのだろう。

「お言葉を返すようですが」ラビニアがいった。「プラエトル殿《どの》のほうが現在《げんざい》、あたしより問題を抱《かか》えているとお見受けします。ハロルド、フェリペ——レイナの脚《あし》を固定して駐車場《ちゅうしゃじょう》から運び出して。また人間が集まってくる前に。レジナルドはメグのカートをよろしく。ロタヤはトラックに残っている荷物をとってきて。あたしはアポロン様の手伝い。いそいであの森に、さあ！」

ラビニアは森といったが、正確《せいかく》にはショッピングカートの墓場《はかば》になっている草ぼうぼうの土手みたいなところだった。それはともかく、ラビニアのピープルズパーク隊は驚《おどろ》くほどてきぱき働いた。ものの数分でぼくたち三人をこわれたカートとゴミの花をつけた灌木《かんぼく》のあいだに押《お》しこんで避難《ひなん》させた。そこに緊急《きんきゅう》車両がサイレンを鳴らして駐車場《ちゅうしゃじょう》に到着《とうちゃく》した。

ハロルドとフェリペがレイナの脚《あし》に副木《そえぎ》をあてる——レイナは悲鳴をあげ、少し嘔吐《おうと》した。ほかのファウヌス二名は枝《えだ》と古着でレイナを乗せるストレッチャーを作り、オーラムとアージェンタムは小枝《こえだ》を拾ってきて手伝っている……いや、投げて遊んでほしいだけかもしれない。レジナルドはショッピングカートからメグを解放《かいほう》し、アンブロシアを食べさせて生き返らせた。

ドリュアス二名がぼくの傷《きず》——今回さらに増《ふ》えた——を見たが、できることはほとんどなかった。ゾンビ毒《どく》に侵《おか》された顔、あるいは体からしみ出すよみがえった死体の毒臭《どくしゅう》に眉《まゆ》をひそめている。不運なことにぼくの病状《びょうじょう》には自然の精《せい》の癒《いや》しの力もお手上げだ。

その場を離《はな》れながら、ひとりがもうひとりにささやく。「完全に暗くなったら……」

「わかっているわ」いわれたほうがいう。「今晩《こんばん》はブラッドムーンでしょ？　あの人もかわいそうに……」

ぼくは聞かなかったことにした。大泣きを避《さ》けるにはそれが最善《さいぜん》に思えた。

ロタヤ――セコイアのドリュアスにちがいない。驚《おどろ》くほどの巨体《きょたい》で、肌《はだ》は濃《こ》い赤――がそばに来て腰《こし》をかがめ、トラックから持ってきた荷物を全部おろした。ぼくが夢中《むちゅう》でつかんだのは弓矢でも、ウクレレでもない。バックパックだ。ほっとして気絶《きぜつ》しそうになった。ガラスびんも割《わ》れずに入っている。

「ありがとう」ロタヤにいう。

ロタヤは厳粛《げんしゅく》な表情《ひょうじょう》でうなずいた。「いいガラスびんを見つけるのは至難《しなん》の業《わざ》です」

レイナはファウヌスが手当てをしている途中《とちゅう》だというのに、自分で体を起こそうとしている。

「時間がないわ。訓練所にもどらなくちゃ！」

ラビニアがピンクの眉《まゆ》をつりあげる。「プラエトル殿《どの》、その脚《あし》じゃどこにも行けないでしょ。行けたとしても、たいして役に立たない。早く治りたいならゆっくり横になって――」

「ゆっくり？　軍団《ぐんだん》には私《わたし》が必要なの！　ラビニア、あなただって必要なの！　どうして見捨《みす》てられるの？」

「落ち着いて。いっておくけど、あたしは見捨《みす》ててなんかない。全部ちゃんとわかったうえでいって」

「あなたは許可《きょか》なく訓練所を離《はな》れた。あなたは――」レイナは無理やり体を起こそうとし、息を詰《つ》まらせた。まわりのファウヌスが肩《かた》を支《ささ》える。ファウヌスたちはレイナをまたらくな姿勢《しせい》で座《すわ》らせてから、即席《そくせき》のストレッチャーにそっと移動《いどう》した。敷物《しきもの》はコケ、ゴミ、使い古したしぼり染《ぞ》めのTシャツなどでふかふかだ。

「あなたは仲間を見捨《みす》てた」レイナが苦しそうな声でいう。「友を見捨《みす》てた」

「あたしは今ここにいる」ラビニアはいった。「フェリペにたのんでレイナを少し眠《ねむ》らせてもらう。早く体を休めて脚《あし》を治して」

「やめて！　ラビニア、逃《に》がさないわよ」

ラビニアは鼻を鳴らした。「だれが逃《に》げるなんていった？　いい、レイナ、これは『あなたが考えた』バックアッププランよ。プランL、LはLavinia《ラビニア》のL！　あたしたち全員無事で訓練所に帰れたら、レイナはあたしに感謝《かんしゃ》することになる。ほかのみんなにはこういって。これはレイナが考えたプランだって」

「何をいっているの？　私《わたし》は絶対《ぜったい》……あなたに指示《しじ》なんか……反逆行為《はんぎゃくこうい》としか思えない！」

ぼくは横目でロボット犬を見た。いつ立ちあがって主人の前に立ちはだかり、ラビニアを引き裂《さ》くかわからない。ところがなぜかレイナのまわりをぐるぐる歩き、ときどき顔をなめたり、手当てした脚《あし》のにおいをかいだりしているだけだ。レイナの様子は心配だが、ラビニアの反逆《はんぎゃく》まがいの嘘《うそ》などどうでもいいらしい。

「ラビニア」レイナは口調をやわらげた。「あなたを逃亡罪《とうぼうざい》で裁《さば》くことになってしまう。お願い、やめて。私《わたし》だってあなたに――」

「フェリペ、始めて」ラビニアがいった。

ファウヌスがアシ笛を口にあて、子守唄《こもりうた》を演奏《えんそう》しだした。やさしく、落ち着いた音色の曲を、レイナの頭のすぐ横で。

「眠《ねむ》らないわよ!」レイナは必死で目をつぶらないようにしている。「眠《ねむ》くない。ふぁ――」

レイナはくったりし、いびきをかきだした。

「これでOK」ラビニアがぼくを見た。「心配ご無用、レイナはどこか安全なところで寝《ね》てもらいます。ファウヌス二名と、もちろんオーラムとアージェンタムもいっしょに。レイナが元気になるまで見ててもらいます。アポロン様とメグは、すべきことをしてください」

自信にあふれた態度《たいど》で、てきぱき指示《しじ》をする。テメスカル湖で初めて会ったときのひょろ長い、神経質《しんけいしつ》なハーフとは別人に見える。今はレイナ、またはメグに近い。というより、本人のバージョンアップ版《ばん》――自分がすべきことは自分で決断《けつだん》し、それを達成するまでは休もうとしない新生ラビニアだ。

「君はどこに行く?」ぼくはまだ頭の中がごちゃごちゃだ。「なぜいっしょに訓練所にもどらない？」

メグがふらつきながらやって来た。口のまわりにアンブロシアの食べかすがついている。「ほっといてあげて」まずぼくにいい、そしてラビニアにいう。「ピーチ……は？」

ラビニアは首をふった。「ピーチとドンは先遣隊《せんけんたい》といっしょ。ネレイスと連絡《れんらく》をとってる」

メグは口をとがらせた。「そう、わかった。皇帝《こうてい》の地上部隊は？」

ラビニアの表情《ひょうじょう》が深刻《しんこく》になる。「もう通過《つうか》した。隠《かく》れて見張《みは》ってたんだけど、うん……やばいね。もう絶対《ぜったい》、攻撃《こうげき》開始だよ、メグたちが訓練所に着く頃《ころ》には。ね、あたしが教えた抜《ぬ》け道、覚えてる？」

「うん」メグがうなずく。「じゃ、がんばって」

「待て、待て」ぼくはタイムアウトのT字のジェスチャーをしようとしたが、左右の手の統率《とうそつ》がとれず、テントみたいになった。「いったいなんのことだ？　抜《ぬ》け道？　なんでわざわざここまで来て、敵軍《てきぐん》が通過《つうか》するのを隠《かく》れて見ていた？　なぜピーチとドンは連絡《れんらく》なんか……待て。ネレイスだって？」

ネレイスは海の精《ニンフ》だ。いちばん近くにいるとしたら……そうか。

ショッピングカートの墓場《はかば》から周囲《しゅうい》の様子はほとんど見えない。サンフランシスコ湾《わん》も見えなければ、訓練所襲撃《しゅうげき》にむけてネックレスの配置を整えつつある艦隊《かんたい》も見えない。しかし、近くにいるのはわかる。

ラビニアを見た。新たな尊敬《そんけい》のまなざしで、いや、軽蔑《けいべつ》のまなざしか。頭がおかしいとわかっているだれかが、じつはその何倍も頭がおかしいと知ってしまった。

「ラビニア、まさか君の作戦というのは――」

「そこまで」ラビニアがいった。「でないとまたフェリペに子守唄《こもりうた》をたのみますよ」

「しかし、マイク・カハレは――」

「知ってます。ミッションに失敗しました。皇帝軍《こうてい》が通過《つうか》するとき、撃退《げきたい》してやったと自慢《じまん》げに話してました。皇帝軍《こうてい》にはその償《つぐな》いもしてもらいます」

言葉は勇ましいが、目には一瞬《いっしゅん》不安の色が浮《う》かんだ。ラビニアは内心は怯《おび》えている。なんとか勇気をふるい起こし、編制《へんせい》したての自分の隊を怖《お》じ気《け》づかせないようにしようとがんばっている。そんな作戦ありえないことなど、ぼくにいわれるまでもない。

「あたしたち全員、しなきゃいけないことだらけ」ラビニアがいった。「がんばって」そういってメグの頭をくしゃくしゃっとする。すでにくしゃくしゃの髪《かみ》にはよけいだ。「ドリュアス、ファウヌス、作戦開始!」

ハロルドとフェリペがレイナを乗せたストレッチャーを持ちあげ、草ぼうぼうの長い窪地《くぼち》に沿《そ》って駆《か》け足で運んでいく。オーラムとアージェンタムも跳《と》びはねて追い駆《か》けていく。〈やった、またハイキングだ！〉ラビニアとほかのドリュアス、ファウヌスも後につづいた。まもなく全員下草に隠《かく》れ、景色に溶《と》けこんだ。自然の精《せい》とピンク髪《がみ》の少女にしかできない芸当だ。

メグがぼくの顔をのぞきこむ。「完全無欠？」

ぼくは笑いだしそうになった。どこでそんな表現《ひょうげん》を覚えた？　ぼくは体じゅう、顔までゾンビの毒《どく》がまわっている。ドリュアスたちは思っている。完全に暗くなったとたん、ぼくが足を引きずって歩くタルクイニウスのよみがえった死体戦士《せんし》に変身すると。今はまだ疲労《ひろう》と恐怖《きょうふ》で震《ふる》えている。敵軍《てきぐん》はぼくたちと訓練所のあいだのどこかにいるらしい。そしてラビニアは皇帝《こうてい》の艦隊《かんたい》に決死の突《とつ》撃《げき》をするつもりだ。引き連れているのは戦いに不慣《ふな》れな自然の精《せい》。本物のエリートコマンド部隊がミッションに失敗したのは承知《しょうち》のうえだ。

ぼくが最後に完全無欠と思ったのはいつだった？　元神のときだと信じたいが、嘘《うそ》だ。何百年も前から完全ではない。いや、数千年前からかもしれない。

今のぼくはむしろ大きな穴《あな》――宇宙《うちゅう》にぽっかり開いた穴《あな》だ。ハルポクラテス、クマエのシビラ、ぼくの愛するその他大勢《おおぜい》がそこから消えた。

「たぶん平気だ」

「よかった。だって、見て」メグがオークランドヒルズのほうを指さす。霧《きり》かと思ったが、霧《きり》は丘《おか》の斜面《しゃめん》から垂直《すいちょく》にあがったりしない。ユピテル訓練所の境界《きょうかい》付近で、火が燃《も》えている。

「乗り物がいるね」メグがいった。

33 死にたいか ようそここへ 戦場へ

そう、乗り物がいる。だが、なぜ自転車でなくてはならない？

車が問題を起こしやすいのは知っている。この一週間でかなりの台数の車が衝突《しょうとつ》した。訓練所に自分で走って帰るのも問題外だ。ぼくもメグも立つのがやっとだ。

しかし、なぜハーフは巨大《きょだい》ワシシェアアプリを持っていない？　神にもどったら絶対《ぜったい》すぐ作ろう。

ただし、ハーフがスマホを安全に使える方法を見つけてからだ。

ターゲットから道路をはさんで反対側の自転車置き場に、黄色い蛍光色《けいこうしょく》の自転車が並《なら》んでいた。メグが自動精算機《せいさんき》にクレジットカードを（どこで入手したかは不明）挿入《そうにゅう》し、二台借り、一台をぼくによこす。

楽しみでしかたない。今回は自転車でド派手《はで》に戦いに飛びこめる。

ふたりでわき道や舗装《ほそう》していない道をこいでいく。さっき見た丘《おか》から立ちのぼる煙《けむり》が目印だ。ハイウェイ二四号線の閉鎖で道路《へいさ》があちこちうるさい。いらついたドライバーがクラクションを鳴らしたり、どなったり、暴発寸前《ぼうはつすんぜん》だ。彼《かれ》らにいいたくなった。そんなにけんかがしたきゃついて来い。うまくいけば怒《おこ》ったドライバー数千人を援軍《えんぐん》にできそうだ。

バート［訳注：サンフランシスコの通勤《つうきん》用高速鉄道］のロックリッジ駅を通過《つうか》するとき、初めて敵《てき》の一部を発見した。パンダイがプラットホームを巡回《じゅんかい》していた。毛の生えた黒い耳で体をおおって消防士《しょうぼうし》の防火衣《ぼうかい》を着ているように見せかけ、手には斧《おの》を持っている。高架下《こうかした》のカレッジアベニューに消防《しょうぼう》車《しゃ》が数台停《と》まり、回転灯をまわしている。駅の各入り口にも偽消防士《にせしょうぼうし》パンダイが立ち、人間を入らせないようガードしている。本物の消防士《しょうぼうし》が無事であることを願う。というのも、消防士《しょうぼうし》はいてもらわなくては困《こま》るし、何より魅力的《ホット》だ。いや、それは今は関係ない。

「こっち！」メグは方向を変え、見える範囲《はんい》で傾斜《けいしゃ》がいちばんきつい丘《おか》をのぼりだした。なんて意地悪な子だ。ぼくは立ちこぎでペダルに全体重をかけ、必死で坂をあがった。

てっぺんにはさらに悪い知らせがあった。

前方の丘《おか》の稜線《りょうせん》を、敵軍《てきぐん》の長い列が迷《まよ》いのない足取りで行進していた。めざすはユピテル訓練所だ。ブレムミュエス人部隊、パンダイ部隊、六本腕《うで》のアースボーン部隊までいる。アースボーンは「数ヵ月前の不和」でガイアに味方した。敵軍《てきぐん》は火の塹壕《ざんごう》も、杭垣《くいがき》のバリケードも、ぼくの弓のレッスンの成果を発揮《はっき》しようとしたローマの斥候《せっこう》兵も突破《とっぱ》した。夕暮《ゆうぐ》れの薄暗《うすくら》がりの中、敵味方《てきみかた》が争った形跡《けいせき》はところどころに見えるだけだ。光り輝《かがや》くよろいかぶとと戦旗が密集《みっしゅう》している、あれが主力部隊だろう。ハイウェイ二四号線からコールデコットトンネルにむかうところだ。敵《てき》の投石機がユピテル訓練所の方向に石の砲弾《ほうだん》を発射《はっしゃ》しているが、大半は目標の手前で紫《むらさき》に燃《も》えあがって消えている。おそらくテルミヌスがちゃんと訓練所の境界《きょうかい》を守っているのだろう。

一方、トンネルの手前で稲妻《いなずま》を放っているのは第十二軍団《ぐんだん》のワシの旗印だ。電光が斜面《しゃめん》を走り、敵軍《てきぐん》を駆《か》け抜《ぬ》け、焼いてちりにしていく。ユピテル訓練所の攻城《こうじょう》兵器バリスタが火をつけた巨大《きょだい》な槍《やり》を放ち、敵《てき》をなぎ倒《たお》し、さらなる山火事を生じさせている。敵軍《てきぐん》は行進をつづけている。

勇ましく進みつづける敵《てき》の先頭部隊は、六本脚《あし》で地を這《は》うように進む巨大《きょだい》な戦車を盾《たて》にして……げっ。腸《ちょう》が自転車のチェーンに絡《から》まったかと思った。戦車ではない。

「ミュルメクスだ」ぼくはいった。「メグ、あれはミュル——」

「知ってる」メグはペースを落としさえしない。「何も変わらない。行くよ!」

何も変わらないか? ぼくとメグはハーフ訓練所で巨大《きょだい》アリ、ミュルメクスの巣に侵入《しんにゅう》し、命からがら逃《に》げ出した。メグはあやうくピュレにされてベビーフードになるところだった。

そして今、戦闘《せんとう》の訓練を受けたミュルメクス部隊が出てきた。彼《かれ》らはハサミで木を真っぷたつにし、毒《どく》を吐《は》いて訓練所の杭垣《くいがき》を溶《と》かすことができる。恐怖《きょうふ》に新フレーバーが加わった。

「ミュルメクス部隊を突破《とっぱ》するのは無理だ！」ぼくはいった。

「ラビニアの秘密《ひみつ》のトンネル」

「とっくにくずれた！」

「そのトンネルじゃなくて、ちがう秘密《ひみつ》のトンネル」

「ラビニアにはいくつ秘密《ひみつ》のトンネルがある？」

「さあ。いっぱい？　行くよ」

やる気をあおる言葉はここまで。メグはぐんぐんこいでいく。ぼくもつづいた。今はそうするしかない。

メグが選んだ道は行き止まりで、発電所をそなえた電波塔《とう》で終わっていた。まわりは有刺《ゆうし》鉄線で囲《かこ》われているが、門は大きく開いている。塔《とう》にのぼりなさい。メグにそういわれたらこの場でギブアップし、永遠《えいえん》にゾンビと仲良くしよう。ところが、メグは発電所の横を指さした。コンクリートの壁《かべ》に両開きの金属《きんぞく》の扉《とびら》がある。竜巻《トルネード》避難《ひなん》用地下室か核《かく》シェルターの入り口そっくりだ。

「自転車持ってて」

メグはそういって自転車から飛びおり、片方《かたほう》の指輪を剣《けん》に変えた。ひとふりで南京錠《なんきんじょう》のついた鎖《くさり》を切り、扉《とびら》を引き開ける。ななめにおりる真っ暗なトンネルが見えた。かなり急だ。

「完璧《かんぺき》」メグがいう。「自転車で行ける」

「え？」

メグはまた黄色い蛍光色《けいこうしょく》の自転車に飛び乗り、トンネルに突入《とつにゅう》した。チェーンがカラカラ鳴る音がコンクリートの壁《かべ》にこだまする。

「完璧《かんぺき》の定義《ていぎ》が広すぎる」ぼくはひとり言をいい、それからペダルは踏《ふ》まずにメグにつづいた。

かなり驚《おどろ》いた。真っ暗なトンネルの中で「蛍光《けいこう》」自転車は本当に、そう、ホタルみたいだった。当然といえば当然かもしれない。前を行くメグの蛍光《けいこう》自転車がおぼろげな幽霊《ゆうれい》に見える。下を見たら自分の自転車の黄色がまぶしくて目がくらみそうになった。この自転車は急な下りトンネルのナビは下手だが、敵《てき》には暗闇《くらやみ》の中でもターゲットとして断然《だんぜん》見つけやすい。万歳《ばんざい》！

危険《きけん》なレースだったが、ぼくは転倒《てんとう》も、首を折りもしなかった。トンネルが平らになり、そしてまたのぼりはじめた。ふと思った。このトンネルはだれが掘《ほ》った？　なぜエレベーターをつけていない？　また必死でペダルをこぐはめになった。

頭上のどこかで爆発音《ばくはつおん》がし、トンネルが震《ふる》えた。こぎつづける動機として申し分ない。さらにまた少し汗《あせ》をかき、あえいだ後、行く手にぼうっと四角い光が見えてきた——小枝《こえだ》でカモフラージュした出口だ。

メグは迷《まよ》わずつっこんだ。ぼくもよろよろこぎながらくぐると、開けた場所に出た。あちこちで火が燃《も》えたり、稲妻《いなずま》が落ちたり、さまざまな音が混《ま》じって耳が痛《いた》い。

交戦地帯のど真ん中だ。

無料のアドバイスをひとつ。

戦いに途中《とちゅう》参加するなら、ど真ん中は避《さ》けたほうがいい。おすすめは最後尾《さいこうび》だ。そこなら軍司令官がテントを張《は》って、オードブルと飲み物を片手《かたて》にくつろいでいることが多い。ところがど真ん中だって？　いや、とにかくよくない。しかも真っ黄色の蛍光色《けいこうしょく》の自転車で到着《とうちゃく》なんて最悪だ。

メグとぼくが登場したとたん、全身ぼさぼさのブロンドヘアの人間に似《に》た怪物《かいぶつ》十数人に見つかった。全員ぼくたちを指さし、叫《さけ》びはじめた。

クロマンダ人だ。わお。久《ひさ》しぶりに見た。紀元《きげん》前にディオニュソスが泥酔状態《でいすいじょうたい》でインドに侵入《しんにゅう》したとき以来だ。クロマンダ人は魅力的《みりょくてき》な灰色《はいいろ》の目を持っているが、長所はそれだけだ。ぼさぼさで汚《きたな》らしいブロンドの毛におおわれた姿《すがた》は雑巾《ぞうきん》に格下《かくさ》げされたマペットみたいだ。犬そっくりの歯はデンタルフロスを使ったことなど一度もないにきまっている。腕力《わんりょく》が強く、攻撃的《こうげきてき》で、耳をつんざくような金切り声でしゃべる。昔アレスとアフロディテに聞いてみたことがある。クロマンダ人は君たちの長年の関係のあいだに生まれた隠《かく》し子ではないのか。だって君たちオリンポス神ふたりをミックスしたら完璧《かんぺき》にあんな感じだ。アレスもアフロディテもぜんぜん笑わなかった。

メグは毛むくじゃらの巨人《きょじん》十数人に遭遇《そうぐう》した利口な子どもの例にもれず、自転車から飛びおり、二本の剣《けん》を呼《よ》び出して突撃《とつげき》した。ぼくは驚《おどろ》いて思わず声をあげ、弓を引いた。カラスとキャッチボールしたせいで矢のストックは少なかったが、メグが走っているあいだに六人を倒《たお》した。メグはかなり疲《つか》れているはずだが、黄金の剣《けん》二本を目にもとまらぬ速さでふりまわし、残る六人を難《なん》なく片《かた》づけた。

ぼくは笑った——大声で——大満足だった。自分は弓の達人にもどったし、メグの剣《けん》の腕前《うでまえ》も見事だ。ぼくたちは最高のペアだ！

これは戦いにおける危険《きけん》のひとつ。（殺《ころ》されることもそのひとつだ）。事がうまく運びだすと視野《しや》がせまくなる。一点に集中し、全体像《ぜんたいぞう》を忘《わす》れる。メグが最後のクロマンダ人ひとりを胸《むね》ごとヘアカットした瞬間《しゅんかん》、勝てそうだと思ってしまった。

そして周囲《しゅうい》を見渡《みわた》し、気づいた。「勝てそうにない」連中に囲《かこ》まれていた。巨大《きょだい》アリが足を踏《ふ》み鳴らし、こちらにやって来る。巨大《きょだい》アリの吐《は》く毒《どく》に、斜面《しゃめん》にいた斥候兵《せっこうへい》がちりぢりに逃《に》げていく。下生えの中に遺体《いたい》がいくつも転がっている。ローマのよろいかぶと姿《すがた》で、煙《けむり》があがっている。いったいだれの遺体《いたい》か、どうやって死んだのかは考えたくない。

黒い防弾《ぼうだん》ベストとヘルメットをつけたパンダイは薄暗《うすくら》がりの中では見つけにくい。そんな連中が巨大《きょだい》パラセイリング耳であたりを滑空《かっくう》し、ハーフを見つけては不意打ちをかける。さらに上空では巨大《きょだい》ワシと巨大《きょだい》カラスが戦っている。翼《つばさ》の先が、血のように赤い月明かりを受けてきらりと光る。ぼくの左、ほんの百メートル先で犬頭族が遠吠《とおぼ》えをあげながら戦いに飛びこんできた。ちょうどそこにいたコホルスの盾《たて》など簡単《かんたん》に突破《とっぱ》する。たぶん三番コホルスだと思うが、悪者の海の中の小さな孤島《ことう》にすぎず、今にも全滅《ぜんめつ》しそうだ。

今ぼくたちがいるこの丘《おか》だけでもそうなのだ。谷の境界《きょうかい》に沿《そ》った西側の前線のいたるところで火が燃《も》えている——おそらく約八百メートルにわたって各所で戦いになっている。丘《おか》のてっぺんからバリスタが火をつけた槍《やり》を発射《はっしゃ》し、投石機が石の砲弾《ほうだん》を放つ。砲弾《ほうだん》が落ちて飛び散り、敵《てき》の隊列に帝国《ていこく》の黄金の破片《はへん》をふらせる。燃《も》える丸太——昔からあるローマのパーティー用の余興《よきょう》だ——が丘《おか》の斜面《しゃめん》を転がり落ち、アースボーン部隊をなぎ倒《たお》している。

軍団《ぐんだん》のこうした健闘《けんとう》にもかかわらず、敵軍《てきぐん》は前進しつづけている。閉鎖《へいさ》中のハイウェイ二四号線の東行きの車線からは皇帝《こうてい》側の主力部隊がコールデコットトンネルめざして行進している。金と紫《むらさき》の旗を高くかかげている。ローマを象徴《しょうちょう》する色だ。ローマ皇帝《こうてい》たちは最後の真のローマ軍団《ぐんだん》を滅《ほろ》ぼすことにした。こうして彼《かれ》らは消えていくのか。くやしい。敵《てき》はローマの外からの脅威《きょうい》ではなく、自らの歴史の汚点《おてん》だった。

「亀甲《きっこう》隊形！」隊長の叫《さけ》ぶ声で我《われ》に返り、ぼくは三番コホルスに視線《しせん》をもどした。三番コホルスがいそいで上と側面を盾《たて》で防御《ぼうぎょ》する隊形を組もうとしているところに、犬頭族部隊が襲《おそ》いかかってきた。毛とかぎづめの大波がうなり声をあげて押《お》し寄《よ》せる。

「メグ！」ぼくは危機《きき》一髪《いっぱつ》の三番コホルスを指さして叫《さけ》んだ。

メグがそちらに駆《か》け出す。ぼくも後を追う。走りながら下に落ちている矢筒《やづつ》を拾う。落ちていた理由は考えず、犬頭族にむかって連射《れんしゃ》する。六人しとめた。七人、八人。だが、まだ大勢《おおぜい》いる。メグが怒《いか》りの叫《さけ》びをあげ、手前の犬頭族の中に飛びこむ。メグはすぐに囲《かこ》まれたが、犬頭族部隊はぼくたちの登場に一瞬《いっしゅん》気をとられ、三番コホルスには隊形を組みなおすのに必要な貴重《きちょう》な数秒ができた。

「ロムルス攻撃《こうげき》！」隊長が叫《さけ》んだ。

ダンゴムシを想像《そうぞう》してほしい。丸まっていたダンゴムシが体をのばすと、脚《あし》がうじゃうじゃ出てくる。今の三番コホルスはまさしくそんな感じだ。亀甲《きっこう》隊形を解《と》いて槍《やり》の森になり、犬頭族部隊を串刺《くしざ》しにしていく。

思わず見とれ、飛び出してきた犬頭族ひとりにあやうく顔を噛《か》みちぎられそうになった。寸前《すんぜん》でラリー隊長が槍《やり》でしとめた。そいつはぼくの足下《あしもと》に落ちた。信じがたいほど男の身だしなみに欠けた背中《せなか》に槍《やり》が刺《さ》さっている。

「来られたんですね！」ラリーがぼくにほほ笑む。「レイナは？」

「大丈夫《だいじょうぶ》」ぼくはいった。「その、命は無事だ」

「よかった！　フランクが待っています、できるだけすぐ来てほしいそうです！」

メグがよろけながらぼくの横に来た。息が乱《みだ》れ、剣《けん》二本は怪物《かいぶつ》と戦ったせいでべとべとだ。「ラリー、久《ひさ》しぶり？　調子どう？」

「最悪だよ！」ラリーはうれしそうだ。「カール、レザー――このふたりを今すぐプラエトル・チャンのところに案内して」

「了解《りょうかい》！」ふたりがぼくとメグをコールデコットトンネルのほうにせき立てる一方、うしろでラリーは三番コホルスにまた指示《しじ》を出した。「さあ、みんな！　訓練どおりに行くぞ！　絶対《ぜったい》勝てる！」

パンダイをかわしたり、燃《も》えるクレーターを飛び越《こ》えたり、怪物集団《かいぶつしゅうだん》をまわりこんだり、また危《き》険《けん》な数分間の後、ぼくとメグはカールとレザに連れられて無事、フランク・チャンの指揮所《しきしょ》に着いた。場所はコールデコットトンネルのすぐ前だ。とても残念なことに、オードブルも飲み物もなかった。テントさえない――疲《つか》れきったフル装備《そうび》のローマ側ハーフ集団《しゅうだん》がせかせかと指示《しじ》を伝えにいったり、防御《ぼうぎょ》をかためたりしているだけだ。トンネルの上に張《は》り出したコンクリートの屋根に、旗手のジェイコブが第十二軍団《ぐんだん》のワシの旗印を持って立っている。ほかにも見張《みは》りが二名いて、あたりに目を配っている。近づいてくる敵《てき》があればジェイコブがユピテルみたいに威風堂々《いふうどうどう》と稲妻《いなずま》を落として消す。〈おまえも！　おまえも！〉不運なことに使いすぎたワシの旗印から煙《けむり》があがりだした。超強力《ちょう》な魔法《まほう》の品にも限界《げんかい》がある。第十二軍団《ぐんだん》の旗印は過負荷《かふか》で燃《も》えあがる寸前《すんぜん》だ。

フランク・チャンはぼくたちふたりを見たとたん、両肩《りょうかた》に載《の》っていた数百キロのダンベルが消えたようだ。「神様、ありがとうございます！　アポロン様、ひどい顔ですよ。レイナは？」

「話すと長い」ぼくが長い話を始めようとしたとき、ヘイゼル・レベックが馬に乗ってぼくのすぐ横に姿《すがた》を現《あらわ》した。なるほど。ぼくの心臓《しんぞう》がまだ正常《せいじょう》に動いているか試すのにこの手があったか。

「どうしたんですか？」ヘイゼルが聞いてきた。「アポロン様、顔が――」

「知っている」ため息をつく。

ヘイゼルの不死の馬、稲妻《いなずま》のように駆《か》けるアリオンが横目でぼくを見て、いなないた。〈このヘタレがアポロンのはずがない〉

「やあ、いとこ、ぼくも君に会えてうれしいよ」ぼくはもごもごいった。

ぼくはみんなに何があったか手短にすべて話した。メグもときどきコメントを入れて手伝ってくれた。「この人、おばかでしょ」とか、「もっとおばかでしょ」とか、「成功。でもまたおばかやったの」とか。

ターゲットの駐車場《ちゅうしゃじょう》で助けられた話を聞き、ヘイゼルは歯ぎしりした。「ラビニアったら、許《ゆる》さない。レイナに何かあったら――」

「今は目の前のことに集中しよう」フランクは口ではそういいながら、動揺《どうよう》している。レイナなしでこの戦いを乗り切らなくてはならないかもしれない。「アポロン様、おれたちでできるだけ時間稼《かせ》ぎをします。召喚《しょうかん》の儀式《ぎしき》をお願いします。テルミヌスも精一杯敵軍《せいいっぱいてきぐん》の足止めをしてます。おれのほうは今ちょうどバリスタと投石機の目標をミュルメクスに設定《せってい》したところです。ミュルメクスを倒《たお》さないと敵《てき》の進軍は阻止《そし》できません」

ヘイゼルが顔をしかめる。「一番コホルスから四番コホルスまで、仲間を境界《きょうかい》の丘《おか》に配置して守っているけれど、数はまるで足りない。アリオンとわたしが順にまわって必要そうなところはサポートしたけれど——」そこでやめ、明言は避《さ》ける。〈かなり劣勢《れっせい》〉「フランク、もう少し時間稼《かせ》ぎをしてちょうだい。アポロン様とメグを神殿《しんでん》の丘《おか》に連れていってくる。エラとタイソンが待っているわ」

「たのむ」

「待て」ぼくはいった。ジャムの空きびんで神を呼《よ》ぶことにさほど気が進まないからではなく、ヘイゼルの話した内容《ないよう》に少し引っかかったからだ。「一番コホルスから四番コホルスまで仲間を境界《きょうかい》に配置したといったが、五番コホルスは？」

「ニューローマの守りです」ヘイゼルがいった。「ダコタもいっしょです。今のところ、ありがたいことに、ニューローマは安全です。タルクイニウスは姿《すがた》を見せていません」

ボンッ！　ぼくの横に大理石のテルミヌスの胸像《きょうぞう》が現《あらわ》れた。第一次世界大戦時の英国軍のキャップをかぶり、台座《だいざ》の脚《あし》まで届《とど》くカーキ色のオーバーコートを着ている。両袖《そで》とも空っぽなので、ソンムの戦い［訳注：1916年フランス北部を流れるソンム河畔《かはん》で展開《てんかい》した第一次世界大戦最大の激戦《げきせん》］で両手を失った兵士《へいし》に見えなくもない。不運なことに第一次世界大戦でそうなった元兵士《へいし》に会ったことは一度や二度ではない。

「ニューローマが安全なものか！」テルミヌスがいった。「タルクイニウスが襲《おそ》ってきた！」

「なんですって？」ヘイゼルは失礼なことをいわれたかのような顔だ。「どこから？」

「地下から！」

「下水管ね」ヘイゼルはくやしそうだ。「だけれど、どうやって――？」

「そもそもクロアカ・マキシマ［訳注：ローマの下水システムのこと］を造《つく》ったのはタルクイニウスだ」ぼくはいった。「下水管にはくわしい」

「知っていました！　だから出入り口にはわたしがふたをしました！」

「それが、なぜかそのふたをはずされた！」テルミヌスがいう。「五番コホルスが協力を求めている。今すぐだ！」

ヘイゼルは迷《まよ》いだした。タルクイニウスに出し抜《ぬ》かれ、明らかに動揺《どうよう》している。

「行ってきて」フランクがヘイゼルにいった。「四番コホルスもいっしょに援軍《えんぐん》に行かせる」

ヘイゼルが元気のない声で笑う。「あとに残るのはフランクと三コホルスだけ？　無理よ」

「大丈夫《だいじょうぶ》」フランクがいう。「テルミヌス、このメインゲートの防御《ぼうぎょ》バリアを解《と》いてくれないか？」

「なぜ？」

「奇跡《きせき》を起こしてみる」

「は？」

「わかるだろ」フランクがいう。「敵《てき》を一ヵ所に集中させる」

テルミヌスはしぶい顔だ。「ローマ軍のマニュアルに『奇跡《きせき》』はなかったと思うが、いいだろう」

ヘイゼルが眉《まゆ》をひそめる。「フランク、ばかなことはしないで――」

「三コホルスをここに集中させてトンネルを守る。おれにまかせて」また無理やり自信ありげにほほ笑む。「みんな、がんばって。またむこう側で会おう！」

〈会えないかも〉ぼくは思った。

フランクはそれ以上、反対の声を待たなかった。さっそうと歩きだし、指示《しじ》を飛ばしている。一、二、三番コホルスはここで隊形を作れ、四番コホルスはニューローマにいそげ、と。ぼくの頭にふと巻物《まきもの》のホログラムで見たぼやけた映像《えいぞう》が浮《う》かんできた――フランクの指示《しじ》にしたがい、訓練生が穴《あな》を掘《ほ》ったり、壺《つぼ》を運んだりしていた。そういえばエラも「橋」とか「火」とか謎《なぞ》めいたことをいっていた……先行きが心配だ。

「乗ってください」ヘイゼルがそういい、ぼくに手をさし出す。

アリオンが不満げにいななく。

「ええ、わかっているわ」ヘイゼルがいった。「三人も乗せるのはいやなのよね。ふたりは神殿《しんでん》の丘《おか》に送るだけ。送ったらまっすぐニューローマにむかう。アリオンが踏《ふ》みつぶすのにもってこいのよみがえった死体が大勢《おおぜい》いるはずよ、約束する」

アリオンは機嫌《きげん》をなおしたらしい。

ぼくはヘイゼルのうしろに乗った。メグはいちばん尻《しり》に近いシートだ。

ヘイゼルの腰《こし》につかまった、と思ったら、アリオンが飛び出した。ぼくの胃《い》は丘《おか》のオークランド側に置いていかれた。

34

空欄《くうらん》を埋《う》めた言葉で神だのみ

タイソンとエラは待つのが下手だった。

ふたりはユピテル神殿《しんでん》の階段《かいだん》にいた。エラは手をもみ合わせながら行ったり来たりし、タイソンは興奮状態《こうふんじょうたい》で飛び跳《は》ねている。第一ラウンドにのぞむボクシング選手のようだ。

エラが腰《こし》のベルトにさげている重そうな麻袋《あさぶくろ》がぶつかりあって鈍《にぶ》い音を立てている。ふとヘパイストスの診療室《しんりょうしつ》のデスクに置いてあったおもちゃを思い出す——五つの金属《きんぞく》のボールがカチカチ鳴るやつだ。（ヘパイストスの診療室《しんりょうしつ》に行くのはいやだった。デスクの上のおもちゃはどれも催眠術《さいみんじゅつ》みたいで、見ていたらいつのまにか何時間、ときには何十年がたっていたこともあった。一四八〇年代がまるごと空白なのはそのせいだ）

タイソンの裸《はだか》の胸《むね》はもう全面が予言のタトゥーで埋《う》まっている。タイソンがぼくたちを見て、にっと笑う。

「イエイ!」タイソンは大喜《おおよろこ》びだ。「びゅんびゅんポニー!」

タイソンがアリオンに「びゅんびゅんポニー」というあだ名をつけても、タイソンがぼくより名馬に会えてうれしそうでも驚《おどろ》くことではない。しかし、アリオンが少しいやそうに鼻を鳴らしながらも、タイソンに鼻面をなでさせたのには驚《おどろ》いた。アリオンは愛玩《あいがん》種ではない。待てよ、考えてみればタイソンもアリオンもポセイドンの血を引いている。つまり、ふたりはきょうだいのようなもの、それに……わかるだろ? 考えるのはやめた。脳《のう》みそが溶《と》けそうだ。

エラがそそくさやって来た。「遅《おそ》い。大変遅《おそ》い。アポロン、いそいで。遅刻《ちこく》」

ぼくは、だいじな用事があったんだ、といい返したいのをこらえた。アリオンの背《せ》をつたっており、メグを待つ。しかしメグはおりてこない。

「あたしがいなくても召喚《しょうかん》のなんとかはできるでしょ」メグはいった。「ヘイゼルといっしょに行って、ユニコーンを自由にしてあげる」

「しかし――」

「成功を祈《いの》ります」ヘイゼルがぼくにいう。

アリオンが消えた。丘《おか》の斜面《しゃめん》に一本煙《けむり》の跡《あと》が残り、タイソンは片手《かたて》で宙《ちゅう》をぽんぽんたたいている。

「なんだ」タイソンはすねた。「びゅんびゅんポニー、行っちゃった」

「ああ、そうだな」ぼくは自分にいい聞かせようとした。メグは大丈夫《だいじょうぶ》だ。またすぐ会える。メグから最後に聞くセリフが〈ユニコーンを自由にしてあげる〉のはずがない。「さて、もう準備《じゅんび》はできて――」

「遅刻《ちこく》。準備《じゅんび》できたのに遅刻《ちこく》」エラはむっとしている。「神殿《しんでん》、選択《せんたく》。イエス。選択《せんたく》の必要あり」

「ぼくがすべきなのは――」

「神様ひとり呼《よ》ぶ！」タイソンがズボンの裾《すそ》を目いっぱいまくりあげながら、片足《かたあし》で跳《と》んできた。

「ここ、また見せるよ。腿《もも》のとこ」

「いいって！」ぼくはいった。「覚えている。ただ……」

丘《おか》を見渡《みわた》す。神殿《しんでん》や祭壇《さいだん》だらけだ――以前より数が多い。ユピテル訓練所のハーフがジェイソンのジオラマを一気に実現《じつげん》させたからだ。数多くの神々《かみがみ》の像《ぞう》がぼくを見つめている。

オリンポス十二神の一員として、神をひとりだけ選ぶのは心苦しい。お気に入りの子、あるいはお気に入りのミュージシャンをひとり選ぶのと同じことだ。本当にひとりだけ選べたら、それは何かまちがっている。

それに、ひとり選んだらほかの神全員に恨《うら》まれる。ぼくを助ける一名に選ばれたくなかったとしても、あるいは選ばれたら笑い飛ばすつもりだったとしても、自分がリストの上位でなかったとしたら全員むっとするだろう。彼《かれ》らの考えることはお見通しだ。ぼくも昔はその一員だった。

もちろん、「絶対《ぜったい》に」選びたくない神も何人かいる。ユノは呼《よ》びたくない。ウェヌスも避《さ》けたい。

とくに金曜日の夜は、ウェヌスが美と優雅《ゆうが》を司《つかさど》る女神カリス三人組とのスパナイトを楽しむはずだから。ソムヌスは呼《よ》ぶだけむだ。呼《よ》び出し電話にこたえても、今すぐ行くと約束し、また寝《ね》てしまうはずだ。

ユピテル・オプティムス・マクシムスの巨大像《きょだいぞう》を見つめる。紫《むらさき》のトーガが闘牛士《マタドール》のマントみたいにさざ波を立てている。

〈さあ、選べ〉像《ぞう》にいわれた気がした。〈選びたいのだろう〉

父上はオリンポスの神々《かみがみ》の中で最強だ。父上の力があれば皇帝《こうてい》軍を打ちのめし、ぼくのゾンビ傷《きず》を治し、ユピテル訓練所（この名称《めいしょう》こそ父上への敬意《けいい》の表れだ）のすべてを正すことなどたやすい。ひょっとしたら父上はぼくのこれまでの英雄的行為《えいゆうてきこうい》もすべて見ていて、もうじゅうぶん苦しんだから人間にした罰《ばつ》を解《と》いてやるか、というかもしれない。

そう思う一方……それはないかも。ぼくが助けてくださいと呼《よ》び出すのを「期待している」可能《かのう》性《せい》もある。呼《よ》び出したら呼《よ》び出したで、天を揺《ゆ》るがすほど大笑いして、低く重々《おもおも》しい声で「断《ことわ》る！」というかもしれない。

驚《おどろ》いたことに、今気づいた。自分は「何がなんでも」神にもどりたいわけじゃない。何がなんでも「生きたい」とさえ思っていない。ぼくがひれ伏《ふ》し、お願いですから助けてください、とすがりつくことを父上が期待しているなら、雷撃《ライトニングボルト》をクロアカ・マキシマにつき刺《さ》してもらおう。

考えられる選択肢《せんたくし》はただひとつ。心の底では最初からどの神を呼《よ》び出すべきかわかっていた。

「ついてきてくれ」

エラとタイソンにそういうと、ぼくはディアナ神殿《しんでん》にむかって走った。

正直にいうと、ローマ版《ばん》アルテミスの大ファンだったことは一度もない。前にいったとおり、ぼく自身はローマ神になって自分が大きく変わったと思ったことは一度もなかった。アポロンのままだった。ところがアルテミスは……

女きょうだいが難《むずか》しい十代に入ったらどうなるか知っているだろうか？　名前をディアナに変え、髪《かみ》を切り、けんかっ早いおとめハンター集団《しゅうだん》とつるみ、ヘカテや月と関連づけられるようになり、行動が基本的《きほんてき》に怪《あや》しくなる。ぼくとアルテミスがローマに移《うつ》り住んだ当初は、昔と同じようにふたり一セットで――ひとつの神殿《しんでん》で双子《ふたご》の神として――崇拝《すうはい》された。しかしディアナはすぐにどこかに行ってしまい、好きなようにやりだした。ぼくたちは若《わか》いギリシャ神だったときのように話をしなくなった。わかるだろう？

ローマ版《ばん》アルテミスを呼《よ》び出すのは不安だが、ぼくには助けが必要だし、アルテミスは――訂正《ていせい》、ディアナは――いちばん期待にこたえてくれそうだ。あとで何度その話を蒸《む》し返されてもかまわない。それに、会いたくてしかたない。そうなんだ。自分が今夜死ぬとしたら――その可能性《かのうせい》は高まっているようだが――最後にだれより妹に会いたい。

ディアナの神殿《しんでん》は屋外の庭園。自然を司《つかさど》る女神の典型《てんけい》だ。オークの成木に囲《かこ》まれた中に銀色に輝《かがや》く池、その真ん中に永遠《えいえん》に水がわく噴水《ふんすい》がひとつある。おそらく、オークの森に囲《かこ》まれたディアナの聖地《せいち》、ネミ湖を模《も》して造《つく》られている。ネミ湖はローマ人が最初にディアナをまつった場所のひとつで、『ディアナの鏡』と呼《よ》ばれている。池の端《はし》に造《つく》った炉《ろ》には薪《まき》が積みあげられ、いつでも火をつけられるようにしてある。ユピテル訓練所ではどの神殿《しんでん》や祭壇《さいだん》もいつもこんなに手入れが行き届《とど》いているのか。いや、だれかが真夜中にきゅうに捧《ささ》げ物を燃《も》やしたくなったとき用？

「アポロン、火をつける」エラがいった。「エラ、材料混《ま》ぜる」

「おれ、踊《おど》る！」とタイソン。

それも儀式《ぎしき》の一部なのかタイソンがそうしたいだけなのかわからないが、タトゥーだらけのキュクロプスが創作《そうさく》ダンスをやると決めたら質問《しつもん》はしないほうがいい。

エラは麻袋《あさぶくろ》をさぐっては、ハーブ、スパイス、オイルの入ったガラスびんなどを次々《つぎつぎ》引っ張《ぱ》り出している。そういえば、ぼくはいつから食べていないだろう。なぜ腹《はら》が鳴らない？　丘《おか》の稜線《りょうせん》からのぼってきたブラッドムーンにちらっと目をやる。次の食事が「ノウミソー」でありませんように。

まわりを見てたいまつかマッチ箱はないかさがす。ない。そこで気づいた。〈あるはずがない〉薪《まき》は事前に用意していてくれたかもしれないが、ディアナはアウトドア派《は》だ。火くらい自分でおこせといいたいのだろう。

ぼくは弓を肩《かた》からおろし、矢筒《やづつ》から矢を一本抜《ぬ》いた。乾《かわ》いた軽いたきつけを集め、小さな山にする。大昔の人間のやり方——弓の弦《つる》を矢に巻《ま》きつけ、摩擦《まさつ》で火をおこす弓ギリ法——で火をおこすなんていつ以来だ。しかし、やってみる。五、六回しくじり、自分の目までぐりぐりやってしまいそうだ。ぼくの弓矢の生徒、ジェイコブは大笑いだろう。

遠くから聞こえる爆発《ばくはつ》の音は聞かないことにする。矢をまわしているうちに腹《はら》の傷《きず》が開いた気がしてきた。両手に水ぶくれができ、それが破《やぶ》れてべたべたする。太陽の神が火をおこそうと躍起《やっき》になっている……またもや運命の皮肉だ。

ようやく、ごく小さな火をおこすことに成功した。必死に両手でそれを囲《かこ》い、息を吹《ふ》きかけ、祈《いの》っていると、ボッと燃《も》えあがった。

疲労《ひろう》で震《ふる》えながら立つ。タイソンは内なる音楽に合わせて踊《おど》りつづけている。両手を大きく広げ、くるくるまわっている。タランティーノ監督《かんとく》が体重百三十キロ超《ごえ》でタトゥーだらけのジュリー・アンドリュースで『サウンド・オブ・ミュージック』のリメイク版《ばん》を撮《と》っているのかと思った。（ぼくはよしたほうがいいと止めた。お礼はまたの機会でけっこう）

エラは今回のために特別に調合したハーブスパイスオイルを炉《ろ》にふりまきはじめた。煙《けむり》は地中海の夏のごちそうのようなにおい。ぼくを穏《おだ》やかな気持ちで満たし——われわれ神々《かみがみ》が数百万人の信《しん》奉者《ぼうしゃ》に崇拝《すうはい》されていた幸せな時代を思い起こさせる。そういう素朴《そぼく》な幸せは奪《うば》われて初めてありがたみを知る。

谷がしんとなった。またハルポクラテスの沈黙圏《ちんもくけん》に足を踏《ふ》み入れたかと思った。おそらく戦いの音が一時的にとだえただけだが、ユピテル訓練所が息を詰《つ》め、ぼくがこの儀式《ぎしき》を終えるのを待っているような気がした。ぼくは震《ふる》える手でバックパックからシビラのガラスびんを引っ張《ぱ》り出した。

「で、次は？」エラに聞く。

「タイソン」エラは手でタイソンを呼《よ》んだ。「ダンス、よかった。次、アポロンに脇《わき》の下、見せる」

タイソンがのしのしやって来た。汗《あせ》だらけでうれしそうに笑っている。ぼくの顔の前で左腕《ひだりうで》をあげる。ちょっと近づけすぎだ。「見える？」

「おいおい」ぼくは思わず顔を離《はな》した。「エラ、なぜ召喚《しょうかん》の儀式《ぎしき》の方法を脇《わき》の下に書く？」

「そこがいいから」エラがいう。

「すごくかゆかった！」タイソンが大声で笑う。

「で――では始める」タトゥーの文字にだけ注目し、腋毛《わきげ》は気にしないことにする。必要以上に呼《こ》吸《きゅう》もしないようにする。しかしこれだけはいいたい。タイソンの衛生状態《えいせいじょうたい》はすばらしい。こらえきれず息を吸《す》っても、ぼくがタイソンの体臭《たいしゅう》で気絶《きぜつ》することはなかった。あんなに激《はげ》しい汗《あせ》かきダンスの後なのに、ピーナツバターのにおいしかしない。なぜだ？　知りたくない。

「ローマの守り神、○○よ！」ぼくは声に出して読んだ。「○○に名前を挿入《そうにゅう》！」

「えと」エラがいう。「〇〇には、選んだ名――」

「最初からやりなおす。ローマの守り神、ディアナよ！　狩猟《しゅりょう》の女神、ディアナよ！　われわれの願いを聞き、われわれからの捧《ささ》げ物を受けとりたまえ！」

祈《いの》りの言葉のすべては覚えていない。覚えていたとしても、だれかが使うといけないからここには書かない。捧《ささ》げ物を燃《も》やしてディアナを呼《よ》び出すことは、まさしく「良い子のみなさん、これはおうちではしてはいけませんよ」だ。ぼくは何度か感極まってセリフをつかえた。個人的《こじんてき》コメントをちょっとつけ加え、ディアナに教えたい気がした。今語りかけているのはそんじょそこらのやつじゃない。ぼくだ！　ぼくは特別だ！　しかし、脇《わき》の下のタトゥーのセリフしか口にしなかった。正しいタイミングで（ここで捧《ささ》げ物を投げこむ、の指示《しじ》あり）シビラのジャムの空きびんを炉《ろ》に落とす。そのまま熱くなるだけだったらどうしようと心配したが、ガラスびんは粉々《こなごな》に割《わ》れ、ため息とともに煙《けむり》がもれた。音のない神の最後の息がちゃんと密封《みっぷう》されていたことを願うだけだ。

召喚《しょうかん》の祈《いの》りの言葉を終えた。タイソンがようやく左腕《ひだりうで》をおろす。エラは炉《ろ》を、そして空を見た。鼻が心配そうにひくついている。「アポロン、セリフ、怪《あや》しかった」エラがいう。「三行目、つかえた。しくじったかも。しくじっていないこと願う」

「そういってもらえて、とてもうれしい」ぼくはいった。

しかしエラの懸念《けねん》はわかる。夜空に神の助けが来る気配はない。赤い満月がぼくをにらみ、あたり一帯を血のように赤い光で染《そ》めている。遠くで狩猟《しゅりょう》用のラッパが鳴り響《ひび》くこともない——オークランドヒルズで爆発音《ばくはつおん》が再開《さいかい》し、ニューローマのほうからは敵味方《てきみかた》の叫《さけ》ぶ声が聞こえるだけだ。

「しくじった」エラがきっぱりいった。

「もう少し待て！」ぼくはいった。「神々《かみがみ》はただちに現《あらわ》れないこともある。昔の話だが、ぼくもポンペイの街からの祈《いの》りの言葉にこたえるのに十年かかったことがあった。行ってみたら時すでに遅《おそ》し……いや、例としてはふさわしくないかもしれない」

エラは両手をもみ合わせた。「タイソンとエラ、ここで待つ。女神、現《あらわ》れるかもしれない。アポロン、けんかに行け」

「えー」タイソンは口をとがらせる。「おれも、けんかしたい！」

「タイソン、ここでエラと待つ」エラは頑固《がんこ》だ。「アポロン、けんかに行く」

ぼくは谷を見渡《みわた》した。ニューローマの建物の屋根のいくつかが燃《も》えだした。メグは町中で戦っているのだろう。兵器と化したユニコーンと、神のみぞ知る活躍《かつやく》をしているはずだ。ヘイゼルも、下水管からわくように出てきて一般《いっぱん》市民に襲《おそ》いかかるゾンビやグールを必死で阻止《そし》しようとしているのだろう。みんな助けを必要としている。そして、ぼくにはコールデコットトンネルよりニューローマのほうが近い。

しかし、戦いに飛びこむと考えただけで腹《はら》の傷《きず》が燃《も》えあがった。タルクイニウスの墓《はか》で簡単《かんたん》にへたったことを思い出す。敵《てき》がタルクイニウスではほぼ役立たずだろう。タルクイニウスの近くに行ったら今月のゾンビへの昇進《しょうしん》が加速するだけかもしれない。

オークランドヒルズを見つめる。稜線《りょうせん》のシルエットが爆発《ばくはつ》のたびに明るく浮《う》かびあがる。皇帝《こうてい》側は今頃《いまごろ》、フランクがコールデコットトンネル入り口に呼《よ》び集めた部隊と戦っているにちがいない。アリオンも蛍光色《けいこうしょく》の自転車もない今、ぼくがコールデコットトンネルに駆《か》けつけ、しかも役に立てる自信はない。しかし、それがいちばん怖《こわ》くない選択肢《せんたくし》に思える。

「突撃《とつげき》」沈《しず》んだ声でいう。

そして、谷を走りだした。

35

一騎打《いっきう》ち一対二でなく二対二で

いちばん恥《は》ずかしかったこと？　ぜいぜい、ふうふう丘《おか》をのぼりながら、気づいたら『ワルキューレの騎行《きこう》』を口ずさんでいたこと。リヒャルト・ワーグナーと、『地獄《じごく》の黙示録《もくしろく》』を恨《うら》む！　丘《おか》のてっぺんに着く頃《ころ》にはめまいがし、汗《あせ》だくになっていた。眼下《がんか》の光景を見て、ぼくが参加しても意味がないだろうと思った。遅《おそ》すぎた。

まわりの丘《おか》はどこも塹壕《ざんごう》だらけの荒《あ》れ地と化し、よろいかぶとやこわれた武器《ぶき》が散らばっている。ハイウェイ二四号線の約百メートル先で皇帝《こうてい》軍が縦隊《じゅうたい》を作っている。数は数千だったのが数百に減《げん》少《しょう》‥ゲルマン人のボディーガード、クロマンダ人、パンダイ、そのほかの人間に似《に》た怪物《かいぶつ》の連合軍だ。ささやかな救《すく》い‥ミュルメクスは一匹《ぴき》も残っていない。巨大《きょだい》アリにねらいを定めるフランクの戦略《せんりゃく》が成功したようだ。

コールデコットトンネルの入り口、ぼくの真下で第十二軍団《ぐんだん》の生き残り隊が、敵《てき》が来るのを待ちかまえている。十数人のみすぼらしいなりのハーフが、上り車線のトンネルの口をふさぐように立っている。ぼくの知らない若《わか》い女が軍団《ぐんだん》の旗印を持っている。つまり、ジェイコブは犠牲《ぎせい》になったか重傷《じゅうしょう》を負ったかだ。過熱《かねつ》した黄金のワシは煙《けむり》を出しすぎて、形がぼんやりとしか見えない。今日はもう敵《てき》に稲妻《いなずま》を落とせそうにない。

ゾウのハンニバルもハーフ軍と並《なら》んで立っている。防弾《ぼうだん》ベストをつけているが、鼻も脚《あし》も数十ヵ所に切り傷《きず》ができて血が流れている。ハーフの壁《かべ》の前にでんと立っているのは身長二メートル半のコディアックヒグマ――おそらくフランクだろう。肩《かた》に矢が三本刺《さ》さっているが、かぎづめを出し、まだ戦う気まんまんだ。

心臓《しんぞう》がよじれた。フランクは巨体《きょたい》のクマとしてなら矢が数本刺《さ》さっていても生きられる。しかし、人間にもどったらどうなる?

ほかのメンバーに関しては……とにかく信じられない。三コホルスで残っているのはこれだけなのか。今ここにいないハーフは死んだのではなく負傷《ふしょう》しただけかもしれない。せめてものなぐさめとして、犠牲《ぎせい》になったハーフひとりにつき敵《てき》数百人が倒《たお》されたと考えたい。しかし、ユピテル訓練所への入り口を守るハーフ軍はあまりにも悲惨《ひさん》な状態《じょうたい》で、絶望的《ぜつぼうてき》に数が少ない。

目をあげてハイウェイのむこうの湾《わん》を見たとたん、すべての希望を失った。皇帝《こうてい》側の艦隊《かんたい》は最初の陣形《じんけい》をたもったまま――白い豪華船《ごうかせん》の浮橋《うきはし》がそのときを待っている。ぼくたちに滅亡《めつぼう》の雨をふらせ、その後は勝利を祝う盛大《せいだい》なパーティーが開かれるのだろう。

もしハイウェイで隊列を作っている敵《てき》をなんとか全滅《ぜんめつ》させたとしても、艦隊《かんたい》には対処《たいしょ》のしようがない。ラビニアにどんな作戦があったか知らないが、おそらく失敗した。皇帝《こうてい》たちはたったひと言でユピテル訓練所全体を破壊《はかい》できる。

馬のひづめのけたたましい音と車輪の音でまた敵軍《てきぐん》に視線《しせん》をもどす。隊列が割《わ》れて道を開けた。皇帝《こうてい》二名が交渉《こうしょう》にきた。黄金の戦車に横並《よこなら》びで立って乗っている。

コンモドゥスとカリグラは「派手《はで》なよろいかぶと競争」をして、ふたりとも負けた感じだ。ふたりとも頭の先から足の先まで帝国《ていこく》の黄金に包まれている。すね当て、キルト、胸当《むねあ》て、手袋《てぶくろ》、かぶと、そのすべてにゴルゴンと復讐《ふくしゅう》の三女神の精巧《せいこう》な彫刻《ちょうこく》がほどこされ、宝石《ほうせき》がちりばめてある。顔を保護《ほご》する仮面《かめん》は歪《ゆが》んだ悪魔《あくま》の顔だ。ふたりを見分ける手がかりは、コンモドゥスのほうが背《せ》が高く、肩幅《かたはば》が広い、それだけだ。

戦車を引いているのは二頭の白い馬……いや、馬ではない。二頭とも背骨《せぼね》の両側にひと筋《すじ》のみにくい傷跡《きずあと》。両肩《りょうかた》のあいだにもむちで打たれた跡《あと》がある。横を歩く調教師《ちょうきょうし》／拷問《ごうもん》係は手綱《たづな》を握《にぎ》り、電気の流れている突《つ》き棒《ぼう》をかまえ、二頭がよからぬ気を起こしたときにそなえている。

なんてことだ……

ぼくは両膝《りょうひざ》をつき、もどした。むごたらしい出来事はこれまで数々《かずかず》見てきたが、今回は最悪だ。

あの美しい動物がこんな姿《すがた》に。ペガサスの翼《つばさ》を切り落とすなんて残忍《ざんにん》にもほどがある。生き物の皇帝《こうてい》たちのメッセージだ。何がなんでも全世界を支配《しはい》してみせる。何もためらわない。手足を切断《せつだん》することもいとわない。使い捨《す》て、打ちくだく。尊《とうと》いのは自らの力だけだ。

ぼくはよろけながら立った。絶望《ぜつぼう》がわき立つ怒《いか》りに変わった。

「許《ゆる》さん！」

ぼくの怒《いか》りのひと言が谷間にこだました。皇帝《こうてい》の一行が騒々《そうぞう》しい音を立てて止まる。数百の顔が上を見た。怒声《どせい》の出所をつきとめようとしている。ぼくは手をついて丘《おか》をおり、足を踏《ふ》みはずし、宙返《ちゅうがえ》りし、木にぶつかり、けんめいに立ちあがり、またおりていった。

敵《てき》はだれひとりぼくを撃《う》とうとしない。味方はだれひとり〈やった、助かった！〉と叫《さけ》ばない。フランクのハーフ軍も皇帝《こうてい》軍も口を開けてぼくを見ているだけ——ぼろぼろの服に泥《どろ》だらけの靴《くつ》、背中《せなか》にウクレレと弓を背負《せお》ったよれよれの十代の少年が、転がりながらおりてくる。おそらく、史《し》上《じょう》もっとも感動的でない援軍《えんぐん》の登場だ。

ようやくハイウェイまでおりて、ハーフ軍に合流した。

カリグラが十五メートルむこうからぼくをながめ、そして爆笑《ばくしょう》した。

引き連れている軍もためらいがちにカリグラにならう——ゲルマン人だけは別だ。彼《かれ》らはめったに笑わない。

黄金で身をかためたコンモドゥスが足を踏《ふ》み替《か》える。「だれか、説明してくれるか？　何があった？」

そこでぼくは初めて気づいた。コンモドゥスの視力《しりょく》は本人が期待したほど回復《かいふく》していない。おそらく、気の毒《どく》ではあるが喜《よろこ》ばしいことに、シェルターステーションでぼくが一瞬《いっしゅん》神となって放った閃光《せんこう》で目をつぶされたコンモドゥスは、昼間ならぼんやりかすかに見えるが、夜はまったく見えない。小さな恵《めぐ》みゲット。あとはこれをどう利用するかだ。

「うまく説明できるかはわからぬが」カリグラの口ぶりは冷たい。「偉大《いだい》な神アポロンが救助《きゅうじょ》に駆《か》けつけた。かつてないほど麗《うるわ》しい姿《すがた》だ」

「それは皮肉ですね？」コンモドゥスがたずねる。「かつてないほどあわれな姿《すがた》だと？」

「そうだ」カリグラがいう。

「ははっ！」コンモドゥスはわざとらしい声で笑った。「ははっ！　アポロン、みすぼらしいって！」

ぼくは震《ふる》える手で矢を弓につがえ、カリグラの顔めがけて放った。ねらいは正確《せいかく》だったが、カリグラは簡単《かんたん》に払《はら》いのけた。のろまなアブか何かのように。

「レスター、好《この》き好んで恥《はじ》をかくことはない。リーダー同士《どうし》で話をしよう」

カリグラはそういって悪魔《あくま》の仮面《かめん》をコディアックヒグマのほうにむけた。「フランク・チャンだな？　名誉《めいよ》の降服《こうふく》の機会を与《あた》える。おまえの皇帝《こうてい》に服するがよい！」

「皇帝《こうてい》たち、だ」コンモドゥスがいい直す。

「そう、もちろん」カリグラの口調は変わらない。「プラエトル・チャン、おまえにはローマの権《けん》威を正《い》しく認識《にんしき》する義務《ぎむ》がある。われわれこそがそれなのだ！　ともにこの訓練所を再建《さいけん》し、おまえの軍団《ぐんだん》に栄光をもたらそうではないか！　もう隠《かく》れる必要はなくなる。テルミヌスの脆弱《ぜいじゃく》な境界《きょうかい》のうしろで小さくなっている必要はなくなる。今こそ真のローマ人となり、全世界を征服《せいふく》するときだ。われわれに加わるがよい。ジェイソン・グレイスのあやまちから学ぶがよい」

ぼくはまた吠《ほ》えた。今度はコンモドゥスめがけて矢を放つ。浅はかだった。目の見えない皇帝《こうてい》なら簡単《かんたん》にしとめられると思ったが、また払《はら》いのけられた。

「お粗末《そまつ》だ、アポロン！」コンモドゥスがいった。「この耳と反射神経《はんしゃしんけい》は健在《けんざい》だ」

コディアックヒグマが吠《ほ》えた。かぎづめ一本で肩《かた》に刺《さ》さっていた矢三本をへし折る。クマの体が縮《ちぢ》み、フランク・チャンにもどる。矢の先は胸当《むねあ》ての肩《かた》の部分に刺《さ》さったままだ。ヘルメットはない。体の片側《かたがわ》に血がべったりついているが、顔には揺《ゆ》るぎない決意が満ちている。

となりでゾウのハンニバルが高らかに鳴き、地面を蹴《け》った。飛び出す準備《じゅんび》だ。

「いや、待て」フランクは十数人の仲間にちらっと目をやった。全員疲労《ひろう》し、傷《きず》だらけだが、死ぬまでフランクについていく覚悟《かくご》は変わらない。「もう血を流すのはじゅうぶんだ」

カリグラが大きくうなずく。「つまり、降服《こうふく》すると？」

「いや」フランクは背筋《せすじ》をのばした。痛《いた》みに顔をしかめる。「別の解決策《かいけつさく》がある。一騎打《いっきう》ちだ」

皇帝《こうてい》軍に不安げなつぶやきが広がる。ゲルマン人の中には濃《こ》い眉《まゆ》をあげた者もいる。ハーフ軍の数人は何かいいたげ——たとえば「頭おかしいんじゃない？」——だが、口には出さない。

コンモドゥスが大声で笑い、かぶとをはずした。乱《みだ》れた巻《ま》き毛とあごひげ、残忍《ざんにん》かつハンサムな顔があらわになる。目は白くにごって焦点《しょうてん》が定まらず、目のまわりの皮膚《ひふ》はまだ酸《さん》をかけられたかのようにただれている。

「一騎打《いっきう》ちだと？」コンモドゥスはにっと笑った。「望むところだ！」

「正確《せいかく》には一対二だ」フランクがいった。「おれが皇帝《こうてい》コンモドゥス、皇帝《こうてい》カリグラを相手に戦う。そっちが勝ったらトンネルの通行は自由。ユピテル訓練所はそっちのものだ」

コンモドゥスは手をこすり合わせた。「すばらしい！」

「待て」カリグラがぴしゃりといい、かぶとをはずした。喜《よろこ》んではいない。目をぎらつかせ、頭の中は忙《いそが》しくあらゆる可能性《かのうせい》を考えている。「話がうますぎる。チャン、何を企《たくら》んでいる？」

「おれがそっちを倒《たお》すか、自分が死ぬか」フランクがいった。「それだけだ。そっちがおれを倒《たお》したら、まっすぐ訓練所に乗りこめる。ここにいるハーフ軍には黙《だま》って見ているよう指示《しじ》を出す。ニューローマを凱旋《がいせん》パレードすればいい。ずっと前からやりたかったんだろ」フランクはハーフ軍のひとりを見た。「コラム、聞いたか？　今のがおれからの指令だ。もしおれが死んだら、全員が皇帝《こうてい》に敬意《けいい》を払《はら》うようとりはからってくれ」

コラムは口を開けたが返す言葉が見つからないらしい。ただ厳《きび》しい表情《ひょうじょう》でうなずく。

カリグラは顔をしかめた。「一騎打《いっきう》ち。じつに原始的だ。そんなことはとうの昔に――」

途中《とちゅう》でやめた。おそらくうしろにいる自軍の一グループを気にした。「原始的」なゲルマン人はリーダーが一騎打《いっきう》ちで敵《てき》に勝つことが最高の栄誉《えいよ》だと思っている。初期の古代ローマ人も同じ考えだった。ローマの初代王ロムルスは敵《てき》の王アクロンに一対一で勝利し、よろいかぶとと武器《ぶき》をはぎとった。その後数世紀《せいき》にわたり、ローマの武将《ぶしょう》たちはロムルスを見習い、自ら戦場に赴《おもむ》いては敵《てき》のリーダーをさがした。一騎打《いっきう》ちで相手を倒《たお》し、戦利品を手に入れるためだ。一騎打《いっきう》ちは真のローマ人にとっては自らの勇気を誇示《こじ》する究極の方法だ。

フランクの作戦は巧妙《こうみょう》だ。皇帝《こうてい》たちがフランクの挑戦《ちょうせん》を断《ことわ》れば自軍の前で面目《めんぼく》を失う。しかしフランクは重傷《じゅうしょう》を負っている。ひとりで勝てるはずがない。

「二対二だ！」ぼくは声をあげた。自分でもびっくりだ。「ぼくも戦う！」

皇帝《こうてい》軍からまた笑い声が起きた。コンモドゥスがいう。「おもしろくなった！」

フランクはぎょっとしている。ありがとうと思っているわけではないらしい。

「アポロン様、だめです」フランクがいう。「おれにまかせてくださ い。引っこんでいてください！」

数ヵ月前なら喜《よろこ》んでフランクにまかせただろう。彼《かれ》が勝てるはずがない一対二の決闘《けっとう》をしているあいだ、ぼくはのんびり腰《こし》かけ、冷やしたブドウを食べ、メッセージをチェックしていればいい。だが今はちがう。ジェイソン・グレイスから学んだ。ぼくは翼《つばさ》を切り落とされ、皇帝《こうてい》の戦車につながれた不幸なペガサスにちらっと目をやり、決心した。こんな罪悪《ざいあく》がまかりとおる世界で生きることはできない。

「フランク、悪いが」ぼくはいった。「君ひとりでは無理だ」カリグラを見る。「どうだ、軍靴《ぐんか》ちゃん？　君の仲間の皇帝《こうてい》はすでに挑戦《ちょうせん》を受け入れた。君も参加するか、それとも、怖《こわ》いからやめておくか？」

カリグラの鼻の穴《あな》がふくらむ。「われわれは数千年間、生きながらえている」飲みこみの悪い生徒にわかりきった答えを教えるかのような口ぶりだ。「われわれは神だ」

「なら、おれはマルスの息子」フランクが負けずにいう。「雷《かみなり》の第十二軍団《ぐんだん》のプラエトルだ。死ぬのは怖《こわ》くない。そっちはどうだ？」

皇帝《こうてい》二名は黙《だま》ったまま。五秒がたった。

カリグラが肩越《かたご》しに呼《よ》ぶ。「グレゴリクス！」

ゲルマン人のひとりが前に走ってきた。がたいが大きく体重もあり、髪《かみ》もあごひげもぼさぼさにのびている。厚《あつ》い皮のよろいをつけたグレゴリクスは、フランクが変身したコディアックヒグマそっくりだ。ただ、顔はクマよりみにくい。

「お呼《よ》びですか？」うなるようにいう。

「隊列はそのまま待機」カリグラが指示《しじ》する。「一切、手出しはするな。コンモドゥスと私《わたし》でプラエトル・チャンと、そいつのペットの神をしとめる。わかったか？」

グレゴリクスがぼくをまじまじと見た。頭の中で栄誉《えいよ》とは何か、彼《かれ》なりに考えをめぐらせているのだろう。一騎打《いっきう》ちはいいが、一騎打《いっきう》ちの相手が重傷《じゅうしょう》を負った戦士《せんし》とゾンビ毒《どく》にやられた虚弱者《きょじゃくしゃ》では勝利とはいいがたい。手際《てぎわ》よくすませるならば、ハーフ軍を全員やっつけ、ユピテル訓練所に乗りこめばいい。しかし、挑戦《ちょうせん》をつきつけられた。挑戦《ちょうせん》は受けねばならない。しかし、グレゴリクスの仕事は皇帝《こうてい》を守ることだ。もしこれが罠《わな》か何かだとしたら……

グレゴリクスはきっとこう思っている。前からママにいわれていたとおり、大学に入って経営学《けいえいがく》の勉強をすればよかった。よその国のボディーガードの仕事は精神的《せいしんてき》に疲《つか》れる。

「了解《りょうかい》です」グレゴリクスがいった。

フランクは十数名のハーフ軍を見た。「ここはもういい。ヘイゼルに合流して、タルクイニウスからニューローマを守ってくれ」

ハンニバルが不満そうに鼻を鳴らす。

「ハンニバル、おまえもだ」フランクがいう。「今日はゾウの死なない日だ」

ハンニバルは怒《おこ》っている。ハーフたちも明らかに不満の表情《ひょうじょう》だ。しかし彼《かれ》らはローマの軍団兵《ぐんだん》。リーダーの命令には逆《さか》らわないよう教えこまれている。ハンニバルと軍団《ぐんだん》の旗印とともにトンネルに入り、訓練所に引き返していく。後に残ったのはチーム・ユピテル訓練所のフランク・チャンとぼくだけ。

皇帝《こうてい》二名が戦車からおりてくるのを待つあいだ、フランクがぼくのほうをむき、汗《あせ》と血だらけの体で抱《だ》きしめてきた。昔からフランクのハグ好きは知っているのでとくに驚《おどろ》かなかったが、目的はぼくの耳にささやくためだった。「おれの作戦のじゃまです。おれが『時間切れだ』といったら、あなたがどこにいようと、形勢《けいせい》がどうであろうと関係ありません。即座《そくざ》におれから離《はな》れて逃《に》げてください。これは命令です」

フランクはぼくの背中《せなか》をたたき、体を離《はな》した。

ぼくはいい返したかった。〈君はぼくの上司じゃない！〉ここに来たのは命令どおりに逃《に》げ出すためではない。そんなの自分で勝手にできる。仲間がぼくのために犠牲《ぎせい》になるなんて、二度と許《ゆる》さない。

とはいうものの、ぼくはフランクの作戦を知らない。フランクが何を考えているか明らかになるのを待つしかない。どうするかはそのとき考えればいい。それに、コンモドゥスたちとの決闘《けっとう》に勝算があるとすれば、われわれの腕力《わんりょく》と魅力《みりょく》はあてにならないだろう。何か効果的《こうかてき》で圧倒的《あっとうてき》な、だまし技《わざ》が必要だ。

焼けこげ、歪《ゆが》んだアスファルトの道路を歩いて皇帝《こうてい》二名がゆったりこちらにやって来る。近くで見ると皇帝《こうてい》のよろいはいっそう悪趣味《あくしゅみ》だった。カリグラの胸当《むねあ》ては全面に接着剤《せっちゃくざい》を塗《ぬ》ってティファニーのショーケースの中で転がしたかのようだ。

「それでは」カリグラがほほ笑む。よろいのジュエリーコレクションみたいにまばゆく、冷たいほほ笑みだ。「始めるか?」

コンモドゥスがこてをはずした。手は大きく、荒《あ》れていて、硬《かた》いたこだらけだ。暇《ひま》なときはレンガの壁《かべ》をたたいていたのかもしれない。ぼくがあんな手と手をつないでいたことがあるなんて信じがたい。

「カリグラ対チャン」コンモドゥスがいう。「私《わたし》対アポロンだ。目が見えなくても居場所《いばしょ》はわかる。耳があればじゅうぶんだ。アポロンはなさけない声で泣いてばかりだからな」

くやしい。ぼくのことを知りすぎている。

フランクが剣《けん》を抜《ぬ》いた。肩《かた》の傷《きず》からまだ出血している。立っているのがやっとじゃないか。戦うなんてとんでもない。フランクの空いているほうの手が腰《こし》の巾着袋《きんちゃくぶくろ》にさわった。中にたきぎの燃《も》えさしが入っている。

「ルールは」フランクはいった。「何もない。こっちがそっちを倒《たお》し、そっちは死ぬ」

そして手でふたりに合図した。〈さあ、かかってこい〉

36 もういやだ ぜったいぜつめい 何文字だ？

ぼくがいくら弱っていても、目の見えない敵《てき》に捕《つか》まらないことくらいできるだろうって？

いや。

コンモドゥスからほんの十メートルの距離《きょり》でぼくは次の矢を射《い》た。なぜかコンモドゥスは矢をよけ、ぼくに襲《おそ》いかかり、弓を奪《うば》いとった。そして片膝《かたひざ》で弓を折った。

「無礼者！」ぼくは叫《さけ》んだ。

思えば、その千分の一秒がむだだった。コンモドゥスからまともに胸《むね》をパンチされ、うしろによろけ、尻《しり》をついた。肺《はい》が燃《も》え、胸骨《きょうこつ》がずきずきする。死んでもおかしくないほどのパンチだった。ぼくの神としての力が一瞬《いっしゅん》顔を見せたのか？　だとしたら反撃《はんげき》のチャンスを逃《のが》した。痛《いた》くて泣きながら這《は》って逃《に》げる、それが精一杯《せいいっぱい》だ。

コンモドゥスが大声で笑い、自軍のほうをむく。「見ただろう？　なさけない声で泣いてばかりだ！」
敵軍《てきぐん》の兵士《へいし》が歓声《かんせい》をあげる。時間が貴重《きちょう》だというときに、コンモドゥスはのんびり喝采《かっさい》にひたっている。自分の一流芸人ぶりを自慢《じまん》したくてしかたないのだ。ぼくがどこにも行かないことも知っているにちがいない。

ぼくは横目でフランクを見た。フランクとカリグラは円を描《えが》いておたがいをけん制《せい》し、ときどきパンチを交《か》わして相手のガードを試している。フランクは矢の先が刺《さ》さったままの左肩《ひだりかた》をかばわざるをえない。動きがぎこちなく、アスファルトに血の足跡《あしあと》が残る——こんな場面でふさわしくないかもしれないが——フレッド・アステア［訳注：1899〜1987年。米国の俳優《はいゆう》・ダンサー。独創的《どくそうてき》なタップダンスで有名］から昔もらった社交ダンスのステップ図解《ずかい》と重なる。

フランクをけん制《せい》しつつ動くカリグラは自信の塊《かたまり》だ。にやついた顔はジェイソン・グレイスの背中《せなか》を刺《さ》したときと同じ。あの笑みは数週間たった今も悪夢《あくむ》に出てくる。

首をふって現実《げんじつ》に返る。今すべきことがあるはずだ。死ぬことではない。そう。死なないことがすべきことのリストのトップだ。

なんとか立ちあがる。手を剣《けん》にのばし、持っていないことを思い出す。今ある武器《ぶき》はウクレレだけ。音をたよりにぼくを倒《たお》そうとしている敵《てき》に曲を演奏《えんそう》するなんて、上策《じょうさく》とは思えないが、ウクレレのフレットボードをつかむ。

コンモドゥスには弦《げん》が鳴るのが聞こえたにちがいない。こちらをむき、剣《けん》を抜《ぬ》いた。

派手《はで》なよろいをつけた大柄《おおがら》な男にしては動きが速い。ディーン・マーティンのどの曲を弾《ひ》くか決めもしないうちに、ぼくはコンモドゥスのジャブを食らった。腹《はら》の傷《きず》がぱっくり開きそうだ。コンモドゥスの剣先《けんさき》が青銅《せいどう》のウクレレにあたって火花が散る。

コンモドゥスは両手で剣《けん》を高くかまえた。ぼくを真っぷたつにするつもりだ。

ぼくは前に飛び出し、ウクレレでコンモドゥスの腹《はら》をつついた。「ははっ！」

これには問題がふたつあった。その一、コンモドゥスの腹《はら》はよろいにおおわれている。その二、ウクレレの先はまるい。頭にメモをした。この決闘《けっとう》を無事に乗り切ったら、ウクレレの新しい形を考えよう。スパイクつきウクレレ、いや、火炎放射器《かえんほうしゃき》つきウクレレもありだ。

コンモドゥスの反撃《はんげき》でぼくが死なずにすんだのは、やつが大笑いしていたからだ。コンモドゥスが剣《けん》をふりおろすと同時にぼくは横に逃《に》げ、剣《けん》はぼくが直前まで立っていた場所に食いこんだ。ハイウェイ上の決闘《けっとう》の利点――度《たび》重なる爆発《ばくはつ》と稲妻《いなずま》でアスファルトはゆるんでいた。剣《けん》を引き抜《ぬ》こうと必死のコンモドゥスに、ぼくは思いきり体当たりした。

驚《おどろ》いたことに、コンモドゥスはぼくにつっこまれてバランスをくずした。よろけ、よろいでコーティングされた尻《しり》をつく。剣《けん》がアスファルトに刺《さ》さったまま細かく震《ふる》えている。

皇帝《こうてい》軍のだれもぼくに喝采《かっさい》しない。難《むずか》しい観客だ。

ぼくは一歩さがり、息を整えた。だれかに背中《せなか》をつつかれた。ひゃあ！　カリグラが槍《やり》で刺《さ》してきたのかと思ったら、フランクだった。カリグラはフランクから五、六メートル離《はな》れたところに立ち、ののしりながら砂利《じゃり》の入った目をこすっている。

「おれがいったこと、忘《わす》れないでください」フランクがいった。

「なぜ君はこんなことをしている？」ぼくは息を切らしながらいった。

「これしかないんです。運にまかせて時間稼《かせ》ぎをしています」

「時間稼《かせ》ぎ？」

「神の助けが来るまで。今、こちらにむかっているところなんですよね？」

唾《つば》を飲む。「たぶん？」

「アポロン様、召喚《しょうかん》の儀式《ぎしき》はした、そういってください」

「した！」

「なら、時間稼《かせ》ぎです」フランクはまたいった。

「しかし助けが来なかったら？」

「そのときはおれを信用してください。おれがいったとおりにしてください。合図したらトンネルから逃《に》げるんです」

意味がわからない。ぼくたちは今トンネルの中にいない。しかしおしゃべりタイムは終わった。

コンモドゥスとカリグラが同時にこちらにせまってきた。

「チャン、目に砂利《じゃり》だと？」カリグラがうなる。「どういうつもりだ？」

ふたりの剣《けん》がぶつかり合い、カリグラがフランクをコールデコットトンネルのほうに押《お》していく
……いや、フランクがそうしむけているのか？　剣《けん》のぶつかり合う音が空っぽのトンネルに響《ひび》きわたる。

コンモドゥスがアスファルトからようやく剣《けん》を引き抜《ぬ》いた。「なるほど、アポロン。楽しませてもらった。だがそろそろ死んでもらう」

大声をあげ、飛びかかって来た。その声がトンネルの奥《おく》までこだまする。

〈こだま《エコー》だ〉ぼくは思った。

コールデコットトンネルにむかって走る。

エコーは聴覚《ちょうかく》にたよる者を混乱《こんらん》させる。トンネル内ならぼくはもっとうまくコンモドゥスの攻撃《こうげき》をかわせるかもしれない。そうだ……それがぼくの戦略《せんりゃく》だ。パニックを起こし、命がけで逃《に》げるだけじゃない。トンネルに駆《か》けこむ。すばらしく冷静で、よく考えられた作戦だ。ただ、なぜか悲鳴をあげて走ることもふくまれていた。

コンモドゥスに追いつかれそうになり、ふり返る。ウクレレをふりまわし、コンモドゥスの顔にウクレレ形の跡《あと》をつけてやろうと思った。が、むこうはぼくの動きを予測《よそく》していた。ぼくの手から

ウクレレを引ったくった。

ぼくがよろけて離《はな》れると、コンモドゥスは極悪非道《ごくあくひどう》の罪《つみ》をおかした。でっかい手でぼくのウクレレをアルミ缶《かん》みたいに握《にぎ》りつぶし、投げ捨《す》てた。

「神の楽器に何をする！」ぼくはどなった。

理性《りせい》のかけらもない、すさまじい怒《いか》りにとりつかれた。想像《そうぞう》してみてほしい。自分のウクレレをだれかにこわされて、それ以外の感情《かんじょう》がわくか？　だれだって怒《いか》りで頭が空っぽになる。

一発目のパンチでコンモドゥスの胸当《むねあ》てにこぶしサイズのクレーターができた。〈おや〉頭のすみっこで思った。〈神の力、復活《ふっかつ》！〉

コンモドゥスがバランスをくずしつつ、夢中《むちゅう》で切りかかってきた。その腕《うで》をブロックし、鼻にパンチを入れる。グシャ。骨《ほね》が砕《くだ》ける音がした。不快《ふかい》なはずなのに心がはしゃぐ。

コンモドゥスが遠吠《とおぼ》えみたいに叫《さけ》んだ。鼻血が口ひげをつたう。「な、なぐっだっだ？　ごろじでやる！」

「ごろぜるならやってみろ！」ぼくはいい返した。「神の力復活《ふっかつ》だ！」

「は！」コンモドゥスが声を張《は》る。「ごぢらのぢからば健在《けんざい》！　いばも雲泥《うんでい》の差だ！」

くやしい。誇大妄想《こだいもうそう》の極悪人の指摘《してき》は的を射《い》ている。

コンモドゥスが突進《とっしん》してきた。ぼくは脇《わき》の下をくぐり、背中《せなか》を蹴飛《けと》ばした。コンモドゥスがトンネルの片側《かたがわ》のガードレールにつっこむ。額《ひたい》からぶつかった。カーン！ トライアングルのようにかわいらしい金属音《きんぞくおん》だ。

ぼくはこれでじゅうぶん満足だったはずだ。ただし、ウクレレをこわされたことに触発《しょくはつ》された怒《いか》りは引き潮《しお》になり、突発的神《とっぱつてき》の力もそれにならった。ゾンビの毒《どく》が毛細血管を這《は》っているのがわかる。のたうち、燃《も》えながら全身に広がっていく。腹《はら》の傷《きず》が開いてきた気がする。ぼろぼろになったオリンポスのプーさんのぬいぐるみみたいに、今にも中身が飛び散りそうだ。

それと同時に、突然《とつぜん》気づいた。トンネルの片側《かたがわ》になんの文字も入っていない大きな木箱がたくさん積み重ねてある。一段《いちだん》高い歩行者用通路の端《はし》から端《はし》までずらりと並《なら》んでいる。一方、反対側の路《ろ》肩《かた》は掘《ほ》り起こされ、オレンジのクッションドラムが並《なら》べてある……別段《べつだん》めずらしい光景ではないが、クッションドラムのサイズでぴんと来た。フランクのホログラムでハーフたちが運んでいた壺《つぼ》がちょうど入る。

さらに、約一メートル半ごとに道路の横幅《はば》いっぱいに細い溝《みぞ》が刻《きざ》んである。これもとくにめずらしいことではない――国家道路交通安全局が道路工事をしているさいちゅうなのかもしれない。しかし、どの溝《みぞ》にも透明《とうめい》な液体《えきたい》が入っている……油か？

すべての要素《ようそ》を総合《そうごう》し、ひじょうに不安になった。フランクはトンネルの奥《おく》へ、奥《おく》へとカリグラを誘《さそ》いこんでいる。

カリグラの副官、グレゴリクスも明らかに心配そうになってきた。グレゴリクスが最前列から声をかける。「閣下《かっか》！　そんなに遠くに行かれては——」

「黙《だま》れ、グレゴリ！」カリグラが大声で返す。「自分の舌《した》がだいじなら、指図をするな！」

コンモドゥスはまだ立ちあがれずにいる。

カリグラがフランクの胸元《むなもと》に剣《けん》をつき出した。しかしプラエトルの姿《すがた》は消え、代わりに小さな鳥がいた——ブーメランの形をした翼《つばさ》を持つ、アマツバメだ。カリグラの顔めがけて飛んでいく。

フランクは鳥のことをよく知っている。アマツバメは大きくも、立派《りっぱ》でもない。ハヤブサやワシのように恐《おそ》ろしげではないが、信じられないくらい敏速《びんそく》で策略《さくりゃく》家だ。

フランクはくちばしでカリグラの左目をつき、飛び去った。カリグラが悲鳴をあげ、いなくなった鳥を追い払《はら》おうとする。

フランクはまた人間にもどってぼくのすぐ横に現《あらわ》れた。目がくぼみ、よどんでいる。矢が刺《さ》さった側の腕《うで》はだらりとさがっている。

「本当におれを助けたいなら」フランクが低い声でいう。「コンモドゥスを歩けなくさせてください。おれひとりでふたりを相手にするのは無理です」

「なんだって——？」

フランクはまたアマツバメに変身し、飛び去った——めざすはカリグラだ。カリグラが口汚《くちぎたな》くののしりながら、小鳥を切り落とそうとする。

コンモドゥスがまたぼくにかかって来た。今回は頭を使い、大声で予告《よこく》はしない。やつがのしかかって来た――大量の鼻血を出し、ガードレール形のくぼみがくっきりついた顔がせまってきた――のに、ぼくが気づいたときには遅《おそ》すぎた。

コンモドゥスのこぶしが腹《はら》に食いこんだ。いちばん殴《なぐ》られたくなかった場所だ。ぼくはうめき、骨抜《ほねぬ》きの塊《かたまり》となってくずれた。

トンネルの外では敵軍《てきぐん》が新たに歓声《かんせい》をあげている。コンモドゥスがまたふり返り、喝采《かっさい》にこたえる。恥《は》ずかしながら認《みと》める。ぼくはまだあと数秒の命より、コンモドゥスに早くとどめを刺《さ》されることを願っていた。

このみじめったらしい人間の体の全細胞《さいぼう》が叫《さけ》んでいる。〈早く終わらせろ！〉殺《ころ》されるときの痛《いた》みは、すでに味わった痛《いた》みほどではないはずだ。死んだら、せめてゾンビとして生き返り、コンモドゥスの鼻を噛《か》みちぎってやれるかもしれない。

もう確信《かくしん》していた。ディアナは救助《きゅうじょ》に駆《か》けつけない。エラの懸念《けねん》どおり、ぼくは儀式《ぎしき》をやり損《そこ》ねた。ぼくの妹は呼《よ》び出しを受信しなかったのかもしれない。いや、ユピテルがディアナに禁《きん》じたのか。ぼくに協力したら、ディアナも同じように人間界に落とす、と脅《おど》したのかもしれない。

いずれにせよ、フランクも現況《げんきょう》は絶望的《ぜつぼうてき》だと知っているにちがいない。「時間稼《かせ》ぎ」の段階《だんかい》はとっくに過《す》ぎた。今は「むだな抵抗《ていこう》をして苦しみながら死ぬ」段階《だんかい》に入りつつある。視界《しかい》がせばまり、前がぼんやり赤く見えるだけになってきた。しかし目の前のコンモドゥスのふくらはぎ二本に集中する。コンモドゥスはファンの喝采《かっさい》にこたえながら、行ったり来たりしている。

コンモドゥスのふくらはぎの内側には、短剣《たんけん》の入った鞘《さや》がとめてある。

コンモドゥスは昔から、つねに短剣《たんけん》を携行《けいこう》していた。皇帝《こうてい》の妄想《もうそう》にはかぎりがない。いつ使用人、給仕人、洗濯《せんたく》人、親友に暗殺《あんさつ》されるかわからない。そのうえ、万全の用心をしていたにもかかわらず、最後はレスリングのトレーナーに変装《へんそう》した元恋人《こいびと》の神によって浴槽《よくそう》で溺《おぼ》れ死にさせられた。

びっくりだ！

〈コンモドゥスを歩けなくさせてください〉フランクはぼくにそういった。

もうエネルギーは残っていない。しかし、フランクの最後のリクエストはかなえてやりたい。

体がいやがって悲鳴をあげるのにかまわず、手をのばしてコンモドゥスの短剣《たんけん》を奪《うば》う。簡単《かんたん》に鞘《さや》から抜《ぬ》けた――即座《そくざ》に抜《ぬ》けるようきちんと油が塗《ぬ》ってあった。コンモドゥスは気づきもしない。ぼくはコンモドゥスの左の膝《ひざ》の裏《うら》を、そして痛《いた》みが走る前に右も刺《さ》した。コンモドゥスが悲鳴をあげ、つんのめった。ウェスパシアヌス皇帝《こうてい》の時代以来ごぶさただったラテン語の下品な言葉で毒《どく》づいている。

歩けなくさせるミッション完了《かんりょう》。手から短剣《たんけん》が落ちる。精神力《せいしんりょく》はすべて消えた。自分が何に殺《ころ》されるか、待つ。皇帝《こうてい》たち？　ゾンビの毒《どく》？　サスペンス感？

友人のアマツバメが何をしているか見ようと、首をのばす。形勢《けいせい》不利だった。カリグラが剣《けん》の面でヒットを飛ばし、アマツバメが壁《かべ》に激突《げきとつ》した。アマツバメがぐったりしてフランクになる。顔から地面に落ちる寸前《すんぜん》で人間の姿《すがた》にもどった。

カリグラがにんまりぼくを見た。砂利《じゃり》でやられたほうの目はかたくつぶり、声は不気味なほど満足げだ。「アポロン、見ていたか？　次がどうなるか覚えているか？」

コンモドゥスがフランクの背中《せなか》の上で剣《けん》をかまえる。

「やめろ！」ぼくは叫《さけ》んだ。

二度と目の前で友人を死なせはしない。ぼくはなんとか立ちあがったが、動きは緩慢《かんまん》だ。カリグラが剣《けん》をふりおろした……フランクのマントにあたった剣《けん》が曲がった。まるで針金《はりがね》のパイプクリーナーのようだ。ローマ軍のファッション規定《きてい》に感謝《かんしゃ》！　フランクのプラエトルのマントは武器《ぶき》をはね返す。ただし、カーディガンに変身できるかは不明だ。

カリグラが腹立《はらだ》たしげにうなる。短剣《たんけん》を抜《ぬ》いたが、フランクはすでに立ちあがる元気をとりもどしていた。カリグラを壁《かべ》にどんと押《お》しつけ、肩《かた》にけがをしていないほうの手をカリグラの首にかける。

「時間切れだ！」フランクが大声をあげた。

〈時間切れ〉待て……それはぼくへの合図。ぼくは逃《に》げ出すことになっている。しかし、できない。恐怖《きょうふ》にかたまり、見つめるだけだ。カリグラがフランクの腹《はら》を短剣《たんけん》でつき刺《さ》すのを。

「そうだ」カリグラの声はかすれている。「おまえの時間は切れた」

フランクはさらに力をこめ、カリグラの首をしめあげた。カリグラの顔が見る見る紫《むらさき》にはれあがる。フランクは肩《かた》に矢が刺《さ》さったほうの手を使い、激痛《げきつう》をこらえ、巾着袋《きんちゃくぶくろ》からたきぎの燃《も》えさしを引っ張《ば》り出した。

「フランク!」ぼくは涙声《なみだごえ》だ。

フランクがちらっとこちらを見て、目でぼくにいう。〈早く〉

耐《た》えられない。くり返したくない。ジェイソンだけでじゅうぶんだ。コンモドゥスがもがいてこちらに這《は》ってこようとしているのはぼんやり気づいていた。ぼくの足首をつかむつもりだ。

フランクがたきぎをカリグラの顔の前に持ちあげた。カリグラは暴《あば》れて逃《に》げようとしているが、フランクのほうが強い――おそらく、かぎりある命の残りすべてをふりしぼっている。

「おれが燃《も》えるとしたら」フランクがいう。「明るく燃《も》えるほうがいい。これはジェイソンのためだ」

と同時にたきぎが燃《も》えた。まるでこのときを何年も待っていたかのようだ。カリグラの目がパニックで見開く。今やっとわかったのだろう。炎《ほのお》がフランクの体のまわりでごうごうと燃《も》え、道路の溝《みぞ》に流してある油の一ヵ所に引火した——液体導火線《えきたいどうかせん》が両方向に走る。むかう先はトンネルいっぱいの木箱やクッションドラムだ。皇帝《こうてい》だけがギリシャ火薬をストックしていたのではなかった。

次の展開《てんかい》には胸《むね》を張《は》れない。フランクが火柱になり、皇帝《こうてい》カリグラがくずれて白く熱い残り火になる中、ぼくはフランクの最後の命令にしたがった。コンモドゥスを飛び越《こ》え、出口へと走った。うしろでコールデコットトンネルが火山みたいに爆発《ばくはつ》した。

37

いきなりの大爆《ばく》発《はつ》の首《しゅ》謀《ぼう》者《しゃ》は？

重度のやけどなど、トンネルから持ち出した中ではいちばん軽傷《けいしょう》だった。トンネルの出口からよろよろ外に出た。背中《せなか》がちりちり燃《も》え、手から煙《けむり》があがり、全身をかみそりで切りつけられたような気がする。トンネルから出ると皇帝《こうてい》側の軍隊が広がって待機していた。数百人の兵士《へいし》がいつでも戦える態勢《たいせい》だ。遠くの湾《わん》には五十隻《せき》の艦隊《かんたい》が横並《よこなら》びで待機している。滅亡《めつぼう》の日の臼砲発射《きゅうほうはっしゃ》の準備《じゅんび》は万全だ。

どれも大事《おおごと》だが、自分が炎《ほのお》の中にフランク・チャンを残してきたこととくらべたら、全部たいしたことがないように思えた。

カリグラは消えた。感じた——地球が安心のため息をもらした。カリグラの意識《いしき》が超《ちょう》高温のプラズマの爆風《ばくふう》でくずれ去ったからだ。しかし、犠牲《ぎせい》が生じた。フランク。かわいらしく、不器用で、不格好《ぶかっこう》で、勇敢《ゆうかん》で、強く、やさしく、気高いフランク。

ぼくは泣いたのかもしれない。しかし、涙腺《るいせん》はモハベ砂漠《さばく》の峡谷《きょうこく》みたいにからからだ。敵軍《てきぐん》もぼくと同じくらいぼう然としている。ゲルマン人部隊でさえ口をぽかんと開けている。皇帝《こうてい》のボディーガードにショックを与《あた》えるのはとても難《むずか》しいが、上司が山の斜面《しゃめん》からの大規模噴火《きぼふんか》で吹《ふ》き飛んだ――これはショックだろう。

背後《はいご》で獣《けもの》のようにうなる声がした。「う――っ」

ふり返る。

ぼくの体の内側は死んだも同然なので、恐怖《きょうふ》も嫌悪《けんお》も感じない。「もちろん」コンモドゥスはまだ生きていた。煙《けむり》が充満《じゅうまん》したトンネルから肘《ひじ》をついて這《は》って出てきた。よろいは半分溶《と》け、全身灰《はい》まみれ。かつて美しかった顔は、焼きすぎたトマト味のパンそっくりだ。短剣《たんけん》で脚《あし》をつき刺《さ》したときの力が足りなかった。なぜか靭帯《じんたい》まで切れていなかった。何をやってもへまをしてしまう。フランクの最後のリクエストさえこたえそこねた。

敵軍《てきぐん》はだれも救助《きゅうじょ》に駆《か》けつけない。ぼう然とかたまったまま。この廃品《はいひん》同様の生物がコンモドゥスだとは思っていないのかもしれない。これもコンモドゥスの見世物のひとつとみなし、拍手《はくしゅ》のタイミングをうかがっているのかもしれない。

信じられないことに、コンモドゥスはなんとか立ちあがった。体調をくずした一九七五年のエルビス・プレスリーみたいにふらふらだ。

「たい、ほう！」コンモドゥスがかすれた声でいう。ろれつがまわっていないので、一瞬《いっしゅん》別のセリフを叫《さけ》んだかと思った。皇帝《こうてい》軍の兵士《へいし》も同じように思ったらしい。何もしない。

「うてーー！」コンモドゥスがうめくようにいう。これも〈痛《いた》くてたまらん〉の意味かもしれない。一心拍《しんぱく》後に指令だったたと気づいた。グレゴリクスが叫《さけ》んだからだ。「艦隊《かんたい》に合図しろ！」

舌《した》が喉《のど》につかえた。

コンモドゥスが恐《おそ》ろしい形相《ぎょうそう》でぼくにほほ笑む。目が憎《にく》しみでぎらついている。

どこにそんな力があったのか、ぼくは飛び出し、コンモドゥスにタックルした。ふたりそろってアスファルトに倒《たお》れる。ぼくはコンモドゥスに馬乗りになり、両手で首をしめた。数千年前に一度殺《ころ》したときと同じだ。今回はほろ苦い後悔《こうかい》の気持ちも、未練がましい愛情《あいじょう》もない。コンモドゥスは抵抗《ていこう》したが、こぶしは紙同然だ。ぼくの喉《のど》の奥《おく》が低く叫《さけ》んだ——音色は「純粋《じゅんすい》な怒《いか》り」のみ、音量は「最大」のみの歌だ。

怒《いか》りの歌に押《お》しつぶされたかのように、コンモドゥスはくずれ、灰《はい》と化した。

声がとぎれた。ぼくは空っぽになった自分の手を見つめた。恐怖《きょうふ》に襲《おそ》われ、立ちあがり、後ずさる。アスファルトにコンモドゥスの体の輪郭《りんかく》が焦《こ》げて残っている。まだ指にコンモドゥスの頸動脈《けいどうみゃく》の拍動《はくどう》の感覚が残っている。ぼくは何をした？　数千年の生涯《しょうがい》で、声でだれかを死なせたのは初めてだ。ぼくがうたうと人々《ひとびと》が「もう死にそう」ということは多くあったが、それは比喩《ひゆ》的《てき》な意味だった。

皇帝軍《こうてい》の兵士《へいし》たちは驚《おどろ》いてぼくを見ている。もう一瞬《いっしゅん》あったらきっとぼくに襲《おそ》いかかっていただろう。しかし、それどころではなくなった。近くで信号弾《だん》が発射《はっしゃ》されたからだ。テニスボール大のオレンジの火の玉が空に弧《こ》を描《えが》く。オレンジの煙《けむり》をたなびかせて。

皇帝軍《こうてい》は湾《わん》のほうをむき、ユピテル訓練所を粉砕《ふんさい》する花火ショーを待っている。正直にいう——疲《つか》れ果て、困惑《こんわく》し、感情的《かんじょうてき》に乱《みだ》されていたぼくも、ただ見ているだけだった。

五十隻《せき》の船尾《せんび》すべてで緑の点が一個《こ》ずつまたたいている。ギリシャ火薬の弾《たま》を装填《そうてん》した臼砲《きゅうほう》のカバーがはずされた。パンダイの技師《ぎし》が走りまわっているのが見えるかのようだ。最終座標《ざひょう》を入力している。

〈たのむ、アルテミス〉ぼくは祈《いの》った。〈今こそ登場の絶好《ぜっこう》のタイミングだ〉

臼砲《きゅうほう》が発射《はっしゃ》された。五十個《こ》の緑の火の玉が空にのぼる。宙《ちゅう》に浮《う》かぶエメラルドのネックレスとなり、湾《わん》一帯を照らしている。火の玉は垂直《すいちょく》に上昇《じょうしょう》し、必死に高度をあげようとしている。

ぼくの恐怖《きょうふ》が混乱《こんらん》に変わった。飛行についてはしくわしい。垂直《すいちょく》に飛び立つことはできない。太陽の戦車でそんなことをしたら……そう、まずは戦車から転げ落ちて大恥《はじ》をかく。それだけじゃない。太陽の戦車を引く馬が垂直《すいちょく》に空を駆《か》けあがるなんてできない。おたがいにぶつかり合い、太陽の宮殿《きゅうでん》のゲートに墜落《ついらく》するだろう。つまり、東から太陽がのぼったと思ったら、すぐまた東に沈《しず》み、馬が怒《おこ》っていななくはめになる。

なぜ艦隊《かんたい》の臼砲《きゅうほう》は垂直発射《すいちょくはっしゃ》をした？

緑の火の玉はまた十五メートル上昇《じょうしょう》した。さらに三十メートル。スピードが落ちた。ハイウェイ二四号線上の敵軍《てきぐん》全員が火の玉の動きをまねている。火の玉の上昇《じょうしょう》に合わせてどんどん背《せ》をのばし、しまいにはゲルマン人部隊、クロマンダ人部隊、そのほかの寄《よ》せ集め集団《しゅうだん》がつま先立ちになり、今にも宙《ちゅう》に浮《う》きそうだ。火の玉がぴたっと宙《ちゅう》で静止した。

と思ったら、エメラルドの玉すべてがまっさかさまに落ちてきた。発射《はっしゃ》されたラグジュアリーヨットの真上に。

その騒動《そうどう》ぶりは皇帝《こうてい》たちにふさわしいものだった。五十隻《せき》が爆発《ばくはつ》して緑のきのこ雲になり、粉々《こなごな》になった木材、金属《きんぞく》、炎《ほのお》に包まれたちっぽけな怪物《かいぶつ》の遺体《いたい》のシャワーをふらせた。カリグラの何十億ドルもの艦隊《かんたい》は海面で燃《も》えるオイルのネックレスと化した。

ぼくは大声で笑ったらしい。笑うなど、この大惨事《さんじ》が環境《かんきょう》に与《あた》えた打撃《だげき》を考えれば無神経《むしんけい》だ。それに、フランクのことで悲しみにうちひしがれている状況《じょうきょう》では恐《おそ》ろしく不適切《ふてきせつ》だ。しかし、こらえきれなかった。

敵軍《てきぐん》がいっせいにふりむき、ぼくを見た。

〈そうそう〉心の中で思った。〈まだ目の前に敵《てき》が数百人いる〉

しかし、敵軍《てきぐん》に激《はげ》しい敵意《てきい》は見られない。あっけにとられ、困《こま》っている表情《ひょうじょう》だ。

ぼくは怒《いか》りの歌でコンモドゥスを倒《たお》した。カリグラを燃《も》やして灰《はい》にするのを手伝った。ぼくが外見は謙虚《けんきょ》だが元神だという噂《うわさ》は、敵軍《てきぐん》も聞いているだろう。ひょっとして今、こう思っていないか？　ぼくがなんらかの力で艦隊《かんたい》を全滅《ぜんめつ》させたと。

実際《じっさい》は、艦隊《かんたい》の臼砲《きゅうほう》が何をまちがったかぼくにはまるでわからない。アルテミスのしわざではないだろう。直観的にアルテミスのしそうなことではない気がする。となるとラビニアか……ファウヌスのグループとドリュアス数名、チューイングガムの協力だけで、ラビニアにそんな手品ができたとは思いがたいが。

ぼくではない、それはたしかだ。

しかし敵軍《てきぐん》はそんなことは知らない。

ぼくは残る勇気の切れ端《はし》をはぎ合わせた。昔のえらぶった態度《たいど》を呼《よ》び出す。自分がやりもしないこと（善《よ》き行いで感動的なものにかぎる）を進んで自分の手柄《てがら》にしたがった当時の再現《さいげん》だ。グレゴリクスを副官とする敵軍《てきぐん》を、残忍《ざんにん》な皇帝的《こうていてき》笑みを浮《う》かべた顔で見る。

「わっ！」ぼくは大声で叫《さけ》んだ。

隊列が乱《みだ》れて逃《に》げ出す。パニック状態《じょうたい》でハイウェイを散り散りに走り、中にはぼくから一刻《いっこく》も早く逃《に》げようとガードレールからまっすぐ飛び出し、墜落《ついらく》した者もいた。翼《つばさ》を切り落とされたペガサスだけはその場にとどまっている。逃《に》げようがない。まだ馬具につながれたままだし、戦車の車輪もペガサスが逃《に》げ出さないようアスファルトに杭《くい》で固定してある。いずれにしても、拷問調教師《ごうもんちょうきょうし》についていく気はないだろう。

ぼくはがくりと両膝《りょうひざ》をついた。腹《はら》の傷《きず》がずきずき痛《いた》み、やけどした背中《せなか》は感覚がない。心臓《しんぞう》が送り出しているのは液状《えきじょう》の冷たい鉛《なまり》だろうか。たぶんもうすぐ死ぬ、あるいはよみがえった死体になる。どっちでもいい。皇帝《こうてい》二名は消えた。艦隊《かんたい》は全滅《ぜんめつ》した。フランクはもういない。

湾《わん》では流出して燃《も》える油のあちこちから噴《ふ》きあがる煙《けむり》が、ブラッドムーンに照らされてオレンジに染《そ》まっている。間違《まちが》いなく、ぼくがこれまで見た中でいちばん素敵《すてき》な火事だ。

衝撃《しょうげき》による一瞬《いっしゅん》の静寂《せいじゃく》の後、ベイエリアの緊急通報《きんきゅうつうほう》受理機関はこの新問題に気づいたらしい。イーストベイはすでに災害《さいがい》発生地域《ちいき》とみなされていた。トンネルは通行止め、丘陵地《きゅうりょうち》では謎《なぞ》の山火事や爆発《ばくはつ》が帯状《おびじょう》に発生している中、平坦《へいたん》地にサイレンが鳴り響《ひび》く。緊急《きんきゅう》車両のライトが渋滞《じゅうたい》した通りのいたるところで点滅《てんめつ》している。

この騒《さわ》ぎに沿岸警備隊《えんがんけいびたい》のボートも加わった。海上をつっ走り、燃《も》えつづける流出油をめざす。警《けい》察《さつ》と新聞社のヘリコプターも十数機、さまざまな方角から磁石《じしゃく》に引きつけられるかのように大きなカーブを描《えが》いて現場《げんば》にむかっている。ミストは今夜は残業することになるだろう。

ぼくは道路に横たわり、眠《ねむ》りたいだけだ。実際《じっさい》そうしたら死んでしまうのはわかっているが、少なくともこれ以上苦しまずにすむ。フランクのことを考えずにすむ。

それにしても、なぜアルテミスは助けにこない？　ぼくは怒《おこ》っているわけではない。神々《かみがみ》の性格《せいかく》は知りすぎるほど知っている。呼《よ》んでも姿《すがた》を現《あらわ》さないときの言い訳《わけ》も全部知っている。それでも、自分の妹に無視《むし》されるのはつらい。

いらだたしげな鼻息で現実《げんじつ》に引きもどされた。ペガサス二頭がこちらをにらんでいる。左のペガサスはかわいそうに、片目《かため》を失明している。しかし頭に着けた馬具を揺《ゆ》すり、ブーイングみたいな音を出した。〈しっかりしてくださいよ〉といいたいらしい。

ペガサスのいうとおりだ。仲間が苦しんでいる。ぼくの助けを必要としている者もいる。タルクイニウスはまだ生きている――ゾンビ毒《どく》におかされた自分の血液《けつえき》がそう教えている。ヘイゼルとメグは今、ニューローマの通りでよみがえった死体と勇ましく戦っているさいちゅうだろう。

ぼくが行ってもたいして役に立たないかもしれないが、行ってみるしかない。そうしたら仲間といっしょに死ねるかもしれないし、「脳《のう》を食う怪物《かいぶつ》」に変身したぼくの首を切り落としてもらえるかもしれない。そのための友人だ。

ぼくは立ちあがり、ふらふらと二頭のペガサスに近づいた。

「こんな目にあわされて、心から気の毒《どく》に思う」ぼくは二頭にいった。「君たちのように美しい生き物がこんな扱《あつか》いを受けるなんて」

片目《かため》のペガサス、名づけてワンアイが喉《のど》から低い声を出す。〈そうですかい？〉

「君たちを自由にしてやる。ちょっとじっとして」

ぼくは馬具や引き具をはずしにかかった。アスファルトに落ちていた短剣《たんけん》を見つけ、ペガサスの体に食いこんでいた有刺《ゆうし》鉄線やスパイク付きの足かせを切りはずす。ひづめには近寄《ちかよ》りすぎないよう注意した。二頭ともいつぼくが蹴飛《けと》ばして当然の相手だと気づくかわからない。

そこで、ディーン・マーティンの『頭を蹴《け》られなかったかい？』を鼻歌でうたってみた。つまり、この一週間はそれくらい最低だったということだ。

「さて」ぼくはようやく解放《かいほう》された二頭にいった。「ぼくは君たちに何かたのめる立場じゃない。だが、もしいやでなかったら、丘《おか》のむこうまでぼくを乗せていってくれないだろうか。仲間が危険《きけん》な目にあっている」

右側の、目はふたつとも無事だが両耳は残酷《ざんこく》にも切り落とされてしまったペガサスが、力強くいないた。〈おことわりです！〉カレッジアベニューの出口にむかって速足で駆《か》けだした、と思ったら途中《とちゅう》でふり返り、ワンアイを見た。

ワンアイが喉《のど》の奥《おく》で何かいい、たてがみを揺《ゆ》する。耳を切られたペガサス、名づけてショートイヤーズと目で会話をしているのだろう。

ワンアイ：〈おれはこのみじめなヘタレを乗せてやるつもりだ。先に行ってくれ。すぐに追いつ

く〉
ショートイヤーズ：〈人がよすぎるぜ。もしそいつが変な気を起こしたら、頭を蹴《け》ってやんな〉
ワンアイ：〈がってんだ〉
ショートイヤーズは夜の闇《やみ》に駆《か》けこんだ。ぼくに彼《かれ》を責《せ》めることはできない。安全な場所を見つけ、体を休めてまた元気になることを願うだけだ。
ワンアイがぼくにいないないた。〈行きますかい？〉
ぼくは最後にもう一度コールデコットトンネルを見た。中はまだ緑の炎《ほのお》がいっぱいに渦巻《うずま》いている。ギリシャ火薬は燃料《ねんりょう》がなくても燃《も》えつづける。しかもこの大火災《かさい》はフランクの生命力で発火した――フランクは最後の英雄魂《えいゆうだましい》に火をつけて爆発《ばくはつ》させ、カリグラを灰《はい》にした。フランクが何をしたか、なぜこんな選択《せんたく》をしたか、理解《りかい》しているとはいえない。しかし、これしかない、とフランクが考えたことは理解《りかい》している。フランクはちゃんと、明るく燃《も》えた。はじけ散るカリグラが最後に聞いたセリフは「ジェイソン」だった。
トンネルに近づいてみる。入り口までまだ十五メートル以上あるというのに、肺《はい》から息を吸《す》いとられる。
「フランク！」ぼくは叫《さけ》んだ。「どこにいる？」
むだだ。わかっている。フランクがこの大火災《かさい》を逃《のが》れたわけがない。カリグラの不死の体は即座《そくざ》に燃《も》えつきた。フランクもその一瞬《いっしゅん》後に果てたはずだ。揺《ゆ》るぎない勇気と意志《いし》力をふりしぼり、カリグラを巻《ま》き添《ぞ》えにしたことだけは確認《かくにん》した。

大声で泣けたらよかった。涙腺《るいせん》というものを昔は持っていたはずだが、どこかに置き忘《わす》れてきたらしい。

今ぼくの胸《むね》にあるのは絶望《ぜつぼう》と、ひとつの思いだけ。命あるかぎり、残された仲間を助ける努力はしなくてはならない。どんなにつらくても。

「申し訳《わけ》ない」ぼくは渦巻《うずま》く炎《ほのお》にいった。

炎《ほのお》はこたえない。だれを、何を焼きつくしても平気な顔だ。

丘《おか》のてっぺんを見つめる。ヘイゼルとメグと第十二軍団《ぐんだん》の生き残りはあのむこうで、よみがえった死体と戦っている。そこがぼくの必要とされている場所だ。

「ＯＫ」ぼくはワンアイにいった。「出発だ」

38
ユニコーン マルチツールの角が武器《ぶき》

もし兵器と化したユニコーンの戦闘《せんとう》シーンを見る機会があっても、けっして見ないように。一度見たが最後、脳裏《のうり》に焼きついてしまう。

ニューローマに近づくにつれ、戦いがつづいている証拠《しょうこ》が見えてきた。立ちのぼる煙《けむり》、建物の屋根をなめる炎《ほのお》、悲鳴、叫《さけ》び、爆発音《ばくはつおん》。そう、いつもどおりだ。

ワンアイはポメリアンラインでぼくをおろした。〈じゃ、健闘《けんとう》を祈《いの》りますぜ〉と鼻をならし、走り去る。ペガサスは利口な生き物だ。

ぼくは神殿《しんでん》の丘《おか》をちらっと見た。嵐雲《あらしぐも》が集まってもいなければ、丘《おか》の斜面《しゃめん》が銀色の神のオーラで照らされてもいない。妹のハンター隊が救助《きゅうじょ》に駆《か》けつけた様子はどこにもない。何も見えない。エラとタイソンはまだディアナ神殿《しんでん》のまわりをうろうろしているのだろうか。三十秒ごとに炉《ろ》をチェックし、シビラのジャムの空きびんの破片《はへん》がもう料理できたか、見ているだろうか。

ぼくはふたたび一名きりの騎兵隊《きへいたい》にならなくてはならない。ニューローマよ、申し訳《わけ》なかった。公共広場《フォーラム》にむかって走っていくと、そこに例のユニコーン集団《しゅうだん》の姿《すがた》が少し見えてきた。明らかにふつうのユニコーンではない。

メグが指揮《しき》をしている。本人はユニコーンには乗っていない。自分の命（あるいは内股《うちまた》）を大切にする者ならあえてユニコーンに乗ろうとはしないだろう。メグはユニコーンと並《なら》んで走り、戦いに駆《か》けこむユニコーンを励《はげ》まし、けしかけている。ユニコーンは防弾《ぼうだん》ベストを着せられ、それぞれ横に白いブロック体で名前が書いてある。〈マフィン、バスター、カクウノイキモノ、シャーリー、ホレイショ〉黙示録《もくしろく》のユニコーン5《ファイブ》だ。革製《かわせい》のヘルメットは一九二〇年代にアメフト選手がつけていたものを思い起こさせる。一本角にとりつけてあるのは、特別仕様の……どう呼《よ》べばいいだろう。アタッチメント？　たとえるなら、巨大《きょだい》な円錐形《えんすいけい》のアーミーナイフ。戦闘《せんとう》に便利な刃物《はもの》類がひとそろい、折りたたみ式でしまいこまれている。

メグとユニコーン集団《しゅうだん》がブリコラカスの群《む》れにぶつかった――ブリコラカスの薄汚《うすぎたな》いぼろぼろのよろいからすると、前回のタルクイニウスの襲撃《しゅうげき》で犠牲《ぎせい》になった元訓練生だ。ユピテル訓練所のハーフなら昔の仲間を倒《たお》すのは気が引けるかもしれないが、メグにそんな気後《きおく》れはない。メグの二本の剣《けん》がブレンダーみたいに回転し、みじん切りゾンビの山を次から次へと作っていく。

ユニコーン5が鼻面を軽くあげ、それぞれ気に入ったアタッチメントを出した。剣《けん》、巨大《きょだい》かみそり、コルク栓抜《せんぬ》き、フォーク、爪《つめ》やすりだ。(バスターは爪《つめ》やすり、当然だ)。五頭がよみがえった死体に突進《とっしん》し、フォークで刺《さ》し、コルク栓抜《せんぬ》きでぐりぐり穴《あな》を開け、剣《けん》やかみそりで切りつけ、爪《つめ》やすりでこすり、敵《てき》を葬《ほうむ》り去っていく。

不思議に思われるかもしれない。メグがユニコーンを戦いに利用してもひどいと思わないのか? 皇帝《こうてい》がペガサスを戦車につないだのはひどいと思ったくせにと。外見のちがいは別として——このユニコーン集団《しゅうだん》は虐待《ぎゃくたい》を受けたり、体のどこかを切り落とされたりしていない——五頭のユニコーンはじつに楽しそうだ。何世紀《せいき》にもわたって草原でたわむれたり、虹《にじ》の中で踊《おど》ったりする陽気な架空《かくう》の生き物として扱《あつか》われてきたユニコーンがついに、「見られ」、価値《かち》を認《みと》められた。メグは、ユニコーンにはよみがえった死体の尻《しり》を蹴飛《けと》ばす能力《のうりょく》がそなわっていることに気づいていたらしい。

「ねえ!」メグはぼくを見てうれしそうに笑った。ぼくはトイレからではなく、死の縁《ふち》から帰還《きかん》したばかりだというのに。「うまく行ってる。ユニコーンはよみがえった死体に引っかかれたり、かまれたりしても平気なの!」

シャーリーが鼻息を荒《あら》くした。見るからに自慢《じまん》げだ。角につけたコルク栓抜《せんぬ》きをぼくに見せる。

〈そうなの。私《わたし》、あなたのレインボーポニーじゃないんです〉といいたげだ。

「皇帝《こうてい》たちは?」メグがぼくに聞く。

「死んだ。しかし……」声がかすれる。

メグはぼくの顔をじっと見た。ぼくのことはじゅうぶん知っている。何度かの悲劇《ひげき》の瞬間《しゅんかん》、いつもそばにいた。

メグの表情《ひょうじょう》がかげる。「わかった。悲しむのは後。今はヘイゼルを見つけなくちゃ。ヘイゼルは――」手で町の真ん中のほうをしめす――「あのへんにいる。タルクイニウスも」

その名を聞いただけで内臓《ないぞう》がよじれた。ああ、できることならユニコーンになりたい。

メグとぼくはアーミーナイフ集団《しゅうだん》を連れ、曲がりくねった狭《せま》い道を走った。敵味方《てきみかた》の戦いといっても、ほとんどは小競《こぜ》り合いだ。家はバリケードを築《きず》き、店は板張《いたば》りされている。建物の上階の窓《まど》から弓を手にした住人がゾンビを見張《みは》っている。エウリュノモスのグループがあちこちをうろつき、住人を見つけては襲《おそ》いかかる。

けっこう恐《おそ》ろしい光景なのだが、みょうに「落ち着いている」感じもする。そう、タルクイニウスはニューローマによみがえった死体を大量に送りこんだ。あらゆる下水口の格子《こうし》とマンホールのふたが開いている。しかし、総攻撃《そうこうげき》ではない。計画的にニューローマを一掃《いっそう》し、征服《せいふく》しようとはしていない。その代わり、よみがえった死体の小さなグループ複数《ふくすう》が一度にあちこちに出現《しゅつげん》し、住人をあわてさせ、ニューローマの町の守りに専念《せんねん》させている。攻撃《こうげき》というよりは陽動作戦。タルクイニウス本人は具体的な目的があり、それをじゃまされたくない、そんな印象《いんしょう》だ。

具体的な目的……たとえば、紀元《きげん》前五三〇年に大金を払《はら》って買いとったシビラの書とか。

心臓《しんぞう》からまた冷たい液体鉛《えきたいなまり》が血管に押《お》し出された。「本屋。メグ、本屋だ！」

メグは眉《まゆ》をひそめた。なんでこんなときに本を買いたいの、という顔だ。と思ったら、目が輝《かがや》いた。「そっか」

メグはスピードをあげた。合わせてユニコーンも速足になる。ぼくもどうやってついていけたのかは謎《なぞ》だ。たぶんこの時点でぼくの体は協力するどころではなく、〈死にものぐるいで走る？　はいはい、好きなように〉というだけだった。

丘《おか》をのぼるにつれて小競《こぜ》り合いの数が増《ま》した。途中《とちゅう》にあったカフェのテラス席のすぐ外で、四番コホルスが、よだれをたらしたグール十数体と戦っていた。上の窓《まど》から両親と子どもたちがエウリュノモスにむかって物——石、鍋《なべ》、フライパン、びんなど——を投げつけているかと思えば、訓練生たちは盾《たて》を並《なら》べて壁《かべ》を作り、そのうしろから槍《やり》をつき出している。

その数ブロック先でテルミヌスを見つけた。第一次世界大戦のオーバーコートは銃弾《じゅうだん》の穴《あな》だらけで、鼻は大理石の顔からとれてしまった。台座《だいざ》のうしろに幼《おさな》い少女が——たぶん助手のジュリアだ——ステーキナイフを握《にぎ》りしめ、しゃがんでいる。

テルミヌスがこちらをむいた。すごく怒《おこ》っている。彼《かれ》のひとにらみでぼくたちはずたずたになり、申告書《しんこくしょ》の山に変わってしまうかもしれない。

「ああ、あなたですか」テルミヌスはぼやいた。「ぼくの境界《きょうかい》が破《やぶ》られました。手伝いを連れてきましたか」

ぼくは台座《だいざ》のうしろで怯《おび》える少女を見た。野生児みたいで、敵意《てきい》むき出しで、いつでも飛び出せるかっこうだ。だれがだれを守っているのだろう。「ああ……たぶん？」

テルミヌスの顔がさらに少し厳《きび》しくなった。大理石にはありえないはずだが。「そうですか。いいでしょう。ぼくは今、残る最後のわずかな力をここに、ジュリアのまわりに集中させました。ニューローマは破壊《はかい》されてかまわない。だが、この子に手出しはさせない！」

「この像《ぞう》にも！」ジュリアがいう。

ぼくの心臓《しんぞう》の中身が甘《あま》いゼリージャムに変わる。「今日は勝つ、約束する」なぜか本当にそう信じている口ぶりになった。「ヘイゼルは？」

「むこうです！」テルミヌスがないはずの腕《うで》をのばした。テルミヌスの目線（以前は鼻がたよりだったがもう使えない）からすると、左だ。またみんなで走っていくと、さっきとは別の訓練生の集団《しゅうだん》がいた。

「ヘイゼルは？」メグは大声で聞いた。

「あっち！」レイラが大声で返す。「二ブロックくらい先！」

「ありがと！」メグはユニコーンの儀仗兵《ぎじょうへい》とともに駆《か》け出した。ユニコーンの爪《つめ》やすりとコルク栓《せん》抜《ぬ》きは準備《じゅんび》万全だ。

ヘイゼルはレイラに教えてもらったとおりの地点――二ブロック先にいた。通りはそこで終わり、広場につながっている。ヘイゼルとアリオンは広場の真ん中でゾンビに囲《かこ》まれていた。ゾンビはそれぞれに対して二十体、合わせて四十体はいる。アリオンはとくに動揺《どうよう》した様子はないが、うなったり、いなないたりしている。かぎられた空間で思うように動けず、もどかしいのだ。ヘイゼルが長剣《スパタ》で敵《てき》を切り払《はら》う一方、アリオンは次々《つぎつぎ》蹴飛《けと》ばしている。

ヘイゼルなら単独《たんどく》でこの状況《じょうきょう》を乗り切れること請《う》け合いだ。しかし、ユニコーン集団《しゅうだん》がさらなるゾンビ尻《じり》キックのチャンスを逃《のが》すはずがない。乱闘《らんとう》に駆《か》けこみ、スライスして、コルク栓《せん》抜《ぬ》きでぐりぐり穴《あな》を開け、毛抜《けぬ》きでつまんでよみがえった死体を片《かた》づけていく。多機能《たきのう》大量退治《たいじ》の恐《おそ》ろしい光景がくり広げられる。

メグも二本の剣《けん》を回転させて飛びこんだ。ぼくは、持ち主を失った飛び道具が落ちていないかさがした。悲しいことにすぐ見つかった。弓と矢筒《やづつ》を拾いあげ、仕事開始。ゾンビのどくろに最高におしゃれなピアスを刺《さ》していく。

ぼくたちに気づいたヘイゼルがほっとして笑い声をもらし、それからすぐぼくのうしろに目を走らせた。フランクをさがしているらしい。ヘイゼルとぼくの目が合った。残念だ。ぼくの表情《ひょうじょう》はヘイゼルが聞きたくないすべてを語ってしまった。

ヘイゼルの顔にいろいろな感情《かんじょう》が広がる。信じたくない気持ち、悲しみ、そして怒《いか》り。ヘイゼルは怒《いか》りをこめて叫《さけ》び、アリオンに拍車《はくしゃ》を入れ、ゾンビ集団《しゅうだん》の残りを切っていく。ゾンビに勝ち目はない。

広場の敵《てき》を一掃《いっそう》すると、ヘイゼルはアリオンを走らせてぼくのところに来た。「何があったんですか？」

「ぼくは……フランクが……皇帝《こうてい》たちは……」

いえたのはやっとそれだけだ。まるで説明になっていないが、ヘイゼルはだいたい理解《りかい》したらしい。

ヘイゼルは体を折るようにして、額《ひたい》をアリオンのたてがみにつけた。体を揺《ゆ》らし、何かつぶやく。右手で左の手首を握《にぎ》りしめている。野球選手が手首を骨折《こっせつ》し、痛《いた》みをこらえているときの姿《すがた》そっくりだ。しばらくしてヘイゼルは体を起こした。肩《かた》を震《ふる》わせて息を吸《す》う。アリオンからおり、両手でアリオンの首に抱《だ》きつき、耳に何かささやく。

アリオンがうなずいた。ヘイゼルが少しうしろにさがると、アリオンは走り去った――白い筋《すじ》がめざす先は西のコールデコットトンネルだ。ヘイゼルに前もっていっておきたかった。行ったってなんにもない。だがいわなかった。悲痛《ひつう》な思いについて、今は前より少しよく理解《りかい》している。個人《こじん》の悲しみにはそれぞれ寿命《じゅみょう》がある。それぞれがそれぞれの道をたどらなくてはならない。

「タルクイニウスはどこにいます？」ヘイゼルがたずねた。いいたいことはこうだ。〈気晴らしに

だれをしとめましょう?〉

答えはわかっている。〈だれもしとめてはいけない〉しかし、今回もヘイゼルに反論《はんろん》はしない。

ぼくはばかみたいに先頭に立ち、よみがえった王の待つ本屋にむかった。

エウリュノモスの見張《みは》りが二体、入り口に立っていた。つまり、タルクイニウスはすでに中にいるということだ。タイソンとエラはまだ神殿《しんでん》の丘《おか》にいますように。

ヘイゼルが指ではじくしぐさをし、地面から宝石《ほうせき》をふたつ呼《よ》び出した。ルビー? ファイアオパール? すぐぼくの横を飛んでいったのでわからない。それぞれが見張《みは》りの両目のあいだに命中し、どちらもちりの山に変わる。ユニコーン集団《しゅうだん》はがっかりだ——戦闘《せんとう》用ツールを使えなかったせいでもあるし、本屋の入り口がユニコーンにはせますぎて通れないせいでもある。

「ほかの敵《てき》をさがしにいって」メグがユニコーン集団《しゅうだん》にいう。「楽しんできてね!」

黙示録《もくしろく》のユニコーン5《ファイブ》はうれしそうにうしろ足で跳《は》ねあがり、そして全速力でメグの命令にしたがった。

ぼくはヘイゼルとメグを引き連れ、ノックなしで本屋に入った。大勢《おおぜい》のよみがえった死体をかき分けて進む。ブリコラカス数体が足を引きずって新刊書《しんかんしょ》コーナーを見ている。ゾンビ物の最新刊《さいしんかん》をさがしているのだろう。中には歴史《れきし》書の本棚《ほんだな》に衝突《しょうとつ》しているブリコラカスもいる。自分が歴史《れきし》上の者だと知っているのかもしれない。グールが一体、読書用の椅子《いす》にうずくまり、よだれをたらしながら『ワシ・タカ大図鑑《ずかん》』に読みふけっている。二階のバルコニーにしゃがみこみ、チャールズ・ディケンズの『大いなる遺産《いさん》』の革装版《かわそうばん》をうれしそうにくちゃくちゃかんでいるグールもいる。

タルクイニウスは忙《いそが》しくて、ぼくたちが入ってきたのに気づかない。背中《せなか》をこちらにむけ、インフォメーションデスクで本屋の看板《かんばん》ネコを詰問《きつもん》している。

「ネコ、私《わたし》の質問《しつもん》にこたえるのだ！」王が叫《さけ》ぶ。「書はどこにある？」

アリストファネスはデスクに座《すわ》り、うしろ脚《あし》を一本まっすぐあげ、下のほうを平然となめている

——ぼくの知るかぎり、王の面前では無礼な行為《こうい》だ。

「殺《ころ》してやる！」タルクイニウスがいう。

アリストファネスは一瞬《いっしゅん》顔をあげ、シーッと威嚇《いかく》し、また身づくろいにもどった。

「タルクイニウス、そのネコにかまうな！」ぼくはそう叫《さけ》んだが、ネコはぼくの助けなどいらなそうだ。

タルクイニウスがふり返った。そのとたん、なぜ自分がタルクイニウスの近くに行ってはいけないか思い出した。いきなり吐《は》き気に襲《おそ》われ、高波に押《お》しつぶされるように両膝《りょうひざ》をつく。血管を流れる毒《どく》が燃《も》え、体は中と外がひっくり返ったかのようだ。ゾンビたちは襲《おそ》いかかってこない。生気のない死んだ目でこちらを見ているだけだ。ぼくが〈生前の名は○○です。よろしくお願いします〉

と書いた名札をつけ、仲間になるのを待っているのかもしれない。

タルクイニウスは今夜のイベントのために着飾《きかざ》っている。腐食《ふしょく》したよろいの上にかびた赤いマントをはおり、骸骨《がいこつ》の指に金の指輪をいくつもつけている。黄金の王冠《おうかん》は磨《みが》きなおされ、腐《くさ》りかけた頭蓋骨《ずがいこつ》と見事にちぐはぐだ。ぬらぬらした紫《むらさき》の光がヘビのように手足にまとわりつき、あばら骨《ぼね》のあいだを出入りしたり、首の骨《ほね》に巻《ま》きついたりしている。顔は骸骨《がいこつ》なので笑顔かどうかさだかではないが、話し声からするとぼくに会えてうれしそうだ。

「ご苦労であった！　忠実《ちゅうじつ》なるしもべよ、皇帝《こうてい》どもを殺《ころ》してきた、そうだな？　報告《ほうこく》せよ！」

タルクイニウスになど何も教えたくない。しかし見えない巨大《きょだい》な手がぼくの横隔膜《おうかくまく》をしめつけ、言葉をしぼり出す。「死んだ。ふたりとも、死んだ」舌《した》を歯でおさえ、「です」をつけ足しそうになるのはこらえる。

「すばらしい！」タルクイニウスがいう。「今夜はうるわしい死が盛《も》りだくさんだ。で、プラエトルの、フランク――だったか？」

「やめて」ヘイゼルがぼくを押《お》しのけて前に出る。「タルクイニウス、彼《かれ》の名前を口にしないで」

「は！　つまり、死んだか。すばらしい」タルクイニウスはあたりのにおいをかいだ。紫《むらさき》のガスが骸骨《がいこつ》の鼻の穴《あな》に吸《す》いこまれていく。「この町では恐怖《きょうふ》が熟《じゅく》している。苦悩《くのう》、喪失《そうしつ》、すばらしい！　アポロン、おまえは当然もう私《わたし》のものだ。その心臓《しんぞう》の拍動《はくどう》もあと数回で終わる。そして、ヘイゼル・レベック……残念だがおまえには死んでもらう。謁見室《えっけん》を破壊《はかい》され、私《わたし》は下敷《したじ》きにされた。許《ゆる》しがたいいたずらだ。だが、そこにいるマキャフリーの娘《むすめ》は……私《わたし》の今日の晴れやかな気分に合わせ、命は助け、私《わたし》の偉大《いだい》な勝利をふれまわらせてやろう！　ただし、今すぐ説明すればだ――」アリストファネスを指さす――「こいつはなんだ」

「それはネコだ」ぼくはいった。

晴れやかな気分は終わった。タルクイニウスがうなった。また痛《いた》みの高波に襲《おそ》われ、ぼくの背骨《せぼね》が溶《と》ける。メグが腕《うで》をつかまえてくれなかったら、カーペットに顔面をぶつけていたところだ。

「この人に手を出さないで！」メグがタルクイニウスにいう。「あたしが逃《に》げるはずないでしょ！」

「シビラの書はどこだ？」タルクイニウスがたずねる。「一巻《かん》もない！」いらだたしげに手で本棚《ほんだな》をしめし、アリストファネスをにらむ。「そして、このけものは口を割《わ》らない！　シビラの書を復《ふく》元《げん》中のハルピュイアとキュクロプス――においでわかる。ここにいた、だが出ていった。どこにいる？」

ぼくは心の中で頑固《がんこ》なハルピュイアに感謝《かんしゃ》した。エラとタイソンはまだ神殿《しんでん》の丘《おか》で来るはずのない神の助けを待っているにちがいない。

メグは鼻を鳴らした。「王様なのに、おばか。シビラの書はここにない。本じゃないもん」

タルクイニウスはぼくの小さな雇《やと》い主をしばし見つめ、それからゾンビのほうを見た。「この娘《むすめ》は何語を話している？　意味がわかった者はいるか？」

　ゾンビたちはタルクイニウスをぽかんと見るだけだ。グールはワシ・タカ類について読んだり、『大いなる遺産《いさん》』をかじったりするのに忙《いそが》しくそれどころではない。

　タルクイニウスはまたぼくのほうをむいた。「この娘《むすめ》は何をいっている？　シビラの書はどこだ？　本ではない、どういうことだ？」

　また胸《むね》をしめつけられた。言葉がしぼり出される。「タイソン。キュクロプス。予言は肌《はだ》にタトゥーで刻《きざ》まれた。今、神殿《しんでん》の丘《おか》にいる。いっしょに――」

「黙《だま》って！」メグが命令した。ぼくの口がかたく閉《と》じる。しかし遅《おそ》かった。後悔《こうかい》役に立たず。あれ、「役に立たず」でよかったっけ？　もしかして、どこかちがう？

　タルクイニウスが頭蓋骨《ずがいこつ》をかたむける。「奥《おく》の部屋に椅子《いす》が……なるほど。これでわかった。なんと巧妙《こうみょう》な手だ！　あのハルピュイアは生かしておき、お手並《てな》みを拝見《はいけん》するとしようか。生身の皮膚《ふ》に予言だと？　私《わたし》も手伝うか！」

「逃《に》がさないわよ」ヘイゼルが低い声でいう。「わたしの仲間が今、あなたが送りこんだ侵略者《しんりゃくしゃ》たちを最後まで片《かた》づけているところ。ここはここで片《かた》づける。あなたには今すぐばらばらになって眠《ねむ》ってもらう」

　タルクイニウスは息で笑った。「あれを侵略《しんりゃく》と呼《よ》ぶか？　ニューローマに送りこんだ第一波には小競《こぜ》り合いを起こさせただけ。おまえたちを分散させ、混乱《こんらん》させ、そのすきにシビラの書をとりにきた。今そのありかがわかった。つまり、こうなれば、ニューローマを徹底的《てっていてき》に略奪《りゃくだつ》することができる！　待機中の第二波をこの訓練所の下水管から送りこむ――」骸骨《がいこつ》の指を鳴らした。「出陣《しゅつじん》だ」

39 大火事で服は焼けてもパンツ無事

新たな戦いの音が本屋の外から聞こえるのを待った。店内は静まりかえり、ゾンビの息遣《いきづか》いが聞こえそうなほどだ。

ニューローマの町は静かなまま。

「出陣《しゅつじん》せよ」タルクイニウスがくり返し、また指を鳴らす。

「連絡手段《れんらくしゅだん》に不具合でも？」ヘイゼルがたずねる。

タルクイニウスはくやしげだ。「何をした？」

「わたし？　まだ何も」長剣《スパタ》を抜《ぬ》く。「これからよ」

アリストファネスが先陣《せんじん》を切った。もちろん、アリストファネスはひとりで引き受けるつもりだった。怒《いか》りをこめてニャーと鳴き、だれにけしかけられることもなく、赤茶色のでぶネコがタルクイニウスの顔に飛びついた。両前足をどくろの両目の穴《あな》に引っかけ、両うしろ足で腐《くさ》った歯を蹴《け》飛《と》ばす。タルクイニウスは不意打ちを食らってよろめき、ラテン語で叫《さけ》んでいるが、ネコの足がじゃまでうまくしゃべれない。こうして、本屋の戦いが始まった。

ヘイゼルはタルクイニウスに飛びかかった。メグは悪王の第一使用権《しようけん》はヘイゼルにゆずったらしい。フランクのことを考えれば当然だ。自分はゾンビを担当《たんとう》し、剣《けん》二本で刺《さ》し、たたき切り、ノンフィクションコーナーのほうに追い詰《つ》めていく。

ぼくは弓を引き、バルコニーのグールをしとめようとしたが、手が震《ふる》えてどうにもならない。立ちあがることもできない。視界《しかい》がぼやけ、赤く染《そ》まっている。何よりも、この矢はぼくの矢筒《やづつ》に残っていた最後の一本、ドドナの矢だ。

〈しがみつきなされ!〉ドドナの矢がぼくの頭の中でいう。〈よみがえった王に屈《くっ》してはならぬ!〉

痛《いた》みにかすむ意識《いしき》の中で思った。ぼくは頭がおかしくなってきたのかな。

「応援演説《おうえんえんぜつ》か?」いいながら笑ってしまった。「ふー、疲《つか》れた」

へたっと座《すわ》りこむ。

メグがすぐ駆《か》けつけ、ぼくの顔を食《く》おうとしたゾンビを切り捨《す》てた。

「ありがとう」ぼくは力なくいったが、メグはすでに移動《いどう》していた。グールたちが見ていた本をしぶしぶおろし、メグをとり囲《かこ》んでいく。

ヘイゼルがタルクイニウスを刺《さ》した。タルクイニウスがアリストファネスを顔からふりほどいたのとほぼ同時だ。アリストファネスが長い悲鳴をあげて宙《ちゅう》を飛んでいく。途中《とちゅう》でうまく本棚《ほんだな》の横につかまり、てっぺんまでよじのぼる。緑の目でぼくをにらみおろし、顔つきでいっている。〈最初からこういう作戦だったのだ〉

ドドナの矢はぼくの頭の中でしゃべりつづけている。〈ここまでご苦労であった！　残る業《わざ》はただひとつ、生きなされ！〉

「それは本当に至難《しなん》の業《わざ》だ」ぼくはぼやいた。「つらいなあ」

〈あとは待つのみ！　しがみつきなされ！〉

「何を待つ？　何にしがみつく？　そうか……君にしがみつくか」

〈しかり！　そうしなされ！　私《わたし》といっしょに生きてくださいませ。私《わたし》を残して死んではいけませんぬ！〉

「映画《えいが》のセリフのまねか？　タイトルは……いや、どの映画《えいが》にもありがちなセリフだ。待て、君はぼくが死ぬのを本気で心配しているのか？」

「アポロン！」メグが呼《よ》んだ。大いなる遺産《いさん》グールを切ったところだ。「手伝ってくれないなら、安全なとこに避難《ひなん》くらいしたら？」

ぼくはその言葉にしたがいたかった。本当だ。しかし足がいうことを聞かない。

「ほら」だれにともなくつぶやく。「足首が灰色《はいいろ》になってきた。おや、手もだ」

〈ならぬ！　しがみつきなされ！〉

「何のために？」

〈わが声に耳をかたむけなされ。ともに歌をうたおう！　そなたは歌好き、間違《まちが》いはござらぬか？〉

「スイート・キャロライン！」声を震《ふる》わせてうたいだす。

〈いや、別の歌になさらぬか？〉

「ダッダダー」つづける。

ドドナの矢はあきらめ、いっしょにうたいだしたが、どうしてもワンテンポ遅《おく》れる。歌詞《かし》をすべてシェイクスピア調に訳《やく》さなくてはならないからだ。

これがぼくの死に方だ。本屋の床《ゆか》に座《すわ》りこみ、しゃべる矢を握《にぎ》りしめ、ニール・ダイヤモンドの最大のヒット曲をうたいながらゾンビに変身する。運命の三女神でも宇宙《うちゅう》にストックされている不思議をすべて予見することはできない。

ついに声がかれた。視界《しかい》がトンネルみたいに狭《せま》い。戦いの音も長い金属管《きんぞくかん》を通して耳に届《とど》く感じだ。

メグがタルクイニウスの手下の最後の一体を片《かた》づけた。よかった。頭の遠くでそう思う。メグにも死んでほしくない。ヘイゼルの剣《けん》がタルクイニウスの胸《むね》を刺《さ》しつらぬく。ローマ王が痛《いた》みに吠《ほ》え、倒《たお》れながらもヘイゼルの手から剣《けん》を奪《うば》いとる。いきおいよくインフォメーションデスクに倒《たお》れこんだが、骸骨《がいこつ》の手は刃《は》の部分を握《にぎ》りしめている。

ヘイゼルは後ずさり、ゾンビ王が溶《と》けるのを待っている。ところが、タルクイニウスはどうにか立ちあがった。紫《むらさき》のガスが目の穴《あな》の奥《おく》で弱々《よわよわ》しく光っている。

「私《わたし》は何千年も前から生きている」タルクイニウスはうなるような声だ。「ヘイゼル・レベック、千トンの石も私《わたし》を殺《ころ》すことはできなかった。剣《けん》ではとても無理だ」

こうなったらヘイゼルはタルクイニウスに飛びかかり、素手《すで》で頭をもぎとるかもしれない。ヘイゼルは全身に怒《いか》りをみなぎらせ、近づく嵐《あらし》のようなにおいを発している。待て……本当に嵐《あらし》が近づいてくるときのにおいがする。森のにおいも混《ま》じっている。松葉に、野の花についた朝露《あさつゆ》に、狩猟《しゅりょう》犬《けん》の吐《は》く息のにおいだ。

大きな灰色《はいいろ》のオオカミに顔をなめられた。ルパ？　幻覚《げんかく》か？　ちがう……オオカミの群《む》れが本屋に駆《か》けこんできて、本棚《ほんだな》やゾンビのちりの山のにおいをかいでいる。

うしろの入り口に、少女がひとり立っている。十二歳《さい》くらい。目は黄色っぽい銀色で、赤褐色《せきかっしょく》の髪《かみ》はポニーテールにしている。光沢《こうたく》のある灰色《はいいろ》のワンピースにレギンスという狩猟《しゅりょう》用のかっこうで、手に白い弓を持っている。顔は美しく、穏《おだ》やかで、冬の月のように冷たい。

少女が銀の矢をつがえてヘイゼルと目を合わせた。とどめを刺《さ》してよいかの確認《かくにん》だ。ヘイゼルがうなずき、わきにどく。少女はタルクイニウスにねらいを定めた。

「腐《くさ》りきった骸骨《がいこつ》」少女の声はかたく、まばゆい力に満ちている。「優秀《ゆうしゅう》な女子に押《お》さえつけられたら、おとなしくしているのが得策《とくさく》です」

少女の矢がタルクイニウスの額《ひたい》に命中し、前頭骨《ぜんとうこつ》が割《わ》れた。タルクイニウスがかたまる。筋状《すじじょう》の紫《むらさき》のガスが小さくはじけては消えていく。矢が刺《さ》さった部分からクリスマスツリーのモールのような火がほとばしったかと思うと、タルクイニウスの頭骨《とうこつ》から胴体《どうたい》へ広がり、骸骨《がいこつ》は粉々《こなごな》になった。金の王冠《おうかん》、銀の矢、ヘイゼルの剣《けん》がそろって床《ゆか》に落ちる。

ぼくは入り口の少女に笑いかけた。「やあ、妹」

そして、真横に倒《たお》れた。

世界が綿《わた》に変わる。純白《じゅんぱく》の世界だ。もうどこも痛《いた》くない。

ぼんやりとわかった。ディアナの顔が目の前にあり、メグとヘイゼルは月の女神ディアナの肩越《かたご》しにぼくをのぞきこんでいる。

「果てる寸前《すんぜん》です」ディアナがいった。

そして、ぼくは果てた。意識《いしき》が冷たく、暗いぬかるみにすべりこんだ。

「だめ、だめです」妹の思いやりのない声で起こされた。

すごく心地よく、体が消えてしまった感じだったのに。

命が一気に逆流《ぎゃくりゅう》してもどってきた――冷たく、鋭《するど》く、すごく痛《いた》い。ディアナの顔がはっきり見えてきた。迷惑《めいわく》そうな表情《ひょうじょう》、本人のブランドの表情《ひょうじょう》だ。

ぼくはといえば、驚《おどろ》くほど元気だった。腹《はら》の傷《きず》の痛《いた》みは消えた。筋肉《きんにく》は燃《も》えていない。呼吸《こきゅう》も問題ない。何十年も眠《ねむ》っていたにちがいない。

「ど、どのくらい気を失っていた？」声がかすれている。

「およそ三秒」ディアナがこたえる。「さあ、立って、悲劇《ひげき》のドラマの主人公さん」

ディアナの手を借りて立つ。少しふらつくが、脚《あし》に力がもどってきてうれしい。皮膚《ひふ》も灰色《はいいろ》でなくなった。紫《むらさき》の筋《すじ》は消えている。ドドナの矢はまだ手の中にあるが、すっかり沈黙《ちんもく》している。おそらく、月の女神の前で畏縮《いしゅく》している。あるいは、ありもしない口から『スイート・キャロライン』の味を消そうとしているのかもしれない。

メグとヘイゼルはそばに立っている。泥《どろ》まみれだがけがはしていない。援軍《えんぐん》の灰色《はいいろ》のオオカミがふたりのまわりを歩きまわり、脚《あし》にぶつかったり、靴《くつ》のにおいをかいだりしている。ふたりの靴《くつ》は今日一日いろんなおもしろい場所に行ってばかりだった。アリストファネスは本棚《ほんだな》の上の休息所からぼくたち全員をながめ、自分は無関係と考え、また身づくろいをつづけた。

ぼくは妹にほほ笑んだ。よかった。妹のいやそうに眉《まゆ》をひそめた〈あなたが私《わたし》の兄だなんて信じられません〉の顔がまた見られた。「大好きだ」感極まって声がかすれる。

ディアナは目をしばたたいた。この情報《じょうほう》にどう対応《たいおう》すべきか困《こま》っている。「本当にすっかり変わりましたね」

「会いたかった！」

「え、ええ。やっと到着《とうちゃく》しました。父上でさえ神殿《しんでん》の丘《おか》からのシビラの書の召喚《しょうかん》には文句《もんく》がいえませんでした」

「つまり、成功した！」ぼくはヘイゼルとメグに笑いかけた。「成功だ！」

「だね」メグはくたびれている。「初めまして、アルテミス様」

「ディアナです」妹は訂正《ていせい》した。「でも、初めまして、メグ」メグにはほほ笑む。「若い戦士《せんし》さん、よくがんばりました」

メグは赤くなった。床《ゆか》に薄《うす》く積もったゾンビのちりを蹴飛《けと》ばし、肩《かた》をすくめる。「ども」

ぼくは自分の腹部《ふくぶ》を確認《かくにん》した。シャツはずたずたなのですぐ見られた。包帯は消え、化膿《かのう》していた傷《きず》もなくなった。白い傷跡《きずあと》が細く残っているだけだ。「つまり……治ったのか？」腹《はら》はぜい肉だらけ。つまり、神の体にはもどしてもらえなかった。いや、それは期待しすぎか。

ディアナは片方《かたほう》の眉《まゆ》をあげた。「ええ、私《わたし》は癒《いや》しの女神ではありませんが、女神であることに変わりはありません。困《こま》った兄のかすり傷《きず》を治すくらいはできます」

「困《こま》った兄？」

ディアナは作り笑いし、そしてヘイゼルを見た。「隊長さん、お元気でした？」

ヘイゼルは体があちこち痛《いた》み、動きづらいはずだが、膝《ひざ》をつき、よきローマ人らしく頭をさげた。

「わたしは……」そこでためらう。ヘイゼルの世界は粉々《こなごな》になったばかりだ。フランクを失った。ディアナには嘘《うそ》をつかないことにしたらしい。「悲しくてしかたなく、疲《つか》れきっています。でも、助けにきてくださってありがとうございます」

ディアナの表情《ひょうじょう》がやわらぐ。「そうですね。今夜は試練の夜となりました。さあ、外に出ましょう。ここは少し風通しがよくありませんし、キュクロプスの焦《こ》げたにおいがします」

生き残った者たちがゆっくり通りに集まってきていた。本能的《ほんのうてき》にタルクイニウス敗北の現場《げんば》に引きつけられたのかもしれないし、輝《かがや》く銀の二輪戦車を見にきただけかもしれない。みんながぽかんと見ているのは、本屋の前に縦列駐車《じゅうれつちゅうしゃ》した、金のトナカイ四頭立ての戦車だ。

訓練所の巨大《きょだい》ワシとハンター隊のハヤブサは仲良く同じ屋根の上にとまっている。オオカミはゾウのハンニバルや兵器と化したユニコーン集団《しゅうだん》と気が合ったようだ。訓練生とニューローマの住人はぼう然とした様子で歩きまわっている。

通りの先、無事だった者たちの中に、タレイア・グレイスがいた。軍団《ぐんだん》の新しい旗手となった女子の肩《かた》に手を置き、泣きじゃくるその子をなぐさめている。タレイアはいつもの黒のデニムに革《かわ》のジャケット。襟《えり》の折り返しにいろいろなパンクバンドのバッジがついている。黒髪《くろかみ》のつんつんヘアに載《の》せた銀の冠《かんむり》、アルテミスの副官の印がきらきら光っている。目がくぼみ、両肩《りょうかた》がさがった様子からして、ジェイソンの死については知っている――少し前に聞き、つらい悲しみの第一波は乗り越《こ》えたのかもしれない。

罪《つみ》の意識《いしき》で胸《むね》がずきんとした。ジェイソンのことを報告《ほうこく》するのは自分のはずだった。ぼくの臆病《おくびょう》な部分がほっとしている。タレイアの怒《いか》りの矛先《ほこさき》が最初にむかう相手にならずにすんだ。残りの部分はほっとした自分にぞっとしている。

近くまで行ってタレイアと話がしたい。そのとき、ディアナの二輪戦車のまわりに集まっている人々《ひとびと》にふと目が行った。戦車の中もにぎわっている。大晦日《おおみそか》のお祝いに出る細長いリムジンより混《こ》み合っている。その中に、ピンクの髪《かみ》でひょろっとした、若《わか》い女がいた。

ぼくの口からまたこの場にまったくふさわしくない、うれしい笑い声がもれた。「ラビニア?」

ラビニアがふりむき、にこっとした。「この乗り物、めっちゃかっこいい! ずっと乗ってたい!」

ディアナがほほ笑む。「いいこと、ラビニア・アシモフ、ずっと乗っていたいなら、ハンター隊の一員にならなくてはなりませんよ」

「やです！」ラビニアは戦車からあわてて飛びおりた。足下《あしもと》が溶岩《ようがん》になった、といわんばかりだ。

「悪気はないんです。でも、あたし、女の子が好きすぎて、ハンター隊の誓《ちか》い、守れません。好きっていうのは……女の子が好きっていうことです。ただ好きなだけじゃなくて、その――」

「わかっています」ディアナはため息をついた。「恋愛感情《れんあいかんじょう》ですね。それは禁止《きんし》です」

「ラビニア、ど、どうやって……」ぼくは言葉につかえた。「君はどこで――？」

「あの子が」ディアナがいう。「破壊《はかい》工作をしてくれました。三頭政治《さんとうせいじ》ホールディングス艦隊《かんたい》の」

「いえ、みんなでやったんです」ラビニアがいう。

「ピーチ！」戦車の中からくぐもった声がいった。

ピーチは背《せ》が低い。戦車と大きな人々《ひとびと》に隠《かく》れ、ぼくには見えていなかった。ぎゅうぎゅう詰《づ》めの中からもがき出て、手すりによじのぼってきた。不敵《ふてき》な笑みを浮《う》かべている。おむつはずりさがり、葉つきの翼《つばさ》がカサカサ鳴っている。小さなこぶしで胸《むね》をたたき、非常《ひじょう》に満足げな表情《ひょうじょう》だ。

「ピーチ！」メグが大声で呼《よ》んだ。

「ピーチ！」ピーチがこたえ、メグの広げた両腕《りょううで》に飛びこんでいく。少女と落葉性《せい》の果物の精《せい》がこんなに楽しくせつない再会《さいかい》を果たしたのは初めてだ。涙《なみだ》と笑い、ハグと引っかきあい、そして「ピーチ！」の連発。その名がしかったり、謝《あやま》ったり、大喜《おおよろこ》びしたり、あらゆる感情《かんじょう》で叫《さけ》ばれる。

「ぜんぜんわからない」ぼくはラビニアを見た。「『君が』臼砲《きゅうほう》五十門すべて誤《ご》作動させたのか？」

ラビニアの目元がぴくっとなる。「そうです。だれかが艦隊《かんたい》を止めなくちゃならなかった。あたし、攻城兵器《こうじょうへいき》についての講義《こうぎ》と船の乗りこみについての講義《こうぎ》はちゃーんと聞いていたんです。そう難《むずか》しくありませんでした。必要だったのは軽やかなフットワークくらい」

ヘイゼルがようやく気をとり直した。「そう難《むずか》しくなかった、ですって？」

「やる気まんまんだったから！　ファウヌスもドリュアスもがんばったんだ」ラビニアはそこで言葉を切った。表情《ひょうじょう》が一瞬《いっしゅん》くもる。何かよくないことを思い出したらしい。「あと……それに、ネレイスもいっぱい手伝ってくれた。どの船も最小限《さいしょうげん》の船員がいただけだった。ていっても、小人みたいなのがいたわけじゃなくて――ほら、わかるでしょ。それから、見て！」

ラビニアは誇《ほこ》らしげに足を指さした。テルプシコラのダンス靴《ぐつ》をはいている。カリグラの靴専用《くつせんよう》船《せん》にあったものだ。

「君が敵《てき》の艦隊《かんたい》に陸海軍共同の攻撃《こうげき》をかけたのは、靴《くつ》一足のためだったのか」ぼくはいった。

ラビニアはむっとした。「靴《くつ》のためだけじゃありません、もちろん」おきまりのタップダンスをする。セビアン・グローバー〔訳注：1973年生まれ。米国のタップダンサー〕も拍手《はくしゅ》しそうなステップだ。「ユピテル訓練所を救《すく》うためでもあったし、自然界の精《せい》とマイク・カハレのコマンド部隊を救《すく》うためでもあったし」

ヘイゼルが両手をあげて止めた。報告《ほうこく》はここまででじゅうぶんという意味だ。「待って。興《きょう》ざめなことをいうようだけど——というか、ラビニアはすばらしい働きをしたわ！——だけれど、自分の持ち場を離《はな》れた事実は変わらない。わたしはラビニアに許可《きょか》は与《あた》えなか——」

「プラエトルの指示《しじ》だったの」ラビニアはえらそうだ。「実際《じっさい》レイナも手伝ってくれた。レイナはけがが治るまでしばらく意識《いしき》がなかったけど、いいタイミングで目を覚まして、あたしにベローナの力を注ぎこんでくれたの。敵《てき》の艦隊《かんたい》に乗りこむ直前にね。それで全員力が倍増《ばいぞう》したり、しのび足がうまくなったりしたわけ」

「レイナ？」ぼくは声がうわずった。「レイナはどこだ？」

「ここです」レイナの声だ。

なぜ今まで気づかなかったのだろう。レイナは目の前にいた。無事だったグループに交じり、タレイアと話をしていた。ぼくはタレイアを気にしすぎていたらしい。タレイアがぼくを殺《ころ》すつもりかどうか、自分は殺《ころ》されて当然かどうか、そればかり考えていた。

レイナが松葉杖《まつばづえ》をついてやって来た。骨折《こっせつ》した脚《あし》はギプスで固定されている。〈フェリペ、ロタヤ、クシャミソウ〉とサインが入ったギプスだ。ここまでよく持ちこたえたと思う。レイナは元気に見えるが、髪《かみ》は一ヵ所カラスにやられて抜《ぬ》けたままだし、紫《むらさき》のカーディガンは魔法《まほう》のドライクリーニング専門店《せんもんてん》でも洗《あら》うのに二、三日かかりそうだ。

タレイアはレイナがこちらに来るのを笑顔で見守っている。ふとぼくと目が合い、タレイアのほほ笑みが揺《ゆ》らいだ。表情《ひょうじょう》が硬《かた》くなり、ただ短くうなずく――にらむわけではなく、悲しげなだけだ。あとで話したいことがあります、といっている。

ヘイゼルが息を吐《は》いた。「本当によかった」松葉杖《まつばづえ》をついたレイナを気遣《きづか》い、やさしくハグする。「ラビニアがレイナの指示《しじ》を受けていた、というのは本当？」

レイナはピンクの髪《かみ》の仲間にちらっと目をやった。少しくやしげな表情《ひょうじょう》だ。〈あなたのことはすごく尊敬《そんけい》してるけど、あなたが正しかったとは素直《すなお》に認《みと》めがたい〉

「ええ」レイナはしかたなく認《みと》めた。「プランＬは私《わたし》の提案《ていあん》。ラビニアとその仲間は私《わたし》の指示《しじ》にしたがって行動し、英雄的活躍《えいゆうてきかつやく》をした」

ラビニアはぱっと笑顔になった。「ね？　いったでしょ」

集まっていたグループは目をまるくしてささやきだした。今日一日驚《おどろ》きの連続だったが、ついに説明のできない現象《げんしょう》を目撃《もくげき》した、そんな感じだ。

「今日は英雄《えいゆう》が大勢《おおぜい》いました」ディアナがいった。「そして犠牲者《ぎせいしゃ》も。タレイアと私《わたし》がもっと早く来られなかったことを残念に思うだけです。私《わたし》たちにできたのは破壊《はかい》工作を終えたラビニア、レイナのグループと合流すること、そして、下水管で待ちかまえていたよみがえった死体の第二波を倒《たお》すことだけ」興味《きょうみ》なさそうに手をふる。タルクイニウスのグールとゾンビの正規《せいき》軍を滅《ほろ》ぼしたのはついでだった、といいたげだ。

ああ、早く神にもどりたい。

「そしてぼくを助けてくれた」ぼくはいった。「来てくれた。本当にここにいる」

ディアナはぼくの手をとり、ぎゅっと握《にぎ》りしめた。その手は温かく、思いやりがこもっている。妹がこんなにあからさまに愛情《あいじょう》をしめしたのはいつ以来だろう。

「喜《よろこ》ぶのはまだ早いです」ディアナがいった。「手当てが必要な負傷者《ふしょうしゃ》が大勢《おおぜい》います。訓練所の医《い》療係《りょう》がニューローマの外にテントを張《は》りました。治療《ちりょう》にあたれる者はすべて集まってほしいとか。お兄さん、あなたもです」

ラビニアが顔を歪《ゆが》めた。「それと、またいくつも葬儀《そうぎ》をしなくちゃ。やだな。できたら――」

「見て！」ヘイゼルが叫《さけ》んだ。声がいつもより一オクターブ高い。

アリオンが丘《おか》を速足で駆《か》けあがってきた。背中《せなか》にぐったりした人を運んでいる。

「嘘《うそ》だ」喜《よろこ》んでいた気持ちがしぼんだ。嵐《あらし》の馬テンペストがマリブのビーチにジェイソンの遺骸《いがい》をおろしたときのことがフラッシュバックした。いやだ、見たくない。しかし、目をそらすことができなかった。

馬上の人影《ひとかげ》は動かず、体から煙《けむり》が立っている。アリオンが立ち止まると、人影《ひとかげ》が片側《かたがわ》にずれた。しかし落ちはしなかった。

フランク・チャンは両足で着地した。ぼくたちのほうをむく。髪《かみ》は焼けてちりちりになり、眉毛《まゆげ》はない。服は完全に燃《も》えてしまい、身に着けているのはブリーフとプラエトルのマントだけ。本人には気の毒《どく》だがスーパーヒーロー・パンツマンそっくりだ。

フランクはぐるっとまわりを見た。目はにごり、焦点《しょうてん》が定まっていない。

「やあ、みんな」かすれた声でいう。そして、顔から地面に倒《たお》れた。

40
涙腺《るいせん》が壊《こわ》れた、交換《こうかん》よろしくね

優先順位《ゆうせんじゅんい》は状況《じょうきょう》によって変わる。友人をいそいで救急治療《きゅうきゅうちりょう》テントに運びこむのが最優先《さいゆうせん》だ。ぼくたちが決戦に勝ったとか、ぼくがついにカレンダーから「ゾンビに変身」通知を消せたとかは、どうでもよくなった。ラビニアの英雄伝《えいゆうでん》や彼女《かのじょ》の新しいダンス靴《ぐつ》も一時的に忘《わす》れられた。タレイアを見ては感じるぼくの罪《つみ》の意識《いしき》もわきに追いやられた。タレイアはぼくとほとんど言葉は交わさないまま、手伝いに加わった。

つい先ほどまで横にいた妹が静かに姿《すがた》を消した、それさえ知らなかった。気づいたらぼくは大声で訓練生に指示《しじ》を叫《さけ》んでいた。ユニコーンの角を削《けず》ってこい、早くぼくにネクタルを持ってこい、さっさとフランク・チャンを救急治療《きゅうきゅうちりょう》テントに運びこめ、と。

ヘイゼルとぼくはフランクのベッドにつきそった。医療《いりょう》係にもう危険《きけん》は脱《だっ》したといわれても、夜が明けてもまだそばにいた。フランクがどうやって生還《せいかん》したのかだれにもわからなかったが、心拍《しんぱく》は力強く、肌《はだ》は見事にやけどを逃《のが》れ、肺《はい》もきれいだった。矢が刺《さ》さった肩《かた》と短剣《たんけん》で刺《さ》された腹部《ふくぶ》の治療《ちりょう》は少し手こずったが、どちらも縫合《ほうごう》し、包帯を巻《ま》き、回復《かいふく》にむかっている。フランクは眠《ねむ》りながらも何度かいきなりうわ言をいったり、手をぴくっと動かしたりした。まだ皇帝《こうてい》の喉《のど》をしめているつもりかもしれない。

「運命のたきぎは？」ヘイゼルは落ち着かなかった。「さがしにいったほうがよくないですか？もしどこかに落ちていたら――」

「それはない」ぼくはいった。「燃《も》えて――消えた。それでカリグラも死んだ。フランクは自分を犠牲《ぎせい》にした」

「じゃあ、なぜ……？」口にこぶしをあて、ヘイゼルはこみあげる涙《なみだ》をこらえた。本当は聞きたくない質問《しつもん》を、あえてする。「フランクは大丈夫なんですか？」

ぼくにはこたえられない。数年前ユノは宣言《せんげん》した。フランクの寿命《じゅみょう》はたきぎの燃《も》えさしに結びつけられている、と。ぼくは直接《ちょくせつ》その言葉を聞いたわけではない――できるだけユノのそばに近寄《ちかよ》らないようにしている。ユノは、フランクはたくましく、自分の一族に名誉《めいよ》をもたらしはするけれど、命は短く明るい、といったらしい。運命の三女神もこう宣言《せんげん》した。たきぎの燃《も》えさしが燃《も》えつきたらフランクも死ぬと。ところが今、運命のたきぎは燃《も》えつき、フランクはまだ生きている。長年あのたきぎの燃《も》えさしをだいじに守ってきたあげく、自らそれを燃《も》やして……

「そうか」ぼくはつぶやいた。

「え？」ヘイゼルが聞いた。

「フランクは自分の運命を自分で支配《しはい》できるようになった。ぼくの知るかぎり、こういう、その、運命のたきぎ問題を抱《かか》えていた人物はほかにひとりしかいない。その昔、メレアグロスという名の王子がいた。彼《かれ》の母親は彼《かれ》が生まれてすぐ、同じ予言を受けとった。しかし母親はメレアグロスに運命のたきぎのことを話しさえしなかった。たきぎは隠《かく》し、メレアグロスには好きなように人生を送らせた。メレアグロスは裕福《ゆうふく》で横柄《おうへい》な若造《わかぞう》に成長した」

ヘイゼルは両手でフランクの手を包んだ。「フランクは絶対《ぜったい》そんな人にはなりません」

「知っている。ともかく、メレアグロスはしまいには自分の親戚《しんせき》を大勢殺《おおぜいころ》した。彼《かれ》の母親は怖《こわ》くなった。隠《かく》してあった運命のたきぎを出し、火に投げこんだ。ぼっと火がついた。ジ・エンド」

ヘイゼルは身震《みぶる》いした。「恐《おそ》ろしい」

「つまりこういうことだ。フランクの家族は逆《ぎゃく》で、フランクに内緒《ないしょ》にはしなかった。フランクの祖《そ》母《ぼ》はユノが来たときのことを孫に話した。彼《かれ》の命は彼《かれ》に持たせた。つらい真実に正面から立ちむかわせた。それが今のフランクを育てた」

ヘイゼルはゆっくりうなずいた。「フランクは自分の運命を知っていた。少なくとも、自分の運命がどうなりそうかは知っていた。でも、わたしにはまだわかりません、なぜ――」

「あくまで推測《すいそく》だが」ぼくは前置きした。「フランクは自分の死を覚悟《かくご》してトンネルに入った。気高い目的のために自ら犠牲《ぎせい》になった。それによって運命から解放《かいほう》されたんだ。自分の運命のたきぎを燃《も》やすことで、その……なんというか、新たな火を燃《も》やしはじめた。今は自分で自分の運命を握《にぎ》っている。まあ、ふつうはみんなそうなんだが。これ以外でぼくが思いつく説明はひとつしかない。ユノはなぜかわからないが、フランクを運命の三女神の宣言《せんげん》から解放《かいほう》した」

ヘイゼルは眉《まゆ》をひそめた。「ユノがそんなやさしいことをします？」

「ユノらしくない、ぼくもそう思う。だが実際《じっさい》、ユノはフランクには少し甘《あま》い」

「ジェイソンにも少し甘かったです」ヘイゼルの口調が冷たくなる。「いえ、もちろん、フランクが無事だったことに文句をいっているわけじゃありません。ただ……」

最後までいう必要はない。フランクの生還《せいかん》には驚《おどろ》いた。奇跡《きせき》だ。けれど、なぜかそのせいでジェイソンを失ったことがいっそう不公平で、痛《いた》ましく思えてきた。元神としてぼくは、死ぬなんて不公平だ、と人間に文句《もんく》をいわれたときのお決まりの返事はひと通り知っている。〈死は人生の一部だ〉〈君はそれを受け入れなくてはならない〉〈人生は死があるからこそ意味がある〉〈故人《こじん》はわれわれが忘《わす》れないかぎり、いつまでも生きつづける〉しかし今、人間として、ジェイソンの友人として、そんなふうに考えてもたいしたなぐさめにならない。

「うーん」フランクの目がしばたたいて開いた。

「嘘《うそ》！」ヘイゼルはフランクに抱《だ》きつき、フランクが窒息《ちっそく》するほどハグした。これは意識《いしき》がもどったばかりの相手への医療行為《いりょうこうい》としてすすめられるものではないが、ぼくは見て見ぬふりをした。フランクはヘイゼルの背中《せなか》をなでるのがやっとだ。

「苦しい」フランクがしぼり出すようにいう。

「ごめんなさい！」ヘイゼルはすぐ離《はな》れた。頬《ほお》の涙《なみだ》をぬぐう。「喉《のど》がかわいているわよね」枕元《まくらもと》にあった水筒《すいとう》に手をのばし、フランクの口に近づけてかたむける。フランクは中身のネクタルを二、三口、少し飲みにくそうに飲んだ。

「うん」お礼の代わりにうなずく。「それで……おれたち……無事？」

ヘイゼルはしゃくりあげて泣いた。「ええ。ええ、無事よ。ユピテル訓練所は助かった。タルクイニウスは死んだ。そしてフランクは……フランクはカリグラを倒《たお》した」

「そっか」フランクは弱々《よわよわ》しくほほ笑んだ、「それを聞けてうれしい」ぼくを見る。「おれ、ケーキ逃《のが》しちゃいました？」

ぼくはフランクを見つめた。「え？」

「お誕生日《たんじょうび》だったでしょう。昨日」

「あ。いや……正直、すっかり忘《わす》れていた。ケーキのことも」

「じゃ、ケーキはまだこれからですね。よかった。とりあえず、一年歳《とし》をとった感じはします？」

「それは間違《まちが》いない」

「フランク・チャン、わたし本当に怖《こわ》かったのよ」ヘイゼルがいった。「心臓《しんぞう》が凍《こお》りつくかと思った。だって……」

フランクの表情《ひょうじょう》がヒツジっぽくなった。（もちろん、「おどおどした」という意味であって、ヒツジに変身したわけではない）。「ごめん、ヘイゼル。だけど、あれしか……」指を曲げる。逃《に》げようとするチョウを捕《つか》まえるときみたいに。「ああするしかなかった。エラが予言を教えてくれたんだ。おれだけにって……〈皇帝《こうてい》を止めるのは火のみ。何より貴重《きちょう》なたきぎにともした火のみ。場所は本《ほん》拠地《きょち》への橋〉コールデコットトンネルのことだ、と思った。エラはニューローマには新しいホラティウスが必要だといった」

「ホラティウス・コクレス」ぼくは思い出した。「いいやつだ。スブリキウス橋の上で、たったひとりで敵軍《てきぐん》の進撃《しんげき》を止めた」

フランクがうなずく。「おれ……エラにたのんだんだ。このことはだれにも話さないでくれって。なんていうか……その、この頭で消化したかった、しばらくひとりでいろいろ考えたかったんだ」

手が反射的《はんしゃてき》にベルトにのびたが、そこに巾着袋《きんちゃくぶくろ》はもうない。

「死んでいたかもしれないのよ」ヘイゼルがいった。

「うん。〈命が貴重《きちょう》なのは終わりがあるからだ〉」

「何かの引用か？」ぼくはたずねた。

「父さんの言葉です。そのとおりでした。おれには危険《きけん》を冒《おか》す勇気が必要だっただけです」

三人とも少し黙《だま》りこんだ。それぞれフランクの冒《おか》した危険《きけん》の大きさについて考えていた。あるいは、あのマルスがそんな名言をいうなんて、と驚《おどろ》いていただけかもしれない。

「どうやってあの火災《かさい》を逃《のが》れたの？」ヘイゼルが聞いた。

「わからない。カリグラが燃《も》えあがったのは覚えている。おれは気を失って、自分は死んだと思った。けど、目を覚ましたらアリオンの背中《せなか》に乗っていた。で、今ここにいる」

「よかった」ヘイゼルはフランクの額《ひたい》にやさしくキスをした。「だけれど、やっぱりあとで覚悟《かくご》しておいて。わたしにあんなに怖《こわ》い思いをさせた罰《ばつ》が待っているから」

フランクはほほ笑んだ。「もちろん。よかったらもう一回……？」

たぶんこういいたかったんだと思う。〈キスしてくれない？〉〈ネクタルを飲ませてくれない？〉〈だいじな友だちとふたりきりにしてくれませんか、アポロン様？〉しかし、最後までいわないうちに両目が上をむいて白目になり、いびきをかきだした。

見舞《みま》いは明るいものばかりではなかった。

日が高くなるのに合わせ、ぼくはできるかぎりたくさんの負傷者《ふしょうしゃ》を見舞《みま》った。

ぼくにできることは何もなく、負傷者《ふしょうしゃ》が抗《こう》ゾンビ洗浄《せんじょう》をされ、最期《さいご》の儀式《ぎしき》のしたくをされるのを見ているだけのこともあった。タルクイニウスは消え、タルクイニウスのグールもいっしょに消えたはずだが、念のためだ。

長いあいだ五番コホルスの隊長だったダコタは、ニューローマの戦いでの負傷《ふしょう》がもとで夜のうちに死亡《しぼう》した。ダコタの薪《まき》の山は炭酸《たんさん》ジュースの香《かお》りにする、ということで全員一致《いっち》した。

第十二軍団《ぐんだん》の旗手で元ぼくの弓の教え子のジェイコブは、コールデコットトンネルで死亡《しぼう》した。ミュルメクスの毒《どく》スプレーを直に浴びたのだ。黄金のワシの旗印は魔法《まほう》のアイテムなので助かったが、ジェイコブはちがった。ワシの旗印が地面に落ちる前にすくいあげた女子、テレルがジェイコブのそばにいて、その最期《さいご》をみとった。

ほかにも大勢《おおぜい》が亡《な》くなった。名前は知らなくても彼《かれ》らの顔は知っていた。すべての死に対し責任《せきにん》を感じた。とにかくぼくがもっといろいろやっていたら、もっと早く行動していたら、もっと神らしかったら……

いちばんつらかったのはファウヌスのドンの見舞《みま》いだった。ドンはネレイスの分隊によって皇帝《こうてい》の艦隊《かんたい》のがれきの下から救出《きゅうしゅつ》され、運びこまれた。ドンは危険《きけん》をかえりみず、破壊《はかい》工作の成功を見《み》届《とど》けようと船にとどまった。フランクの場合とちがって、ギリシャ火薬は非情《ひじょう》にもドンにやけどを負わせた。ヤギの脚《あし》の毛の大半は焼け、肌《はだ》は焦《こ》げた。仲間のファウヌスがいちばん効果《こうか》がありそうな癒《いや》しの音楽をかなで、きらきら輝《かがや》く軟膏《なんこう》も塗《ぬ》ったが、ドンは相当苦しそうだ。変わらないのは目だけだ。明るく、青く、落ち着きなくきょろきょろしている。

ラビニアがドンの横で膝《ひざ》をつき、左手を握《にぎ》っている。なぜか左手だけやけどをせずにすんだらしい。ドリュアスとファウヌスのグループもそばで立って見守っている。その中には医療係《いりょう》のプランジャルもいた。プランジャルはすでにできることはすべてした。

ドンはぼくを見て、にっと笑った。歯のところどころに灰《はい》がついている。「こ、こんちは、アポロン様。あります……小銭《こぜに》？」

ぼくは目をしばたたいて涙《なみだ》をこらえた。「どうした、ドン。ぼくの大切な、ばかなファウヌス」

ぼくはドンの枕元《まくらもと》に、ラビニアとむかい合うように膝《ひざ》をついた。ドンの重度のやけどに目を走らせ、何かできる処置《しょち》があるはずだ、医療係《いりょう》が見逃《みのが》している手があるはずだ、と必死に考える。しかし、もちろん何もない。ドンがここまで命をつないでいることが奇跡《きせき》だ。

「そんな痛《いた》くないです」ドンはかすれた声でいった。「医者先生が痛《いた》み止め、くれたんで」

「びん入りのチェリーソーダです」プランジャルがいった。

ぼくはうなずいた。びん入りチェリーソーダはサテュロスとファウヌスには本当によく効《き》く強力な痛《いた》み止めだが、使用は症状《しょうじょう》が深刻《しんこく》な場合のみ。患者《かんじゃ》が中毒《ちゅうどく》になるといけないからだ。

「ちょっと……聞きたいことが……」ドンはうめいた。目がいっそう輝《かがや》く。

「しゃべるな。体力をとっておけ」ぼくはいった。

「なんのために？」ドンはかすれた気味の悪い声で笑った。「聞きたいことが、あって。痛《いた》いですか？　生まれ変わるのって」

目の前がぼやけ、よく見えない。「ぼ――ぼくは生まれ変わったことがないんだ、ドン。人間になったのは、生まれ変わりに入らない、たぶん。しかし、生まれ変わるときは安らかだと聞いている。心地がよいと」

ドリュアスとファウヌスは大きくうなずいているが、表情《ひょうじょう》は正直だ。怯《おび》え、悲しみ、絶望《ぜつぼう》が入り混《ま》じっている。「偉大《いだい》なる無名作家」の営業《えいぎょう》チームには不適格《ふてきかく》だ。

ラビニアがドンの指先を両手で包む。「ドンは英雄《えいゆう》。だいじな友だち」

「それ……いいね」ドンはラビニアの顔がどこにあるかよくわからないらしい。「ラビニア、おれ、怖《こわ》い」

「だよね」

「生まれ……変わるなら、ドクニンジンがいいな。それって……草花界の、アクションヒーロー、だろ？」

ラビニアがうなずく。くちびるが震《ふる》えている。「うん。うん、絶対《ぜったい》そう」

「いいね……ねえ、アポロン様――知ってます？　ファウヌスとサテュロスのちがい？」

ドンの笑みがさらに少し広がった。笑い話のオチに入る前の顔だ。その表情《ひょうじょう》でかたまる。胸《むね》が上下するのが止まった。ドリュアスとファウヌスが泣きだす。ラビニアがドンの手にキスし、バッグから風船ガムを一枚《まい》引っ張《ぱ》り出し、ドンのシャツのポケットにうやうやしくすべりこませる。

と思ったら、ドンの体が安心のため息みたいな音とともにくずれ、肥沃《ひよく》で新鮮《しんせん》な土になった。心臓《しんぞう》があった場所の土から細い若木《わかぎ》が生えてきた。小さな葉の形を見てすぐわかった。ドクニンジンではない。月桂樹《げっけいじゅ》だ――かつてぼくは、不幸なダプネを月桂樹《げっけいじゅ》に生まれ変わらせ、その葉で冠《かんむり》を作ることにした。月桂冠《げっけいかん》は勝者に与《あた》えられる栄冠《えいかん》だ。

ドリュアスのひとりがぼくをちらっと見た。「あなたがドンを……？」

ぼくは首をふった。口の中の苦い味を飲みこむ。

「サテュロスとファウヌスの唯一《ゆいいつ》のちがいは」ぼくはいった。「ぼくたちがどう見るか、そして、本人が自身をどう見るかだ。この月桂樹《げっけいじゅ》はどこか特別なところに植えてくれ」顔をあげ、ドリュアスたちを見る。「よく世話をして、元気に、大きく育ててやってくれ。ファウヌスの英雄《えいゆう》、ドンの木だ」

41 殴《なぐ》られてしかたないけど腹《はら》はよせ

それから数日は決戦そのものと同じくらい大変だった。戦いはモップとバケツだけでは対応《たいおう》しきれない莫大《ばくだい》な量のゴミを残す。

ぼくたちはがれきを片《かた》づけ、とくに損傷《そんしょう》が深刻《しんこく》な建物を修理《しゅうり》した。そして火を、文字どおりの意味でも比喩《ひゆ》的な意味でも、消した。テルミヌスは戦いは生きのびたものの、弱気になり、動揺《どうよう》していた。口を開いたとたん、ジュリアを正式に養子にすると宣言《せんげん》した。ジュリアは喜《よろこ》んでいるようだったが、彫像《ちょうぞう》による養子縁組《えんぐみ》がローマ法でどう定められているかは不明だ。タイソンとエラは無事に決戦のあらましの説明を受けた。エラはぼくが結局は召喚《しょうかん》に成功したと知り、自分はタイソンといっしょに本屋にもどるといった。後片《あとかた》づけをし、シビラの書の復元《ふくげん》を終わらせ、アリストファネスに餌《えさ》をやるのだというが、順序《じゅんじょ》はわからない。そうそう、エラはフランクの生還《せいかん》にも大喜《おおよろこ》びだった。ぼくに関しては……まだ判断《はんだん》を下しかねているようだ。

ピーチはまたぼくたちのもとを去っていった。地元のドリュアスやファウヌスを手伝うためだ。しかし、「ピーチ」という言葉を残していった。またすぐ会える、という意味だろう。

タレイアの協力により、レイナはどうにかワンアイとショートイヤーズを見つけることができた。虐待《ぎゃくたい》され、皇帝《こうてい》の戦車につながれていた例のペガサスだ。レイナは二頭にやさしく語りかけ、うけ合った。きっとまた元気になれる、いっしょに訓練所に帰ろう。そうしたらなるべくそばにいて、傷《きず》の手当てをしたり、おいしい食べ物を持ってきたり、外を走らせたりしてあげる、と。二頭はレイナが自分たちの不死の先祖《せんぞ》、偉大《いだい》なるペガソスの友だとわかったらしい。二頭のこれまでを考えると、彼《かれ》らが安心して世話をたのめる相手はレイナのほかにいないだろう。

死者の数は数えなかった。彼《かれ》らは数字ではない。よく知っていた仲間、ともに戦った友人だ。ある夜にすべての薪《まき》をユピテル神殿《しんでん》の前で燃《も》やし、全員で死者のための昔ながらの食事をし、犠《ぎ》牲《せい》になった仲間を冥界《めいかい》に送った。ラルも総勢《そうぜい》で現《あらわ》れ、神殿《しんでん》の丘《おか》は一面紫《むらさき》の光に輝《かがや》いた。幽霊《ゆうれい》の数は生者より多かった。

見るとレイナはうしろのほうに立ち、葬儀《そうぎ》の進行はフランクにまかせていた。プラエトル・チャンはすぐにまた元気になった。よろいかぶとに紫《むらさき》のマント姿《すがた》でフランクが犠牲者《ぎせいしゃ》の功績《こうせき》をたたえる文を読みあげる一方、それを聞く訓練生たちは神を見るようなまなざしでフランクを見つめている。何しろ話し手はつい先日自らを燃《も》えあがらせて大爆発《ばくはつ》を起こし、なぜか下着とマントだけ無傷《むきず》で生還《せいかん》した当人なのだ。

ヘイゼルもフランクを手伝った。並《なら》んだ訓練生のあいだを歩き、泣いている者、戦争神経症《しんけいしょう》にかかっていそうな者を励《はげ》ましている。レイナは訓練生のいちばん外側に松葉杖《まつばづえ》をついて立ち、彼《かれ》らをもの悲しそうに見ている。みんな大切な人たちだけど、十年ぶりに会ってだれがだれかよくわからない、そんな表情《ひょうじょう》だ。

フランクの言葉が終わりに近づいた頃《ころ》、だれかが横からぼくに声をかけてきた。「あの」タレイア・グレイスはいつもの黒と銀の服装《ふくそう》。薪《まき》の火に照らされ、エレクトリックブルーの目がつき刺《さ》すような紫《むらさき》に見える。この数日間、何度か話す機会はあったが、事務的《じむてき》な会話ばかりだった。これをどこに運ぶとか、負傷者《ふしょうしゃ》の手当てはどうする、とか。「あの件《けん》」は避《さ》けてきた。

「やあ」ぼくはいった。声がかすれる。

タレイアは腕《うで》を組み、火を見つめた。「アポロン様を責《せ》めてはいません。私《わたし》の弟は……」ためらい、呼吸《こきゅう》を整える。「ジェイソンは自分で選びました。英雄《えいゆう》はそうあるべきです」

どうしたものか、タレイアに責《せ》められなかったことでいっそう罪《つみ》の意識《いしき》が大きくなり、自分を卑下《ひげ》したくなっただけだ。まったく、人間の感情《かんじょう》は有刺《ゆうし》鉄線に似《に》ている。つかむのも通り抜《ぬ》けるのも危険《きけん》だ。

「心から残念に思う」ようやくそう返す。

「ええ、知っています」タレイアは目を閉《と》じた。遠くの音に耳をかたむけている――森の中のオオカミの声でも聞いているのだろうか。「レイナから手紙をもらいました。ディアナ様があなたから呼《よ》び出しを受ける数時間前のことでした。アウラ――そよ風の精《ニンフ》――が配達中の郵便物《ゆうびんぶつ》の中からレイナの手紙を見つけ、直接私《ちょくせつわたし》に届《とど》けてくれたんです。かなり危険《デンジャー》な行為《こうい》だったけど、無事届《とど》きました」タレイアは襟《えり》の折り返しについているバッジのひとつを指でさわった。ザ・ストゥージズ［訳注：米国のロックバンド。2016年、彼《かれ》らのドキュメンタリー映画《えいが》『ギミー・デンジャー』が製作《せいさく》・公開された］、タレイアの数世代前のバンドだ。「いそいで駆《か》けつけました。でも、やっぱり……私《わたし》はしばらく泣いたり、叫《さけ》んだり、物を投げてばかりでした」

ぼくは微動《びどう》だにせずにいた。ボーカルのイギー・ポップの姿《すがた》が鮮明《せんめい》によみがえる。ピーナッツバター、キューブアイス、スイカ、そのほかのデンジャーな物をコンサートに集まったファンに投げつける場面だ。今のタレイアはイギーの何十倍も恐《おそ》ろしい。

「ひどすぎると思います」タレイアはつづけた。「私《わたし》たち、だれかを失い、ようやくとりもどしたと思ったら、また失う」

なぜタレイアは「私《わたし》たち」といった？　彼女《かのじょ》もぼくも同じ経験《けいけん》をした――たったひとりのきょうだいを失った――ということか。しかし、タレイアのほうがはるかにつらい。ぼくの妹は死ぬことがない。ぼくが妹と永遠《えいえん》に別れることはない。

一瞬《いっしゅん》、目の前がひっくり返った。上下さかさまにされたかと思った。タレイアはぼくがだれかを失ったといっているのではない。アルテミス——ディアナのことをいっているのだ。

つまり、ぼくの妹もぼくに会いたがっていたというのか？　タレイアがジェイソンを失って悲しんだように、妹もぼくを失って悲しんでいたということか？

タレイアはぼくの表情《ひょうじょう》を読んだにちがいない。「月の女神様はとり乱《みだ》しています。文字どおりとり乱《みだ》しているんです。心配しすぎて、私《わたし》の目の前でふたつに、ローマ神とギリシャ神に分裂《ぶんれつ》してしまうこともあります。こんなことをいったら怒《おこ》られてしまうかもしれませんが、月の女神様はあなたのことを、世界のほかのだれより大切に思っているんです」

大理石が喉《のど》につかえた。ぼくは何もいえず、うなずくだけだ。

「ディアナ様はあんなふうに突然《とつぜん》、訓練所を立ち去りたくはなかったんです」タレイアはつづけた。「でも、ごぞんじですよね。神々《かみがみ》に長居《ながい》は禁物《きんもつ》。ニューローマが危機《きき》を脱《だっ》した以上、すぐにもどらなくてはなりません。ユピテル……父上はそれを許《ゆる》さないでしょう」

ぼくは身震《みぶる》いした。いつもすぐ忘《わす》れてしまうが、この子はぼくの妹でもある。ジェイソンもぼくの弟にあたる。別のときならそんな関係は無視《むし》しただろう。〈ふたりともただのハーフだ。家族なものか〉

今はちがう理由でこの関係を受け入れがたい。自分はこの家族の一員にふさわしくない、あるいは、タレイアに許《ゆる》してもらう立場にないという意味で。

葬儀《そうぎ》に集まった者たちが帰りはじめた。ふたり、三人とかたまり、町に引き返していく。ニューローマの議事堂《ぎじどう》では今夜、特別集会が開かれることになっている。悲しいことに、ユピテル訓練所の谷で暮《く》らす人口は減少《げんしょう》し、軍団《ぐんだん》のハーフ全員とニューローマの住人全員の集会が議事堂《ぎじどう》でらくに開ける。

レイナが足を引きずってこちらに来た。

タレイアがレイナにほほ笑む。「プラエトル・ラミレス・アレリャノ、心の準備《じゅんび》はいい？」

「ええ」レイナはためらいなくこたえた。しかしぼくにはなんの準備《じゅんび》かわからない。「でもその前に……」レイナはぼくのほうをむいて、タレイアにいった。

タレイアはレイナの肩《かた》に手を置いた。「もちろん。また議事堂《ぎじどう》で」タレイアはさっそうと暗闇《くらやみ》に消えた。

「レスター君」レイナはぼくにウインクした。「足を引きずっていっしょに来て」

足を引きずって歩くのは簡単《かんたん》だった。ぼくは元気をとりもどしてはいたが、簡単《かんたん》に疲《つか》れた。なんの問題もなくレイナのペースで歩けた。レイナの愛犬、オーラムとアージェンタムがいっしょにいないのに気づいた。テルミヌスが境界内《きょうかい》に兵器が入ることを許可《きょか》しなかったのだろう。

ふたりで神殿《しんでん》の丘《おか》からニューローマにむかう道をゆっくり歩いた。訓練生たちはぼくたちから一定の距離《きょり》をたもっている。ぼくとレイナにはいかにもプライベートな話がありそうな感じなのだろう。

レイナの話がなんなのか気がかりなまま、小テベレ川にかかる橋に着いた。

「お礼をいいたかったんです」レイナがいった。

レイナのほほ笑む顔がスートロタワーのある丘《おか》の斜面《しゃめん》で見せた顔と重なる。ぼくが告白《こくはく》したときのことがよみがえる。つまり、間違《まちが》いなくこういう意味だ――〈ユピテル訓練所を救《すく》ってくれてありがとうございました〉ではなく、〈爆笑《ばくしょう》させてくれてありがとうございました〉

「どういたしまして」しかたなくそう返す。

「皮肉でいったんじゃありません」ぼくのけげんな表情《ひょうじょう》に気づき、レイナはため息をつき、暗い川を見つめた。さざ波が月明かりを浴びて銀に光る。「うまく説明できないかもしれません。私《わたし》は生まれたときからずっと、どうあるべきかを考え、まわりの期待にこたえて生きてきました。〈こうなりなさい〉〈ああなりなさい〉わかりますよね？」

「今君の目の前にいるのは元神だ。人々《ひとびと》の期待にこたえる、それこそぼくたち神々《かみがみ》の仕事だ」

レイナは大きくうなずいた。「厳《きび》しい家庭環境《かんきょう》の中で、何年間もハイラのかわいい妹でなくてはなりませんでした。その次にキルケの島では従順《じゅうじゅん》な召使《めしつかい》でなくてはなりませんでした。次はしばらく海賊《かいぞく》、次は軍団《ぐんだん》の訓練生、次はプラエトル」

「すばらしい履歴書《りれきしょ》だ」

「でも、ここでプラエトルをしているあいだずっと」レイナはつづけた。「パートナーをさがしていました。プラエトルはおたがいに良きパートナーとなることが多いんです。リーダーとして。恋人《こいびと》としても、です。ジェイソンがその人だと思いました。そして一時期パーシー・ジャクソンにも期待しました。自分でも信じられないけど、オクタビアヌスでもいいと思いました」身震《みぶる》いする。「だれもがつねに、私《わたし》をだれかとくっつけようとしていました。タレイアも、ジェイソンも、グエンも、フランクまで。〈君たちふたりお似合《にあ》いじゃない！〉〈君には彼《かれ》がぴったり！〉でも、私自身《わたし》はぜんぜんわからなかったんです。自分が本当にそうしたいのか、そうしたいと思わなくてはならない気がするだけなのか。みんな悪気はなくて、こういうだけです。〈かわいそうに。恋人《こいびと》くらい持つべきだよ。彼《かれ》とつき合いな。彼女《かのじょ》とつき合いな。だれでもいいからつき合えばいい。気の合う人を見つけなよ〉」

レイナはぼくを見た。ちゃんと話を聞いているかどうかの確認《かくにん》だ。レイナは熱っぽく、早口で、長いあいだためていた言葉を吐《は》き出すかのようだ。「そしてウェヌスとの例の出会いには本当に混乱《こんらん》させられました。〈どんなハーフも、あなたの心を癒《いや》すことはできないでしょう〉いったいどういう意味だったの？　そこについにあなたがやって来ました」

「その話、もう一度復習《ふくしゅう》が必要か？　すでにじゅうぶん恥《は》ずかしい」

「でも、あなたが私《わたし》に教えてくれました。私《わたし》に告白《こくはく》したとき……」レイナは大きく息を吸《す》った。体が震《ふる》えているのは笑いをこらえているからだ。「本当、いやになっちゃう。自分がどんなにばかだったか、何もかもどんなにばかばかしいかわかりました。それで心が癒《いや》され――また笑うことができました。自分自身を、運命に関する自分のばかげた考えを。それで自由になれました――フランクが運命のたきぎから自由になったのとまったく同じです。私《わたし》には自分の心を癒《いや》してくれる相手は必要ない。パートナーは必要ない……少なくとも、自分からその気になるまで、自分からその気にならないかぎりは。だれかと無理やりくっつけられたり、だれかほかの人のラベルを貼《は》られたりする必要はありません。ものすごく久《ひさ》しぶりに、肩《かた》に背負《せお》っていた荷物をおろした感じです。だから、お礼をいいます」

「どういたしまして、かな？」

レイナは声をあげて笑った。「でも、わかりません？　ウェヌスはあなたにその仕事を押《お》しつけ、あなたを誘導《ゆうどう》した。ウェヌスは知っていたんです。私《わたし》に拒否《きょひ》されてへこたれないくらいエゴが強い人は、この宇宙《うちゅう》であなたのほかにいない。私《わたし》に目の前で大笑いされても、あなたは立ちなおるだろうって」

「なるほど」おそらくレイナのいうとおりだ。ウェヌスはぼくを好きなように操《あやつ》った。ただし、ぼくが立ちなおるかどうか、ウェヌスが心配していたとは思えない。「で、つまりどういうこと？

プラエトル・レイナは次にどうする？」

質問《しつもん》しながら、自分でも答えはわかっていた。

「いっしょに議事堂《ぎじどう》に来てください。いくつかサプライズを用意してあります」

42

誕生日《たんじょうび》ケーキがあればハッピーだ

最初のサプライズ：最前列の席。

メグとぼくは元老院議員、ニューローマのＶＩＰ、体の不自由なハーフと並《なら》び、栄誉《えいよ》ある席を与《あた》えられた。メグはぼくに気づき、長椅子《ながいす》の自分の横を手でたたいた。ほかに座《すわ》るところなどないというのに。議事堂《ぎじどう》の中は満席だ。なぜか全員集合しているのを見て安心した。とはいえ、人数は激《げき》減《げん》したし、白い包帯の海がまぶしくて目がくらみそうだ。

レイナは足を引きずり、ぼくのすぐ後から入ってきた。出席者が全員立ちあがる。だれもがかしこまって黙《だま》りこみ、レイナがフランクと並《なら》んでプラエトルの席に着くのを待つ。フランクはうなずいてレイナを迎《むか》えた。

レイナが着席すると、全員それにならった。

レイナがフランクにジェスチャーでいう。〈さあ、お楽しみを始めましょう〉

「それでは」フランクが話しはじめた。「ニューローマの住人と第十二軍団《ぐんだん》の臨時《りんじ》集会を始めます。議題の第一：みなさん全員に正式にお礼をいいます。われわれはすばらしいチームワークで敵に莫《ばく》大《だい》な打撃《だげき》を与《あた》えました。タルクイニウスは死にました――ついに本当に死にました。三頭政治《さんとうせいじ》ホールディングスの皇帝《こうてい》三人組中二名を倒《たお》しました。艦隊《かんたい》も軍隊もせん滅《めつ》したのです。これには大きな犠牲《ぎせい》がともないました。ですが、われわれは全員、真のローマ人として戦いました。生きて明日を迎《むか》えることができるのです！」

歓声《かんせい》があがった。うなずいている者もいれば、「そうだ！」とか「明日を迎《むか》えることができる！」とかいう声もあがっている。後方の席の一名はこの一週間、いったい何をしていたのか、「タルクイニウスって？」と聞いた。

「第二」フランクがいった。「安心してください、おれはこのとおり元気です」証明《しょうめい》するように胸《むね》をたたく。「おれの運命は、うれしいことに、もうたきぎにしばられていません。あと、全員にお願いがあります。おれの下着姿《したぎすがた》を見たことを忘《わす》れてもらえたら、すごくありがたいです」

数人から笑い声があがった。フランクがこんな冗談《じょうだん》をいうなんて知っていたか？

「さて……」フランクの表情《ひょうじょう》が真剣《しんけん》になる。「プラエトルのほうから異動《いどう》の報告《ほうこく》があります。レイナ？」

フランクは何かいいたげな目でレイナを見ている。本当にちゃんと報告《ほうこく》できるのかな、と心配らしい。

「フランク、ありがとう」レイナが立ちあがる。また全員、立てる者は立つ。

「みんな」レイナはジェスチャーで着席をうながした。「着席のままで」

全員また席につくと、レイナはひとりひとりの顔を見た。不安げ、悲しげな表情《ひょうじょう》ばかりだ。おそらく大半はレイナが何を話すつもりか予測《よそく》しているのだろう。

「私《わたし》は長年、プラエトルをしてきました」レイナがいう。「軍団《ぐんだん》のために働くのは光栄なことです。私《わたし》たちは数回にわたる危機《きき》をともに乗りきってきました。数年にわたる……ゆかいなときを」

乾《かわ》いた笑い声が数人からあがった。「ゆかいな」とは完全な皮肉だ。

「ですが、このへんで引きさがろうと思います」レイナはつづけた。「つまり、プラエトルの仕事を辞職《じしょく》するということです」

信じたくない、というどよめきで議事堂《ぎじどう》内がいっぱいになる。金曜日の午後に宿題が出た教室内そっくりだ。

「個人的《こじんてき》理由からです。ひとつは、何より自分をとりもどすための時間がほしいんです。ただのレイナ・アビラ・ラミレス・アレリャノとして、軍団《ぐんだん》を離《はな》れた自分が何者なのか見極めたいんです。それには数年、数十年、数百年かかるかもしれません。だから……」プラエトルのマント、バッジをはずし、フランクに手渡《てわた》す。

「タレイア?」レイナが呼《よ》ぶ。

タレイア・グレイスが真ん中の通路をおりてきた。ぼくの横を通りざま、ウインクする。

タレイアはレイナの前に立っていった。「私《わたし》の言葉をくり返して。〈女神ディアナに誓《ちか》います。私《わたし》は男との交わりを絶《た》ち、永遠《えいえん》のおとめとなり、ハンターとなります〉」

レイナはタレイアの言葉をくり返した。魔法《まほう》のようなことは何も起きない。雷鳴《らいめい》も稲妻《いなずま》も、天井《てんじょう》から銀のきらきらがふってくることもない。しかしレイナは命に関する新契約《けいやく》を結んだかのように見える。実際《じっさい》そうだ——無利子、頭金不要の永遠契約《えいえんけいやく》だ。

タレイアがレイナの肩《かた》に手を置く。「同志《どうし》、ハンター隊にようこそ!」

レイナはにっこりした。「ありがとう」一同を見る。「ここにいるみんなも、ありがとう。ローマ、万歳《ばんざい》!」

全員が立ちあがり、レイナにスタンディングオベーションをする。みんな大喜《おおよろこ》びで歓声《かんせい》をあげ、足を踏《ふ》み鳴らしているので、ぼくは冷や汗《あせ》をかいた。ダクトテープで修理《しゅうり》したドームがいつくずれて落ちてくるかわからない。

しばらくしてレイナが新たなリーダーとなったタレイアといっしょに最前列に着席すると(元老院議員二名が率先《そっせん》して席をゆずった)、また全員フランクに注目した。

「ということで——」フランクは両手を広げた。——「レイナにお礼をいおうと思ったら丸一日かかりそうです。レイナは軍団《ぐんだん》にたくさんのものを与《あた》えてくれました。最高の相談相手であり、友人でした。レイナの代わりはだれにもできません。その一方、おれは今ここでひとりです。プラエトルの席はひとつ空いています。そこで推薦《すいせん》を――」

ラビニアがコールを始めた。「ヘイ、ゼル！　ヘイ、ゼル！」

みんながすぐに加わった。ヘイゼルの目が大きく開く。ヘイゼルがだめといおうとしたときには、まわりに座《すわ》っていた数名から引っ張《ぱ》られ、立っていた。しかしヘイゼルの五番コホルスファンクラブは明らかにこの展開《てんかい》を予測《よそく》していた。ひとりが盾《たて》を出し、みんなでそれを鞍《くら》の代わりにしてヘイゼルを乗せる。ファンクラブはヘイゼルをかつぎ、議事堂《ぎじどう》の中央まで行進し、ぐるぐるまわりながら唱えだした。「ヘイゼル！　ヘイゼル！」レイナも手をたたき、いっしょに叫《さけ》んでいる。フランクだけは冷静なふりをしていたが、こぼれる笑みはこぶしで隠《かく》すしかない。

「わかったから、静粛《せいしゅく》に！」しばらくしてフランクがいった。「候補者《こうほしゃ》一名。ほかに――？」

「ヘイゼル！　ヘイゼル！」

「異議《いぎ》は？」

「ヘイゼル！　ヘイゼル！」

「では第十二軍団《ぐんだん》の意思とみなし、ヘイゼル・レベック、これにより、プラエトルに昇進《しょうしん》！」

また大きな歓声《かんせい》が起こった。ヘイゼルはぽかんとしたまま、レイナのマントを着せられ、プラエトルのバッジをつけられ、そして席に案内された。

フランクとヘイゼルが並《なら》んで座《すわ》っているのを見て、ぼくはついほほ笑んだ。ふたりとも適任《てきにん》だ——賢《かしこ》く、強く、勇敢《ゆうかん》だ。完璧《かんぺき》なプラエトル。ローマの未来は安泰《あんたい》だ。

「ありがとう」ようやくヘイゼルが口を開いた。「わたし——みなさんの信頼《しんらい》にこたえられるよう、なんでもやります。だけれど、ひとつ問題があります。五番コホルスの隊長が不在《ふざい》になってしまいました。だから——」

五番コホルス全員がまた声をそろえてコールしだす。「ラビニア！　ラビニア！」

「え？」ラビニアの顔が髪《かみ》よりピンクになる。「嘘《うそ》、だめ。リーダーなんて無理！」

「ラビニア！　ラビニア！」

「冗談《じょうだん》でしょ？　なんであたしが——」

「ラビニア・アシモフ！」ヘイゼルはほほ笑んでいった。「五番コホルスはわたしの考えていたことを読みました。プラエトルとしての仕事の一番目に、サンフランシスコ湾《わん》の戦いにおける前代未《ぜんだいみ》聞《もん》の英雄的行為《えいゆうてきこうい》を大きく評価《ひょうか》し、あなたを隊長に昇進《しょうしん》させます——ただし、もうひとりのプラエトルが反対すれば別ですが」

「いや、賛成《さんせい》」フランクがいう。

「では、ラビニア、前へ！」

また拍手《はくしゅ》と口笛が鳴り響《ひび》く中、ラビニアは演壇《えんだん》に近づき、新しい役職《やくしょく》のバッジを受けとった。そしてフランクとヘイゼルをハグした。ハグは通常《つうじょう》は軍団《ぐんだん》の儀礼《ぎれい》ではないが、だれも気にしないようだ。いちばん大きな拍手《はくしゅ》をし、うるさく口笛を吹《ふ》いていたのはメグだ。間違《まちが》いない。ぼくは片耳《かたみみ》が聞こえなくなった。

「みんな、ありがとう」ラビニアがいった。「じゃあ、五番コホルス、まずはタップダンスの勉強ね。それから――」

「隊長、ありがとう」ヘイゼルがいった。「着席してください」

「え？　あたし、タップは本気で――」

「次の議題に移《うつ》ります！」フランクがいった。ラビニアはつまらなそうにスキップして（なかなか難《むずか》しい芸当だ）自分の席にもどった。「軍団《ぐんだん》には癒《いや》しのための時間が必要です。すべきことがたくさんあります。この夏のあいだに立てなおすこと。ルパに相談し、できるだけ迅速《じんそく》に新訓練生を多く迎《むか》え入れること。今回の決戦から立ちなおって最強の軍団《ぐんだん》を作るんです。だけど、とりあえず今回の決戦には勝ちました。それを可能《かのう》にした二名をたたえなくてはなりません。アポロン様、またはレスター・パパドプロス君、そしてその仲間、メグ・マキャフリー君！」

拍手《はくしゅ》がすごすぎて、ほとんどの人にはメグの言葉が届《とど》かなかったと思う。「仲間じゃなくて雇《やと》い主だけど」ぼくはそれでもOKだ。

メグと並《なら》んで立ち、軍団《ぐんだん》の拍手《はくしゅ》を受け入れながら、ぼくはみょうに落ち着かなかった。ついに仲間から温かい喝采《かっさい》を受けたものの、しゃがみこんで頭からトーガをかぶりたいだけだった。ぼくのしたことなどヘイゼル、レイナ、フランクとくらべたらぜんぜんたいしたことではないし、ましてや犠牲者《ぎせいしゃ》のだれともくらべものにならない。ジェイソン、ダコタ、ドン、ジェイコブ、シビラ、ハルポクラテス……その他大勢《おおぜい》が犠牲《ぎせい》になった。

フランクが手をあげ、場内を静かにさせた。「さて、おふたりには次の長く困難《こんなん》な冒険《ぼうけん》の旅が待ち受けています。まだもう一名、〈ケツ〉を蹴飛《けと》ばしてやりたい皇帝《こうてい》がいます」

あちこちで起こった笑いを聞きながら、次の課題がフランクのいい方くらい簡単《かんたん》であることを願った。ネロの〈ケツ〉、そうそう……しかし、ピュトンというちょっと難《むずか》しい問題もある。ぼくの仇敵《きゅうてき》の大蛇《だいじゃ》は現在《げんざい》、由緒《ゆいしょ》あるぼくの神聖《しんせい》な場所、デルポイに居座《いすわ》っている。

「おれの理解《りかい》によると」フランクがつづけた。「おふたりは明朝の出発を決めた、そうですね」

「そうなのか？」声がかすれた。ぼくとしては一、二週間ニューローマでのんびりして、温泉《おんせん》につかって、できれば二輪戦車レースを観戦するつもりだった。

「しーっ」メグがぼくにいう。「うん、そう決めた」

そういわれてもぜんぜんやる気にならない。

「それと」ヘイゼルもいいだした。「おふたりは夜明けにエラとタイソンを訪《たず》ね、そして、冒険《ぼうけん》の旅の次の段階《だんかい》に役立つ予言を受けとるつもりですね」

「そうなのか？」ほぼ悲鳴だ。今ぼくの頭に浮《う》かぶのはアリストファネスが自分のだいじな場所をなめているシーンだけだ。

「でも今夜は」フランクがいう。「おふたりのこの訓練所への貢献《こうけん》を称賛《しょうさん》したいと思います。おふたりの協力がなかったら、ユピテル訓練所は今頃《いまごろ》ここになかったかもしれません。だから、おふたりにこれを贈《おく》りたいと思います」

議員のラリーがうしろのほうから大きなダッフルバッグを持って通路をおりてきた。タホ湖へのスキー旅行をプレゼント？　ラリーが演壇《えんだん》まで来てダッフルバッグをおろす。そして、バッグをさぐって最初の贈《おく》り物を出し、笑顔でぼくに手渡《てわた》した。「新しい弓です！」

ラリーはクイズ番組の司会者にはなれそうにない。

ぼくの最初の感想。〈お、いいね。ちょうど新しい弓がほしかった〉

次に両手で受けとった弓に目が釘《くぎ》づけになった。「ぼくの弓だ！」信じられない。

メグが鼻を鳴らす。「あたり前でしょ。自分が今もらったんだから」

「いや、ぼくのぼくの弓、という意味だ！　もともとぼくの、神だったときの弓だ！」

持ちあげて見せたらみんなから「おーっ」とか「あーっ」とか声があがった。金色のオークで作った名品で、蔓柄《つるがら》が彫《ほ》りこまれている。金メッキの蔓柄《つるがら》は光を受けると燃《も》え立つように輝《かがや》く。ぴんと張《は》った弓幹《ゆがら》には力がみなぎっている。ぼくの記憶《きおく》が正しければ、弓の弦《つる》は天上界の青銅《せいどう》線と、運命の三女神が織機《しょっき》で使う糸（そんなもの……いったいどこから持ってきた？　ぼくが盗《ぬす》んだわけではない）を合わせて編《あ》んだものだ。そして、空気のように軽い。

「司令部の宝物庫《ほうもつこ》に何百年も前からあったものです」フランクがいった。「だれも使いこなすことができませんでした。重すぎて引けないんです。本当に、おれが使えるなら使いたいくらいです。この弓は元来あなたが第十二軍団《ぐんだん》に贈《おく》った物だったので、お返しするべきだと思いました。神としての力がもどってきている今、おおいに活用していただけるでしょう」

何をいったらいいかわからない。ふだんは返品には応《おう》じないが、今回は感謝《かんしゃ》の気持ちで押《お》しつぶされそうだった。いつ、なぜこの弓を第十二軍団《ぐんだん》に渡《わた》したか覚えていない——何世紀《せいき》ものあいだ、引き出物みたいにただで弓を配っていた——が、返してもらって本当にうれしい。弓の弦《つる》は難《なん》なく引けた。神としての力が思っているより復活《ふっかつ》している、あるいは、弓はぼくが正当な持ち主とわかったのか。よし。この美しい弓で何か少し悪さをしてやるか。

「ありがとう」ぼくはいった。

フランクはほほ笑んだ。「謝《あやま》りたいこともあります。戦闘《せんとう》用ウクレレに代わる品はこの訓練所にありませんでした」

階段《かいだん》席からラビニアがぼやいた。「あのウクレレ、せっかく修理《しゅうり》してもらったのに」

「さて」ヘイゼルがいった。新隊長のコメントはさりげなく無視《むし》だ。「メグにも贈《おく》り物があります」ラリーがまたダッフルバッグをさぐり、黒のシルクの巾着袋《きんちゃくぶくろ》を引っ張《ぱ》り出す。トランプが一セット入るくらいの大きさだ。ぼくは叫《さけ》びたいのをこらえた。〈はは！　ぼくの贈《おく》り物のほうが大きい！〉

メグは巾着袋《きんちゃくぶくろ》の中身をたしかめ、息が止まった。「種だ！」

ぼくならそんな反応《はんのう》はしなかったと思うが、メグは純粋《じゅんすい》に喜《よろこ》んでいる。

ケレスの娘《むすめ》、レイラが階段《かいだん》席から大きな声でいった。「メグ、その種は大昔のものなの。この訓練所の園芸係の私《わたし》たちが総出《そうで》で、温室のプラスチックコンテナにしまってあったのを集めてきたの。正直、どれもなんの種かわからないけど、まいてからのお楽しみ！　ぜひ最後の皇帝退治《こうていたいじ》に使って」

メグは言葉を失っている。くちびるが震《ふる》えている。うなずき、目をしばたたいて感謝《かんしゃ》を伝える。

「さて、それでは！」フランクがいった。「葬儀《そうぎ》で食事はしたけど、まだヘイゼルとラビニアの昇《しょう》進《しん》を祝ったり、レイナの新たな冒険《ぼうけん》の成功を祈《いの》ったり、アポロン様とメグにお別れをいったりしなくてはなりません。そしてもちろん、レスター君に遅《おく》ればせながら誕生日《たんじょうび》ケーキも用意してあります！　さあ、食堂《しょくどう》でパーティーです！」

43

新しい予言の行く先
地獄《じごく》とは

どの別れがいちばんつらかったか、決めがたい。

夜明けとともにヘイゼルとフランクが、ぼくたちの宿泊《しゅくはく》先であるカフェに来た。最後にもう一度お礼をいいにきたのだ。その後、ふたりは軍団《ぐんだん》をたたき起こしにいった。平静をとりもどして訓練所の修復《しゅうふく》を進め、大勢《おおぜい》の仲間を失った動揺《どうよう》が深刻《しんこく》になる前にみんなの気持ちをほかにむけさせるつもりだ。ふたりが仲良く本通りを歩いていくのを見送りながら、ぼくは心から確信《かくしん》した。この軍団《ぐんだん》は新たな黄金時代を迎《むか》えようとしている。フランクと同様、雷《かみなり》の第十二軍団《ぐんだん》は灰《はい》の中から立ちあがる。ただし、できれば下着一枚《まい》で登場するのはやめてほしい。

数分後、タレイアとレイナがやって来た。灰色《はいいろ》オオカミの群《む》れ、グレイハウンドのロボット犬、レスキューペガサス二頭もいっしょだ。この一行が去るのは妹が去ったときと同じくらいさびしいが、これはハンター隊の宿命。つねに移動《いどう》する。

レイナは最後にもう一度ぼくをハグした。「長い休暇《きゅうか》を楽しみにしています」

タレイアが笑った。「休暇《きゅうか》？　残念だけど、これから大仕事が待っているのよ！　もう何ヵ月も前からテウメソスのキツネをさがして中西部を走りまわっているのに、収穫《しゅうかく》なし」

「そうね」レイナがいう。「休暇《きゅうか》なんて、よね」メグの頭のてっぺんにキスする。「レスター君がはめをはずさないように、よろしくね。いい弓を手に入れたからって、大きな顔させちゃだめよ」

「まかせて」メグがいう。

悲しいことにメグを疑《うたが》う理由が見つからない。

メグとぼくがいよいよカフェを出発するとき、ボンビロは大声で泣いた。いつもむっつりしているくせに、頭がふたつあるカフェの店主はすごく涙《なみだ》もろいやつだった。ぼくたちにスコーン十個《こ》とコーヒー豆ひと袋《ふくろ》をさし出し、こういった。とっとと消えてくれ、でないとまた大泣きしちまう。ぼくがスコーンで、メグがコーヒーを受けとった。後が心配だ。

訓練所のゲートにはラビニアが待っていた。風船ガムを噛《か》みながら、もらったばかりの隊長のバッジを磨《みが》いている。「こんなに早起きしたの何年ぶりかな」ラビニアはぼやいた。「上官なんてやだ」

目の輝《かがや》きは、そんなことはないといっている。

「大丈夫《だいじょうぶ》だよ」メグがいう。

ラビニアがかがんでメグをハグしたとき、ぼくは気づいた。ラビニアの左頬《ひだりほお》から首にかけて赤いぽつぽつができている。ファンデーションで隠《かく》そうとしてもばればれだ。

ぼくは咳払《せきばら》いした。「昨晩《さくばん》こっそり抜《ぬ》け出してウルシに会いにいっただろう？」

ラビニアはかわいらしく赤くなった。「それが何か？　隊長になってすごく魅力的《みりょくてき》になったっていわれちゃった」

メグは心配そうだ。「かぶれ止めローションを大量に買っとかないと。また会うつもりなら」

「でも、なんにだって障害《しょうがい》はつきものでしょ」ラビニアがいう。「少なくとも、彼女《かのじょ》といるといつも問題が目の前でしょ！　それを解決《かいけつ》していくの」

ぼくは、ラビニアのことだから解決《かいけつ》できるのだろうと思った。ラビニアはぼくをハグし、髪《かみ》をくしゃくしゃっとした。「またぜひ会いにきてください。あと、死なないで。死んだら新しいダンス靴《ぐつ》でお尻《しり》、蹴飛《けと》ばしちゃいますよ」

「わかった」

ラビニアは最後にまた金具なしの靴《くつ》でタップダンスをすると、〈はい、同じようにやってみて〉というようにジェスチャーし、走り去った。五番コホルスを召集《しょうしゅう》し、今日一日タップダンスの練習をさせるのだろう。

ラビニアを見送りながら、ぼくは驚嘆《きょうたん》に駆《か》られていた。ぼくたち全員、本当にいろいろなことがあった。ラビニア・アシモフがぼくとメグをこの訓練所に案内してくれたのはほんの数日前。ぼくたちは皇帝《こうてい》二名と王一名を倒《たお》した。このトリオはどんなポーカーでも最強の組み合わせだった。また、神一名とシビラ一名の魂《たましい》も安らかに眠《ねむ》らせた。訓練所、町、素敵《すてき》な靴《くつ》一足も救《すく》った。そして何よりぼくは妹と会い、妹はぼくに元気を――といってもレスター・パパドプロスにとっての元気だが――とりもどさせてくれた。レイナならこういうかもしれない。ぼくたちは『いい行い』リストにかなりいろいろ追加した。今、メグとぼくはふたりにとって最後の冒険《ぼうけん》となる旅を始めようとしている。大きな期待とやる気を胸《むね》に……いや、少なくとも前夜は熟睡《じゅくすい》し、スコーンを十個《こ》持参の旅だ。

ふたりで最後にもう一度ニューローマに行くことにした。タイソンとエラが待っているはずだ。本屋の入り口の上に新しく作った看板《かんばん》が出ている。〈キュクロプス・ブックス〉

「イエイ！」タイソンはぼくたちが入っていくと声をあげた。「いらっしゃい！　今日はグレイトオープンのお祝い！」

「『グランド』オープン」エラがいいなおす。インフォメーションデスクで大皿にカップケーキを並《なら》べたり、バルーンを飾《かざ》ったり、忙《いそが》しそうだ。「キュクロプス・ブックス＆予言＆アカチャキャットにようこそ」

「看板《かんばん》に全部、書けないよ」タイソンがそっという。

「書けるはず」エラがいった。「もっと大きい看板《かんばん》にする」

旧式《きゅうしき》のレジの上でアリストファネスがどうでもよさげにあくびした。小さなパーティーハットをかぶり、こういいたげな顔だ。〈これをかぶっているのは、ハーフにはカメラ付き携帯《けいたい》電話もインスタもないから〉

「お客さん、冒険《ぼうけん》の旅の予言もらえるよ！」タイソンが自分の胸《むね》を指さした。シビラの書の予言がさらにびっしりタトゥーで入っている。「最新の本もあるよ！」

「農業年鑑《ねんかん》一九二四年版《ばん》」エラがいった。「一部いかが？」

「ああ……それはまた今度」ぼくはいった。「ちょっと聞いたんだが、ぼくたちに予言があるって？」

「イエス、イエス」エラはタイソンの肋骨《ろっこつ》に指を走らせ、その予言をさがした。

タイソンが身をよじらせ、くすぐったそうに笑う。

「ここ」エラがいった。「脾臓《ひぞう》の上」

〈すばらしい〉ぼくは思った。〈タイソンのヒゾウの予言〉

エラが声に出して読む。

O son of Zeus the final challenge face
（ゼウスの息子よ、最後の対決に挑《いど》め）

The tow'r of Nero two alone ascend
（ネロの塔《とう》にのぼるは二名のみ）
Dislodge the beast that hast usurped thy place
（なんじの場所を奪《うば》いし怪物《かいぶつ》を追い払《はら》え）

ぼくは待った。

エラがうなずく。「イエス、イエス、イエス。そういうこと」エラはまたカップケーキを並《なら》べ、バルーンを飾《かざ》りだした。

「今のが予言のはずがない」ぼくはぼやいた。「詩的センスがない。ハイクではないし、ソネットでもない。それに……あ」

メグが眉《まゆ》をひそめてぼくを見る。「あ、何？」

「あ、と思ったときの『あ』だ。待てよ」中世のフィレンツェで出会った陰気《いんき》な若《わか》い男を思い出した。かなり昔だが、新しい詩の形式を発明した者はすべて記憶《きおく》している。「テルツァ・リーマだ」

「だれ？」メグが聞く。

「ダンテが発明した詩の形式だ。『地獄篇《じごくへん》』に始まる『神曲』で用いた。三行一連《スタンザ》。一行目と三行目が韻《いん》を踏《ふ》む。二行目は次のスタンザの一行目と韻《いん》を踏《ふ》む」

「よくわかんない」メグがいう。

「カップケーキ、ちょうだい」タイソンがいう。

「一行目のface［féɪs］と三行目のplace［pléɪs］は韻《いん》を踏《ふ》んでいる」ぼくはメグにいった。「二行目の最後はascend［əsénd］。つまり、次のスタンザを見つけた場合、その一行目と三行目がascendと韻《いん》を踏《ふ》んでいれば、予言のつづきだとわかる。テルツァ・リーマは色紙で作った鎖《くさり》のようなものだ。スタンザが連なり、終わりなくつづく」

メグが顔をしかめた。「でも、次のスタンザない」

「そう、ここにはない。つまり、どこかほかのところにあるはず……」漠然《ばくぜん》と東のほうを手でさす。

「さらなるスタンザをさがして借り物競争だ。ここはスタート地点にすぎない」

「そうなんだ」

例によってメグはぼくたちふたりの窮地《きゅうち》を完璧《かんぺき》にまとめた。本当に「そうなんだ」だ。さらにいえば、ぼくたちの新たな予言に用いられた詩の形式は、そもそも地獄《じごく》への旅を語るために発明されたもの、という事実も不穏《ふおん》だ。

「ネロの塔《とう》」エラがバルーンを整えながらいった。「ニューヨーク、にある。イエス」

ぼくは泣きだしそうになるのをこらえた。

ハルピュイアのエラのいうとおり。ぼくたちはぼくの問題が始まった場所、マンハッタンに引き返すことになりそうだ——三頭政治《さんとうせいじ》ホールディングスのきらびやかな本部は、マンハッタンのダウンタウンのビルの高層階《こうそう》にある。その後、ぼくはぼくの場所を奪《うば》った怪物《かいぶつ》に挑《いど》むことになるのだろう。おそらくこの三行目がいっているのはネロの別人格《べつじんかく》の「暴君《ぼうくん》」ではなく、大蛇《だいじゃ》ピュトン、ぼくの仇敵《きゅうてき》のことだろう。どうしたらデルポイをねじろにしているピュトンを見つけられるのか、そしてピュトンを倒《たお》せるのか、まるでわからない。

「ニューヨーク」メグが歯を食いしばる。

そう、これはメグにとって最悪の帰郷《ききょう》になる。何年間も精神的虐待《せいしんてきぎゃくたい》を受けた、養父の恐怖《きょうふ》の家に帰るのだ。できるならメグの苦痛《くつう》をとり払《はら》ってやりたい。しかし、メグはおそらくずっと前から、いつかこの日が来ると知っていた。そして、これまでにメグが乗り越《こ》えてきた苦難《くなん》の大半がそうであったように、これも避《さ》けられない……乗り越《こ》えるしかない。

「OK」メグがいった。声に迷《まよ》いはない。「どうやって行く？」

「はい！　はい！」タイソンが手をあげた。口のまわりがカップケーキのアイシングでべたべただ。

「ロケット船で行く！」

ぼくはタイソンを見つめた。「君はロケット船を持っているのか？」

タイソンの表情《ひょうじょう》がかげる。「ない」

ぼくは本屋の大きなガラス窓《まど》の外に目をやった。遠いディアブロ山の上に太陽がのぼった。ぼくたちの何千キロの旅をロケット船で始めることができないとすると、別の方法を考えなくてはならない。馬？　ワシ？　ハイウェイの高架《こうか》から飛び立たないようにプログラムされた自動運転車？　神々《かみがみ》にすべてをたくし、幸運を祈《いの》らなくてはならないかもしれない。（ここで「苦笑」をエンドスに挿入《そうにゅう》）。そして、すごく運がよくて、ニューヨークまで無事帰れたら、ハーフ訓練所のなつかしい仲間を訪《たず》ねるくらいはできるかもしれない。そう思ったら勇気がわいてきた。

「メグ、行こう」ぼくはいった。「ニューヨークまで数千キロある。新しい乗り物を見つけなくてはならない」

訳者あとがき

「パーシー・ジャクソンとオリンポスの神々《かみがみ》」、「オリンポスの神々《かみがみ》と7人の英雄《えいゆう》」につづく第三シリーズ「アポロンと5つの神託《しんたく》」もいよいよ第四巻《かん》！

太陽を司る神アポロンは父親であるゼウスによって人間に姿を変えられ、人間界に落とされた。今はレスター・パパドプロスという名の十六歳《さい》のヘタレ少年で、神としての力はない。アポロンがふたたび神にもどるためには、敵《てき》に奪《うば》われた古代の神託《しんたく》五つを解《かい》放《ほう》しなくてはならない。

アポロンの敵《てき》は「三頭政治《さんとうせいじ》ホールディングス」と名乗る古代ローマ帝国《ていこく》の邪悪《じゃあく》な皇帝《こうてい》三人組だ。悪帝《あくてい》として名高いネロ、コンモドゥス、カリグラの三人は今も生きつづけている。そして、予言の源《みなもと》である古代の神託《しんたく》を奪《うば》い、人間界を支配しようと企《たくら》んでいる。

アポロンは女神デメテルの娘《むすめ》メグ・マキャフリーとともに、第一巻《かん》ではドドナの林の神託《しんたく》、第二巻《かん》ではトロポニオスの洞穴《ほらあな》の神託《しんたく》、第三巻《かん》ではエリュトライの神託《しんたく》を解放《かいほう》した。残る神託《しんたく》はあとふたつ。クマエのシビラの神託《しんたく》と、仇敵《きゅうてき》の大蛇《だいじゃ》ピュトンに奪《うば》われたデルポイの神託《しんたく》だ。

第三巻《かん》『炎《ほのお》の迷路《めいろ》』でアポロンが難解《なんかい》なクイズやクロスワードに解答《かいとう》し、受けとった予言はこうだ。

〈アポロンはタルクイニウスの墓《はか》で死に直面する。ただし、音のない神への出入り口がベローナの娘《むすめ》によって開かれれば別〉

〈死に直面する〉とは？〈音のない神〉とはだれのことだ？〈出入り口〉はどこにある？またしても謎《なぞ》だらけの予言だが、〈ベローナの娘《むすめ》〉とはおそらく、ユピテル訓練所の司令官《プラエトル》、レイナ・アビラ・ラミレス・アレリャノのことだろう。また、〈タルクイニウス〉については王政《おうせい》ローマの最後の王であることがわかっている。古代ローマは建国当初は王政《おうせい》だったが、七代目タルクイニウスはあまりにも横暴《おうぼう》なことばかりしたせいで市民から追放され、以後、元老院中心の共和政《きょうわせい》国家に移行《いこう》した。三頭政治《さんとうせいじ》ホールディングスの邪悪《じゃあく》な皇帝《こうてい》三人組に加え、「傲慢王《ごうまんおう》」と呼《よ》ばれるタルクイニウスがなぜこのタイミングで出現《しゅつげん》することになったのか。その理由がじょじょに明らかになる。

第四巻《かん》『傲慢王《ごうまんおう》の墓《はか》』の舞台《ぶたい》はアメリカの西海岸にあるローマ側ハーフのユピテル訓

練所だ。第一巻《かん》は東海岸にあるギリシャ側ハーフの「ハーフ訓練所」、第二巻《かん》はインディアナ州の州都インディアナポリスにある「シェルターステーション」、第三巻《かん》はロサンゼルス近郊《きんこう》のリゾート地パームスプリングズにある「オアシス」だった。

読者のみなさんはユピテル訓練所がどうなったか、ユピテル訓練所で暮《く》らす仲間たちはどうしているか知りたくて、うずうずしていたかもしれない。

アポロンとメグは、カリグラの船で犠牲《ぎせい》になったジェイソン・グレイスの棺《ひつぎ》を運び、ユピテル訓練所に到着《とうちゃく》する。ユピテル訓練所は「新月の日の戦い」で多大な被害《ひがい》を受け、犠牲者《ぎせいしゃ》も大勢《おおぜい》出たが、これまでのシリーズでおなじみの仲間たちは無事だった。ふたりを迎《むか》えるのは司令官《プラエトル》二名。ベローナの娘《むすめ》のレイナと、マルスの息子のフランク・チャン。フランクのガールフレンドでプルトの娘《むすめ》のヘイゼル・レベックもコホルスの隊長を務《つと》め、ハルピュイアのエラとひとつ目巨人《きょじん》族のタイソンも安全に予言の書の復元《ふくげん》作業をつづけている。そのほかにもなつかしいキャラクターたちが次々《つぎつぎ》登場する。

それだけでなく、さらに新たに個性的《こせいてき》なキャラクターも出てくるので楽しみにしてほしい。

ところで、アポロンは「予言と弓、医療《いりょう》、音楽の神」に加え、「詩の神」でもある。

そして「日本を訪《おとず》れて以来ハイクに夢中《むちゅう》になってしまった」（『パーシー・ジャクソンとオリンポスの神々《かみがみ》3　タイタンの呪《のろ》い』）。というわけで、「アポロンと5つの神託《しんたく》」シリーズの各章のタイトルはアポロンの作った俳句《はいく》（＝ハイク）になっている。

俳句《はいく》は世界でもっとも短いとされる、日本独自《どくじ》の詩の形式だ。五・七・五の十七音で、季語を含《ふく》むことが約束事になっている。俳句《はいく》は今や海を渡《わた》り、英語圏《けん》をはじめ、世界中で親しまれている。

英語の俳句《はいく》の場合、五・七・五は発音される母音で数える。また、日本語では一行で書くのが基本《きほん》だが、英語では三行で表現《ひょうげん》される。参考に松尾芭蕉《まつおばしょう》の「おくのほそ道」から一句《く》、英訳《えいやく》とくらべてみよう。

行く春や鳥啼《な》き魚の目は涙《なみだ》
(yuku haru ya
tori naki uo no
me wa namida)

Spring is passing by!

Birds are weeping and the eyes
Of fish fill with tears.
［ドナルド・キーン訳『英文収録　おくのほそ道』（講談社学術文庫）より引用］

芭蕉《ばしょう》の句《く》は五・七・五の十七音で、英訳《えいやく》も五・七・五の十七音で整っている。

「アポロン」シリーズで、アポロンは章数に合わせて、毎巻《かん》四十以上のハイクを作っているのだが、その腕前《うでまえ》は？『オリンポスの神々《かみがみ》と7人の英雄《えいゆう》5　最後の航海』で、パーシーはこれからアポロンに会いにいくヘイゼルにこのような忠告《ちゅうこく》をしている。

パーシー：「……アポロンに会っても『ハイク』は禁句《きんく》」
ヘイゼル：「どうして？　アポロンは詩の神でもあるんじゃない？」
パーシー：「とにかく禁句《きんく》」

つまり、アポロンのハイクは下手なのだ。翻訳《ほんやく》者としては大変気がらくだ。基本《きほん》の五・七・五のリズムは守りつつ、季語にはこだわらず訳《やく》している。たとえばこんな感じ。

I cannot chew gum
And run with a coffin at
The same time. Sue me.

ガム噛《か》んで
棺《ひつぎ》をかつぐ
やれやれだ

I now have a plan
To make a plan concerning
The plan for my plan

立てたのは
計画立てる
計画か

各章の内容をほのめかすアポロンの「名句《めいく》」「迷句《めいく》」の数々《かずかず》も、このシリーズの魅力《みりょく》のひとつといっていい。

「アポロンと5つの神託《しんたく》」シリーズの最終巻《かん》である第五巻《かん》は二〇二〇年十月刊行《かんこう》予定。タイトルはThe Tower of Nero（ネロの塔《とう》）。アポロンの長い冒険《ぼうけん》の旅はどのような結末をむかえるのか、アポロンは神にもどることができるのか。ハーフ訓練所やユピテル訓練所の仲間たちはどうなるのか。これまでの三シリーズの総まとめともいえる最終巻《かん》、どうぞ、お楽しみに。

最後になりましたが、編集《へんしゅう》の小松泰輔さん、つきあわせをしてくださった西本かおるさん、質問《しつもん》にいつもていねいに答えてくださる作者のリック・リオーダンさんに心からの感謝《かんしゃ》を！

二〇二〇年九月十四日　　　　金原瑞人・小林みき

リック・リオーダン RICK RIORDAN

1964年、米テキサス州サンアントニオ生まれ。テキサス大学で英語と歴史を専攻。『ビッグ・レッド・テキーラ』(小学館)でシェイマス賞、アンソニー賞。『ホンキートンク・ガール』(小学館)でアメリカ探偵作家クラブ賞(エドガー賞)最優秀ペーパーバック賞を受賞した実力派ミステリー作家。初めて執筆したファンタジー「パーシー・ジャクソンとオリンポスの神々」シリーズ(ほるぷ出版)は全世界でシリーズ累計5000万部となり、映画化された。その他の作品に、「ケイン・クロニクル」シリーズ(KADOKAWA)などがある。

金原瑞人 かねはら みずひと

1954年岡山市生まれ。法政大学教授・翻訳家。訳書は児童書、ヤングアダルト小説、一般書、ノンフィクションなど、500点以上。訳書に『豚の死なない日』(白水社)、『青空のむこう』(求龍堂)、『国のない男』(中公文庫)、『不思議を売る男』(偕成社)、『さよならを待つふたりのために』(岩波書店)、『月と六ペンス』(新潮文庫)など。エッセイ集に『サリンジャーにマティーニを教わった』(潮出版)など。監修に『10代のためのYAブックガイド150!』(ポプラ社)、『12歳からの読書案内』(すばる舎)、『13歳からの絵本ガイド YAのための100冊』(西村書店)など。日本の古典の翻案に『雨月物語』(岩崎書店)、『仮名手本忠臣蔵』(偕成社)などがある。
http://www.kanehara.jp/

小林みき こばやし みき

1968年生まれ。英米文学翻訳家。東京女子大学卒業。慶應義塾大学大学院卒業。教職を経てシモンズカレッジ(米国マサチューセッツ州)大学院で修士号取得。訳書に『タイム・マシン』(集英社)、『クレイジー・ジャック』(ジュリアン、共訳)、『若草物語』『ドリトル先生』(ポプラ社)、『名探偵アガサ&オービル1〜4』(文渓堂、共訳)などがある。

アポロンと5つの神託❹ 傲慢王の墓

2020年11月25日　第1刷発行

著　者　リック・リオーダン
訳　者　金原瑞人　小林みき
発行者　中村宏平
発行所　株式会社ほるぷ出版
〒102-0073 東京都千代田区九段北1-15-15
TEL 03-6261-6691 FAX 03-6261-6692 https://www.holp-pub.co.jp
印刷・製本　中央精版印刷株式会社

NDC933　556P　ISBN978-4-593-53527-9

パーシー・ジャクソンと
オリンポスの神々
シーズン３

リック・リオーダン 作　金原瑞人・小林みき 訳

オリンポス十二神のひとりであるアポロンは、父ゼウスの逆鱗にふれ、ニューヨークの路地裏に突き落とされた。しかも、神としての力を奪われ、16歳のレスター・パパドプロスという、ふつうの少年として……。

ひとまずアポロンは、ピンチを助けてくれたハーフの少女メグと、パーシー・ジャクソンの助けを借りてハーフ訓練所に逃げこんだ。ところが訓練所では失踪者が続出中。しかも、訓練所からの通信手段も障害続きという異常事態に陥っていた。さらに訓練所の教頭ケイロンには「アポロン自らが、仇敵に奪われたデルポイの神託を奪還しなければ、神に戻れず、世界の混乱も終息しない」と指摘されてしまう。アポロンは神託を探し出し、神に戻ることができるのだろうか？

——アポロンの冒険、第１弾。

リック・リオーダン 作　金原瑞人・小林みき 訳

青銅のドラゴン、フェスタスに乗って、インディアナポリスに到着したアポロン、リオ、カリュプソ。ところがその直後、３人は怪物に襲われ、ハーフ達の避難所シェルターステーションに逃げこむ。そこで、三頭政治ホールディングスのメンバーの一人、新ヘラクレスがこの街を支配していること、さらにシェルターステーションの管理人のエミーたちの養女ジョージナやハーフたちも連れ去られたことを聞かされる。

翌日、アポロンは、ジョージナたちの救出先でピンチに陥っていたところをメグに助けられる。ネロの作戦を知ったメグは、逃げてきたのだ。ジョージナたちを保護したアポロンは、今度はメグとともにトロポニオスの神託を探しにむかうが……。

――アポロンの冒険、第２弾！

リック・リオーダン 作　金原瑞人・小林みき 訳

アポロン、メグ、グローバーは地下にある巨大迷路、ラビュリントスのなかをさまよっていた。途中、怪鳥ストリクスの群れに襲われながらも必死で逃げのび、３人は砂漠のリゾート、パームスプリングズへたどり着く。そこは地下を走る炎が原因で多くのドリュアスたちが犠牲になり、一面焼け野原と変わりつつあった。

炎の中心にはエリュトライの神託者ヘロピレが捕えられており、そこには殺害・拷問・狂気・残酷の代名詞といわれるカリグラの恐ろしい策略があった。アポロンを襲った四千年＋数年の生涯で最低最悪の出来事とは……。

――アポロンの冒険、第３弾！